40

女性小说

上卷

改革开放四十年文学丛书

陈晓明 主编

作家出版社

出版说明

今年是改革开放40周年。40年来，当代中国发生了翻天覆地的变化，社会经济繁荣发展，人民生活幸福美好，当代文学硕果累累。为了庆祝这一盛大的节日，展示改革开放40年来的文学创作成就，进一步树立文化自信和文学自信，推动中国文学创作的大发展大繁荣，根据中宣部和中国作家协会的部署，我们特别策划了这套规模宏大的"改革开放40年文学丛书"。

文学是时代的一面镜子。40年来，中国当代文学在反映时代变化和人民精神面貌上做出了突出贡献，一大批反映改革开放伟大历程和人民精神风貌变化的作品涌现出来，真实地记录了改革开放40年来我们伟大祖国和人民所走过的不平凡的道路。因此，这套丛书的编辑出版一方面在展示当代文学40年的光辉历史，同时也展现改革开放40年的伟大成就。

在体例上，丛书以文学思潮和重大题材为纲，选取了改革开放40年中出现的比较有典型性和影响力的文学思潮和重大题材，以此为中心，遴选最能代表该文学思潮的作家作品。需要说明的是，这些文学思潮是历时性地交叉出现的，有一个更迭演变的过程，彼此之间在文学理念上各不相同又有诸多联系。受此文学环境的影响，作家们的创作也多是穿插于这些文学思潮之间的，许多作家在不同的文学思潮中有多个优秀的作品出现。但出于丛书体量和编排体例的整体考虑，我们每位作家只选取了一部作品并放置于某一个文学思潮的类目之下，这绝不是说该作家只有这一种类型的文学创作，而是为了显示其对某一个文学思潮的突出贡献，展现其创作的独特性。

入选丛书的作品经过了论证委员会的认真评审，专家评审从文学性、时代性、影响力等多方面进行综合考察，选取了最具代表性的作品。在一定意义上，这些作品构成了一部特殊形态的当代文学史，代表了当代文学40年的伟大成就。

　　40年来，中国文学始终与人民同心，与时代同行，文学既植根于时代生活的沃土，又以自身的发展融入时代的洪流，推动历史的前进。我们期待，丛书的出版能够实现对于当代文学40年光辉历程的展示，能够实现对于改革开放40年伟大成就的留影。更期待当代文学能够继续为人民美好生活的需要提供更多更优秀的精神食粮，为中华民族伟大复兴中国梦的实现贡献力量。

　　由于丛书体量有限，遗珠之憾在所难免，恳请读者朋友理解并谅解，同时更盼批评指正。

作家出版社

2018年10月

目 录

麦秸垛

铁凝

当初，那麦秸垛从喧嚣的地面勃然而起，挺挺地戳在麦场上。垛顶被黄泥压匀，显出柔和的弧线，似一朵硕大的蘑菇；垛檐苫出来，碎麦秸在檐边耀眼地参差着，仿佛一轮拥戴着它的光环。

后来，过了些年。春天、夏天、秋天的雨和冬天的雪……那麦秸垛湿了又干，干了又湿，却依然挺拔。四季的太阳晒熟了四季的生命，麦秸垛晒着太阳，颜色失却着跳跃。

一

太阳很白，白得发黑。天空艳蓝，麦子黄了，原野骚动了。

一片片脊背亮在光天化日之下。男人女人的腰们朝麦田深深弯下去，太阳味儿麦子味儿从麦垄里融融地升上来。镰刀嚓嚓地响着，麦子在身后倒下去。

队长派了杨青跟在大芝娘后头拾麦勒儿捆麦个儿。大芝娘边割麦子边打勒儿，麦勒儿打得又快又结实，一会儿就把杨青丢下好远。

杨青咬牙追赶着大芝娘，眼前总有数不清的麦勒儿横在垄上。一副麦勒儿捆一个麦个子，麦个子捆绑好，一排排躺在裸露出泥土的秃地上，好似一个个结实的大婴孩儿。

杨青先是弯腰捆，后来跪着捆，再后来向前爬着捆。手上勒出了血泡，麦茬扎破了脚腕，麦芒在脸上扫来扫去，给脸留下一缕缕红印，细如丝线，被汗蜇得生疼。

大芝娘在前头嘎嘎地笑，她那黑裤子包住的屁股撅得挺高。前头一片欢乐。

四周没有人了，人们早拥到前边的欢乐里去。杨青守着捆不尽的麦个儿想哭。

要是四年以前，杨青就会在心里默念"一不怕苦，二不怕死"，然后身上生出力气，或许真能冲上去。那时候她故意不戴草帽，让太阳把脸晒黑。那时候她故意叫手上多打血泡——有一次最多有十二个，她把它们展览给人看。大嫂们捏住她的手，心疼得直"啧啧"。杨青不觉疼，心直跳。那时候过麦收，她怕自己比不过社员，有一回半夜就一个人摸到地里先割起来，天亮才发现那是邻队的地块儿。

那时候就是那时候。现在她好像敌不过这些麦子、这块地。

日子挨着日子，是这样的一模一样，每一个麦收却老是叫端村人兴奋。人们累得臭死，可是人们笑。汗水把皱了许久的脸面冲得舒展开来。

太阳更白了，白得人睁不开眼。队长在更远的地方向后头喊话，话音穿过麦垄扑散开去："后头的，别苶懒着！地头上有炸馃子、绿豆饭汤候着你哩，管够！管饱！"

年年都一模一样。年年麦收最忙的几天，各队都要请社员在地头吃馃子。四年前，杨青插队的头一年麦收就赶上了吃馃子。那时社员们在地头围严了馃子筐箩和绿豆饭汤大桶，杨青就躲到一边儿去。队长喊她，她说不饿；大芝娘把馃子塞到她手里，她说钱和粮票都在点儿上。人们被逗乐了，像听见了稀罕话儿。后来一切都惯了。甚至，每逢麦收一到，杨青首先想到的就是炸馃子。现在她等待的就是队长那一声鼓动人心的呐喊。在知青点，她已经喝了一春天的干白菜汤。

杨青没有往前赶，就像专等大芝娘过来拉她过去。大芝娘到底小跑过来。

杨青抬起脸，大芝娘已经站在她跟前。这个四十多岁的女人从太阳那里吸收的热量好像格外充足，吸收了又释放着。她身材粗壮，胸脯分外丰硕，斜大襟褂子兜住口袋似的一双肥奶。每逢猫腰干活儿，胸前便乱颤起来，但活计利索。

杨青望着大芝娘那鼓鼓的胸脯，腿上终于生出些劲。她擦了擦眼，站起来。

"快走吧，还愣着干什么?"大芝娘招引着杨青。

杨青跟上去，发现前边净是捆好的麦个儿。分明是大芝娘劫了她。

地头上，人们散坐在麦个子旁边那短浅的阴影里，吃馃子、喝汤，开始说闲话解闷儿。那解闷儿的闲话大多是从老光棍栓子大爹那双翻毛皮鞋开始。那皮鞋的典故，端村人虽然早已了解得十分详尽，但端村总有新来人。比如谁家从外村请来了帮工，比如谁家的新媳妇在场，再比如城里来插队的学生。

皮鞋是真正的日本货，硬底，翻毛。那是闹日本时，栓子大爹从炮楼上得来的。村里派当长工的栓子给鬼子送过一趟麦子，栓子赶着空车回来，就捎带回这么一双鞋。刚得到这鞋时，栓子走起路来"咯吱咯吱"；年代久了，鞋底掌了又掌，走起路来变成了"咯噔咯噔"。

日本投降了，栓子还一直穿它。解放了，栓子还一直穿它。人们问："栓子叔，你恨日本鬼子不?"

"兴许就你不恨。"

"那还穿这鞋?"

"谁叫它是鞋呢。"

"这可是日本货哩。"

"你叫它应声儿? 我不恨鞋。"

栓子大爹的回答理直气壮却并不周密。许多时候，端村人就是从这双鞋下来审度形势的。那鞋有时也会变得理不直气不壮起来。"文化大革命"开始前，那鞋便销声匿迹过好一阵。后来，公社的造反派到底为鞋来到端村，勒令栓子大爹三天之内必须交出。否则他也将被踏上一只脚，闹个永世不得翻身。栓子大爹受了些皮肉之苦，造反派却终究没有找到那鞋。再后来，本村造反派包下了此案。栓子大爹把鞋亮给本村的造反派，他们却没有把它当作胜利果实拿走，就因为那是端村的造反派。眼下他们虽然造反披挂，但端村人的习性难变，他们生性心软。

寒来暑往，栓子判断了形势，端村终于又响起了那鞋声。

这是栓子和鞋的故事，却是外来人对鞋的粗浅了解。外来人很少明了那鞋的另一半故事，那一半，没有人在公开场合揎掇栓子大爹。了解那一半，除非你是真正的端村人。

栓子年轻时做长工，恋过村东老效的媳妇。麦收时常常背着东家给那小媳妇送麦子。

栓子恋那媳妇，就是愿意把东家的麦子送给她。

老效在外村窑上干活儿，会烧窑，会针灸，会给女人放血治病。他默默烧窑，扎针、放血却在一方有名。一针下去，有人还阳，也有人半日后归阴。病主人质问老效，老效几句话能把主人噎得哑口无言："不是放血半天后才咽的气吗？要是不放血，能活那半天？这叫手劲。"主人自讨了没趣，老效却争得了一个传名的机会：是老效的针术又使那就要归阴的女人多活了半天，老效的针有手劲。

老效在外烧窑，扎针，一集回家一次。一次老效回来，看见家里的新麦子，逼问媳妇。媳妇害怕，说出了栓子。老效不露声色，白天只是和媳妇吃饭、行事。天黑他邀了栓子出来，走近村头场边一个麦秸垛。老效靠在垛上，半晌不响。

黑暗中栓子被吓出了魂儿，那魂儿就在他周身哆嗦。

后来老效开口了："兄弟，别怕。你想什么我知道。可你那麦子我不稀罕。"

栓子不言语。

"听出来了呗，不稀罕。"

栓子还是不言语。

"这么着，咱换吧。"老效说。

"换？换什么？"栓子还是听不出来。

"把你那皮鞋给了我，我就让你一回。"

栓子听懂了，便不害怕了。只觉浑身的血全冲到脸上，又沉到脚后跟。他捏紧了拳头，直往老效跟前凑。

这时散在脚前的麦秸垛一阵窸窸窣窣，老效弯腰抓起一个人来。栓子细看，正是那媳妇。她被绳子绑了，嘴叫毛巾堵着。

"就在这儿，行不？你脱鞋，她这儿由我脱。"老效抓住媳妇的裤腰，媳妇趔趄着歪倒在垛前。

栓子再也忍不住，又往前凑凑，猛然朝黑暗伸出了一个拳头，老效仰翻在麦秸垛上。栓子又是一拳，又是一拳，又是一拳。老效没了响声儿。

栓子给那媳妇松了绑，拽出嘴里的毛巾，指着老效对那媳妇说："他、他不算个汉们家，他畜生不如！你不能跟他。你、你跑了吧！"

老效媳妇一跺脚跑了。栓子把半死的老效背回家，扔在炕上说："忙给你个人扎一针吧！"

老效媳妇再也没回端村。栓子几年不去村东。

杨青了解那后一半故事，四年后她已经算个端村人了。

馃子笸箩被人们吃得露了底。众人四散开，一片脊背朝着太阳。

黄昏，大片的麦子都变成麦个子，麦个子又戳着聚拢起来，堆成一排排麦垛，宛若一个个坚挺的悸动着的乳房。那由远而近的一挂挂大车频频地托起她们，她们呼吸着黄昏升腾起来，升腾起来，开始在柔暗的村路上飘动。

杨青独自站在麦田里，只觉得脚下的大地很生。她没有意识到麦垄里原来还有这么多的细草野花。毛茸茸的野草虽然很细，很乱，但很新；大坂花宛若一面面朝天的小喇叭，也欢欣着响亮起来。被正午的太阳晒蔫了的她，现在才像蓄满了精力。那精力似从脚下新地中注入，又像是被四周那些只在黄昏才散放的各种气味所熏染。又仿佛，是因了大芝娘那体态的释放。那实在就是因了不远处那些坚挺的新麦个儿，栓子大爹那半截故事就埋在那里。杨青身心内那从未苏醒过的部分醒了。心中正膨胀着渴望，渴望着得到，又渴望着给予。

杨青在黄昏中挪动着脚步，靠了那矗立着的麦个儿的牵动。远的，近的，那被太阳晒得熟透的麦个子。她朝它们走去，一整天存进的热气立刻向她袭来。她感应到那里对她的召唤，那召唤渗透她，又通过她扩散开去。她明白了过去不曾明白的感觉，她明确了过去不敢明确的念头，她一定要爱他，她一定要爱他，那个身材高高的陆野明。

二

这两年不比早先。一过麦收，知青点上电报便多起来。知青们拿上电报净找队长请假回平易市，躲过麦收才回来吃新麦子馒头。

陆野明也接到了家里的电报。他不找队长，却来到女生宿舍找杨青。

"杨青，你出来一下。"他说。

"你进来吧，就我自己。"杨青在宿舍里说。

陆野明顶着门楣走进女生宿舍，杨青便掏出指甲刀剪指甲。

"电报。"陆野明把电报亮给杨青看。

杨青只顾剪指甲，并不关心陆野明手中的东西。

"家里让我回去。"陆野明又说。

"噢。"

杨青继续剪指甲。她剪得很轻快，很仔细，很苦。

"你说我回去吗？"陆野明问杨青。

"我说你应该回。"

"为什么？"陆野明对杨青的回答没有准备。

"因为来了电报。"

杨青还在剪，剪完又拿小锉一个个锉起来。陆野明第一次发现杨青的手指修长，椭圆形的指甲盖很好看。

"我不回。"陆野明把电报叠了又叠，叠成钝角，又叠成锐角。

"你不回？"

"因为你不回。"

"你怎么肯定我不回？"杨青锉完指甲，把剪刀放进衣兜，双手交叉起来，显得格外安详。

"你也回去？"

"大家都回。"

"那，我也去请假。"陆野明把电报展开、抚平，转身就往外走。

"你回来。"杨青叫住陆野明。

陆野明站下来。

"你的头发还不理？该理了。"杨青说。

陆野明将了将头发，觉出有一撮向上翘起，很有弹性。他没敢看杨青，又往外走。杨青却又叫住他说："快走吧，我可不走。"

"你……"陆野明又转回身，疑惑地望着杨青。

"哪年麦收我回过家？嗯？"杨青声音很轻，轻成没有声音的暗示。

陆野明回味一下杨青的话，总算从暗示里领略到了希望。他把电报揉成一团故意丢在屋角，很重地推了门，很轻地跑出屋子。

杨青很愉快。因为身在异乡，有一个异性能领略自己的暗示。再说那仅仅是暗示吗？那是驾驭，驾驭是幸福的。

下乡第一年，杨青就格外注意陆野明。当时她并不想驾驭谁，只想去关心一个人。早晨起来，陆野明头发上老是沾着星星点点的碎棉球，杨青便知道他的被子拆了做不上。她替他做棉被，还把他划了口子的棉袄也抱过来。缝好，又叠着抱过去。她提醒他理发、洗涮，还常把"吃不了"的饼子滚到陆野明的饭盆里。

陆野明很久才感觉到那关心的与众不同，他也回报着她。

杨青对"1059"农药过敏，那次喷棉花回来就发起高烧。村里唯一的赤脚医生上县里培训去了，不知谁请来了老效。那老效急急赶进知青点，从怀里掏出油腻的布包，双手在裤腿上蹭掉些土末儿，往杨青脑门上抹些唾沫，抽出一根大针照着印堂就扎。陆野明一把攥住老效的手腕说："谁让你来的？这是治病？这是祸害人。"他夺过老效的针，替他包裹好，连推带揉把老效请出知青点。他找了辆破车，自己拉着，两个女生护着，一去十二里，把杨青送到县医院。

一路走着，陆野明一看见杨青那光洁、饱满的前额就想哭。他想，老效就在那里抹过唾沫。

谁都知道杨青在关心陆野明，谁都不说杨青的闲话，就因为关心陆野明的是杨青。杨青懂分寸，因为想驾驭。

一次，队长把杨青和陆野明单独分在一起浇麦子。陆野明很高兴，叫上杨青就走。杨青却着急起来。左找右找，总算临时抓到了花儿做伴。

花儿是小池的新媳妇，春天刚跟人贩子从四川来到端村。

陆野明一路气急败坏，杨青和花儿又说又笑。她引她说四川话，问她为什么四川人都爱吃辣椒。

陆野明的气急败坏，花儿的四川口音，都给了杨青满足。

绿色麦田里，灌了浆的麦穗很饱满，沉甸甸地扫着人的腿。陆野明看机子，杨青和花儿改畦口。改几畦就钻进窝棚里坐一会儿。像是专门钻给陆野明看。陆野明跟前只有柴油机。

越到正午，陆野明越觉着没意思。他揪了几把麦穗塞到柴油机的水箱里煮。煮熟了自己不吃，光喊杨青。杨青到底来到井边，陆野明递给她一把熟麦穗。

碧绿的麦穗冒着热气。放在手里搓，那鼓胀的麦粒散落在掌上，溅得手心很痒痒。杨青嚼着，那麦粒带一点咬劲儿。心想剩下几穗给花儿。

"好吃吗?"陆野明坐在麦垄里问杨青。

"好吃。"杨青没有坐。

机井旁边的麦子高，麦穗盖过陆野明的头，齐着杨青的腰。

"跟谁学的?"杨青问。

"你坐下，我告诉你。"

杨青想了想，没有坐。

陆野明又往杨青身边挪挪，他的肩膀碰着了她垂着的手背。杨青往旁边跨了跨。陆野明不知怎么的就攥住了杨青的手。

柴油机的声音很大。

陆野明攥得很死。

杨青努力想抽出自己的手。抽不出。

"你应该放开我。"杨青声音很低，看着远处。

陆野明不放。

杨青突然大声喊起了花儿："花儿，陆野明给咱们煮麦穗了!"

陆野明不放。

"你应该放开我!"杨青声音更低了，被机器震得有些颤抖。

陆野明抬起头，急不可待地想对杨青说几句什么。在太阳的直射下，他忽然发现杨青唇边那层柔细的淡黄色茸毛里沁出了几粒汗珠，心里一下乱起来。他到底放开了她的手。

"我愿意你放开我，我知道你会放开我。"杨青眼睛向下看，不知是看陆野明的脚，还是看地，"我该找花儿去了。"她说。

杨青迈过了一个麦垄，那正在孕育着果实、充盈着生命的麦棵在她腿下倒下去，又在她身后弹起来。

"陆野明，机器该上水了!"杨青跳过麦垄，回身对陆野明说。

杨青又迈过几垄麦子，顺着凉爽的垄沟朝花儿跑去。

陆野明心里很空旷，他知道她是对的。许久，他眼前只有那几粒汗珠。

他更爱她。她能使他激动，也能使他安静。激动和安静使他对日子挨着的日子才有了盼头。原来在这块土地上不仅是黄土和麦子：不仅是他们以往陌生的柴、米、油、盐；不仅是电影《南征北战》，还有激动中的安静和安静中的激动。

田野还在喧嚣。

陆野明坐在院里，守着一只大笸箩擦麦子。身边放着铁筲，筲里水不多，而且很浑。他把一块屉布在筲里涮过，拧成半干，擦着新麦粒上的浮土。

陆野明擦好麦子，一簸箕一簸箕地撮到布袋里，准备扛到钢磨上去磨面。沈小凤来到他面前。

沈小凤是刚下来不久的新知青，家也在平易市。家门口有一面"手工织毛衣"的小牌，那是她母亲的活计。沈小凤有时也帮她母亲赶活儿。

过麦收沈小凤接不到家里的电报，家里不需要她回去，也不听她支使。家里和点儿上相比较，沈小凤也愿意待在点儿上。

沈小凤个子挺矮，皮肤细白，双颊常被晒得粉红。两条长过腰际的大辫子沉甸甸地垂在脑后，使她那圆润的下巴往上翘。她爱哭，爱笑，看到蝎虎子嚷着往别人身上扑。

"陆野明，你擦麦子呀？"沈小凤用自己的辫梢摔打着自己的手背。

陆野明只看见一双穿白塑料凉鞋的脚。

"废话。"他不抬眼皮。

"怎么是废话？"

"你不是早看见了？"

"看见了就不能再问问？让我看看擦得怎么样。"沈小凤去扒麦子口袋。

"别动。"陆野明喊。

"怎么啦怎么啦？"沈小凤只顾在口袋里扒拉。辫梢扫着了陆野明的脸。

陆野明心里痒了一下，便是一阵莫名其妙的烦躁。

"你看这是什么？"沈小凤从麦子里拣出一粒土坷垃，举到陆野明眼前："能磨到面里吗？让我们吃土坷垃？"她一边说，一边和陆野明蹲了个对脸，满口整洁的白牙在陆野明眼前闪烁。

"那你说怎么办?"陆野明盯住沈小凤。

"得用水淘，起码淘两遍，晾成半干再磨。咱俩淘呀，去，你去挑一挑水。"沈小凤伸手就拽陆野明的胳膊。

"干什么你?"陆野明站了起来。

"让你挑水去。"沈小凤也站了起来。

"告诉你，这星期我当厨，不用你操那份心。"陆野明说完抓住布袋口，想抢上肩。

沈小凤却把一双柔软的手搭在陆野明手上："我就不让你走。"

杨青头上沾着碎麦秸跑了进来，看见陆野明和沈小凤，她远远地站住脚。

陆野明突然红了脸。沈小凤脸不红，她懂得怎样解围。

"杨青，我们俩正商量淘麦子哪。陆野明就知道拿布擦。光擦，行吗?"沈小凤说。

"淘淘更好。"杨青说。

"看我没说错吧。"沈小凤白了陆野明一眼。

杨青走近他们说："沈小凤，队长叫我来找你，你怎么说不去就不去了? 后半晌场上人手少。"她只对沈小凤讲，不看陆野明。

"我不想去了，我想在家帮厨。"沈小凤说。

"行，那我跟队长说一声。"杨青像不假思索似的答应下来，转身就走。

"杨青，你回来!"陆野明在后边叫。

"有事?"杨青转回头。

"统共没几个人吃饭，帮什么厨? 我用不着帮，麦子也不用淘。"陆野明说得很急。

杨青迟疑了一下，没再说什么，只对他们安慰、信任地笑了笑。陆野明从来没见过她那样的笑，那笑使他一阵心酸，那笑使他加倍地讨厌起紧挨在身边的沈小凤。

杨青镇静着自己走出院子，一出院子就乱了脚步。她满意自己刚才的雍容大度。可是他面前毕竟是沈小凤。她抓他的手，说不定还要攥起雪白的小拳头捶打他……

街里到处是散碎的麦秸。街面显得很纷乱。

走出村，她又走进那弥漫在打麦场上的金色尘雾。

三

地里的活儿清了，场上的活儿没清。脱粒机响得不倦。

杨青抢在脱粒机前入麦子。

大芝娘急得白了脸："忙闪开，给你个耙子搂麦秸吧。"

大芝娘递给杨青耙子。脱粒机吐出了新麦秸，杨青就拿耙子搂。新麦秸归了堆，有人用四股杈垛新垛。新垛越垛越高，两个半大小子不住在垛上跳腾，身子陷下去又冒上来，冒上来又陷下去，垛心眼看实着起来。

新垛还没高过那旧垛，却把那旧垛比得更旧。

歇完晌，杨青又抢到脱粒机前入麦子，大芝娘又把她喊了回来。

大芝娘不让杨青上机器。

大芝娘心里有事。

大芝娘就是大芝的娘。

大芝娘结婚三天丈夫就骑着骡子参军走了，几年不打信。村里人表面不说什么，暗地里嘀咕：准是在外头提了干部，变了心思。

后来丈夫回了村，果然是解放省城后提了干部，转到地方。丈夫说着一口端村人似懂非懂的话，管夜儿个叫"昨天"，管黑介叫"晚上"。

大芝娘给他烧好洗脚水，他把脚泡在大瓦盆里只是发愣。

"怎么了，你？"大芝娘问。

"也没什么。"丈夫说。

"使得慌？"

"不是。这次回来主要是想跟你谈一个问题。"

"没问题。"大芝娘说。

"这么给你说吧。"丈夫说，"就目前来讲，干部回家离婚的居多。包办的婚姻缺少感情，咱俩也是包办，也离了吧。"

大芝娘总算弄懂了丈夫的话，想了想说："要是外边兴那个，你提出来也不是什么新鲜事。可离了谁给你做鞋做袜?"

丈夫说:"做鞋做袜是小事,在外头的人重的是感情。"

大芝娘说:"莫非你和我就没有这一层?"

丈夫说:"可以这么说。"

大芝娘不再说话,背过脸就去和面。只在和好面后,又对着面盆说:"你在外边儿找吧,什么时候你寻上人,再提也不迟。寻不上,我就还是你的人。"

丈夫的手早就在口袋里摸索。他擦干脚,趿拉着鞋,把一张女人照片举到大芝娘眼前。大芝娘用围裙擦干净手,拿起照片端详了一阵,像是第一回接触了外界的文明。

"挺俊的人。也是干部?"她问。

"在空军医院当护士。"丈夫说。

大芝娘的眼光突然畏缩起来。她讪讪地将照片摆在迎门橱上。

她不知护士是什么,如同她不知道丈夫说的感情究竟包含着什么一样。她只知道外边兴过来的事,一定比村里进步。

当晚,大芝娘还是在炕上铺了一个大被窝。

丈夫又在远处铺了一个窄被窝。

她同意和他离婚。第二天,丈夫把大芝娘领到乡政府办了离婚手续。

他没有当天回去。晚上,在一明两暗的三间房里,她住东头,他住西头。夜里大芝娘睡不着,几次下炕穿鞋想去推西头的门,又几次脱鞋上炕。她想到照片上那个护士,军帽戴在后脑勺上,帽檐下甩出一绺头发;眼不大,朝人微笑着。她想那一定是个好脾气的人。

大芝娘披着裤子在被窝里弯腰坐了一夜。

第二天,丈夫一早就慌慌地离开端村,先坐汽车,后坐火车,回省城岗位上去了。他万没想到,第三天大芝娘也先坐汽车、后坐火车来到省城。她又出现在他跟前。丈夫惊呆了。

"可不能翻悔。离了的事可不能再变!"他斜坐在宿舍的床铺上,像接待一个普通老百姓一样警告着她。

"我不翻悔。"大芝娘说。

"那你又来做什么?"

"我不能白做一回媳妇,我得生个孩子。"大芝娘站在离丈夫不近的地方，只觉高大的身躯缩小了许多。

"这怎么可能？目前咱俩已经办了手续。"丈夫有点慌张。

"也不过刚一天的事。"大芝娘说。

"一天也成为历史了。"

大芝娘不懂历史，截断历史只说："孩子生下来我养着，永远不连累你，用不着你接济。"

丈夫更意外、更慌张，歪着身子像躲避着一种浪潮的冲击。

"我就住一天。"她毕竟靠近了他。

丈夫站起来只是说着"不"。但年轻的大芝娘不知怎么生出一种力量，拉住了丈夫的手腕，脑袋还抵住了他的肩膀。她那苗壮的身体散发出的气息使丈夫感到陌生，然而迷醉；那时她的胸脯不像口袋。那里饱满、坚挺，像要崩裂，那里使他生畏而又慌乱。他没有摆脱它们的袭击。

当晚他和她睡了，但没有和她细睡。

早晨，丈夫还在昏睡，大芝娘便悄悄回了端村。

果然，生下了大芝，一个闺女。闺女个儿挺大，从她身上落下来，似滚落下一棵瓷实的大白菜。

大芝在长个儿，大芝娘不识闲儿地经营着娘儿俩的生活：家里、地里，她没觉出有哪些不圆满，墙上镜框里照样挂着大芝爹的照片。连那位空军护士的照片，她也把她摆在里面。她做饭，下地，摆照片，还在院子里开出一小片地，种上一小片药用菊花。霜降过后收了菊花，晒干，用硫黄熏了卖给药铺，就能赚出大芝的花布钱。大芝在长个儿。

六〇年，大芝娘听说城里人吃不饱，就托人写信，把丈夫一家四口接进端村。在那一明两暗的三间房里，他们住东头，她和大芝住西头，直把粮食瓮吃得见底。临走时，那护士看着墙上镜框里的照片不住流泪，还给她留下两个孩子的照片。大芝娘又把他们装进镜框里。她觉得他们都比大芝好看。

大芝长大了，长得很丑。只是两条辫子越发粗长，油黑发亮。两条粗大的辫子仿佛戳在背后。别人觉得累赘，大芝对它们很爱惜。

大芝长大了，也长着心眼儿。她就是仰仗着这两条辫子，才敢对村里小伙子存一丁点儿幻想。终于她觉出有人在注意她的辫子了，那便是富农子弟小池。她的心经常在小池面前狂跳。

那年过麦收，大芝盘起辫子、包着手巾守着脱粒机入麦子，队长派了小池在旁边搂麦秸。大芝的心又开始狂跳，心跳着还扯下了头上的手巾，散落下小池爱看的两条辫子。

麦粒和麦秸都在飞舞，大芝的辫子也分外地不安静。

后来，那辫子和麦个子一同绞进了脱粒机。一颗人头碎了，血喷在麦粒堆上，又溅上那高高的麦秸垛……

天地之间一片血红，打麦场哑了。

收尸、埋大芝的果然是小池。

埋了大芝，人们来净场。有人说那溅过血的麦秸垛该拆，可人们都不敢下手。后来瓢泼大雨冲刷了麦秸垛，散发着腥热气的红雨在场院漫延。天晴地干后，地皮上只剩下些暗红。

没人再提拆垛的事。只是，女人们再也不靠在那垛脚奶孩子；男人们也不躺在垛檐下打盹儿，说粗话。该发生在那垛下的一切，又转移到了新垛。

大芝娘把自己关在家里，关了一集才出来做活儿。没见她露出更大的哀伤，她只跟女人们说些无关紧要的话儿。没人跟她提大芝的事。在端村，大芝的事不同于栓子大爹的皮鞋。

秋天，药菊花仍旧盛开在大芝娘的小院里，雪白一片，开出一院子的素净。大芝娘收了菊花，使硫黄熏。小池站在门口说："哪天我进城，替你卖了吧？"

"不忙，我一个人能行。"大芝娘让小池进院，小池只是不肯。

大芝娘独个儿就着锅台喝粥。墙上，她有满镜框相片。

四

麦收过后，麦子变作光荣粮，被送进城，车、人、牲口、麦子都戴着红花。留给端村的倒像是从那行列里克扣出来的一星半点。端村人开始精心计算对于那一星半点的吃法。

空闲下来的田地展示着慷慨。

远处，天地之间流动着风水，似看得见的风，似高过地面的水。风水将天地间模糊起来。

知青们回了点儿，点儿上又热闹起来。

沈小凤向人们展示着收获。她竭力向人们证明，麦收期间"点儿"是属于她和陆野明的。现在当着众人她开始称呼他为"哎"；背后谈起陆野明，她则用"他"来表示。他还是经常遇见她那火热的眼光，人们听见的却是他和她之间一种不寻常的吵闹。

陆野明要挑水，沈小凤便来抢他的担杖。陆野明不让，骂她"腻歪"。

陆野明洗衣服，沈小凤早已把自己的衣服排列了一铅丝。陆野明把沈小凤的衣服往旁边推推，沈小凤便尖叫着打陆野明的手。

陆野明寻机和杨青说话，愤愤地也用"她"来反映着沈小凤的一切。杨青机警地问："她是谁?"

陆野明愣住了，这才发现自己也用"她"称呼起沈小凤了。

杨青不再追问，只是淡淡一笑，对陆野明轻描淡写地谈着自己的看法："她比我们小，我们比她大。人人都有缺点，是不是?"

"我们"又感动了陆野明，"我们"又验证了她对他的信任。他的心又静下来。只有杨青能使他的心安宁，占据他内心的还是杨青。

然而在深深的庄稼地里，在奔跑着的马车上，在日复一日千篇一律的动作中，在沉寂空旷的黑夜里，沈小凤那蛮不讲理的叫嚷、不加掩饰的调笑，却时常响在陆野明的耳边。她的雪白的脖颈、亚麻色的辫梢，推搡人时那带着蛮劲儿的胳膊，都使他不愿去想，但又不能忘却……她不同于杨青。

他爱杨青，爱得不敢碰她；他讨厌沈小凤，讨厌了整整一个夏天。

秋天了。

大片的青纱帐倒下去，秋风没遮拦地从远天远地奔来，从裤脚下朝人身上灌。吹得男生们的头发朝一边歪，姑娘们绯红的面颊很皴。

砍了棒子秸的地块被耀眼的铧犁耕过，施了底肥，耙了盖了，又种上了麦子。端村人闲了许多。人们想起享受来。

"多会儿不看电影儿了!"谁说。

"请去!"干部们立时就明白了乡亲们的心思。

"请带色儿的!"谁说。

"请带色儿的,不就他娘的四十块钱嘛!"干部说。

过去,十五块钱的黑白片《南征北战》《地道战》在端村演了一次又一次。片子老,演起来银幕上净哗哗地"下雨"。但是村东大壕坑里还是以"二战"压底儿,早就变作包括邻村乡亲在内的电影场。坑沿儿蜿蜒起许多小路,坑底被人踏坐得精光。

到底请来了带色儿的新片,花四十块钱端村还用不着咬牙。端村人自己过得检点,也愿意对邻村表现出慷慨。

带色儿的电影使人们更加兴奋,许多人家一大早就打发孩子去外村请且(亲戚)。天没黑透,壕坑就叫人封得严严实实。人们背后是没遮拦的北风,坑里升腾起来的满是热气。

大壕坑也给知青点带来了欢悦。这时他们也和端村人一样盼天黑,在壕坑里和端村人一样毫不客气地争地盘,和端村人一样为电影里哪个有趣的情节推打、哄笑……

知青们踩着坚硬的黄土小道出了村,沈小凤提着马扎一路倒退着走在最前头。她拿眼扫着陆野明,学外村一个大舌头妇女说话。

"哎,俊仙寻上婆家啦,你们知道吗?"

"你怎么知道的?"有人问她。

"我们队的事,当然我知道。"沈小凤说。

"哪村的?"男生在挑逗。

"代庄的。"

"俊仙同意了?"

"早同意了,一见代庄的人就低头。"

"你看见了?"

男生那挑逗的目的不在于弄清问题的结果,而在于对沈小凤的挑逗。沈小凤从那挑逗里尽情享受着,具体描述着俊仙的事。

"就是那天下午,我们摘棉花。"沈小凤说,"歇畔时走过来一位妇女,看见我们就停住脚,脱下一只鞋往垄沟背儿上一摆,坐下说:'走道儿走热了,歇歇再走。'

"俊仙问:'你是哪村的呀?'

"那妇女说:'代庄的。'

"俊仙脸一红，不问了。听出来了吧？"

"听出来了！"有人大声说。

"听出来就好。"沈小凤更得意起来。

"后来呢？"男生又开始撺掇。

"后来俊仙不问了，那妇女倒问起俊仙来。"沈小凤清清嗓子，"哎，你们群（村）有个叫俊仙的呗？我们大侄至（子）大组（柱）寻的是你们群（村）俊仙。我细（是）他大娘。我们大组（柱）可好哩，大高个，哑（俩）大眼，可进步哩，尽开会去。你们群（村）那闺女长得准不蠢，要不俺们大组（柱）真（怎）么看桑（上）她咧？"

沈小凤讲着讲着先弯腰大笑起来，大笑着重复着"大高个，哑大眼……"

笑声终于也从知青群里爆发开来，男生回报得最热烈，有人用胳膊肘冲撞陆野明，女生们也笑，但很勉强。

杨青走在最后，故意想别的事。她确实没有弄清男生中爆炸出的那笑声的原因。她只知道，晚风里沈小凤那甩前摆后的发辫，那个白皙的、不安静的轮廓，都是因了陆野明的存在。

电影很晚才开演，片名叫《沂蒙颂》，真是部带颜色的新片子。鲜艳的片头过后，便是一名负了伤的八路军在乱石堆里东倒西歪地挣扎，一举一动净是举胳膊挺腿，后来终于躺在地上，看来他伤得不轻。

又出来一位年轻好看的大嫂，发现了受伤的八路军，却不说话，只是用脚尖捣碎步。后来大嫂将那八路军的水壶摘下来，捣着碎步藏到一块大石头后面去了，一会儿又举着水壶跳出来。她用水壶对着战士的嘴喂那战士喝，后来战士睁开了眼。人们想，这是该说句话的时候了，却还不说。两个人又跳起来。人们便有些不安静，或许还想到了那四十块钱的价值。

放映员熟悉片子，也熟悉端村人，早在喇叭里加上了解说。他说这部片子不同于一般电影，叫"芭蕾舞"，希望大家不要光等着说话。不说话也有教育意义。然后进一步解释说，这位大嫂叫英嫂，她发现受伤的战士生命垂危，便喂他喝自己的乳汁。战士喝了英嫂的乳汁，才得救了。"请大家注意，那不是水，是乳汁！"放映员喊。

"乳汁？"到底使几乎沉睡了的观众又清醒过来。

"乳汁是什么物件儿？"黑暗中有人在打问。

"乳汁，乳汁就是妈妈水呗！"有人高声回答着。端村也不乏有学问的人。

那解释很快就传遍全坑，最先报以效果的当是端村的年轻男人。在黑暗中他们为"乳汁"互相碰撞着东倒西歪。

老人们很是羞惭。

那些做了母亲的妇女，有人便伸手掩怀。

姑娘们装着没听见那解说，但壕坑毕竟热烈了。

沈小凤并不掩饰那"乳汁"对自己的鼓动，心急火燎地在黑暗中搜寻着陆野明，她愿意他也准确地听见那解说。在黑暗中她找到了他，原来他就坐在离她不远的地方。他那高出别人的脑袋，以及脑后竖起的一撮头发……都使她满足。

后来电影里的英嫂又踮着脚在灶前烧了一阵火，战士蹦跳着喝了她递给他的汤，终于挺胸凸肚地走了。

电影散了，壕坑里一片混乱。女人们尖声叫着孩子，男人们咳嗽着率领起家人。

月亮很明，照得土地泛白。人们踏着遍地月光四散开去，路上不时有人骂上一半句，骂这电影不好看，并为那四十块钱而惋惜。但"乳汁"的余波尚在继续，半大小子们故意学着放映员的语调高喊着："乳汁！乳汁！"撒着欢儿在新耙平的地里奔跑。是谁在月光照耀的麦地里发现一件丢掉的"袄"。"谁丢了黑袄咧！"嚷着，弯腰便抓，却抓了一手湿泥。举手闻闻，原来是抓了一泡屎。许多人都骂起了脏话，那脏话似乎是专门骂给后面的姑娘听。

知青们裹着满身月光，裹着半大小子的脏话，绕道村南，像端村人一样朝村里稀稀拉拉地走。陆野明和沈小凤不知为什么却落在了最后。沈小凤分外安静，不时用脚划着路边黄下去的枯草。陆野明离她很近，闻见由她挟带而来的壕坑里的气味。

安静并不持久，无话的走路很快便使他和她莫名其妙地紧张起来。他们只觉得是靠了一种渴望的推动才走到一起来的，这渴望正急急地把他们推向一个共同的地方。

忽然他们停住脚。却没能意识到迫使他们停住脚的是那座伫立在场边的麦秸垛。月光下它那毛茸茸的柔和轮廓，它那铺散在四周的细碎麦秸，使得他们浑身涨热起来。他们谁也没弄明白为什么要在这里停住，为什么要贴近这里，他们只是觉得正从那轮廓里吸吮着深秋少有的馨香和温暖。他们只是站着不动……

许久，他们才发现站在麦秸垛前的不是两个人，是三个人。那一个便是杨青。

还是杨青先开口。她躲开陆野明的轮廓，只对沈小凤一个人说："我知道你落在后边了，就在这儿等你。"

沈小凤很含混地作了一声回答。

杨青先走，沈小凤紧跟了上去。陆野明努力回忆着刚才发生的一切。

第二天大风。灰蒙蒙的旷野上远远地蠕动着三个人影儿。

是生人。

辽远的平原练就了端村人的眼力，远在几里之外他们就能认出走来的是生人还是熟人。

正在拔棉花秸的栓子大爹望了一会儿说："都是汉们家，一准儿是奔咱村来的。看那架势，来者不善哩。"

人们一下都想起了队里有小池。

五

十岁的小池在听叔伯兄弟讲女人。

冬天，早春地里人少，他们把被太阳晒暖了的麦秸垛撕几个坑洼，卧进去，再把铺散下来的麦秸堆盖在身上。身上很暖，欲望便从身上升起来。

小池个儿小，出身又高，他不敢在正垛上为自己开辟一席之地，只仰卧在铺散开来的麦秸上，再胡乱抖几根盖住肚子和腿。他表现出的规矩谁都认为有必要，他表现出的规矩谁都感到方便。

他不知道弟兄们为什么专讲前街一个叫素改的女人，那女人很高，很白，浑身透着新鲜。那时她正是刚过门的媳妇，现时她已是俊仙的娘。

他们都宣称和那女人"靠"过，把一切道听途说来的男女行为，一律安在自己和那女人身上，用自己的"体味"去炫耀自己，感染别人。讲得真切，充着内行。

小池对他们的行为，乃至现时他们身上富足的麦秸，都产生着崇敬。看看自己身上的单薄，越发觉出自己的平庸。然而他们的故事并不仅仅包含着炫耀自己、感染别人，感染了，有人还将受到检验。受检验者当属于那些平庸之辈。弄不清什么时候，弟兄们便一跃而起，按住小池就扒裤子。小池的裤子被扒掉了，只是捂住那儿围着麦秸垛乱跑。

他们还是看见了小池的不规矩之处，小池的脸红到耳根。

小池决心不再来听他们谈女人。谁知当他再次发现叔伯兄弟出了村时，却又蔫蔫地跟了上去。他不敢再见素改，碰见她时脸一红就跑。

成年后，弟兄们相继成了家，小池也才明白那时的一切。原来那只是些渴望中的虚幻，虚幻中的渴望。

女人的标准却留给了小池，那便是前街的素改。后来他看过大芝的辫子，甚至毫不犹豫地埋葬过她。但他认为，无论如何那大芝不是女人的标准。

女人的标准和他的富农成分，使小池在郁闷和寂寞中完成着自己的成年。

小池爹说："不行就打听打听远处的吧。"

仿佛四川人就知道冀中平原有个端村，常有四川女人来这一带找主儿。小池爹出高价，前后共拿出两千五，人托人领来了四川姑娘花儿。

花儿坐在小池对面，小池不敢抬眼。

小池娘站在窗外好久听不见声响儿，急得什么似的，用唾沫舔破了窗纸，直向里嘘气儿。

小池望望窗纸，终于看见了对面的女人。这女人还年轻，很瘦小，短下巴短鼻子，耳边垂下两根干涩的短辫；黄黄的脸，一时看不准岁数。

她感觉到小池的注视，也注视起小池。小池看见，那是一双柔顺的大眼睛，目光里没有他想象中的羞涩，只有几丝自己把握不了自己的企望。那目光里有话。

她并不是女人的标准，可她是个实际的女人。童年的虚幻就要在眼前破灭，然而破灭才意味着新的升起。小池忽然明白，女人的标准，应该是女人对自己的依恋。那女人的眼光里就有依恋。他明显地感觉出身上的力气，希望有人来分享它。末了，他对她说："咱这儿，饭是顿顿吃得饱。"

小池娘在窗外松了一口气，赶紧又到供销社给花儿扯了一丈二紫红条绒。家里已经有了涤卡、毛线和袜子。

花儿和小池结了婚，饭吃得饱，恋自己的男人，一个月气色就缓了上来。脸上有红有白，头发也生了油性。她很灵，北方的活儿摸哪样哪样就通，做起来又快又精细，在地里干活儿常把端村人甩在后头。

麦子浇春水时要刮畦背儿，花儿非去不可。小池说："你们那边儿，麦地没畦背，这活儿你做不了。"

花儿不吭气。小池前脚走，花儿扛了刮板后脚就跟上去。到了地头用心看着，占上一畦就刮。很快，人们就聚过来看花儿的表演了，端村人重的是勤谨、伶俐。

饭吃得饱，恋男人，结婚两个月，花儿的身子就笨了。晚上，她老是弯腰侧着身子睡，像是怕小池看出她的大肚子。

小池说："往后你就摸索点儿家里的活儿吧。"

花儿不听，嘟囔着说："你怕的哪个？"

小池说："我是怕……"

花儿说："你怕个啥子哟！"

小池说："身子要紧，咱家不缺你这几个工分儿。"

花儿说："家里有男人，哪有不怀胎的女人。不碍。"花儿又说起了端村话。

小池不再说话。他不再去想花儿下地不下地的事。不知为什么，多少年来他第一次想到了叔伯兄弟在麦秸垛里的一切。那时弟兄们的荒唐话曾骗过他，现时什么荒唐话还能骗过他？他是她的男人，一切都是真切的。

小池在黑暗中笑了，花儿的气味又包裹了他。

花儿还是下地了，还净拣重活儿干：拉排子车，上大坡，下大坡，净争着领头。

刨地，光着脚丫抡圆一把大镐，脚丫在新土里陷得很深。

挑水，挑满了水缸，又浇院里的菜畦。

人们开始瞅着花儿的笨身子笑小池，笑他这样不知深浅地使唤媳妇。

大芝娘问小池："花儿是笨了不是？"

小池低下头光是笑。

大芝娘说："看是吧。"

小池还是低头笑。

大芝娘说："还笑，你就缺那俩工分儿？"

小池说："我说过。是咱摸不透外路人这性子。"

大芝娘说："外路、内路都是女人，该悠着劲儿就悠着点劲儿。"

小池听懂了，有了决心，觉得自己羞惭。

花儿干了一整天活儿，晚上又曲着身子躺在小池身边。炕上，一炕的汗腥味儿。小池仰脸跟花儿说话。

小池说："花儿，大芝娘说我哩。"

"说你哪样？"花儿问。

"说我不疼你。"

"还说你哪样？"

"说我就缺你那俩工分儿？大芝娘都看出……你的身子来了。"

花儿没说话，喘气时哆嗦了两下。

"你听见了呗？"小池问。

花儿还是不说话，喘气时又哆嗦了两下。

"一村子人谁也不嫌你是外来的。连大芝娘的话你也不信？"

小池翻了一个身，和花儿躺了个脸对脸。

花儿还是没话。小池立时觉得花儿变了样。平日她不是那种少言寡语的人，干活儿、说话都不比端村人弱。现在她不仅不说话，喘气也越来越不均匀。

"花儿，花儿！"小池摇了摇她的肩膀。

花儿"哇"的一声就哭起来。小池不知缘由，先捂住了她的嘴。他怕正房里的爹娘听见。

花儿的哭声从小池手指缝里向外挤着，那声音很悲切，捂是捂不住的。

"你怎么了，花儿？"小池嘴对着花儿的耳朵说，"是不是嫌我说得晚了，心里委屈？"

"不……是！"花儿捶打着自己的胸口。

"还是嫌我的成分问题？"

"不……是！"花儿又去捶打小池。

"那……嫌肚里是我的孩子？"

花儿不说话了，一下止住了啼哭，翻了个身，两眼瞅着黑黢黢的檩梁。

小池也翻了个身，两眼也瞅着黑黢黢的檩梁。他又想起少年时麦秸垛里那一切，原来他终究没有成为身上堆盖着丰厚麦秸的富有者，他身上仍然胡乱抖落着几根麦秸。他还是那个被人追着跑的、受检验的小池。花儿本不应该跟他，属于他的本该是这伸手不见五指的黑夜，和这黑夜里的檩梁。

花儿正在悲痛中掐算着那些属于她的日子，和属于他的日子。初来小池家时，她常常觉得躺在身边的是另一个人。她时时提醒着自己，她是端村人，是小池的人。她调动起一身的灵性，去熟悉他，审视他，热恋他。很快她就相信了，相信了她身边只有小池，只有过小池。然而这不容置疑的相信还是被破坏着，那便是她那越来越笨的身子。对于端村人，她是四川姑娘花儿；但对于小池，花儿并不是四川的姑娘，在四川她有过男人。是家乡的贫穷，是贫穷带给那四川男人的懒惰和残忍，才使她怀着四川的种子逃往他乡。在从大西南通往中原地带的漫长路上，她得知除了四川还有冀中平原，冀中平原有个端村，端村还有个叫小池的人。

是小池把花儿又变成了花儿，但花儿不能把这个"小四川"留给小池。她将留给小池的应该是小小池。

姑娘也有自己的道听途说，包括女人们怎样就可以毁灭那正在肚子里蠕动着的生命。也许很小的时候她们就了解那神秘而又残忍的手段了。花儿也想寻机会来施行。

直到窗纸发白，小池才明了花儿肚子里的真相。花儿从炕上滚到炕下，跪在地上扶住炕沿，直哭成泪人。

小池在黑暗里摸索着卷烟抽。他卷得娴熟、粗拉，叶子烟的烟灰在花儿身边雪粒似的散落。花儿等待着小池的判决。

小池的判决听来空洞，就像他们初次见面时，他告诉她"饭是顿顿吃得饱"一样，现在小池说："把那小人儿生下来吧。"

小池下炕扶起了花儿，在炕墙上捻灭了最后一根用报纸卷成的叶子烟。

人们看不见花儿下地了。

在地里，大芝娘问花儿，小池只说："她就是想吃辣的。"

"几个月了？"大芝娘又悄悄地问。

小池只是张了张嘴。眼里显出一片空白。

大芝娘从小池那空白的眼神里，早已悟出了什么。她想起花儿那突然显笨的身子，暗暗掐算起花儿来端村的日子。

大芝娘还是给花儿送去了辣椒。辣椒，端村不种，集上不卖。她想起知青点来。知青点墙外常扔着些装辣酱的瓶、罐。孩子们捡回家注上水，插枝菊花摆上迎门橱。大芝娘找杨青淘换。杨青给了她从平易带来的辣椒酱。

大芝娘没有透露花儿的姓名。

花儿三月进端村，九月生下一个男孩儿叫五星。

小池一家很安静。

五星满月，花儿干起活儿来更不惜力气。

六

小池家安静着，小池爹娘却老拿眼扫花儿的肚子，拿眼审视小池的神情。小池顶不住了，就找爹娘去"交代"，觉得是自个儿对不住爹娘。他说："白让家里拿出来两千五。这、这叫什么事？"

爹娘的疑心被证实了，一阵子长吁短叹。

爹说："也不怨你，都怨咱走得背时，喝口凉水也塞牙。"

小池说："要不咱们分家吧，爹娘落个体面。让我一个人在外头挨骂吧。"

"跟谁分家？"爹问。

"你就那么能耐!"娘说。

"也是不得已。"小池说。

"什么不得已?"爹说,"队里都敲钟了,还愣着干什么!"爹轰小池去上工。

爹轰走了小池,小池在爹娘跟前才有点儿放心。

小池踏着钟声集合出工,一出门便遇见一片眼光。他们看见小池故意提高嗓门咳嗽,有人咳嗽着还唱起一首现时最流行的电影插曲:

> 咱们的天,
> 咱们的地,
> 咱们的锄头咱们的犁。
> 穷帮穷来种上咱们的地,
> 种地不是为自己,
> 一心要为社会主义,
> 嗨,社会主义!

他们努力重复着最后几句:

> 种地不是为自己,
> 一心要为社会主义,
> 嗨,社会主义!
> 社会主义……

男人们大开心,女人们笑时捂住嘴。

小池立刻就明白那歌词的矛头所指,他落在人们后头好远。

歌声刚刚平息,村里人又开始议论五星的长相。说那小人儿脸扁,耳朵爹,见人就笑,笑起来一脑门抬头纹。

大风天,那三个生人当中也有一个脸扁、耳朵爹、一脑门抬头纹的人。三人走近,栓子爹一看那长相,越发觉出来者不善。

来者眼看着进了村,见了端村人连个招呼也不打,就直奔大队部去了。

三个人跨进大队部，又捶桌子又摔板凳。端村人悟出了他们的来头，那些捂着嘴笑小池的女人去给花儿送信儿；那些冲小池唱歌的男人则叫来了民兵。民兵们进门也不善，把那三个人捆住，擂了个嘴啃泥。那三个人只是挣扎，为了表示他们的光明正大，嘴里骂着，喊着花儿。民兵们直装糊涂，吆喝他们说："端村没这个名儿，趁早儿滚蛋！"生人嚷道："老子就是不信！我们有证据，县公安局就在后边，你们等着吧！"

一辆吉普车真的开进端村。公安局来人给端村干部摆了花儿来端村的缘由，说："花儿是从四川逃出来的人，花儿还得回四川。"

县公安人员轰开民兵，给那三个人松了绑，领进了小池家。

端村人也拥进小池家。院子里人挤人，栓子大爹、大芝娘、叔伯兄弟们，连俊仙娘素改也挤在里头。知青们被卡在了门外。

小池站在屋门口，大芝娘和乡亲们紧护着他。

县公安人员叫着小池的名字说："你也看出来了，人家的人，还得让人家领走。"

小池在大芝娘身后捶胸顿足地说："人，人在哪儿哩？唉！"小池把脚跺得山响，浮土笼罩了他。

"我们要进屋看看！"

"我们要看个明白！"

来人得理不让人，猜出小池是谁，举胳膊冲他吆喝一阵，拨开大芝娘就往屋里冲。

"站住！"栓子大爹一扭身立在他们眼前，"这不是四川，这是端村！"

"要人不能抢人，私闯民宅这不成了砸明火？"大芝娘说。

"小池，说给他们，人就是领不走。连个女人都养不住，跑到端村来撒什么野？"素改也在后头冷一句热一句。

公安人员跳上院角的糠棚，向端村人交代政策："你们得讲政策！人是从她男人那儿逃出来的，现时人家男人找来了，咱们得让人家领回去。限制人家不符合政策！"

"那两千五百块钱呢，为什么不交给我兄弟？"小池一个叔伯哥高喊着。

"两千五百块钱叫人贩子克扣去了，人贩子现已在押，已经立了案。钱，早晚得如数交出来。"公安局的人说。

"玄!"那个叔伯哥说。

大芝娘看形势发展对小池不利,拽拽小池的胳膊,暗暗对他说:"花儿哩?"

"早不见个影儿了,五星也不见影儿了!"小池压着嗓子,又跺起了脚。

四川人见院里安静下来,才扒开人群冲到屋门口。他们向屋里探着脑袋,屋里只有小池的爹娘。爹坐在炕沿上捂着头,娘在炕角脸朝墙坐着不动。

三个人到底冲进屋,屋里只有花儿一件旧衣裳。

公安人员再次询问小池关于花儿的下落,小池只是跺脚、叹气。后来,他们从屋里叫出那三个人,让他们先回县里等待,端村的工作由公安局继续做下去。

土改时小池爹娘挨批斗,院里热闹过;现时人们都忘了小池家的成分。他们竭力安慰着小池和他的爹娘。傍黑,叔伯哥给小池端来一瓦盆面条,小池和爹娘没心思吃,面条糟在了盆里。

入黑,很静,蹲在当街吃饭的人,不说话,光喝粥。整个端村像经历着一场灾难。

寻找花儿的人四处游走着,四处打问着。月亮升起来了,人们在那些黑影里搜寻。黑影里只有朝着黑夜盛开的零星花儿,没有花儿。

大芝娘去麦场找栓子,栓子坐在碌碡上抽烟。烟锅里一明一暗,他抽得很急。

"这孩子莫非出了端村?"大芝娘说。

"不能。"栓子大爹说,"端村可没亏待过她。"

"怎么就是不见个着落儿?"

栓子大爹的烟锅抽得更急,好似拽着风箱的炉灶。

他们身后那麦秸垛里一阵窸窸窣窣。

"有人!"栓子大爹警惕起来,急转过身,盯住那垛脚。

忽然,从垛根拱出两个人来,正是花儿和五星。

花儿顶着一脑袋麦秸跪在两位老人面前,摁住五星让五星也跪。五星不会跪,直往花儿身后捎。大芝娘抱起了五星。

"我跟他们去吧。都是我连累了小池,连累了乡亲。"花儿说。

栓子一时不知说什么好，大芝娘一手抱紧五星，一手拽花儿起来。花儿抬起让眼泪糊住的双眼，那眼里满是委屈和惊恐。

月亮下去了，黑暗领来了小池。黑暗将这一家三口在麦场上裹了一夜。

第二天花儿把五星箍在怀里，走进大队部。那男人一见花儿，上去便揪住了花儿的头发。

花儿说："放开你的手，我走。专等你回家去对我撒野。端村人哪个要看你耍把式！"

男人放开了花儿。

"走吧！"花儿说，"从今日起，我们娘儿俩跟定了你。"

那男人这才发现花儿怀里还有个孩子。他注意审视了一阵花儿怀抱的那个小生灵，忽然露出一脸恐慌说："我找的是你。娃娃是谁的归谁。"

"你说娃娃是谁的？"花儿追问他。

"我……我不晓得。"那男人说。

端村人又堵了一院子。大芝娘早就堵在屋门口，听见那男人的话，她大步跨进门，从花儿怀里抢过了五星。

"畜生不如！孩子谁的也不是，是我的！"大芝娘嚷。

大芝娘抢出五星，五星从人群里一眼就认出了小池。他号啕大哭着就朝小池扑了过去，小池接过五星，钻出院子。

三个男人领着花儿上了路，他们走得很急。花儿低头看着刚拱出土的麦锥儿，看着刚耙过的地，却没回头再看端村，生怕自己昏倒在地里。

花儿一早就换上了刚进端村的那身衣裳。袖子短，裤脚短，又露出了穷气。衣服狭小了，人们才看出她那又在隆起的肚子。肚子明确地撑着前襟，被撑起的前襟下露出了一截裤腰。

小池从后头追上来。追上花儿，强把一个大包袱塞给她。那里有她常穿的衣裳，还有那块没来得及做的紫红条绒。

花儿不接包袱，小池就一面倒退着，一面往花儿怀里塞。直到那男人抓住包袱就要往地上扔，花儿才劈手夺过来，紧紧搂在怀里。

花儿扔下了小池，端村的田野接住了他。小池没有闻见深秋的泥土味儿，只觉着地皮很绵软。

远处的花儿变得很小。她身边仿佛没了那三个男人,只有一个小人儿相伴。小池知道那是谁,那是他的小人儿,一个小小池。昏暗的天空像口黑锅扣着她们娘儿俩,她们被什么东西朝什么地方拽着……

一个村子眼泪汪汪,小池的心很空。

大芝娘抱着五星站在村口,扳过五星的脸叫他朝远处看。五星梗着脖子盯死了小池,见他走近,忽然很脆地叫了声:"爹!"就和端村人叫爹的音调一样。

一村子人听见那叫声,一村子人心惊肉跳。

七

一切又静下去。

冬闲时节,端村冷清了,知青点也冷清了。女生们常常抓几把秋天刨下的花生散在炉台上烘烤,然后上铺将脚伸进各自的棉被,开始织毛衣、纳袜底,各色的绣花线摊了一铺。她们不时把端村的姑娘请来出花样子,一个新样子博得了大家的欢心,于是争着抢过描花本,一张复写纸你传给我,我传给你,将花样拓下来,再描到袜底上拿花线纳。纳完自中间割开,一只变成一副,花样也彻底显现出来。大家惊叹着自己的手艺。

离年近了,端村的姑娘们不再来了,整日坐在家里给自个儿纳。还变着法儿讨来对象的脚样给对象纳。顷刻间她们都定了亲。

一股惆怅从女生们心底泛起。她们不再惊叹自己的手艺,手中的袜底便显得十分多余。

男生们关在宿舍里,整日在铺上抽烟,摔跤,喝薯干酒。他们愿意出一身大汗,还愿意让对方把自己的棉袄撕烂。破棉絮满屋子飞扬,人们不笑。

沈小凤从供销社买来一团漂白棉线,用钩针钩领子。领子钩到一半,晚上跑到男生宿舍去找陆野明。

自从那回看电影之后,人们发现,沈小凤不再找碴儿和陆野明争吵。一种默契正在他和她心中翻腾,时起时伏,无法平息。就像两个约好了走向深渊的人虽然被拦住，但深渊依旧摆在他们面前，他们无法逃脱那深渊的诱惑。陆野明暗自诅咒沈小凤这个魔鬼，却又明白只有她才能缩短他和那诱惑的距离。怀了不可名状的希望，他愈加强烈地企盼超越那距离，到那边去体验一切。

沈小凤走进陆野明的宿舍，站在"扫地风"炉边，手里的钩针不停。炉火烘烤着她的手和脸，那脸染上橘红，雪白的领子也染上橘红。手指在上面弹跳，手腕灵活地抖着。

陆野明在地上来回地走，高大的影子不时被灯光折弯，一半横在地上，另一半蹿上顶棚。

"过来，让我比比长短。"沈小凤停住手，用心注视着陆野明。

陆野明只是来回地走，不搭茬儿，也不看沈小凤。

"过来呀……"沈小凤又说。

"告诉你件事。"陆野明忽然打断沈小凤，"明天晚上有电影。"

陆野明说完甩下沈小凤，推门就走。

沈小凤的手一哆嗦，白领子掉在炉台上，差点掉进炉膛。她麻利地捡起领子掸掸炉灰，在钩针上绕了两圈，揣进棉袄口袋。

第二天后半晌，喇叭里果真传来了电影消息。

放电影如同开会学习，历来要用大喇叭通知到全村。党员、团员、贫下中农均在通知之列：

"全体的党员，全体的团员，党员团员党团员！全体的贫下中农！今儿黑介放电影，今儿黑介放电影！电影叫《尼迈里访问中国》，就是外国人访问中国。尼迈里是个外国人，啊，外国人！外国人访问中国就是到咱们中国来访问，啊，来访问。党员团员党团员，贫下中农们！都要提高革命的自角（觉）性，要按时到场，按时到场！看的时候也不要打闹，也不要起哄，啊，不要起哄！"

电影消息一遍又一遍地在端村上空回荡，杨青坐在屋里静听。只觉得那声音里充满了提醒，充满了煽动。

上次《沂蒙颂》后，三个人沉默着走回知青点。接着，便是沈小凤和陆野明之间的沉默。那沉默令杨青十分不安。只有她能准确地体味那沉默意味着什么，那是沈小凤对陆野明的步步紧逼，那是陆野明的让步。

杨青内心很烦乱。有时她突然觉得，那紧逼者本应是自己；有时却又觉得，她应该是个宽容者。只有宽容才是她和沈小凤的最大区别，那才是对陆野明爱的最高形式。她惧怕他们亲近，又企望他们亲近；她提心吊胆地害怕发生什么，又无时不在等待着发生什么。

也许，发生点什么才是对沈小凤最好的报复。杨青终于捋清了自己的心绪。

天黑了，杨青提了马扎，一个人急急地往村东走。

电影散场了，杨青提了马扎，一个人急急地往回走。她不愿碰见人，不愿碰见麦秸垛。

电影里那个身穿短袖衫的外国贵宾在中国的鲜花和红旗里，尽管走到哪里笑在哪里，却终究没能给端村人留下什么可留恋的。端村人纷乱地扑向四周的黑暗中，半大孩子们则在黑暗里穿插着奔跑，嘴里仍然高喊着："乳汁！""乳汁！"那声音传得很远，很刺人。

杨青走在最前头，将那声音甩下很远很远。

陆野明和沈小凤却甘愿经受着那声音的激励，决心落在最后，直到叫喊着的孩子进了村，他们还远离着村边场上那个麦秸垛。

他们一前一后地走着，陆野明的步子渐渐大起来。沈小凤紧跟眼前的黑影，也加大了步子。

无言的走路没有使他们发生上次那样的恐惧，黑夜只是撺掇他们张狂、大胆。"乳汁"变作的渴望招引着他们，脚下的冻土也似乎绵软了。他们仿佛不是用脚走，而是用渴望在走。

他和她并没有看见那硕大的麦秸垛，却几乎同时撞在了那个沉默着的热团里。沈小凤只觉得心在舌尖上狂跳。忽然，她把手准确地伸给感觉中的他。

那黑沉沉的"蘑菇"在他们头顶压迫，仿佛正向他们倾倒，又似挟带他们徐徐上升。一切的声音都消失了，只有人的体温，垛的体温。

……

起风了，三三两两的知青奔进屋来，将马扎扔到屋角去。陆野明的宿舍敞开着门，杨青身上一阵阵发冷。她跑进那扇敞开着的门里，给"扫地风"添煤。

炉膛里的底火很弱，煤块变作灰白色。杨青身上更冷。她一眼便看见陆野明的空床铺，看见空铺上那件扯破的油棉袄。她扔下煤铲抱起那袄，故意将脸贴在油腻的领子上，一股陌生而又刺人的气味立刻向她袭来。她断定那气味此时也正在袭击着另一个人。

她抱着袄回到自己的宿舍，开始在灯下缝补。现在她只需要闻着那气味进行缝补，缝补才能抵消那里正在发生着的一切。

那里，该发生的都发生着；该发生的都发生了。

很晚，杨青把缝好的棉袄搭在身上过夜。

早晨的空气干冷干冷，院里坚硬的土地裂开细纹，像地图上的山川、河流。

处处覆盖着细霜。

杨青嘴里冒着哈气，踏着霜雪抱柴火做饭，又踏着霜雪下白薯窖拿白薯熬粥。

风箱在伙房里呼嗒呼嗒地叫起来，青烟丝丝缕缕地由屋顶的烟囱冒出去。

陆野明拱出棉门帘，站在门口很仔细地刷牙。

沈小凤的门紧闭着。

街上往来着挑水的人。筲系儿吱扭扭叫着，似女人的抱怨，似女人的咿呀歌唱。

家家都冒着青烟。

端村一切照旧。知青点一切照旧。

八

有人向大队交出了一只半截领子，一个村子暗暗沸腾了。

一位起五更拾粪的老汉，详尽地诉说着那领子的事。

演电影的第二天，在打麦场上，在麦秸垛下，有一个无霜的、纷乱的新坑。老汉看见坑里有团东西白得耀眼，起初以为是几朵白棉花，弯腰拾起，才发现那是半截领子和一个钩针。老汉猜出了那里的一切。他没想声张，可那消息却不胫而走。大队干部找到他，命令他将领子交出来。

干部们判断了那东西的来历，立刻想到知青点。

早饭前，女生们被叫到队部认领子。她们见到那个熟悉的白线团，知道事情已经非同小可，纷纷躲闪着不说话。

杨青最后一个进门，队干部又问杨青。杨青说："那不是沈小凤的领子吗？"

女生们互相看看，然后冲她使着眼色。

杨青看见了那眼色，但她故意表现着迟钝。她又拿起那领子举到干部们眼前说："是，这是她的。怎么在这儿？"

杨青和女生们出了大队部，才觉得脸上发烧。她想起一个宗教故事里有个叫犹大的人。原来报复心理和忏悔心理往往同时并存。

沈小凤是耶稣吗？

女生们走在街上先是沉默，后来有人说幸亏杨青认出来了，该让那家伙暴露暴露。又有人开始骂，说大伙都跟着那家伙丢脸。没有人责怪杨青，杨青从来不愿弄清、也不愿回忆她在大队部到底说了些什么。

妇联会主任找到沈小凤。沈小凤一切都不否认，还供出了陆野明。她甚至庆幸有人给了她这个声张的机会。

县"知青办"很快就来了一男一女。男名老张，女名小王。端村知青点成了典型，这"典型"彻底沸腾了。

先是腾出两间空房审问当事者。老张审陆野明，小王审沈小凤。

其余男女生，白天练队，晚上学习，"熬鹰"。从《路德维希·费尔巴哈和德国古典哲学的终结》一直学到各级政权的红头文件。

老张和小王一遍又一遍宣讲着那练队的意义。然后全体知青由本村一名穿戴整齐的复员军人率领，练稍息练立正，练向后向左向右转，练齐步走，练正步走和匍匐前进。

队伍走得很混乱，男生们边走边起哄。有人故意操起平易话问老张："我们哪儿错啦？为什么当事人有病，让我们老百姓吃药啊？"

老张严肃地追问："谁是病人？"

"这还能难倒我们？"有人将头冲沈小凤的屋子一偏。

"不对！"老张说，"从广义上讲，都有病。发生这件事，不是偶然的，必定有它的客观基础。你们……你们也太松懈了，摔跤、喝酒……"

"还钩领子！"有人尖起嗓子嚷。

"不许添乱！要说有病，都有病！"老张很严肃。

"哎哟妈哟，我的肚子真疼起来喽！"有人捂住肚子弯下腰。

复员军人撇着京腔发出了口令："卧倒！"

知青们哗啦趴了一院子。鸡飞上了房，瘦猪在圈里怪叫，看热闹的村人立刻就堵死了知青点大门。

"起立！"一院子人又哗地站起来。

"正步走！"

男生们走起正步，盯住复员军人那身在柜底压出死褶的军装，举手喊起口号："热烈欢迎，老赶进城……"

审问每天都在进行。从一开始陆野明表现得就十分顽固。老张问得很详尽，不厌其烦地让陆野明重复着那些细节。陆野明涨红着脸低头不语，但对老张提示给他的那些细节并不否认。

"几次？"老张问他。

陆野明又不说话了。他觉得这种面对面的盘问，比他在沈小凤面前所表现出的那些要难堪得多。终于，干部开始让他交代思想根源。他没头没脑地说："因为我腻歪她！"

"不合逻辑。既然腻歪，怎么还会有事？"

"不腻歪就不会有事？"

"照你的逻辑，你就是因为腻歪她才跟她那个？"

"是这样。"

"要是不腻歪呢？"

"就不会这样。"

老张永远也弄不清陆野明的回答，每次都说他不老实。

夜深人静时，陆野明独自躺在这间用来隔离他的屋子里，眼睁睁地望着漆黑的檩梁，垛下的一切好像已很久远。他甚至连他和她是否真去过那里都回忆不起了。只记得黑暗中他和她分明都撞在那个温暖的"蘑菇"上。若是再努力回忆，眼前出现的倒是杨青那恬静、平和的面容。每天的审问过后他要生出一个念头，他只想面对这个恬静、平和的面容大哭。他愿意让她看他哭，看他那失却男人气概的软弱，看他那只能引起异性嫌恶的丑态。一切在人前要掩饰的，他都要一股脑暴露在她面前，让杨青来认识他、鉴别他。

夜里失眠，他清晨恶心。

另一间房子里，沈小凤是个不示弱者，逻辑也无可挑剔。她向小王一遍又一遍地重复着细节，并不时和小王发生口角。

"是我主动的。"沈小凤说，"是我主动叫的他，是我主动亲的他，是我主动让他跟我那个……"

"好啦，情节我都清楚了，你不要再重复了。现在是你好好认识错误的时候。"小王在"认识"二字上加重着语气。

"我没有错误。"沈小凤说。

"乱搞还不是错误？"

"我不是乱搞。"

"这不叫乱搞叫什么？你和他什么关系？"

"我们是恋爱关系。"

"这和正当恋爱不是一码事。"

"是一码事。"

"怎么是一码事？"

"什么事还没个发展？"

"你……你太没有自尊了。"

"我有。我就和他一个人好。"

"好。可以，但是要正当。"

"是正当的，我喜欢他。"

"喜欢也要有分寸。"

"我想……我想先占住他。"

"那……他有这样的想法吗？"

"他？他……我不知道。"

她们忽然沉默了。小王盘算着下一步该问些什么。她的话终究提醒了沈小凤：他有没有这个想法？为什么她连这一层也没想到？

吃饭时他和她都可以去伙房打饭，沈小凤暗中观察陆野明：他有没有这个想法？从陆野明那张没有表情的脸上，她一点也看不出来。

那没有表情的脸使杨青获得了前所未有的舒畅。她明晰那没有表情的表情，那分明是对沈小凤永远的嫌恶。她忽然觉得，陆野明就像替她去完成过一次最艰辛的远征。望着他那深陷的两颊，她更加心疼他。她深信，驾驭陆野明的权利回归了。

练队在继续。

一星期之后，那两间紧闭的房门打开了，陆野明和沈小凤同时出现在门口。太阳照耀着两张发青的脸，他们被批准参加练队。

本来没有精神的队伍，由于这两人的归队振奋了起来。雄壮的步子践踏着脚下的黄土、柴草，垂着的胳膊也甩过了胸脯。堵在门口的孩子们呼地拥进院子，在队伍中穿来穿去，看陆野明和沈小凤的脸。

男生们没有计较陆野明的到来，但挨着沈小凤的女生却故意和她拉大了距离。那个空隙立即被齐腰高的孩子占领。

"注意距离!"复员军人又撇起京腔。

"注意距离!"孩子们也学舌着，不满意着他的京腔。

他们倒退着，不错眼珠地看着沈小凤的脸。谁推了谁一把说："起开点儿起开点儿! 放了屁还往人堆里挤!"

"臭，臭!"有人附和着。

"臭屁不响!"孩子们哗地大笑。

沈小凤终于被排挤在队外。

脚们依然跺得起劲。

沈小凤低头看着那些七上八下的脚们。

那群小脚丫又聚到沈小凤跟前，它们故意将浮土和柴草跺起来呛沈小凤。

脚们依然跺得起劲。

沈小凤一扭身回宿舍去了。

孩子们顿时感觉到那队伍的单调。他们撤离队伍，一窝蜂似的拥出了大门，向麦场跑去。

在那高高的麦秸垛下，他们像几个考古学者那般努力搜寻起那个"遗址"。

"遗址"早已被破坏，但他们还是判断出了它的方位。他们蹲下来开始幻想、推理，议论起那里发生的一切。讲得真切，充着内行。

"就是这儿!"

"你看见了?"

"栓子爷看见了。"

"不是栓子爷，是老起爷拾粪看见的。"

"老起爷给你说的？"

"给我哥哥说的。"

"你哥哥还告诉你？"

"不信问去！"

"你哥哥说什么？"

"说那个女的先到，后来那个男的来了，就……"

"就什么？"

"算了，我不说了。"

"不知道了吧？"

"我不知道你知道？"

"说不说的吧！"

"什么样儿？"

"想知道，你也找去！"

"他找过，找过！人家不要他，嫌他岁数小！"

那小者的脸一下红到耳根。大者们一拥而上，又要去检验那小者的不规矩之处了。

沈小凤们关注的永远是陆野明们。她们不曾想到，她们还常常受着一群不起眼的"男人"的关注。爱和恨，嫉妒和复仇，美妙、神奇、荒唐、狂热的梦便是从这里开始的。她们是他们永远的话题。

那话题永远隐秘，却世代相传。

九

春节快到了，大芝娘抱着五星在炕上说话。

那天大芝娘从队部抢出五星来，便没往小池家还。小池爹娘太老了。

"老爷儿正南了，做饭呗？"她问五星。

五星不参胳膊不蹬腿，也不说话，只把后脑勺往大芝娘胸前蹭。这胸脯还是那么肥大，那里仿佛永远会有充盈的乳汁。乳汁就要迸射出来，能喷小五星一脸。

大芝娘摸透了五星的脾胃。五星得了大芝娘的滋润，脸比花儿离村时鼓胀了许多。当初，五星不爱吃饭，每天光喝几口白菜粥。大芝娘掰一小块饽饽塞在他手里，五星攥着那饽饽就是不吃，从早晨攥到中午，一脸愁苦相儿。大芝娘往饽饽上抹了黄酱，夹上葱白，五星攥起饽饽放在鼻下闻闻，还是不吃。急得大芝娘忙去供销社给五星买饼干，买回来解开纸包双手捧着，叫五星自己抓。五星冷眼望着那珍贵物件，连手都不伸。

大芝娘拍着炕席说："可怜见！真把我愁死？这么个吃法，多儿咱才能长成个男人，俺？"

五星听懂了大芝娘的话，鼻子一皱，嘴一咧，"哇"的一声啼哭起来，脸更黄了。

大芝娘赶紧把五星揽进怀，撩开衣襟叫他叼奶头，那大而实的奶头。"委屈了我孩子！委屈了我五星！"她轻轻地摇着身子，摇着五星，摇得五星住了嘴。五星抽噎着，那奶头直在嘴里逛荡。

小池来了，看个小坐柜坐下，望着五星那一脸愁相，忽然对大芝娘说："婶子，我记起来了，这小人儿……怕不是也喜好辣的吧？"

大芝娘立时被提醒起来，抱着五星走进知青点，见了杨青，急得话都跟不上了。

杨青把大芝娘让进屋，问："婶子，这么急，有事？"

大芝娘说："有点儿事，找你，找点儿东西。"

"找什么你就说吧。"

"是这么回事。"大芝娘说，"花儿那工夫害口，不吃东西，不是找你淘换过辣椒酱？这孩子现时也不吃东西，莫非也随他娘？"

杨青明白了，赶紧从桌上拿起半瓶豆瓣辣酱，举到大芝娘眼前说："咱试试。"

杨青用指尖从瓶里钩出一点辣酱，在五星眼前晃了晃，五星的一双小眼马上就亮起来。杨青把酱抹进五星嘴里，五星便咂摸着嘴，高兴得又举胳膊又弹腿，张开嘴还要。

大芝娘乐了，杨青也很高兴。一个女生跑进伙房掰了块饼子，抹上辣酱递给五星，五星使劲攥住那饼子，张大嘴就咬。

"瞅瞅，这么个没出息的货！"大芝娘乐着，拍着五星的屁股。

几个男生、女生都把自己的"存货"拿出来，交大芝娘带回家去。

五星胖了，笑时脸上连褶子都不显。小池来了，大芝娘对小池说："忙抱五星进城照张放大相吧。挂在家里谁看着都高兴。"

小池嘴里"嗯哪"着，抬头看见大芝娘那一镜框相片。镜框玻璃被烟熏火燎，里面的人很模糊，分不清谁是谁。只看见有人笑，有人不笑。不知怎么的，小池忽然觉得花儿也在镜框里，她身子很笨，最模糊。小池把眼从镜框上挪开，对大芝娘说，他正在家起圈，是出来找铁叉的。说完便起身出门。

老爷儿真的正南了。大芝娘松开五星，到院里麦秸垛上撕几把麦秸，回屋填进灶膛点着，火苗一哄而起。大芝娘趁着火势，再塞上一把棉花秸。被引着的棉花秸在锅底下噼噼啪啪直响，屋里显得很热闹。

五星仰着脸在炕上踢腿。

知青点传来练队的脚步声。尘土飞扬。

又过了些天，知青大院空了。分了红，每人又分了二斤棉花、十来斤花生，人们回城过年。

沈小凤不回家。

几个女生开始劝说。沈小凤还是不肯，说："我知道你们怕我出事。你们不是不放心吗？这么着吧，我先走，我有地方去。"

沈小凤真的卷起铺盖卷儿就往外走。女生们跟到街里，看见她进了大芝娘的门。

杨青说："既然她是进了大芝娘的门，咱们也就放心了。"

沈小凤走进大芝娘家，一眼就望见了冲门那个被掏空了一半的麦秸小垛。她不再往里走，声音哆嗦着叫起"婶子"。

大芝娘高声应着，从灶坑前站起来，看见是抱着铺盖卷儿的沈小凤。

"婶子！"沈小凤又叫。

"忙进来，有话屋来说。屋来！"

沈小凤进了屋，仍然抱着铺盖卷儿站着。

"想和婶子就伴儿啦？"大芝娘去接沈小凤的铺盖。

沈小凤犹豫着松开手，站在当地不动。

"忙坐下。我再多添一瓢水，咱娘儿仨轧饸饹吃。"

大芝娘去添水，沈小凤依着炕沿坐下。她看见五星冲她笑，就去捏五星的脸蛋儿说话。

大芝娘在外间不停地拉风箱，伴着风箱的节奏说："一口猪杀了一百五，这集刚卖了半扇。剩下半扇，一半拿盐搓了腌起来，一半咱娘儿仨留着过年，打着滚儿吃也吃不清。"

沈小凤和大芝娘一起吃饸饹，谁也没有提那件事。

沈小凤在大芝娘家住下来，从年初一住到二月二，闺女回娘家的日子。

晚上，大芝娘睡得很早，晚饭前就铺好了被窝。被窝里放一只又长又满当的布枕头。沈小凤盯着那被磨得发亮的枕头看，大芝娘说："惯了。抱了它，心里头就像有了着落。"

沈小凤并不能够完全体味大芝娘的"着落"，那个又大又饱满的枕头只叫她又想起自己那生涩、迷茫的爱情。她常常在半夜醒来，每次醒来都看见大芝娘披了袄，点着油灯坐在被窝里纺线，纺累了就再去和那枕头亲近，然后坐起来再纺。直到窗纸发白。

黑夜，端村人都见过大芝娘窗纸上的亮光，都听见过那屋里的纺线声，却很少有人了解大芝娘为什么不停地纺线。就像没人能明白那个大而饱满的枕头在她的生活中有什么意义一样。对于大芝娘来说，也许没有比度过一个茫茫黑夜更难的事了。她觉得黑夜原本应该是光明的。于是她才发现了自己那双能做事的手。她不停地做着，黑夜不再是无穷无尽。她还常常觉得，她原本应该生养更多的孩子，任他们吸吮她，抛给她不断的悲和喜、苦和乐。命运没有给她那种机会，她愿意去焐热一个枕头。

纺车一次又一次叫醒了沈小凤，一次又一次催她睡熟。有一夜她梦见和陆野明结婚，婚礼就在端村，一切规矩都是端村的老规矩。她被杨青搀着，踩着红毡，从女生宿舍走到男生宿舍，腰里掖了大芝娘塞给她的一本皇历。她牢记着大芝娘嘱咐过她的话，一进门就要将那皇历压在炕席底下。她照着做了，那炕席底下铺着麦秸。陆野明正对她笑，她终于看见了他的笑容。她很幸福。人们很快都不见了，原来他们给了他和她机会。他拥抱了她，那拥抱温柔而又有力，她的心颤抖着，用双臂绕住他的脖子……县"知青办"的干部冲进来了。

沈小凤醒了。醒着，哭着，紧闭起双眼。她想再做一次哪怕是同样的梦。

纺车吱吱地叫。

大芝娘说："闺女，忙醒醒。准是做了噩梦。"

"婶子，不是噩梦，是好梦。"沈小凤睁开眼说。

"好梦、噩梦左不过是梦。梦见他了？"多少天来，大芝娘第一次提起她和他的事。

"嗯。"沈小凤说。

"人活一世，谁敢说遇见什么灾星。一个汉们家。"大芝娘停住话头，停住纺车，摘下一个白鸭蛋似的线穗子。那穗子已放满一小笸箩。

"婶子，那不怪他，怪我。"沈小凤说。

"他不知道要挨批判呀？让一个闺女家受牵连。"

"我不在意这个。"

"不在意也是闺女家。有二十啦？"

"过了年就二十。"

"看，二十岁的大闺女让人家审问。"

"我不怕。只要以后我是他的人，我不怕人家审问我。"

"闹不清城里怎么提倡，村里要是有了这事，那男的不娶也得娶。"大芝娘说。

"都得娶？"

"不娶，算什么汉们家？叫闺女嫁给谁？"

沈小凤再也睡不着了。度过了被审问的日子，她仿佛掉进了一个无底洞。现在大芝娘才又给了她新的勇气。天明她给他涂涂抹抹地写了一封信。

写信费了半天时间，她不知道怎样称呼他。她不想连名带姓一块儿叫，那样太生硬；她又不敢只叫他的名字，也许他会恼她。于是她开头就写："你一猜就知道我是谁。"她继续写："发生了那样的事，我并不后悔。我爱你，这你最知道。平时你不爱搭理我，我不怪你。都怪我不稳重。这你最知道。我有时表现不好，喜好和人们打闹，但我是干净的，这你最知道。自从那件事后，更坚定了我的决心。我要永远和你在一块儿，这你最知道。现在我和五星一起住在大芝娘家，我尽可能地每天都很高兴。真希望你们过完年就快点回来。给我写一封信吧，盼望来信。"

写完信，沈小凤借来小池的自行车，去县邮局粘牢信封，粘牢邮票，把信投进邮筒。她终于体验到寄信的愉快。

寄完信，她又去县城商店给大芝娘买了桃酥，给五星买了糖块，给自己买了漂白线和够做两对枕头的白十字布。

晚上，当大芝娘的纺车又开始响时，沈小凤鞴在被窝里问大芝娘："婶子，我想问你个事。"

"就等你问哩。"大芝娘摇着右胳膊，甩着左胳膊说。

"我打算绣两对枕头，绣什么花样合适？"

"男枕石榴女枕莲。"大芝娘立时就明白沈小凤的用意。

"去哪儿找花样？"

"我给你拓。"

第二天大芝娘就给沈小凤拓来了花样。

一个正月，沈小凤坐在炕上绣枕头。在石榴和莲花旁边，她还组织下甜蜜的单词，用拼音表示出来。把大芝娘看麻了眼。

一个正月，窗纸上有时是阳光，有时是寒风。有时没有阳光，也没有寒风。

十

太阳很白，白得发黑。天空艳蓝，麦子又黄了。原野又骚动了。

一片片脊背朝着太阳。男人女人的腰们朝麦田深深地弯下去，太阳味儿麦子味儿从麦垄里融融地升上来。镰刀嚓嚓地响着，麦子在身后倒下去。

队长又派杨青跟在大芝娘后头拾麦勒儿捆麦个儿。大芝娘边割麦子边打勒儿，麦勒儿打得又快又结实，一会儿就把杨青丢下好远。

杨青不再追赶大芝娘。她只觉得这麦田、这原野，大得太不近人情了；人在这天地之间动作着，说不清是悲是喜。

人们又向前拥去，前头一定是欢乐。新上任的队长又朝后头喊话："后头的，别荼懒着！前头有炸馃子、绿豆饭汤候着你哩，管够！管饱！"

杨青索性坐在一个麦个子上。大芝娘也没跑过来招引她，她们离得太远了。如今她觉得离她最近的是平易市。她把那个天地想得很具体：马路边上每一棵中国槐，每个商店门窗的颜色，甚至骑车上学时，车轮在哪里要轧过一个坑洼……那里，那一街一街的旧门窗里，终将是他们的归宿。他们会在那里搭个窝儿。

他们，她是指她和陆野明。

春节过后，陆野明一直没回端村。人们说他正在外地伺候他生病的父亲——一个害风湿病的退休干部。

春节时，杨青找过陆野明。还邀他出来去过一个被大雪覆盖着的公园。开始陆野明不去，推托家里有事，推托自己感冒，推托要等一位同学。后来那些推托在杨青面前到底变成了推托。他跟她去了那公园。

杨青想和陆野明并肩走，陆野明总使自己落后一步，仿佛是对杨青的忏悔。

雪很厚，他们那深陷下去的脚印十分明确。脚在深雪里陷着，发出咯吱吱、咯吱吱的声响。陆野明走在杨青身后，朝那一路新雪狠狠地踩着。他愿意把那咯吱吱、咯吱吱的声音变成对她的诉说，他一时一刻也没有喜欢过沈小凤。有了那一夜对她的厌恶，才有了对她永远的厌恶。终于，脚下"咯吱吱"变成了愤怒的语言：那个人、那个人！

杨青理解那"语言"却小心地在前边踩。她脚下的声音很小，像在劝慰着陆野明：我懂，我懂！

雪地的行走才使杨青彻底放下心来。在端村，他们默默驾驶起的那条小船，终于到达了彼岸。她和他完好无损，她和他都没有失掉什么。日子报复的不是他们，她还深有所得。现在他到底是属于她的，那来自身后的声音便是证明：

> 咯吱吱，咯吱吱！
> 那个人、那个人！
> 咯吱、咯吱！
> 我懂，我懂！
> 一个轻柔的回答。
> ……

镰刀又在杨青的不知不觉中挥动起来，男人女人的腰们又朝着麦垄深深地弯下去，一片脊背向着太阳。脊背们红得发紫，有的爆着皮。

那脊背的虔诚感动了蓝天，蓝天忽然凉爽下来。远处滚起雷声，雨丝也开始在田野里织罗。人们直起脊背，抱住双肩，朝着刚刚戳起的新麦垛奔去避雨。

杨青选了一个最近的麦垛。那个由横三竖四的麦个子摞成的小垛，容纳了她。身后是麦秆，头上是沉甸甸的麦穗。雨水顺着麦穗往下滴落，在杨青眼前形成一片闪烁着的珠帘。杨青用手接雨水，很难接满一捧；然后就用脚接，雨水顺着脚面流到脚腕，再溅上小腿。她发现自己的脚丫儿很宽、很白。细碎的汗毛稀稀疏疏地贴在小腿肚子上，雨点溅上去，很惬意。

后来有个人站在她跟前。这个垛离有人的地方分明很远。

杨青先看见一双男人的脚，又看见一张男人的脸。是陆野明。

"我看见你在这儿避雨。"他说。

"你回来了？"她问。

"嗯。"他答。

"刚到？"

"刚到。"

"没想到下雨？"

"没想到下雨。"

陆野明站在雨中，背对正在淅沥着的原野，脸朝着这个充实而又无声的堡垒。雨水顺着他的眉毛往下滴。

雨水把他的眼睛冲刷得很亮。那眼睛像对杨青说：我能进来避一下雨吗？你看，我正站在雨里。

杨青放下裤腿往旁边挪了挪身子，也用眼睛对他说：这还用问，这儿有的是地方。

陆野明闪过那面闪烁着的珠帘，一弯腰，坐在杨青旁边。

他们眼前更加朦胧起来。四野茫茫，一时间仿佛离人类更远。

这里分明就是一个世界。

杨青又想起那个使她苏醒的黄昏。充实和空旷都能激动起人的苏醒。她想，发生点什么，难道不正是这个时候？她微微闭起眼，企盼起来。

她像在熬日子过。

一切的一切都告诉她，没有发生什么。什么也没有发生。雨停了，雨滴仍然顺着他们头顶上的麦穗闲散着溅落。这儿那儿，他们四周是一整圈小水坑。

陆野明在距杨青一拳的地方抱腿坐着。杨青发现，有几个脚指头从他那双黑塑料凉鞋里探出来。杨青觉得它们很愚昧，就像几个弯腰驼背的小老头。她莫名其妙地怨恨起它们。仿佛是它们的愚昧，才使得陆野明忘记了她的存在——多好的淅淅沥沥的细雨。

太阳很快就出来了。人们的脊背又从四面八方的麦秸垛里露出来。他们吆喝着、感叹着，怨那雨的短促，怨那雨的多余。

大芝娘又在招呼杨青，那声音在雨后的原野上格外迅速，格外嘹亮。

杨青站起来，抻抻自己的衣裳，转身对陆野明说："叫我呢。你先回点儿上换件衣服吧，我包袱里有你的背心。钥匙在老地方。"

杨青说完扑着身子向前边的欢乐奔去，刚才的遗憾被丢在那个横三竖四的小垛里。

找到大芝娘，杨青又回身向后看。陆野明正在麦茬儿地里大步走。

"看，陆野明回来了。"杨青对大芝娘说。

大芝娘看着陆野明的后影，一时找不出话说。她想起沈小凤那对枕头。

杨青身上有了劲，她决心跟紧大芝娘。

第二天陆野明回队割麦子，一天少话。收工时沈小凤在一片柳子地里截住了他。陆野明想绕过去，沈小凤又换了个地方挡了他的去路。

麦茬儿地上升起一弯新月，原野、树木正在模糊起来。

"你就这么过去？"沈小凤说，口气就像通常那些对着自己男人的女人。

"不这么过去，怎么过去？"陆野明索性站住，面对沈小凤。

"我以为你不回来了。"她说。

"不回来到哪儿去？"他说。

"我不希望你对我这么说话。"

"怎么说？"

"像那天晚上一样说。"

"那天晚上我说了好多话，你要哪句？"

"要你最愿意说的那句。"

"我最愿意说'你走开，我过去'。"

"你没说过这句。"

陆野明不言语，两手插在裤兜里，眼睛死盯住那越来越模糊的地平线。脚下有一群鹌鹑不知被什么惊起，扑扑棱棱飞不多远，跌撞着又落下来。

"我那封信呢？"沈小凤又开始追问起陆野明。

"我收到了。"

"收到了为什么不回信？让我好等。"

"你愿意等。我不能一错再错。"

"你错了？"

"错了。你没错？"

"我没错。"

"没错写什么检查？"

"那是不得已、不情愿。不情愿就等于没写。"

"我愿意写。"陆野明说。

"这么说，你不爱我？"

"不爱。"

"不爱，为什么把我变成这样儿？"

"所以我错了。"

"你回来就是要对我说声错了？"

"就是。"

"那以后，我还是你的吗？"

"不是。"

"我是，就是，就是！"

黑暗中，陆野明又感受到了那双小拳头的捶打，比平时要狠——那双雪白的小拳头。接着，那头亚麻色的头发也泼上了他的胸膛。

"你……"陆野明站着不动。

"你什么？你说，你说。"沈小凤死死抵住他的胸膛。

"你是你自己的。"陆野明到底推开了她。

他绕过一蓬柳树棵，踏着沙土地，大步就走。

陆野明疾步走，想赶快逃出这片柳子地。他用心听听后面的动静，沈小凤好像没有追上来。陆野明这才放慢脚步，无意中却又来到那个麦秸垛旁。当他意识到这是个错误路线，沈小凤早从垛后转出来截住他。

顷刻间沈小凤已不再是刚才的沈小凤。她扑到他的脚下，半卧在麦秸垛旁，用胳膊死死抱住他的双腿，哆嗦着只是抽泣。陆野明没有立即从她的胳膊里挣扎出去。他竭力镇静着自己，低头问她："你……你还有什么话要说吗？"

"有。"沈小凤说。

"那你说吧。"

"听不完你不许走。"

"我不走。"

"你真不走？"

"真不走。"

"我……不能白跟你好一场。"

"我不懂你的意思。"

"我想……得跟你生个孩子。"

"那怎么可能！"陆野明浑身一激灵。

"可能。我要你再跟我好一回，哪怕一回也行。"

"你！"陆野明又开始在沈小凤胳膊里挣扎，但沈小凤将他抱得更死。

"我愿意自作自受。到那时候我不连累你，孩子也不用你管。"沈小凤使劲朝陆野明仰着头。

"你……可真没白在大芝娘家久住。"

"就是没白住，就是！"

"我可不是大芝爹。我看你简直是……"

"是不要脸对不对？"

"你自己骂出来还算利索。"

陆野明趁沈小凤不备，到底从她那双胳膊里抽出自己两条腿，向旁边跨了一步，说："我希望你和我都重新开始。"

陆野明走出麦场，沈小凤没再追上去。

她没有力气，也不再需要力气。她只需要静听。她又听见了"乳汁""乳汁",再听便是那彻夜不绝的纺车声:吱扭扭,吱扭扭……那声音由远而近,是纺车声控制了她整个的身心。

当晚,沈小凤没回知青点。大芝娘家没有沈小凤。

第二天有人为沈小凤专程去过平易市,平易市没有沈小凤。

端村,太阳下、背阴处都没有沈小凤。

远处,风水在流动,将地平线模糊起来。

又是一年。

知青们要选调回城。那知青大院就要空了。临走前,人们又想起那好久不喝的薯干酒。晚上,有人领头敲开供销社的门,打来一暖壶。女生们也参加了,还托出她们保存下的冻柿子、冰糖块、鱼皮豆。人们只是喝酒,吃柿子,没人开始一个话题。

后来,不知谁起了个头,大家便齐声唱起那个电影插曲:

> 咱们的天,
> 咱们的地,
> 咱们的锄头咱们的犁。
> 穷帮穷来种上咱们的地,
> 种地不是为自己,
> 一心要为社会主义,
> 嗨,社会主义!
> ……

他们一遍又一遍地唱着,唱到最后只剩下了男生,并且歌词也做了更改:

> 咱们的天,
> 咱们的地,
> 咱们一大群回平易。
> 上来下去为什么呀,
> 你问问我来我问问你,
> 一心要为社会主义,

嗨，社会主义！

……

陆野明没唱。

杨青也没唱。

陆野明抄起煤铲添炉子。他狠狠地捅着炉子，狠狠地添着煤，像是要把那一冬的煤在一个晚上都烧掉。

杨青端着茶缸喝了一口薯干酒，没觉出那酒的过分刺激。接着她又喝了一口。

陆野明扔了煤铲，蹲在墙角吃冻柿子。墙角很黑，柿子很亮。

第二天又是个霜天。一挂挂大车载着男生女生和男生女生的行李，在万籁俱寂的原野上走。牲口的嘴里喷吐着团团白色哈气。

近处，那麦秸垛老了；远处，又有新垛勃然而立。

十一

四月柳毛飘，卖鱼儿的沿街叫。

大芝娘又在院里开地。栓子大爹隔着半截土墙问："把院子都开成地？"

大芝娘说："他叔，你说辣椒这物件，莫非咱这片水土就不生长？"

"学生们都吃，想必这不远的地方就有种的。"栓子大爹说。

"我估摸着也是。是种籽儿，还是种秧？"大芝娘问。

"兴许是栽秧。"栓子大爹说。

"你不兴打问打问？"大芝娘说。

"莫非你想试试？"栓子大爹问。

"你给我找吧。"大芝娘说。

栓子大爹背了荆条筐，赶了几个近集，又去赶远集。走在集上他不看别的，单转秧市。葱秧、茄子秧、山药秧他都不眼生，见了眼生的便停住脚打问。

栓子大爹终于从远集上托回两团湿泥，两团湿泥里包裹着两把辣椒秧。

大芝娘在菊花畦边栽下辣椒，栓子大爹留出几棵，栽在麦场边。

麦子割倒，辣椒秧将腰挺直。

棒子长棵，辣椒也长棵。

棉花放铃，辣椒开花。

后来辣椒花落了，显出一簇簇豆粒大的小生灵，都朝着天。

有人隔着半截土墙问大芝娘："莫非这就是辣椒？"

大芝娘说："由小看大，闻着就像。"

有人在场边问栓子大爹说："莫非这就是辣椒？"

栓子大爹说："也不看看谁买回来的秧子！"

大秧谷黄了，辣椒红了。东一点，西一点，仿佛谁在绿地随意甩上的红手印。

菊花白了，辣椒更红了。红白一片。

五星串着畦背儿乱跑，不掐白菊花，只拣红辣椒揪。

第二年，栓子大爹从干辣椒里削出籽儿，种出秧，逢人就说："栽几棵吧，栽个稀罕。"

端村人在菊花旁边种起辣椒。秋天，端村的原野多了颜色。

十二

春日春光有时好，

春日春光有时坏，

有时不好也不坏。

在端村时，点儿上一个男生写过这么一首诗。杨青觉得那诗既滑稽又真切，止不住常在心里背诵。

如今，写诗的和背诗的都回了平易，杨青依然重复着那首诗。平易市悄悄地接受了他们。

杨青也说不清为什么要用"接受"二字来形容这伙人的复归，他们原来就是平易人。现在见了面还要互相打问：哪里接受了谁，或者谁不被哪里接受。直到杨青像平易人那样骑车上了班，才觉出眼前的豁亮——春日春光有时好。

那时车轮碾轧在不算平坦的马路上，不算稠密的旧商店从她眼前缓缓滑过，小胡同里还不时传出对于香油或豆腐的叫卖声。她觉得这才是平易人应该享受到的。就连过十字路口不小心闯了红灯，警察把她叫上便道罚款训话时，她也能生出几分自豪。假如你不是个平易人呢，假如你还在端村呢？端村没人为了走路罚你的款，端村也没有红灯。

你付给警察五角钱，警察撕给你一张收据。你又开始骑车，店铺又从你眼前滑过——有时不好也不坏。

有时，豁亮也能从你眼前消失。一走进接受了杨青的那家工厂，一走上那间水泥铺成的潮湿、滑腻的车间地面，她立刻就想起那诗的第二句——春日春光有时坏。

那是一个不算大的造纸厂，在离车间不远的一片空地上，挺挺地戳着几个麦秸垛。那旧垛的垛顶也被黄泥压匀，显出柔和的弧线，似一朵朵硕大的蘑菇；新垛的垛顶只蒙一张防雨帆布。那布的四角被绳子拉紧，坠着石头。

新垛很快就变成了纸浆，变作了纸，总是剩下那几座老垛。垛顶的黄泥慢慢变成了青泥，碎麦秸在檐边参差，不再耀眼，不再像一轮拥戴着它的光环，像疯女人的乱发。

它们诱惑了她，又威慑着她；唤醒过她，又压抑着她。如今，它们仿佛是专门随了她来到这里，又仿佛她本不曾离开端村。

世界是太小了，小得令人生畏。世上的人原本都出自乡村，有人死守着，有人挪动了，太阳却是一个。

杨青常常在街上看女人：城市女人们那薄得不能再薄的衬衫里，包裹的分明是大芝娘那双肥奶。她还常把那些穿牛仔裤的年轻女孩，假定成年轻时的大芝娘。从后看，也有白皙的脖颈、亚麻色的发辫，那便是沈小凤——她生出几分恐惧，胸脯也忽然沉重起来。

一个太阳下，三个女人都有。连她。她分明地挪动了，也许不过是从一个麦场挪到另一个麦场吧。

冬天，人们把自己裹得很厚。杨青在街上仍然盯了人们看，骑车的人，步行的人。

一日，三个步行的人走出长途汽车站，往火车站走。两个大人牵着一个小人儿，那小人儿扁脑袋，夗耳朵。杨青立刻认出了他们，还认出了那双大皮鞋：牛皮、翻毛、硬底。走在城市的便道上，城市的声音虽然淹没了它的声音，但那声音一定比在黄土小道上清晰得多。另一个男人背上斜背一只花土布包袱。包袱很沉，坠得那人脊背向一边倾斜，弓着。

杨青骑车绕到三人面前，紧紧刹住闸，有意不言语，让他们辨认。

老小三人迟疑了好一阵，显得很慌张，以为是他们走错了这个世界的规矩。杨青笑了。

"栓子大爹，小池大哥，你们不认识我了？我是杨青。这是五星吧？"她低头盯住那个死攥住小池衣角的小人儿。

"可不是杨青！"栓子大爹恍然大悟，一脸的喜出望外。他万没想到在这个人挤人的地方，还有人能认出他们。

"你们这是……"杨青打量着小池的包袱。

"出趟远门。"栓子大爹说。

小池规规矩矩地把说话的机会让给了栓子大爹，他牵着五星的手只是笑。笑时嘴角两边多了几条皱纹，括弧一般。

杨青猜出了他们的去向。端村人不做大买卖，不攀大单位、大干部，通常没什么远门可出。

"是不是去四川？"杨青问。

栓子大爹没有立时回答。小池涨红了脸。五星怯生生地看着杨青，将头靠在小池腿上。

"我送你们去车站吧，来，快把包袱夹在后车架上。"杨青去摘小池的包袱。

小池说："不沉，不沉。"

杨青还是摘下那包袱，夹上后车架。他们在杨青的带领下，恐慌地躲着车辆和行人。

到了火车站，杨青替他们看好车次，让小池排队买票。栓子大爹这才跟杨青说起去四川的事。

"你看，说话间五星都长大了，可那边还有咱端村的骨肉。叶落归根，好比命该你们还得回平易一样，那边的骨肉终得归咱们端村。"栓子大爹说。

"那，五星呢?"杨青问。

"先让五星见见娘，再看花儿的意思。花儿也是个底细人，亲的热的，就是亲的热的。"

栓子大爹说得很婉转，但杨青还是听懂了那意思。她想，五星就要留在花儿身边了。她不知道应该高兴还是难过。

五星的两眼很茫然。杨青又想起他小时脸上常有的那种愁苦相儿。

小池买来车票。杨青从站前小摊上给五星买了两根膨香酥、一包江米条;给栓子大爹买了一包黄蛋糕。她觉得和他们相遇，一切做得都得体。

五星将那两根拐棍似的膨香酥使劲搂在怀里，那俩"拐棍"一红一黄。

栓子大爹双手捧着那包蛋糕。

五星的那包江米条，被小池用小拇指钩住，悬得很高。有人撞在上面。

上车的人很多，栓子大爹和小池携着五星，旋即就被挤车的人卷走。他们憋红了脸，不惜力气地挤着，栓子大爹那皮鞋踩着别人的鞋，也叫别的鞋踩着。

后来站台上只剩下杨青。她想起刚才他们向她打问了所有的男生女生，唯独没提沈小凤，也没提陆野明。

陆野明和杨青不常见面。离开端村，杨青便失却了驾驭谁的欲望。陆野明也不再得到那种激动和那种安静。见面就是见面，如同上班、吃饭。但每次见面他们都能给对方留下恰如其分的印象，似乎都想对得起在端村的日子。晚上，他们走在一条条有着稀薄林荫的林荫道上，注视着装点在那里的男女，寻找、模仿着他们应该做出的一切。

陆野明像所有男人一样，把自行车支在路灯照不到的地方，半个身子斜倚在后尾架上，有分寸地抽烟。杨青站得离他很近，又不失身份地显出点淡漠。谈话也总是由远而近。

"我们厂定了新规矩，出门、进门都得下车。"陆野明说。

"噢。"杨青说。

"你们厂呢?"陆野明问。

"我们厂随便走。"杨青说。

"你说有必要吗?"陆野明问。

"麻烦。"杨青说。

两人愣一会儿,杨青又说:"热了。"

"越来越热了。"陆野明说。

"反正厂里得防暑降温。"杨青说。

"我们车间发了茶叶、白糖。"陆野明说。

"我们厂还没信儿。"杨青说。

又愣了一会儿。

终归,他们接触到那个不可少的实质性问题,又是陆野明吞吐着先开口。他用了最微弱的眼光看杨青,语气里带着试探和要求。端村,"尼迈里"访问过的那个黑夜,仿佛留给了他永远的怯懦。

杨青没有说过"行",也没有说过"不行"。

他们还是如约见面,听音乐会,看话剧,游泳,划船,连飞车走壁都看。每次,陆野明总是把一包什么吃的举到杨青眼前。陆野明托着,杨青便在那纸包里摸索着,嚼着,手触着食物,触着包装纸。那包装纸总是分散着杨青的注意力。她想,她触及的正是他们厂生产的那种纸,淡黄,很脆。那种纸的原料便是麦秸。

每天每天,杨青手下都要飘过许多纸。她动作着,有时胸脯无端地沉重起来。看看自己,身上并不是斜大襟褂子。她竭力使活计利索。

一个白得发黑的太阳啊。

一个无霜的新坑。

秧歌

迟子建

第一节

银口巷和猪栏巷的名字，那是后来才起的。当时它们没有名字并不是说它们不成其为巷子，而是因为那一带太热闹了，人人知晓，当然就不需要名字了。相反，有了名字的灯盏路那时却是寂寞的。

正月十五一到，从南天阁就来了扭秧歌的人。他们里面穿着棉衣棉裤，外面却罩着色彩鲜艳的绸缎，脸上涂满了白粉和胭脂。女人们的嘴唇就像是被辣椒熏着了似的通红通红。他们从南天阁一路扭来，踩着高跷，由灯盏路进入到银口巷和猪栏巷。两个巷子扭下来，他们就会把烧饼铺里的烧饼吃得一个不剩，把卖羊血汤的店铺的荤腥味席卷一空。

"南天阁的人呃，男人都是秀腿，女人都有水蛇腰。"

人们看罢了秧歌，当然就要仨一伙、俩一串地把老话题搬出来了。老话题就仿佛是一块磨刀石，而人的嘴就跟刀子一样，轻轻地荡几下，那股锋利劲就跟银蛇一样舞起来了：

"小梳妆那脸上的胭脂涂得太厚了，好像哪个屠夫拍了她似的！"

"可是小梳妆的腰还是那么细，天！她怕是有三十六七了吧？"

"她就是五十了也还是小梳妆！"

无论是赶车的马夫，还是牵驴的磨倌，抑或是卖豆腐的中年妇女，只要听说南天阁来了秧歌队，而那里面又有小梳妆，就不管他们手里正忙着什么，赶紧撇下朝银口巷和猪栏巷里跑。常常是他们赶到那里时，秧歌已经扭到高潮，他们踮起脚抄着袖子站在水泄不通的人群外，看得脖子都要长了。

　　那年女萝跟在大人们身后去看秧歌，把一只红色的虎头鞋挤丢了，她的一只脚踩在雪地上，冻得哇哇直哭。她用手去扯她爹的手，她爹却毫无知觉，而她娘凭着一身的力气已经挤到最前面去了。女萝放声大哭着，但是那热烈的喇叭声以及锣鼓"咚锵咚锵"的喧哗声把她的哭声掩盖了。她仰着头朝顶上看，只看见了踩高跷的那些人的头颅，像许多盖彩灯一样晃晃悠悠地悬在那儿。

　　女萝因此冻掉了两个脚趾。从那以后她就常常在给爹煎药时将臭虫放进去，她还将母亲梳妆匣里外祖母遗留下的那些好看的手镯、项链、戒指和梳子，一件件地偷出来，送给猪栏巷旧杂货店的臭臭。结果臭臭在巷子里把这些东西都玩丢了。谁捡着了，自然就是谁的了。

　　再到正月十五的时候女萝也就不去看秧歌，她看灯。冰灯是没什么看头的，她喜欢看彩灯，红的宫灯，紫的茄子灯，绿的白菜灯，粉的莲花灯以及八面贴满美人的走马灯，都是女萝喜欢看的。灯都汇集在灯盏路，而去看灯的人却并不多。南天阁的秧歌队一来，灯盏路就仿佛留不住寡妇的婆婆一样看起来愁眉不展，而小梳妆一来，灯盏路只是一个孤零零的婆婆了。

　　女萝被冻了脚趾的那年冬天是第一次去看小梳妆，没有看成，她想往后是不会看成的了。

　　女萝十五岁时，她爹爹谢世了。死于腊月的爹爹临终说的唯一的话是："再过个把月，小梳妆又会来扭秧歌了……"说完，他"啧啧"两声，就把头一偏，撒开这一切不管不顾了。女萝发现爹爹的头偏向南天阁。

　　爹一死，娘就嫁人了。娘嫁给了银口巷里"极乐世界"的掌柜刘八仙。"极乐世界"经营丧服、花圈、纸牛、纸马、纸童男童女的生意。刘八仙已经往冥途送走了两房太太，所以不管刘八仙多么趁钱，女人们都不敢给他做太太了。但女萝她娘自称命硬，已经克了夫，还怕他刘八仙不成？所以，她把家当收拾在几个大包袱皮里，择了一个有太阳的日子，连人带物地奔刘八仙那儿去了。刘八仙在龚友顺的羊肉面馆摆了十桌席，吃得银口巷和猪栏巷的老主顾们个个面色油红。而等到宴席一散，包括刘八仙在内，那些吃了羊肉面的人个个肠胃不适，上吐下泻的。老主顾们埋怨刘八仙，刘八仙当夜也没做好新郎官，气得他把一肚子恶气撒在龚友顺的店门前。他把屎和尿都弄在那里，他指着龚友顺的鼻子骂：

"你作践人哪，你黑心哪，两个巷子的人都被吃坏了，你是想让我送丧服给你穿哪！"

狡诈而胆小的龚友顺吓得闭店三天。他门前的幌子也被刘八仙扯下来，踩得扁扁的，任人马车辆踩着、碾着。最后龚友顺不得不半夜将一只活羊牵到刘八仙的窗根下，他隔着窗小心翼翼地赔罪道：

"八仙，羊就挂在你家的门柱上了。"

刘八仙并不答话，屋子里黑着灯，他抽着旱烟，肩膀一抖一抖的，女萝她娘正在给他按摩。

"龚友顺把羊……"女人小声地说。

"粳米！"刘八仙小声却是严厉地呵斥了一声自己的女人，女萝她娘便不敢再作声了。

粳米停住了手，她觉得十个手指热辣辣的，像油煎了似的，她想刘八仙的前两房太太大概是这么被折磨没了的，粳米想到这儿就打了一串寒战。不到睡觉的时辰，可屋子里却没有光亮，刘八仙喜欢在暗夜中过日子，可粳米不愿意。粳米过惯了晚上有灯的日子。虽然那灯昏黄昏黄的，粳米无法做什么活，但只要是和丈夫在土炕上说说话，她的心里就服服帖帖的了。到了这种时候粳米就格外怀念已逝的丈夫。

龚友顺又低声下气地说了一些什么，后来窗外就不再有人语声，接着羊的呻唤声响了，羊叫得很凄楚。

"咩——"

粳米觉得胸里像塞了什么东西似的堵得慌。

"咩咩——"

粳米觉得该出去看看那只羊了，可刘八仙仍然慢条斯理地抽烟，抽得吱啦吱啦地响，粳米想披衣下地，可刘八仙忽然别过脸去对粳米说：

"脱了，睡——"

刘八仙将烟袋锅灭了，重重地朝地上吐了口痰，长长地吁了一口气，粳米听见了他解裤带的声音，她便也落寞地听从着吩咐。她不知道自己这是怎么了，跟了刘八仙，她的刚强劲荡然无存了。粳米被刘八仙搂在怀中的时候听见窗外的羊一声声地叫着：

"咩——"

"咩咩咩——"

"咩——咩咩——"

粳米想到了女萝，她流泪了。她一流泪，刘八仙就兴味索然地丢开她，到屋外去了。粳米听见羊忽然发出更凄厉的叫声，接着，羊叫声就消失了。粳米又打了一串寒战。她打开门，一股新鲜的膻腥气扑鼻而来。刘八仙正坐在地上剥羊皮，月光平平展展地铺在羊身上，使那里显得白亮亮的，像凝了一片猪油似的。粳米擦干眼泪回屋睡下了。早上起来时，她闻到了灶房里煮羊杂碎的气味，她朝那里走去，刘八仙蹲在灶坑前烧火，满嘴流油地嚼着一截半生不熟的羊肠子，他见了粳米后将她的右手扯过来，粳米便觉得无名指那里有个东西爬了上来，她低头一看，是一只银戒指。一只她母亲留下来而被女萝偷出去的银戒指。她吃惊极了。

"它藏在羊肚子里，龚友顺，哼，他服服帖帖了！"刘八仙满脸的络腮胡子都抖擞起来了。

"又是肥羊，又是银戒指，想当初龚友顺他、他何苦……"刘八仙说着，将锅盖掀开，一大团白汽"噗"的一声腾起来，弥漫在灶房间，云雾似的，使那里的刘八仙看上去有点仙风道骨的味道。

臭臭躺在旧杂货店的台阶上，他大概原先只是想躺躺，可是太阳明晃晃地照着，台阶热乎乎的，他躺着躺着就睡着了。臭臭的祖父走出旧杂货店打算着换老婆子回来吃饭，这时他发现了台阶上的臭臭。老爷子背着手，他咳了两声，然后用脚踹了一下臭臭。臭臭"哼"了一声，像猪那样哼了一声，口角流出一线涎水。

老爷子说："这个小吃闲饭的！"

臭臭他娘裸着胸端着一盆脏乎乎的尿布水打算泼在台阶下面，这时她听到公公在骂：

"这个小吃闲饭的！"

她明白这是在说她的臭臭呢。她脸一黑，就将脏水泼在了公公的脚下。公公被水冲了一下，他跌倒了，他站不起来，他像条落水狗一样。臭臭被扰醒后看到祖父的那副样子，他忍不住地笑了起来，而看到祖父愈是挣扎愈是起不来的那副样子，臭臭更笑得前仰后合。

　　祖父终于还是起来了，他依旧骂着"这个小吃闲饭的"，然后浑身湿淋淋地一瘸一拐地去换他的老婆子回来吃午饭。他认为臭臭是可以换老婆子的，臭臭九岁了，他认得秤星了，他该学会卖青菜了，可他什么也不学，他只会塞饭。祖父一路走也就一路唉声叹气地说着："这个小吃闲饭的。"

　　臭臭从台阶上爬了起来，他坐在台阶上，闻到了隔壁调味店的酱油味。接着，从那店里闪出一个扎着羊角辫的小姑娘，她手里提着瓶酱油。臭臭又闻到了醋香气，这时调味店又晃出一个老婆婆，她手里提着一只醋瓶子，她是拉黄包车的李老头的老伴，一个洗衣婆，最喜欢吃茴香馅的饺子。她一打醋，准是又吃这种饺子了。每次吃完，她的牙齿间都塞满油绿的茴香，她就这样塞着满嘴茴香坐在太阳底下一下一下地洗衣裳。有一回她从一个老主顾的衣袋里洗出几个零钱，她收下买了醋，等人家来取衣服的时候，她就说："洗出钱来了，买了醋了。"

　　人家笑笑，也不和她计较，依然把洗衣服的钱如数给她，下回也还上她这儿来洗。

　　臭臭朝屋子里走去。他走到里屋的摇篮前，看着那个刚出世六个月的小弟弟，他手里抓着一个小风车，正在"咿咿呀呀"地摇着玩。臭臭心想，他爹可真没福气，这么好看的一个孩子，竟然没有看上一眼就死了。臭臭爹死的时候，这孩子还待在娘肚子里呢。

　　臭臭心想，爹死了，娘就经常泼脏水给这家老老少少的人看了。

　　臭臭正要去灶房吃饭，他听见外面传来磨刀的声音，他便知王二刀来了。王二刀一来，臭臭的饭就得靠后点吃了。邻人们瞥见王二刀大模大样朝臭臭家走去的时候，都"啧啧"地说：

　　"这个打野食的！"

　　女萝没有跟她娘到刘八仙家去住，她仍然住在寂寥而幽静的月芽街上。那街上大都住着菜农，白天时，人们都下地去了，只有傍晚的时候农人们吆牛赶驴的声音才疲疲沓沓地传来。而等到晚饭的热闹劲一过，人们也不过是坐在树下看着火烧云推测一下第二天的天气。当然总是晴天也不好，禾苗需要雨水，所以那红彤彤的火烧云也不总让人愉快。

不到九点钟，月芽街就静了。牲口歇息了，人也乏得讲着讲着话就要睡着了。有时是月亮照着月芽街，有时是星星照着月芽街，月芽街就像漏斗一样过滤着月光和星光，街面上泛着朦胧的光晕。

女萝她娘每次回月芽街的时候都要遭到别人的冷眼。女人们的冷眼尤甚。她们似乎在说："真是个守不住寡的，自己的男人才死，就跟刘八仙享福去了，撇下个女儿不管不顾了。"

粳米就对女萝说："你后爹他不是个坏人。"

女萝说："我不去住，他不是我爹。"

"他是个善心人呢。"粳米又说。

"可他赚死人的钱。"女萝说着，就想起爹死的时候从刘八仙那里买了一套纸房子、纸牛、纸马，它们的价钱比真货便宜不了多少，这让女萝非常吃惊。爹爹一个人住得了那么大的房子吗？他活着时可没有这么阔气。

女萝执意留在月芽街，她独自种着祖上留下的几块地。种菠菜、生菜、芥菜、白菜，也种土豆、倭瓜、豆角和茄子。她把地待弄得很好。每回粳米回来看她的时候也总要说："别到街上乱走，晚上闩好门，男人都是不可靠的。"

"那女人们怎么还都要靠男人呢？"女萝说，"女的最后都不是跟了男的，给他们生了孩子，伺候着这屋里屋外的一切？"

粳米便不再吱声，她没什么可说的了。她心想，自己跟龚友顺送给刘八仙的那只肥羊没什么区别，该宰就宰，该剥皮就剥皮，该吃就吃了。她还有什么脸面说女萝呢？

但是粳米每次回来依然还是说，她不能不说。她夏天说女萝的时候，女萝就流着热汗看窗外落在花盆架上的蝴蝶，想着：这是只雌蝴蝶呢。到了秋天，女萝若是被说的时候，她就盯着粳米的脸庞看，她心想，娘的脸跟月芽街旁的落叶是没什么区别的。到了冬天，粳米有了更充裕的时间经常地用话敲打女萝，女萝干脆就走出屋门。她到月芽街上走，月芽街长长的，她朝西一直地走，走到灯盏路，然后再由灯盏路向南走。她想走到南天阁会，但因为南天阁有小梳妆，她便总是中途而归。她的缺了脚趾的脚走起路来显然是吃力了呢。到了春天，粳米便别想说女萝什么了。女萝天天下地，她忙极了，忙得连午饭都吃在地里。

又一年的正月十五到了。女萝依旧到灯盏路上看灯。南天阁来了秧歌队，秧歌队里依然有小梳妆，银口巷和猪栏巷里的人群已是满满当当了。人们放着鞭炮欢迎着秧歌队，把挺素净的空气弄出一股硫黄味。

天还没完全黑，所以灯盏路上的彩灯还不曾亮起来，看上去也就不那么活灵活现，女萝就查灯盏路两侧的杨树。她一棵一棵地查下去，查到记不住数的时候，再回过头来重查。最终她对灯盏路两侧究竟有多少棵杨树仍是糊涂的。糊涂也就糊涂着吧，女萝依旧查着树的数目，她想这样挨到天黑。天一黑，灯就该亮了。然而，没等天黑，雪先来了。雪花先是零零稀稀地小片小片地飘，接着便密密实实地大朵大朵地降，最后，雪稠得没有丝毫缝隙，它简直就跟一大块白布一样朝大地罩了下来。女萝被雪拍打着，她觉得灯盏路就跟一间雪屋子一样把她严严实实地关在里面了。女萝想，今夜是别想看好灯了。女萝还想，南天阁的秧歌队踩着高跷不知有多少人要被雪滑得跌跟头呢。如果小梳妆挨了摔，她的腿还会那么修长柔美吗？她的腰还会那样袅娜多姿吗？当然，她没有见过小梳妆，她是不知道她的腿和腰是什么样子的。

然而雪并不像女萝想象的那样持久地下下去。它停了。它一停天就黑了。天是黑的，路却是白的，灯盏路上的彩灯一盏盏地亮起来。女萝看见水灵灵的莲花了，看见紫丢丢的茄子了，她还看见走马灯八方的美人频频向她微笑，她开心极了。看灯的人并不多，这不多的人中又多半是老婆婆。她们腿脚不利索，看秧歌怕挤着，真就是豁出命来挤，她们也没力气挤到前面去。不过，她们一面看灯一面嘀咕着旱船划得怎样了，舞狮子的舞得怎样了，狮子的脚爪上是否挂了叮当作响的铃铛，猪八戒背媳妇的节目演没演，她们心里惦记的还是秧歌队。

女萝在白菜灯下突然看见有一个男人也在看灯，女萝凑上前，她认出来了，她的耳畔便响起一串悠长悠长的声音：

"磨——剪子——啰，戗——菜——刀！"

他是王二刀。女萝记事以后，只要是爹领着她到银口巷和猪栏巷去，就会听见他在两个巷子里气贯长虹的吆喝声。那卖豆腐的、卖糖酥麻花的、卖凉粉的、卖香烟的吆喝声，全被王二刀的吆喝声给盖下去了，如果不到近处去看看，就简直不知道他们在卖什么。

王二刀也看见了女萝，他问：

"没看秧歌去？"

女萝摇摇头。

"那里面可有小梳妆哪！"王二刀怂恿道。

"那你怎么不去看她？"女萝抢白道。

"嗬——"王二刀鄙夷地耸耸肩说，"一个女人，再有看头，还不是人家的。"

言下之意，女人还是自己的好。女萝听着这话，心里觉得十分服帖。她想爹若在世的话，今天非要挤得个腿肚子转筋不可。而娘和刘八仙，肯定也会在蜂拥的人群中伸长着脖子找小梳妆呢。

女萝再也没有看灯的心思，她就沿着灯盏路向南走，走到街口再向东，她上了月芽街。街上没有行人，行人都在银口巷和猪栏巷呢，女萝听见锣鼓响个不停，她觉得口有些渴。她慢慢地走着，月亮起来了，那是一轮饱满的圆月，又大又白，它照耀着雪后的大地。这下街上的雪白得更明显了，但是绝不耀眼，不似阳光下的雪晃得人睁不开眼。女萝想着心事把月芽街的雪踩出一串深浅不一的脚印。浅的脚印是断了脚趾的那脚踩的，它永远都用不上力气，轻飘飘的，像片树叶子。

女萝听见背后有踩雪的声音，她知道有人跟着她。后来她从雪地上发现了一个人的影子。她也没慌张。她一直地走，快到月芽街尽头的时候，她熟练地进了一条巷子。她推开自家的门，那人也跟着进来了。女萝猛地转过身来，她在有月光的黑暗中看见了王二刀。

她说："我屋里的刀和剪子都锋利着呢。"

王二刀没有吱声，但他的呼吸帮他说了话，他的呼吸跟西北风一样急促。

女萝反身进了灶房。她从菜板上拿起菜刀，然后用拇指试了试锋刃，她满意了。她将菜刀举在手里，她迎着王二刀走过去，她平静地说：

"你看，这刀明晃晃的，切肉跟切豆腐一样容易。"

王二刀还是没有说话，但他的呼吸声又一次帮他说了话，他想要她。女萝后退了一步，接着又后退了一步，她就这样踉踉跄跄地退下去，她退到墙角了，她手里的那把菜刀像只白蝴蝶似的脆弱地抖来抖去。

王二刀朝她走来，王二刀越来越近了，女萝将手里的菜刀朝王二刀砍去。她听见"嗖"的一声，一道亮光朝前飞去，那亮光可是王二刀自己磨出来的呢。女萝没有听见菜刀落地的"当啷"声，那么说他是被砍着了，皮开肉绽了，流血了。女萝心下害怕起来，她哆嗦在地上，她问："我真的砍着你了吗？"

王二刀还是没有吱声，但女萝感觉到他是没死的，因为她听见了他的呼吸声，像牛倒嚼一样的声音。

女萝正在猜测间，忽听得脚下"当啷"一声，是菜刀落到脚下了，王二刀走过来，他说：

"女人可不是玩刀子的。"

说着，他抱住了女萝。女萝打着挺，她不想起来——王二刀休想把她抱起来，可她还是被他抱起来了。她浑身颤抖着，她觉得骨头缝都疼了，王二刀把脸放在她的脸上，用胡子刷她的脸，她的脸火烧火燎的。

她低声说："真不该看那盏白……白菜灯……"

王二刀沉默着，他做着他想做的一切。等到他呼吸均匀起来的时候，他就朝屋外走去。女萝躺在炕上，她想起了粳米的话。她忍着痛下了地，将门闩上，然后透过玻璃望着外面的景色。苍白而疲倦的月牙街上，王二刀的身影在动呢。王二刀活像一只垂死的苍蝇在宽宽的白布带上爬。女萝转回身，她又推了下门，感觉是闩住了，她才放心地重新躺回炕上。

不久，外面传来狗叫声以及三三两两的脚步声和嗡嗡嘤嘤的议论声，看来秧歌已经散场了。秧歌一散场，灯盏路的灯也就该收了。

女萝想：闩门管什么用呢？想进来的，总会有办法进来的。她又下了地，将门打开，然后回到炕上，趴在被窝里流泪了。

龙雪轩首饰店开张的那天是老人们最爱回忆的一个日子。那是二十几年前的事情了。二十几年前的老人还都在中年，他们正是有力气的时候。"龙雪轩"建在银口巷的中心，它的左面毗邻着一家布店，右面靠着一家戏院，街对面是一家茶馆，所以"龙雪轩"地势得天独厚，热闹而不庸俗，付子玉老板在店面的选择上可谓匠心独具了。

龙雪轩首饰店开张的那天正是元宵节，满天飞扬着大雪，老天就像是在往下撒白花花的银子似的。付子玉穿着藏蓝色的印有"福"字的缎子薄棉袄，梳着油光锃亮的背头，脚蹬一双黑缎子棉鞋，威风凛凛地从店里出来了。他的身后跟着三房姨太太，一个比一个年轻，一个比一个俊俏，一个比一个穿得鲜艳，一个比一个珠光宝气。付子玉在一阵震耳欲聋的鞭炮声中给首饰店剪了彩，人群中爆发出一阵经久不息的掌声。付子玉在请来了社会名流的同时，也请来了平民百姓。那卖风车的、烤烧饼的、种菜的、拉黄包车的，都在那一天有了他们的一席之地。他上午招待人们吃喝，下午到戏院包了一场戏，而到了晚上，他请来了南天阁的秧歌队。也就在那天晚上，风流倜傥的付子玉发现了仙女似的小梳妆。小梳妆那年才十八岁。十八岁的小梳妆第一次从南天阁出来，她不仅迷住了付子玉，也迷住了整座城里的人。男人们都说：

"喈，那姑娘简直美得形容不出来了。"

男人们到了说女人美得形容不出来的时候，并不说明他们见识短，而是说他们的魂被美摄走了。小梳妆就是这样一个可以让人失魂落魄的人。当年马头岗的秀才赵天凉听说小梳妆是个美得无法形容的人，就认为众人屈了他的才华，什么模样的人他赵天凉形容不出来呢。等到隔年的正月十五赵天凉来到银口巷特意看小梳妆的时候，他一下子就江郎才尽了。不仅才尽了，命也尽了。他害了单相思，每日由马头岗朝南天阁眺望，形容憔悴，最终一命呜呼。当然这是后话了。

小梳妆的美不仅男人们喜欢，女人们也喜欢。

她们会说："咦，奇了怪了，喝的一样的水，她就这么显眼啊？"

她们嫉妒她，但不鄙视她。

就说那年的正月十五吧，老人们坐在台阶前又说开了。"龙雪轩"的店门前人山人海的，瓜子糖茶香烟管够，在戏院包场的戏也有味道。不过，那夜晚南天阁来的秧歌队实在是一天中最值得怀念的。那秧歌队的人踩着高跷，那高跷被他们踩得看上去比脚还要熟练。有男扮女装的，也有女扮男装的，有年轻的媳妇乔装打扮成老婆婆的，那虚假的老婆婆的嘴上还叼着一杆有一尺来长的烟袋。当然，这还不算稀奇，稀奇的是一个满脸长满核桃纹的老头弓着腰，手里提着一串鲜红的辣椒。他的头上蒙着块白毛巾，像个跑堂的伙计，他每扭一下那串辣椒就跟着簌簌地抖动几下，像火苗在跳跃一般。大家都想：这个爱吃辣椒的老汉腿脚怎么还那么灵便？这老头原来是一个年轻的小伙子扮的。他提着的那串辣椒，是他祖父种的，他脸上的核桃纹是他把高丽纸揉皱了贴上去的。他把他那个爱吃辣椒的祖父扮演得惟妙惟肖，以致他的祖父看了回家后不停地对着铜镜子照来照去的，看看自己还在不在。

当然，要说的还是小梳妆。那叼着烟袋的婆婆和手持辣椒的老头过去后，秧歌队里出现了一个手持绸扇的姑娘。这姑娘头上戴着一朵红绒线花，穿一身粉红色的绸缎衣裳，她每扭一下人群中都要爆发出一阵喝彩声。付子玉当时正捏着三姨太的手，可他见了小梳妆后，他松开了三姨太的手。他不由自主地跟着秧歌队朝前走，人群也就自然地给他让开了道。而等到付子玉意识到自己不该这样跟着向前走的时候，他就命令秧歌队再调过头来扭。付子玉的手下人马上看出了老板的心思，他们心领神会地用人群把小梳妆包围在付子玉周围，结果小梳妆只能围着他转来转去，无论从哪一个角度看去，小梳妆高高在上的形象都是美丽的。

臭臭躺在旧杂货店的台阶上问："那天你吃了几个烧饼？"

臭臭的祖父骂："我吃了多少，我怎么记得！二十多年前了，那时我是能吃的。"说完，他又骂了一句臭臭："你这个小吃闲饭的！"

臭臭发现祖父和几个老头讲起过去的事情时声音是柔和的，二十多年前的正月十五他在哪里呢？他问祖父：

"我怎么不记得那年的事情？"

祖父笑了："你要记得，你可就是我的兄弟了。"

臭臭想了想，他恍然大悟了："那时还没有我哪！"

又是中午换饭的时候了，臭臭的祖父不再讲小梳妆了。他踉踉跄跄地下了台阶，他去换他的老婆子回来。他走了几步，回过头来看了看臭臭，然后骂了一句："这个小吃闲饭的。"

与臭臭祖父同行的几位老者也跟着低声嘀咕着："这个小吃闲饭的。"

听他们的口气，好像他们养活了整个世界的人似的。

王二刀大模大样地朝月芽街走去。他朝女萝住的地方走去，这是晚饭之后的时辰。太阳没落山，但太阳被裹在一大块云彩中，云彩的边缘被烫出耀眼的金色来，活活像那些爱美的姑娘将自己那黯淡的提包镶上一圈金边，于是这包就多了一点生气，这云彩也就显得与众不同了。王二刀走得从容不迫，心安理得，以致月芽街上那些乘凉的老婆婆都说：

"这无赖，看他的脸不红不白的。"

于是这众多的老婆婆中就有一位像在谷粒中发现了一根铁针那样大惊小怪地叫道：

"女萝都不嫌臊，他臊的什么慌呢。"

别的婆婆就不吱声了，她们眼瞅着王二刀朝女萝住的那条巷子走去。她们觉得这世界是没办法让人舒心了，也就不再多想什么，她们就抬头望天，那太阳从云里钻出来了，不过那太阳是夕阳了，它朝西边去了。

女萝扔下饭碗后就想自己的心事。开春时粳米每回从刘八仙那里回来都要对她说：

"夜间一定要闩好门，你是个大姑娘了。"

后来，粳米大概是听到了什么风声，她再回来时就对女萝说：

"那个王二刀，他是个磨刀的，心狠着呢。"

再后来，她发现女萝体态不对了，女萝的肚子像面团一样一天天地发了起来，她便说：

"王二刀，他真的那么狠心？"

女萝便实话实说，讲正月十五在灯盏路的白菜灯下被王二刀盯上，他一路跟她回了家里。

女萝她娘说："你怎么放他进来？"

"他要进来，我有什么办法。"女萝说，"用刀砍都没砍中，他命大呢。"

粳米便说："王二刀可以做你的爹了，他真是伤天害理！他跟过多少女人，他却一个都不要，他只是耍女人，臭臭他娘不也被他耍着吗？"

粳米说这话时嘴唇青紫青紫的，她觉得自己的女儿跟一条船似的被王二刀操纵了，用它时，它就得跟着风里来雨里去，而不用时，就任它孤零零地漂泊着。粳米想告诉女萝，王二刀手里不只是女萝这一条船，他有的是船呢。

女萝听见王二刀推门的声音了，她想她得跟他把话说透了，不能再这样糊涂下去。这肚子里的孩子挺不过冬天就要露脸了，这孩子在降生时得有个堂堂正正的父亲。

王二刀拍了一下女萝的肩膀。女萝抖了抖肩膀，她说："你得娶我了。"

"这肚子里的孩子可以打掉。"王二刀嘿嘿地笑着说，"我认识个神医，几服草药吃下去，就会干净利索。"

"我不吃草药。"女萝抬起头来望着王二刀的眼睛说，"我要个家，要个孩子，孩子要有个爹。"

王二刀用手揉了揉鼻子，一副逃避责任的架势。他说："真想不开，人活一世，一男一女总是绑在一起，没意思。你要烦我，我就走。"

"你想找臭臭他娘去？"女萝突然唰的一下从裤腰那儿取出一把寒光闪烁的匕首，"我可不是别的女人，要了就要了，我会要了你的命！没了命，你和谁自在去？"

王二刀倒退了一步，他说："收了那刀子。"

女萝却说："那你娶我，要不我宰了你。"

第二节

王二刀答应着，退出了女萝的屋子。他再在银口巷和猪栏巷吆喝生意的时候，那声音就高亢刺耳得让人心里发毛，以至于那些耳背的老人以为自己返老还童了，他们逢人就喜滋滋地说："又能听见王二刀的吆喝声了。"

王二刀喊哑了嗓子，最后仿佛成了哑巴，他说不出来话了，他的眼睛血红血红的。他轻飘飘地走上月芽街，有气无力地来到女萝的屋前。女萝给他开了门。他走到女萝面前，劈手就是两巴掌，打得女萝捂着脸号叫。然后他对她说："娶你了。"

王二刀与女萝的新婚宴席仍然设在龚友顺的羊肉面馆里，仍然是十桌席。女萝挺着个肚子走来走去地招呼人们吃饭，许多月芽街的老婆婆吸溜吸溜地喝着油汪汪热乎乎的羊肉面汤，就仿佛好日子又回来了。她们不再觉得女萝没成亲就有身孕是多么伤风败俗的事情，她们吃得浑身洋溢着热气，而面馆灶下的柴草也燃烧得毕剥有声，新生活看起来充满了无穷的生气。女萝的脸上弥漫着温存平和的微笑，她透过窗户想象着外面有雪时的情景，那时，她肚子里的孩子就该出世了，她觉得浑身暖洋洋的。

粳米和刘八仙也来参加了婚礼。刘八仙成了龚友顺的座上客，女萝发现后爹面碗中的羊肉格外多，后爹吃得直仰身子，而粳米不过是喝了一些汤。龚友顺领着一家老小忙得不亦乐乎，倒像是他家婆媳妇似的。饭毕，龚友顺将客人一批一批地送走，然后开始清理店里的杂物，该洗的洗，该涮的涮，等一切收拾停当后他盘腿坐在炕上数着钱的时候，他眉开眼笑了。因为他知道除刘八仙外，其他人碗里不过有一两片薄薄的羊肉，他积郁已久的一股恶气总算出了。他想："你刘八仙别以为我龚友顺白白送给了你只肥羊，如今我从你晚辈身上赚了回来，你还神气什么？"

龚友顺哼着小曲将钱放入匣子中，然后懒洋洋地走出店门打算摘掉幌子打烊。这时他忽然发现王二刀站在台阶那儿没有走。王二刀直直地看着他，龚友顺的腿就有些发抖，他就着这股抖劲点头哈腰地对王二刀说：

"恭喜恭喜了，恭喜恭喜了……"

"龚友顺，你想赚我的钱，我得让你赚个明白。"王二刀走上台阶，他抓住龚友顺的衣领。龚友顺连连摆手说："要打我进屋里去打，别让街坊看见笑话。"

"我打你个光明正大！"王二刀一脚把龚友顺踢下台阶，龚友顺"哎哟"着。这时臭臭跑过来助威："他欺侮老婆婆，给她们吃肉少的面，也欺侮小孩子，我吃了三碗面总共才有八片肉，比纸还薄。"

"我是看老婆婆牙口不好，才让她们多吃面，少吃肉。"龚友顺从台阶上爬了起来，他朝店里走去。这时王二刀听见女萝在叫：

"男人家的，这么不大方？"

王二刀就不再找龚友顺算账，他打了他，气也就出了。龚友顺爬回店里，他老婆连忙过来搀扶他。他骂道："我挨打时你在屋里干啥呢？"

"我朝窗外看着呢。"老婆胆战心惊地说，"王二刀跟刘八仙一样不好惹。"

"屁！"龚友顺给了老婆一个耳光，"谁敢惹我？"

老婆捂着脸哭道："你只会在家跟我硬气，出去就是个软蛋。我跟了你一辈子了，没见你在人前硬气过一回，我真是跟够了你了。"

龚友顺的老婆在说"跟够了"三个字的时候，心底忽然冒出一股凉气，眼前隐隐约约地闪现出一条路来。她神思恍惚了一阵，就到店外去摘幌子。等她回来时，见龚友顺仍然坐在炕上一五一十地数钱，她的眼前就再一次地出现一条路的影子。

腊月间，正当忙年的关口，女萝生下一个男孩，取名会会。会会满月还没过，正月十五又来了。南天阁的秧歌队又敲锣打鼓地出来了，小梳妆也出来了。女萝在自己的屋檐下吊上一盏莲花灯，她有了孩子，不想再去灯盏路了。

女萝一边给会会调米粉，一边低声哼着：

> 宝宝吃吃，
> 宝宝睡睡，
> 宝宝长大，
> 爹娘有靠。

王二刀仍然坐在门槛上吸烟，自从结婚后他就爱这样坐在门槛上吸烟。会会出生后他的烟更甚了，女萝晚上和王二刀躺在一起时感觉到身边仿佛竖着一杆烟枪似的。

女萝说："不抽了，不行吗？"

王二刀没吱声，他仍然吸。

女萝又说："去看看秧歌吧，那里面有小梳妆。"

王二刀抬起头，他愁容满面但却是认真地说："一年总吃一种食，今天我改改口不行吗？"

女萝一惊："你改的什么口？"

"我要找臭臭他娘去，就今天。"王二刀扔下烟袋。

"你是个有媳妇的人了。"女萝装作漫不经心地说，"寡妇门前是非多。"

"我要是不跟你说，偷着去看她，你会知道吗？"王二刀的话带有挑衅的味道。

"我宁愿糊涂着。"女萝说完，就把调好的米粉一勺一勺地喂给会会。

王二刀站起身，从柜上拿下棉帽子戴上，然后放开大步朝旧杂货店的臭臭家走去。

王二刀一走，女萝就心慌了。她想正月十五臭臭连同他的爷爷奶奶肯定都在外面看秧歌呢，屋子里留下的只能是臭臭他娘和那个尚在襁褓中不省人事的遗腹子，王二刀与臭臭他娘肯定是重温旧梦了。女萝想着想着，眼泪就落下来了。她的眼泪落在会会的脸上，会会也好像哭了似的。

到了灯盏路将要收灯的时候了，女萝估计秧歌也要散场了。果然，不久月芽街上传来了三三两两的脚步声，这是看秧歌的人回来了。女萝想王二刀也该回来了，然而她并没有听到他的脚步声。她心慌意乱地站在窗前，她看见月芽街了，街上没有人影，清冷的月光映照在街面上，使那条街看起来像块孝布似的。女萝就这么看着这条街，直到子夜时分，她看乏了，眼睛也酸了，她才倒在炕上睡觉。女萝睡着了，她又来到了灯盏路，她看见了许多盏以前从未看到过的灯，她的全身心被光明浸透了，她觉得舒服极了。她睁开了眼睛，她看见了她身上的王二刀，她马上明白睡梦中发生了什么事。

王二刀把头搭在女萝的脖子上，女萝抚摸着他的头。他的头被汗水濡湿了，他疲惫不堪。

"臭臭他娘没有让你……"女萝不解地问。

王二刀没有吱声，而女萝一出口就后悔自己不该这样问他。女人是不能问男人委屈的，尤其是从另一个女人那里受来的委屈。女萝便亲了亲王二刀的脸颊，表达她的歉意。

粳米的脸颊一天天地塌陷下去，女萝每次见到她时都觉得刘八仙太亏待自己的娘了。有什么办法？是她自己不怕刘八仙的，她跟他去的那天还选了那么好的太阳天，但她的生活却布满阴霾。粳米每次抱起会会的时候都要说：

"姥姥看看会会长没长肉。"

每回她都一边沙哑地叫着："喔，喔，长肉了，抱不动了。"一边将会会丢在摇篮中，她气喘吁吁的，看上去力不从心。

猪栏巷的剃头师傅给拉黄包车的李老头剃头，李老头让他给剃成平头，而剃头师傅却给他理成光头。李老头拉着黄包车垂头丧气地回家时，他那个爱吃茴香馅饺子的洗衣婆正从竹竿上往回收晒干的衣服。她见自己的老头成了这副样子，就低下头笑出一串声音，仿佛一条鱼在水中弄出一串水泡似的："老了老了，还出这个洋相！"

李老头扔下黄包车，有气无力地喝了一壶茶，然后端个板凳坐在院子的树下纳凉。街坊的孩子们见了他，个个嬉皮笑脸的。他知道这是笑他的光头，他想剃头师傅这是活活整治他呢，他李老头一辈子为人卖命，可从未低三下四过，剃头师傅这不是拿他当"冤大头"吗？凭什么？李老头开始让自己的思绪朝回流，虽然他觉得这样有些累，但还是仔细搜寻过去生活中的一些细节，他是否得罪过剃头师傅？结果二十多年前的一个雨巷里发生的事情使他恍然大悟了。那一天傍晚有小雨，是秋天，灯盏路两旁到处布满了杨树的落叶。李老头拉着黄包车从南天阁出来，正走在灯盏路上，见前方有个人朝他招手，走到近前一看是剃头师傅。那时剃头师傅还没学剃头，他在一家饭馆里当跑堂的，他说：

"拉我一程吧。"

李老头："不行，车上有客呢。"

"一个人?"

"一个。"

"不是可以坐两人吗?"

"不能拉你了，今天只能拉一人了。"李老头说完，就沿着灯盏路向南走，雨丝唰唰地响，他听见背后那个人在骂："日后有你好瞧的!"

这日后的时间隔了二十几年，剃头师傅还没忘了此事。他给他剃了个光头来辱没他，他这是出二十几年前的气呢。其实当时车里的坐客是小梳妆，付子玉在银口巷一间屋子里正等着她。他一向是守信的，他不能走漏了风声。

李老头把事情的前因后果想明白后，心里就舒坦了许多。他搬着板凳回了屋子。屋子里有一股新鲜的醋香味。老婆子正把烧红的炭火装入铁熨斗中，她要把人家的衣服烫平展了。李老头又呷了一壶茶，然后他对老婆子说：

"晚上别等我了，先睡吧。"

"又有用车的?"老婆子习惯地问。

"嗯，是个大主。"

"大主?"老婆子抬起头来朝老头子望，她的眼睛一亮。李老头总算从这眼光中看到了她年轻时的一些样子，心里才不那么失落。他穿上衣裳，拉上车出了院子。老婆子一边熨衣服一边自言自语地说：

"真是的，老了老了还要刮个光头，到处惹人耻笑。"

黄包车裹挟着黏稠的热风在巷子里像只落地的风筝一样呼呼地飞。

李老头脚下生风，他走得风快风快的。黄包车停到剃头师傅的店门口，他大步流星地走进去。剃头师傅正在给一个人刮胡子，李老头一把抓住剃头师傅的肩头说："我说伙计，跟我走一趟。"

剃头师傅看了看李老头的光头，又继续给那个人刮胡子。

"南天阁有个大主，他要个手艺高的人给他剃头，我替你应了。"

"是这样？"剃头师傅高兴了，他三下两下就将那个人的胡子刮完，然后将他打发掉了。

"带好你的剃刀！"李老头嘱咐着。

李老头拉着剃头师傅在巷子里奔跑的时候天色已晚。先前的晴朗没有了，天上乌云涌动，空气十分沉闷，人仿佛被关进了地窖中一般难受。李老头穿过了一条巷子，又穿过了一条巷子，然后上了灯盏路。这时雷声轰隆隆地响起，一阵闪电过去后，雨珠噼里啪啦地落了下来。李老头心想，一切都和二十多年前一样，只不过灯盏路两侧的杨树现在还没有落叶。他在雨中奔跑着，直到到了二十多年前他遇见剃头师傅的那个地方，他才停下了黄包车。

李老头说："下车吧。"

"还没到南天阁呢。"车上的人说。

"下车吧，二十多年前我就是在这欠下你的债的，那回我没有拉你，这回白白地拉了你，我不欠你的账了。"

剃头师傅从车上下来，他站在雨水里。他们同时站在雨水中，他们都不年轻了，剃头师傅忽然羞愧地说："我不该给你剃光头。"

"你这是报复我呢。"李老头的声音被雨水黏住，听起来并不很清晰，"老婆和孩子见了我都笑，我过了一辈子了，从来没有像今天这样丢人过。"

"我不该，真不该……"剃头师傅说。

李老头走到剃头师傅面前，他从他手里夺过剃刀，一下子扎进自己的心口窝。剃头师傅被夺了剃刀的那一瞬以为李老头是要给他也理个光头扯平呢，所以先自用手护住了脑袋，但他没有料到李老头要虐待的却是他自己。李老头在雨水中倒下去，他的胸口涌出血来。剃头师傅愣愣地看着血液被雨水冲淡，流到路面上。他连忙把李老头抬到车上，然后调过头拉着车一直跑下去。当黄包车停在猪栏巷"王神医"门前的时候，王神医正送一个客人出来。他知道这黄包车里肯定有病人，便拉开垂在前面的雨帘，将手搭在病人的额头上，然后慢慢将手移到鼻子那儿。他试了试，就缩回手，对剃头师傅说："到刘八仙那里买点东西，打发他上路吧。"

王二刀领着女萝，女萝的身上背着会会，他们一家三口给李老头吊丧来了。李老头无儿无女，十八年前将王二刀收为义子，所以在众多的吊丧者中，王二刀身上的孝最重。他披着一身的白麻布，头上还戴着孝帽子，看上去跟个白色的幽灵似的。女萝腰间系着一条白麻布，头上的孝帽子就免戴了，因为每戴一次她背后的会会都要不安分地用手把它掀掉。那孝帽子像死老鼠一样落在地上，丧葬的主持人被弄得哭笑不得，只好摆摆手说："孝心也不表现在一顶帽子上，免了吧，免了吧。"

于是就免了。女萝心中巴不得呢。

那个爱吃茴香馅饺子的老婆子在吊丧时逢人就说："他只说有个大主，他吃完饭喝了一壶茶然后坐在树下乘凉，后来回屋又喝了一壶茶就上路了。那时天还没下雨呢，我不知怎么心慌起来，把一个老主顾的衣服都给熨煳了，我三十多年了还没有熨坏过一件衣服呢。"

她说完，就到灵位前数灵幡上的纸片。她总怀疑那上面的纸片数目不够老头子的实际年龄，所以一想起来她就要上前查一遍。每一次查下来她都显得心慌意乱的，大家就劝道：

"别憋屈着，想哭就哭出来。"

老婆子居然还能凄然笑着说："哭个啥？跟了他一辈子了，他自己要死的，死要面子，从来都是个死要面子的人，死了倒干净。"

然而剃头师傅却不然了。他像李老头的儿子一样一直守在灵前，他不住地给灵位磕头，磕得他的额头都肿了。老婆子开通地劝道：

"死就死了吧，别那么过意不去。他自己爱面子，一个光头就能叫他这样。我跟了他一辈子也没想到，真为他愧得慌。"

女萝也觉得为了一个光头去死太不值得了，将来会会那一代的人讲起这事情肯定要当作笑料的。

举行葬礼的这天女萝醒得很早。才五点多钟，天就呈现着一派柔和的亮色，她将会会弄醒，母子俩喝了些小米粥，然后她就背着孩子到干娘家去。她沿着月芽街慢慢地向前走，路上的老熟人都冲她点头，大家知道她这是去发丧，所以也不问她什么，问又怎么问呢？说："你那干爹怎么因为一个光头就……"女萝保不住会"扑哧"一声笑出声来。所以大家不和她说话的时候她就觉得心中很舒坦。太阳从她背后升起来了，她觉得背后暖洋洋的，她一直向西走，当太阳升得更高的时候她朝北方的灯盏路走去。这时太阳从右侧照耀着她，她斜斜地裹着一束阳光，使她的半面身子显出勃勃的生气。那灯盏路两旁的杨树又被她开始查了下去。一棵、两棵、三棵……她一五一十地查，查到她自己糊涂了的时候，她就回头看了看走过去的灯盏路——那么多的杨树哇！她惊叹着，阳光照着树叶，树叶透明着，满树都像是缀满了翡翠。女萝第一次发现杨树是这么美，她忍不住对会会说："多好看的杨树哇！"

女萝走到猪栏巷的时候就感觉到了那种非同寻常的骚乱。灵棚那里挤满了人，女萝恍恍惚惚看见一些纸糊的东西在攒动的人头中闪烁出现着。待女萝走近时她吃惊极了：干娘的院门口摆满了纸牛、纸马、纸房子、纸丫鬟、纸车、纸鱼、纸灯等这类丧葬品。不用说，这些东西全部出自刘八仙的手中。女萝想干娘准是疯了，她大概是动了倾家荡产的决心，才买来了这么十全十美的一套上路的东西。会会看上了纸鱼，他指点着它，咿咿呀呀地叫着，女萝用手打了他一下。

王二刀坐在棺材前吸烟，女萝走上前悄悄地问："干娘往后不过日子了？她讲这个排场干啥？"

王二刀从鼻子里"哼"了一声，说："这哪里是干娘要讲究的。今儿一清早，刘八仙和你娘就带着人将这些东西抬来了，说是不用付钱，有人已经付过了。"

"会是剃头师傅吗？"女萝问。

"问了，不是。"王二刀说，"管它是谁孝敬的呢，死了风光成这熊样，他活着时可是拉了一辈子车。"

"下辈子他可享福了。"女萝"啧啧"着，她凑上前去看那些纸糊的东西。别说，还真像呢。女萝从中还看出了粳米的手艺。干爹的房子非常宽绰，也很干净，屋子里摆着桌子、椅子，那桌子上甚至还有茶具。那椅子旁立着一个俏模样的丫鬟，丫鬟的手里还拿着一把扇子，好像是要给干爹扇风，想必是暑热的天气吧。可转而一想又不是，因为另一间房子里还盘着火炉，火炉上放了一把壶，这是冬天的布景了。她想：也许这是夏季时闲下来不用的火炉呢。所以便认定是夏季了。屋门前有一个四四方方的大院，院子中有一棵树，叶子很多，想必是春天，因为树上落着好几只燕子，那燕子的尾巴像剪子一样。这棵叫不出名字的树下停着一辆黄包车，崭新崭新的，没有一丝尘土，看上去是达官显贵坐的车，但别人却说这是给干爹乘的车。干爹活着拉车，死了坐车，看来他死后的日子过得蛮阔气呢。人们啧啧地赞叹着，几个老婆婆的眼光几乎是直勾勾的了。女萝顺着院子再往外看，天哪，猜猜院子外有什么？一条巷子里挤满了踩高跷的人，那高跷看起来比真的还要挺拔。高跷上的人做着各种各样的动作，有手拿折扇的，有提着手帕的，有拿着彩绸的，又有打着花伞。那吹唢呐的将腮帮子鼓得圆圆的，而敲锣的将脖子梗得直直的，那场面看上去跟真的一样热闹。女萝心想：这必是南天阁的秧歌队了。那么，这里面会有小梳妆吗？女萝敛声屏气地寻找着，结果她认定其中的一个就是。虽说这秧歌队中的女人都一律的标致，但这个女人却标致得不同寻常。除了小梳妆，会是谁呢？女萝想起了自己脚上冻掉的两个脚趾，她便将目光离开了那个标致得不同寻常的人。除了秧歌队，那纸糊的巷子里还有几家叫不出名字的店铺，无非是些盐店、米店、布店、当铺，或是戏院一类的了。那巷子看起来幽长幽长的，仿佛永远也走不到尽头。

女萝觉得干爹拥有这一切简直是不得了了。他带着这么多东西去那里，那里的人该怎样来欢迎他呢？女萝想她的亲爹肯定会在欢迎者之列的，因为干爹带去了南天阁的秧歌队，那里面又有标致得不同寻常的小梳妆。而她的亲爹去那里的时候带的东西并不多，干爹会把带去的东西分一些给她爹吗？

女萝问干娘："干爹是个吝啬的人吗？"

"不吝啬，但他仔细。"干娘说。

"他带去了这么多东西，他一个人享受不了，他会分一些给别人吗？"女萝问。

干娘说："怎见得他真的拿得走这些东西？死去的人带走的东西总是比活着时要多得多，而死去的人总比活着的多，若是都带了去，那东西怕早就摆不下了，在那里谁还会在意几间房子和几匹马？"

干娘说完，就对葬礼主持说时候不早了，该发葬了。听干娘的口气，就好像家中死了一条狗，要及早地处理掉，以免播散瘟疫一样。这让女萝十分惶恐。干娘说的也许是对的：若死去的人把东西都带到了那里，那里不知怎样拥挤呢。女萝便觉得死了并不是一了百了，麻烦还在后头呢。

送葬的队伍出发了。那队伍浩浩荡荡的，仿佛皇帝出游行猎似的。女萝背着会会，而会会已经睡在她的背上了。死亡总是比出生的仪式要隆重。王二刀打着灵幡，他挑起的就是干爹一生的历程。女萝熟悉的那些人大都在送葬的行列中，臭臭一家人都来了。臭臭扛着一只纸椅子，那椅子好像要欺负他似的，稳稳地骑在他身上。臭臭的祖父和他那卖菜的老婆子抬着一只纸牛，看他们那股吃力的样子，他们并没有把纸牛当成假的，而是抬出了牛应有的分量。臭臭的娘端着一只聚宝盆，盆子不大，但里面装满了元宝，那元宝看上去跟猫耳朵似的。送葬的人走得慢条斯理的，而围观的人早已拥满了巷子里各个店铺的门前。龚友顺的店里忙得一团活气，那店外的幌子神气活现地招摇着，葬礼结束后仍然在这里摆席。女萝觉得脚下吃力了。虽说队伍的头里刚刚拐上灯盏路。她不知道自己是否能够走过漫长的灯盏路，她有些心慌。她望着前方灯盏路两侧的杨树，现在那杨树下没有吊着各式各样的灯，也不是有雪的时令，而她却仿佛看到了那年正月十五的大雪和那盏白菜灯。当年那白菜灯吊在哪一棵树下她已经回忆不起来了。杨树都是一个样子，躯干笔直，枝叶婆娑，风吹来时发出的叫声也都是一样的，所以女萝永远找不到那棵杨树了。她的眼泪流了出来。大家望着女萝的眼泪，只当作孝心的表现，各自心里都对女萝油然而生一股敬意。然而女萝并没有将灯盏路走完，她走不下来了，她必须要折回去。她不想让会会看到埋葬人的情景，尽管会会现在睡着，但谁能保证他那时不会醒来？女萝便在众目睽睽之下与送葬的队伍背道而行，大家疑惑地望着她，只当她是出去解手，并不介意。女萝一直走到银口巷，她进了"极乐世界"。

粳米坐在一堆乱糟糟的东西上，那是些麦秸、碎纸、麻绳和铁丝。刘八仙虎视眈眈地盯着一个刚扎好的童女看，女萝觉得那目光充满邪恶。

粳米慌慌张张地站起来，她问女萝："送完葬了？"

女萝摇摇头。女萝问："谁那么大方给干爹买下了那么多的陪葬物送去？"

第三节

粳米的嘴唇哆嗦了一下，那嘴唇就变了颜色。她看了看刘八仙，刘八仙回头"嗯"了一声。粳米便对女萝摇摇头，表示她并不知道。可女萝清楚粳米肯定知道是谁。刘八仙不让她讲，她便不敢讲了。女萝觉得娘简直把身上的所有骨气都丧失尽了，她真为她难过。她看着娘那布满血丝的眼睛，觉得刘八仙的确快打发第三位太太上路了。谁会敢当第四位呢？

女萝背着会会走出了"极乐世界"。"极乐世界"外面阳光明媚，巷子仍然是热闹的，女萝一会儿看看卖面鱼的，一会儿又看看卖瓜子的，然后她打定了主意朝龚友顺的店里走去。这时粳米从后面飘飘摇摇地追上来，她左顾右盼着说："我告诉你那个给你干爹出陪葬的人。"

"我不想知道了。"女萝对她说，"刚才我问你，你摇头了，我就再也不想知道了。"

"刚才……"粳米的嘴唇又哆嗦起来了，她疲惫不堪地说，"我现在告诉你还不是一样？"

"我不想知道了。"女萝对娘笑了笑，"我得去龚友顺的店里了，一会儿下葬的人回来，我就抢不到好位置了。"

说完，她就朝龚友顺的店里走去。会会在她的背上一阵乱蹬，嘴里含混不清地叫着："咬咬（姥姥）、咬咬（姥姥）……"

龚友顺的店里摆了十桌席。此次仍然是吃羊肉面，店里弥漫着香气。女萝挑了一个僻静却是靠窗的角落坐下来，朝窗外望去。她看见娘步履蹒跚地走着，停在卖火柴的地方买了一盒，然后接着向前走。女萝的心里一阵难受。

送葬的人们回来了。他们在店门口的盆子中洗过手，然后纷纷坐在桌子旁。他们谈论着下葬的情景，说是干爹的棺材一落入坑里，立刻就有一只鸟从上面飞过并且发出动听的叫声。鸟后来朝日出的方向去了，说明死者的灵魂升入天堂。人们接着说，干爹带去了这么多东西，当然要被送入天堂了，看来，那里也一样是嫌贫爱富的。人们还说，那些陪葬品被火烧起来后发出了很大的"嗡嗡"声，死者一定是把东西带走了。臭臭的祖父煞有介事地说：

"没见过那种好看的火光，真受看，红光光的，烧了足足十分钟。"

他那卖菜的老婆子马上接道："白花了刘八仙的那些工夫，没日没夜地扎咕起来，一把火就没了。"

臭臭的祖父说："你懂个屁！"

大家就都笑了起来，不再讲葬礼的事情，等待着那热乎乎油汪汪的羊肉面。龚友顺带领家人把一碗碗的面摆上来了，桌子上立刻响起一阵稀里哗啦乱抓筷子的声音，接着呼呼的喝汤声和突噜噜的吃面的声音交错着响了起来。大家都不说话了，每一张桌子上都旋着一股热气，人们埋着头，吃得面颊红光光的，吃得汗珠像秋雨后的蘑菇一样水灵灵地冒了出来。吃毕，大家满意地打着嗝擦着嘴上的油腻走到店外。

女萝和干娘走出店门，她们站在台阶上，王二刀在跟龚友顺结账，她们等着他。

女萝说："干娘一个人太寂寞了，到月芽街我们那里去住吧。有我们吃的，就会有你吃的。"

洗衣婆说："我哪儿也不去，我还是住在老地方。老主顾们都愿意去我那儿洗衣裳，我养活得了自己。"

正在她们议论着的时候，店里忽然传来龚友顺的呻吟声，接着王二刀出来了，女萝迎上去，她问："算完了账？"

"我打了他两巴掌，一会儿他的脸就会胖的。"王二刀说。

"怎么又打了他？"女萝问。

"他把猪肉和羊肉掺在一起来卖给我们，猪肉和羊肉不是一个味，我一吃就吃出来了。"王二刀说。

"该打。"洗衣婆说。

他们一家人走下台阶，洗衣婆独自回家，女萝跟着王二刀回月芽街。路上王二刀对女萝说他不想再走街串巷地干老营生了，他想开个药店，这样女萝也不至于在家闲着。女萝认为这是个好主意，就答应了。

龚友顺的脸果然肿了起来，但他认为这两巴掌仍是值得的，因为王二刀按照他的意愿如数付了钱。他把钱数了三遍，然后放进钱匣子中，上好锁，就召唤他老伴来给他揉揉脸，他觉得腮帮子疼得厉害。

"你回回耍心眼，回回让人识破，弄成这个样子，真为你臊得慌。"老伴凄怨地说。

"哼，你懂什么？最后那钱不一样落入了我的腰包？挨点打算什么？谁要是打我一下给我十吊钱，我就让他一天打我十八回！"龚友顺一把将老伴推开，"你白活了一辈子——闷葫芦瓜。"

老伴趔趄了一下，最后还是扶着墙壁站稳了。她的眼前又一次出现一条路的影子，那路空空荡荡的，她每次见到它都有一种神往的感觉。龚友顺跟老伴发完脾气后就倒在炕上睡了，这一觉直睡到日薄西山的时刻。他起来后吆喝老伴给他端壶茶来，但他没有听到那相应的惯常的回声，便迷迷糊糊地出去寻找。正走着的时候，猛然被一个人的一双脚当空给踢了一下，他抬头一看，老伴伸着舌头悬在房梁下正面目狰狞地吓着他。

龚友顺当天下午就草草地将老伴安葬了。他没有到刘八仙那里买任何一件陪葬物，以致一些街坊邻居过了一两天之后仍然有来店里找她剪鞋样子的。每逢这时龚友顺就落寞地说："她到南天阁睡去了。"

龚友顺仍然开着他的店。有一天他发现幌子被人偷走了，第二天他便又挂出一个新的。他的生意有时兴旺有时冷清，但总是在做着生意，打着赚钱的算盘。而洗衣婆也依然如故地给人洗衣、熨衣，然后将衣服叠得整整齐齐的待人家来取。断不了也要三天两头地跑一趟食杂店买醋，回去后吃她那香喷喷的饺子。日子平平常常地过着，很快秋天就来了。

臭臭要娶媳妇了，会会也到了进学堂的年龄，这时十年过去了。该死的死了，不该死的都还挣扎着活着。粳米已经到了那个广大的去处，接替她的是臭臭他娘。女萝眼看着臭臭他娘一天天地消瘦下去，一天天地寡言少语，而刘八仙自己却仍然脑满肠肥，"极乐世界"的生意总像炉子里正燃烧着的干柴似的红红火火的。龚友顺惨淡经营着他的小店，一点也不肯将权力下放给儿女，但他实在是力不从心了。每逢他从店里出来，大家都明显地感觉到他的腿脚不利索了。他逢人便问："吃羊肉面吗？又香又热乎！"人家也不理他，他便惆怅地盯着人家的背影看，那目光是失望的，极像一个打鱼人眼看着一条大鱼从水面上一跃而过。

臭臭经营着旧杂货店，他不再是个"小吃闲饭的"了。骂他吃闲饭的人都带着纸牛纸马去阴间过日子了。臭臭再也听不到祖父的教训声，只是在阳光明亮的日子里，他站在台阶上，总会忆起祖父和几个人谈论龙雪轩首饰店开张的情形。他问祖父："哪天你吃了几个烧饼？""我吃了多少，我怎么记得，那时我是能吃的。"臭臭每当回忆起祖父的这话时都觉得祖父是可爱而可笑的，因为这可爱和可笑，臭臭也就更怀念他。不过，有些事情他是不记得的。比如女萝问他还记不记得她小时候将家里的首饰偷出来送给他玩，而他在猪栏里把它们都玩丢了的事，臭臭只是茫然地摇摇头，他真的是一点也记不得了。

女萝和王二刀开的康复药店已经远近闻名了，他们的日子过得越来越富裕。先前的房子已经拆了，在原基础上拓宽面积，盖起了四间瓦房，院子中还栽了树，树不高，但长势很好。夫妻二人不吵不恼的，日子过得平和极了。会会已经过了上学堂的年纪了，可他说什么也不肯识字，他像当年的臭臭一样只喜欢到处玩。会会最喜欢去的地方就是墓地，他的胆子很大，女萝吓唬他说那墓地有鬼魂在游荡，可他仍然朝那里去。他不识字，可他喜欢将墓碑上的人的名字描在一张纸上，然后回来给女萝看，让她讲此人活着时的故事。在会会那里，死人的故事永远比活人的故事好听。

有一回他将"赵天凉"的名字抄了回来，女萝看了半晌后对会会说："他活着时是个秀才。"

"秀才是什么呢？"会会问。

"给人写字，写对联，写诗，他还会吹笛子。"女萝说。

"吹笛子的人还会死呀！"会会惊诧道。

"人总会死的。"女萝说，"他是害了相思病死的。"

"什么叫相思病？"会会问。

"就是一个人看上了另一个人，心里老想得慌，时时刻刻放不下，就想死了。"女萝淡淡地说。

"是谁把赵天凉想死的？"会会刨根问底。

"小梳妆。"女萝说。

小梳妆怕是有五六年没有出来扭秧歌了，听人说她没有那个心思了。每到正月十五的时候，南天阁的秧歌队仍然是引人注目的，只是近几年因为少了小梳妆而让人觉得美中不足。女萝仍然只是喜欢到灯盏路去观灯，所以她并不关心小梳妆的命运，尽管她仍然是人们谈论的中心。粳米在临死的时候曾经拉住女萝的手说："娘得告诉你，那个给你干爹送陪葬物的人是小梳妆。"

女萝只当娘是说胡话。直到后来她听说干爹当年的黄包车几乎成了龙雪轩首饰店的老板付子玉的私车，才恍然大悟。那黄包车当年肯定经常拉小梳妆与付子玉幽会，难怪干娘说干爹在世时经常要到南天阁去。这样想来，小梳妆对付子玉是旧情难忘了。

付子玉并不是把全部心思都放在女人身上的人，包括小梳妆在内。他虽然那么喜欢她，可他的生意却是第一位的，何况围着他的女人太多了，他自己又不是那种不动心思的人。他的首饰店遍布许多城镇，只要哪座城里的首饰店叫作"龙雪轩"，那就一定是付子玉开的。付子玉没有固定的生活场所，他总是在一个地方待过三天然后就到另一个地方去。他的太太们每年有多半的时间是跟着他在途中度过的。而自从付子玉离开此地之后，他就再没有回来过。听说他在外面的生意做得越来越大，财源茂盛，却总未见他回来接小梳妆。盛传他的三个姨太太都活得滋滋润润的，走到哪里都要摆谱。而小梳妆，是绝对不肯给人做第四房姨太太的。人们私下都说小梳妆充其量不过是个戏子，付子玉当然不肯在她身上多费心思了。

女萝跟会会解释赵天凉的死因主要是要讲小梳妆，而每每讲起小梳妆时她的眼前就会出现那年正月十五的大雪和吊在杨树下的那盏白菜灯，她便再也没有讲下去的心思。会会是个秧歌迷，他觉得非得见上小梳妆一面才行。其实他四岁时王二刀抱他去看秧歌时已经见过小梳妆了，不过那时他还不记事，等到他记事的时候，小梳妆已经不扭秧歌了。

会会说："我要见见小梳妆，想她的人都会想死，她一定是个了不起的人，我得见见她。"

女萝暗自苦笑："小梳妆早已过了让人看了心疼的年纪了，何况一个孩子看又能看出什么来呢？"女萝便劝道："秧歌是可以扭的，小梳妆还是不要见了，她现在连门都不出了，连南天阁的人都很少见她。"

会会没理会娘的话，又呈上一个死者的姓名：洗云飞。女萝只好再接着讲这个叫作洗云飞的剃头师傅当年多么多么的威武，他的手艺多么多么的精湛，可是他的心眼又多么多么的窄，为了一桩往事报复了拉黄包车的老头。讲到此时女萝就补充道："就是你的干姥爷。"结果那个被剃了光头的老头用剃刀杀死了自己，从此洗云飞的理发店就无人问津了。每逢他上街的时候，总有人指着他的背影说："这个狼心狗肺的人。"久而久之他得了精神病，他穿着破衣烂衫整日在巷子里的垃圾堆旁坐着，后来他就病死了。

"干姥爷才是个小心眼的人呢。"会会说，"为了一个光头就死去了，还害死了剃头师傅。"

女萝便再也没有力气讲会会呈上来的第三个人的生平了。那死去的人都留下了名字，若要讲下去，她一生也讲不完。

会会听过死人的故事后就心满意足地回到他的屋子。他的屋子里摆满了扭秧歌用的绸扇、彩绸和绸伞。他对着镜子将自己装扮起来，他穿着一件蓝缎子长袍，腰间系着一条橘黄色的彩绸。他用右手提着彩绸的端头，左手挥舞着一把有花鸟图案的绸扇，只差那像假肢一样的高跷没被他武装起来了。晚饭还没有吃，会会就走出房门到月芽街上招摇去了。他一出动，许多小孩子也跟在他身后，会会扭胯，那些孩子也扭胯，会会下蹲，那些孩子也下蹲，以至于月芽街的磨倌每每见到这情景都要说："会会生在南天阁才对呢。"

女萝比年轻时胖多了，她很能吃，身体又没有什么毛病。那些容颜憔悴的病人来到康复药店看见她时都觉得女萝可以活过百岁。女萝却相信"病病歪歪反倒长寿"的说法，她认定自己不会长寿。她并不在意死亡，因为会会已经大了，而她死了之后王二刀照样可以娶另外一个女人来过日子，未来的生活除了重复现有的生活之外，恐怕也不会再有什么波折了。所以女萝没到该回忆往事的年龄却开始回忆往事，而往事毕竟只是往事，想想也就过去了。有时候她就想，人活一世就跟一场秧歌戏一样，不管演得多么热闹，最后总得散场，在南天阁那并不清静的地方找一个最后落脚的地方。到那时，也许会有像会会一样的孩子喜欢到墓地上抄死者的名字，而孩子的妈妈也会对着"女萝"讲上一些往事，比如说她小的时候看秧歌将虎头鞋挤掉了，冻掉了两个脚趾，而在有一年的正月十五出人意料地跟了年纪比她大许多的王二刀。女萝这样想的时候，就觉得一生已经完结了。

当然，也有让女萝愉快的事。比方说晚饭之后天边出现了猩红的晚霞，女萝就会站在那棵并不很高的树下望夕阳，夕阳将它的光折射到屋顶上、窗棂上、树叶上，染上了夕阳的地方就亮堂堂的，然而这种光并不能持续多久就会随天色转灰而消失。女萝还喜欢有雨的日子，当然雨要不大才好，细细的雨丝笼罩着大地，所有的景致看上去都是清新的。女萝就站在窗前听雨声，常常是听得泪眼婆娑。当然，她不独独喜欢雨，雪也是喜欢的，不过雪要大大的才好。每场大雪的降临，都使大地升高了一截，一切声音仿佛都让大雪给掩盖了，所以雪后的世界是无声的。那种无声的萧瑟也十分震撼人的心灵。还有，女萝喜欢月芽街上的磨倌吆喝驴的声音："嘚儿、嘚儿……"磨倌一这样叫着的时候，女萝的心里就会涌过一股暖流，那暖流热辣辣的，刺激得她鼻子酸酸的。

王二刀苍老了，毕竟是年近半百，他的头发像秋天的针叶一样一根根地朝下落了，他的脑壳正中已经秃了一个圆点，就像是落了一张纸钱似的，看上去令人忧伤。晚上他和女萝躺在一起的时候，常常声音嘶哑地讲他年轻时经历过的事情，当然也讲讲他的风流韵事。这时候他是愉快的。

"不就是臭臭他娘吗？"女萝不经意地说，表示她并不为这事吃醋。

"臭臭他娘，那只是旁人知道的。"王二刀嘿嘿地笑着。

"那我问你，那年正月十五你去找臭臭他娘，她为什么闪了你？"女萝问。

第四节

"她觉得我跟你成了亲，又有了孩子，该正儿八经地过日子了。"王二刀说完，又嘿嘿地笑了起来。女萝听到这笑声就会想起王二刀年轻时走街串巷吆喝生意的那种惊天动地的声音，她知道王二刀最旺盛的生命时期已经过去了，所以不管王二刀怎么在她面前讲别的女人，她还是会钻进他的被窝，温存地抚摸着他那肌肉日渐松弛的身体。有一次她抚摸他的脸颊时，感觉到他的面颊湿漉漉的。她从未见到王二刀哭过，那是一次例外。王二刀是在暗夜中流泪的，女萝并没有看到他的表情，但她的心里却是感动的。

日子飞快地流逝着，逝去的日子全然不知道都去了哪里。那逝去的风雨云霞亦不知去了哪里。反正又到了天高云淡的日子，灯盏路两旁的杨树又显出单调来，但灯盏路的路面上却是热闹的。那些金色的落叶覆盖着路面，秋风掠过时，它们就飞旋起来互相撞击着，好像一群无忧无虑做游戏的孩子，有时那落叶调皮地落在人的头发上，人去了哪里，它就跟着去了哪里。比方说那个洗衣婆，她到月芽街来看望她的干儿子，待她回去时路过灯盏路有一片杨树叶子就落在了她头上，而她浑然不觉，等到她走到家里躺倒在炕上时那片树叶就落在了她的枕头旁。她嗔怪着说：

"你怎么跟我回来了，你又不能帮我洗衣服。"

当夜，洗衣婆怕这片落叶独自在异处会寂寞，就趁着月光明亮地照着路面的时辰将这片叶子送回了灯盏路。不料她回来后却发现身上又多了一只虫子，她便又走出房门，将虫子放在巷子的地上说："你走吧，想去哪里就去哪里。"

那一夜她也就没睡好觉。反正人一老，觉也就没了。她每天都醒得很早，因而她知道这城里的生意人谁最辛苦。最辛苦的是磨倌，他起大早领着驴去拉磨，人和驴走在路上的声音是冷清而单调的。接着卖豆腐、卖油条、卖火烧的声音就相继而起了。这时老人们大都起来了，孩子们却还在睡梦中。而等到孩子们醒来的时候，城里已经热闹起来了。

洗衣婆不总有从主顾们的衣兜里洗出钱那样的运气。但她的满头白发却使她的生意经久不衰。大家都想，还是到她那里洗去吧，虽然她的力气使她不能将衣服洗得像从前一样干净了，但她还能洗几年呢？洗衣婆自己也觉得手指不灵活了，干起活来慢腾腾的，过去一天能干完的活，现在要用两天了。但她却仍然喜欢吃茴香馅的饺子，只要有茴香，有醋，她就觉得日子还能过下去。人们常常见到她牙缝间塞满油绿的茴香坐在外面一下一下地洗衣裳，她洗洗停停，停停洗洗，每当她停下来的时候都要凄凉地想：自己还能看上几场秧歌呢？

冬天来了，雪来了，卖冰糖葫芦的人在巷子里出现了，那茶馆的生意也就冷清起来。听说今年的正月十五付子玉要回这里来过，这可忙坏了龙雪轩首饰店的那些店员。本来很亮的橱窗，非要一遍遍地擦下去，擦了之后还觉得不亮，便骂玻璃造得不好。而其他人唯一关心的则是南天阁的秧歌队，因为付子玉一回来，秧歌就会办得红火，几年未出的小梳妆也会出来了。所以才进腊月，人们就对新年的秧歌议论纷纷了。连会会也兴高采烈地对女萝说："小梳妆要出来了，听说付子玉要回来了。"

然后会会就责备娘在讲赵天凉的时候讲了小梳妆，却没有讲付子玉。

女萝便说："赵天凉跟小梳妆是有联系的，赵天凉跟付子玉是没联系的。你让我讲的可是赵天凉。"

会会便说："那现在讲付子玉吧。"

"付子玉可是个活人呢！"女萝言下之意是说会会只喜欢听死人的故事。会会不高兴了，他说："我问臭臭去。"

臭臭当然有许多关于付子玉的故事可以告诉给会会。比方说付子玉喜欢骑马，到田野里去骑，马疾跑着带出一股尘土。付子玉还喜欢吹箫，他的第二房姨太太就是被箫声吸引来的。而付子玉和小梳妆的故事，那可是发生在许多年以前的正月十五了。那也是龙雪轩首饰店开张的日子，南天阁来了秧歌队，而秧歌队里有小梳妆。十八岁的小梳妆一亮相就令付子玉心旌摇荡，她有着倾国倾城的貌。

"你见过小梳妆吗？"会会问臭臭。

臭臭说："我见过，可那是化了妆的。不到扭秧歌的时候，她是不出头露面的。"

"真神。"会会啧啧地惊叹着。

除夕降临了。子夜时满城都放着焰火，好像星星下凡了似的。王二刀和女萝将饺子里放上了铜钱、红枣和花生，据说谁若吃全了这些东西一年都会福星高照。像许多除夕夜一样，雪花不失时机地飘下来了。地上的爆竹碎屑被雪轻轻地覆盖住了。女萝一家人睡得很香。等到初一凌晨天色灰白的时分，女萝梦醒之后觉得身上有些凉，便一个劲地往王二刀的怀里钻，王二刀身上的热气使她暖和了许多。这时女萝听到外面有"笃笃"的敲门声，谁这么早拜年来了？女萝披衣下地，她打着寒战，撩开棉布门帘，然后将门推开，她看见洗衣婆挽着个包袱皮站在门外。

"一个人真是过不动了。"洗衣婆垂下头说，"不装那份刚强劲了，和你们过来住了。"

"我早就说你该过来住了。"女萝笑道，"大除夕的非要一个人过，怎么请你也不来。"

"咳咳。"洗衣婆讪讪地笑着，样子显得有些难堪，她站在雪地上的形象看起来的确是老态龙钟了，她颤颤巍巍地跨过门槛的时候又说："那个死要面子的就因为剃了一个光头便撇下我不管了，留下我一个没人做伴的。"

洗衣婆住进了朝南的一间屋子。每逢吃饭的时候她都要说："我愧得慌哪，在这里白吃白住，我能动的活，就派我点干干。"

于是女萝和王二刀商量之后让干娘在药房里捣草药。反正这活跟洗衣服的方式是一样的，不用学就会，而且活很轻，捣累了就可以歇着。洗衣婆干过几天之后，身上就带着一股草药味了，她再到街面上碰到熟人的时候，人家都问："你吃着药吗？"

洗衣婆从正月初一来到女萝家的那天开始，就观察每天的天气情况。每天早晨一起来，她就跑到屋外，看看天阴不阴，有没有雪，风大不大，气温低不低，然后她推测当年的牲畜、人、庄稼的运气。按她的说法就是：一鸡、二鸭、三猫、四狗、猪五、羊六、人七、马八、九果、十菜。也就是说初一的天气的好坏代表鸡一年是否兴旺，初二的天气象征鸭子一年的吉凶……以此类推。但是有一天早晨她忘却了日子，当她看到当空一个光光亮亮的太阳、四周无风的好天气时，她就想：这要是人日子该有多好。结果回去一问女萝，哪里是初七，刚刚才到初五，那是猪的日子。而真的到了人日子这天，洗衣婆吩咐女萝擀面条给一家人拴腿的时候，猛然听见外面一阵呼啦啦的风声，风尖叫着，将院子中的杨树摇得呜呜叫。洗衣婆不由慨叹道："人日子刮风，一年穷忙。"

女萝笑笑，家里多了一个老人，倒多了许多乐趣。

正月十五就要到了，听说付子玉的马车已经离城不远了，人们奔走相告。正月十四的时候，女萝到银口巷去买灯笼纸，见龙雪轩首饰店修饰一新，那气派，活活要把旁边的戏院的风光给一扫而空，龙雪轩首饰店跟新开张的时候一样有魅力，女萝忍不住朝里面走去，一进去她就觉得满屋子的光辉朝她袭来，晃得她睁不开眼。那锃亮锃亮的橱窗底下铺着一尘不染的猩红色金丝绒布，那金丝绒布上又摆着许多开了盖的装饰精美的盒子。盒子有长条形的，也有方形的，长条形的盒子里装着项链，有金的，有银的，有玉的，有玛瑙的，也有珍珠的。那金的比七月骄阳的光芒还要热烈，那银的又比冬日十二月大雪的光泽还要高贵，那玛瑙的有红有白有绿有蓝，那红红的透出晚霞一样的光泽，那白比豆腐还要细腻，那绿绿得发翠了，那蓝让人看了直想藏到那里面去……而方形的盒子装着的多是戒指、耳环、头饰、手镯。戒指里最引人注目的是红宝石的，女萝一眼望去觉得最想要的就是它了。女萝问过了红宝石戒指的价钱，然后她慨叹了一番。当她问价的时候，有一个老女人的背影晃动了一下，自从女萝进入龙雪轩首饰店后，她就一直背对着女萝欣赏着什么东西。女萝觉得她那耸动的背影也许是在嘲笑她买不起红宝石戒指，可看她的背影也不像是个有钱人，女萝就走出了龙雪轩首饰店。她朝家里走去，走过灯盏路，走上月芽街，她的眼前老是晃动着各色首饰的奇光异彩。她想难怪女人们那么喜欢它们呢，它们太诱人了，看一眼就能让人丧魂落魄，想必小梳妆的动人之处也不过如此了。女萝回到她的康复药店，对正在柜台前称药的王二刀说："龙雪轩里面太美了，真是不想走出来了……"

正月十五来了。一大早，会会就装扮一新出门了，他说他要看看龙雪轩首饰店前停没停着付子玉的马车。等到吃早饭的时候会会兴高采烈地回来了，说是果然停了一辆马车，非常气派的马车。听说付子玉带回来了两个姨太太，大姨太有了病，经不起路上的折腾了，所以大姨太没有来。

王二刀和洗衣婆都表现了程度不同的兴奋。王二刀将胡子刮过，然后换了一双干净的鞋，头上还戴了一顶新毡帽，因为这顶毡帽，使他看上去像个老头。而洗衣婆则将疙瘩鬏绾了一遍又一遍，但是照了镜子后又总觉不满意，好像全城的人在那一天都会注意她的发髻似的。

夜终于降临了。城里骚动起来，人们纷纷朝银口巷和猪栏巷里涌去。龙雪轩首饰店门前更是热闹非凡。卖花生糖的、卖糖葫芦的、卖面鱼的、卖瓜子的在这一天生意格外好。那灯盏路比起两个巷子来，又显得无边的单调和寂寞了。

家里人都走了，女萝关了药店的门。她回到睡房，对着镜子中臃肿的无所事事的自己发了半晌感慨。她将糊好的灯笼挂在门前，然后就去灯盏路看灯了。女萝走上月芽街的时候，只听得一片红红火火的鞭炮声，她便明白南天阁的秧歌队已经到了那两条巷子了。从唢呐声中女萝判断出秧歌队正在打场子，她想付子玉也许正走出店门偕同两房姨太太看几十年以前的小梳妆。不过，今年的正月十五没有雪，天是晴的，月亮干干净净、鲜鲜活活地悬在空中，似乎想与地上的彩灯和焰火争一下光明。也的确如此，因为这月亮的圆满，灯盏路两侧杨树下的灯看起来黯然失色了。而且看灯的人又是那么寥寥无几，灯盏路是寂寞的，女萝的心也是寂寞的。

女萝沿着灯盏路默默地向南走，那些灯她一盏也不想看了，她朝月芽街走去。月芽街冷冷清清的，街面上落着清冷的月光，女萝觉得心很空。她回到药店，将灯打开，然后坐在柜台后面捣药。她一下一下地捣着，药味使她的心平和了许多。正当女萝这样捣着药想着什么的时候，药店的门被吱扭吱扭地推开了。女萝心里一惊：这么晚了，会有人买药吗？

女萝从柜台后站起来。见屋门口歪着一位气喘吁吁的老女人，女萝便放心了。那老女人穿着蓝棉袄、黑棉裤，棉衣棉裤都是崭新崭新的，她背过身关门的时候女萝觉得那背影似曾相识。她朝女萝走过来，女萝觉得她身上有一股说不出的气韵，尽管她穿戴平常，尽管她老了。老女人的五官最值得一提的是眼睛，那眼睛并不大，但气韵逼人，是秀气吗？不是。说不出的一股味道。

"女萝，我知道你没有去看秧歌，我就奔你这儿来了。"老女人说。

"可我并不认识您，也许是我的记性越来越坏了。"女萝是想问，她怎么知道自己？

"你是不看秧歌的。"老女人继续说，"你冻掉了两个脚趾，全城人都知道，从此以后你就不看秧歌了。"

"可我看灯。"

"今年的月亮好，灯也就没了看头，我料你早就回来了。"老女人说。

"那你怎么不去看秧歌，听说付子玉回来了，南天阁的小梳妆怕是该出来了。"女萝说。

老女人没有答话，她沉默着。女萝心想自己遇到了不喜欢看秧歌的知音了，便一阵手忙脚乱，给她搬了把椅子，并且泡了一壶香喷喷的热茶。

言谈中女萝知道老女人无儿无女，一辈子都没有结过婚。女萝吃惊极了：

"您年轻的时候，怕是个美人吧？"

老女人笑着摆摆手说："休提过去吧。"

"这一辈子就没看上一个男人？"

"年轻的时候有过，是个不常住在城里的。他有自己的太太，后来他走了，他并没有让我等他。可我觉得他是不希望我嫁人的，而他终究有一天会回来接我的。我就一直等他。"老女人的脸上忽然飞起一团红晕，"我是多么傻，他并没有让我等他，我等了他一辈子。而他再回来时，我是一个老太婆了。"

女萝说："世上有这么薄情的男人吗？"

老女人答："没有薄情的男人，是有痴情的女子。"

老女人说完，又絮絮地说今年的正月十五她的心宁静得很，她一辈子没有过这样的时刻，所以她就出来走走了。

女萝又和她说了一些别的什么，好像还谈了龚友顺的羊肉面馆和刘八仙的"极乐世界"，最后她们又把话题落到了南天阁的秧歌队上。老女人说，南天阁自古以来就有这么个风俗，不管日子过得多么穷，年年的正月十五都要办一场热热闹闹的秧歌。所以在南天阁，如若说谁不会扭秧歌就如同不会种地一样遭人耻笑。

"这么说您是南天阁来的？"女萝问。

老女人笑而不答。

"秧歌究竟有什么看头呢？"女萝又问。

"人要活着就总得有个盼头才行，一年一次秧歌，年年都有盼头，日子才能过下去。"老女人微笑着说。

"没有秧歌就没有盼头吗？"女萝暗想，"日子总得过下去啊。"

老女人的话打断了女萝的思绪，她说："我养了只猫，它跟了我大半辈子，它老得走不动路了，我真不想再看见它的这副样子了，它年轻时是多么美！我想买点砒霜毒死它。"

女萝说："还是让它老死吧。"

老女人说："你的药店没有砒霜？"

"砒霜怎么会有！"女萝说，"我们只卖良药。"

老女人说："怎见得砒霜就是毒药？再者说，你手里肯定会存着点砒霜。"

女萝心里一惊，她的确私自存了一些砒霜，她当时只是隐隐约约觉得将来会用上它的。

"我倒是真有一点，你若真心用，就先拿去吧。"女萝说。

女萝把存着的砒霜找出来，然后让给老女人。老女人接了，要付钱。女萝执意不肯，老女人便不再推让。她拿着砒霜，向女萝道谢，然后就出去了。她再次走向门口时女萝望见她的背影时忽然想起了正月十四在龙雪轩首饰店所见到的那个背影，她的心里忽然涌出一股不祥之感。

女萝看了看墙上的钟，心想秧歌恐怕就要散场了。她就将药店的门闩好，然后回到睡房里。她脱了衣服，躺在炕上。怎么也睡不着，她的眼前老是晃动着那个老女人的影子。子夜时分，月芽街上传来断断续续的狗吠声和三三两两的脚步声，看秧歌的人回来了。女萝披衣下地，王二刀一进门就抱怨说今年的秧歌意思不大，洗衣婆进来后也是这样说，待会会回来后，他只是抱怨天气冷，而且他根本没看出哪一个是小梳妆。

"小梳妆根本就没出来。"王二刀说。

洗衣婆说："付子玉一听说小梳妆没出来，秧歌看了一半就回去了。"

一家人慨叹着，然后各回各的房间睡觉。

女萝清晨一起来就听见磨倌向她报告的消息：南天阁的小梳妆服了砒霜自杀了。这消息比雪花的覆盖面还大，太阳升起时全城已经沸沸扬扬了：

"听说小梳妆被砒霜毒死了。"

"人们看秧歌的时候，她一个人受不了，她就寻了短见。"

女萝的眼前闪现出正月十五晚上来康复药店的那个老女人的形象。她忆起了她的一些话，知道那是谁了。女萝觉得很难受，她走进药店，看着小梳妆曾经坐过的那把椅子，而这时奇迹出现了：椅子上分明有一股逼人的红光朝她袭来，她定睛朝红光处看，一只红宝石戒指放在那里。这戒指正是她在龙雪轩首饰店见过的那个。女萝将它拿起来，观赏了许久之后套在了无名指上。她想：小梳妆太懂得她的心思了。

小梳妆死了，人们都跟着难过。付子玉在听到小梳妆死讯的当天就带着两房姨太太乘马车离去了。在走之前他吩咐人将各种首饰拣最好的给小梳妆佩戴上，他还给"极乐世界"的刘八仙扔了不少钱，让他给小梳妆多置些房子、土地、衣服。不过付子玉的马车刚出城边，刘八仙就骑着匹快马追了上去，他将付子玉给他的那些钱全部还给了他，刘八仙说：

"我看了一辈子小梳妆的秧歌，我不能收钱给她置办东西。"

小梳妆死后不久，就到了二月初二的日子——龙抬头。一大早，女萝一家人就洗头的洗头、剃头的剃头。洗衣婆给会会用竹篾和花布条穿了一串漂亮的龙尾，并且炒了香喷喷的黄豆。王二刀坐在灶台前烀猪头，灶下火星四迸，灶上香气弥漫。洗衣婆一边忙她自己的活一边叮嘱王二刀："使劲添柴，烀得烂烂乎乎的！"

女萝忍不住地抿着嘴笑。

早饭一过，会会就穿着一身秧歌服出门了。中午他没有回来，大家便想他用零钱在街上买什么东西吃了。下午他还没有回来，大家也不着急，因为天还亮着呢。等到天一黑，会会还没有回来的时候，大家就朝坏处想了：会会可能被车轧了？或者被人贩子拐走了？一家人一窝蜂地出了月芽街，东喊一声"会会"，西喊一声"会会"，却总未听见回答声。后来女萝碰见磨倌，磨倌正牵着驴要去吃一碗豆腐脑，他告诉女萝，一清早他看见会会朝南天阁去了。

一家人便朝南天阁走去，一路上当然也都喊着"会会"，然而没有人语的回答声，却有乌鸦的噪叫声传来。女萝的心思落在了墓地上，她想会会大概是去了那里。

一家人走到南天阁时夜已经深了。南天阁并不静，什么地方传来咒骂声。王二刀迎着那咒骂声走去，见许多人正围在一座房子的山墙下数落一个孩子，那孩子辩解着：

"我没有拿珠宝，一粒也没拿，我就是想看看小梳妆。不信你们查查她身上的珠宝少没少。"

王二刀听出了那是会会的声音。

王二刀分开人群，他朝会会走去。会会见多来了，就哭出了声。

有一个人说："这孩子胆子真大，掘了小梳妆的坟。"

另一个人说："青天白日的就干这种事，也不知是不是吃了豹子胆。"

还有一个说："小梳妆真是命苦，活着不清净，死了也不安生。"

原来，会会为了看一眼小梳妆，掘开了她的坟，可他看见的却是一个面容僵硬干瘪却穿戴整齐的老太婆。她身上珠光宝气，棺材里洋溢着一股奇异的光泽。正当他想把坟重新填好的时候，南天阁的人发现了他，他们不停地审问他，问他是不是冲珠宝来的。

女萝也挤到了人群里，她拉起会会的手说："咱们回家去。"

会会哭着说："小梳妆一点也不好看，赵天凉怎么会想她想死呢？"

小梳妆死后，南天阁的秧歌队依然存在着。只是以后的正月十五，到巷子里看秧歌的人少了，到灯盏路观灯的却多了起来。久而久之，人们快把那两条巷子给忘了，于是就觉得该起个名字记住它们。于是，就有了银口巷和猪栏巷的名字。

北极光

张抗抗

一

　　它们曾经是一滴滴细微的水珠，从广袤的大地向上升腾，满怀着净化的渴望，却又重新被污染，然后在高空的低温下得到貌似晶莹的再生——它们从茫茫的云层中飘飞下来，带回了当今世界上多少新奇的消息？自由自在，轻轻扬扬，多像无忧无虑的天使，降落在电视台那全城瞩目的第十四层平台上，覆盖了学院主楼前那宽大的花坛、废弃的教堂六角形的大层顶、马路边上一排排光秃秃的杨树，以及巍峨的北方大厦不远低矮的简易工棚……整个城市回荡着一曲无声的轻音乐，而它们，在自己创造的节奏中兴致勃勃地舞蹈，轻快、忘我……连往日凛冽而冷酷的北风也仿佛变得温和了。它耐心而均匀地将雪花撒落在各处，为这严寒的冰雪城市做着新的粉饰……

　　陆芩芩拉开二号楼那厚重的大门，望着外面漫天飞舞的雪花，惊喜地叫了一声。尽管在漫长的冬天里，雪花是这个城市的常客，她仍然像孩子一样对每场雪都感到新鲜，好奇。

　　大门乒乒乓乓地响，散课出来的同学们正在陆陆续续往外走。没有什么人同她打招呼，也没有什么人互相说一声再见。大家都是这样匆匆忙忙，女孩子们扣好大衣，拉严了头巾，小伙子则把皮帽上的"耳朵"放下来，往脑袋上一扎，皮靴踩得雪地咔嚓咔嚓响，腋下还夹着书包，怪神气的。假如骑车，车把上一定挂着饭盒，车座后面的架子上呢，或许是一只鼓鼓的面粉袋，或许是一只琴盒，或许是……有一次芩芩还看见有一个同学驮着一个三四岁的男孩，准是他的儿子。真没治，谁叫这是一所业余大学呢？五花八门、无奇不有。你看前面这个人，连帽子都是油汪汪的，说不定是个食品厂的装卸工，走得那么急，难道还要赶回去上班不成？星期天的课，来的人不像平常晚上那么多，许多人要上班。芩芩恰好是星期天厂休。这业余大学，同正规大学就是不一样，在一起上课好几个月，彼此也不说一句话。下了课，各走各的，好像不认识。是现在的人同以前的那些同学不一样了呢，还是因为这是业大？这辈子算是上不了正规大学了，就像这落在地上的雪花，再也飞不起来……

"芩芩，还不走呀？"一个尖细的嗓音在她背后叫道。

芩芩眨眨眼睛，摘下手套用手背揩去睫毛上的霜花，转过脸去。叫她的是一个与她年龄相仿的胖姑娘，和芩芩坐一张课桌，笔记本和讲义上到处写着"苏娜"两个字。她好像知道今天要下雪，穿了一件米黄色连帽子的拉链滑雪衣，露出里面火红色的拉毛高领衫。

"在雪地里发什么愣？"她冲芩芩好意地一笑，把嘴贴在她耳朵上说，"走哇，今儿星期天，跟我去跳舞……"

芩芩轻轻地摇了摇头。

"昨夜的月色……"苏娜哼着歌，转身走了。铁门的拐角晃过一个人影，有人在等她。

芩芩跺了一下有点发冷的脚，仰起了脸，让冰凉的雪花落在她的脸颊上。……不去跳舞，谁说她不去跳舞？跳舞有什么不好？优美的旋律可以使心灵得到宁静和休憩，疯狂的节奏可以使人忘却忧愁和烦恼。她是喜欢跳舞的，只是……唉，星期天，该死的星期天，从下午一直到晚上，都不属于她自己了。她愣在这雪地里干什么？再愣下去，他又该气喘吁吁地跑来找她了……何必呢？还是快点走吧，乖乖地按时回到他那儿去，横竖要不了多久，准确地说，再有两个月，也就是当中国人欢度1981年新春佳节的时候，她就得永远地住在那儿了……

"永远？"她忽然让自己这个一闪而过的念头吓了一跳。过两个月，难道她就真的要永远地和他生活在一起了吗？完成这项每个人都必须完成的"历史使命"——结婚。当然，毫无疑义，结婚的全部意义就是永远，不是永远又干吗要结婚呢？她不是已经在那张永远的证书上签上了自己的名字，否则没法子登记家具呀。这就是他同意她继续上业大的"交换"条件，唉……

芩芩不由快走了几步，好像要驱散这些天来总是纠缠着她的那些令人不快的念头和莫名其妙的问号。她最近是怎么了呢？一想到结婚，天空顿时就变成了铅灰色，雪地不再发出银光，收音机里的音乐好像在呜咽。似乎等待她的不是那五光十色的新房，而是一座死气沉沉的坟墓。用现在时髦的话来说，这就叫作"心理变态"。一个二十五岁的年轻姑娘怎么会不想结婚呢？说出来谁也不会相信……

她一不留神，闪身打了一个趔趄。新下的雪很松软，只是新雪底下的路面太滑。一到冬天，这个城市就像一个巨大的溜冰场。芩芩小时候学过花样滑冰，后来也一直爱滑花样。这两年冬天却很少有时间上冰场了，除了上班和去业大学习日语，还得正正规规地"谈恋爱"，准确些说，无非是在一起消磨时间罢了。

电车慢吞吞地驶来了，在洁白的马路上无情地碾轧出两道新的辙印。芩芩抖搂着头巾和肩上的雪花，跳上了电车，心里却不由为那雪花感到几分怜惜。它们从天上掉下来时，素白无瑕，把整个城市装点得像一座晶莹剔透的水晶宫。然而黑夜里吹过乌溜溜的风，白昼里践踏着无数车轮和脚印，使它们冻结、发黑、萎缩、变得残缺不全和难以辨认。只有当一场新雪重又降临，这美丽的冰城，才又显现出它明朗的色彩。

电车尖叫着，停在一座电影院门口。车上的人，像一颗颗圆鼓鼓的土豆，从狭小的车门里掉出去。芩芩凝神望着人行道对面蓝色的木栅栏。夏天时那栅栏里面的小院修饰得很漂亮，如今院子里那些金盏花、七月菊和马蹄莲的残叶都已被厚厚的白雪覆没了，宽大的彩色铁皮屋顶、高高的台阶、樱桃树下的石凳，都积着半尺厚的雪，干净得没有一个脚印，似乎这小院一冬天也不曾有人住过，静谧而又神秘，很像芩芩小时候读过的什么童话。要是十几年前，芩芩随口就会给它们编出一个动人的故事来，比如那古老的壁炉里木柴在噼噼啪啪地燃烧，雪女王乘坐的十一匹马拉的雪橇轻轻停在门口……从雪橇上走下一个漂亮的公主，她的篮子里盛着十二个月的鲜花……

"筐里的啥玩意儿这么腥！"猛然，车厢里有人恶狠狠地骂起来，喷出一股刺鼻的大蒜味儿。

"你管是啥？有能耐屁股后边儿冒烟去！"旁边的人回敬。一拱身子，一只皮靴重重地踩在芩芩脚上，疼得她冒出一身冷汗。

"你能有这能耐吃臭鱼烂虾?！"

"早几年你想吃这臭鱼烂虾还没有哩！"

……什么古老的壁炉、雪橇、花篮、圣诞树……全消失得干干净净，只有眼前这拥挤不堪的电车、像罐头里的沙丁鱼一样被叠在一起的乘客、飞溅的唾沫、浑浊的空气……嘈杂、混乱。又到站了，人呼呼下去一大半，是秋林公司。星期天，响着银铃的雪橇该停在百货商店门口才对……从大门里涌出一对对穿得漂漂亮亮的男女青年，拎着大包小包，不是置办嫁妆，就是买送人的结婚礼品。累得半死不活，挤在那人的洪流里，高喊："我要！我要！"当然是最新式的，最时髦的，眉头也不皱，扔出去两个月工资，有什么可大惊小怪？人们被关在"笼子"里那么多年，今天这些向往不是都很自然吗？古老的壁炉早已被淘汰了，暖气可以通到任意高的一层楼，就是婚礼也用不着到树林子里去采十二个月的鲜花，那个刚走出商店的年轻妇女手里的塑料花，起码可以在新房里"开"到她的孩子谈恋爱……

过了这一站，车厢里空多了。从没有玻璃的车窗望出去，芩芩忽然发现大街两边贴着许许多多大红色的"囍"字，在纷纷扬扬的雪花里闪闪烁烁。好些人在门里出出进进，忙碌——欢喜；欢喜——忙碌。一辆卡车停在一家大门口的"囍"字旁，几个青年往上搬着一大堆花花绿绿的东西，在芩芩看来，他（她）们大概都是"财贸（貌）战线"的。一个姑娘打扮得珠光宝气地坐在驾驶室里，表情漠然，好像不知道自己将要到什么地方去，也不知未来是什么命运在等待她。

芩芩用鼻子轻轻哼了一声。结婚，又是结婚！今天是什么黄道吉日？又是阴历阳历都逢双？人总是喜欢图吉利的，那些离了婚的之所以不幸一定是当初结婚没留神阴历是单数。两个月以后的这么一天，举行婚礼的时候，芩芩同样也得听从人们的摆布，按照这个城市的风俗，乖乖地坐在床上，让他给她穿鞋。他一定会非常非常殷勤地弯下身子去，给她系好鞋带，然后坐上出租车……从前是绣花鞋，现在是皮鞋；从前是坐花轿，现在是乘轿车——生活的确在朝着物质文明发展，可人们的精神状态呢？

当然车子开动的时候，新娘必须大哭，不哭就显得对娘家没有感情，显得太"贱"，要被婆家瞧不起的。无论四十年代还是八十年代，这条法则永远不会过时。芩芩参加过厂里不少姑娘们的婚礼，她们都号啕大哭，哭得很伤心，然而谁也无法断定她们内心是否真是那么悲伤。假如这意味着一种新的幸福生活的开始，有什么好哭的呢？然而对一些人来说，结婚只是意味着天真无瑕的少女时代从此结束，随之而来的便是沉重的婚姻的义务和责任。欢乐只是一顶花轿，伴送你到新房门口，便转身而去了。芩芩望着女友哭泣，心里倒比她们感到更加难过。她设想自己的那一天，如果一旦放声大哭，真不知怎样收场……

但即使一路哭过去，下了车，随之而来的还是结婚典礼。揉着红肿的眼，马上装出一副无限幸福的模样，羞羞答答地给客人点烟……芩芩参加过不少人的婚礼，大同小异，除了新娘新郎的长相不同，好像连服装、来宾的贺词、房间的陈设都一模一样。假如一年后再到那儿去，唯一的变化是多了一个既像新郎又像新娘的娃娃，走廊里挂着尿布，年轻的妈妈闪光的缎子棉袄的袖口抹得油亮，开始津津乐道地介绍她宝贝儿子今天的大便的颜色，以及他刚发明的吐泡泡之类的新花样。于是，你就赶紧想出一句最得体的恭维话，然后尽快逃走……这就是"永远"吗？芩芩只要一闭上眼睛，两个月以后这样一种幸福小家庭的图景便清清楚楚摆在面前。当然他将会是一个姑娘们羡慕的模范丈夫，会把她照顾得无微不至。他会为她定做一双牛皮靴而从南岗秋林跑到道里秋林，再从道里跑到香坊，会……呵，够了，就为了他这样，结婚那天芩芩偏要穿一双不系带的皮鞋，然后自己从床上一下蹦下来，很快把脚伸进鞋子里，看他还怎么给她穿……

"哎，等一等……还有下车的……"她突然高声叫起来。售票员嘟哝了一句，"哗啦——"车门又打开了，她慌慌张张地跳下了车。车站很滑，她觉得自己险些要摔倒，却被一双大手紧紧拽住了。

"是你——"她回过身去，眼前就站着他。皮帽和肩头落了一层厚厚的雪，一双大眼睛亲亲热热地望着她。她明知道他会在这车站接她，却又为什么竟然差点坐过了站？

"才来？"他瓮声瓮气地问，手却没有松开。

"嗯……下雪……车……"她含糊其词地答道。

"妈包饺子等你呢，芹菜馅儿的。"他说。

"芹菜？这时哪来的芹菜？"

"暖窖的，八毛一斤，还不好买。"

"是吗？"

"家里来了我的几个熟朋友，要看看你……"

"看我？"

"都是些用得着的人。今儿上午买着落地灯架了。这回，全齐了……"

芩芩明白他说的"全齐了"是指什么。全齐了，就差一个黄道吉日，差十几桌热气腾腾的酒席，差一辆出租车……

"不高兴吗？"他有点摸不着头绪。

有什么可不高兴的呢？该办的，人家全办了。论家庭，他父亲是供销处长，你父亲才是个宣传科长，级别总是高那么一点儿吧；他只有一个姐姐，而你有两个弟弟；论工资，他是个三级木匠，而你是个二级装配工，也比你高那么一点儿吧；论学历，他是六九届的，而你却是七三届的；论长相，就算人家都说芩芩可以打上九十分，可他傅云祥，高高大大的个头，虽说粗蛮一点，却也带一副男子汉的架势，大耳朵高鼻梁，蛮招人喜欢。还有什么可不高兴的？一间新房早准备妥了，一架现成的十九寸的国产黑白电视就放在他的房间里。"别这山望那山高了，不知自己姓啥……"妈妈爱这么对芩芩嚷嚷。妈妈总随身带着一只袖珍标准秤，购买任何食品都经过复核，所以从来不吃亏上当。挑选女婿也当然精确无误。

"这雪，真大……"芩芩抱怨说，加快了脚步。

白茫茫的雪花中，她影影绰绰望见了前面傅云祥家的那幢刷着淡黄色与白色相间的二层楼房。狭长的楼窗，尖尖的三角形屋顶、突起的小阁楼、雕花的阳台……在朦胧的雪色中又恍然给她一种童话的意境，使她想起许多美好的故事。然而每次只要她踏上台阶，听里面传来一阵乱七八糟的喧闹声、麻将牌哗啦哗啦的碰击声，她一走进房子里面，那个童话就倏地不见了。

二

"九筒!"

"一万!"

"碰啰!"

"错了错了，妈的，倒霉，不该出这牌，重来!"

"王八悔牌，豁出来钻桌子，啥了不起!"

"发!"——"嗬!"

她真不愿跨进门去。不愿看见那一双双过于灵活的手指用来在桌上徒劳无益地空忙，那叠得整整齐齐的麻将的"队列"，像一堆永远在拆卸中而建不成墙的碎砖，叫人惆怅。对于这种娱乐，她无论如何也培养不起感情和兴趣，她连牌都不识，为此傅云祥嘲笑过她好几次，她仍固执地不肯沾手。她或许应该去帮傅云祥的母亲包饺子，这要比坐在他们中间好受得多……

"芩姐!"有人从桌边跳起来，咯咯笑着朝她扑来。呵，是"酒窝"，一个漂亮而说话叫人哭笑不得的姑娘，好像只有二十岁。她总是无缘无故地笑着，露出两腮上不大不小的酒窝。据说她很崇拜芩芩，因为芩芩的眼睫毛比她长一点五毫米。

"看你，念了大学，面都见不着了!"她亲热地搂住了芩芩的脖子。

"这叫什么大学呀，业余的……"芩芩苦笑了一下。

"嗨，好歹算是混一张文凭呗，将来调个技术科什么的也方便点儿。"傅云祥替她解释说。他觉得自己能支持她去上业大，委实是不简单的事了。"来来，芩芩，给你介绍一下，这是我的两位新朋友——轻工业研究所的小赵，外号小跳蚤，他爸爸是市劳动局局长。"

芩芩看见一张白皙的脸，一双漫不经心的眼睛。

"这是肉联厂的推销员。"

"老甘!"那人恭恭敬敬地站起来，布满疙瘩和粉刺的脸不自然地笑着。

她点点头，坐在靠墙的一把软椅上。录音机在播放着一支芩芩早已听熟的曲子，却从来听不清它的歌词。她想起自己家的隔壁邻居，新近也买了一台录音机，总共就录了一支外国歌，凡有客人来，她们就放那支歌。所以，只要一听到那支歌，就知道她们家来了客人。不知为什么，芩芩就没有从磁带里听到过自己喜爱的音乐，在这儿也一样。

"芩芩!"又有人叫她。

"噢，你也来了! 海豚。"她回头打招呼。那是一个长头发的小伙子，是她同厂的工人，同傅云祥熟识，外号海豚，因为他会用鼻尖和脑袋顶球，常常在众人面前露一手。

他们又埋下头去打麻将。看来"酒窝"也是个新加入的业余爱好者。芩芩坐在那儿，一时不便走开，只好打量着这个不久后将要属于自己的房间。确实什么都齐了，连芩芩一再提议而屡次遭到傅云祥反对的书橱，如今也已矗立在屋角，里面居然还一格格放满了书。芩芩好奇地探头去看，一大排厚厚的《马列选集》，旁边是一本《中西菜谱》，再下面就是什么《东方列车谋杀案》《希腊棺材之谜》《实用医学手册》和《时装裁剪》……

她抿了抿嘴，心里不觉有几分好笑。这个书橱似乎很像傅云祥的朋友们的头脑，无论内容多么丰富，总有点儿不伦不类。没有办法，在这个到处充满混合物的时代里，连她自己不也学会了在红茶里加一小块奶油吗?

"下回总要赢了你的!"那个老甘突然跳起来，怪声怪气地笑着，哗啦哗啦地洗牌。

傅云祥关掉了录音机，打开了电视，正在演一个芭蕾舞剧的片段。

"……哎呀，你瞧瞧，她跳得多美……""酒窝"入迷地瞪大了眼睛，啧啧不已，"这样的人，真不知有多少人追她哩!"

"她已经四十岁了。"小跳蚤冷冷地打断了她，"这是中国最有名的芭蕾舞演员。"

"什么叫有名? 名气有啥用?"傅云祥在摆弄天线。

"像这样的名演员，甭说演出，就是排练也得给钱，给好多津贴，要不，能这么卖力?"老甘揿着一只发亮的打火机。

"喂，小跳蚤，能帮忙买一只便宜点儿的两个喇叭的三洋录音机不能? 我都要痛苦死啦!""酒窝"忽然娇声娇气地说。

"今年三洋录音机不吃香啦。国外如今最红牌子是声宝，带电脑，双卡带，嗬，那个漂亮，甭提！"小跳蚤摇着肥大的裤腿，"买录音机，一句话！包我身上，我买个摩托，从广州运来，还有三天就到。弄到外汇，啥都能买到。"

"酒窝"惊呼一声，无限崇拜地瞪圆了眼睛。

"高级进口烟可是'红宝石'最棒？"

"我爱抽'银星'。"

"听说北京如今兴喝'格瓦斯'，比啤酒来派。"

"找老甘弄几箱没问题。"

"光听这名儿也舒服。威士忌——格瓦斯——白兰地——嗬，洋名儿就是带劲！我听说美国的苹果，打了皮儿三天不变色……"

"哎，芩芩，上次同你说的东西带来没有？"傅云祥接住了老甘扔过去的一支烟，忽然想起来问道。

"带来了。"芩芩站起来走到衣架旁，伸手到大衣口袋里去摸钱包。他指的是芩芩妈妈求人弄来的几张侨汇券。可是芩芩的手却在衣袋里拿不出来了。

"钱包丢了？"傅云祥慌忙问。

芩芩点点头。她最初把手伸进衣袋而没有摸到钱包时，反应还不及傅云祥那么快。直到现在她还没有完全清醒过来，钱究竟是在哪里遗失的……

"小偷！当然是小偷！还发什么傻？不偷你这样的人偷谁的？成天好像丢了魂似的发呆……"傅云祥嚷嚷起来，在屋地上来回走动，"那里头有多少钱？"

"就一块多钱饭菜票。"芩芩不情愿地回答。

他松了一口气，又走到电视机旁去调天线。

老甘打了一个哈欠，慢吞吞地说："唉，小偷，真够缺德了。准又是待业青年。可没有工作，你叫他咋办？也不是生来就想当'钳工'的，一年年待业，总不能老靠父母养活……这年头，人见了钱都像疯了似的……我们批发站的那些小摊贩，全家合伙做生意，挣钱挣红了眼，卖一天红肠排骨，赚好几十块……"

"他们匀你个把块，你就批给他们缺门的猪肝，是不是？""酒窝"

没好气地瞪了他一眼。

"你还不是一样。忍痛割成双眼皮，还不是为嫁个港澳同胞，好当阔太太。京剧团那个唱青衣的小娘们，连那个香港经理的话也听不懂，就跟人家走了。不为钱为什么？你还眼气呢！"老甘噗噗吹着一支雪茄上的烟灰。

"酒窝"略略有点脸红，她转过身来向芩芩搬救兵说："就算为了钱又咋样？也不碍着谁。现在不害人的人就是好人，芩芩你说是不是？"

芩芩"啊？"了一声。她在想什么，没听清他们的争论。

傅云祥插进来说："你甭问她，她的上帝只有她自己认识。谁也读不懂她那本《圣经》，都啥年头了，还念念不忘助人为乐。还是让我来回答你吧，对这个问题我研究得最最彻底，一句话：人生下来就只知道把糖送进自己嘴里，而不会送给别人。这就是人的自私的本能。本能你懂吧？就是比本性，更加……"

"对对对……"老甘细细的腿不住地晃动，"我也这么看。你们以为世上真有什么大公无私的人吗？那是骗人的！至多是先公后私，再不就是公私兼顾……"

"照你这么说，张志新、遇罗克这样的为反'四人帮'而牺牲的烈士，也是先公后私的啦？"芩芩忍不住问道。她剥着茶几上果盘里的黑加应子水果糖，剥开了又包起来，她并不想吃它。

"你以为我们不恨'四人帮'？"傅云祥"啪——"地关掉了电视，在沙发上重重地坐下来，"不是因为'文化大革命'，我早上大学了，成绩好，说不定还可以捞个留学生当当。现在，全完了，忘光了，连个业大也考不上，怪我吗？没去当小流氓，就算不错。"

"听说明年国家教育的经费要大大增加，说不定……"海豚插嘴。

"那也轮不到咱头上。"傅云祥接着说，"再说老甘，下了乡，讨个农村老婆，生一大堆孩子，四十几块工资，不想法子弄钱，日子咋过？不下乡，早当四级电工了。'酒窝'姑娘，连个欧洲在哪也不知道，写封信起码有一半让人看不懂，世界上只认一个亲的，就是钞票……"

"呸！""酒窝"朝他啐了一口。

"还有小跳蚤，他爸关牛棚，姐姐得精神病淹死在松花江里……"

"我不问你这些，我是说……"芩芩分辩。她何尝不知，傅云祥说的都是实话。不是这十年空前绝后的大灾大难，青年们何以落得这个下场：该发芽的时候是干旱，该扬花的时候又遇暴雨。善良、纯真的感情被摧残，而人世间几乎一切卑鄙丑恶却都赤裸裸展示在眼前。即使长大了，多少人愚昧无知；即使活过来了，多少人神经折磨得不健全。我是说，生活呵，你把多大的不幸带给了这一代人，可是……

"比如说小跳蚤……"傅云祥拍了拍他的肩膀。

"呵，我腻了！听够了！"小跳蚤从自己的座位上跳起来，"别扯这些了行不行？吃饱了撑的，还讲什么十年、十年，我一听十年就头疼，就哆嗦。你们讲啥我也没劲，什么四个现代化，地球上的核武器库存量，足够毁灭七个地球了，一打仗就完蛋！越现代化越完蛋！我每天坐办公室早坐够了，还不是你求我办事，我托你走个门子，互相交换，两不吃亏。我够了。活着干什么？活着就是活着。我想退休，最好明天就退休！"

"退休？"芩芩惊讶得叫起来，"你说什么？退休？"

"你奇怪吗？人生最后的出路，除了退休，还有什么？上班下班、找房子打家具、找对象结婚、计划生育，然后退休。人生还有什么？我关心的是松花江再这样污染下去，等我退休以后，连条小鱼苗也钓不上来了。我喜欢钓鱼，退休了，也许骑摩托车上镜泊湖去钓鱼……"

"哈哈……真是好样儿的！"傅云祥大声笑起来，"我和你搭伴，这主意不错！"

"嘿嘿……"老甘眯起眼笑起来。"嘻嘻……""酒窝"尖声尖气地笑着，连海豚也张开大嘴哈哈笑个不停。

芩芩用手捂住了自己的耳朵，她觉得刺耳。他们是在自寻开心呢，还是真心地觉得有趣？在傅云祥的家里，就只能听到这样叫人莫名其妙的笑声。如果在饭桌上，啤酒加烧鸡，再来几句相声小段，一定人人都变得生动活泼而又神采奕奕。一句丝毫没有幽默感的玩笑话会逗得人人眉开眼笑，低级的插科打诨脍炙人口。可真正讨论问题呢？却没有人听得懂，也没有人感兴趣……

"怎么，你认为我说的不是实话吗？"小跳蚤一双无精打采的眼睛眯眯着，显得朦朦胧胧，好像到底也看不清他的眼神，"你觉得难道不是这样的吗？那你以为生活会是什么样子？"

"是呀，你说，你希望生活是什么样子？"傅云祥走到她身边来，把一杯热咖啡递在她手上。

芩芩望着咖啡上的腾腾热气，竟不知怎么回答才好。她想象中的生活应该是什么样子的呢？她想象过吗？好像没有。未来是虚无缥缈的，很像老甘指缝里的雪茄冒出来的烟雾，不容易看得清楚。但是无论以前在农场劳动的时候，或是后来返城进了工厂，岁月流逝，日复一日，尽管单调、平板、枯燥无味，她总觉得这只是一种暂时的过渡，是一座桥，或是一只渡船，正由此岸驶向彼岸。那平缓的水波里时而闪过希望的微光，漫长的等待中夹杂着虽然可能转瞬即逝却是由衷的欢悦。生活总是要改变的，既不是像芩芩前几年在农场几里路长的田垄上机械地重复着一个铲草动作，也不是早出晚归地挤公共汽车，更不是提着筐在市场排队买菜……那是什么呢？是在夏天的江堤上弹弹吉他，在有空调的房间里看外国画报吗？不不，芩芩没有设想过这样一种生活，她要的好像还远不止这些，或者说根本不是这些……那是什么呢？她一时又说不出来，是连她自己也不清楚还是因为难以表述？咖啡在冒着热气，周围的人影在晃动，她越发觉得自己心烦意乱。

"反正，反正不是现在这个样子！"她忽然站起来，脱口而出，"一定不是像现在这个样子！"她喝了一大口咖啡，放下杯子，走到门边去穿大衣。

"你要干什么？"傅云祥诧异地问道。

"一个本子，笔记本，落在教室了。"她结结巴巴地说，有点难为情，"我忽然想起来，一定是落在教室了。业大借附中的教室上课，晚了会让别人拿走的，我去看看马上就回来……马上……"

"一个本子有啥了不起的？"他满不在乎地耸了耸肩膀，看了她一眼，改了口气说："噢，去就去，我陪你，下雪天……"

"不用了，你有客人……"芩芩小心地围好围巾，朝客人们打了招呼，很快走了出去。

"你可快回来呀！""酒窝"娇滴滴的声音在她身后喊，"要不我云祥哥连饺子下肚没下肚也不知道了哩……"

屋外的空气虽然冷冽，却清新、鲜凉、沁人心脾。假如面对辽阔的雪原，人们一定不会不知道将来的生活是什么样子。离开那热烘烘的房间，芩芩顿觉头脑清醒了不少。然而笔记本是真的落在教室了，她必须马上去取，而并不是她借故托词离席。她在农场待了三年，还没有学会撒谎就回城了，她同样不会对傅云祥撒谎。尽管她是多么不愿意在那儿继续扯那些无聊的闲话，而宁可一个人晚上在这雪地里不停地走下去，走下去……

雪还在无声地下着，漫天飘飞，随着风向的变化不断改换着自己的姿态。时而有一朵六角形的晶莹的雪片，像银光似的从她眼前掠过，一闪身不知去向。大概它们也不愿就此落入大地，化作一摊稀水。可它们这样苦苦挣扎，究竟要飞去哪里呢？芩芩莫非也像它们一样：飞着，苦于没有翅膀，也毫无目标；而落下去，却又不甘心……

她突然觉得心里很难过。雪地的寒意似乎化作一股无可名状的忧伤，悄悄披挂了她的全身。那暖烘烘的小屋里充满了牢骚，夹杂着那么多的废话，使她厌倦、烦恼。可是她自己，不是连未来的生活应该是什么样子也答不上来么？业余大学，她为什么要去念那个业余大学呢？赶时髦？还是希望？如果是希望，究竟希望什么？谁能告诉她呢？

三

是冬老人从遥远的北极带来的礼物么？圣洁、晶莹、透明，当早晨第一线阳光缓缓地从窗棂上爬过来，透过一层薄明的光亮，它们变得清晰而富有立体感了……它会像南海清澈的海底世界，悠悠然游动着热带鱼，耸立着一丛丛精致的珊瑚，漂浮着水草和海星……它会像黄山顶峰翻腾的云海，影影绰绰地显现出秀丽的小岛似的山峰；它会像白云飘过天顶，浩荡、坦然；会像梨花怒放，纷繁、绚烂……呵，冰凌花，奇妙的冰凌花，雪女王华丽的首饰，再没有什么能与你媲美的了……

你真像小时候玩耍过的万花筒，每天都在变幻着姿势，无穷无尽地变幻。你带给人多少美丽的想象呵，从夏天雨后草地上的白蘑菇，到秋天沼泽地上空飞过的一群群白天鹅……可你是严寒的女儿，是冰雪的姐妹。你在寒夜里降临，只在早晨才吝啬地打开你的画卷，那么短暂的一会，不等人从那神奇的图案中找到他们所寻求的希望，就急急地隐没了。可今天你为什么竟然还留在这儿？一直留到这昏暗的傍晚。是因为你知道芩芩要来吧？还是因为你知道这是一个星期天，清冷的教室里没有人会来注意你呢？

芩芩久久地立在玻璃窗前，惊诧地望着那由于星期天暖气供应不足，教室低温而迟迟没有融化的冰凌花，几乎为这洁白如玉的霜花的自然美惊呆了。她家里的住房烧暖气，房间温度太高，玻璃上是没有什么冰凌花的，她还是几年前在劳动过的农场连队的宿舍见过它们。可惜那时的生活太苦，宿舍里冷得叫人直打哆嗦，哪里还会顾得上欣赏冰凌花呢？看过几百次，也没觉得它有多美。回城这几年，就很少再见了。没想到今天竟然会在业大的教室里见到它，她的心里突然涌上来一种由衷的喜悦，好像见到了一个久别的老朋友。

"那么，这面像什么呢？"她问自己。是的，这块玻璃上的图案很特别，像一团团燃烧的火焰，又像是一片滔天的巨浪从天际滚向天顶。它的花纹是极不规则的，整个画面呈现出一种宏大磅礴的气势……

"北极光！"她的脑海里突然掠过一个奇特的想象，"也许，北极光就是这样的呢！"她为自己的这一重大发现一激动得连呼吸也急促起来，"为什么不是呢？假如它呈银白色，天空一定就闪烁着这样的图案。呵，一点不假，它再不会是别的样子，我可见到你了——"

她伸出一只手想去抚摸它，猛想到它们在温热的皮肤的触摸下会顷刻化为乌有，又缩回了手。她呆呆地站着，心海的波涛也如那光束的跳跃一般颤动起来……

"不带我去吗？"她记得那时自己刚够着写字台那么高。

"不带。"舅舅对着镜子在戴一顶新买的大皮帽。帽子上灰绒绒的长毛毛，像一只大狗熊。

"真的不带？"

"真的不带。"

"不带我去就不让你走！"她爬上桌子，把那顶大皮帽从舅舅脑袋上抢下来，紧紧抱在怀里，"不给你钱！"她把小拳头里的一个亮晶晶的硬币晃了晃。

"那也不带。"舅舅似乎无动于衷。

"我哭啦?"她从捂住脸的手掌的指缝里偷偷瞧舅舅。

"哭? 哭更不带,胆小鬼才哭。胆小鬼能去考察吗?"

"啥叫考、考它?"她哼哼呀呀地收住了哭声,本来就没有眼泪。

"比如说,舅舅这次去漠河,去呼玛,就是去考察——噢,观测北极光,懂吗? 一种很美很美的光,在自然界中很难找出能和北极光比美的现象,也没有画笔画得出在寒冷的北极天空中变幻无穷的那种色彩……"

"北极光,很美很美……"她重复说,"它有用吗?"

舅舅笑起来,把大手放在她的头顶上,轻轻拍了一下。

"有用,当然有。谁要是能见到它,谁就能得到幸福。懂吗?"

她记不清了,或许她听不太懂。那是一个寒冷的冬天的早晨,玻璃窗上冻凝着一片闪烁的冰凌,好像许多面突然打开的银扇。舅舅就消失在这结满冰凌的玻璃窗后面了,大皮靴在雪地上扬起了白色的烟尘。舅舅去考察了,到最北边的漠河。可是他一去再没有回来,听说是遇到了一场特大的暴风雪。几个月以后,人们只送回来他那顶长毛的大皮帽。寻找北极光是这么难么? 那神奇的北极光,你到底是什么? 幼年时代的印象叫人一辈子难以忘却,舅舅给芩芩心灵上送去的那道奇异的光束,是她以后许多年一直憧憬的梦境……

"没有漠河兵团的名额吗?"在学校工宣队办公室,那一年她刚满18岁。

"没有。"

"农场也没有?"

"没有。"

"插队,公社、生产队,总可以吧?"

"也没有。有呼兰、绥化,不好吗? 又近。你主动报名去漠河,是不是因为那儿条件艰苦……"工宣队师傅以为这下子可冒出个下乡积极分子了。

"不是,是因为……"她噎住了。因为什么? 因为漠河可以看见北极光吗? 多傻气。到处在抓阶级斗争,你去找什么北极光呀,典型的小资调。

她只好乖乖地去了绥化的一个农场。农场有绿色无边的麦浪,有碧波荡漾的水库，有灿烂的朝霞，有绚丽的黄昏，可就是没有北极光。她多少次凝望天际，希望能看到那种奇异的光幕，哪怕只是一闪而过，稍纵即逝，她也就心满意足了。然而她却始终没有能够见到它。芩芩问过许多人，他们好像连听也没听说过。诚然这样一种瑰丽的天空奇观是罕见的，但它是确实存在的呀。存在的东西就一定可以见到，芩芩总是自信地安慰自己。然而许多年过去了，她从农场回到城市，在这浑浊而昏暗的城市上空，似乎见到它的可能性越来越小。这样一个忙碌而紧张的时代里，有谁会对什么北极光感兴趣呢？

"你见过它吗？你在呼玛插队的时候，听说过那儿……"她仰起脖子热切地问他。他们坐在江边陡峭的石堤上，血红色的夕阳在水面上汇集成一道狭长的光柱。

"又是北极光，是不是？"傅云祥不耐烦地在嗓子眼里咕噜了一声，"你真是个小孩儿，问那作啥？告诉你吧，那一年夏天，听说草甸子上空有过，可谁半夜三更地起来瞧那玩意？第二天还得早起干活。"

"你没看？"芩芩惊讶得眉毛都扬起来了。

"那全是胡诌八咧，什么北极光，如何如何美，有啥用？要是菩萨的灵光，说不定还给它磕几个头，让它保佑我早点返城找个好工作……"他往水里扔着石头。

芩芩觉得自己突然与他生疏了，陌生得好像根本不认识他了，这个恋爱一年已经成为她未婚夫的人。他就这么看待她心目中神圣的北极光吗？不认识他？不认识怎么会全家人嘻嘻哈哈地坐在一起喝酒呢？那还是夏天。你明明知道他就是这样看待生活的，你现在不是就要开始同他生活在一起了吗？两个月六十天，不算今天，就是五十九天。大红喜字、出租汽车，然后是穿鞋、点烟……客人散尽了，在那"中西式"的新房里，亮着一盏嫦娥奔月的壁灯，刺眼而又黯淡，他朝你走过来，是一个陌生的黑影。黑影不见了，壁灯熄灭了，贴近你的是混合着烟和酒味的热气……黑暗中你瞥见了一丝朦胧的星光，你扑过去，想留住它，让它把你带走，可它又倏地消失了。黑暗中只有他的声音，糊里糊涂堵住了你的喉咙……她明明知道，在那拉上了厚厚的窗帘的新房里，那神奇的光束是再也不会出现了，再也不会了……

芩芩把她柔软的黑发靠在窗框上，垂下头去，一只手勾起深红色的拉毛围巾，轻轻揩去了腮边的一串泪珠。她的心里为什么有那么多的忧伤？难道不是她自己亲口答应了他的吗？事到如今，难道还有什么办法可以挽回这一切？人们会以为她疯了，他呢？说不定也会痛苦得要死。该回去了，否则他会气急败坏地跑来找她，也许他早已在车站上等她，肩上落满了雪花……该回去了，玻璃窗上的冰凌花若明若暗，很像小时候舅舅走的那天。他就是寻找比这冰凌花还美得多的北极光去了。然后天暗下来了，很快的，就该什么也看不见了……

她忽然把脸埋在围巾里，低声抽泣起来。蓦地，她似乎听到了教室里有一点响动，便很快收敛了哭声。她默默站了一会，摸到自己座位上去找那个笔记本。

"哐——啷——"是一只铅笔盒掉在地上了，橡皮铅笔滚了一地。她抬起头来，这才发现中间的座位上有一个人影。

"谁？"她吓了一跳，头发也竖起来了。

"一个你不认识的人。"传来一个鼻音很重的男声，遥远得好像从天边而来，严峻得像一个法官。

芩芩站住了。她不知道是应该走过去还是应该赶快走开。

"你，你在这儿干什么？"她想起了自己刚才的哭泣，竟然被一个陌生人听见，顿时慌乱而又难为情。

"对不起，这是一个公共的教室，你进来的时候，并没有看见我，而我对于你也是完全无碍的。我一直在背我的日语，如果不是你……"他弯下身子去摸索那些地上散落的东西。

芩芩这才想起来去开灯。如果不是碰掉了人家的铅笔盒，她真希望就这么悄悄走开，谁也不认识谁。可是——

两支并列的四十瓦日光灯，清楚地照出了他高高的鼻梁上厚厚的眼镜片。在那厚得简直像放大镜一般的镜片后面，凸出的眼珠貌视一切地斜睨着。光滑的额头，下巴上有几根稀落的短须。然而他的脸的轮廓却很漂亮，脸形长而秀气，两片薄薄的嘴唇，毫不掩饰地流露着一种嘲弄的神态……

他似乎也在默默地注视着她。他在嘲笑她吗？嘲笑她刚才的眼泪，或者是想问："你从哪里来呢？以前我怎么没见过你？""我也没见过你呀。""噢，我知道，你是业大日语班的，借附中的教室。""我也知道了，你是这个大学的学生，虽然你没有戴校徽，可我会看……""你刚才为什么哭呢？""不，没有，我没有哭。""哭了，我听见的，你有什么伤心事？""伤心事？没有没有，什么也没有。我很快乐，我就要结婚了。人家介绍我认识他，他对我很满意，他家里对我也很满意，我对他——没有什么可挑剔的，如果我不答应，大概就找不到这样好条件的对象了。我要结婚了，所以我很伤心。不不，不是这样的，你不知道，一点儿也不知道，一句话是讲不清楚的，你别问了，我不认识你……"

眼镜片在日光灯下闪烁，他薄薄的嘴唇动了动，却没有声音。他什么也没有问，好像世上的一切都同他无关。

"我，我的钱包丢了，所以……"她冒出这样一句话来，难道是想掩饰她刚才的眼泪吗？多么可笑，或许他根本就没有注意到。

"钱包？"他不以为然地哼了一声，"我从来就没有钱包，因为没有钱。可敬的小偷，愿他们把世人所有的钱包都扔进厕所，那钱包里除了装着贪欲，就是熏黑了的心。"

"可敬？你说小偷可敬？"芩芩倒抽了一口冷气。

他摆了摆手，"诚然，小偷是极端的个人主义者，损人利己，甚至有时还谋财害命。咱们且不谈造成这些渣滓的社会原因，但更可恶的是在我们的生活中有那么一些冠冕堂皇的江洋大盗，侵吞着人民的劳动成果，却逍遥法外。或者是严重的官僚主义，可以在几分钟内，一个轻轻松松的签字仪式上，把几百万、几千万人民币扔进大海。"

"有这样的事情吗？"芩芩的脸色有点发白。她站着，他也没有请她坐。她本来是想把铅笔盒捡起来立即就走开的。

"给你举一个简单的例子，我们学院里有一位教师，平时工作勤勤恳恳，因为没有住房，夫妇长期分居两地，几个孩子都小，生活相当困难。这次调整工资，系里的领导争着为自己提级，他们俩最后都被刷下来了，还被说成是无能、业务不行。他们无处申辩，只好……"

芩芩禁不住冒了一身冷汗。她是最怕听这样悲惨的故事的。他给她讲这个干什么？

"再比如，"他用一把铅笔刀在桌上轻轻划了两道，"去年我们学院毕业分配，全部面向基层，可是一位副部长的一张纸条，就把他未来的女婿调到北京去了。人们满肚子自私，却来指责青年人缺乏共产主义道德，何等的不公平！还有谁会相信那些空洞的说教呢？人们对政治厌恶了，不愿再看见自己所受的教育同现实发生矛盾，与其关心政治，倒不如关心关心自己……这就是对'突出政治'的惩罚。我说这些只不过是为了说明现实的人生……"

岑岑发现他的口才很好，几乎不用思索，就可以滔滔不绝地讲上一大堆。她不觉有几分钦佩他，他讲得多么尖锐，多么深刻呀。而无论在讲叙什么的时候，他的嘴边总挂着那么一点儿嘲讽，脸上既不愤怒，也不忧郁，语气平淡无奇，好像这一切都同他无关。

"唉，我们这代人，生不逢时，历尽沧桑。没有看到什么美好的东西，叫人如何相信生活是美好的呢？理想如同海市蜃楼，又如何叫人相信理想呢？有人说这叫什么虚无主义，我认为也总比五六十年代青年那种盲目的理想主义好些……"

岑岑"啊？"了一声。

"是啊，我对你说这些干什么？"他突然站起，匆匆地收拾桌上的那一堆书，"你难道心里不是这样想的吗？人们只是不说出来罢了，天天在歌颂真实，可是真实却像一个不光明正大的情人，只能偷偷同它待在一起。正因为我不认识你，才对你说这些话。你以为我很爱说话吗？哈，我可以在十个人同我聊天的时候看报纸……"

"那你……"岑岑怯生生地问，"和你的同学也不说吗？你不闷得慌？你们，大学生……"

"大学生？你不也是大学生吗？只不过是业余的。可他们，只比你多一个校徽，或者外加一副眼镜罢了。大学？一个五花八门的大拼盘，一个填鸭场，一支变幻不定的社会温度计。设想得无比美妙，结果大失所望。男同学们，开'广交会'，拉关系找门子……"

"为什么？"岑岑笑起来。

"为了毕业分配呀。女同学们，嗯，热衷于烫发，一个卷儿一个卷儿地做，比学外语热心多了。嗬，你为什么没有——"他做了一个卷发的手势。

"我……"岑岑不知该怎么回答。她应该说："你如果再过五十九天看见我，我一定不是现在这个样子了，结婚是一定要烫发的。"可她却什么也没说。

"好了，今天我说得太多了，我要走了。在这个校园里，简直无法找到一个安静的地方！你继续研究你的玻璃吧，没有人妨碍你。人在不发生利害冲突的时候总是友好的。"

他夹着一包书站起来，好像没有看见芩芩似的朝门口走去。

"嗳——"芩芩不知为什么觉得很怕他就这样消失在自己眼前，她突然产生了一种很想结识他的愿望。她叫住他，却不知说什么才好。

"你，你是日语专业的吗？"

"是的。"

"我，我也学日语。可以，向你请教吗？"

他偏着头，既不显得特别热情但也没有拒绝："可以。"他说，"不过我的时间不多。"他的镜片闪了闪，好像在想什么，"你，你做什么工作？……你，很单纯……"

"仪表厂的装配工，陆芩芩。你，叫……"

"外语系七七级一班，费渊，浪费的费，渊博的渊。"

他甩了甩头发，就走了出去。芩芩望着他的背影，发现他的个子很高，偏仰着脑袋，走起路来，显得颇为潇洒而又有些傲慢。

"你继续研究你的玻璃吧……"他的声音留在教室里。可是窗外已经全黑了，玻璃上的冰凌花已失掉了它诱人的光彩。"北极光……他会知道北极光吗？"芩芩找到了自己的笔记本，轻轻掩上教室的门，走下楼梯的时候，忽然这样想。

四

生活以其固有的流速向前推进，既不会突然加快也不会无故减缓自己的节奏。在它经过的地方，不同的地貌地形、不同质的土壤地层，留下了不同形状的痕迹。每个人都生活在属于自己而又与外界有着千丝万缕联系的世界里，彼此之间是如此的难以相通。1976年那春寒料峭的4月，曾使得千千万万的人们的血和泪流在了一起。一下子冲决和填平了十年来横在人们心灵之间的大大小小、形形色色的相互防范、警戒、自卫、猜疑的堤坝和沟壑。然而这种统一却是短暂的，时间的流水总是在不断冲刷出新的壕堑来。当 1980 年隆冬的严寒笼罩了这个城市的时候，由于河床的突然开阔所给人带来的朦胧而又忽远忽近的前景，青年们所苦恼和寻觅的，就远比四年前要更丰富而深广了……

1976 年 10 月那惊天动地的事件爆发的时候，芩芩还在农场，一点也不知道中国将要发生什么重大的变化。在那安静的小镇上，生活就像水银在那儿慢吞吞地流动，没有热度也没有波澜。场部传达粉碎"四人帮"的那天，芩芩只是看到连队的一群上海知青、浙江知青和哈尔滨知青的"混合队"，在破旧不堪的篮球场上踢了大半天足球，好像天塌下来也压不着他们。那些南方知青的年龄都比芩芩要大几岁，来农场七八年了，好像他们天下什么苦都吃过，什么都懂，什么都不在乎。他们干活儿都很卖力气，割水稻尤其快，大车也赶得不错。喜欢用东北方言夹着南方话说话，什么："俺们喜欢吃香烟。""劳资科长贼缺德。"他们最关心回家探亲的事情，探亲一回来就在地头没完没了地讲许多新闻。芩芩对于社会的最初了解，就是从农场开始的，可惜那段时间太短，也许再待两年，她就不是现在这个样子的她了。她的履历表简单得半张纸就可以写完。"文革"中父亲也挨过斗，她刚十岁，学会了买菜做饭照料弟弟。没几天父亲就解放了，"结合"当厂政宣组的副组长。她下乡、上调，也有过不顺心的事，但总比别人要好些。她用不着像有的人那样煞费苦心地为自己的生活去奔波，所以她看见的邪恶也许就比别人要少些。"你去办一个病退试试，就是林黛玉也要堕落的！"连队的一位比她大几岁的女友对她嚷嚷。因此，对于那些"文化大革命"后期分配到这边疆农场来的老大学生和南方知识青年，她总是抱着一种莫名其妙的崇拜心理。

她所在的连队来过一个建工学院毕业的大学生，当食堂管理员。他常常算错账，因为他在卖饭菜票的时候也常常看书。他的理想好像并没有因为他的处境艰难和遭遇不幸而泯灭，而只是暂时被压抑，限制了。他只能拼命地读书，总好像在思索着什么。他究竟在想什么呢？芩芩好奇地留心观察、猜测他，久而久之，她竟然不知不觉地惦念起他来。他有胃病，常常胃疼得脸色发白。有一次他去哈尔滨公出，连队卫生员让他去医院做胃透视检查，三天以后他回来了，不知从哪儿弄来了不少书。"透了吗？"芩芩问他。"透了。"他心不在焉地回答。那天卸煤，他热得脱了大衣，"啪——"什么东西从他衣袋里掉出来，上面写着字："钡餐"。钡餐粉还在衣袋里，那还用问，准是没有去透视。芩芩不禁油然生了几分怜悯。不久后他调走了，他的女朋友是他大学的同班同学，听说分配在贵州山区的一个公社当售货员。他就是到她那儿去，到那儿去他就可以在中学教物理课，不卖饭菜票了。他走的那天，芩芩一个人躲到草甸子里去了，她采了一大抱鲜红的野百合，又把它们统统扔进了河里，假如他不走呢？假如他没有那个女朋友呢？芩芩想着，哭了起来。她不知道自己这是怎么了。如果说曾经有过那么一次朦胧难辨的微妙感情，就那样连百合花一起扔在小河里，漂走了。从此以后她再也没有见过他那样的人。他是南方人，喜欢把"是的"，说成"四的"，她经常笑话他。"你很单纯。"他有一次在路上碰到她，这样对她说。她那会儿正把一捆从大车上掉下来的谷子送到场院去。这是他单独对她说过的唯一的一句话，如今她竟不知道他在哪里。呵，真是奇怪，怎么会想到他来的呢？

也许只是因为她觉得那个费渊有一点像他罢。费渊的口音也像是南方人。"你很单纯。"他也这么对她说。刚刚认识不到半小时，他是从哪里看出来的呢？难道她自己很复杂吗？芩芩倒恨不得自己也能复杂一点，那样的话，她对生活中的许多问题，也许就不会总是想不通，总是苦恼了……在农场时生活艰苦、劳动繁重。饱饱地吃上一顿，甜甜地睡上一觉，什么忧愁都置于脑后了。总觉得那绿色的田野，连着远方的希望，有一天会走近……可是返了城，进了工厂，日子倒反而显得平淡无味。生活遥遥无期，好似在大海行舟，望见深蓝的地平线，充满无数幻想，然而驶过去，仍然是一片苍茫的海水，偶尔瞥见一座小岛，也是寥寂无人，即使登陆上去，海上漂过一叶白帆，你挥手召唤，却再无人呼应，或许那船载的就是寂寞和孤独……

厂里新开了图书馆，芩芩除了学日语，有一点时间都泡在小说里。可是书读得越多，却越发觉着生活的不如意。在农场时没有什么书可读，倒有如一潭宁静的水池，既无涟漪也无烦恼。芩芩不知自己现在的这种情绪是好还是不好。四年来，不断发展变化的社会生活常常给人以信心和力量，可是这种变化什么时候也能在自己身上表现出来呢？芩芩每天早上醒来的时候，总盼望这一天里会有什么意外的事情发生，可是日日平安，天天如此。傅云祥除了更换衣服，连讲话的声调都是回回相同，一周重复一次。芩芩盼望明天，明天来而复去，也并不使人乐观……

自从那个星期天傍晚芩芩去教室取笔记本以后，特别盼望去业大上课的日子。坚持业大学习十分不易，开学时全班有六十多人，到期中就只剩了一半。有的人是因为工作脱不开身，领导不支持，几次落课，就跟不上趟了；有的则是因为家务拖累。有位大姐三十四岁，两个孩子，还来学日语，有时孩子一病，她就没办法。芩芩上的是长日班，除了傅云祥找她看电影以外，倒没有什么其他的困难。她很喜欢日语，倒不是喜欢日语的发音，而是喜欢从那陌生然而节奏感很强的音节里，体验、揣摩日本民族的那种执着向上的奋斗精神。她刚刚看过一本写日本民族从明治维新以来一百年间怎样发愤图强的书叫作《激荡的百年史》，从里面她仿佛听到那岛国上传来的自强不息的呐喊……由此她又听到了我们中华民族的呐喊，这种呐喊虽然暂时低沉，有朝一日却也许更加雄浑有力。当然这种联想是近于可笑的，但芩芩的日语却学得十分认真和刻苦。同班的业余大学生们的水平都差不多，她早就盼望着能有一个人辅导自己。突然黑暗中冒出了一副眼镜，一个费渊，她怎么能不喜出望外呢？更何况，他像十九世纪的德国人一样注重思辨。和他谈话，哪怕只有一分钟，也不会没有收获。与他相比，傅云祥更像法国人，注重交际，不，也许有点像犹太人……她的思想混乱了……

一连好几天，芩芩下了课，总是磨磨蹭蹭地走在最后面。她穿过二号楼那狭窄的走廊，不时地东张西望，希望在哪个拐角能偶尔碰上费渊。有时她借口一点什么事，绕弯路到学院的主楼去。主楼宽敞的走廊昏暗的灯光下，隔一段就放着一张椅子或是窄小的课桌，有人趴在那儿做作业，也有人三三两两在低声讨论着什么，还有人面冲着墙壁，一个人在叽里咕噜地念着什么……芩芩心里对他们羡慕得要死，因为她只差十四分没考上正规大学。如果不是复习功课期间妈妈老让那些热心的介绍人来麻烦她的话，这十四分一定不会丢。结果大学没考上，来了个傅云祥，十四分，好像他就值十四分。妈妈倒比她更喜欢他哩。他每星期天给她家送去别人买不到的新鲜猪肝和活鲤鱼，他送给芩芩别人买不到的出口的丝绸衣料、进口的款式新颖的女式短大衣，还有漂亮的奶白色牛皮高跟鞋……他什么都能买到，芩芩常常会有这种感觉，好像连她也是他买到的一件什么东西，只是他从不小气，舍得花钱。他捧着大包小盒进门，她在他的督促下不得已试试那些衣物，试一试也就脱下来锁进了箱子。他也天天很忙，忙得连报纸也没有时间看。他见她学日语，也不反对，管她叫假洋鬼子，学她的发音，怪腔怪调，叫人哭笑不得……

可她却希望有人能同她说一句日语，哪怕只是几句简单的对话。大学昏暗的走廊，呢喃的读书声在四壁回响，这种气氛不仅使人感到亲切，而且使人心里踏实。他一定会在这儿的，芩芩这样期望。

可是她始终没有能够碰到他。他从来没有在这儿出现过。他在图书馆吗？还是在自己教室？那个星期天下午他为什么躲到附中的教室去？为图清静吗？她不能到他的教室去找他，她不敢，因为毕竟没有什么了不起的事。

这一天下了课，她独自一人出了二号楼，突然闪过一个念头，径直往主楼的地下室走去。她知道那儿有一个资料室，不过晚间是不开门的。她干吗要从那儿走呢？黑洞洞，怪吓人的。她站在那儿犹豫了一会。

忽然她听到里面传来了一种含糊不清的声音，低沉的、连贯的，好像在背诵什么。带着很重的鼻音，她的心头跳了跳。是的，是日语。她听见过一次，便不会忘了这声音。

"ドナタデスカ？"（"谁？"）她大声用日语问。

"アナタハゴ存知ナイカモシレマヤン。"（"你或许不认识。"）那背诵的声音停止了，懒洋洋地答道。

"イイエ，私ハ存知テイマス。"（"不，我认识。"）

"デハ，アナタハドナタデスカ？"（"那么，你是谁？"）

"ワタシハヒマヒニ……"（"我是业余……"）她卡住了，以下她还不会说。

"噢，是你吗？研究玻璃的！"他从黑暗中走出来，披着一件深褐色的皮夹克，搓着手。

"这儿，很冷吧？你，你真用功！"芩芩诚心诚意地说。

"用功？还不是为了毕业分配混个好工作。"他皱了皱眉头，"人总得吃饭才能生存。"

芩芩有一点尴尬，她没有想到他会这样回答。

"你在背课文吗？"她问。

"课文？你以为背课文会有什么出息吗？蠢人才这么干。早稻田大学的研究生可不是背课文能培养出来的。我——"他开始用日语念起来，很长，好像是诗。

"明白了吗？"他低头问苓苓，很像一个老师在考问他的学生。

"不……"苓苓脸红了，"我，听不太懂……"

"噢，是我自己翻译的一首波斯诗人鲁拜的诗：'我们是可怜的一套象棋，昼与夜便是一张棋局，任它走东走西或擒或杀，走罢后又一一收归匣里。'明白这诗的含意吗？深刻！人生就是这样，任何人都受着命运的摆布和愚弄，希望只是幻想的同义词……"

地下室里好像有一股冷风，苓苓打了一个寒噤。

"找我吗？"他好像才想起来。

"不……是的，我想问问你……也没有什么……"

"抱歉！"他把两手一摊，"现在我没有很多时间，晚上我必须做完我应做的功课。你，很急吗？"

"不，不很急。"

"那就星期天吧。星期天我在这儿，不在这儿就在宿舍，三号楼333房间。"

"星期天……"苓苓犹豫了一下。她想说，星期天怕没有空。可他已重新钻入那黑暗的过道中去了。

"他真抓紧。"苓苓这样想，"真不应该打扰他……星期天，该怎么办呢……"

恰恰星期六那天下了整整一天的鹅毛大雪，傅云祥在星期六晚上兴致勃勃地跑来找她，说他要和军区大院的几个干部子弟坐吉普去尚志滑雪，问她想不想跟他们一块去。"跟？我才不呢！"她一反常态地用挖苦的口气说，"你愿跟，你就跟吧，我可不想当'仿干'！"

"仿干"是她从业大的同学那儿听来的一个新名词。嘲笑那些一心想模仿干部子女的人。比如说有的人喜欢故意装出一副神气活现、傲慢无礼的样子，看什么都不顺眼，管公共汽车叫"那破车"，刚认识就说："给你留个家里的电话吧！"其实是传呼电话。这种人就叫"仿干"子弟。苓苓不太明白这些人为什么不学学干部子女那种好的品质，更无法理解人为什么要有这样虚荣心，也许是希望过好日子的一种正常心理吧。傅云祥的父亲只是个小小的处长，他却爱和省委的一批干部子弟打得火热，只是不像通常的那些"仿干"那么令人讨厌。

这场雪倒意外地"解放"了芩芩。星期天上午她兴冲冲去附中的业大上课，散了课出来，却见学院的大门口贴着一张通知：

各系留校同学注意：铁路货场告急！星期天下午在此集合去车站清扫积雪，义务劳动，希踊跃参加！

每年冬天都有此类事，大雪常常堵塞交通，于是倾城出动，满大街铁锹镐头叮当响，冻得人脸通红。芩芩每回总是积极的响应者。不过今天她却不高兴，下雪刚刚帮了她一个忙，却又在这儿同她捣乱。费渊要是去扫雪，不就又是碰不上了吗？她轻轻叹一口气，有点拿不定主意去还是不去。

"去试试吧，或许在呢。"她在那张通知下站了一会，想了想，抱着一种侥幸心理，还是往三号楼走去。大道上的积雪已经被清扫到两边，露出灰色光洁的水泥方块，松软的新雪刺得人睁不开眼睛，寒风时而吹落大树上一团团棉絮似的白雪，掉在她的红围巾上。

"333"，她在幽暗的走廊里勉强辨认出门上的号码，敲了敲门，没有人答应。"一定是去扫雪了。"她失望地想，正要走开去，门却突然打开了一条缝，闪过一副镜片。

"是你？"门开大了，他捧着一部字典，朝她点了点头。

芩芩觉得有点意外。虽然她希望自己不要扑空，可他在了，她又并不觉得高兴："你，没有去扫雪？"她脱口而出。

"扫雪？"他似乎觉得她问得奇怪，"把时间白白浪费在那阳光早晚会使它消失的东西上吗？那只是正在争取入党的积极分子才会去干的事。"

"你不是？"

"当然不是，全身所有尚未被吞噬的红细胞加起来，充其量不过是一个爱国者。"

"什么也不信仰吗？"

"很可能。为什么要信仰呢？信仰本来是无所谓有，也无所谓无的。上帝只是我自己，无论在地狱还是在天堂，我只看到一条出路：自救！

我们这一代人只能自救！"

"先救国呢还是先救自己呢？"

"当然先救自己！我从来不认为什么'大河涨水小河满'是符合科学原理的，只有小河的汇集才有大河的奔流。人也同样，十亿人中产生十万名科学家，中国就得救了。扫雪？扫雪怎么能与此相比？嗬，你是准备站一会就走吗？"

芩芩这才发现自己竟还站着。宿舍不大，放了四张上下铺，可以睡八个人，床下门边堆满了箱子，显得拥挤不堪。靠窗那儿有一张两屉桌，坐在床上，就得缩着脖子。但她发现床上桌上统统堆着凌乱的书和杂物，根本就没有什么地方可坐。有一堆书好像还是湿漉漉的。

"不巧，暖气漏了。"他欠起身子把对面床上的东西移了一下，"漏到书箱里去了，没办法，大学的条件就是这样，算是看透了！找不着水暖工，大概也去扫雪了。你先将就坐吧！"

芩芩表示完全不介意的样子，在床边坐了下来。不料大腿上却重重地硌了一下。她低下头一看，原来是一本硬面的影集，边上磨损坏了，显得很旧，还湿了一个角。

"你的吗？"她把它抽出来，拿在手里。

"算是吧。"他接过去，不经意地翻了翻，随手扔在桌上，"不过，那个我，早已不存在了。现在的我，是这样的——"他指了指自己的床头。

芩芩这才看见，他睡的下铺的里面墙上，挂着用两块玻璃夹起来做成的简易镜柜，里面有两张照片，一张是他的正面像，却闭着双眼，两只手捂着耳朵；另一张不大看得清，似乎就是他的一个背影。镜框旁边，贴着一张狭长的白纸，写着几行诗：

> 我要唱的歌，直到今天还没有唱出，
> 每天我总在乐器上调理弦索。

"泰戈尔的诗，是么？"芩芩问。她的眼睛顿时放出了光彩。她没想到费渊也喜欢泰戈尔。傅云祥是不喜欢诗人的，他称他们为"梦游患者"。可费渊为什么偏喜欢这两句呢？芩芩却喜欢泰戈尔这样的诗句："花儿问果实：果实呀，我离你还有多远？果实说：我在你的心中呢！"

这几句是大意，她还能背出许多原诗，比如："我的一切幻想会燃烧成快乐的光明；我的一切愿望将结成爱的果实。"她真想给他背一遍，可是她发现他仍然在翻那本厚厚的字典，马上兴味索然了。

"为什么说这里的你已经不存在了呢？"她把那本旧的相册拿过来，随口问。

"你自己看吧。"他没有抬头。

芩芩心里颇有一点责怪他的这种古怪脾气。他好像在查阅一个什么单词，沉醉在自己的思维中，世间万物似乎都与他无关。这个样子，芩芩准备向他请教的问题也就不好马上开口。于是，她翻开了影集的第一页。

哟，多么漂亮的画面呵：银色的飞机，宽阔的机场跑道，一个外国总统模样的人，正在接受一个中国儿童的献花，那里一个好看而可爱的小男孩，微微卷曲的头发，漆黑的大眼睛里满是天真的问号。他伸长着胳膊，正把鲜花投到外宾的胸前，那幸福的表情好像整个世界都对他张开了怀抱……

那是二十几年前的费渊，在一个南方的大城市。从他脚上那双亮晶晶的小皮鞋上看得出来，他有一个幸福的童年，一个优越的家庭。生活本来也许是应该让他径直走进那银色的机舱，在灿烂的朝霞中飞入高高的云天的，可他却为什么来到了这里？在这八个人住的潮湿的集体宿舍，暖气管漏着水……

翻过去，他突然地长大了，脸上出现了棱角，表情可怕得像一个凶神。他站在台上，抓着话筒，好像要向全世界宣布什么，臂上挂着红卫兵袖章，那芩芩少年时代曾羡慕入迷过一阵子的红布条。他在喊什么呢？大概是喊什么："誓死捍卫……"或是喊："横扫一切牛鬼蛇神……"当然喊过，芩芩也喊过，只是不懂那究竟是什么意思罢了。呵，当年，他也有过这种热血沸腾的时刻？这同他现在这种冷若冰霜的外表简直判若两人，就好像蚕不应变成从茧子里飞出来的面目全非的蛾子一样。那时他一定相信自己是在捍卫真理，芩芩也曾这么相信。可是真理到底在哪里呢？他从那讲演的台上走下来，岂不是如同从一个虚设的真理的空中楼阁一步跌入到大地上来一样？他一定摔得遍体鳞伤，要不，他的眼神不会这样沉郁阴冷……

呵，这大概是他的全家照了。照片上写着日期：1968 年 10 月。一定是他下乡前留的纪念。这是他的父亲，他的脸形很像父亲，清癯秀气；他父亲的衣着很普通，显得忧虑重重，疲惫而憔悴，然而却坐得那么挺直，眉宇间分明有一种不凡的气质。这大概是他的母亲，芩芩觉得他的母亲很美，他的五官不像母亲那么柔和、匀称。她虽然脸上没有一丝笑容，然而端庄、沉静，那紧抿的嘴角上有一种知识妇女内在的自负，真像一位大使夫人。她的身边还有一个小姑娘，一定是费渊的妹妹了，好像因为害怕照相馆的刺眼的灯光而缩着脖子，但也许是那几年的混乱中总习惯于躲在她哥哥背后的缘故。呵，这是他，唯有他的神态仍是坦然、自信的，仰着脸，那么满不在乎，好像就要迎着草原初升的太阳走去，在那无边的草原上开满了鲜花、飘舞着红旗。那时他嘴角上还没有芩芩现在看到的那种嘲讽的神情，他的眼睛多么虔诚、热情呵！芩芩真想能看一看当年的那个他……

"你爸爸……"她终于忍不住问，"他们现在在哪儿？"

他头也没抬，若无其事地答道："死了。"

芩芩的头皮一麻。

"他，他是……"

"曾经是一个驻东欧国家的大使。"

"为什么……"

"因为人所皆知而又无人得知的原因，1970年死于监狱。"

他不再作声。暖气仍在漏水，滴答，滴答……

芩芩呆呆地坐了一会，揉了揉眼睛。她很想找出一句话来安慰他，可是她能说的，他一定都听到过，他似乎也并不需要什么安慰，难道他的安慰在字典里吗？

她轻轻翻开了影集的下一页，起初她以为看错了，又看了一眼，不觉大大惊讶起来。这是一张县知青积代会的集体照，人人戴着大皮帽，大棉袄胸前别着大红花。芩芩几乎很难从中找到他。他好像突然变成了一个朴实憨厚的青年农民，似笑非笑地咧着嘴，眉间似有一点难言的苦衷。他的额头上出现了几丝淡淡的皱纹，很像那用来做大红花的皱纸……

照片上方印着几个规规矩矩的字：1970年同江县。

1970年？1970年不正是他父亲死在监狱里的时间吗？而他居然在

县里参加知青积代会，四处汇报讲话，真令人难以相信。但这却是事实。没有比这样的影集所展现的历史更真实的了。芩芩想起她原来所在的连队的那些积极分子们，有一次她请假上卫生所看病，她们却偷偷跟在她的后面；有一次她邻铺的一位女连长头发上生了虱子，芩芩叫她好好洗洗，她却说："你没有虱子，说明你没有改造好。"真叫人哭笑不得。所以她怎么也没法设想眼前的费渊曾经会同那些人坐在一起，她突然为他感到脸红了。可是，她难道没有拼命地挖过土方吗？仅仅只是为了能在光荣榜上出现自己的名字……

还往下翻么？好像剩不几张了。这张好像是全湿了，是酒杯里的酒溢出来的吗？整个画面都是酒杯，不，是搪瓷缸、大海碗、断把的刷牙杯、玻璃瓶子，满的、空的都有，碰撞在一起，好像听见一群流落在他乡的孤儿绝望的呼救。杯子在摇晃，冲出来一股难闻的酒味，上头为什么没有他呢？他醉了，一定是醉了，如一团烂泥瘫在那破炕上，没有炕席的土炕面，泥巴和酒混在一起。为什么？他不是全县的知青典型吗？他也酗酒？芩芩真的闻到酒味了，这张照片这么湿，好像就是从那堆五花八门的杯子里冒出来的酒，留在照片上，直到今天还没有干……

她把这照片小心地抽出来，掏出手绢去擦，无意地翻过来，发现背后有一行毛笔写的字：

亚瑟第一次从监狱里回来的日子——一九七一年九·一三。

芩芩当然记得，"9·13"是林彪自我爆炸的日子。为什么把他同亚瑟联系在一起？她看过《牛虻》，牛虻第一次从监狱里出来，因为发现自己被神父欺骗，信仰受到了玷污而痛苦得想要自杀。费渊也曾想自杀吗？芩芩小时候有一次因为爸爸答应带她到大连姥姥家去玩，结果却带了弟弟，也曾经想过自杀。就那么一次。而他，虽没有死，却把心泡在酒精里了……

芩芩浑身发冷，真想扔了那影集逃走。忽然却从那影集里滑出另一张照片来，似乎是随随便便夹在里头的——

画面上也没有他，只有无数的白花，像北方的雪野，纯净、圣洁。芩芩见过这白花，是在四年前悼念总理的电视上，在去年平反的"4·5"

战士的新闻报道图片里。那里献给总理的花，开在长青的松柏上，开在最冷最冷的一月……

"你照的?"她轻轻问。

他从字典里抬起头来，一副茫然若失的神情，推了推眼镜，盯住了那张小照，半天，才说：

"1976年1月回家探亲，正好路过北京。都看见了，什么都看见了。总理这样的伟人，结局尚且如此悲惨，人间还有什么正义可言? 从此，原来的那个'我'不复存在了。懂吗?"他垂下头，声音有一点嘶哑："应该烧掉的，这本影集，还有什么意义呢? 你不应该看。你太小啦，看不懂……"

"为什么看不懂? 你怎么知道我看不懂?"芩芩像一个受了委屈的孩子似的叫起来，"你以为我就没有苦恼吗? 我来找你……"

她来找他，究竟是为什么呢? 真的是为了学日语吗? 她自己也不知道。她平日从家里到车间，从车间到业大，从业大到傅云祥家，总要碰到许多人，陌生的，熟悉的人。可是，她为什么一次也没有碰到过她想要碰到的那个人呢? 那个人是谁? 她不知道，反正不是傅云祥。可是她却偏要同他结婚了，多么滑稽。她是一个快要做新娘的人，她来找他做什么? 当然为了学日语，不可能是为了别的。学日语也只是为了看懂日文商标和说明书，因为现在的仪器多从日本进口……她找他是为了学日语，心里却明明想从他那里，听到从傅云祥那儿不曾听到过的中国话。是的，是中国话，而不是什么日语。否则她就不会这么长时间地看他的影集，不会以这样的耐心等待他查完他的字典，也不会因为这浓缩了一个人二十年历史的发黄的照片，在短短十几分钟内，感情上掀起了翻腾起伏的潮汐……她究竟是怎么了呢?

"你要提什么问题? 说吧。"他放下了字典，轻轻叹了一口气。芩芩感觉到他在打量着她，他的目光变得温柔了……

"……是，是关于日语语法……"

芩芩的话音刚落，忽然听到从窗外传来一阵喧哗，欢乐的叫喊声中夹杂着铁锹乒乒乓乓的敲击的声音，芩芩好奇地探头过去把脸贴在玻璃上朝下张望，只见那条通往礼堂去的大路上的积雪已被打扫得干干净净，一棵高大的杨树下什么时候耸立起了一个又高又胖的雪人，足有丈把高，浑身白得耀眼，圆圆的脑袋上只有两只眼睛乌黑乌黑，好像是嵌上去的煤块儿；鼻子红彤彤地翘得老高，芩芩仔细看，发现原来是一根胡萝卜斜插在那儿。雪人四周围了不少看热闹的人，一个穿黑色短大衣的小伙子正站在一只木凳上给雪人安耳朵，耳朵大极了，好像是两块大白菜的菜帮，耷拉在那儿，人群中不时发出一阵又一阵哄笑……

"嘻嘻……"芩芩也忍不住笑了起来。她回头对费渊说："你看——"

费渊没动身子，侧过脸去朝玻璃窗外扫了一眼。他对那个模样可爱的雪人似乎毫无兴趣，却留意地盯住了那个穿黑大衣的小伙子，忽然，他急不可待地站起来，推开小窗户，冲着那群人大声喊着：

"曾储！曾储！"

那个穿黑大衣的小伙子正安装完了另一只耳朵，一边搓着手一边津津有味地欣赏着自己的杰作，听到叫声，仰起脸来。他看清是费渊，朝他挤挤眼睛，用手卷成一个喇叭筒，喊道：

"快下来吧，成天把自己关在那儿，快成了机器人啦！来欣赏欣赏我的雪人怎么样？"

费渊皱了皱眉头。

"找你半天了。这屋暖气漏水，你快上来修修吧，要发大水啦。"

"一时半会发不了，放心好啦！"他嘻嘻哈哈地摇着手臂，"快下来啊，看我这雕塑系的合格不合格？"

"你最好去上建工学院的采暖专业……"费渊在嗓子眼里嘀咕了一声，"快上来，没工夫同你开玩笑……"

"急什么？把你的破帽子扔下一顶来，这雪人光脑袋没长头发，要冻感冒了……"他把双手叉在腰里，笑嘻嘻地喊。周围的人越发乐了。

"竟然有这种兴致，扫完雪还不过瘾……"费渊又嘀咕了一声，顺手抓起一只纸盒子朝外扔去。纸盒在空中悠悠飘落下去，被那人一把接住，三下两下把盒子撕开，卷成了一个圆圆的筒，不知用什么东西一系，变成了一顶帽子，像一面小鼓，扣在雪人的头顶上，雪人顿时变得神气十足。

"有这种兴致……"费渊叹了一口气，关上了窗子。

芩芩舍不得回头。她还在兴味甚浓地看着那个雪人翘翘的红鼻子。

无论她怎么看，那个雪人总好像在亲切地冲着她乐，笑嘻嘻地咧着嘴。芩芩很喜欢它。她看见那个穿黑大衣的小伙子又往雪人手里塞了一把破笤帚，和大伙嘻嘻哈哈乐了一阵，就很快走开去了。他背起挂在树枝上的一只帆布工具袋，朝费渊住的这幢楼门口跑来。

"他们为什么没去铁路货场呢?"芩芩忽然问。

"大概是留校扫雪的那拨吧!"费渊心不在焉地动了动嘴。

门被"咚"地撞开了，一个粗壮的身影站在门口。"修暖气来!"他拉长了声音喊，由于跑楼梯，急促而有些喘息。他发现了芩芩，便收敛了刚才那随随便便的样子，肩上的帆布口袋叮叮当当直响，走进来，直奔窗口去。

"暖，先报告你一个好消息。"他严肃地对费渊说，声音里却掩饰不住兴奋和喜悦，"猜猜吧——"

"不知道。"

"我刚才听物理系的同学说，不久前美国哥伦比亚大学的李政道博士来中国招考研究生，一下子就招去了四名呢，全是三十上下的年轻人，而且成绩都是名列前茅的。这说明中国人的智力绝不比外国人差，只要努力，我们完全可以超过他们!"

"我还以为是什么了不起的事呢!"费渊冷冷地打断他，摇了摇头，"又不是你考上，犯得着这么激动，你真是……唉……"

"你……"曾储似乎想说什么，咽回去了，有点扫兴，"来，借光!"他朝费渊摆摆手，挪了一下桌子，从那帆布口袋里掏出一把扳子，就蹲在暖气旁边检查起来。

"这几天活儿忙吗?"费渊双手叉在腋下，问道。

"冷热水循环，总是这么样。还是忙点好，出全勤有奖金，加班有津贴……"

"当当——"他敲着暖气管，自言自语地说："噢，得回去取点回丝。"他很快站起来，敏捷地一跳，油黑的短大衣碰掉了桌上的一本书。他弯下身去捡书，忽然问:

"暖，老费，借到没有?"

"什么?"

"书呀，那本书。"

"嗬，不好借，等过几天再去问问。"费渊回答。

他点点头，轻轻地哼着一支什么歌，拉开门走了出去。

> 西班牙有个山谷叫雅拉玛，
>
> 人民都在怀念它……

他的嗓子不好听，但浑厚、低沉有力。芩芩觉得那歌子的曲调是朴实动人的……

五

"一个水暖工。"费渊有几分抱歉地对芩芩说，"他一会儿还来，没关系，咱们谈咱们的，不碍事。"

"水暖工？"芩芩大大地惊讶起来，"他管你借什么书呢？"芩芩凭着刚才楼下窗外所见他"雕塑"的雪人，在心里断定这个曾储是那种无论干啥活也会想出法子玩儿的小青工，还喜欢开一点不轻不重的玩笑，有时来点恶作剧，挖苦起人来准叫你不想再活下去。他这种人居然还借书么？

"一本经济理论的专著。你以为水暖工就不学无术？也许恰恰相反。现在有许多默默无闻的人，很像被不识货的工匠剔下来的碧玉，掩埋在垃圾里，也许会与垃圾一起被倒掉。这种悲剧不是已经发生过不少了吗？刚才那个人，叫曾储，比我小一岁，是老高一的学生，一个很不走运的人。噢，他新近刚进业余大学日语班插班学习，因为是这个学院的工人，老师给说了好话，否则进不去，像你们，不都是托人找了关系吗？"

"真的？"芩芩问道。她怎么记不起来有这么个"同学"？

门又撞响了。这回他好像为了表示礼貌，在门上"笃笃"地敲了两下。进了门，就把身上那件油腻腻的黑大衣脱下来扔在箱子上，一副要大干一场的架势。

芩芩留心地打量了他一眼。他的个子不高，结实而粗壮，两条胳膊好像充满了力气。他的长相很平常，小平头、四方脸，像一个普通工人，说不上有什么吸引人的地方。假如他走在街上的人群中，芩芩绝不会对他多看一眼，只是他的眼睛很灵活，有一种聪颖而热情的光泽，使人感到亲切。他穿着一件干净的蓝工作服，胸前竟然别着一只金色的小鹿纪念章。小鹿的造型很美，撒开四蹄在奔跑……他似乎比他的实际年龄显得小些，内心的自爱又同他外表的随和那么不相称，这种不协调使芩芩觉得似曾相识，她莫非在哪儿见过他吗？但绝不是在教室里……

她望着他的背影苦苦思索，呵，记忆这个爱和人捉迷藏的顽童，可算是让人捉住了。是的，就是他，一点儿没错。夏天时在江畔餐厅的柜台上，在一片嬉笑声中……

那是一个炎热的下午，江堤的柳树都热得无精打采，江滩上的沙子烫得灼人。她和傅云祥骑车路过斯大林公园，傅云祥提议去喝汽水，芩芩懒洋洋地跟他走进了江畔餐厅。那俄罗斯式的带有彩雕、十字架和大露台的木房子，在远处望起来像一个美好的童话故事，而走近了却是一只盛着烟蒂和酒瓶的木箱。餐厅里人很挤，喧闹、混乱，芩芩只好站在柜台不远的地方，用细细的吸管慢吞吞喝着汽水。"嗳，你瞧……"忽然傅云祥推推她。"什么？""瞧那个人！"——柜台边上正挤进来一个小伙子，抱着一大堆汽水瓶子，看样子是要退瓶，可是服务员正忙着，他喊了好几声服务员也不理睬他。柜台上有一只带方格的木箱，退的空瓶子，是要插在那端走的。他看了看那木箱，便把怀里的一大堆汽水瓶，一个个地插到那空格里去。

"瞧他，多蠢！"傅云祥挤了挤眼睛，吸了一大口果汁，舒舒服服地叹了口气："他把汽水瓶都插到木格里去了，那木格子里还有别的瓶子，一会儿，你瞧他还能讲得清楚吗？"

没等芩芩弄明白傅云祥的意思，一阵尖尖的叫喊声就从柜台里飞出来了："你说你拿来十二个，谁见着了？哪呢？""我不是告诉你，我已经把它们放在木格子里了。"那人低声说。"放在木格子里？那谁知你放了几个呀？十二个？我兴许还说二十个呢！""你——"他顿时愤然涨红了脸，结结巴巴说："我明明放了十二个，你不相信？"他回头看了看周围，似乎想找个证人，却又把话咽回去了，"……你……我宁可不要你的钱，可你得把话说清楚了！"他不像要吵架的样子，却也不让人。"清楚？你自个儿心里最清楚！"戴着白三角头巾的服务员咄咄逼人，眼看一场"人造"的暴风雨就要降临，四周顿时围上来一帮终日无事、专看热闹的人。"得得得——"傅云祥扔了吸管，把手里的汽水瓶一撂，拨开人群走进去。"别吵啦别吵啦，这位大姐服务态度顶顶优秀，一个瓶一个坑不含糊，赶明儿奖金可跑不了啦！来，我给他当个证人，十二个瓶，一个不多一个不少，不信我帮你数数！你要乐意把奖金分我一半儿！"他嬉皮笑脸地把那木箱子摇得哗啦哗啦响。"谁要你数！"女服务员瞪他一眼。"要不这十二个瓶子算我的，豁出来块把钱，回头盘货清账多了再给我打电话！"他装模作样地把两块钱递过去。女服务员禁不住"扑哧"一声笑了："快走吧，摊上你们这号皮子，哼！"傅云祥推了一把那个发呆的小伙子，挤出了人群，高声对他说："往后可记着点儿，别这么傻气了！你好心好意帮她放好，她还信不着你呢，人哪！"他感慨地摇摇头，得意地朝芩芩飞了一眼，意思是说："瞧我的，怎么样？"

那个人一句话没说，不好意思地朝傅云祥点了点头，走开了，头也没回。芩芩只记得他黑黑的皮肤，一双眼睛不大，但很亮。对了，衬衫上就别着这么一只飞跑的小鹿。当然是他，一点没错。从外表看，他脸上有一种深思的神情，怎么会连汽水瓶怎么退都不知道？除非是那种心地过于纯正的人，相信别人都同他一样天真无邪，这种人现在可是实在不多……

"老费，最后你注意报纸杂志上发表的那些关于经济改革的文章了吗？"他蹲在一边忙碌着，忽然问道。

"唔？"费渊漫不经心地答应了一句，"说什么？"芩芩没开口提问这工夫，他又埋头到他的字典里去了。

"我在一篇论文里看到一段话，觉得很有道理。它说今天的中国很像一个大实验室，开始被允许进行各种试验。这种试验也许成功，也许会失败；也许会发现新的元素，也许有爆炸的危险，但它的意义在于我们已经打破了原先僵化的硬壳，什么困难也不能阻拦我们了。联系马克思的《资本论》第二卷……"

"又是《资本论》！"费渊合上了他的字典，用一种教训的口吻说，"我告诉你多少次了，不要再去做这种徒劳无益的蠢事。什么企业经营管理方式，什么经济体制改革，这同你的切身利益有多大关系？啃着冷窝头，背着铺盖，搞什么社会调查；饿着肚子，冒着风险办什么业余经济研究小组，有多少人关心你？过多少年又见效？而你现在迫切需要的是吃饭！是工作！是不再干这个又脏又累的水暖工！如果你煞下心学日语，两年后翻译出一本书，或许就会有哪个研究所聘请你去当助理研究员；你不愿翻书，可以考研究生，你干什么不行？偏偏要研究什么《资本论》，现在还有多少人相信它……"

芩芩惊讶费渊竟然一口气说了那么多话，看来如果不是因为非说不可或是憋了好久，他不会这么激动。当然，他就是激动的时候也是面不改色的。而那个水暖工，叫什么来着，呵，曾储，怪咬嘴的名字。他却像夏天在江畔餐厅退汽水瓶那样一声不吭，嗳，总算是回头宽容地笑了笑。

"好一个科学救国派。假如不是你的头发乌黑，我真要把你当成一个80岁的老头了。"他说话的口气很随便，带一点幽默，使人觉得亲切，"现在我们干部队伍的年龄老化，青年的心理状态老化，可我们的共和国却这么年轻。我们目前的经济状况，好像一个人患了高血压，可同时又贫血；或者是营养不良，同时又肠梗阻，看起来很矛盾。"他背对着芩芩在拧他的螺丝，"所以，我总是认为，长期以来，经济建设中'左'的错误一直没有得到纠正，仅仅变革经济结构是不能从根本上解决问题的，还得从政治体制的改革入手……"

"不谈不谈，咱们不谈政治好不好？"费渊飞快地看了芩芩一眼，"我烦透了，政治，一提政治我就条件反射，神经过敏。我感兴趣的是今天这个时代必然要产生的一种崭新的人生观！一种真正的自我发现，对'人'的价值和地位的重新认识。"他开始滔滔不绝起来，"意大利的文艺复兴运动，大胆地肯定了人的自然本性；人文主义者勇敢地宣告：人为什么要追求幸福呢，这是由人的与生俱来的本性所决定的，本性的力量是不可抗拒的。同样，欧洲十八世纪的资产阶级启蒙运动，则提出了良好的社会环境是保障个人幸福的前提。卢梭深刻地阐明了'人是生而自由的，但却无往而不在枷锁之中'的真理；法国大革命提出了'自由、平等、博爱'的口号。俄国的民主运动，也充分肯定了利己主义是'每一个人行为的唯一动机'，就是车尔尼雪夫斯基，也提出过'合理的利己主义原则'。近代史上这些围绕人生意义的大论点，使人加深了对自我的认识，而这些宝贵的思想遗产，却被我们用筛子统统筛掉了。"

"是的，今天的人们之所以重新思索人生的意义，就是因为这些年来人的正常的欲望和追求受到了压抑。可你不要忘了，别林斯基也说过这样的话：'社会性，社会性——或者死亡！这就是我的信条！'"曾储不慌不忙地站起来说道，"个人必须依赖社会而生存，马克思主义认为，人的本质是社会关系的总和，人的价值的实现和人的全面发展，有赖于社会经济发展的水平，有赖于人们对私有观念的摆脱。所以，我认为对人生的思索必将引起更多的人对社会的思索。嗬，给我一个盆！"

　　芩芩顺手把床底下的一个脸盆递给了他。她的神情有点恍惚。他们的话，她不能够全部听懂。与其说她是在努力判断他们争辩的问题的正确与否，不如说她在用心地揣摩他们两人之间的不同。他们都很有头脑，雄辩。可是……

　　曾储打开了暖气开关，从里头流出来浑浊生锈的黄水，放了满满一脸盆，他端出去倒掉了。

　　"我不会同意你这种陈词滥调的。"费渊冷笑了一声，"如果十年前，我也许比你还要虔诚几倍。我曾经狂热地崇拜什么'狠斗私字一闪念'之类的口号，结果怎么样？社会残酷无情地抛弃了我，如果不是由于我自己的发奋努力，什么人会来改变我的命运呢？自私是一个广义的哲学概念，是动物的一种本能，没有这种自私，社会就不能发展。所以我的自私是完全自觉的，利己并没有什么不好，我是不损人的利己，比那些损人者岂不高尚得多了？"

　　曾储套上了他的油滋麻花的黑大衣，说："不过你应当明白，如果没有这四年来整个社会的变化，你是不可能在这儿发表这套宏论的。每个人都不是一座孤岛，而是大陆即社会整体的一部分，如果每个人都仅仅是追求个人的幸福，其结果就是谁也得不到幸福。对人生哲理的探求会促使人们懂得必须努力地去改变自己的生活环境……"

　　"真可悲！"费渊摇了摇头，"像你这样的处境，这样的社会存在，居然还抱这样的生活态度！想必你是没有吃过太大的苦喽。假如你有过与我类似的遭遇，你就不会说这种蠢话了。我相信你再碰几个钉子，就会改变你的信念的。"

　　"信念？"曾储裹了裹身上的黑大衣，低声说。他的神情那么庄严，好像面对着一座女神的雕塑。"信念……"他又重复说，"真的信念，怕是不易改变的……"那口气，好像生怕碰坏了一件什么无比美妙的东西。

"然而我对这一切早已淡漠了。我的心宁静得像月球的表面，没有风也没有涟漪……"费渊耸了耸肩膀。

"啪——"一个扣子从曾储的大衣上掉下来，他捡起扣子，在手里摆弄着，"当然，对一颗变冷的心来说，什么都要褪色，要紧的是怎样才能不变冷？"

"我帮你钉上吧！"芩芩轻声说。她忽然觉得这个水暖工是那么令人同情。她若不帮他钉上，那个扣子或许出了门就找不到了，而他却要在寒风中东奔西跑地检查暖气。他们交谈、争论的时候，似乎根本就忘了她的存在。是呀，她对于他们算得了什么呢！无论是"自我"，还是"社会性"，她都没法子插得进嘴。她只是非常愿意帮他们做一点事，也许她心里会舒坦一些……

"有针吗？"她问费渊。

"不用了！"曾储客气地拒绝道，"我自己会钉，真的，不是吹牛，我还会做衣服呢，翻领大衣，喇叭腿裤，西装裙，小孩儿围嘴袋……不信吗？"

他笑了一笑，脸上又浮现了那一种天真的稚气，同他刚才那严肃的争辩该有多么不协调。他走到门口，回头对费渊说："嗳，听说兆麟公园今年的冰灯不错，有一只天鹅……"

"唔。"费渊也报之以淡淡一笑。不过芩芩似乎觉得他根本没有听见。他的心是那么冷漠淡泊，既没有浪花，也没有波涛，没有光，也没有热，好似一片荒凉的沙洲，无法摆脱那无形的寂寞感；又有如一颗遥远的星星，粲然地微笑，孤零零地悄悄逝去在夜空里……

走廊里传来了曾储哼哼呀呀的歌声："西班牙有个山谷叫雅拉玛……"歌声远去了，房间里又恢复了寂静，芩芩似乎听见了自己腕上的手表声。

"……他如果有过我这样的遭遇，他就不会像现在这样想了……"费渊叹了一口气。他望着自己床头的那两张照片，很久没有说话。

"芩芩……"他忽然叫了一声，声音很轻，似乎有一点颤抖。这样轻的声音却足以使芩芩的心爆炸——她吓了一跳，鼻尖上冒出了汗珠。

"……我知道，你很单纯。"他默默地看着她。芩芩看不清他镜片后的眼睛，但知道他的目光正追踪着她脸上的每一个细微的表情，"你很单纯……可是，她却走了……"

"她是谁？"芩芩问。虽然她明明知道那是谁。

"1977年春天，她回南方了。扔下我，一个人走了……"他垂下了头，"那时我才真正明白，人是虚伪、丑恶的，我看透了，彻底看透了，个人的利益是世界的基础和柱石……可是你，噢，你这个小女孩，似乎倒还保留了人的一点善良的天性呢，真奇怪……"他自言自语地说。

"不，不……"芩芩紧紧揪住了自己的围巾，心慌意乱地在手里搅动。她怎么是单纯的呢？她，一个快要结婚的女子，竟然主动跑来找他，同一个陌生的男子坐在一起交谈这么久，她怎么还会是单纯的呢？按照他的逻辑，她应该是世界上第一号虚伪、丑恶的人了。她突然觉得脸红、惭愧，恨不得钻到床底下去。她想哭，"不……"她喃喃地说。

"你不要分辩了。"他说。他说话总似乎有那么一点旁若无人，"从我见你的第一个傍晚我就发现了，你当然不是在研究玻璃，我怎么会不知道，你是在看玻璃上的冰凌花。在这人心被毁坏太多的当今世界上，还会有什么人欣赏那圣洁而又虚幻的冰凌花呢？可是你在看它，在叹息它的纯洁，由于它，你感慨自己内心的孤独……"

他的声音很轻，像雪花；很软，像新鲜的雪地。芩芩的心颤抖了。她真想哭，扑到他的怀里哭。孤独？只有他知道她孤独、寂寞。身处于人群之中，表面看起来浑然一体，然而内心却格格不入。好像玻璃对于水，又好像石棉置于火……只有他看透了她的心思，体谅她的苦衷，也许他是一个真正理解她的人呢。可是他的声音为什么没有一丝热气，像冷僵了的积雪，沙沙作响，搓着她的心，使人隐隐作痛。她觉得浑身发冷，抬起头来，看见了玻璃窗上的冰花——呵，你又来了，你怎么跑到这儿来了呢？莫非你是这阴冷的大学生宿舍的常客？

多美啊，芩芩禁不住又在心里惊叹不已。虽是下午，它却恍如一片晨光曙色，在那银色的东方，飘舞着无数的纱裙……那一层突起的霜花，难道不是舅舅大皮帽上的白绒毛吗？

"你见过北极光吗？"她突然问。问得这么唐突，这么文不对题，连她自己也觉得有点儿莫名其妙。

他看着她，没有回答。芩芩心跳了。她怕他说出她不希望听到的话来。

"那么……你，知道北极光吗？"

他点了点头。

"你，喜欢它吗？"又是一句没头没脑的话。没见过的东西，谈得上什么喜欢不喜欢呢？不，芩芩不是这个意思。她只不过是想知道，他会不会像傅云祥那样，除了菩萨的灵光以外……当然，他不会。他会说……

"极光是高纬度地带晴夜天空常见的一种辉煌闪烁的光弧或光带。"他终于开了口。口气像芩芩中学里的一个严厉的物理教师，"也是太阳的带电的微粒发射到地球磁场的势力范围，受到地球磁场的影响，激发了地球高层空气质粒而造成的发光现象。明白了吗？它只是通常在高纬度地带出现，北纬部分就叫北极光。"

"不。"芩芩忍不住说，"在我国东北和新疆一带也曾出现过，那是太阳黑子活动频繁的年月。我舅舅……"还说什么呢？舅舅同他有什么关系？

"出现过？也许吧，就算是出现过，那只是极其偶然的现象。"他掏出一把精致的旅行剪开始剪指甲，"可你为什么要对它感兴趣？北极光，也许很美，很动人，但是我们谁能见到它呢？就算它是环绕在我们头顶，烟囱照样喷吐黑烟，农民照样面对黄土……不要再去相信地球上会有什么理想的圣光，我就什么都不相信……嗬，你怎么啦？"

芩芩用一只手捂住了自己的眼睛。她觉得眼睛很酸、很疼，好像再看他一眼，他就会走样、变形，变成不是原来她想象中的他了。她觉得自己的身子在下沉，心在下沉，沉到谁看不见的地方去。那是一口漆黑的古井，好像芩芩小时候读过的童话《拇指姑娘》里的那条地道，地道通向那只快要做新郎的肥胖的黑老鼠的洞穴。她为什么那么失望？北极光本来就是罕见的，偶然的，它再美，同她和他们的生活又有什么直接的关系呢？它的存在与否又有什么具体的意义呢？费渊，他也只不过是说了一句实话罢了，比傅云祥说得"高级"一点儿，看得更"透"一点儿。有什么可失望的呢？你不是来补课的吗？问什么北极光……

她解开书包，取出了日语讲义，把书页翻得哗哗响，像一个顶顶谦虚的小学生一样认真地说：

"嗬，浪费你不少时间了，言归正传吧。我现在最困难的是日语语法……"

他很快从桌上那一堆书中找出一本精装的小书，放在她面前，似乎随意说：

"拿去看吧……另外，以后你如果有空，可以常来找我……愿意吗？我，呵……同你一样，也常常感到孤独……"

夕阳从积满霜花的玻璃窗上透过来，没有几丝暖意。芩芩发着愣，一遍又一遍地辨认着他床边上隐约可见的诗句，她仍然不明白费渊为什么偏偏喜欢这两句：

> 我要唱的歌，直到今天还没有唱出，
> 每天我总在乐器上调理弦索。

六

黑夜过去，白天又来临。芩芩每撕下一张日历，就像横倒在面前囚禁自己的那"预制板"的高墙又加厚了一层。婚期越是迫近，这种痛苦的心情越是强烈……芩芩以前是最盼望过年的，可现在，她巴不得这些日历原封不动地留在那儿，只可惜这并不能够。

下过一场大雪，白雪很快就被行人的脚底踩脏了。街道是灰黑色的，溜光溜滑，时而有自行车无缘无故地栽倒，把人摔出去老远。大卡车开过，扬起一阵灰色的雪末，像工地上没有保管好的水泥。只有屋顶是白的，行人的脚印够不着那儿，也没有人想去冒这个险。芩芩以前总盼望春天融雪的日子早些到来，厂团委会组织青工去太阳岛踏青，在树林子里喝啤酒、吃夹肉面包、唱歌、拉手风琴。那是一年里最快活的日子。可是现在她却希望天天下雪，似乎下雪能使冬天无限期地延长，而阻拦什么可怕的事物来临。

"又是一个星期过去了……"芩芩早上醒来，望着窗台上一盆凋谢的木菊，闷闷不乐地想道，"四十七天，还剩下四十七天了……""芩芩，今儿星期天，试试云祥替你送来的驼毛棉袄……"妈妈在厨房里喊道。试试就试试吧，横竖早晚是要穿的。"哐啷——"什么东西掉在地上，打得粉碎。是傅云祥去年在她生日那天送给她的一只保温杯。她默默捡着碎片，并不觉得怎么心疼，不过这似乎不是一个好兆头。"你到底是怎么了？一天丢了魂似的……"妈妈越发高声地大叫起来，"不知中了什么邪魔，一天倒像谁欠了你多少账似的……傅云祥哪点不配你？念个什么业大，眼里倒没人家了……"

"别说了好不好？"芩芩猛地关上了房门。你知道什么呀，妈妈，你哪怕懂得我一丁点儿心思，我也会原原本本讲给你听。三十几年前一顶花轿把你抬到爸爸那儿，你一生就这么过来，生儿育女，平平安安，连人家西双版纳密林中的傣族男女还"丢包"自由恋爱呢，你却除了我的父亲再没接触过别的男人。可悲的是你以为孩子们也可以像你们那样生活，除了一个美满的家庭外再别无所求。"你有什么痛苦?!"爸爸常常这样对她嚷嚷，好心的父母们往往就这样因袭着他们自以为幸福的人生模式，亲手造出旧时代悲剧的复制品，反却煞有介事地指责年轻人不安分守己、无事生非。穿梭在山谷平原使柳条发轫的春风为什么这么难把他们的心吹醒呢？如今有不少这样的家庭，两代人之间难以互相理解。他们之间除了知识的悬殊以外，还有时间的鸿沟和对人生意义认识上的差异。芩芩并不认为在这种鸿沟中总是年长的一辈不对，不是也有些父母要比自己的孩子们心境更乐观明朗、更加富于生命力吗？但是芩芩的父母不是这样，她所接触的家庭也大多不是这样。假如她有一个姐姐可以倾诉心事，或许就不会这么痛苦了，可是她没有姐姐。她有同厂的好友，他们都盼望快点吃芩芩和傅云祥的喜糖，芩芩还能同她们说什么呢？厂门口的海报倒是三天两头的更换，不是乒乓球赛就是某某艺术院校和剧团招生，再不就是工会组织参观画展、听一个市里的文学讲座或是诗歌朗诵会。有一次厂团委还请了一个省青年突击手来做报告。这一切比起前几年来，当然是丰富多彩了，足以填补青工业余时间的二分之一，可剩下的那二分之一呢？芩芩还是觉得不满足。这一切活动对于她来说，都有点像暗夜里隔着一条河对岸的火光，可望而不可即；也像对面山头垂挂的一道晶亮的瀑布，远水解不了近渴。她的苦闷，既连自己也难以分辨，又能向谁去诉说呢？

她从小说里看到五十年代初期的青年人那种单纯、真诚和无私，奋不顾身地献身于自己的理想，既果断无畏，又乐观执着。他们是幸福的。可是后来呢？这种幸福就不断地渗入了痛苦，到了六十年代后期，这种痛苦就几乎把幸福整个儿淹没了。也许就是因为看到他们这种痛苦的由来，芩芩不能完全接受他们对人生的看法。她觉得在他们身上美中不足总还缺少一点什么。如果不加以补充改造，她不想回到他们那儿去。但是那个逝去已久的年代仍不时使人感到它扑面而来的热气。她常常问自己，三十年过去了，这种气质和精神，在今天的社会里是否还有它的位置呢？芩芩是相信有的，可她的朋友们却很少有人相信。傅云祥么，则是连想也不屑想这些事。"你干吗老要自寻烦恼？"他一百个不理解芩芩为什么要提这种问题。碰了几次壁，芩芩不再和他"讨论"了。只是那一天天冷却的心却仍然在渴望找到一种能使自己振奋的激素。芩芩知道在小说里把这种激素叫作时代性。可是八十年代的时代性又是什么呢？她多么希望能有一个人与她一起探讨这些人生的奥秘呵……

芩芩只有一个在农场时认识的大姐，她是老高三的北京知识青年，如今已回了北京。她在农场时就对芩芩说过这样的话："没有爱情的人生是不完整的，而爱情就是在对象中找到'自我'，是对自己一种更高的要求、更好的向往和归宿。建立家庭是容易的，而爱，却是难以寻觅的，因此，它又是无限的。"这段话，芩芩背得滚瓜烂熟，可是在生活中却是如此难以付诸实现。她一次也没有在对象中找出过"自我"，她甚至不知道这个"自我"到底是什么。反正她和傅云祥谈不到一块去，傅云祥也绝不是"对自己的一种更高的要求和更好的向往"。可是，偏偏她就要"归宿"到傅云祥那儿去了，还剩下四十几天。日历再翻下去，过了冬至，黑夜又会缩短，一切都已无可挽回，她还傻想些什么呢？傅云祥已催过她好几次去照"结婚相"了，再拖，也拖不过去了。二十五岁的她，还没有爱过什么人，是因为没有碰到呢，还是因为世界上根本没有这个人？芩芩不知道。但反正是没有爱过，没有……

这一周中芩芩再没有去找费渊，日语问题倒是有一大堆，可是不知为什么，总没有下决心到那阴森森的地下室去找他。从内心来说，她仍然是钦佩他的。钦佩他思想的敏锐和分析问题的严密的逻辑性。在她那常常感到寂寞的干涸的心田里，不时地涌下来一种强烈的渴望，渴望与人交谈，渴望一个人，一个无论什么样的人对她的理解，她和他交谈，除了日语以外，当然还要谈生活，谈谈各自对生活的态度。但这实在是太不可能了。芩芩难道能对他去诉说自己的苦恼吗？他会怎么想？何况，他不喜欢北极光，不喜欢浪费时间闲聊天，他把自己看得那么重要，仿佛自己就是社会的轴心。芩芩再能对他说什么别的呢？再说一周请他辅导一次日语，要是让傅云祥知道的话，也够惹起一场不大不小的风波了……

芩芩胡思乱想着，咽了几口早饭，匆匆背上书包，赶去业大上课。"那衣服倒是合身不合身哪？"妈妈追出来，"云祥一会儿来取，说不合身让裁缝再改改。"

"不合身！哪儿都不合身！"芩芩在楼梯下没好气地喊。其实她根本就忘了试。

星期天车挤，路上耽搁了好一会。芩芩刚进校门，就听到铃声。她气喘吁吁地朝二号楼跑去，差点撞在一个人身上，定睛一看，竟是曾储，十几天前在费渊那儿遇到过的水暖工。他仍然穿着那件油腻腻的黑大衣，像小学生似的斜背着一只洗得发白的帆布书包。芩芩想起来，他每次来上课，总喜欢这样背书包的，书包带套在脖子上，然后很快走到最后一排去。这会儿他正和一个推自行车的人不知争着什么，面红耳赤，瞪大着眼珠，一只手紧紧拽着自己的书包带。

"向你们反映过多少次了，学生宿舍四楼的暖气不热，半夜毛巾都冻冰……"

"我知道了，回头告诉锅炉房多烧点儿！"那人踩着自行车的脚镫子，慢条斯理地回答。

"没用！不是锅炉房的事儿，是暖气管道循环回路线的问题，过冬前我就提过建议，非改线不可，从上往下送……"

"技术问题以后再谈，我还有事。你别又没完没了。"那人用一种熟人兼长辈的宽厚体谅的口吻说，跳上了车。

"我叫你走！"曾储一把拉住了车子后面的书包架，骑车人没留神，车子一歪，"啪——"地摔倒了。

"这小子……"那人笑起来，一边掸着身上的雪一边骂道，"真有点蘑菇劲儿。这水暖工，管得真宽，改线起码得明年，急啥？"

芩芩已经走出去老远了，听到身后传来曾储的嚷嚷声：

"我也知道你们这些人的脾气，明年的事儿现在提都晚啦，起码要做'五年计划'。到那时这批大学生早冻冰棍啦，不信你上四楼去住一宿试试！"

芩芩放慢了脚步。

……他那天堆雪人时高兴得像个孩子，刚才倒这么认真起来，这人真有点意思，干什么事都这么有兴致……芩芩心想。她听到身后追上来一阵脚步声，擦过她身边，大步跳上楼梯去了。等她走进教室，他已经坐在那儿记笔记了。

今天是怎么啦？芩芩问自己，她有一点心不在焉……斜背着书包带、工作服上跃跃欲试的小鹿，剃得短短的小平头……为什么不是小鹿，每次下课他总是最先走，一下楼就消失得无影无踪……这一周中芩芩都想找机会同他说话，可他好像仍然不认识她。是故意装的还是腼腆不好意思？他是个小工人，何必摆这么大架子？干吗非同他说话？不过他读《资本论》，学日语；他讲"信念"两个字时，表情那么庄严神圣。他究竟是个什么样的人呢？费渊说他是个最倒霉的人，为什么？表面上可看不出他有什么愁苦？他的眼睛很有神，有光彩。他不爱说话，可开口说话，一定引人发笑，一定风趣，叫人忘记了烦恼……有一天大清早，汽车开过图书馆，芩芩看见他背着书包在雪地里踩脚，好像是等着图书馆开门……

"下课啦！还不走？"有人推推她。是苏娜，芩芩的同桌。她今天更漂亮了，驼色的长毛绒大衣，领口露出闪光涤棉夹袄的琵琶扣。

"今天我们去拜访歌剧院的一个演员。"她带一点很骄傲的口气对芩芩说，一只手摸着自己的卷发，"跟我们去吗？她很快就要出国了，是眼下全城最红的新星！好多好多人都想认识她呢，她可不是随便让人见的！"

芩芩摇了摇头。

"你呀，真是的！"苏娜娇嗔地耸了耸鼻子，"你真不会生活！今天这个时代为我们打开了社交的广阔天地，每个人都可以从中找到自己生活的乐趣。我最崇拜名人，各种各样的名人，我认识他们中的许多人，你想认识吗？"

对于这位好心肠的女友的热心，芩芩只是报以淡淡的一笑。她也想认识好多好多的人，周围的生活实在是太闭塞了。不过她不一定要认识什么名人，而是……是什么呢？

"拜拜!"苏娜对她招招手，就要走下楼梯去。

"嗳!"芩芩忽然喊住她。她赶上两步，有一点气喘，结结巴巴地问："那，那你认识他吗？"

"谁？"

"那个水暖工，曾储……就是那个爱斜背书包的……"

"噢，他呀。"苏娜恍然大悟，显出一副无所不知的神情，忽又轻蔑地撇了撇嘴："你问他干啥？"

"不，不干啥……问问……"

苏娜把脸贴近她的耳朵，芩芩只觉得扑过来一阵浓郁的异香，接着是一阵窸窸窣窣的耳语：

"别提啦，进过笆篱子，一年零三个月，前年才放出来。我都调查得一清二楚。起先我还以为那傲劲儿，他爹一定是个大官，屁! 连个亲妈都没有，后娘养大的，现在自个儿分户单过啦，一个小破房，连口热饭都吃不上。他原来那厂子里的人都说他傻得邪乎，得罪了厂里那些当官儿的，放着好好的仓库保管员不干，被赶到这儿来当水暖工……"

"你说什么？"芩芩扶住了楼梯的栏杆。她的脸色顿时变得苍白。她觉得自己的心在隐隐地痛。"真的吗？"她问道，声音是那么无力。

"有一句假话，算我苏娜白认识那么些人。谁不知道我的情报是靠得住的。"她指天戳地地发誓，越发地来了兴致，"你可听清了啊，他是1977年1月被——"她做了一个被铐起来的手势，"你想想，都打倒'四人帮'以后啦，问题该有多么严重。听说同什么天安门事件啦，反迷信啦，有关系，一大堆罪名哪。进去了，还不安生，也不知偷偷写什么，又铐了两个星期反背铐。"

芩芩紧紧闭上了眼睛。反背铐？太可怕了。

"还有意思呢，有一天放风，也不知从哪儿挖来一棵野草，种在一个破瓶子里，放在自己窗台上，用刷牙水浇它。过几天小草死了，他就哇哇地在号子里大哭，说他不该把那草挖回来，多好玩。为了一棵草哭，值得么？关了一年零三个月，说是政治问题，还不是那个单位的领导打击报复。他们厂的人说，他进厂当仓库保管员不久就揭发厂领导把好机器当报废机器卖，得利分红的事，那些头头都是些弄虚作假乌七八糟的玩意儿。上头还有人护着，他斗了两年，斗输了，差点连工作都丢了，你说傻不傻？去年倒是平了反，可那厂子的头儿，是个'不倒翁'，照样稳坐钓鱼台，他还不是自认倒霉。人看样儿心肠倒挺好，就是满脑子转些奇怪的念头，表面上还看不出来……"

"那你……"芩芩不禁对苏娜这么详细地了解曾储的情况觉得奇怪。

"你问我咋知道的呀？"苏娜倒是反应灵敏，"我的一个邻居小孩，嗨，怕也就是顺手牵个羊什么的呗，同他在一起关过。他先出来，到这孩子家来看过他妈，他妈瘫在床上，真够可怕的，他给人家送钱，人家到现在还常念叨他。那孩子出来后，也不知怎么就改了邪——哟，快十二点了，我该走啦！"她忽然叫起来，高高地抬起手腕看表。

"等等……"芩芩跑了两步跟上去，"你不知道他，难道……难道……"

"难道啥？倒是说呀！"

"难道……"芩芩忽地涨红了脸，"他就没有一个亲人什么的……"

"亲人？"苏娜扬了扬眉毛，嫣然一笑，"怎么没有？三十好几的人了，没有亲妈还有女朋友哩。"

芩芩咬住了嘴唇，垂下眼皮望着脚下光亮的格子水磨石地，小小的黑皮包从背上一直滑下来了，她却没有觉察。

"你呀！"苏娜重重地拍了一下她的肩膀，"真死心眼儿，他蹲笆篱子那年，对象就同他黄了，他攒了四五年的工资，打了一套家具，就快结婚了，嗬，铐走了，等他回来——人家早生下一个胖孩儿了，一分钱也没给他！世上的事就这么惨。什么爱情不爱情，我早就看得透透的了，趁早甭要什么爱情，结婚就是结婚，情人就是情人，两码事！噢，对不起，我走了……爱情，哼！"

她摇了摇那一头起伏的波浪，高跟鞋清脆响亮的声音传遍了整个楼道。忽然，她又想起什么似的走回来，对正在发愣的芩芩挤了挤眼睛，笑嘻嘻地说："嗳，你有爱情没有？"

芩芩眼泪汪汪地晃了晃头发。

"就是嘛，啥爱情不爱情，还不如爱自个儿。我给你打个比方，我是个幼儿园阿姨。你猜我们那些小嘎子说啥：'电影老讲爱情，爱情说是当妈妈。'另一个说：'不对，爱情就是爸爸和妈妈。'还有一个表示不同意，说：'爱情就是打离婚！'逗死个人了，才四五岁，就知道爱情，哈，不过他们说得一点儿不差，就是这么回事，你别死心眼儿了，有啥不痛快的事，还是跟我去开开心吧！"

她说着就亲亲热热地拽芩芩，一边咯咯笑着。

芩芩闪开了身子。她笑不出来。她想哭。她总是想哭。即使在充满狂欢气氛的舞会上，她也想哭。她不是已经无数次地体验过了这种心的孤独和寂寞吗？欢乐谁都可以找得到，哪怕去捉弄一个最最可怜的人，也足以大笑一顿了。欢乐，为寻欢作乐而抛洒的热情，有多少值得回味的价值呢？欢乐过去了从不留下痕迹，而痛苦，忧伤，为自己、为不幸的他人而流下的苦涩的泪水，却在心灵上刻下一道道深重的创伤。呵，坦诚而又虚荣的苏娜，叫我对你说什么好呢？无非是一个高级小市民，"高雅"的庸俗，庸俗的"高雅"……

苏娜撇了撇嘴，飞跑下楼去了。

芩芩依然怔在那里。为苏娜刚才信口开河的关于曾储的故事，她有点惊骇，又有点茫然若失。她真希望那都是苏娜信口胡诌出来的，但是不会，她心里知道不会。那一切都是真实的。她把心目中曾储模糊的影子同苏娜为他勾勒的轮廓叠在一起，它们是相符的。是的，那就是曾储。他忽然变得清晰了，依然同她第一次见他那样，虽不是风度翩翩，但是很实在。只是那乌亮的眼睛里增添了一点忧郁和悲愁。他比费渊所说的还要不幸得多，比芩芩想象的还要苦……

她把围巾搭在肩上，一步一步走下楼梯来。

可是他却还哼着歌儿，无忧无虑地梆梆敲暖气管，关心什么经济体制，关心兆麟公园冰灯会上有一只天鹅，那里连她也没顾上去看的……

他关在那黑暗的囚室里是什么样子？那小窗上有一棵绿色的小草，凭小草就可以辨别出他的窗子。如果是一只小鸟，不，只要那时候她认识他，她会去送饭……

"你好！"恍恍惚惚她听到有人叫她的名字。

她站住了，揉揉眼睛。她希望看到一只飞奔的小鹿的纪念章，或是斜背的书包带……呵，不是，是他，费渊，闪闪的镜片，秀气的脸庞缩在一件深灰色的呢大衣领子里。

"你好。"她含含糊糊同他打了一个招呼，好像还没有从刚才的情绪里摆脱出来。

"这些天，没去我那儿吗?"他轻声说，竭力显得若无其事和漫不经心，但芩芩明白他绝不会平白无故出现在这里。

"没去……没……"芩芩还是不会撒谎。

"这一周的课，还好懂吗?"

"还好懂。"

"那本书，你看了吗?"

"看着呢，挺有用……呵，该不是你要用吧?"芩芩才转过弯来。

"不不不，不是这个意思。我用不着，那些我早就学过了，你留着用好了。"他连连摇手，一边从衣袋里掏出一只白色的长信封来，在芩芩面前晃了一晃。芩芩看见了上面的日文和五颜六色的外国邮票。

"顺便告诉你一点事，也想听听你的意见。"

"听我的意见?"芩芩大大地吃惊了。

"是这样，我舅舅在日本一家大学当教授，他愿意资助我去自费留学，手续很快就可以办好。"

"真的?"芩芩很高兴。她每每听到别人的好事，总是由衷地为别人感到高兴。

"……可是我在想……"他把手背在身后，在原地踱了几步，"我去呢，还是不去呢……"他偏过头看了芩芩一眼，"……当然，我去了是要回来的……我说过，我虽然不是一个共产主义，却是爱国的……"

"当然要回来啦!"芩芩爽直地说，"不回来，在那儿干什么?"

"……我在想，也许等一两年大学毕业了再去为好……更好些……"他在芩芩面前站住了，"竟没有一个人可以商量……你说呢?"

"我……"芩芩心慌起来，"我，不知道……"她低下头去，手指绞着自己的围巾角。那角上有一个漂亮的商标，竟然是一只小鹿。她以前怎么没发现? 小鹿欢乐地奔跑着，在密密的大森林里，在青青的草地上，跃过横倒的枯木、树墩、荆棘，跳过湍急的溪涧。她多想跟小鹿一块儿飞跑呀，当然不是在那太平洋西岸窄小的岛国上，而是在她熟悉的松花江两岸辽阔的平原上……

"你说呢?"他又问了一遍，显得焦躁不安。

"我，我不知道，真的，不知道……"她勉强笑了笑。他干吗要来问她？毕业了再去，是为了学历吗？她不太懂。不懂的事要她怎么发表意见呢？当然，她还应该说一句什么，否则就太生分了，会伤了人家的自尊心。"你……"她说，却不知为什么说了下面的一句："你的暖气还漏水吗？"

"嗬，你还记得，暖气……"他喃喃自语，脸色变得阴沉了。

是呀，暖气同她有什么关系？她想问的根本不是这样一句话。她明明是想问："你知道那个水暖工住在哪儿吗？听说他住在一个小破房里……你一定知道的，告诉我吧，我想去找他……为什么？什么也不为，也许为好奇心，闲得无聊，闷得发慌……我想知道人都在怎样生活，和自己作一点比较，如此而已……不是吗？你说并不完全是这样？不是为这是为什么？问我自己？……我不知道，我只问你，他住在哪儿……"

"去看冰灯吗？"芩芩冒了一句，"我们要去看冰灯，你也去好吗？"

"我们？"费渊镜片后面的眼睛奇怪地眨了眨，反问了一句。

"我们……"难道说"我和傅云祥"吗？不不，她不就因为不愿同他一起去才说这句话的吗？芩芩涨红了脸，"我们——就是说，我的朋友们……"

费渊皱了皱眉头。

"我不想去看什么冰灯，在这缺乏温暖的世界上我已经被冰冻得够了！难道还须制造什么冰的宫殿来显示水的纯洁吗？不过是自欺欺人罢了！无论多么透明的冰体，也不过是由被污染的水分子组成，它是伪君子，在黑夜里发光……无论多么美丽，可是春天到来它终究还要融化。生活里有什么希望呢？我只能改变自己的境况，而现实却是无可救药……"

他把那只信封塞进衣袋，低声说了句"对不起"，就匆匆拉开大门走了出去。厚重的门帘下卷成一股白色的寒气。

"是的，他说得对，一切都已是无可救药了……"芩芩倚在门上，望着他的背影消失在楼前那一排排光秃秃的桦树林里，长长地叹了口气。

七

不可能再挽回了……顺着这条大直街一直走下去，就是哈尔滨城里有名的松花江摄影社。走进去，走进摄影室，一秒钟之内，一切都完成了——"永远的""幸福的"合影，木已成舟不可能再挽回。芩芩心里很清楚，但她还是在走着，不停地走，和他一起走，好像被绑架似的，只不过前面不是监狱而是照相馆……

傅云祥一定要拉她到这家摄影社来照结婚相，除了他认为这家照相馆的结婚礼服特别漂亮以外，还因为摄影师是他的一个朋友。"王师傅说了，照完了就放一尺二寸大，放在橱窗里陈列三个月，然后白送给我们。"傅云祥得意扬扬地告诉她，"我说一定要涂成彩色的，不是彩色的不要。所以你一定要戴那副绿色的耳环，像真的翡翠一样。绿色的耳环配你的皮肤特别、特别的适称。其实那根本就是冒牌货，友谊商店才卖四块五一副，可向他们照相馆租一次就得花两元钱，他们挣老鼻子钱了，回头我得同他商量商量，看他够不够哥们……"

"唉，你小点声好不好？"芩芩不耐烦地瞪了他一眼。他就喜欢在大街上高声喧哗，好像小摊贩似的叫卖什么东西。

"嘿，这有啥？"傅云祥不以为然地笑了笑。不过他还是略略放低了声音，"你猜我今儿一早醒来寻思啥来着？"

"照相呗！"

"嗯，可也差不离。我在想，咱们挺走运，赶上了，你说要是再早几年结婚，不得穿着那老土便服，两人带着大像章照相哇，贼蠢！瞧一会儿你穿上那纱的衣裙，戴上花儿，不定有多美呢，一辈子就这一回，总得像个样儿，人活着总不能像虫子似的过活，嗯，你说是吧？所以，还是粉碎'四人帮'好……嗳，先上贸易市场上去溜达溜达咋样？妈说捎两斤烤地瓜回去，晚了该卖没了……"

芩芩点点头。这有点出乎傅云祥的意料。她平时最讨厌上自由市场。

是的，从那熙攘而拥挤的集市穿过去，起码可以晚半点钟到达照相馆，呵，就是晚十分钟，哪怕一分钟也好。芩芩现在非常非常希望突然发生一件奇迹，比如照相馆突然着了火之类的事。不过不行，这家着了火，还有另一家；最好是胶卷突然断档，要是四年前这倒有可能，现在大概是不易发生此类事了，那么最好是傅云祥脸上突然长了一个疖子，红肿不退，也不行，疖子过一周好了还是逃不过要照；除非发生地震，把全城的人统统压在底下，连她、傅云祥，还有照相馆的师傅……不过这太残酷，芩芩有点于心不忍。那到底怎么办？真的就这样走进去么？不，芩芩总觉得好像会发生一点什么奇迹。假如在中世纪，就会有一个勇敢的骑士挥舞着长剑来救她，然后骑着马把她带走；即使在拇指姑娘那黑暗的巷道里，也会有一只可爱的小燕子，在她出嫁的前一天赶来，把她带到温暖的南方去……她幻想着发生这样的"奇迹"，使她能够逃脱那个即将到来的"永远"的命运……

"怎么两毛钱一根啦？前天还卖一毛五！"傅云祥直着嗓门喊起来，把手里的两根冰糖葫芦扔回了他面前卖冰棍的老头的木箱里。

"又涨价，连冰糖葫芦也涨价。"他嘟哝，"这暖瓶漂亮嗳，多钱一对？"他拽着芩芩停在一辆公家的送货车旁。

"没有胆！"

"没有胆你卖个溜！"傅云祥嘀咕了一声。

"上对面私人小铺买胆去吧，那儿有！"卖货的人挺热心。

"私人那儿啥都有，牛皮鞋到干肠，啥都有。"傅云祥经验十足地对芩芩说，"买干肠去吧。"

"那么硬咋吃呀？"芩芩有气无力地答应着。

"嚼呗！有嚼头！"

"嚼啥也没味儿。"

"那是你舌头出毛病了。"

也许他说得对，是舌头的毛病。在农场劳动时吃什么都香。

"这橘子酸还是甜呀？"傅云祥在一个棉毯子裹着的筐里扒拉着。

"酸甜。"穿着厚厚的棉大衣的年轻人提高了声音，像唱歌一样回答。

"嘿！"傅云祥乐了。

有什么可乐的呢？芩芩无动于衷地站在一边。酸甜？生活难道仅仅只是酸甜的吗？不，还有苦、还有辣，苦辣的时候更多些，像生芽的马铃薯。你能感觉苦辣，你不是还没有麻木吗？你不过是不像以前那么觉得一切都香甜了，本来也不是一切都香甜，以前的舌头才有毛病呢⋯⋯

"等成了家，买几条金鱼儿回去养着！"傅云祥用胳膊肘推推她，喜笑颜开地望着地上的一盆金鱼。不少人围着看，冰凉的雪地上，脸盆里的金鱼居然没有冻僵，慢吞吞地游着⋯⋯

鱼儿游在水里，横竖四周都是水，它即使流泪，也是没有人看见的。芩芩出神地望着那些可怜巴巴的鱼。人们总以为它们游得多么快乐，哪里知道它离开了溪泉湖沼，更改了自己的本来面目，圈在这碗口大的天地里供人观赏，它无时不在无声地哭泣，把眼睛都哭肿了哩⋯⋯

"买两斤烤地瓜！"傅云祥颇带命令口气地说，在炉子上翻来覆去地挑选。

"都是好的⋯⋯"卖地瓜的老大娘嘟哝着。她的棉袄袖口坏了，露着油黑的棉花。

"这种人不能对她们客气，光知道钱！"傅云祥抱着沉甸甸的兜子满意地走开去，对芩芩说。

芩芩回过头去望了那个老大娘一眼，她还在寒风里嘶哑着嗓子喊着。芩芩突然想起了农场，有一个下雨天，她们的大车陷在地里走不了，她们到附近的屯子去避雨，一个衣衫褴褛的老大娘塞给她一捧热乎乎的煮青苞米⋯⋯

"你又想啥？"傅云祥在前头站下来等她，"妈说要给你买件那样的羊毛衫。"他指了指路边摊床上挂着的一件鲜艳夺目的高价毛衣。

"我不要。"

"你要啥？"

"啥也不要。"

"你说过要一个十元零八毛的洋娃娃。"

"那我自己会买⋯⋯"芩芩有点哭笑不得，"我也是随口说着玩玩的⋯⋯"

洋娃娃？二十五岁的人还买玩具？她在农场幼儿园看过几天孩子，她问他们："你们家里有些什么玩具呀？""啥叫玩具？玩具是啥呀？"孩子们乱七八糟地嚷嚷起来。他们生下来还没有见过玩具什么样，只有碎玻璃片和火柴盒⋯⋯人和人的生活就这么不同，好像这同时出售着高档皮鞋和廉价的苞米面的集市贸易……

　　当然，这乱哄哄的集市贸易比起前几年货物奇缺的空荡的国营商店总是好得多了。无论如何，生活是在不断地发生着巨大的变化。虽然希望和失望、改革和混乱经常交织在一起，使人们在欣喜之中又不时有些忧虑。可是怎么能想象十年动乱之后，会在一夜之间消灭贫困和落后？也不可能想象，除了倒退就是突飞猛进的飞跃。即使建立了一个物质高度文明的社会，人的精神世界又是什么样的呢？难道就没有苦闷和空虚；没有欺骗和出卖了吗？前些年，人们都在被抑制的欲念中无望地度日，被迫遵循着人为划一的程序，愤怒和不平只是一股冰凉的潜流，默默地蕴藏在黑暗的地底。但是突然，大地被唤醒了，地火冲天而起，喷倾出炽热的熔岩火浆。人们开始按照自己的本来面目去要求生活，于是潜流变成了翻腾的浪花和波涛，它要冲击旧的堤坝，要呼风唤雨，浇灌新生的花草……这一股洪流所到之处，正在改变，也将会改变许多昔日不为人注意的东西。究竟它是从什么时候渗入了芩芩的心田，连芩芩自己也弄不清楚。但是流水经过不同的河岸，船帆始终不停地在做着比较，把昨天同前天比，把今天同昨天比，今天又同明天比。与芩芩同时代的青年朋友们，无论是年长的还是年幼的，无论是善良的还是丑恶的，大都希望由自己来掌握命运的舵，驶入自己心目中理想的港湾。可是人们对理想的认识和对幸福的理解却不尽相同，究竟哪一种理想才是时代的潮头，而不是随着潮头翻起的泡沫呢？

　　比较，当然人们随时随地都在做着比较。可是芩芩有什么可以比较的呢？她把傅云祥同厂里熟识的小伙子比较，按流行的那些标准，她应该心满意足了。难道不正是按这些标准，比较之后才选择了他吗？家庭、工资、长相、人品……1980年的条件已经大大拯救了她，如果在1976年之前，恐怕……谢天谢地，芩芩那时还小。几年以后，人们突然都变得那么实惠，草绿色的军装变得比炊事员的白袍子还要不值钱。芩芩隔壁邻居的一个女招待员，在三十九张照片中反复比较的结果，选中了一年前曾被她拒绝过的一位大学毕业的中学教师。"咱们芩芩一定要找个技术员！"她妈妈这样发誓并张罗着，不久后果真有人带来个技术员。细眉小眼，说起话来女里女气，芩芩打心眼里讨厌他。那次他提议去看电影，散了场就拉芩芩到北京餐厅去吃馄饨，吃到最后，他突然叫起来："少了一个！""你怎么知道少了一个？"芩芩没好气地问。"我数的！"他理直气壮地端着碗去找服务员。等他补了那一个馄饨出来，芩芩早跑没影了。

比较，就是这么比较的，多么实际而又具体——来了个傅云祥，偏偏又去看电影，又经过北京餐厅。"咱们去吃馄饨吧。"芩芩提议，"我来买。"她积极地掏钱，是她提议的怎么好叫他买呢？馄饨端上来了，她全然不知道那馄饨是什么滋味，她一直在紧张地倾听那一声叫喊："少了一个！"她发誓假如再听到这句话，从此以后不谈恋爱了。还好，没有，真的没有。傅云祥大口大口地吞着馄饨，笑眯眯地瞧着她，也不知道烫，末了还在碗里落了一个没吃。芩芩放心了，笑起来，"考试"结束。她宁可不要那个什么技术员，"少了一个"，一想起这句话，她就觉得头皮发麻。傅云祥不知要比他强多少倍，他是三级木匠，钻业务，技术好，脾气也好。再说哪有十全十美的人呢？凑合一点算啦。芩芩常常只能在这种自我安慰中求得心理平衡。

"你说我哪点好呢？"有一次她问傅云祥。

"你——"傅云祥笑眯眯地，想了好半天，"你的心好。第一次去看电影我就发现了，交朋友哪有女的掏钱买饭的？以前我谈过一个，吃一顿饭就花十来块……"

芩芩有点伤心。可是又有什么可伤心的呢？你在比较，他不是也在比较吗？他知道找一个心好的，总还比别的小伙子强些。芩芩同厂的一位团委副书记，梦里都想攀一门高亲，不知用了多少心计，娶了一位局长的难看的小姐。比起这个人来，傅云祥不是够好的了吗？人总是要生活的，他即使不说"少了一个"也得会问"这白菜多少钱一斤"？有什么可挑剔的？芩芩自己的毛衣不也织得漂亮么？总不能把高压锅和痰盂放在一起比较……

"你倒是快走哇！"傅云祥在前面不耐烦地喊道，"磨蹭啥？都几点了……"

无论怎么磨蹭，一切都是无可挽回了。经过那个溜冰场，拐过前面的街口，就是照相馆了。"咔嚓"一秒钟，一切都结束了，从此以后，就再不需要进行什么比较了。

呵，那个小女孩滑得多么好啊，金红色的滑雪帽，金红色的毛衣，在晶莹的溜冰场上飞舞、旋转，像一柄燃烧的火炬。她是轻盈而欢快的，像一朵天上飘飞的雪花。心的歌是无声的伴奏，在这洁白的画板上描绘自己未来的图景……芩芩小时候也曾经这么无忧无虑地在冰上舞蹈，只不过那时候不像眼前这个小姑娘穿一条天蓝色的尼龙喇叭裤，而是穿妈妈织的竖条毛线裤。她得过全市少年花样滑冰的第二名，奖给她一副冰刀。那年下乡临走时，送给叔叔家的孩子了。呵，瞧，这个小姑娘真有毅力，一口气转了那么多个圈儿，总能灵巧地保持身体的平衡。她在旋转中看见了什么呢？她那么自信地微笑，好像看见了未来比赛场上向她飞掷的鲜花……

　　每个人小时候都有过自己的许多梦，美丽的梦。好像生活之路就同这冰场那么光滑、畅通无阻。芩芩在溜冰场上很少摔跤，在生活里也同样。她总算是幸运了，每一步都有人替她事先安排妥帖。可她却为什么总感到抑郁呢？从打丢了冰刀那年以后就再没有快活过。你盼呀盼呀，什么飞掷的鲜花也没有出现，倒是出现了结婚礼服，出现了新娘的头饰……

　　让我再看你一眼吧，小姑娘。你的金红色的滑雪帽，同我当年那顶一模一样，我差点要以为自己变小了呢。可是这一切都是一去不再复返了，都要结束了。童年、少年、青春的梦，统统都要消失了，不会再回来。我真想亲亲你冻得通红的小脸蛋，像拇指姑娘吻别洞口的小草儿那样。她在走向黑老鼠家前的最后一分钟里看见了归来的燕子，可是我知道这样的奇迹是不会有的，不会有的，那只是一个童话，再见吧，小姑娘，祝愿你长大的时候，找到一个称心如意的爱人，一个你真正爱的人，除了他你不会再爱别的人了……

　　"快走哇！"傅云祥喊道，有一点气恼了，"你要看花样滑冰，我给你弄票去！"

　　现在她就站在照相馆的前厅里闪闪发光的大镜子面前了。四壁千姿百态的人物摄影使她目不暇接。傅云祥让她在前面等一会，自己就不亦乐乎地去忙开了。当然，什么奇迹也不会发生，很快她就要像这儿来过的所有新娘那样，穿上拖地的长裙，披上透明的薄纱，重重地抹上口红，淡淡地描上眉毛，然后幸福地微笑。笑得适度，否则会有皱纹。嘴张得不大不小，大了有点傻气，小了就会使人以为你不幸福。是的，就这样，再来一张两个人的……

芩芩忽然想起前些日子在一本杂志的封底上看到过一幅俄国画家茹拉甫列夫画报油画，题名为"婚礼之前"，画面上是一个穿着华丽的结婚礼服的姑娘跪在即将成为她丈夫的商人脚下哭泣，不远处站着为贪图商人的钱财而逼迫女儿断送自己幸福的父亲……

这样的时刻她为什么想起那样一幅画来呢？是因为这出租的结婚礼服同那位新娘的服饰很像吗？她马上就要变成那样一个倒霉的新娘了，只不过不会跪在地上哭泣。因为哭泣也无法挽回这一切，更何况并没有什么人逼迫她，一切都是她自愿的，她既不是为了钱也不是为了什么别的，只是因为彼此"合适"。许多家庭不幸的原因不都是由于"不合适"吗？即使芩芩从楼上跳下去，周围又会有谁同情她呢？人们会以为她做了什么见不得人的事。可是她自己，这会儿却觉得比那位画上的新娘还要不幸一百倍。这不幸就是因为没有什么人可以憎恨的，只能憎恨自己……

傅云祥眉开眼笑地从人群中挤过来，把一张发票在她眼前晃了晃："开好了，出租礼服便宜一半儿价钱，走吧，去化妆……"

当然是得去化妆。不会有什么奇迹的，不会有的。还傻想什么？化完妆，就是地地道道的新娘了……

"唉，人太多！"傅云祥抱怨道，"等会儿吧。"他在化妆室门口停下来。

等什么，横竖是要化的，早晚是要化的，化了妆，就不会再想什么骑士和燕子了……

"待会儿照的时候，你要高兴点儿。"傅云祥像哄小孩似的在她耳边说，"你老也不爱笑，其实你笑起来更好看，戴上花环，一定像日本那个电影明星夏子……"

芩芩不置可否地笑了笑。为什么不笑？当然要笑啦。小时候她就不知多少次偷偷戴上妈妈大衣柜里的那条紫色的花环，在镜子里照了又照。每个姑娘都有自己的秘密，难道芩芩一次也没有向往过结婚吗？不，这不是实话。芩芩在三年前就绣好几对尼龙枕套了……

傅云祥在津津有味地观看墙上镜框里的相片，不时地回头瞧她一眼，又美滋滋地转过脸去。

要不了半小时，他就要在"咔嚓"一声中，成为她的爱人了。

"爱人？"芩芩突然吃了一惊。她爱他吗？如果说她曾经希望过有一个爱人，那么一定不是他，不是。她没有说她不愿意结婚，只是，只是不愿意同他，不愿同他结婚。她从来没有真的相信过自己会同他结婚，真的，他不是她的爱人，她也从来没有爱过他，没有。她不知道什么叫爱，也从来没有碰到过她所爱的人……

"好了，进去吧！"傅云祥和颜悦色地挽住了她的胳膊。

进去，当然只有进去，像走进新房一样。还有什么退路呢？想哭吗？哭也没有用，奇迹是不会发生的，这既不是刑场也不是坟墓……

"你先梳头！我去取那些衣服。"傅云祥殷勤地将一把铝梳子插在了她的头发上，又忙忙碌碌地走出去了。

芩芩坐在镜子跟前，打开了自己的头发。头发很黑，用不着打发蜡，就那么亮。梳开了，盘到头顶上去，就更美了，像那幅画上的新娘……

忽然有什么东西在镜子里闪了一下。

铝梳子的把上，刻着一只小鹿，扬开四蹄在奔跑，穿过森林，越过雪野……它跑到哪儿去呢？它不知道，可是它还在不知疲倦地跑着。生活总不会停留在原来的地方，总不会像现在这个样子。它会是什么样子的呢？不知道，但总不是现在这个样子……

镜子里的东西又闪了一下。

芩芩惊呆了。她没有看清那是什么，却又清清楚楚地看见了——

"北极光！"她轻声呼唤着，"真的是你吗？"

她眨了眨眼睛，镜子里什么也没有，只有她自己。

不，不，她分明是看见了的。这生命之光，只有她自己能看得见，只有她知道它在哪里。她是要去寻找它的，一直到把它找到为止。她可以没有傅云祥，没有仪表装配工的白工作服，没有舒适的新房，但不能没有它。不能没有它！失去它便失去了真正的生活和希望，还留着这青春焕发的躯体干什么？她终究是没有爱过傅云祥，不是因为他平庸、普通；不是因为他讲究实际，缺少才华；统统不是。究竟是因为什么呢？她还是说不上来。也许，就是因为这时隐时现的北极光。呵，人生，尽管现状是如此令人不满，但总不能像傅云祥和他的朋友们，在一片浑黄的大海上，没有追求、没有目标地随意漂泊……

　　她匆匆揩去了脸颊上的泪痕，站起来，抓起头巾，跑了出去……

八

　　"……都讲完了吗？"费渊靠在走廊尽头的一扇被封死的玻璃门上，有气无力地问道。他的脸色阴沉得可怕，像下雪前的天空。

　　"经过……事情的经过……就是这样。"芩芩喃喃道。她站在离他不远的地方，低着头。把所有的一切都对他，一个相识不久又并不那么了解的人讲清楚。她花了几乎一个多小时，红着脸，冒着汗，喋喋不休、语无伦次，好像小学生在向老师坦白做了一件什么错事，她常常浮上来这种感觉，倒不是因为她的故事本身，而是因为费渊的眼光。尽管他在她整个叙述过程中几乎一言不发，那平时就漠然无神的眼睛里也仍然毫无表情，但芩芩却从开始讲就觉得别扭，好像是一个悲恸欲绝的人对着一棵枯树在号叫，或是一个欣喜若狂的人抱起了石头跳舞……他为什么连一点表示、一点反应都没有呢？芩芩好几次觉得自己再也讲不下去，那故事本来就是那么平淡，连讲的人自己都没觉得有什么趣味。她硬着头皮讲，越是想简单些便越是啰唆个没完；她厌烦了，她看出他也厌烦了，一点儿也没有那种同龄人的好奇心。好像他早就猜到了是这么一回事，好像他早就知道了有这么一个傅云祥，好像他早就料到了芩芩要从照相馆里跑出来。他静静地听着芩芩的叙述，一直沉默着。只是当芩芩讲到这一句时，他才情不自禁地"啊"了一声。芩芩说：

　　"……不照相，其实也没有用，只是不愿照。挽回不了，我知道。因为，因为……早已登记了……"她说得很轻很轻，由于羞于出口，轻得只有她自己能听见。但她却清清楚楚地听见他"啊"了一声。他"啊"得很轻很轻，似乎也只有他自己能听见，但是芩芩听见了。好像一股凉气从头袭来，叫她浑身发冷……"啊"是什么？是惊讶吗？还是气愤？他是根本没想到芩芩会同这样一个人去登记呢，还是没想到芩芩是一个"登记"过的人？这一声"啊"，真叫人百思不得其解……此后便是长久的沉默，长得足足能够再讲两个故事，讲一对情侣卧轨自杀，再讲一对冤家言归于好……"讲完了吗？"沉默被打破了，他神情沮丧地重复，算是芩芩这一番心的呻吟得到的唯一呼应。可是芩芩没有想到会是这样一句话，是的，她从照相馆跑出来，穿过溜滑的大街，跑过冻凝的雪地，自己也不知道为什么跑到这里来找他。无论如何，她期待的不是这样一句话……

"经过……经过就是这样……"她想快快结束自己的叙述，又加了一句："自己酿的一杯苦酒，送到嘴边，终究是不愿喝下去……"

"不喝下去，你打算怎么办？"他挪了挪身子，声音嘶哑，冷冷问道。

"……我，我不知道……我想，问问你……你懂得比我多……我自己，宁可泼了它的……"芩芩猛地甩了甩头发，眼里突地涌上来一阵泪花。

"泼了？"他推了推眼镜，好像由于受惊，镜架突然从鼻梁上滑落下来。

"是的，泼了。无论如何，我不应向命运妥协。过去，是无知，是软弱，自己在制造着枷锁，像许多人那样，津津有味地把锁链的声音当作音乐……可是突然你明白了，生活不会总是这样，它是可以改变的。在那枷锁套上脖子前的最后一分钟里，为什么不挣脱？不逃走？我想，这是来得及，来得及的……"芩芩哽咽了，她转过脸去。

"可惜太晚啦……"他重重地叹了一口气，"太晚啦……登记……你知道意味着什么吗？……以前我并不知道这个情况……你告诉我得太晚了……假如我早一点知道，也许就不会这样……"他把眼镜摘下来，慢吞吞地擦着，好像要擦去一个多么不愉快的记忆。

"……以前，呵，你知道……我一直很苦恼……又不愿用自己的苦恼去麻烦别人……我多少次想，就这么认了……算了……"她的眼睛里噙满了泪水，"我的心是苦的，可是对谁去诉说呢？也许一个人一辈子也难于在生活里找到一个知音……"她的声音发颤，自己觉得那泪水马上就要夺眶而出了，她紧紧咬住了嘴唇。

"我不是这个意思……我一直以为你很单纯……我实在并不了解你……"他又长长地叹了一口气。那叹息声很重，落在芩芩心上，像沉重的铁锤。为别人惋惜的感慨声绝不会是这样的痛楚的，倒更像是在为自己叹息……他脸上的表情是多么冷酷呵，全然不像那天芩芩在他宿舍里曾经感到过的那温和亲切的一瞥。面对这冷然无情的沉默就是奔突的岩浆也会冷却。呵，怎么能这样认为呢？他不是曾经慷慨激昂地说过——

"你说过，人生的目的就是追求现世的幸福。而从恋爱的角度谈幸福，就是获得他所爱的人的爱。每个人都应该珍惜自己的存在，努力摆脱旧的传统观念的束缚，人应当自救！"芩芩讷讷地说，突然不知哪来的勇气，"我想了好久，我不应当再错下去了。我要找到我真正爱的人，无论付出多大的代价……我想，你告诉我，应该怎么办……"

她抬起眼睛望着他，看不清他的面容，他的面容模糊了。他的眼镜浸在她的一片迷茫的泪花中……

"你会告诉我的……"她抱着那最后的希望说道，"会的……我想，会的……"

"不，我不知道。"他紧紧抱着自己的双肘，眼睛看着地上，"……我真的不知道……对不起……说过的话，终究是说说罢了……生活很复杂，人生，虚幻无望……我们能改变多少？即使你下决心离开他，生活难道会变得多么有意思吗？……我没法回答你……你想想，别人如果知道我支持你和你的……未婚夫决裂，会……"

昏暗的楼道里，钻进来一片惨淡的夕辉，照着他苍白而清秀的脸庞。窗外飞过几只乌鸦，呱呱地叫着，令人毛骨悚然。棉门帘在不停晃动的门上拍打着，卷进一团又一团白色的寒气……

"再见！谢谢你。"芩芩客气地把手伸给他。为什么不谢谢呢？她腮边、颊上、眼里、心里的泪，顷刻之间全没有了，没有了。幸亏没有流下来，多么不值得。

"这就走吗？"他慌忙把手伸给她。冰凉，像大门上的铜把手，"要……借什么书吗？"他问。

她摇摇头，笑了笑。阳光在她脸上跳动，一定可以看到她在笑，多么坦然。她包好头巾，朝门口走去。木门上的把手是温和的。

"芩芩——"拉门的那一瞬间，她似乎听见他在背后急促地叫了一声。他在走廊的深处，声音太遥远了，听起来像一声沉重的叹息……

叹息，到处都是叹息。谁不会叹息呢？谁不会指手画脚地批评指责生活呢？好像他们生下来就该享有一切，而不是自己去创造。傅云祥是这种人，而这个费渊，芩芩心目中一个美好的幻影，莫非也是这种人吗？他倒有几分像挥舞着宝剑的骑士，把高山大河切开了让你看，却不管山塌地陷……他解剖社会的言辞入木三分，却不会在别人需要的时候，伸出去一双友爱的手……他或许每天都在深刻的思索中选择自己的去向，却从来没有迈出去一步……他爱生命，却不爱生活；爱人生，却更爱自己。他在严酷的现实中被扭曲变形，你却把这扭曲了的身影当作一个理想的模特儿……

"我会爱他这样的人吗？"芩芩问自己。她打了一个寒战，似乎为自己的这个念头感到惊愕了。但不久前她确实曾经主动地找过他，并对他满怀了那样一种深切的期望。这种期望与其说是一种感情的呼唤，不如说是一种对生活执着的寻求。可是，失望，又是失望。对傅云祥是谈不上失望的，因为本来就没有希望过什么。而他……

也许生活里本来就没有这样的人，就像他据说的那样虚幻无望。你到底想要一个什么样的人呢？事业、地位、品貌、性情……可是这样的人是没有的，根本就没有。芩芩从来没有见过。也许她根本就不知道自己会爱一个什么样的人。假如他和她在茫茫的人海中偶尔相遇，也许就会在淡淡地对视一笑中又默默地分手……"从来没有爱过的女孩子是无力为自己描绘爱人的肖像的，即使多次得到过爱的女人也不会有爱的模式。那只是心灵奇妙的感应和吻合，是自己飞扬的气质在一个活生生的人身上得到的体现……"芩芩脑子里猛地跳出了农场那位大姐对她说过的话，不由越发地觉得茫然……

"这样的人是根本没有的。"芩芩安慰自己说，"一个人活到没有人拉就爬不起来的地步，还活着干什么？我不会爱这个费渊，一定不会。让什么爱统统见鬼去吧！不要傅云祥，谁也不要。有我的日语就够了，有装配合格出厂的仪表就够了，一辈子找不到你爱的人又怎样呢？横竖日出日落……呵，你怎么也变得这么冷酷了？如果不是为了像那只小鹿轻捷地朝前奔逐，你又为什么从镜子跟前跑出来？为什么？你腮上冻成冰珠的泪水，是什么时候淌下来的？你的心在啜泣？在悸动，谁能听得见呵？这寒冷的北国，难道就找不到一颗温热的心么？不，不……"

听到那欢快的叫喊声了吗？一阵高似一阵，像开江的冰排喧嚣奔腾。那儿有一个冰球场，芩芩熟悉的。以前溜冰的时候，一有空她就爱看冰球赛。那才是生活——激烈、勇敢、惊险，充满了力量、热情和机智……芩芩禁不住向冰球场走过去。她的眼睫毛上结满了霜花，身子却走得发热。

穿着五颜六色、鲜艳夺目的冰球比赛服的运动员，像彩色的流星一样从眼前掠过。只看见绚丽的光斑在跳跃，明亮的眼睛在闪烁。长长的球拍，像一把灵巧的桨，在银色的冰河上划动。而那小小的冰球，却像苍茫天际中的一只神奇的小鸟，盘旋，翱翔，逗引着那些头戴盔甲的"猎人"拼命地追逐它，它却倏忽不见了踪影……那些"猎人"都是些勇敢的好汉，他们奔走争夺，你死我活，风驰电掣，叫人看得屏息静气、眼花缭乱。谁要是观看冰球赛都会为他们拍手叫绝，那真是速度与力度的统一，刚与柔的绝妙对比。站在激烈搏斗着的冰球场面前，人世间一切纷争械斗顿时都变得缓解、平淡无奇了……

冰鞋在自由地滑翔，像跑道上的飞机轮子。可它无论转速多快，却永远不会起飞。但能滑翔毕竟也是一种幸福，总比在烂泥里跋涉强，比在平路上亦步亦趋强……只要你会滑翔，你就会觉得自己早晚是要飞起来的……会的。

冰刀呵，久违的朋友。你尖利的俏梁，要支撑一个人全身的重量，受得了吗？踩在一根极细的铁条上，做这样危险的表演，不仅要保持重心上的平衡，还要保持信心上的平衡。这冰场真像人生的舞台，说不上什么时候就摔倒了，扔出去老远，可是爬起来还要再滑。你总是暗暗地鼓励人勇敢地站起来，重新站起来的……

你奔过来，飞过去，急急忙忙地在那光滑的冰面上留下了一道道的印痕，连眉头都不皱一皱。难道花样滑冰的明星、冰球比赛的冠军，竟然是从伤痕上站立起来的么？不过不要紧，真的不要紧，伤痕累累的冰场，浇上净水，总是一夜之间就可以恢复原状。运动才留下伤痕，而冰场怕的是寂寞，听听这呼喊声，喝彩声——

忽然，从离芩芩很近的冰场上，红队和蓝队的两个运动员相撞，围观的人还没有反应过来，其中一个人已腾空跳起，一个跟头翻出了冰场绿色的栅栏外，重重地摔在一棵杨树下的雪地上，滚下坡去。四周的观众发出了一阵惊呼。

他就摔在离芩芩不远的地方。芩芩眼见他用胳膊在地上挣扎了一下，却没有力气爬起来。她急忙飞跑过去。

"要紧吗？"她弯下腰去搀扶他。望见他的脸色苍白，她心里充满了怜悯，"疼吗？"

"没事。"他咬着牙说，额上跳着青筋，他努力想站起来，翻了一个身，用手撑着地面，果真站起来了。好像一个受伤的武士，穿一身古怪的花衣服，戴着头盔，在雪地上站着，嘴里大口地喷着白色的雾气。

看热闹的人都围上来了，运动员和教练也气喘吁吁地跑过来。

"怎么样？伤着没有？"

"真缺德，快输了就在合理冲撞上使招数。"有人愤愤不平地嚷嚷。

"嗨！"他忽然兴奋地叫起来，一只脚在原地跳着，若无其事地摆了摆手，"没承想我这么结实，骨头茬摔摔倒紧绷了，没事，上场！"他说着，很快走了几步，敏捷地一个翻身又跳进了冰场。

他的声音好像在哪儿听见过？眼睛也很熟悉。他扶着绿栅栏活动了一下腰，忽然回过头来，似乎在寻找什么人。他看见了芩芩，感激地朝她笑了笑。

"是你？"芩芩差点要叫出声来。怎么会是你呢？你这个受苦受难的不幸的人，居然还有兴致在这儿参加冰球比赛？全身武装得像一个古代的骑士，差点叫人认不出来。你那矫健勇猛的身影与你平时那谦和寡言的外表显得多么不相称。假如不是在这里遇见你，真难以相信，你对生活还会抱着这么大的热情。我不了解你，可你却那么使人难忘。我从什么时候开始注意了你呢？或许是我听说你从小没有亲妈那一刻起吧……

他消失在那一群五彩缤纷的冰球运动员的行列中了，再也找不到他。穿着相同服装的冰上运动员，假如没有背上的号码，是难以区别他们的。可是，他们却包裹着一颗颗不同的心，世上许多人看起来很相似，然而开口说话，却有着天壤之别。他究竟是一个什么样的人呢？干着又脏又累的水暖工，还有兴致在这儿打冰球。什么时候学的这一手？也许是在小学？连妈妈都没有，谁给他买冰刀？到底哪一个是他呢？当然一定是那个最灵活、最勇猛的，像一只快乐的小鹿，穿过森林、越过雪原，不知疲倦地奔跑着……

"曾储！"她脱口而出。没有人听见。他当然不会听见。她的脸红了。

那小鹿奔跑着，冰球在雪野上滚动，像透明的鹿茸上挂着的铜铃……

"芩芩!"

一声气急败坏的叫喊从身后传来。小鹿消失了。

"芩芩!"

喊得声嘶力竭,好像地球顷刻就要爆炸。他,呵,面容沮丧,神情恼怒,气势汹汹地朝她跑来。芩芩没想到傅云祥会找到这儿来,他一定跑遍了全城。那模样儿真叫人可怜,淡淡的小胡子上结着冰凌,连帽子也没戴,耳朵冻得通红……

"你……"他气得说不出话来,嘴唇在哆嗦,"你……"

芩芩有点心慌,她避开了他凶狠的目光,突地感到一种难言的惭愧。他并没有做什么对不起她的事,她凭什么这样对待他呢?无论如何,那事情的结局是明摆着的,她何必要无事生非地从照相馆里跑出来呢?让他在这寒风中心急如焚地到处找她,冻得鼻子都发红了……

"跟我回去!"他大声嚷嚷,像一头发怒的棕熊。

芩芩留心地看了一下四周,很快从冰场边上的绿栅栏下走开去。她不愿让别人注意到他们,尤其是冰场上的运动员。刚走开,就听见了冰场上热烈的欢呼声,大概是比赛结束了。红队赢了还是蓝队赢了呢?当然是蓝队,他是蓝队的……

"跟我回去!"他伸出一只戴着棉手闷的手来拽她,像一只大熊掌。

从冰场里三三两两散出来不畏严寒的冰球爱好者,熙熙攘攘地挤满了狭窄的路。芩芩四下张望了一下,张望什么?怕那个运动员看见么?

"为什么,你说?"他咯咯地咬着牙。

……当然,他不会那么快就出来,他要脱下运动服,换上那件油滋麻花的黑大衣……

"你说,为什么?"他咬着嘴唇。

……不能再站在这儿,不能再站下去了。黑大衣……

"你走不走?"傅云祥的声音里带着威胁,粗暴又凶残。他的大手像钳子似的捉住了她的胳膊,使她动弹不了。她又张望了一下,竟乖乖地跟他走了。

电车站人多极了,正是下班的时候。

"我自己会走!"芩芩猛地甩掉了他的胳膊。

傅云祥在一棵光秃秃的榆树下站住了。

"你……你……"他想要说什么，却说不出来。

芩芩心里又升上来一股怜悯的隐情。"你……你知道，我是爱你的……"她想他一定会这么说。他是爱她的，可她不爱他。她早就该告诉他，为什么一直拖到今天？

"你……"他的嘴唇动了动，恶狠狠地说，"你把我坑了！"

是的，他是说："你把我坑了！"而不是说："你知道，我是爱你的。"如果他说了后一句，芩芩或许会感动得掉泪，会同他一起回去的。不，即使后一句也不会，不会……

"你倒是说呀，到底为什么？"他又重复了一遍。天暗下来了，风很大，他用两只手捂住了冻得通红的耳朵。

电车来了，上车的人在"生死搏斗"。他迈了一步，又退回来了。他看了她一眼，声音忽然变得温和了：

"……你说，是不是因为你突然肚子痛起来了才走的？"

"不是。"

"……那……是不是突然遇见了熟人？"

"不是。"

"那就是，就是你又把笔记本落在业大教室里了……"

"不是！"芩芩愤怒地叫起来，"不是！"她那么大声，引得旁边好几个人朝她看。那不远的电线杆下站着一个黑乎乎的人影，好像打算走过来，却又忍住了。

"那到底为什么？"傅云祥的声音也变得急躁而粗横了，"你叫我怎么向家里、向大伙儿说呀？"他痛苦地喘息着，拼命揉着他的耳朵。

"为什么？为什么？我还不明白？"芩芩突然咆哮起来，"什么也不为！是我自己要走的，我本来就不想去，压根儿不想进那个照相馆！我什么也不为！不为！"

傅云祥长长地松了口气。

"你不愿穿纱服照结婚相，你倒是早说呀。不照就不照呗，也不能这么调理人，不照结婚相，也……"

"我压根儿不想结婚！"芩芩猛地打断他，痛苦地长吟了一声，"我统统告诉你吧，我根本不愿同你结婚！"

"你要什么小孩儿脾气？你以为闹着玩儿哪？"傅云祥倒嘿嘿笑起来

了，"亏你说得出口，是不是精神有点不正常？"

"你给我走开！"芩芩突然哭出声来，她掩住了自己的脸，"我不想看见你，我宁可死……"

傅云祥呆呆愣在那儿，张大了嘴。他似乎刚刚开始清醒了一点，又好像越发地糊涂了。他站着，两只手捂着耳朵。忽然暴怒地喊道："哼！不要脸！我知道你，像只蜘蛛，到处吐丝，吐情丝……"

吐丝？你也懂得什么叫吐丝吗？人人都有吐丝的本能，可有的好比是蜘蛛结网捕食，有的是缝纫鸟垒窝。而我，我是野地里柞树林里的一条茧，吐出丝来作茧自缚，把自己的心整个儿包裹在其中，严严实实地不见一点光亮，谁知何年何月才能化作一只蛹，再变成一只蛾子，咬破茧子飞出去呢？你不会知道，永远不会知道的。

"吐丝？"芩芩冷笑了一声，忽而大声叫道，"我是要吐丝的，我要吐好多好多丝，织十六条结婚用的缎子被面……"

"神经病！"傅云祥骂道。

电车来了，不远处电线杆底下的人影却不动弹。

"走不走？"他推了她一下。

"再织三十对枕套……"

"走不走？你不走……再不走我……"

芩芩转过脸紧张地盯住了他。"再不走我……"怎么？就钻车轮子底下去吗？有这种勇气，芩芩会感动，会回心转意。真怕你有这种胆量，可千万别干这种蠢事。我宁可同你一块儿钻进去的，千万别……

"再不走我……我的耳朵要冻掉啦！"他怒气冲冲地嚷嚷，扭歪了脸。

"你走吧！"芩芩平静地说。他的耳朵没掉，可她的心，同他之间系着的那最后一个扣，无情地掉了，彻底掉了。

"你等着！"他咬了咬牙，跺了跺脚，三步并作两步跳上了电车。车门在他身后"咔嚓"关上了，车窗上是一片厚厚的白霜，什么也看不见。车哐哐地开走了，卷起一阵灰色的雪末。

"一切都结束了……"芩芩无力地靠在榆树的树干上，两行冰凉的泪从她的脸颊上爬下来，钻进围脖里去了。她浑身发冷，脚已经冻僵了。两条腿发软，胳膊却在微微颤抖……她觉得自己很衰弱，一点力气也没有，好像要滑倒。她转身紧紧抱住了那棵树，把脸颊贴在粗糙的树干上，无声地饮泣起来……

一切都结束了……不，也许一切刚刚开始……"你等着！"他恶狠狠地扬长而去……接踵而来的将是父母的责骂、亲朋好友的奚落、邻居的斜眼，背后指指点点、风言风雨……传遍全厂的头条新闻，然后编造出一个又一个离奇古怪的故事……如山倾倒的舆论，如潮涌来的谴责，会把她压倒、淹没，而无半点招架之力。她有什么可为自己辩护的呢？没有，半点也没有。既没有茹拉甫列夫画的那个新娘的父亲，傅云祥也绝不是拇指姑娘的那个黑老鼠未婚夫……既没有人逼迫过她，也没有人欺骗过她，一切都是她自愿的，虽然她并没有自愿过。如今，她将被当成一个绘声绘色的悲剧故事里不光彩的主人公而臭名远扬……一切都刚刚开始，可一切都完了。名声、尊严、荣誉……都完了。或许父亲还会把她从家里赶出去……

可是她却什么坏事也没有干呀。这一切都是为了什么？难道真的没有人能够理解她吗？她痛苦地拍打着榆树的树干，树干在黄昏的冷风中发出"空空——"的响声。榆树已掉尽了最后一片树叶，无声无息地苦熬着冬天。它也许已经死去了吧？那枯疏的寒枝上没有任何一点生命的迹象。或许死了倒是一种解脱呢，芩芩脑子里掠过了这个念头。不知哪一本书里说过，宁可死在回来了的爱情的怀抱中，而不是活在那种正在死去的生活里……她找到了她的爱情吗？如果真的能够找到。

"要我送你回家吗？"一个声音从榆树的树心里发出来，不，不，是树干后面。她吃惊地回过头，恍然如梦——面前站着他——曾储。

"……很对不起……刚才，我听见了……"他低着头，不安地交换着两只脚，喃喃说，"从冰场出来，看见了你们，好像在吵架……我怕他揍你……所以……"他善意地笑了，露出洁白而整齐的牙齿。

"……你……不会见怪吧？……我这个……好管闲事。"他又说。

芩芩脑子里闪过了刚才电线杆下的人影。

"天太冷，会冻感冒。你……总不比我们这种人……抗冻。"

"你都听见了吗？"芩芩抬起头来，冷冷地问。

"听见一点，听不太清……我想，你一定很难过……"

芩芩没有作声。

"也许，想死？"他又笑了，却笑得那么认真，丝毫没有许多年轻人脸上常见的玩世不恭的神情。

"我给你打个比方吧。"他爽快地说，轻轻敲了敲那棵榆树的树干，"比如说一棵树，它既然是一棵树，就一定要长大，虽然经风雨、电击、雷劈、虫蛀，但是它终于长大了。长大了怎么样呢？总有一天要被人砍下来，劈下来做桌子、板凳或其他，最后烧成灰烬。一棵树的一生如果这样做了，也就是体现了树的价值，尽了树的本分。人难道不是这样的吗？他生来就是有痛苦有欢乐的，重要的在于他的痛苦和欢乐是否有价值……"

呵，榆树，这半死不活的冬眠的树木，在他那儿竟然变成了人生的哲理，变成了死的注释，揭示了生命的真谛。他怎么能打这样好的比方，就好像这棵榆树就为了我才站在这里……可你是什么？你是一棵白桦，还是一棵红松？或许是山顶上一株被雷劈去一半的残木……你看起来那么平常、普通，你怎么会懂得树的本分？也许你是一棵珍贵而稀有的黄菠萝，只是没有人认得你……

"要我送你回家吗？"他又重复了一遍，眼睛却看着别处，显然是下了好大的决心。

送我回家？怕我挨揍？怕我晕倒？谢谢。我不要怜悯。我要人们的尊重、理解和友爱，而不要别人的怜悯。何况，你自己呢？你满怀热忱地向别人伸出手去，好像你有多大的能量。我向你诉说我心中积郁的痛苦，可你所经历的那些不为人知的苦难又向谁去诉说？水暖工，你这个卑微而又自信的水暖工，你能拉得动我吗？我不相信。那些闪光的言辞和慷慨激昂的演说已经不再能打动我的心了，我需要的是行动、行动……

"要不要我……"他又问，裹紧了大衣。

"不要！"芩芩的嘴里突然蹦出两个字来。"不要！"她又说了一遍。

他默默转身走了。棉胶鞋踩着路边的雪地，悄然无声。是的，他穿着一双黑色的棉胶鞋，鞋帮上打着补丁……

小鹿在穿过雪原时，奔跑得轻快而敏捷，自然也是这样，没有惊天动地的响声。它在雪地里留下自己清晰的脚印，却总没有人知道它奔去了哪个无名的远方……

"曾储！"芩芩在心里轻轻呼唤了一声，紧紧闭上了眼睛。

冬天傍晚的夜雾正在街道两边积雪的屋顶上飘荡、弥漫、扩散。西边的天空，闪现着奇异的玫瑰红……

芩芩睁开眼睛，忽然发疯似的想去追他，但他那粗壮结实的身影已消失在拐角那一所童话般的小木屋后面了……

九

那奇异的冰凌花，严寒编织的万花筒，不知不觉融化在温热的暖气里。好像是由于学校工作的改进，暖气加热了，室内气温上升了，于是，教室的窗玻璃上再也见不着那曾经深深牵起芩芩思绪的冰花了。也许这样上课时倒可以专心，不至于总是遐思、傻想了……

"嗳，老师刚才讲的什么……"芩芩推了推苏娜的胳膊，低声问道。

苏娜告诉了她。

……他是喜欢坐在最后一排的，可是刚才进来时明明看见他的座位空着。难道他又像那次在大楼梯上碰到过的那样迟到了吗？可没见他进来，没有。假如能回过头去望一眼就好了……他好像已经有好几天没来了，难道出了什么事吗？

"这一段就讲到这儿。下面……"老师咳了一声，又敲敲黑板。芩芩猛醒过来。

"刚才，他讲了什么？……没听清……"芩芩又问苏娜。

苏娜奇怪地看了她一眼，把笔记本推过来。

……快一个星期了，傅云祥那儿居然没有一点动静，他总不会这么轻易地"放"了我的。不是寻死觅活，就是威胁强迫，大概在同他的父母商量对策吧，总得想个法子说服他才好。可是又有什么法子可想呢？家里人要是知道了，还不得发动一场"暴风骤雨"，而别人呢？谁能帮助你？不是有人告诉你"太晚"了么？而你又偏偏拒绝了另一个人的"怜悯"……

"下课了！还愣着干什么？"苏娜冲她诡秘地撇撇嘴，"这几天你咋的啦？"

"……"

"瞧你那小脸儿一点笑影没有，下巴颏都尖啦！"苏娜眯起眼打量她，"怎么样，现在还不到八点，不算晚，带你到话剧院一位化妆师那儿去，她那儿有高级珍珠霜……去不去？"

芩芩摇了摇头。两天不见，她发现苏娜又换了一种发型：后脑上梳起的发髻像又细又亮的金丝蜜枣。她总是那么漂亮，漂亮得叫人羡慕；又总是那么热心，热心得叫人讨厌。

芩芩回过头去朝教室的最后一排望了一眼。当然，没有，还是没有他。他没有来。

她忽然生出一点希望。

"我问你一点事呀？"她鼓足了勇气向苏娜。

"我知道你要问什么。"苏娜诡秘地眨了眨眼，"你不说我也知道。"

"知道什么？"芩芩心慌了，好像被人揭穿了一个秘密。

"他好几天没来上课了。你在惦记他，对不对？"

"谁？"

"曾储，那个水暖工。"

芩芩羞涩地低下了头。

"我也是刚听说——他，受伤了。被人打了。一群小流氓，嗬，也真有他的，一个干仨，可到底儿架不住……"

"你说什么？"芩芩惊叫起来。

"有人说就是他一直揭发的原来单位的那个领导报复他……因为市里最近派了调查组，调查那个工厂的问题。那人眼看现在这形势，斗不过了，想把他打成脑震荡，就来这一手……哎，故事长着呢，回头有工夫再给你讲，我该走啦……"

"等等！"芩芩抓住了她亮晶晶的皮手套，慌慌张张地说："你，你知道他住在哪儿？"

"这个……"苏娜笑起来，神秘地耸了耸肩。

"好苏娜，你一定知道……"芩芩简直是在哀求她了。现在她觉得苏娜一点儿也不讨厌，不讨厌了……

"自己去找吧！"苏娜无可奈何地叹了一口气，"离这儿不远，马家沟一座从前老毛子的教堂对面。"

"谢谢你！苏娜，谢谢你！你真——暖，改天再谈吧！"

芩芩顾不上说再见，跑出教室，一口气冲下楼梯，跃出了大门。

夜沉沉，只有雪地的亮光，照见夜的暗影。

风凛冽，只有横贯全城的电线，为风的奏鸣拨着和弦。

然而，夜挡不住青春的脚步。无论多么黑，多么晚，她要去找他，找到他。

寒风吹不灭生命的火焰。无论多么冷，多么远，她要去找他，找到他，也一定能找到他。

那所古老的教堂的尖顶，在黑暗的夜空里显得庄严肃穆。沉重的铁门紧闭，微弱的路灯照见空寂荒疏的院子里未经践踏的积雪。一只残破的铜钟，在黑夜里发出不规则的沉闷的响声。

芩芩没敢再往里看，快快逃开了它。小时候她上学曾常常走过这里，从那高大幽深的大厅里传来含糊不清的赞美诗，总使她觉得压抑和迷茫。生活是什么呢？难道就是跪在那里忏悔和哭泣？不，生活也许更像栖息在教堂屋顶上的那群鸽子，每天早上在阳光里像雪片一样飞扬、舞蹈……就在这教堂不远的地方，有一个溜冰场。虽然冰场上总是静悄悄的，却充满着生命的活力——旋转、飞翔……

"信念……"第一次见他，听他说这个词的时候，面容几乎同这教堂一般神圣。可他就在这神圣的教堂对面，呵，一座小屋，芩芩掏出书包里的手电照了一下，这破旧不堪的倾斜的小屋，门口的积雪扫得干干净净，从窄小的窗子里透出来温暖的灯光。芩芩伸手去敲门，心不由怦怦跳起来。

……怎么说呢？"来找你。""找我干什么？""不知道。""不知道你来干什么？要我送你回家吗？""不要！""那你来干什么？你很难过是吗？我看得出来……""不是……呵，是的，我很难过，因为听说你病了，受伤了……我来看你……"

没有人来开门。

芩芩呆呆站了一会。忽然，那窄小的窗子里飞出一阵热闹的哄笑。

"真赢了吗？"

"真赢了，这还有假？我在青年宫亲眼目睹，连眼睛都没眨一下。起初心里直发毛，那个日本人，听说几年蝉联冠军，好厉害，棋子儿捏在手心里就同摆弄颗石子儿差不多。咱们那位毛头小伙子，外号火鸡，初出茅庐，还嫩着哩，替他捏把汗……"

"我知道那小子，有胆魄，去年东三省围棋赛，夺了魁首。"

"就是他，嘿嘿，没承想，他真替咱们中国人长脸，坐那儿一动不动，小眼睛一眨一个主意，没等你看清那棋是咋围上去的，嗬，对方就傻了眼，打得落花流水了……"

"真棒！"

"哦——小火鸡万岁！替咱们争了这口气！"

"中国人到底儿有志气！"

"今儿过节啦！"

"……明媚的夏日里，天空多么晴朗……美丽的太阳岛，多么令人神往……"有人唱起来，用脚敲着地面伴奏。

欢声、笑声、歌声，还有筷子有节奏地打着脸盆的声音，不高明的乐器声，听不出是二胡还是笛子……

芩芩禁不住轻轻踮起脚尖向窗子里望去，屋里有好多年轻人，正嘻嘻哈哈闹得高兴。有两个人抱着小木凳合着那歌儿的节拍在原地跳着、转着。而他，曾储，靠在屋角一铺土炕的墙上，头上扎着绷带，手里却抓着一只口琴，送到嘴边要吹，好像疼得咧了一下嘴，无可奈何地笑起来，用口琴轻轻敲着炕沿，打着拍子……

"猎手们，猎手们背上了心爱的猎枪……"

"我们赢啦！"有人又喊。

"今天过节！"

"小火鸡万岁！"

"还有篮球、足球、排球、冰球呢？！"曾储突然欠起了身子，抽出一只枕头朝天花板扔去，"我祝中国队统统打翻身仗！"枕头落在他头顶，他又把它抛上去。

"我响应……"

人们七嘴八舌地嚷嚷，有人把一只热水瓶抛上了半空，没接住，掉在地上，"砰——"的一声巨响，炸了，银色的碎片落了一地。又是一阵大笑。

"曾储这回连开水也喝不上啦！"

"假如明年的排球赛中国队打赢，我豁出来买一个新的！"

"先灌上一瓶生啤酒开庆祝会！"

"哈哈——"

他们笑得无拘无束，无忧无虑，真诚、坦率，小小的一间屋子，充满了朝气和热情。好像一只火炉，看得见那热烈而欢快的火焰在燃烧跳跃。生活在这里，好像又完全变成了另一种样子，芩芩突然觉得自己是那么羡慕他们。她很想走进去，走到他们中间去，加入他们的谈话，那难道不是她一直所向往的吗？

小屋通往外屋的门那儿，似乎有一个过道。她又轻轻敲了敲门，可是仍然没有人听见。她犹豫了一会，试着拉了拉外屋的木门，门没有插，"呀"的一声开了。

她轻轻闪身走了进去。掩上门，解开头巾，靠在墙上喘了一口气。"啪——"什么东西从天花板上掉下来，差点打在她的头上。她抬头看，黑乎乎的天棚什么也看不清，大概是块剥落的墙皮吧，地板的每一记跳动都会使它发颤——这是芩芩对这个低矮的平房的第一印象。

屋里的人仍是丝毫没有注意到门响，他们讨论得紧张热烈。芩芩不知道自己怎么办才好。

这与其说是一间平房，更不如说是人家家里搭出来的一间偏屋。外屋的墙是倾斜的，半截的砖头露在外面龇牙咧嘴地做着鬼脸。阴湿的墙缝呼呼往里灌着冷风，屋角挂满了成串的白霜，还有两根亮晶晶的冰柱。靠近里屋的那面墙下，有一只炉子连着火墙，炉火很旺，烧着一壶开水。炉灶的另一头有一只熏得漆黑的铝锅，一块砧板和一把菜刀，窗台上搁着几只土豆和一棵冻得梆硬的白菜……

芩芩望着它们发愣，心里吸进了一股凉气。她觉得鼻子有点酸酸的。

"……我还是坚持我的观点。"一个鼻音很重的男声慢条斯理地说，"再优秀的人物，也是自私的。怎么说呢？他也是为了实现自己的理想和抱负，无论他多么任劳任怨，鞠躬尽瘁，也不过是为了使自己的灵魂得到安慰。我在市青年宫组织的人生观讨论会上，也是这么说的！"

"我压根儿就不同意你的这种谬论！"一个尖尖的嗓音打断他，"照你这么说，利他只是手段，而利己是目的啰？或者说，利他是动机，利己是潜动机啰？这是典型的市侩哲学。我认为比较完美的社会主义道德观，应该是通常所说的'利他'，是指从利他的动机出发去行动，在产生利他效果的同时客观上达到了某种意义的利己。你能说马克思、布鲁诺、秋瑾这样一些历史上的伟人，都仅仅是为了拯救自己的灵魂吗？使灵魂安息的办法多得很，可以去行善、布施，用不着冒着上绞架的危险。一颗渺小的心又怎么会想到为大众的利益去奋斗呢？不信你叫阿储说，他一定赞成我的！"

"我可当不了这个裁判！"那个熟悉的声音响了，叫芩芩心跳，"我这些日子倒是常常在想，中国过去过于强调目的和理论，争论来争论去，总是'为了什么''为了什么'，抽象、教条而又脱离实际。我觉得应该把注意力更多地放在怎样生活上，也就是生活的手段和方法。比如一棵树，重要的是怎样长成材；一所房子，重要的是怎样盖得结实，耐用。这是实事求是的态度。因为树和房子总是要有用处，无论'为了什么'，总是为了给人类服务，这是很清楚的。所以，我比较感兴趣的是人们对待生活的态度。活着，怎样使社会变得更合理，仅仅停留在对过去的发问不能使今天的祖国富强起来……"

那个鼻音很重的男声说："可是我却不知为什么总是觉得孤独、平淡，我常常听到自己的灵魂中发出的同外界不协调的声音，这恐怕是世界范围的'时代病'吧？谁能回答出'生活的意义是什么？'我看就是伟人也未必……"

他们全都轻轻地、友好地笑起来。

"我认为，回答这个问题也不那么难，重要的首先是去感受生活。"曾储说，"这既不是说教也不是空话，而是一个平凡的真理。为什么在大致相同的经历和环境中，人们对生活会有完全不同的体验呢？可见生活的平淡与否在很大程度上取决于人们自己本身的激情和感受。我一直这样觉得，只有在生活的深处，在对正义和真理的追求中，我们才会发现真实、善良和美……"

"好极了！"那尖尖的嗓音叫起来，他不知用什么东西当当地敲着茶杯，"曾储高见！我举手赞成！"

"你们又离题了！"一个严肃的女声抱怨说，"每次讨论经济问题，总要扯到思想呀、政治上去，好像不谈人生就活不下去了……"

"那当然啦。"一个人插言，"伟大的哲学家苏格拉底说过：未经思索的生活是不值得过的。"

"言归正传吧。说到经济问题，我最近倒有一个新的想法。"又一个声音急促地说，快得好像会计在拨弄算盘，"我认为最好的办法是应该统统种西瓜，当年种，当年吃光！再不要像前些年那样去种什么核桃树、柚子树，多少年果实也到不了嘴。高积累低效率，人民获利少，需求脱节……"

"也不能全种西瓜。"曾储反驳说，"都这样干，那就谁也吃不着核桃和柚子了。我是主张既要种西瓜又要种核桃的，只是希望核桃长得快些，让我在世时也能吃到，哪怕是它第一年结的果实……"

"上次你写的那篇《对我国经济发展的几点建议》的文章中谈到中国搞现代化的几方面弱点和优势，我觉得很有道理。你能不能把优势部分着重谈谈。"有人发问。

"简单说，是这样：我们这个民族和其他东方国家一样，比较注重群体发展，讲究伦理道德。这是东方文明中值得保存的财富。西方文明则注重个体发展，讲究及时行乐，东西方文明，日本结合得比较好。日本搞市场经济，自由竞争，但同时保留了东方国家群体发展的传统，这条路是成功的。这就是集体发展的优势所在。在中国这样一个人口高密度的穷国、大国，繁荣昌盛是一个长期的历史过程，过去我们只强调集体生存，没有引进集体竞争，这是不对的。但从国情出发，恐怕仍要坚持集体生存、集体竞争、集体富裕的国策和价值观，摸索结构优化的道路，同时向生态农业过渡……"曾储不慌不忙地侃侃而谈。

"所以经济改变一定要有一个总体构思。既讲大优势和小优势，也讲避小短和避大短，对吧？"

"对！"

"时间不早了，今天就暂时先谈到这儿吧？"那个斯文的女声认真地说，"刚才分给各人的题目，假如没有意见，就分头去写，三周后交文章，再讨论。"

"可是……"有人叹了一口气，"可是我们做这些到底有多大用处呢？我自己也怀疑。我妹妹就总挖苦我，咱们这么辛辛苦苦，争得口干舌燥，怕是等不到'四化'，自己就先'化'了……"

屋子里顿时静下来，大家都不说话了。芩芩只恨自己看不到他们的神情。

"……是啊，很困难……"她听到曾储也轻轻地叹息了一声，"周围的人不理解，我们自己的力量也很弱……但不管怎样，我认为重要的不在于生活对我的态度怎样，而在于我对生活的态度……"

芩芩拽紧了围巾。……倾斜的墙、灌风的窗子、冰柱、白霜、冻土豆……重要的却不是它们对你，而是你对它们！呵！你！你真是一个谜！

"哟，忘了，开水该干锅了吧！"那个尖细的嗓音叫道，一声沉重的地板咔咔响，他急急忙忙地跑出来，差点撞在芩芩身上。

"芩姐！"他忽然冲芩芩喊。

芩芩愣住了。这不是海豚吗？他怎么跑到这儿来了？

"你，怎么也……"海豚疑惑不解地问，"你认识曾储？"

芩芩不置可否地"啊"了一声，说："你呢？"

"……来听听……祥哥那儿热闹是热闹，到底没这儿有意思。"海豚直言不讳地说，"进去呀！"

"我……"

"谁？"曾储的声音从里屋传出来，大概他还不能下地。

"走哇！"海豚拉了她一下。

她满脸通红地出现在门口。扑进她眼帘的，首先是他额头上缠的绷带，还渗着血迹。他靠在炕头上，盖着一床薄薄的灰毯子，屋里装满了人，除了人以外就是乱七八糟一堆又一堆的书……

"是你？"她听见他轻轻问了一句，声音是惊讶的。当然，他没有想到她会来，连她自己也没有想到。

她站在那儿，不知说什么好。

屋里的人一个接一个站了起来，踮起脚尖偷偷退了出去。她看见他们中间有的人胸前别着白色的校徽，有的人穿着工作服，都背着沉甸甸的书包……

有一个人走到外面又回转来趴在曾储耳边轻轻说："那件事你放心，我们已经把你的材料直接交给报社总编了，也许市委调查组的人明天就到这儿来找你……好好休息。"

"没事！"他有力地伸了伸胳膊，挥了挥拳头，"我这人，不那么容易趴下，可惜拳击还没练到家，否则也不会吃这个亏。等开春了，上江沿拜个师父，哪天再好好收拾那些净仗势欺人的浑小子们！"

你还会打架吗？芩芩惊讶地抬眼看了看曾储，他的胳膊真粗，说不定还会武术呢！看他教训那些小流氓一定精彩，他不会屈服，一定打得勇猛、顽强。芩芩喜欢勇敢的人……

他们走了，屋子里顿时静下来。只有开水壶仍然在炉子上有节奏地响着。

芩芩走到外屋去，在炉子里添了一铲煤，把炉盖盖上，拎着水壶走进来。她的眼光在桌上搜寻着杯子，却看见了一只倒扣的碗。她想把那只碗拿起来给他倒水。

"嗬，不是。"他笑笑说，"不是这只。"他侧过身从炕里面找出一只搪瓷缸来，搪瓷缸外面的釉皮已经剥落，隐隐约约可见"上山下乡"几个字。

她把滚烫的开水递到他手上。

"你有这样的缸子吗？"他问，似乎有点没话找话。

"没有。"芩芩答道。她没听懂，再说确实没有。她下乡时发的红宝书，足足有六套。

"还是有一个好呀。"他没头没脑地说，"什么东西都盛过，吃过，就什么都不在乎了。"

"你是说……"

"随便打个比方。"

他噗噗地吹着那开水，好像再没有话说。

芩芩抬起眼皮悄悄打量这不到十平方米的小屋，一铺城里不多见的小炕，倒是收拾得光洁整齐。一张蒙着塑料布的方桌，两只方凳，一只大得出奇没有刷过油漆的书架，书架顶上有一只草绿色的帆布提箱。这些就是全部的家具。天棚上糊着纸，斑驳的墙壁上没有任何字画，只有一张《世界地图》，还有一只旧的小提琴盒。屋角的地上有一副哑铃、一副羽毛球拍。虽然陈设简陋，可见主人兴趣之广泛。却都是穷开心，反令人心酸。窗上拉着一块淡蓝的窗帘，像一片蓝色的晴空。窗台上摆着许多小瓦盆，长着各种各样的仙人掌。芩芩再低头一看，靠窗的地上竟也是仙人掌。有的像一个个捏紧的拳头，有的像钟乳石，还有的像小刺猬，像缠绕的古藤……

"为什么不种点花呢？"她问。

"仙人掌也开花。只是开花不易，就格外地盼望它，珍惜它……"他说，"我喜欢它，倒是因为它不需要太多的水，也不用照料，生命力总那么强……"

他不再说了，朝墙那边偏过脸去。

"头疼，是吗?"芩芩关切地问，她很想为他做点什么，像那次钉扣子。但她没说出来，"……伤口，有关系吗?"

"没关系。"他笑了笑，却咧了一下嘴。

"要不要我帮你做点什么?"芩芩不好意思地说。她又看见了那只倒扣的白碗。

"不用了，他们刚才来，下了面条……"

芩芩用一个手指轻轻拭着碗边上的浮灰。碗已经很旧了，有好几道细细的裂纹，碗底结着油垢。它究竟为什么扣着? 为什么? 难道它是个古董吗? 再不就是个祭器? 真奇怪。你为什么不说话? 你也许很疲倦了。可是，也许……也许那天傍晚应该让你送我回家……

忽然芩芩的座位下面发出了一阵窣窣的响声。

芩芩吓了一跳，手一哆嗦，胳膊一伸，那只碗就"当——"地掉到地上去了。它在地上转了两个圈儿，居然没有破碎，骨碌碌钻到桌子底下去了。

"你……"曾储突然瞪圆了眼睛，涨红了脸，"你看多悬，就差一点儿!"

他掀开毯子，自己挣扎着走下地来捡碗。弯下身子到桌子底下摸了半天，总算把那只碗掏出来了。他对着灯光小心翼翼地照了半天，松了口气，把它又翻过来，扣在原来的地方。他坐到炕上又歪着头把它打量了半天，好像在鉴别一件什么稀世珍宝。

芩芩大大地奇怪起来。她万万没想到曾储竟然会是这样"小气"的人。假如是一件玉雕，即使只磕碰一下，芩芩也会主动道歉，可这只是一只粗瓷碗。一只碗有什么了不起的? 大不了去买一个赔你。她赌气扭过身去看那一排仙人掌。心里觉得有点失望。

"真对不起。"他忽然说道，一只手使劲地抓着自己的头发，"没想到……对你发火……我这个人，好激动……好动感情，改不掉……唉，算了……噢，你生气了吗?"

"嗯?"芩芩转过脸来,"没,没有。"

"……刚才,实在不知是怎么回事。假如你知道这只碗,你也许……就会不怪我了……让我为自己辩护一次吧……"他的声音很低,有点难为情,"一个人常常要做错事,随时随地都可能……"

这只平常的碗还有什么故事?说真的,假如我没有无意中把它推到地上去,你是什么也不会告诉我的。我宁可你对我发脾气,感谢地板上来回窜动的耗子弄出来的那一记响声……

他的眼睛望着窗台上的仙人掌,好像看见了童年时追逐奔跑过的树林和山岗……

"……你也许不知道,我并不是东北人,十六岁以前,我一直在苏北的一个小镇上。大概是人说的命不好,我母亲在我三岁的时候就得病死了。很快来了一个后妈,她有了自己的孩子以后,待我很不好。每次吃饭,她都在饭桌下用脚踢她的孩子,让他们快点吃,吃得多些,有好东西也总是偷偷地给他们留起来。起初我不知道,后来她的孩子自己对我说了,我的自尊心就受到了伤害。我每天要去割草来喂鹅,全家的烧柴都归我一个人到山上去砍,砍了再担回来,我长到十二岁,还没有穿过一双新鞋。但是我读书一直很用功。十四岁那年,我考上了县中,就搬出家到学校里去住了。那时候只要考试成绩好,就有助学金,我用助学金交学费,每年寒暑假,就出去帮人家做工、背纤、撑船、卸货、打石子……什么都干。学校老师的心肠挺好,每个学期都发给我助学金,这样我每月吃饭的钱就差不多够了……呵,这个开场白太长了,你该厌烦了吧?"

"不……"芩芩只希望他讲下去。

"……有一年过五一节,同学们都回家了,我无家可回。一个同学没有路费,我把身上仅有的七毛钱都给了他。偏偏不知什么人偷走了我的饭菜票,我连吃饭的钱也没有了,而全校一个认识的同学也没有,县城的同学家,我又不愿去。我就只好饿着肚子在教室里坐着,后来抱着一点侥幸心理翻着自己的抽屉,忽然从一个本子里掉出来一个硬币,我一看是五分钱,真是高兴极了。我赶快跑到街上的一个小饭店,用这五分钱买了二两白米饭,我很饿,恨不得一口都吞到肚子里去。我吃了两口,想起饭店里常常有一个桶装着不要钱的咸菜汤,可是找找那桶又没有。我就端着碗走过去问服务员：'大婶，有清汤没有？'她看了我一眼，指指后院。我走出去一看，后院里桶倒是有一只，盛着泔水……我当时又气又恨，从小没娘的孩子脾气总是偏的，不像现在，经过许多年的坎坷，硬是给磨圆了许多。那时我觉得自己受了侮辱，我受不了这样的奚落，尽管肚子饿得咕咕直叫，却走到那个服务员面前，'啪'地把一碗饭全扣在桌上了，然后昂着脖子走了出去。我刚刚走出饭店门口，又饿又气又急就昏倒在地上。等我醒过来的时候，发现自己躺在马路旁边的一块石板上，一个老头端着一碗馄饨守在我的身边，正一口一口地喂我。他的指甲很长，衣服也很破、很脏，我认得他，他是这一带的乞丐，是被媳妇从家里赶出来的……我喝着那一毛钱一碗的馄饨汤，眼泪扑簌簌落在碗里。我猛地爬起来给他磕了一个头，把这只碗夹在怀里，一边哭一边跑了……从此以后，这只碗就留在我身边……我常常想，生活大概也是这样，有坏人也有好人，既不像我们原先想象有那么好，也不像后来在一度的绝望中认为的那么坏。人类社会走了几千年，走到今天，总是在善与恶的搏斗中交替进行……我忘不了那个乞丐，他教我懂得了生活……"

真没想到一个平平常常的碗里盛着深奥的哲理，也没想到你会有那样凄苦的童年。假如换了一个人会怎么样？会让那一桶泔水把整个世界都看得混混沌沌？五分钱一碗白米饭，天哪，你有过这样的日子，我比你幸福多了。不，也许应该说，你比我幸福。因为你受了那么多的苦难，还保留了一颗美好的心。你为什么没有堕落？没有沉沦呢？后来你是怎么活过来的？不要回避我的目光，假如你不讨厌我，把一切都告诉我吧，我愿意在这里坐到天明……

"后来？"她问。她恍恍惚惚地好像跟他来到了那没有见过的贫瘠的苏北……

"后来，反正就是这样……没什么好说的了。"他戛然止住了话头，似乎除了这只碗以外，再不愿多说一句。

"你怎么来了东北？"

"……也很简单……到中学二年级那年，我的一个亲舅舅，知道了我的境况，就把我接到他这儿来读书。他是个技术员，大学毕业分配到东北来工作的，在这里安了家。他教我溜冰，给我买书，那是我一生中最愉快的两年……"他的眼睛里放出了光彩，却转瞬即逝了，"……后来就'文化大革命'了……我下了乡，刚下乡的第二年，舅舅的工厂就内迁了，离开了哈尔滨。我在农场种了几年地，工农兵学员当然不够格，办返城也没条件，直到1976年才招工回城。其实在农场干也不坏，我是想研究国营农场的经营管理的，可是偏偏和分场长不对劲儿，他千方百计帮我找的门子，让招工的把我'赶'回城里了，何况那时，我的先前的女朋友，也催我回城……就是这样，三分钟履历，不是没什么好说的吗？"

他说得多么轻松、自在。十年的辛酸，都在轻轻一笑中烟消云散了。

"那你……没考大学什么的吗？"芩芩问。这是她一直憋在心里的一个疑团。

"嘿嘿，"他笑起来，"我这人大概生来倒霉。1977年、1978年两年招生我还关着，没赶上。去年是最后一年，头两天考得还挺顺利，第三天一大早出门，一边骑车一边还在背题，没留神撞上了一个老太太，坐马路上起不来了。想溜掉吧，到底不忍心，送她上医院。等完了事再赶去考场，打下课铃了……"

芩芩紧紧咬着嘴唇，许久没作声。在她的生活里，还没有见过曾储这样的人。没有！傅云祥是一个走运的人，而他，却是一个不走运的人。她真要为他的不幸痛哭、呐喊、愤怒地呼吁。生活就是这样不分青红皂白地把每一个"契机"，不公平地分配给人，造成了社会的"内分泌紊乱"。而他，一个尝过人世间冷遇的人，竟然还对生活抱着这样的热情。如果不是芩芩亲眼见到，她一定会以为这是小说……

夜很静了，听到远处火车汽笛的鸣叫。时间很晚了，你该走了。为什么还不愿走？你心里不是有许多话要对他说吗？他吃过那么多苦，一定什么样的重负都能承担。告诉他吧，他会告诉你今后的路怎么走……

他伸手抓过桌上的闹钟，咔咔地上弦。他在提醒你该走了。他很疲倦了，头上的绷带还渗着血。可他那双乌黑的眼睛里没有愁容。难道在这双眼睛里，生活给予他所有的忧患都在一片宽广的视野里化作了远方的希冀？

"真抱歉，今天不能送你回家了……"他把闹钟放在桌上，"你对经济问题感兴趣吗？假如……"

"不！"芩芩站起来，"你真是个傻瓜！"她想喊，"我对什么也不感兴趣。感兴趣的只是你，你！你是一个谜，我要把你解开！就为了你告诉我那棵树的价值，我也要给你讲故事、讲一个照相馆的故事、一个馄饨店的故事、一个集市贸易的故事、一个……算了吧，我算什么？我那一切一切的悲哀、一切一切的痛苦加起来的总和，还装不满你的一只碗。我还有什么值得诉说的忧伤呢？人们总以为自己很苦、很不幸，不停地抱怨、哀叹……岂知这世上，最不幸的是那些无处可以诉说自己痛苦的人。而奇怪的是他们也并不想诉说什么，而在那里忍辱负重，任劳任怨……"

"再见！"芩芩低声说，看着自己锃亮的皮鞋尖，她的声音颤抖了。

"如果你需要我……"她在心里无声地说。嘴唇动了一下，又紧紧抿上了。

门在身后"呀"地关上了。小屋温暖的灯光，从窄小的窗子里射出去，在黑夜的小胡同里闪耀。教堂那巨大的暗影，在晴朗的黑空里，依然庄严肃穆，只是在那微弱的灯光下，失掉了先前的神秘。

"信念……呵，信仰……"芩芩对自己说，"无论如何，生活总不应是跪在上帝面前祈祷和乞求……"

十

芩芩醒了。

梦中的幻象似乎还没有完全从眼前消失：她骑在一匹小鹿光滑而温暖的脊背上，飞掠过无边无际的银色的原野。雪地里长满了绿色的仙人掌，仙人掌那有刺的大手轻轻地抚弄着小鹿身上金色的梅花，于是那梅花绽开了，飞起来了，变成了漫天飞舞的雪花……

她睁开了眼睛。

天刚蒙蒙亮。窗外依稀的晨光中，什么东西在闪烁。呵，那不是梦，是雪花在飞舞，又下雪了。

雪下得好大，窗外白茫茫一片，连院子里几棵高大的白桦树也望不见了。灰蒙蒙的天空像一块锌板，压得人喘不过气。那雪花，好像在沉重地下坠、跌落在地面上，便再也挣扎不起来，如她的一颗心……

谁说雪花是轻松的呢？在西伯利亚发生过暴风雪掩埋整个村庄的事情；在天山常有雪崩；在农场大雪压塌过牲口棚；在这个城市，有一年，电车在雪墙里行驶……呵，大雪，你一层压一层，越积越厚，真像人心上那无穷无尽的忧虑，再也不会融化……

她睡不着了。家人熟睡的鼾声此起彼落，昨夜不愉快的情景又出现在她眼前。

先是妈妈发疯般地冲进来，乒乒乓乓地摔得满屋子的家什叮当直响，指着她的鼻子骂道："你不嫌丢人，我还嫌丢人呢，你要想同他黄了，算我白养你这个闺女！"妈妈又哭又骂地闹到半夜；爸爸早已戒烟，昨晚上又一根接一根地抽起来，长吁短叹，一口一个"好端端的，弄出这样的事，你叫我怎么见人？叫我怎么见人？"，然后是傅云祥全家出动，浩浩荡荡、大驾光临，好像要进行"大使级谈判"。他的母亲列举了三十二条理由证明傅云祥是无辜受骗。陆芩芩要对傅云祥和他全家所蒙受的耻辱、丧失的名誉负全部责任。他的姐姐像个泼妇似的站在屋地中央，从她嘴里喷出来一团团墨汁般的污水，劈头盖脸向芩芩泼来："你去另找吧，看你能再找个什么得意的来。就你那样的，找大学生是个矬子，找技术员是个聋子，找工程师是瘸子，找教授？哼，教授有一堆孩子……我睁着眼睛看着呢，看你陆芩芩眼高，难攀个啥高枝，可惜心比天高，命比纸薄，甩了傅云祥，怕还没人要哩……"

芩芩打定主意不吭声，由她们闹去。她冷冷坐在那儿，毫无表情。她们闹到半夜，芩芩的爸爸妈妈不知赔了多少笑脸，讲了多少好话，一帮人才总算骂骂咧咧地走了。芩芩想到爸爸妈妈为此将要遭到的舆论谴责，心里倒有些难过起来。又气又急，扑在墙上啜泣不已。他们走了以后，闻讯赶来的大姑又劝了她两个小时，翻来覆去，无非就是那一句话："你再能耐个人儿，也不能不嫁人，嫁了人，好歹就是过日子。过日子，傅云祥哪点不好！"

"我就不嫁他！"芩芩在心里喊，"我情愿一个人一辈子！你们谁也不明白我！"她心里憋得慌，只好哭。

大姑叨叨咕咕地走了。芩芩心疼这快六十岁的人为自己的事连夜赶来，抹着眼泪送她到楼下大门口。

门外的路灯下站着一个人，在寒风中缩着脖子，来回地走动。等她的大姑走远了，他迎上来。

"你站住！"他叫她。嘶哑的声音里露着凶狠。是傅云祥。他们全家出动，唯独他没有露面。

芩芩站住了。

他走上来。一只手插在棉袄口袋里，一只手藏在身背后。呼哧呼哧地喘着粗气。

"你真要这么绝？为啥不早说？我傅云祥哪一点地方对不起你？"

芩芩抬起眼睛望着他，轻轻说：

"……你知道，一个人想明白一件事，弄懂一句话，要时间……你没有对不起我，我只是怕对不起你也对不起自己……"

"哐嘟！"什么东西掉在地上了，是金属的声音。

"扑通！"他跪在她脚下的雪地上，抱住了她的腿，"芩芩……你……回心转意吧……咱们和好……我，不会……"

芩芩的腿在发颤，她闻到了他头发上发蜡的香味。她轻轻叹了一口气，拨开了傅云祥的手。她不知道自己是怎么走回来的，跌跌撞撞，脚步踩得雪地咔咔直响。她扑进房间，回头看见路灯下的人还站着……

现在天亮了，路灯下的人影已经不见了。昨夜的脚印，已让一场新雪覆盖，再也看不到它们……

然而，人生的脚印，却是没有什么东西可以覆盖的。它走一步，就留下了一步的足迹，无论正的、歪的、斜的、倒退的、朝前的，都会永远地留在你生命的史页上，为你一生的成败做最后的鉴定。那一步假如歪了，你即使更改过来，它也留下了歪的印痕……你苦苦挣扎为的是什么？你以为那谣言、谩骂真的不会吃了你么？轻飘的雪花还能压断大树，而你只是一株柔弱的小草，一阵风来就可以把你连根拔起……

芩芩忽然神经质地从床上跳下来。

她迅速套上了衣服，马马虎虎地擦了一把脸，蹑手蹑脚地打开门走了出去。

风真大，少有的大风，刮得雪片横飞漫卷，迎面扑来，呛得人睁不开眼睛。眼睛胀得发疼，是昨晚哭得红肿。芩芩在雪地里疾走，有好几次差点摔跤。她的红围巾上披了一层厚厚的雪花，眼睫毛上却闪耀着晶莹的雪水……路边那俄式别墅全玻璃的花房、绿色的栅栏，都隐没到茫茫的飞雪中去了，城市重又变得洁净……望得见傅云祥家的二层楼房了，那狭长的梯形小窗、花格子阳台，仍然像是一个童话，是一个你一踏进门即刻消失的童话……

"我回来了。"芩芩毫无知觉地朝前走着，木然自语，"无论如何，你还算是一个好人。我一点都不怪你，只怪我自己。我除了回来，没有别的出路。虽然我明知结婚——作为把命运联系在一起的终身伴侣，一个你生活中将一辈子追随的目标，是不应凑合，不应将就的，可我仍然只能以失败告终。理想是云彩，而生活是沼泽地。离开了那个破旧的小屋，我的勇气就丧失殆尽了。我不是不清楚，这样结合的婚姻只能是加快走向坟墓的进度。原谅我这样说，我一直无法摆脱这个感觉。我和你在一起并不快活，我从来没有尝过爱情的甜蜜，这是事实。我不爱你，我也不知道你是否真的爱我，或许你的家就是那样的吧。我欺骗了自己很久。强迫自己相信那只是我的错觉，结果也欺骗了你。虽然我从没想过要欺骗人，可是这种感觉却一天比一天更强烈地笼罩了我。人是不应该自欺欺人的，无论真实多么令人痛苦……

"人活着到底是为什么呢？人生的意义到底是什么？我想得头疼、发昏、发炸。可是我没有找到回答，也许永远也找不到。但是我不愿像现在这样活着，我想活得更有意义些，这需要吃苦，需要去做许许多多实际的努力，而在事先又不可能得到成功的保证，我知道这在你是决不愿意的。可是我看到了在你和我的生活之外，还有另一种生活；在你以外，还有另一种人。假如你看见过，你就会对自己发生怀疑，你会觉得羞愧，会觉得生活完全不应是现在这个样子……这十年无论多么艰难曲折，总有人找到了光明的去处；这十年的荒火无论留下了多么厚的灰烬，那黑色的焦土中总要滋生新的绿芽，从中飞出一只美丽的金凤凰。……呵，也许不会，你什么也不会想到，这就是你，这也是我们走到今天终究要分手的原因……原谅我吧，原谅我。我记得你给过我的所有关心，可是我却不能爱你……假如社会能早些像现在这样关心我们，不仅给我们打开眼界和思路，而且为我们打开社交的大门，假如这一切变化早些来到我们心上，假如我早些知道自己应该怎样去生活，也许这样的事就不会发生了……道德、良心，呵，从此我将要承受多么沉重而又无可推卸的负担呵，不，我没有力量承受，我会压垮的，我会毁掉的，所以我只好回来了……你会原谅我吗？……我干了一件蠢事，只好自作自受……"

她摘下手套，伸出手去按门铃。

门铃很高，台阶上落满了雪。她的脚底下滑了一滑，手套掉在地下的白雪上了。

一只墨绿色的呢面手套，是芩芩自己用碎布拼做的，厚实而暖和。她捡起它来，手套上沾满了雪末。她拍着雪，忽然愣住了——她觉得这不是手套，很像是一盆绿色的仙人掌。

她猛地把手套抱在自己胸口，她听见心的狂跳。

房子的走廊里传出了收音机里的广告节目。他们已经起床了。

门铃就在头顶，踮起脚尖就可以按着。

可是台阶上突然摆满了仙人掌。

有脚步声朝门口走过来了。

芩芩抬头看了一眼门铃，怔在那里。

门锁在咔咔地响，插销在响。

她忽然转身跳下了台阶，跳在雪地上。她险些儿又滑倒，却紧紧抱着她的手套，飞快地跑起来。

"芩芩——"她听见身后粗鲁而绝望的叫喊。

……雪还在下着。它们曾经从广袤的大地向上升腾，净化的渴望中重新被污染，然后又在高空的低温下得到晶莹的再生——它们从高高的天际中飘飞下来，带来了当今世界上多少新奇的消息？

呵，仙人掌，你不在积雪的路边，也不在芩芩的胸口，而在这里，在这破败的小屋的窗台上，一盆盆、一簇簇，苍翠、挺拔，像手掌、像拳头、像手指，也像手腕……是手，凡人的手，普通人的手，创造生活的手，而不是什么仙人掌。你有刺，可你多么有力，你是会改变一切的，当然会改变，只是唯独不能改变自己的命运……

"我来了！"芩芩急切地喊。她没有敲门，径直闯了进去，"我来了！"她焦灼地喊，站在屋地中央。"假如你需要我……"她说过。可是不，不是。是她需要他，去按门铃的一瞬间她才真正明白了自己，"我来了……"她讷讷地自语，却为这空无一人的小屋的嗡嗡回声感到凄寂怅惘。

门开着，薄薄的被褥叠得整整齐齐，却没有人。仙人掌在举手向她致意，或许是说再见。

她颓然跌坐在凳子上。腰骨震得生疼。

桌上是一堆打开的书，杂乱无章地叠在一起，露出夹在书页里的小纸条。她瞟了一眼，发现那都是关于经济问题的论著。书的最底下压着一沓狭长的白纸，写着黑压压的小字，好像是一篇文章的手稿。芩芩注意到那白纸似乎是从什么地方裁下来的毛边，废品商店有论斤卖的。书稿中露出那只倒扣的蓝边粗瓷白碗，旁边压着一本很旧的笔记本。

闹钟在"嗒嗒"走着。芩芩坐着有点发闷，抬头对了一下表，钟很旧，却走得很准。

她猜想他是出去吃早点了。她的目光停留在那本灰色的笔记本封面上，犹豫了一下，终于忍不住拿起来。

"啪——"什么东西从本子里掉出来。好像是一块旧布头，还有一张发黄的纸片。

芩芩好奇地打开那块一尺见方的布头来看，她的心骤然缩紧了。

白布上有一行歪歪扭扭的血写的字迹，由于时间长而显得发黑和模糊，隐约可辨这么几个字："誓死捍卫……曾储1966"。

这是一份血书。这么说当年他也写过血书？用牙齿咬破手指，用小刀扎进皮肤，滴下来点点忠诚的鲜血……这么说他也曾经有过狂热的年代，有过迷信，有过受骗，有过……血书是历史真实的记录，凡是从这块土地上长大的青年会犯过的错误他都有过；凡是一颗真诚的心会经历的苦痛他都经历过。可他为什么竟然没有从此一蹶不振呢？为什么没有万念俱灰、汇沦、堕落？

她抓起另一张纸片来看，脸上愀然作色了。

假如她没有看错，这是一张遗书。千真万确，上面用毛笔写着几个字："别了！生活！——曾储1970"。

奇怪的是，"生活"两个字被加上了圈圈，在"1970"的下面，还有几个用钢笔写的阿拉伯字：1971，一个细长的箭头指着"别了"那两个字。

这是什么意思呢？芩芩看不懂。那明明是一份遗书，他却活下来了。活得这么乐观、兴致勃勃。像这仙人掌，不需要很多的水，耐饥耐旱，顽强、固执……他到底怎么活过来的呢？是什么绝望的悲伤使他产生过死的念头？他总是一个谜，你不能理解他，就永远解不开这个谜底……

门"吱呀"一声轻轻推开了，伸进来一个小脑袋。

"曾哥在家吗？"是一个小男孩，顶多不过八九岁。胖乎乎的脸蛋，怪好玩的。

"进来。"芩芩招呼他，"找他有事吗？"

"有事。"那孩子腮上挂着泪痕，哭哭唧唧地说，"我哥踢球把王奶奶家的玻璃打坏了，反赖我。我妈向着我哥，我让曾哥评理。上回我妈同魏大娘干仗，就是让曾哥评理的……"

"哦？"芩芩觉得有点好笑，"你曾哥，是人民代表吗？"

"代表？不，不代表。"孩子想了想，晃晃脑袋，"可他啥都管。"

"哼，管到我头上来了！也不睁眼瞧瞧我是谁？我魏老娘可不是好惹的！"一阵连珠炮般的骂声从窗户飞起来，虽然看不见人影，也能想象出一个泼辣的中年妇女，两手叉腰站在路上，冲着这边叫道，"我的垃圾爱倒哪儿倒哪儿，用不着你来告诉！吃饱了撑的，见天多管闲事……"

"魏大婶，这就是你的不是了。"一个白发苍苍的老太太颤巍巍地出现在小窗口，怀里抱着一包东西，"你那垃圾倒得不是地方，光知自个儿图省事，哪回不是小曾子帮你收拾掉。一年三百六十五天，人也该有个明白的时候，你还好意思在这儿咋呼……"

"我……哼……他帮我收拾，他这是愿意！"

"哎，别走，魏大婶……"芩芩听见了那个她等待已久的熟悉的声音。脚步咔咔踩着雪走过来，在小窗外站住了，笑呵呵地说：

"咱们干脆说清楚了，您要再往这块儿倒垃圾，我就让街坊大伙往上倒脏水，在你门前冻上一座冰山，开春儿够你瞧的！还不是你自个儿倒霉……"

"自个儿倒霉……哼……"底下没声了。

"曾哥回来了！"那孩子扑出门去。

"这号人，就得这么治她！"他扶着那白发苍苍的老太太走进来。脸冻得通红，眉毛上都挂着白霜，手里抓着一只咬了一半的火烧，衣袋里露出一只拆开的信封。老太太把怀里的东西小心翼翼地放在锅台上，原来是几只热腾腾、黄澄澄的黏豆包。

"快趁热吃！刚从乡下捎来的。"老太太慈祥地望着他，"伤没好利索，就起来啦？"

"好啦！"他把鼻子凑上去闻了闻，"真香！怪馋人的！王奶奶最疼我！哎，你家房子的事有消息没有？"

他们都没看见站在里屋门边的芩芩。

"跑了多少次房管局了，还没消息。唉……"老太太叹了口气，"白耽误你的时间，写了多少张申请，没个答复。石头扔水里还听个响，唉，一家七口人住九平方米，还硬是不给落实……真恨死个人了！"

"别生气，王奶奶，着急上火也不管用，您如有事尽管找我。写十次八次不顶用，咱们磨它几十次几百次，不怕它不解决。真不行，哪天陪你老找区里告他们去！"

"嗳嗳……"老太太用袖管擦了擦眼角，"……快吃吧，好孩子……黏豆包……没啥好玩意儿……明知道同你说这些事，你也没能耐帮俺的忙，可也奇怪，同你说说，心里就痛快，就敞亮了……"

"进屋坐会儿再走吧，看我都忘了让您坐……"他扶着老太太要进里屋，一回身这才看见了芩芩。

"是你？"他惊讶地张大了嘴，眉心掠过一丝惊喜。

王奶奶善意地望着她笑起来，领着那孩子悄悄走了出去。

芩芩使劲攥着自己的围巾。她觉得自己的手心冒汗了。为什么这么紧张？也许应该坦然地笑一笑……

"我来了……"她喃喃说，"我要把一切都告诉你……"

他望着她，眼光是严肃而亲切的。

"……我都知道了。"他打断了她，"是小海豚告诉我的……没什么……如果你遇到困难，无论什么时候……"

无论什么时候？将来吗？不，芩芩要的是现在，是此时此刻。

"嗵……"是铁钩子捅煤炉的声音。他不见了，在外屋添煤，捅得那么用劲。煤"呼"地着起来，好像静夜中原野上驶过的火车，隆隆响着。火车开走了，风驰电掣，驶过那一个个开满鲜花的小站，没有停留……

"你不要担心，大家会帮助你的！"他在外屋大声嚷嚷，"一个人没有痛苦，就不会有欢乐……只要还能感到痛苦，心就没有麻木，生活里就还有希望……这种痛苦越是强烈，一个人的生命就越旺盛……你说对不对？"

他走进来，鼻尖上沾着一点煤灰。

"你说对不对？"他又兴致勃勃地问了一遍。

芩芩勉强点了点头。她转过脸去，怕自己哭出声来。两颗晶莹的泪，落在她手里那张遗书上，她还没有来得及把它们放好。

"呵……你看见了……"他轻轻自语。

"为什么？为什么？"芩芩急切地抖动手里的那张纸片问道，"十年了，你还留着它们……"

他像孩子似的笑了笑，露出了一脸的稚气。

"为什么不留着？孔夫子还说，温故而知新……"

"别了——为什么要告别？为什么又没有？"

"总是因为绝望——一个人一生总会遇到这样的时候，况且是我们这一代人。具体为了什么事产生要'别了'的念头，有点记不清了。或许是为受了委屈、侮辱、欺负，或许是为了一句话……后来又为什么没有，也讲不太清楚。很简单。也许是在树林里看到了一只飞跑过的小鹿，在水边看见了一个小姑娘专心致志地采花……生活，不会总是这样……否则，要我们活着干什么？"

"可是，你在'生活'两字上加了圈圈，别了的箭头指着1971年——可为什么仍然没有'别了'了呢？"

"谁说没有？"他的口气突然严肃起来，"别了——同自己的过去告别。1971年那一次思想危机，才真正开始了我人生道路上的一个新阶段。打一个比方，有一点儿像……像亚瑟偷偷地坐上小船逃走，小说翻到了第二部……"

"可是你为什么没有堕落？你总是那么倒霉……"

他苦笑了一下："堕落？怎么会没有？我曾有好几次走到过堕落的边缘，只是没有掉下去……我从监狱出来后，听说她……噢，你不知道，就是我以前的女友……结婚了……我痛苦得几乎要发疯……跑到她那儿去……我的血在沸腾，仇恨的火焰在燃烧，那时是什么事情都做得出来的……可是，隔着玻璃窗，我看见她坐在床边晃着一只摇篮，在摇她刚刚出生的婴儿，神态那么安详、宁静……我的心颤动了，我悄悄地逃走了……每个人都有他自认为的幸福，人生来就有追求幸福的欲望和权利，只要妨碍这种幸福实现的社会条件还存在，或是实现这种幸福的客观条件还没有全部具备，我们就不可能指望在某一个人身上得到偿还和报复……我们要做的事情太多了，需要指责和憎恨的不是她，而是十年动乱，是极'左'，是愚昧和其他一切丑恶……"

芩芩忽然气喘吁吁地打断了他，没头没脑地说：

"你知道北极光吗？"

"北极光？"他有点莫名其妙。

"是的，北极光！低纬度地区罕见的一种瑰丽的天空现象，呼玛、漠河一带都曾经出现过，像闪电、像火焰、像巨大的彗星、像银色的波涛、像虹、像霞……"她一口气说下去，"真的，你见过吗？听说过吗？我想你一定听说过的……你知道我多么想见一见它。小时候舅舅告诉过我，它是那么神奇美丽，谁要是能见到它，谁就会得到幸福……真的……"

他眯起眼睛，亲切地笑起来。

"你真是个小姑娘。"他"哗啦"一下拉开了窗帘，阳光映着雪的反光，顿时将这简陋的小屋照得通亮，"我想起来，十年前，我也曾经对这种奇而美丽的北极光入迷过。……我是喜欢天文的，记得我刚到农场的第一天，就一个人偷偷跑到原野上去观测这宏伟的天空奇观，结果当然是什么也没有看到……我问了许多当地人，他们也都说没见过的，不知道……我曾经很失望，甚至很沮丧……但是无论我们多么失望，科学证明北极光确实是出现过，我看过图片资料，简直比我们所见到过的任何天空现象都要美……无论你见没见过它，承认不承认它，它总是存在的。在我们的一生中，也许能见到，也许见不到，但它总是会出现的……"

他的目光移向窗台上的仙人掌，沉吟了一会，又说："……我现在已经不像小时候那么急切地想见到它了，我每天在修暖气管，一根根地检查、修理，修不好就拆掉了重装……这是很具体的劳动，很实际的生活，对不对？它们虽然不发光，却也发热呵……"

阳光从结满冰凌的玻璃上透进来，在斑驳不平的墙上跳跃。那冰凌花真像北极光吗？变幻不定的光束、光斑、光弧、光幕、光晕……不不，北极光一定比这更美上无数倍，也许谁也没见过它，但它确实是有过的。也许这中间将要间隔很久很久，等待很长很长，但它一定是会出现的。

"谢谢你！"芩芩说。她的眼睛望着他胸前那亮闪闪的小鹿，"谢谢——"她噎咽了。她多么希望能紧紧地握一握他的手，他的手一定是温暖而有力的。

"咱们到外面去走走……刚下过雪。"他局促不安地提议，"我，好久没去江边了……看见了吗？又是退稿，社会科学院的退稿信。"他摸出衣袋里那只拆开的信封，递给她，"不过没关系，我还要写，我相信自己的想法是对的，也许因为表达得不够准确，暂时还不能为人接受……"

"还写吗？"

"是的。"那声音斩钉截铁。

"……你的伤……好些了吗？"她清醒过来，这才想起来问。

"没问题。"他晃了晃脑袋，"一点外伤，没事！活动一下就好……你对经济问题感兴趣？欢迎你常来参加我们的讨论……世界大得很，听说上海缝纫机厂有一批青年，专门研究现代化的企业管理，写出了有关弹性工作体系和作业指导等方面的书……"

"又是经济问题！"芩芩心里想着，悄悄撇了一下嘴。

……夏日时宽阔的松花江，此时像一片无边无际的白雪皑皑的原野。马车的铃声在远远地响着，只看得见那蠕动的黑点，好像童话里飞奔而来的十一匹马拉的雪橇……

一个穿着金黄色滑雪衫的小男孩，伏在那一只崭新的木头冰橇上，像燕子，又像飞机一样从高高的冰台上掠下来，顺着冰橇的跑道，一直滑出去老远，快滑到江心了。后面的一个，冲下冰台后，冰橇却一直打着圈圈转，冷冽的风中传来他们咯咯的笑声……

曾储捧起一团雪，用力一挥手扬了出去，风儿却把它们挡回来，扬了他满头满脸。他紧跑几步，身子向后一仰，打了一个"出溜滑"，像孩子似的开心地笑起来。

"你总是这样吗？好像从来没有忧愁……"

芩芩蹲在地上发问。她仔细地看着冰橇的跑道两边刚刚被打扫出来的一块冰面，冰是透明的，呈现着一种晶莹的绿色，好像一眼能望见冰层底下流动的江水，望见江底鱼儿自由地游动……

他抓起一把雪很快地搓着手背，搓了好一会才说：

"忧愁？为了让人家同情你吗？我不要。也许……因为我从来就这么不走运……在物质生活上，我从来没有得到过什么，所以也无所谓失去。我不像有许多人可以抱怨命运，我好像连抱怨的资格也没有。……一个人假如不能自拔于困境，也会流于庸俗。更何况，人活着……总不能仅仅为了自己……我宁可撞死在自己的理想上，也决不回头……"

他忽然惊喜地指了指前方：

"你看——冰帆！"

芩芩看见在不远的江面上，疾驶着一行鼓满风帆的船。小小的船只高高的桅杆上，挂着一面面三角形的白帆。她看清了原来船身的甲板只是一根粗大的方木，下面安着两根三角形的铁轴。风吹动白帆，铁轴就迅速地在冰道上向前滑行……每只船上都坐着一群兴高采烈的孩子，戴着漂亮的滑雪帽，不时发出一声声惊呼……

他们情不自禁地朝着冰帆跑去。

"可我还是盼望春天！"芩芩忽然站住了。她的脸让风吹得通红，围巾在脖子上飘动。她凝视着曾储那乌黑的眼睛，大声说："开江了以后，我们来划船好吗？你会划船吗？"

"当然会！"他点点头，大口大口地吐着白色的寒气，"我也盼望春天……可是，从开江到真正的春天到来，还有一段泥泞而漫长的道路……解冻的地面也许布满陷坑，但充满生机。要走过这一段刚刚开化的路，真不容易……不过我相信我们会走过去的。"

"可是我不会划船。"芩芩不好意思地说，"以前，我总是害怕……"

"我来教你！还有游泳，都应当学会。为什么要害怕？你不想横渡松花江吗？毕竟，只有盐才会溶化在水里，而石头却永远不会……这点我算是看透了！"

又有一个穿红棉袄的小女孩坐在雪橇上飞下来，像一个红色的绒线球，一直延伸到江心，又好像一道彩虹，要横贯整个江面。那不是红绒球，是芩芩小时候的滑雪帽，是旋转的冰鞋……而那一切是多么遥远了呵，远得好像那神奇的北极光，看不清，摸不着，只在无比深邃的天际闪耀，照亮了宇宙的一个小小的角落。

芩芩眨了眨眼睛，那炫目迷人的光泽消失了，只有一只，不，有一群轻捷的小鹿，在雪地上不知疲倦地奔走，扬起了一道道迷蒙蒙的雪雾……呵，那不是鹿群，而是几匹健壮的枣红马，正嘚嘚地从江对面迎面驶来，拉着沉重的马车。芩芩和曾储以前在农场劳动时都坐过无数次的那种结实的马车。她眯起眼睛，看见马车满载的货包上覆盖的一层新雪，在阳光下闪耀着质朴的光……

绝非偶然

张欣

有多少人就有多少张嘴在说话，谭小姐刚刚离开办公室，我们就"过节"了，谁也不甘心当听众，个个口水多过茶水。

谭小姐芳名谭雪航，是我们公司经理。她属于女界中最常见的离异一族，独身带一个读初中的儿子若空。她不喜欢"经理"这个称谓，叫我们唤她小姐，我们当然唯命是从，因为我们金桥广告公司是独资、私营。

与所有的富婆一样，谭小姐刻板而讲究，对任何人都有一种本能的怀疑，当然也有着令你不容忽视的精明。她就住在八楼，而我们全部在七楼以下辛苦操作，却没有谁有幸一睹豪门。

她跟我们之间始终保持着最佳的距离。

所以我们怕她，她坐在我们业务部玻璃门内办公，照她的说法是抬头就能看到她的中坚力量，其实是我们无法脱离她的视野，有一种在监视器下工作的效果，虽然谭小姐一般不抬头。

她对时装的要求几乎到了无以复加的程度，但是那些时装好像不喜欢她似的，穿在她身上总显得有些生分，而且高级的也变得不高级了，她当然绝对不能穿乞丐装。

她长得一点不美，但也不丑，有点怪罢了。

她说她上医院去，上帝保佑她病了。

连我们业务部主任、公司著名的"雅痞"先辈甘锦良都坐到办公桌上去了，穿着帆船牌真皮鞋的脚一下一下晃着，他松开金利来领带，抽出一支健牌，用第五代防风打火机点上。

我邻桌是麦小姐麦星，她正低头试涂一支新买的唇膏，银灰色的。当她环视大伙的时候，我觉得她极像一个外国电视剧中的菲佣，而其他人顿时就沉寂了，然后齐齐呆滞而又同情地望着她，这使她急忙抓了一张香纸巾捂住了嘴。

"还说是目前欧美最流行的……"她迅速地擦干净嘴，以便它腾出来抱怨。

"欧美还流行裸泳，你什么时候去，叫上我。"路易笑嘻嘻地说，他正在制造一堆纸条，大部分空白，只有两张分别写着"钱"和"力"，待会儿大伙准抓阄儿，然后由倒霉的人去买冰激凌。

看得出来麦星是真后悔了，她瞪了路易一眼，并且把唇膏掷在桌面上，"……广告上还说会收到意想不到的效果，嗯，这效果是令我意想不到……全体男士都傻眼了……"

"别生气，宝贝儿，"路易把装着纸条的小筐伸到每个人的面前任君选择，他走到麦星身边，"你就是做广告的，还不知道广告是怎么回事？广告无疑是聪明的，但是不笨的应该是你！这点投资算不了什么，下回别那么心慈手软，像你拒绝我的诱惑那样。"

"还有什么下次，这支就99块钱……"麦星有气无力地拣了张纸条，可她甚至都没有心情打开。

路易做着眩晕状走开，嘴里叨叨着，"天啊，99块钱！广告上就是说一涂上即刻变成费雯·丽我也不买！"

轮到甘锦良，他没有动筐里的纸条，而是掏出深棕色金利来钱包，扔进筐里20块钱。

甘锦良一身金利来，包括不少配件，像钱包、匙扣之类。出于职业习惯，我看到他就想起"丝绒代表温暖，圆圈代表关怀……"挥之不去。

活动变得没有意义了，路易马上表示他愿意出力，转眼就不见了。

和其他的人相比，我们四个人可能会在感情上稍微近一些：都是从公家单位跳槽而来，又都是大学毕业。

甘锦良的前身是大学教师，他从教育战线出走皆因害怕贫穷。有一回他孩子病了，必须马上手术，可他缴不起押金，（估计是一时凑不齐）他只好给医生跪下了。手术当然还是做了，孩子也没有因此丧生，顿悟的却是甘锦良：假如你因贫穷而冻死、饿死或者病死，那么连同你的知识就会一起消亡。

他常说，培根的"知识就是力量"的先决条件太多，比如知识碰到暴力、贫困就毫无招架之功，知识分子碰到秦始皇只能束手待坑，碰上灾年困世也只好当孔乙己了。

麦星的确是学工艺美术的，而且读完了研究生。她被分配在一家非常正规的报社画版面，整天计算稿件字数，搞得四则运算比老本行还精通，直到走，他们室主任都以为她是数学系毕业的。

在色彩搭配方面，麦星超人的在行，然而审美观上又过于的前卫，这表现在她什么都敢下剪子，牛仔裤变成毛边牛仔短裤，捆粽子一般的密条凉鞋几乎剪成了人字拖，毛衣她也照剪不误，高领下降到仅护酥胸……好在这些东西都属物美价廉一类。她最无视的就是名牌，她认为自己就是独一无二的名牌，所以她买99块钱一支的口红，烫153块钱一个的玉米头。

这时路易用他的长腿顶开办公室的门，胸前一派花花绿绿的冷制品，他给大伙发冰砖，甘锦良照例不吃，麦星照例吃双份，左右开弓。我总觉得甘锦良心里是想吃的，他整整一夏仅靠贡品铁观音解暑，绝对是怕我们察觉他出身卑微。

路易又称路易十五，因为他实在有公子王孙般的潇洒。他毕业于中文系，从省文化厅分配到市文化局，从市文化局分配到戏研中心，从戏研中心分配到粤剧室。他是北京人，说话布满卷舌音。报到的第一天正碰上狂风暴雨，使他很觉人生坎坷，极有自杀的冲动。

粤剧节中的某一天，他终于晕倒在中心剧场前四排的位置上。从此他面色苍白、厌食、盗汗、毫无道理地摇头晃脑，成为我国医学史上第一例剧种过敏症的病人。

他唯有立志经商，闯荡世界。

谈我的篇幅可能会多一些。

从懂事起，我就希望自己叫雨宁或者佩姗，实在不行雯雯也凑合，结果比这糟十倍，我叫何丽英，很要命的名字，可见我父母年轻时品位有限，不但丽，而且英。

我是正宗学外贸的，也对口分在外贸公司，而且是进口部。但是公司绝对不用我：我是一个副经理介绍而来，他在公司派系斗争中惨败。

关系并不复杂，他是我父亲老战友的同事。公司要人，他不过做顺手人情，但议论落实到我头上，直讲到上床为止。

我曾为此事一把眼泪一把鼻涕，车晓铜若无其事，他一边连皮啃苹果一边说："这话我不信就没有其他意义。我跟你结婚这么多年，你甚至没有跟我飞过一个媚眼，如何与别人成其好事?! 若你有这番功夫，那我可太高兴了，因为我最先受益。"

我反骂他是花心萝卜。

晓铜确实常怨我刚强有余，柔弱不足。别的女人需要丈夫时时呵护，皮鞋被人踩了一脚，也要娇声莺语埋怨半个钟头，非要先生俯下身去伺候，然后抚住纤腰离去。我羡慕至极，因为自己做不来。性格所致，晓铜对我已无非分之想，如果大家一定要出演这类片段，彼此都会感到别扭。

他在省广告公司创作部当摄影师。

一个很怪的人，工作起来没日没夜、吃喝乱来，但是年年一丝不苟地订阅《群众防癌报》。

外贸公司不用我还不能看见我太轻闲，常常把我借调到办公室搞计划生育或人口普查，还有就是到血站去完成外贸系统年度的献血指标，他们两次首先把机会留给了我。

怎么想，也没有再待下去的理由。

在报纸上发现金桥广告公司要人。"见工"的那一天我不知道穿什么衣服去好，太讲究，恐给人以勤于打扮疏于工作的印象，太随便，会不会有失贵公司体面？最后选中一件白衬衣、黑裤子、亨利·方达式的散装外套，黑色平底羊皮鞋，显得严谨而实干。

果然谭小姐一眼看中我，留我试用，半年后我成为她的正式雇员。

有朋友劝我何必这么轻易丢掉铁饭碗，再不顺，奖金待遇不能少你一分一毫，又不用担心老板炒你鱿鱼。

我但笑不语，实在烦了才回说，我既无忍功，又不想生癌，就只好离开。

在金桥业务部，我们四个人都不乏钩心斗角的经验，只是英雄无用武之地：说白了是给资本家打工，毫无自身前途而言，人物关系一下子变得简单了。谭小姐也一再告诫大家，不必到她那里打别人的小报告，谁干活干得怎么样她心中自有一本账。

谭小姐是本国土生土长的资本家，她有幸跟我们在香港的总经理是同乡，被培养成可靠的接班人。她常用"文革"术语，却实施香港作息时间表，治理我们很得其门而入。

同行之间全无制约关系，相处起来尤其轻松。生死全凭谭小姐一句话，再笨也明白应该同仇敌忾对付她。

甘锦良叹息。

我们一边吃雪糕一边问他何事惊慌。

他说过两天他岳父从乡下来，他老婆指示他去接，并声称她老爸不能坐出租汽车，只能坐摩托车。

"我从来没听说过不能坐轿车的人能坐摩托车。"他很不满意地说。

"老人家都是很怪的，反正你有摩托车，把他接回来就是，只当是拉一截木桩。"我们纷纷出主意。

甘锦良的摩托车是带前挡板的豪华型大绵羊，他绝对不骑"雅马哈125"，免得被误认为是个体户跑运输的。

他说："我拉他同来倒是不成问题，只是他信上说有很多行李，总不见得他坐摩托车，行李坐出租汽车……再说，谁来押车？"

"你太太喽！"大家异口同声。

"她说她要在家做饭，她老爸爱吃猪手姜醋蛋，煲起来很要工夫的……"

众人一哄而散，很觉他老婆刁钻。

"所以很麻烦。"甘锦良说。

"你搂住人家女儿睡觉时不见你说烦。"路易幸灾乐祸地拖着腔调，甘锦良有木讷后遗症，路易尤其愿意逗他，"别说坐你一程摩托车，就是叫你带上两只狗一只猫去接人，你还能有什么废话。"

我说："不如当初不同意他来。"

路易说："他有个屁发言权，在家只取'臣，接旨'那个角儿。"

"出差去就好了。"甘锦良自语。

办公室的门被推开，谭小姐匆匆地走进来，直奔她的玻璃门内。

我们定格。她说她不返回的呀，直接去请一个客户吃饭。到底是真忘了东西，还是叫我们充分暴露？

甘锦良吓得钻到洗手间去了，好叫谭小姐眼不见心不烦；麦星埋头画面设计，故作认真的表情配上嘴角的一抹奶油冰砖的残汁，有些滑稽；路易把圆珠笔夹在耳后，两眼直盯着天花板，在考虑广告用语或影视广告的脚本创作……办公室里只剩下单调的杯瓶相撞的声音，那是阿恰手忙脚乱地给谭小姐冲咖啡。

我历来主张领导在和领导不在时工作一个样，但现在看来很难做到，我的写字台上积案如山，所有的广告计划书、市场调查问卷、消费者调查统计、流通渠道分析报告，等等一系列业务统统堆在我头上，还不算谭小姐即兴派我去干的事。回家跟车晓铜诉苦，他说这是他们国营单位三个部门七个工作人员经管的活儿，为此我专门翻阅了《资本论》有关剩余价值的章节，深感马克思他老人家之伟大。偶尔，也会怀念在外贸公司时的清闲日子。

我拿出"万达"旅游鞋的广告计划进行核对，像这样合资厂的产品，谭小姐不会允许它广告出笼的周期拖得太长，等到她问起来就很被动了。

我当然也是全神贯注的样子。

仿佛谭小姐故意等我们调整好了之后才走出来，挥手挡住了阿恰递上来的热咖啡，径自来到我的写字台前：

"何小姐，我们准备承接绮丽公司的全部女用产品广告，他们每年的广告费用相当可观，我们要死死地抓住他们。这是意向书。"

我站起来双手接过意向书，脸上赔着笑，发现意向书上还附着一张女人照片。

照片上的女人略微有一点模糊，但绝不妨碍你断定她是一个美女。宽宽松松的上衣、长裤，显然都是从男装中化出，配上她清瘦的身材，展现出无比的舒坦、轻俏，她随意地将双手插入裤兜，秀目顾盼自如，比起那些清一色烟视媚行的香艳女孩，多出一份洒脱与浪漫。照片用的是自然光，又以自然环境为背景，人物神情又如此自然，很有那么一点"抓拍派"的韵味。

谭小姐指着照片说:"绮丽公司总经理一定要她来做广告,首次推出的产品是绮丽牌长筒丝袜。"

绮丽不愧是新加坡久负盛名的大公司,独具慧眼,这女孩身上蕴含着难得的名模风范。

我迅速地拿出备忘录:"她的名字?地址或者电话?"

"那得问你。"谭小姐的食指和拇指在照片上用力弹了一下,"关于她,我们只有这张照片。"

"那这张照片是哪来的?"

"从一个星探手里买来的,他手里大把做明星梦的女孩照片,简直能当扑克打。"

这就意味着我将怀揣这帧玉照四处奔走,访亲问友,一百次一千次地拿出来让人们仔细辨认,他们一定认为是公安局的便衣在调查凶杀案。

换在国营单位,我准得质问前来谈这事的处长或科长,我们是广告公司还是联邦调查局?!

在金桥,我们已养成习惯,不说"不"字。

也从不指望着有谁会来同情你或帮你一把,大伙都被活儿压得喘不过气来。省广告公司分设的出口部、进口部、内企部、媒介部、创作部、市场调查部,等等,到了我们这儿集大成,拨来拨去就是这几瓣蒜。榨干了算数。

谭小姐再度离开了办公室,这回她真的是去医院,因为她手里拿着刚刚翻出来的病历。对我们刚才无法无天的一幕,她没有做出任何反应,这很是她的长处和精明所在。

阿恰去敲洗手间的门。

路易问甘锦良:"你到底是怕老婆还是怕谭小姐?"

"雅痞"先辈说,作为一个女上司的下属、某女孩的爸爸、黄脸婆的丈夫,假如他家即将到来的客人不是岳父而是丈母娘,的确很难讲他到底更怕谁。

不过他又补充说,当然他最怕的还是穷,所以上述的这些怕都在容忍之列。

我很欣赏甘锦良的率真,不过对于《雅痞手册》上所说的"追求权势、金钱,不惜以个人生活或社会良心为代价"这一条难以认同。但愿甘锦良仅是单纯的"力争上游的好青年"。

整整一周，我都往返、逗留于各大宾馆的高级餐厅和酒吧之间。要知道一个五星级酒店的这类设施可以说星罗棋布，而其中的主管大都是网罗美女的高手。

我还去了市里所有的歌舞团、最时髦的舞蹈学校的现代舞班，以及电影厂的演员剧团和名噪一时的"扑通一百"歌舞厅。

结果一无所获。别说下落，他们甚至都没有见过照片上的这个女孩。

今晚我决定哪儿也不去，好好冲个澡，在家散淡一下。我已经不记得我们家电视是十八寸的还是二十寸的了。

让谭小姐的雄图大略见鬼去吧！她整天坐在海鲜楼的冷气里一边吃竹节虾一边跟人谈生意，我却没日没夜地挤在臭烘烘的公共汽车上用太阳牌锅巴充饥，还去当什么私人侦探，简直莫名其妙！

我告诫自己，金桥在香港的总经理傅逸泉是谭小姐的干爹，可他们俩都是我的老板，我犯不着用认真负责的精神去给资本家打工，他们又不是我的干妈干姥爷。

刚戴上浴帽，就看见车晓铜也从外面回来了，如果不是胸前挂着三四个照相机，他看上去也就是一条病狗。我有气无力地冲他嗯了一声。

"今晚吃什么？我饿疯了！中午就吃了包方便面。"他累瘫在沙发上，半闭着眼睛。

"那就不错了，我中午忙得什么也没吃，只当减肥了。"我边说边找出要换的胸衣和短裤。

他挣扎地起身打开冰箱："还有点剩饭，咱们待会儿开个鱼罐头。"

我不满意地说："连根青菜都没有！"

"冲两杯果珍，保证全天的维生素C超标。"

"我们就不能到外面去吃一顿吗？"

"下馆子？今天是我们的结婚纪念日？"他的小眼睛迅速地亮了一下，很快想起我们是冬季结婚的。

"在一个普通的日子里就不能享受人生吗？你也太不浪漫了。"

"亲爱的，我是很想浪漫，不过上帝十分公平，它总是让不浪漫的人很有钱，让浪漫的人是穷光蛋，比如我。"

"你穷吗？你不过是处心积虑地要在家里搞一间摄影工作室，所以才让我跟你一块过紧日子！"

"你后悔了?！"

"我后悔当初让你管钱！"我砰的一声关上浴室的门。

哪个女人像我?！又不管钱又不存私房钱，我越想自己越淳朴，也越来气。

镜子里呈现出我青黄的脸，别提多憔悴了，再这么奔波下去，仅有的一点姿色也得烟消云散。我脱掉T恤，整个儿一个排骨司令。

一边冲着澡一边想，当初离开外贸公司到底是争了一口气，还是被他们给挤出来了?！

现在是不受气了，可是心里空落落的没有支撑物。

晓铜在外面擂门，我没好气地喝一声："干、吗?！"

他兴奋地大叫："冯剪剪在哪儿？你是在哪儿找到她的？她已经答应跟你们合作了吗？"

神经病！什么冯剪剪?！自从晓铜进了省广告公司，感兴趣的女孩全是什么毕姗姗、史玲玲，他能拍出万宝路的世界那样的广告吗？马背上的牛仔不是让女人而是让男人怦然心动！

走出浴室，看见晓铜拿着那张被我揉绉的照片翻过来倒过去地看。

我做浴后事宜，他一立追逼我："把她让给我！"

"不行！"我斩钉截铁，"她将给我们做绮丽牌长筒丝袜的广告。"

"简直是浪费人才，你把她让给我，我准能出大名！"

"那我怎么向老板交差?！再说，梦里寻她千百度，容易吗?！这是有额外奖金的！"

晓铜痛心疾首："我是为了事业，可你不过是为了钱！"

"不过是为了钱?！我觉得钱本身就很深刻！"

"丽英丽英，我请你吃饭！"

我用伊丽莎白女王的语气说："她对你这么重要吗？"

"具有划时代的伟大意义！你知道，女性一直是时装摄影的中心，但是摄影家只是把她们当作美和欲望的化身！到了本世纪四五十年代，出现了弗里塞尔和沃尔夫，由于她们本身就是女性，所以把时装摄影引到了另一个方向……"

"我很饿，不想听时装摄影史。"我冷冷地打断他。

"好好好，我们现在就出门，你点菜！总之，我一定能拍出令广告界叹为观止的照片，届时不会有人问这个女孩子是谁，而是到处打听是谁给她拍的！绝对是这个局面！我需要一个载体，载体你懂吗?！见到她的那一天我怦然心动，我知道我要找的就是她！"他挥舞着那张照片。

"你发现史玲玲的时候，好像也说过这番话。"

"你要允许并且习惯你的丈夫失败，你们女人总是以成败论英雄！"

"有时候成败是可以论英雄的。"

"我说不过你。走吧，看看四菜一汤能不能堵住你的嘴！"

"这可是中央检查团来人的标准，你不心痛?！"

"不，自从提倡廉政建设以来，他们一般不点虾。"

我们去了"食为先"餐馆，这家餐馆的规模不大，但被经营得风生水起。店中央放着各式各样的铁笼和大型鱼缸，里面装着飞禽走兽、生猛海鲜，以我贫乏的动物常识，根本叫不全它们的学名。

我只知道假如保护动物协会的人路过这里，非得冲进来砸店、吊打厨师、杀了总经理然后抱着那些珍禽号啕大哭。

屡禁不止的一半原因来自我们这些食客，尽管我们吃不起黄精和果子狸。

我点了例汤、郊菜、豆腐、肚丝和清蒸鲩鱼。

再家常不过，车晓铜十分满意。

"说说看，你是在哪儿找到的她?"他依旧很兴奋。

我不动声色："你不是说你见过她了吗?"

"对呀，极富传奇色彩。半个多月以前，我们以可观的报酬招临时模特，想不到来应试的人很多，队伍越排越长，我当时在给诸位佳丽试镜，累得满头大汗。突然，我听见'哎呀'一声，原来是一个匆匆赶来应试的女孩儿结结实实地摔了一跤。我就是这样发现她的，她跌倒的那一刹那，裙子翻飞，姿势很美，很不造作。"

"你是说她是有计划地摔跤，为了引起你们的特别关注?！就算是这样，她也并非始作俑者。"我淡然地说。

"关键她不是！后来她被人扶起，说是去了洗手间，可她再也没出现。"

"我不觉得这有什么传奇性。"

"还没完呢，有一天在电视新闻里，看到电视台举办的广告模特新星大赛，她在镜头里晃了一下！第二天我就去了电视台，通过熟人调看了全部录像，发现她已经进入决赛，非常不容易，五千个中间挑三十个，可她突然无声无息地退出了比赛，谁也不知道是什么原因。她的参赛号码是119号，你看跟火警一个号，根据号码查到她填的表格，上面只写了她的名字，其他地方全部空白。"

"她这是在制造传奇性，不想出名，何必去参加新星大赛?！她很聪明，懂得要想不被埋没，必须棋高一着。"

"就算是这样，我很希望你告诉我她如何平凡！该你发言了，宝贝儿。"他两眼紧盯着我，仿佛多吃了果子狸，冒出绿光。

我怎么说？如果实说，车晓铜非把桌子掀了不可。

我说："她很有气质，这是没有问题的……不过她挺古怪，喜欢标新立异……"我思索着，看见晓铜频频点头，只好强迫自己按他刚才提供的线索编下去，"一个正值花季的少女太安分了，显然就没有灵气。事实上……冯剪剪看上去非常自信，有一种女性独立的、自我满足的神态……"

晓铜认真地思索着："可你还没告诉我她到底是哪儿的？是在工作还是在读书？"

我一愣，"读书"二字很提醒我感到冯剪剪可能是个尚未涉足社会的大学生，我想起照片上那双眼睛，还没有被尘世所染。加上晓铜对她的追述，说明她并不够成熟练达。

我正在考虑搪塞的词，晓铜突然对来上菜的侍者惊叫起来："这是什么菜？我们根本没点这个！"

考究的盘内几团黑乎乎的东西，像熊粪。

侍者悠悠地说："驼蹄，骆驼的蹄子。"

我惊得站起，晓铜身上最多七十块钱，这一蹄子踢过来，那就得把我押在这儿喝茶，晓铜回家取钱。

我几乎指天发誓我们没要过这道菜。

侍者说，是的，你们没有要这菜，是二号桌的一位先生给你们要的，账记在他的菜单上。

我根本不相信，这不可能，我连替我付酒钱付咖啡钱的白马王子都没碰到过，怎么会有人赠送给我骆驼的蹄子？一定是搞错了！

我对半张着嘴的晓铜说："别动这菜！！"然后才随着侍者的指点，望到二号桌上去。

甘锦良正慈祥地看着我，碰上我的目光，他挥挥手，以镇定我的情绪。那样子真可爱，怪不得阿恰和麦星都喜欢他。

他那边一大桌人，老的老，小的小，我有幸一睹他老婆的芳容，百分之一百的主妇形象。梳着爱丝头，很精心地乱穿衣服，上面的叠印历历在目，你可以感到卫生球的味道，是前两年时髦的套裙，质地一看就知道是"朱丽纹"，装饰又极琐碎，显得身上很忙，颜色的搭配上更是零分。

当然是她唱主角，呵斥孩子，招呼老爸老妈（老妈是连人带摩托车借来去接的，双车押着装行李的"的士"，好不威风）同时还要给腼腆的小姑子夹菜。甘锦良在一边万事不管，也没有吃的心情，冲我撇撇嘴。

在办公室开惯玩笑，我便给他一个飞吻，他笑笑，很开心的样子。甘锦良十分体恤下属，他知我吃不起山珍海味，便给我惊喜。像麦星过生日，她自己都忘记了，却收到一盒甘锦良买的生日蛋糕。

我们说，你是不是跟日本人学的，联络上下的感情，齐为公司卖命，可这公司又不是你的，且我们这些人，档案都捏在自己手里。

他说只是希望生存环境安全，彼此没有敌意，这样方能长寿。他痛说过去在大学为了调级、评职称、当系主任等这类事，搞得多年的老同学翻脸，多年的老同事行如陌路，搞得像在老山前线那样到处是火药味……他说正是因为公司不是我的，你们才不怀疑我居心叵测，大家都活得轻松一点。

甘锦良善谏，经常鼓动谭小姐同意组织公司同仁爬山比赛、男士打领带女士化淡妆比赛。前者当然是路易和麦星的强项，后者我曾和甘锦良并列冠军，各自得了一个压力壶的奖品。

等到我落座，车晓铜的脸色已经全黑：

"这是什么人？"

"我们业务部主任。"

"我看你们关系不一般……"

我笑："我很想不一般，可惜很一般。"

"不可能，为什么没有人送给我驼蹄?"

"可有人送给你白玫瑰。"史玲玲为了让晓铜把她照得美丽非凡，曾送给晓铜一束白玫瑰，晓铜把它拿回家，很炫耀。后来我自费参加插花学习班学习插花艺术，才知道乳白色的玫瑰另有一个名字，叫"全权委托"，你看这个女孩子有多露骨。

晓铜正色："丽英，我不跟你开玩笑，说老实话，他对你非礼过没有?"他对二号桌恶扫一眼。

"车晓铜，不要太过分！你想听什么？诱惑，非礼，强奸？我编给你听！你整天美女如云，还和名模拉着手在海边飞跑，像拍电影那样，我说过一个'不'字吗?！我们不过是同事，彼此融洽一些，你就看不惯！"

"当然看不惯！像你们那样的公司，什么事不可能发生?！"

"这跟公司有什么关系？你们那里不见得个个都是正人君子，我们也并非是地痞流氓，大家不过各为其主，人格是一样的。"我冷冷地说。

他噤声，因为无话可说更加恼火。我知道他希望每回他发火时，我要默不作声，乖乖做小鸟依人状，可我办不到。

我反感车晓铜有时没理由的酸碱度不平衡。

何况他在这方面也不是什么模范。

空气很僵。晓铜对驼蹄不下一箸，我也赌气不看它。干坐了一会儿。埋单。打道回府。

回到家里，继续冷战。我便拿着冯剪剪的照片发呆，想到她有可能是学生，就觉得照片上的背景有几分熟悉，考证半天，发现是华南大学东门，心中豁然开朗。

甘锦良原来就是华南大学的，现在仍住着学校宿舍，请他回去托熟人打听一下，并非难事。

我毕业于学院路，所以对那一带很熟悉。

这件事一有着落，我便感到又困又乏，倒头便睡。

蒙眬中觉得有一只手轻轻替我盖上毛巾被，我极有冲动张开手臂抱住晓铜的脖子，但我没有那样做。不知问题出在哪里，我爱晓铜，但是难以忘情。

麦星曾经说过，"丽英姐，你肯定没有生生死死地爱过……"

"何以见得？"我说，"我谈恋爱的时候，也是两个人在冬夜里冻得流清鼻涕还舍不得分手，偌大一个城市，从城东走到城西很觉是小儿科，现在想起来，一生的纪录都在那时候破完了。"

麦星道："所以我没说错你，这是普通爱而不是生死恋！"

"生死恋又怎样呢？"

"没有这种甜蜜感，是折磨人和被折磨缺一不可，完全超越你说的那种常规节目。"

"你也是理论上的吧？"

"这并不奇怪，因为这是可遇而不可求的事，不是计划内可以完成的。"

"那你怎么知道我就遇不着呢？"

"因为你遇事总取一种'黄鹤楼上看帆船'的超然态度，你会要么不爱，要爱也爱得极有分寸，而中国的男士大都知难而退，遇着的机会不就大大降低了吗？"

我根本不信麦星，她理论上很前卫，实践起来一塌糊涂。前段时间还狂热地慕恋一个男影星，后来阿恰告诉她这位影星已和别人好了，她顿时瘫软在写字台上对我说，啊，丽英姐，我没有机会了。

爱影星本身就是没长大的表现。

这年头，什么生生死死？处处现实倒是。有为权颠倒、为钱颠倒的人我就信，为情颠倒的人是外星人，今生今世恐难一见了。

这些道理除了岁月还会有谁告诉她？也难怪，我像她那么年轻的时候，总以为会有人为我投海上吊，结果谈崩的几个男友，别说拿刀杀我，就是当面质问我的心都没生过，你在电话里说别约我了，他就不约，理由都懒得知道。

我对麦星说："爱情不像你想象的那么玄妙，理论上越高深你就会越失望。考虑一下路易十五吧。"

她用鼻子哼一声："小男生就免谈，他除了看电影、吃夜宵，还能想出第三种花样来吗？"

我说："你想他怎样？！用发明新型避孕药的奖金给你买生日礼物还是以你的名字命名他刚刚设计出来的航空母舰？！"

麦星大笑："何丽英，我真爱你！"

"当今社会，能呵护你看电影吃夜宵的就已经是优秀青年，过两年你再这么认为已为时太晚。"

她苦起一张脸："我钟情于成熟男性，没有办法！"

"这很危险。"

"我知道——我妈骂我天生就是块第三者的料子。"

轮到我扑哧一声笑出来……

这样胡思乱想地昏睡过去，一夜无话。

第二天，提前半个小时来到写字楼，准备清理一下案头工作，为了找冯剪剪，存下来的活儿滚成雪团。

办公室里静悄悄的，路易趴在写字台上睡着了，台灯的光照着他微张的嘴和不安分的乱发。

听见动静，他醒过来，揉眼睛，发怔。

"什么事要通宵加班？"我问。

他打了个哈欠才答："洗衣粉的广告，谭小姐催着要。"

不必问理由。过去脱口问过，谭小姐说，改掉这个习惯，所有的事你们只负责执行，没有参与意见的义务。

我说："搞出来没有？"

路易点头，"录像脚本搞出来了，整整一晚上，只想出来八个字，白鹅洗衣粉，'洗涤出色，还衣颜色'。"

"这就很棒了。"我拿电热壶烧水，从包里拿出顺路买的粽子，"一块吃点吧。"

路易答应着去了洗手间，不一会儿就出来，一边拿纸巾擦脸上的水一边说："今天天不错，又出粮。"

出粮即发薪，这日子路易记得铁牢。

我说："又派上用场了？"

"可不，买溜冰场的月票，坚持去，总会有艳遇。"

"大夏天的，人工制冰，多贵呀！"

"那也得任宰，舍不得孩子打不着狼嘛！"

我们正聊着，上班的人都陆续来了。麦星一进办公室就宣布："今天出粮，谁也别想溜，大伙一块'抬石头'去吃清平鸡，一定要吃到半年之内看到鸡就恶心为止。"

抬石头即AA制，自己出份钱。一桌宴席花费大，所以被称作石头。

大伙欢呼着同意。我们的规律是：月初这类活动花样繁多，月尾万马齐喑，谁也不提跟钱有关系的事。

今天办公室特别热闹，谭小姐还没来，已经有三个陌生人坐在沙发上等她，不知是谈生意还是谈赞助。

甘锦良一来，我先向他称赞驼蹄如何美味，然后请他帮我找冯剪剪。

估计谭小姐快到了，我们便开始埋头工作。

谭小姐准时来到办公室，把客人带到玻璃门内，他们畅谈什么，我们一概听不见。

约莫十点钟，客人离去。谭小姐站到我们办公室中央劈头就说："路生，你的领带呢？上班时间为什么不打领带？"

路易站起来，满抽屉找领带。

"头发也不打理，竖到天上去了！你看看你的衬衣，领口扣不上，袖子短半寸……还有你们几个，"谭小姐说另外几个男士，"以后处理品不要穿到办公室来！"

那几个人也急忙站起来，的确穿得不很像样。

谭小姐虎着脸继续数落："何小姐、麦小姐，还有阿恰，你们倒是洗尽铅华！可刚才的客人对我说，你们金桥的职员好像个个都是甲肝患者！"

大热天化妆是件很痛苦的事，汗和粉搅在一起，再加上一路的灰，我们又不像她，就住在楼上。她今天的确无可挑剔，淡妆，酒红色的麻质套裙，白色细跟羊皮鞋。

我和麦星站起来，阿恰在后面，肯定脑袋耷拉到胸前去了。嫌我们穿得不好，金桥又不发工作服。

"你们互相看看！每个人都是对方的镜子，穿得这么差来上班，说明你们对本公司的远景没有信心！！"

我穿着样式过时的短袖衫，麦星绝了，T恤，上面书着四个大字：绝不改变。难怪谭小姐发火。

只有衣冠楚楚的甘锦良出面替我们解围："嗯……他们……他们还

是挺干净的，就是穿得差……"

不等他说完，谭小姐大声呵斥他："我根本没说什么干净不干净的事！你别打岔！如果再不干净，那就别在我这干活！到煤场和垃圾站去正合适！"

雅痞前辈一时语塞。

谭小姐说："我今天发火主要还不是为了这个！"

我们这才真正紧张起来，竖起耳朵。

谭小姐问甘锦良："北海渔村的广告是谁做的?"

甘锦良说："路生的策划，麦小姐设计……"

谭小姐大骂："简直是狗屁！什么'男士恩物——头啖汤'！他们餐厅经理打电话来说，没有一个顾客，净接到一些淫笑的电话！他们现在把灯箱拆了，拒付广告费！"

"那怎么行?"甘锦良嘟囔着。

"怎么不行? 你们坏了人家的生意！也砸了金桥的牌子！亏你们想得出来，有虾有蟹不介绍，什么头啖汤……莫名其妙！现在搞得周身蚁，你们自己去收拾吧！"

谭小姐扭身回她的办公室，想一想又返回头，像骂若空那样骂我们："这段时间你们的工作都很差，毫无效率可言！何小姐，那个女孩找到没有?"

我摇头。

"你整天坐在办公室里贪冷气，她会飞到你面前来吗?！真是猪脑子！"

血向我的头部涌去，正要还嘴，看见甘锦良使眼色叫我出去，我才没发作，冲出办公室。

站在楼梯口，还能听见那个夜叉的吼声。在金桥，除了扇耳光，什么都经历过了。我好好一个人，何必要给她做出气筒！想到这里，几乎泪囊失禁。

甘锦良出来，没事人一样，先点上一支烟才悄悄对我说："更年期，你只当听唱歌一样。"

我从来挨了骂都笑不出来。

他又说："我当时真怕你跟她顶起来，这种单位就是这样，炒鱿鱼全凭她一句话，既没有书记，又没有人事部门监督。原来那个陈小姐……其实后来谭小姐后悔了，但是为了一口气，她也不再请回陈小姐，女人当政就是这样。"

我没好气："我炒她的鱿鱼，不干了行不行?! 自己组织一个演讲团，专讲私有制是万恶之源，不怕混不到饭吃。"

甘锦良笑："你真跟她动气?"

"我恨不得杀了她。"

"不值。最近她身体不好，跟她计较啥!"

正说着，若空背着书包，哼着歌上楼来，一张很大的报表遮住了他的脸，他边走边看。财务的会计追在后面叮嘱着他。

他拿的是我们的工资表。会计俯在我耳边说，今天碰到鬼了，谭小姐一上班就把他们臭骂一顿，弄得谁也不敢拿着工资表去找谭小姐签字。正好若空放学回家，反正他也是今天"出粮"，叫他办或许好些。

我木然地站着，悲从中来。若空看工资表已经很不严肃，万一忘在厕所或者阳台，那大伙就扎上脖子吧。

甘锦良说："若空，鞋掉了，还不提上。"

好好一双真皮运动鞋，若空趿拉着："甘叔叔，你不知道? 这叫'济公鞋'。"

会计说："若空，你妈一回家就跟她说，别忘了!"

"知道喽!"若空继续上楼，他长得比同龄的孩子大只，但学习很笨。他妈妈请各门类的家庭教师给他补习，发出去的红包不知多少，也不见他有什么长进。

若空最喜欢路易，他说他的声音很像唐老鸭，每回若空在我们办公室捣蛋，必须路易用唐老鸭的声音哄他出去。有一回路易不在，我们逗若空，你妈妈把路易炒了，若空开始很失落，后来就要冲回家去跟他妈妈拼命。

我们对路易说，你就好了，有太子爷保驾，不愁跌了饭碗。路易苦笑，好心你们别把这个笑话传出去，哪个姑娘会爱上唐老鸭?

若空走没了影儿，会计才说："我们下面议论纷纷，怎么谭小姐这么大火儿，是不是傅老板又认了其他干女儿?"

听到这话我才觉得比较解气。

甘锦良对我说："你去外面逛一圈，看场电影再回来，然后做不胜娇喘状。冯剪剪的事我来给你搞定。"

下班之后，我们一干人去北海渔村"上班"。当初他们来联系广告，是针对对面街的阿二靓汤，叫我们也在汤字上下功夫，好挤垮对方。我们因此才设计了"男士恩物——头啖汤"，俗是俗点，也还是很醒目的嘛。

装灯箱时他们还喜出望外，现在生意不好又赖回头，告我们的刁状，叫我们又挨骂又扣奖金，这口气我们不能白咽。

我们不上楼，非堵在门口叫他们餐厅部经理下来，然后吵得难分难解，搞得更加无人踏店。

对面店只竖一块路牌，上面四个隶书："阿二靓汤"。生意出奇的火红。这边餐厅部经理急得满头大汗。

路易说："你们要是好商量，我们再给你们想其他办法与对面竞争，如果打横来，不付广告费什么的，那我们天天到这来'上班'，大家拼一拼耐力……"

餐厅部经理只好拱手作揖，自叹有眼无珠。

这时甘锦良就像黑社会的老板那样出现了，很体面地止住我们，对餐厅部经理说："大家在外面捞世界都不容易还是各让一步，言和算了。"

他又说："反正今天出粮了，我们就在这里抬石头吧，也算帮衬他们生意。"

大伙欢呼着找桌子坐下来，餐厅部经理一个劲地说七折、七折。

麦星告诉我，这个脚本是甘锦良设计的，为的是追回广告费。

第一次见到冯剪剪，我就被她玉树临风般的气质所震慑。下午两点整，她准时踏进华南大学附近的一间带冷气的咖啡厅。

我已经在咖啡厅等候多时，见到她来，急忙站起来打招呼，她走过来，略有些腼腆地说："你是何丽英吧？甘老师怎么没来？"

我忙说："他下午有几件事给拖住了，叫我向你道歉。"

"不客气。"她坐下来。

"给你来一支粒粒橙吧？"

"不，"她对侍者说，"我要矿泉水。"

她一如矿泉水般的清纯，蜜色的皮肤，紧绷着的清秀的脸，一头直发水滑地披至腰际，她穿一条牛仔短裙，白色宽松的大摆棉质衬衫随便地在前腰挽个结：白色的运动袜和运动鞋，青春中带出几缕书卷气。

我说："下午没课?"

"新加了政治，点完名就偷偷溜出来了。"她好像在说一件与己无关的事。

"我听甘锦良说他找到你很顺利?"

"是的，我很崇拜甘老师，大二的时候，听过他的一次关于叔本华研究的讲座，记得是个冬天，讲座结束以后我还站在教室外面等着他签名留念……可我昨天跟他提起来，他早忘了。"

"他是不是以为叔本华是哪个跨国公司的总经理?"

"那倒没有，只是他好像很不愿意提过去的事。"

自然。我知道甘锦良一直热爱哲学，但是严酷的是，在大部分情况下，选择哲学就要同时选择贫困。

谁见过穿着一身金利来、骑着日本豪华型摩托车的哲学教授?

我见剪剪已经不再拘束，平静地一口一口地抿着矿泉水，便跟她谈起为公司做广告的事。

她回答得很痛快："可以。不过我有一个条件。"

"请讲，你看上去不像刻薄的女孩。"

"我只做时装和化妆品的广告，不做烟酒、食品以及一切我认为庸俗的广告。"她的语气非常肯定，没有任何商量的余地。

我马上答应下来，因为绮丽系列主要是时装和化妆品。另外，我喜欢剪剪倔强的个性，她既不是那种急于出道不管你说什么只管全部答应下来的女孩，也不是开口就谈钱的拜金主义者。

她不再说什么，我暗暗松了一口气，于是有一下没一下地转动着手中的玻璃杯，"剪剪，"我说，"既是有限地奉献你的青春风采，也还是有人会议论的。比如同学、老师……你不怕吗?"

她轻松地笑了，面颊宛若猫咪，目光柔和并且自信，"我从来不为别人活着，事实上我也不可能使人人满意。"

"你希望出名吗?"

"当然，我希望一夜就成为明星。要不我不会参加电视台的变相选美。"

"你是说第一届广告模特新星大赛？可你进入决赛又退出了比赛。"

她有些意外地定定地注视着我，不说话，然后把目光移开了。

"为什么?!"这样追逼她很违反我的性格，但我必须透过表面现象了解我的合作人。

她终于又重新望着我："进入前三十名的选手里有我一个老朋友，她知道我极有可能拿冠、亚军，就对我说她将向记者披露我左侧腋下曾动过清除狐臭的手术……"

"是真的吗?"

她点头："留下一条线一样细的疤痕。"

"你应该否认。"我不动声色地说，"就说是一个极小的囊肿，然后出示医生证明。"麦星若在，一定骂我教坏人家乖乖女。

她没有接我的话，"我觉得这不是选美而是选丑，把人心丑恶的东西全部挖掘出来……所以我退出比赛。"

"她也想一夜成名，可以理解。"我叹息。

"不，我不理解，永远不理解！这样的朋友，无胜于有。"

她太年轻，以儿童心理对待这个丑恶的社会。

我说："你的出局，使她拿到名次了吗？"

"没有。"

"很好，那就让她看着你一步一步登上明星的宝座。"

她隔了一会儿，说："我喜欢你。"

"我也是。"我向她伸出手去，我们正式握手。

快下班的时候，谭小姐把我叫进玻璃门内。

她说："待会儿我就要去机场接客人，绮丽公司的总裁赵绮丽和我们的总经理傅逸泉一块儿回来巡察生意上的事，不知照片上的女孩有下落了没有？"

我将冯剪剪的情况如实汇报，最后说："我跟路易正在搞绮丽长筒丝袜的创作意向，想策划好之后再向你汇报。"

谭小姐看上去非常高兴。这时甘锦良、麦星、阿恰不失时机地鱼贯而入，请谭小姐给他们积压已久的各类报销单签字。我发现谭雪航这个名字签出来非常美，全公司都知道，谭小姐不高兴时只签一个"谭"字，而且歪歪扭扭，跟若空的手笔相似。

她难得一笑，今天能和颜悦色已经很不错了："那么，已经策划到什么程度了？"

"鉴于南方偏暖，女人一年四季都能穿裙子，自然也就离不开长筒丝袜，我们想把中心语定为：三百六十五日，浪漫总是绮丽。配上轻音乐和冯剪剪笔直、修长的大腿，一定能收到意想不到的效果。"

谭小姐非常认真地听着，然后说："何小姐，我现在授权你，冯剪剪提出的一切要求，我们都无条件答应。"

我点头准备离去，她叫住我："这段时间，我听甘锦良说你工作得很出色，我已经告诉会计，从下个月起，给你增加一百元的工资。"

"谢谢。"我非常客气地退出玻璃门。

谭小姐从不会像日本励志电视剧的主人公那样，整天嚼着泪水又鼓劲又加油，她对任何下属的生日、结婚纪念日不感兴趣，她的奖罚制度非常简单，干得好就加薪，不好就痛骂。不带感情成分。

楼下有个女出纳，被香港的一个有妇之夫长期包起来，回来时在她那儿偶然住住，大部分的无聊时刻，女出纳又出资反包一个男仔，两个人常常出双入对。这类事我在观念上很难接受，谭小姐置若罔闻，照样给她加薪。

麦星说，人的好恶标准绝对跟身世有关。但我直觉谭小姐跟傅逸泉没有什么特殊关系，干爹干女是为了赋予公司家族性，傅老板生性多疑，内心里，他只信同乡而绝不信外人。谭小姐占这个优势，加上能干，就显得得天独厚。至于男女之情，女出纳发嗲地挽住傅老板的胳膊照相，我们都肉酸，谭小姐却毫无感觉。

谭小姐临去机场之前，在我们办公室里站了站，对路易说："有空你到我家去坐一坐，若空很想跟你玩。"

路易站起来，受宠若惊地直搓手指头。

谭小姐一走，麦星就跳起来学路易刚才的样子，指着他骂："人家丽英姐，加了薪也不会喜形于色，只有你，给你句客气话就像中了六合彩！天生一个卡拉菲（小角色），出也出先，死也死先，站也站两边，成不了大人物!"

路易目前毫无潇洒可言，他喜欢麦星骂他，很有点望夫成龙的味道。假如对他不理不睬，他又伶牙俐齿起来，届时两人绝对没戏。

他们俩总是这样，骂一阵，好一阵，疏一阵，冷一阵，都在找意中人，又都希望对方有起色。

我说："麦星，你没道理！情绪是否外露只是一种生活方式，并无高下之分。"

麦星不服，"我们靠实力吃饭，用不着仰人鼻息！"

"你天真，有实力的人大把，却没有用武之地，这种公司，与上司搞好关系十分正常。"

"可你从不亲近谭小姐，照样挣得一席之地。"

"你怎么知道我不亲近她，我夸她的连衣裙款式优雅，唇膏的颜色高贵，自己都起了一身鸡皮疙瘩。"

麦星这才收声。

甘锦良说："待会儿我要去宾馆等赵老板和傅老板，你们在座的每个人都给我签个字，向我老婆证明我今晚加班。"他把写好事由的纸交给我们。

路易马上说："你也不怎么样嘛，她怎么这么爱你?!"

我们纷纷签名，一边说，有没有搞错呵，什么金枝玉叶，搞得这么严重。

我想起那天在"食为先"见到的"朱丽纹"，心中很替甘锦良不平。但我深知，正因为甘锦良肩上所背负的过去和脸上所隐藏的哀愁与苦涩，才使许多年轻女孩心生怜惜，对他充满好奇心和新鲜感。

阿恰拖长声音说："跟她分手算啦——咱们俩过，你晚上外出我肯定不跟你要证明，反过来我有事还拿回证明来给你看。"

我们笑。麦星说："阿恰你说话算不算数的，不要把甘生说的心思，从家里拼杀出来，你又跟别人洞房花烛夜了！"

阿恰直着脖子说："当然算数了！他拼杀出来我就嫁他！甘生又名牌，又体面，又会体贴人，很男人气的嘛！"

我说："今天中午来找你的那个男仔外形不错。"

阿恰说："嘻！我早就告诉他别来烦我，不知几讨厌，苏格拉底的感觉，白痴的思维。"

阿恰的不屑状十分可爱，两个眉心离得很远，黑眼珠升上去。

甘锦良并不很在意地把证明叠好放进口袋。路易在一边羡慕地说："身边有个纪律检查委员会也不错。"

大伙嘻嘻哈哈地准备下班，甘锦良说："明天晚上赵老板和傅老板在花园酒店请大家吃饭，你们都穿讲究一点。"

我们不以为然，"抬石头"是吃氛围，老板请客则是吃刀叉，吃排场，嘴还一时一刻都得咧着。

到了约定时间，电话铃准时响了。我知道一定是冯剪剪，作为一个冉冉升起的明星，她能守时如常人，连我都很难做到。

果然是她。我们通话，外人听起来已经非常老友。

我请她过来签合同。

她非常犹豫："……丽英姐，昨天有一个省广告公司的摄影家来找我，他希望我为他们做广告……他说他们的公司比你们正规，拥有一批省内一流的广告设计专业人才，而他的作品在全国各类比赛中多次获奖，这样推出我能少走很多弯路，他说再好的模特离开了摄影大师也只会反应平平……我说我已经答应了'金桥'，他说金桥是野鸡公司，再说没签合同什么也不作数……"

不用问，我就知道是车晓铜！他见我无诚意告诉他冯剪剪的芳踪，也从照片上研究出名堂来。他说他的优势情有可原，诋毁金桥只能说明他内心虚弱。

"丽英姐，你怎么不说话？你生气了吗？那个人姓车，公共汽车的车，他还说，他们将先让我拍一组爱神牌长筒丝袜的广告，一次就给我三千块钱……"

我冷笑："他还好意思跟你提钱?! 我们首次也是让你拍长筒丝袜，不过是绮丽牌，一次的价钱是他们的十倍。"

我听见冯剪剪在那边倒吸一口凉气。当然，我们这样出钱是为了买断冯剪剪的形象，她不许再给其他公司做广告，以免引起观众的审美疲劳。

这一切我当然不能在电话里和盘托出，冯剪剪这样的女孩，一定会有不愿受束缚的本能，我必须当面慢慢说服她选择我们。

"剪剪，你在华南大学东门口吗？站在那里别动，我马上过来！"我放下电话，拎起手袋飞快地跑到楼下去拦"的士"。

一路上我心急如焚，如果冯剪剪被"爱神系列"夺走，今天的晚餐就是鸿门宴了。

因为"绮丽系列"与"爱神系列"一直势均力敌，在长达十八年的时间里始终相互竞争、相互贬斥。而赵老板赵绮丽又是傅逸泉的同乡兼密友，这么多个人意气掺杂在生意里，问题就不那么简单了。

我私自做主以公司的名义特邀冯剪剪参加晚宴，当我带着她步入花园酒店结义厅时，仅有的几桌客人顿时瞠目结舌，目光齐齐盯着这位红粉佳人。

冯剪剪不打扮时，已美得令人喘不上气来，现在略施脂粉，可谓宛若仙人。她穿一条青石翠玉色调的连衣裙，裙长至膝，由青蓝色和明快带冷的绿色组成，上面乍起一层洁白的纱翼，给人以清馨、宁静的优雅感觉，领子是纯白的多层薄纱，恰到好处地围住她的香肩，仿佛纤云托月。她的头发全部梳了上去，用一枚黑色天鹅绒的发卡卡住，别无饰物，却显得富丽堂皇。

我在她宿舍时，曾拿出绮丽长筒丝袜的样品命她穿上，这种高级丝袜的明度与纯度都极高，配上依稀镶嵌的微型水钻，令她的一对玉腿夺目生辉。

显然谭小姐对我的举动表示赞赏。她今天穿一身辛香色的套裙，衣料、色泽以及缝制都无可挑剔，但与剪剪相比就显得莫名的老土。

我们傅老板握住女孩子的手就一直晃，一直不放开，直到谭小姐女儿般地暗示他，他才拉剪剪在他和赵绮丽之间坐下，我知趣地坐在甘锦良旁边，他悄声对我说："不叫你们讲究一点还罢，一提醒，怎么倒怪模怪样起来？"

我出席场合的衣服永远是一身黑，像英国宫女；邻桌的麦星，一身夏裙是粉墙色铺底套以散点小花，配上她不羁的性格的确怪诞；阿恰小小年纪完全按贵妇人装扮，显得颇为滑稽。所有的男士套上杂牌西装，都像"金山伯"——我们对当年坐底舱出洋发财归来的华侨的爱称。

赵绮丽的形象绝不像公众想象的那样，他秃顶，抽烟斗，喜欢不动声色地微笑，很有几分大牌导演的味道。凡是熟悉赵绮丽的人，无不知道他的爱妻佳话。当年，他妻子林绮丽与他同甘共苦创下这份家业却猝逝离去，使他一夜之间脱发见顶，不但将自己与公司产品都改用妻名，且至今未娶，小报记者也从来追寻不到他的花边新闻。

一直以为林绮丽是个俏娇娃，或者像黛玉一样美丽多病。偶然一个机会，在谭小姐那里看到一张傅老板和老板娘与赵绮丽夫妇的合影，我想象中的那个美女根本不复存在，她非常俗款，身材矮胖，只是一团和气，不凶相。

除去承认赵绮丽的德行之外，我深感人只有及时地死去方可永生。

我死后若有人如此眷顾，绝不再偷偷睁眼观顾这个世界。

赵绮丽在餐桌上平静地对傅逸泉说："我从她身上看到绮丽系列未来十年的希望，如果不出意外，她应该能够领衔九十年代。"他指冯剪剪如同指一件价值连城的珠宝，极端冷静的商业口气，同样令剪剪振奋得满面通红。

傅老板频频点头，他看上去永远像一个专门搭救落难公子的老员外。

傅老板问谭小姐关于绮丽产品的广告计划。我急忙从手袋里拿出"绮丽黄金大抽奖"的海报设计图展示在众老板面前，"我们觉得必须让广告与活动并进，才能强化公众印象，所以决定组织'黄金大抽奖活动'，宣传标语改为'绮丽的诱惑'，显得更加直截了当……"

赵绮丽手握烟斗凝视片刻，突然打断我的话说："为什么没有汽车，香车美人是最刺激男士的两样东西，缺一不可。这样先生们也会鼓励太太多买多中，光是黄金抽奖，男士们就可能不闻不问。"

傅逸泉毫不犹豫地说："改为绮丽香车黄金大抽奖，标明机会双重，一中再中……我一再对你们说，不要在乎广告的投资，因为广告非常重要，在香港，产品对广告的反应比在任何一个地方都大，它能使一个牌子冒出头来，也可以将之摧毁。记住，广告可以创造任何东西！"

"可这不是香港。"谭小姐笑着提醒他。

"内地也一样，人们越来越熟悉和相信广告。"傅逸泉极有把握地说。

谭小姐敛容对我："香车大奖定为夏利牌轿车一部，价值人民币8万元，除了4个等级的黄金奖外，多增设一部分幸运奖，奉送绮丽香皂和阳伞，即中即领，刺激顾客的购物情绪……"

我用笔在菜单的边上唰唰唰地记着要点。

赵绮丽这时才开口："所有的费用全部报到我的买办那里。"他扬手止住傅逸泉的推让，重新微笑着抽烟斗。

趁着十分和谐的气氛，甘锦良显得非常随意地说："赵老板，这样看来，您交给我们的第一张牌即将打出，我们很想知道第二张牌和第三张牌是什么，以便酝酿设计，等待推出。一般来说，准备工作越充足，成功的可能性就越大……"

赵绮丽但笑不语，用烟斗点着谭小姐，意思是你手下的这帮人好厉害。绮丽和金桥是亲兄弟，明算账，从不为生意上的事翻脸，只要商业上需要，赵绮丽随时有可能把他准备在内地推出的系列产品的广告权，移交给省、市广告公司，至于赵绮丽和傅逸泉的私交则是另一回事，去年圣诞，听说赵老板送给傅太一个法国中古时期的烛台，价值连城。

两家成功的秘诀都是：友谊和激情任何时候不得占了理智的上风。

甘锦良也面带微笑，但穷追不舍："赵老板是了解我们的……"

"不，我不了解，我只了解金桥在港的公司，对你们我缺乏了解。"赵绮丽平稳地说。

"那您将会了解到，金桥能使'绮丽'成为内地没有竞争对手的产品，使顾客就是提着该公司的胶袋，心底也能升出许多优越感。"甘锦良始终和颜悦色又不失风度。

赵绮丽终于哈哈大笑："连说话都是广告用语，好吧，我告诉你，我们还将推出高级防晒霜和自由奔放款的夏日时装。"

我们互望一眼，比较兴奋，谭小姐也投来赞赏的一瞥。甘锦良又说："可惜绮丽没有男品，否则我一定做第一个'拥趸'。"

大家在商言商，我怕冷落了冯剪剪，忙说："赵老板已经放闸，剪剪，下面可全看你的了！"

剪剪又重新成为全桌目光的焦点，顿时有些不知所措，赵老板安慰她："你只管放胆去施展你的才华，其他事情不用考虑，肯定名利双收，成为所有女孩子羡慕和效仿的对象。"

她连连点头，然后万分感恩般地望着我，好像是我发现了她。

上菜以后我很大吃，因为城东城西地跑，垫进胃里的几块苏打饼干，早就消化得渣也不剩。

甘锦良在我耳边悄悄提醒："老板的习惯你忘了？"

我急忙止住。的确，傅老板和赵老板都喜欢亲自布菜，指示你吃尽，否则便要不高兴。我们金桥职工都养成习惯，与老板出来，先要留出肚子，准备最后地横扫，如不这样，就会胀得难以支撑。

这皆因赵、傅二老板的穷苦出身，他们不是世袭贵族，经历过贫寒、落后、倒闭、挣扎、稳定、昌盛这一荣辱过程。

当年，他们二人在香港，搞一些走私的衣物在北角或湾仔蹲卖，一块儿"跑鬼"（逃避警察），以至于现在傅老板都极其厌恶哨声。创下这样一份家业，着实不易，我们都非常理解，照顾他们情绪。有一回傅老板布给我若干生蚝，我从不沾这东西，也只好捏着鼻子强咽，还要做出津津有味的表情，回到家后又吐又泻，人整个脱了相。

我深信"食色，性也"。刚才饿急了，便超常的健忘，没有思维。

桌上不吃的不止我和甘锦良，傅老板连筷子都没碰，他从来不吃大餐，公司的阿东此刻正在谭小姐家准备几样家乡菜，不久就会送到宾馆傅老板的套间里。

阿东是一个极少开腔的乡下仔，只有傅老板回来时他才露面，也仅是在谭小姐家主厨，当然是傅老板的乡里。

有一次傅老板归来，谭小姐叫我去宾馆请示若干事宜，正巧阿东要去送饭，我说我顺便帮你带去吧。

阿东怀抱提篮，沉吟不语。甘锦良说，何丽英你狗拿耗子多管闲事。事后我问甘锦良何故，他说："傅老板从不相信外人，你去送饭，谁知道你会不会被人买通在饭里拌毒。"

我不以为然，没有底气地说："若我有幸有此壮举，也不至于丢了铁饭碗，混得毫无起色。"

"那很难讲，"他逗我，"正因为你有文弱外表，才最有可能'图穷匕见'，从饭篮里抽出尖刀，刺向总经理……"

我笑，脱口而出："甘老师，读书时我就喜欢《荆轲刺秦王》这篇古文，你呢？"

他片刻的茫然使我感到失口，他说："不提这些好吗？我很想忘记过去。"

我索性说："何必这么敏感？即便是教一辈子书，那也只是一种人生，并非尽善尽美。"

"你知道人追求的并不是尽善尽美，"他尽可能和缓地说，"干自己愿意干的工作是一种享受，我主要是指精神方面。"

"你在金桥很称职，事实表明，华南大学失去的只是一个普通教师，但广告界却出现了一个行色匆匆的商业俊杰……"

"你错了，我绝不普通，讲课极富魅力。"

我噤声。扯下去会有一匹布那么长。也许他意识到再不会走上讲台才变得这样偏执。

阿东有一回某菜式做多了一些，午餐时带到我们办公室来请大家尝一杯羹，把我们香得昏死过去。

阿恰很严肃地说："阿东我要嫁给你。"

麦星说："又不要甘生了？"

阿恰说："甘生太惧内，搞得我们第三者没有一点缝隙插足。我要跟阿东结婚阿东肯定怕我，是吧阿东？"

金桥盛产奇人，阿东居然说："我喜欢傅太那样的女人。"他的声调里都充满感情。

亏他想得出，我们老板娘是文艺书中的女主角，不食人间烟火，不问商事，不嗜烟酒、雀局，只品碧螺春，每天做减肥按摩，修指甲，穿丝褛坐在花园里的石凳上看《长恨歌》抹眼泪。傅逸泉娶傅太时已是"一树梨花压海棠"，不但大出傅太二十岁，原配还在内地乡下吃斋念佛，两个女儿早已在美、加学成后成家立业，很少回来。

我只见过傅太一次，那是女人中的女人，性格温得令人难以察觉，想象她说"救火了"和"我爱你"会是一个语调。她从不吃时令的果蔬，而是什么季节不长什么她吃什么。那一次阿东找菜成了公司的典故，只要碰上特别难办的事，就会有人说，那还不是"阿东找菜"。

视察公司时，傅太看见我们的"情侣表"招贴设计图，柔声地对我说："何小姐，这我就不懂了，怎么是女人给男人送花呢？逸泉，我记得都是你给我送花的呀。"

路易忙说："傅太，您有所不知，现在女强人当道，都是女的给男的送花了，将来说不定女的还给男的送订婚戒指呢！"

傅太捂住胸口吓得不轻，连连说道："何小姐，麦小姐，你们不好当女强人的噢，实在不行，生意嘛少做一点。"

谭小姐在一边哭笑不得。

我羡煞傅太那样的女人，相比之下，自己似乎从来没做过真正的女人。

我以为阿东乡下仔只喜欢乡下女，看来绝对错误。

结果今晚老板们谈得高兴，竟忘了布菜，宣布走人时，我还空着大半个胃，眼睁睁地看着侍者大碟大碟地把乳鸽和蟹肉往回端，恨不得冲他们大喝一声：站住！

毕恭毕敬地送两位老板上楼休息，有谭小姐陪伴左右，阿东伺候夜宵，我们这帮人才得以放生。

老板们只对冯剪剪恋恋不舍，看也不看我们。

出了酒店，我们就围着甘锦良吵，要吃牛脯粉、木瓜盅、鹅梅螺、猪红汤……他摇头，掏出50块钱拍给路易，"喂饱他们。"然后又嘱咐我一定要送冯剪剪回学校，我说你何不与民同乐，然后跟冯剪剪同路回去，也省我没事兜风，他半天才说家里有事，想到"朱丽纹"，我只好说你快走吧。

剪剪不是合群的女孩，同仁们大概觉得陪靓女太辛苦，等我和剪剪与甘锦良道完别，这帮人已逃得无影无踪。

也好，我问剪剪想吃点什么，她说酸奶。

街面上处处是这类冷饮，我递钱给售货员：

"要一支酸奶。"

剪剪说："两支。"

我说："我不吃。"

"我知道，我一个人要吃两支。"

我笑笑，补钱。剪剪左右开弓拿着两瓶酸奶，不一会儿就把酸奶瓶吸得吱吱有声。

"会发胖的，小姐。"我们沿街散步，有一眼没一眼地看着小店内琳琅满目的披挂。

"发胖很可怕吗?"剪剪满嘴乳香地说。

"至少不能当模特了。"

"那就当别的，总不见得会饿饭。"

"所有的人都一样，有什么偏偏就不珍惜什么……"

"怎么不珍惜了?! 只不过我珍惜的是食欲，我想吃，这很重要。"

我无言，依旧松松散散地走着。本来我对节食减肥和饮食上的自然主义者都持接受态度，只是剪剪现在是我的合作人，加磅是会挨谭小姐训的，我说："反正合作期间你不许胖，我不管你珍惜什么。"

"丽英姐，你不吃酸奶是不是怕胖呢?"

"我还怕胖吗? 已经瘦得男女不分了……"

"那为什么?"

我苦笑，"本来对酸奶就一般，后来去乳品厂争广告生意，清一色都是些女公关们在厂长办公室外等，全都打扮得晃眼，嘴皮子磨来磨去，每天朝七晚五，整整一个星期之后，只剩我一人仍坐在那张长椅上，广告自然归我。"

"是不是他们天天用酸奶招待你，把你吃伤了?"

"好天真，水都不倒一杯，干坐干说，更多的时间是晾着你，让你自己知难而退。最难忍受的是厂里那股酸酸的、发酵的气味，连续熏七天，还能吃酸奶，那我不是有特异功能吗?"

她甚不解，愤愤地说："怎么能这样对待人?!"

我浅笑，"你想怎样? 人人待你如戴安娜王妃?!"

"身份虽不同，人格总是一样的吧?"她仍不服气。

我未出校门时与她一模一样，主张人格平等并且至高无上。后来经过一番磨砺，见人格与身份一同涨落，已不觉是怪事。

又默默地走了一段，本来是闲聊，何必给人家上课，说不定剪剪有幸一辈子保持人格，不像我，每回接到乳品厂换代产品的广告，还暗自觉得拼出从此不吃乳制品的代价很值，当时的惨状逐渐淡忘。

剪剪突然停下步子，认真地问我："省广告公司那头我应该怎么说?"

"辞掉他们，跟我们签合同。"我站住说，同时发现了我爱吃的蛋腿治，买了一个大嚼。

她点头，想一想又说："那个姓车的人挺逗的……"

我不想把幕后的事拿到台前来说，再说也说不清楚，便借着嘴里有食品，支支吾吾地跑去招呼出租车。

车上，与剪剪定了签合同的日子。

她下车，我沿途而归，这时才真正觉得累。闭目养神，想象着回到家，若能有个贴身丫鬟帮我拔去高跟鞋，送上来一碗番薯糖水，然后站在我的身侧一下一下地打着团扇，那真是我人生的最高境界了。

打开家门，虽然没有什么古装戏镜头出现，却也没想到车晓铜赫然一张怒气冲冲的脸上，独独只剩下一对白眼。

"你把冯剪剪带到哪里去了?！我在她宿舍等了她整整四个钟头！"

"我们老板要见她……"

"是不是认她做干女儿?！"他不怀好意地激我。

本来我可以骂他无聊，何以我们金桥找了个女模特就要任你们编派点什么呢？但是我今天晚上已经占了上风，所以尚能保持心平气和："是啊，谁叫人家长得漂亮呢……"

不想他更气："准出了大价钱！"

"当然不能与你们同日而语。"我自豪地眯一眯眼。

"你们破了行规，算什么本事！"

"话不能这么说嘛，每个公司有每个公司的优势，贵公司名正言顺，是金招牌，不像我们金桥，完全是野路子，除了钱就没有值钱东西了。"

车晓铜气得在屋里踱步，像所有的伟人一样。他冲我做了一个很夸张的手势，"你们那么有钱，捧狗屎都能捧成香的，何必盯着一个冯剪剪?！"

"凭你们在省里的名气、地位，你们可以制造明星，何必跟我们争一个还没出道的女大学生?！"

"行了行了，咱们都别来虚的，其实咱们俩谁都不是为公司，都是为自己！怎么样，何丽英，关键时刻帮助你丈夫出名，你总没有出人头地的问题吧?！"

我冷冷地说："可是我有国计民生的问题，我如果是吃皇粮，一定把冯剪剪拱手相让。你没有后顾之忧可是我有，广告界人不多嘴特杂，谭小姐明察秋毫，我争不过你就骂我笨蛋，我向你妥协就会炒我的鱿鱼。"

"怕她个屁！我养活你！"

我把脸撇向一边再也不转过来，"月月出粮还常常见你冷起一张脸，如果天天伸手向你要家用，你的眼睛还不得升到额头上去?！"

车晓铜一连串地下保证，对待男人的许诺，我从来是百分之二百地打折扣，因为水分太足。比如婚前，我说不要孩子，车晓铜一把抓住我的手如遇知音般地赞同，现在没事就跟我提要孩子的计划，追杀得如债主一般。

我靠在沙发上哈欠连天，懒洋洋地说："再说工作也不是仅仅为了钱……"

车晓铜再说什么我已听不清，他站起来又来回走，在我眼前一晃一晃地更加重了我的睡意。

一觉醒来，离上班时间还有十分钟，我一边慌慌张张地穿衣服一边大骂车晓铜："为什么不叫醒我?!"

车晓铜正在洗手间对镜剃须，冷漠地说："叫醒你? 你叫得醒吗?! 刚才看着你都坐起来了，一会儿又没动静了!"

"睡这么死?!"我皱眉头，疑惑这话是不是真的。

"完全忘记了身边还躺着一位如此雄健的男人!"他撇着嘴，左照右照地欣赏自己洁后的尊容。

我忍不住过去亲亲他，拍拍他的脸，"好了好了，今晚尽妇道。"然后跑到厅里找一块绿箭牌口香糖，沿路嚼着可代替刷牙，一边掏着晓铜外裤兜内的钱包。

他容光焕发地迈正方步过来，见状大叫："好啊，你又要坐计程车上班!"

"你知道迟到对于我来说意味着什么!"

他居然很女人地说了一句，"当初你离开外贸的时候，我就不同意!"

"住嘴! 我不爱听这个!"我箭一般地离去，跑到大马路上拦出租车，我知道楼内有几个熟人在我身后议论，准以为我明珠暗投发洋财了。

跳下车，还不忘给自己买一个粽子，这年头就只有自己心疼自己了，总不吃早餐，女人最易见老。

往楼里猛冲，在楼梯口与人撞个满怀，藏在身上的粽子啪地落在地上，与我相撞的是麦星。

她倒没眼泪，一张国防绿色的脸告诉我她气急败坏的程度，我愣住了，不知说什么好，下意识地想往上走，她喝住我："上去找骂啊，正问你上哪儿去了呢! 所有的人都说你去冯剪剪那儿了。"

我驻步，小声说："跟老刁婆子吵架了?!"

她翻了翻眼白，扭头就走，我反正不能上去，就跟在她后面劝："算了算了，她是更年期!"

麦星说："我一生下来就是更年期，谁体谅我了! 这个鸟公司不上档次，公章不顶用赖得着我吗?!"

我把她拉到僻静处一边啃粽子一边问她到底怎么回事，麦星说，昨天来了个客户联系完业务要去金融大厦提款，当时你不在，谭小姐叫我陪他去，我当时还多长了一个心眼儿，揣了两张公司证明跟他去，果然客户用维萨卡取钱，金融大厦不给提款，要证明，我把证明递进去，不到一分钟就给扔出来了，说要省、市一级的公章，我上哪儿去找省、市一级的公章? 我说人家有卡有护照你们凭什么不给钱，他们说一堆理由，还说解释权在他们一边，最可气的是一个中年妇女是什么狗屁营业组长，带着几个实习生，对他们说，看见没有，这就是态度不好的顾客，怎样对待态度不好的顾客呢……

麦星细着嗓子学，我笑起来。

麦星可没心思笑，接着说，客户没办法，就说我在澳洲存款时特别咨询了能否在中国提款，答案是肯定的我才存了钱，既然提不出款，请给我一个原因的回执或证明，我传真过去看怎么办，结果金融大厦什么都不给，我气得跟他们大干一场。

我说："谭小姐骂你什么? 这的确不关你的事呵!"

麦星说："还能有什么，无外乎笨蛋一类，客户今天一大早给她电话，有意将业务转给省、市广告公司，人家可以出示证明轻而易举地拿到钱，谭小姐当然骂我，叫我想办法把客户留住，我又不能上街买萝卜刻个章出来!"

吃完粽子才觉得脑细胞渐渐活跃，我说："我第一个对象的妹妹好像在金融大厦，不如去找她疏通疏通。"

麦星说："好是好，不要她误会你对她哥旧情复燃……"

"我想人家误会人家都费事误会，她哥结婚、得个大胖小子，过得不知多美，有什么理由理我?! 胸脯平得跟后背一样。"我真的为此事懊恼，想过买丰乳霜。

麦星乐出来，我们走。

很顺利地找到"他妹妹",很顺利地办好提款手续,我们走出金融大厦,麦星说:"他妹妹长得蛮漂亮,想必他也不差。"

"当然不差,可惜那时候车晓铜来挖墙脚,你知道,年轻的女孩都视有挑战性和占有欲的男人为真正的男人,我也不幸年轻过。"

"车晓铜追你,用什么攻势?"

"还不是照相,我那段时间把一辈子的相都照完了,结婚这几年,再不给我照相了,我申请,他就打量我,然后不耐烦地说,你这个轮廓在照片上最吃亏了!"

麦星笑,"别调侃了,我知道你心里特爱他!"

我默认,有什么办法?他的一切行为都包含在人性之中。我还不是一样,结婚前买个洗发水都要问过他,现在换工作、砸铁饭碗也只不过事后通知他一声。

突然就柔情似水起来。下班后,路易和阿恰提议大伙去啤酒屋,麦星欢呼着响应,她刚刚把客户搞定,当然想一醉方休,奇怪的是甘锦良也赞成去,不等大家问,他说"朱丽纹"单位组织去沙头角了,阿恰说那没说的我今晚在你家过夜,麦星说"朱丽纹"老爸老妈肯定还在,甘生今晚别回家了,我有朋友家的钥匙,他去美国了叫我看房子,何不就成其好事呢?

路易说,不不不,你们主要是畅谈人生。

麦星说宏观把握人生就行了呗。

大伙倒牌喷口水花,我说我要回家,他们全愣了,都说干吗呀何丽英,我们联名给你写证明,今晚公司加班。

我只好撒谎说托人捎东西,人家今晚来取。

急急忙忙地往家赶,路上还买了一斤烧鹅给晓铜下酒。推开门屋里没灯,心都凉了。

桌上压了张纸条:英,我出差几天,这几日只能你自个儿过了。"吻你"两个字飞得不成样子。

我这会儿想畅谈人生了,你说人生是怎么回事?!晓铜想我的时候我睡得几乎长出尸斑来,我好不容易想他一回,他倒远走他乡了。

我只好去洗澡,开音响,提着风筒在脑袋上乱吹,然后冲茶水,啃烧鹅，孤独得要命。

音响里是男女声对唱《无言的结局》，这歌我比较喜欢，皆因两人分手之后男的唱：也许会忘记你，也许会更想你，也许已没有也许。男女之情有时跨度就这么大，重要的是得人家把你当祝英台或朱丽叶。

很有心找回啤酒屋去，金桥再不济，也还是个集体，咱自小就受集体主义教育，总忘记雇佣关系这一层，没了车晓铜再没了集体，活不成。

后来还是没有去，靠在沙发上发了一回怔，神使鬼差地抱来照相簿翻阅旧照片，许久许久没有这样浪漫悠闲了，金桥只当你是一颗橙，榨干了完事，于是照片上的人不管是我还是别人都十分陌生。

我发现我年轻时特做作，又不会打扮，有一张相居然拿把扇子做舞蹈姿势，旁边还标了一行字："演出的时候"，简直蠢到了顶点。

看到我和晓铜热恋时的照片，心气才平和下来，那是在海边，我们俩同时站在水里，单手提着凉鞋，另一只手相抚，脑门互抵着，眼睛里尽是热情与纯真，没有风韵又怎么样呢？年轻本身就是一种美，而且它逝而不归。

我就是靠这种冲动作动力，扔下相簿跳起来洗车晓铜留下的一堆脏衣服，当然是用洗衣机，刷他的臭运动鞋，把他叨叨已久的裤子挂钩缝上。

直到躺在床上，也还久久没有睡意。

签约的那一天剪剪没有按时来，我预感着要出事，赶去学校，果然就说她失踪好几天了，校方积着火儿要处分她。我们这头合同已打印了，手续就绪，"香车黄金大抽奖"的海报印得金光灿烂，仿佛刮一刮都能落金粉似的。

我成了热锅上的蚂蚁。

干等不是个事，可是不干等我又能怎么样呢？！绮丽公司内地的总代理频频打电话催我们隆重推出广告促销，我每天单位、学校地扑来扑去，神情如消防队员。

体重直线下降，头发长得像旧社会解放区的妇救会干部，且灰头灰面。谭小姐绷着脸只等结果，对这一切她是盲公，没眼看。

这几天上班下班大伙都没心思开玩笑，麦星客请的摄影——唱片社专门拍唱片封反转片的大师冲着她乱嚷嚷，被她推到办公室外去解释，唯恐惊了谭小姐的驾。我坐不住站起来又要往学校跑，甘锦良过来轻声说："学校那头我去找人，下班以后先去剪剪头发吧。"

我现在简直不能提"剪"字，提了就想哭。甘锦良怕我不去叫路易陪我，麦星不知把摄影师安抚到哪儿去了，反正没回来。路易一路开玩笑逗得我面神经麻痹。

去我家附近的发廊要经过友谊商店，门口热闹非凡，我们不觉放慢脚步，刹那间我差点没倒地暴死：

友谊商店门口交叉拉着两条长长的色彩清丽、制作精良的吊旗，上面是一个紧挨着一个的冯剪剪，雪山泳装，魅力四射。旗下正在进行着爱神牌泳装大抽奖，中者免费青岛五日游、免费大连七日游。买泳装的女士十分踊跃。

雪山泳装的广告片我太熟悉了，当然是出自车晓铜之手无疑。他带冯剪剪去了西藏，这对一个女大学生来说是何等的诱惑！国营单位被规定框死，付不出巨额个人广告报酬，可是他们花公家的钱到处乱跑却能实报实销，令人望尘莫及。

再笨都应该想到车晓铜会出此绝招：过去他对史玲玲的兴趣还不及冯剪剪的一半，都曾动心带她去西双版纳拍山火美人图，尽管没去，我怎么能如此大意呢？！

我非亲手杀了他才解恨！

打理头发的计划自然取消，路易搀扶着我回家。

我极有逃离公司的念头，他们还不至于通缉我吧。路易说这是爹死娘嫁人的事，也不能怪你。我说关键是我们让剪剪去一趟西藏轻而易举，却叫人家捷足先登，败的不是地方，谭小姐定不饶我。

当晚就发起烧来，路易跑去给我买"康泰克"，又给我熬白粥，并用冷水敷面，忙到很晚才靠在沙发上睡着。

第二天一上班，谭小姐就把冯剪剪雪山泳装的吊旗撕得粉碎丢到我的脸上。我木然地站着，一言不发，任纸片从头上脸上滑落下去。

办公室的人全都低着头，他们不忍心看我。

谭小姐气得脸色铁青，嘴唇发抖，"何丽英，你记住！如果有什么需要权衡的，公司的利益比家庭的更重要！这不是我说的，是傅老板说的！！"

她果然知道了此事是我丈夫所为，误会我这几天的忙忙碌碌是障眼法，做给她和大家看的，实际上默契地把冯剪剪让给省广告公司。

我这时说什么她会信？和车晓铜闹离婚她都认为是在演苦情戏。

谭小姐指着我的鼻子："你在金桥不是一天两天，至少应该懂得要有在行爱行的敬业精神！"

她回玻璃门里，门几乎撞裂。打电话的手势幅度非常大，说什么，听不见，但肯定是跟傅老板通话。

好一会儿谭小姐才走出来，阴沉着脸叫甘锦良一道出去，甘锦良诚惶诚恐地站起来，夹着名贵的真皮公文包跑出去。阿恰他们全部拥到窗口，看着两人上了谭小姐的车，才放心过来安慰我。

麦星按我坐下，路易倒水催我吃药："我们还不敬业?！丽英姐都快成人干了！"

麦星没好气："你现在口出狂言，刚才胆囊干吗去了？分泌胆汁消化早餐去了吧。"

路易说："你够胆你怎么不说话？看着她法西斯。"

麦星说："丽英姐昨晚发烧你是见证人！"

阿恰说："雅痞先辈怎么不说话?！他是你们的头儿，这时应该挺身而出，就说责任在他，完全不是我想象的那样，他居然一言不发！"

我木着脑袋犹自感叹，人遇到高兴事时，全世界都能跟你分享，倒霉，就自己一点不漏地担着吧。

麦星说，我宣布我再也不爱甘生了。

阿恰说我也是，把我和他扔在孤岛上我也不让他碰我。

我说，我谁也不怨，自己丈夫都不顾自己的死活，怨得着别人吗?！

麦星瞪大眼睛："车晓铜把冯剪剪带走你真的不知道啊?！这怎么可能?！"

"生活中什么不可能的事没发生过?！我要知道他这样，在饭里拌上老鼠药也不让他得逞！"我面露杀机。

麦星说："走，上你家，白刀子进红刀子出！"

我说："人还没回来呢！"

路易大惊："那怎么吊旗都出来了？"

"他必定不是一个人去的，第一天就能拍好叫人星夜送回。"我无可奈何地说，现在像个预言家，有什么用？！

老半天阿恰才说："丽英姐，我一定要认识车晓铜。"

远处的水天是一团模糊的白色，清清楚楚的是近处的沙滩，沙细得像当年新磨的玉米粉，细细的波纹里尽藏着万顷温情。沙滩上的女人临风而立，无领无袖的麻质上衣，一条轻而薄的棉质石灰色长裙，香肩上搭着一件同样色调质地的上衣，长袖在胸前一挽，更显得玉颈、秀臂娇不胜力，这身装束在炎炎的夏日里透出阵阵清凉。

她不是冷艳，也不是逼人的华贵，她只是弱，那种茫然的，没有一点信心的弱，全身上下仅配的一根抢眼的白金项链，也似乎加重了她的负担。她戴一顶编织精美的乳白色巴拿马草帽，围一圈黑色丝带，架一副黑框眼镜，纤弱中显得舒适与泰然。

她款款而行，不时地侧目远望，终于摘下眼镜、草帽，顿时如云的黑发在风中千丝共舞、鬓影浮香，只瞬间，她飘然离去……沙滩上留下了那顶草帽、眼镜和一套半截埋在沙中的"绮丽"牌夏日系列护肤品。

嫩绿色的彩瓶散落在无人的海边，再现一次瓶上"绮丽"的标记。

亲切的男声旁白：逍遥的夏日，无声的吸引。绮丽牌护肤系列……

再想到那女人，就只剩一个细瓷般冰清玉洁的印象。

百叶窗帘重新卷起，谈判间重新日光普照。甘锦良走过去关上电视机，又从录像机里取出录像带。

麦星痴呆地说："我要买一套绮丽夏日护肤品。"

路易提醒她，"好贵的，你又要心甘情愿上广告的当了！"麦星扬起下巴，"我花的是你的钱吗？！"

阿恰说："怎么这么诱惑人呢？我是最不为化妆品动心的。"她摸摸青青黄黄的脸，当然很平滑，自言自语，"谁给我买一套绮丽系列就嫁给谁！"

甘锦良说："还是傅老板做事稳阵，在我们告急的那几天，他已经叫金桥在香港的制作公司制好广告带，不至于影响绮丽产品的推出。"

"播进电视台的广告计划了吗？"我忙问。

甘锦良不看我，"插进去了，并且是甲类时间播出。"

我呼出一口气，倒向椅子背，猛然又直起身子，"这么短时间，傅老板到哪去找来如此佳人，是不是金桥还有冷藏明星的业务?!"

所有的同仁都转向我大叫："何盲公啊，你最近到底怎么回事?! 蒙蒙嚓嚓! 傅太呀——"

我猛然用手捂住脑门，果然是傅太。

再看阿东，仍坐在角落里盯着电视机，眼睛嘴巴齐齐张着。

傅太平时只端一种少奶款，仿佛有一种与生俱来的对世事的厌倦感，想不到她在屏幕上完全是另一个形象，独具气质，万种风情。

我想起麦星告诉我傅太曾入选最上镜小姐，当时我没有留意。麦星说，傅太只做过一个香水广告，就撞上傅逸泉，从此告退娱乐圈，做全职太太。我说这稀奇吗?! 麦星说稀奇的是赵绮丽赵老板为傅太专门调制了一种香水，只为请她出镜，她不肯，赵老板从此停售这种香水。赵老板是何等挑剔之人，他竟请傅太出镜，一请就是八年。

我当时觉得赵老板未免小题大做，现在钦佩他宁精勿滥的从商风格。绮丽产品之所以保持高档与他的眼力、品位、挑剔息息相关。

将近十年未出镜的傅太，情怀依旧，风采依旧，她没有话，没有动作，只是款款而行，侧目远望，却是永恒的明星风范。

相比之下，剪剪有青春、有漂亮、有活泼、有热情、有挥洒、有豪放、有可爱、有潜质。傅太只有弱，只有美，只有那一份万人不及的成熟女子无视红尘的神韵，任你怎样模仿也自识赝品。

按照傅太现在的身份，她是不情愿也不适合做广告的，傅老板也绝不舍得让她做。但是金桥要讲信义，从中也可见傅老板的敬业精神。

甘锦良说傅老板为此送给傅太一间巨大的玻璃花房，傅太不要，也不理他。赵老板把绮丽夏季全部的新产品广告包给金桥，并送傅太一辆最新型的平治（奔驰）汽车。

以往甘锦良提起平治汽车眉飞色舞，什么人车合一的境界，淋漓尽致的高速感，什么路面感觉，源源不绝，反应灵敏、意到车停，广告词几乎让他倒背如流。我们都知道，平治在甘锦良眼里不是汽车，而是身份。

可是今天他对平治汽车不置一词。

我知道他在生我的气，他觉得我做事有心机，而失原则，他跟谭小姐的想法一样，觉得我一边出让冯剪剪一边演戏给大家看。

人们散去上班，我刚站起来，甘锦良就叫住我，等人走光了他也不说话。

半天他才说："这个月你的奖金全部扣光。"

这种单位，奖金几乎是我收入的全部，在五百到七百之间浮动，这个月温饱都够呛。我哼了一声向门口走去，金桥有残酷无情的一面，在我意料之中。

他突然冲着我的后背咆哮一声："你应该向我解释!!"

我心平气和："我没有什么可解释的，我办砸的事，罪有应得。"

"你这个表情让我想到这件事从头至尾都在你和你丈夫的预谋之中，你当然不在乎五六百块钱，谁知道你跟省广告公司有什么私下交易!"

我啪地击响谈判桌，厉声喝道："甘锦良，你不要狗眼看人低! 我何丽英不是要饭的出身，别说做，想都想不出这么无耻的主意!!"

他不示弱，咬牙切齿地说："那你怎么解释这件事? 省广告公司怎么知道我们要起用冯剪剪?! 你丈夫上哪儿出差、与谁同行你会一无所知?! 你怎么能把公司利益当儿戏，差点让人家把我们杀个措手不及! 要是傅老板只有一个在乡下吃斋的老婆，赵老板会为了冯剪剪把全部的广告转到省广告公司，使公司蒙受重大损失，赵老板就是这样一个人，要不他也不会有这一份家业!"

"我再说一遍，在这件事情上，我始终坚持金桥立场! 出现意外也是我始料不及的!"我看着他不以为然的表情就来气，冲他喊起来，"连你都不相信我，我解释细节有什么用?! 再说各家有各家的过法，不见得人人都像你家一样，早请示、晚汇报，晚上加班写证明!!"

我摔门出去，气得眼睛干热无泪，全身血管怒张。原以为甘锦良是什么好人，现在看，地地道道一个狗腿子，谭小姐说不出的话他居然说得出!

他这样子想，我一辈子也不原谅他。

大概车晓铜跟我想的一样，回家就爆发"海湾战争"。我是见到他的一刹那改变主意的，一吵一骂，再用小拳头在他胸前一播，他就彻底解脱了。如果他浪漫一点，就势又亲又啃来个一周大事，夫妻俩和好如初，你说你窝囊不窝囊。

叫他难受的唯一办法就是不跟他吵。

不过他的神情也跑出了我的预测范围，原以为不是自鸣得意就是讨好巴结，结果他是恍恍惚惚。

我根本不看桌子上放着的羚羊角和化石，对西藏的新闻不闻不问，绝口不提"冯剪剪"这个名字。浇我的茉莉花、文竹和紫罗兰，品茶，翻工作记事本。

当天晚上他就从电视里看到了绮丽牌夏日护肤系列的广告，张口结舌。他们帮爱神我们帮绮丽之间的竞争早已不是秘密，尽管他这回釜底抽薪不是为了爱神而是为了自己，但是客观上没有难住我们反而看到我们大爆冷门，也把他震得不轻。

他本能地指着傅太："告诉我她叫什么名字？"

"妄想。"我轻飘飘地说，还神秘莫测地一笑。这个女人会让每一个见到她的人浮想联翩，车晓铜绝不会例外。

不过他聪明地断言："这个女人根本不在本市、本省，甚至不在中国。她的美在于她根本无心做这一段广告。"

车晓铜的深刻到此为止，总是缺点什么，所以难成大器。我不回话，沉默是金。

整个晚上我没进卧室，在工作间的小床上独睡。天蒙蒙亮的时候车晓铜冲进来对我吼："你这样做是要后悔的！"吼完就走，没动静了。我一下子别提心里多舒坦了，居然安然地睡了一个回笼觉。

最使车晓铜感到没趣的并不是我这副无关痛痒、不死不活的德行，而是他并没有因为争到冯剪剪就一夜成名，红透半边天。

没有一种成功是按部就班降临的，当年生活坎坷两袖清风的麦当娜，如果知道自己日后会华衣重裘年收入在六千万美元以上，她还会去拍小电影、三级片吗?！成功的条件或许复杂或许简单，却绝对不在人的意料之中。广告摄影界对车晓铜的反应平平，甚至因为他在毫无准备、毫无章法的情况下推出冯剪剪，使公众觉得剪剪不过是个漂亮妞而已，剪剪的吊旗悲惨地挂在有些杂货铺里，以示装点，巨大的路牌把她画变了形……

一颗本来可以让人炫目的红星还没升起来就让车晓铜捧俗了，她无疑是第二个史玲玲。

这是他最没想到的结果：他的成功仅限于这场名模大战的挖角成功——为竞技场上的爱神牌产品争得了一个漂亮的女模特。

我同情他，但是爱莫能助。晓铜的脸终日阴沉着，他变得烦躁不安，像女人一样挑剔。

一天晚餐，我煲汤、炒猪肝，我忙这种活儿不在行，做完之后像弄了八大桌酒席那么累。他照例挺晚回来，上来就是一句，怎么搞的，又是炒猪肝，你又不是不知道我不爱吃猪肝?!

我气得把围裙一扔，冷冷地说："我还吃呢，我跟你一样重要。"

他又嫌汤里有姜，这人我没法儿伺候。

第二天下班后他倒是早回来，一把菜都没带，虎视眈眈地端坐在厅里，我一进屋就猝然把一条男式手绢丢在我的面前。

我说这手绢是路易的，那天晚上我发烧，他照顾我，用手绢替我擦头上的汗，我洗干净一直忘了还他。

什么什么?! 我不在，居然有男人在我们家过夜，还出现擦汗这样的细节……车晓铜喋喋不休。

我一下子火了，我说你什么时候变成这样的? 该管的事不管，不该管的事瞎操心!

他说，我什么该管的事没管?

你能不能先把饭做上? 洗澡的喷头漏水你能不能修一修? 沙发断了一条腿垫了三块砖头，我说了一年了，你管了吗? 所有电风扇的摇头功能都坏了，难道让我扛到维修站去? 车晓铜，你老婆只剩九十四斤了!

你还说我变了，你怎么变得这么庸俗?! 车晓铜一下子找到了宣泄的途径，他说你已经学会了像所有的家庭妇女那样数落丈夫、训斥丈夫! 你还要变呢，变成母老虎也不一定。

我心里很清楚不应该在他不顺的时候扮演刁妇形象，但情绪已不受控制，我直着脖子冲他嚷嚷，"车晓铜，如果你的成功来得不像你预期的那么快，请你在自己身上找一找原因! 我不是撒气筒!"

男人软弱，需要成就感，这我都能理解，但不要怨天尤人，敏感得邪乎。一条手绢又刺激他了，像某些"名男人"，说他是×××的丈夫就是奇耻大辱，反过来，老婆们甭管多杰出，说你是谁谁谁的老婆你要显得特自豪，真是活见鬼了！撒切尔就没这毛病，还在家安慰为国事伤神发点小脾气的老婆，妨碍他当伟丈夫了吗？

我在大街上毫无目的地走着，生闷气，瞎想。

幸亏车晓铜不是天才，真要是一夜走红了，我还要忍受他多少猜疑和怪癖?！

最后还是我买了两个盒饭回家，想一想，不知道谁更值得同情。

上班没多一会儿，若空就在走廊里大喊："出粮啦！出粮啦！"

除了我以外，谁心里都高兴都振奋又都装聋作哑，果然谭小姐就从玻璃门里冲出来，跑到外面训斥若空，"叫什么叫，招魂呵还是喊尸呵你?！"

前两天，谭小姐又是去医院检查身体，所以误了出粮，工资表一定又是在家批复的，一定又是若空的功劳。

这两天，公司里出现一个陌生老头，知识分子模样，待人和蔼可亲。阿恰告诉我这是谭小姐高薪给公司同仁请的大夫，某著名医学院附属医院的教授，每周两天来公司巡诊，给大家看病。

当时我心里热乎乎的，觉得资本家也有仁慈的一面，我们没有公费医疗，谭小姐倒也想得周到。

我因发烧之后全身关节对称性地疼，晚上又盗汗，赶紧找大夫号号脉、诊治诊治。老头的态度分外好，耐心极了，建议我这样、那样，给我开了方子，还叫我去内科挂号确诊，我说你不能确诊吗？他笑笑谦和地说，现代医学的分科越来越细，他自大学毕业后就一直钻研妇产科，主要会治妇科病。

老头一走我就把方子撕了，谭小姐等于给自己请了个大夫，我们要想沾光就得得妇科病！

门被推开一道缝，若空的脑袋伸进来冲路易招手，路易看看玻璃门，也只有悄悄地出去，不一会儿走进来跟甘锦良低语，我断断续续地听见买电子游戏机什么的，甘锦良皱着眉头好一会儿，还是同意了。

路易陪太子爷去买游戏机，大伙儿一个个地溜到楼下去领工资。我最后一个去，奖金一扣，所剩无几。回来的时候谭小姐不知什么事已经出去了，办公室的空气有所松动，阿恰又在说聚餐的事，麦星拼命地用眼神制止她，一个劲儿地说，下个月，下个月。

甘锦良不说话，我也不说话，我们谁也不理谁。

麦星曾经暗地里劝我不要跟甘锦良计较，她说他不是因为挨了傅老板的骂，而是对你失望，说你太有心机，用北京话说是拿大伙开涮。如果挑明了跟他说，无论最后是什么情况他都不会怨你。

我说他凭什么断定这件事是我的预谋？

她说甘锦良说我玻璃板下面压的风景、静物照都出自车晓铜之手，上回车晓铜与另外五个人合办影展我到处给他拉赞助，某杂志的封底登了车晓铜一张片子他亲眼看见我几乎把那一期杂志买光……

我说这是两回事！

麦星还要往下说，我招手制止她，我说："麦星，你信不信我？"

她说："我信，但是男人没有第六感觉。"

我很安慰，如果麦星都不信我，我自己都将怀疑这件事是我自编自演自导。

电话铃骤响，我不再盯着甘锦良的后脑勺，拿起话筒。对方只喂了一声，我就听出是冯剪剪。

她说："丽英姐，我想找你谈一谈。"

"有事吗？！请讲。"我不是不喜欢剪剪，但是对于言而无信的人，无论你多好，我弃之如敝屣。

"我想找你谈一谈。"她坚持说。

"我很忙，电话里说一样的。"

"我想找你谈一谈。"

我只好用沉默表示我的不情愿，她也沉默。

我没办法，"好吧，在哪儿？"

她说了一个宾馆的酒吧。

见到剪剪时，她正坐在酒柜旁边的高凳上喝生啤，虽然黑了，瘦了，却使她的美越发生动。

她穿一件渔网T恤，下面是棉质格子的短裤，腰间一根极宽的彩色皮带，脖子上挂的饰物，一看就知道是藏民们锻打的，头发还梳成许许多多的小辫子，整个的风格是野性、嬉皮。

她见到我忙跳下高凳陪我入座，为我点了冻柠茶。

半天我们俩都没说话，我无话可说，她又不知从何说起。

我揣摩她是后悔了，剪剪不笨，她明白了在面临选择时她迷失了自己。本来，她离成功只一步之遥，可她提前下车，跑去凑热闹，其结果是她失去了一个成为明星的机会，变成了处处曝光的大美人。

她显得六神无主，人坐在那里却神思已远，眼睛里迷迷茫茫却又不知望着哪里。我一下子又很怜惜她，便淡淡地说："剪剪，其实你并不适合做爱神广告，他们是普及型商品，这就导致大众口味必将取代宝贵的个性，而你从里到外都是非常个性化的，你更适应成为绮丽的明星，绮丽是中高档商品，它追求的就是神秘的少数与个性……"

我帮不了她，金桥正在物色全新的玉女形象。

她低着头，来回来去地就只说，"我没有办法……我没有办法……"这是年轻女孩经不住诱惑时最爱说的一句话，然后顺理成章地原谅自己。

"丽英姐，真的我没有办法，我爱上他了……别说是为爱神做广告，就是现在安全部找我说他是克格勃是联邦调查局的特务，我也无法改变……"她抬起头，真挚地望着我，"对不起，丽英姐，我失信于你了……开始我并不想这样，有君子协定，给金桥做广告，给他拍几张片子参加摄影大赛。可是等到了雪山脚下，爱情却不知不觉地降临了。他根本不是我们学校的那种小男生，浅薄做作还自鸣得意，他豁达，开朗，幽默极了，天上地下，无所不知……"剪剪的眼睛里充满着倾慕与爱恋。

我承认车晓铜有一种交流美，不说话，再普通不过，一相处却又是一个味道。可是他没必要去唬人家女孩子，他喜欢看到她们云里雾里的样子。

剪剪接着说："有一回翻车，从车底爬出来我就哭了，他用手绢给我擦眼泪，还笑，他说体验死亡并且把这种感觉告诉你的朋友和同学们，不是每个人都有这种机会呀，我一下子就愉快了，觉得跟他在一起连翻车都特别有意思……"

路易的手绢只不过擦了擦我病中的汗，他就"癫痫大发作"，而他的手绢都擦到女孩子脸上去了，怜香惜玉的电影画面，你绝对不能说他，说了更显得你龌龊而他崇高。

我说："怎么就变卦了呢？"

"他本来就是一时冲动托人请的创作假，后来单位来电报，拍不来广告片按旷工处理，差旅费一分不报等等。"

"于是他就决定牺牲我的利益，男人在关键时刻都这样。"

"那时我已经愿意为他上刀山下火海。"

"他爱你吗？"

"他没说，可是我觉得他爱上我了！"剪剪的眸子里跳动着两团小火苗，乌亮、浓黑。

"他知道你来找我吗？"

"当然不。我来找你是因为我内疚，我突然失踪，一定误了你们金桥的事，你们真心待我！可是我……我没有办法……"

"他后来又评价过金桥吗？"

"没有，我提到过你两次，他好像欲言又止，一定是觉得对你们不仁不义，可是，你们两家公司竞争，总不能让他负什么责任。"她已经拿出分辩的口气。

好哇，车晓铜，你干的好事。

上回他就把史玲玲搞得要"全权委托"，他却在我面前指天跺地地发誓他根本没有非分之想，我说不见得人家一个好好的美女要为你害单相思，他说所以嘛，我有魅力那能怨我吗？！

你哭笑不得。车晓铜对女孩儿确无歹意，哭叽叽找来的女孩没有谁把金银首饰扔在他身上骂他色狼，脸上只有纯纯的感情。可是他给女孩子擦眼泪，挤车时呵护她们，出公共场合潇洒地给她们拉门拉椅子，再有就是天南地北的乱扯，谈著名的摄影大师。人家芳心渐动，他那里却完全安静了。

他需要女孩子的喜爱和崇拜，我不想揭穿他，也不希望剪剪的美梦瞬间熄灭、破碎。我唯一能做的是提醒车晓铜想办法叫剪剪平静下来。

我说："剪剪，你了解他吗？你知道他的经历吗？你知道他有没有家庭？你知道他的弱点吗？你应该明白每一段感情都是这样：头开得多姿多彩，表面情况绝对是相见恨晚，慢慢地露出底牌，才发现一切人和事都有负面……"

她当然听不进去，她说："这些都不重要，重要的是我爱他，我不是一个轻易动情的女孩。"

她现在动情了，就要求整个世界为她颠倒，漂亮的女孩子都是这么生猛的。

情况比我想象的要糟一百倍。当晚，我刚一跟晓铜提起剪剪，就跟踩了地雷一样。

他瞪起眼珠子冲我来了，"你怎么回事？你找她去了？你为什么要去找她?！你都跟她说了些什么?！你为什么要干预我的感情世界?！我难道就不能保留一点自己的秘密吗?！"

我简直愣了。以往他都是先开脱自己，然后耐心地向我解释这些女孩子都是很美好的，我们不应该伤害她们，我会想办法叫她们慢慢冷却下来的……可是今天，他一反常态。

不容得他不承认，他的恼火告诉我他是爱上剪剪了，而且这情感来得猛烈、深刻。

可笑的是我，竟以为他这些日子的恍惚与不快来自事业上的失利、大动作后的无声无息的失败。

我再也没有说话，一句也没有辩解，只是平静地注视着他。

这并没有令他感到失态，他照样滔滔不绝地指责我，踱着伟人的步伐，他说我去找冯剪剪太掉价了，完全是俗女人之举。是啊，和剪剪比起来我是黄脸婆而她是抵挡不住的诱惑，居然嫌我辱没他了，跌入情网的程度跟剪剪比起来有过之而无不及。

他生活在美女堆儿里，我一直以为他已有免疫力，看来谁都不是铁板一块。

以往他未动情，我倒跟他天翻地覆地吵，现在来真格儿的了，我却一个字也说不出来。

与爱情相比，我太渺小。它是令人神色恍惚、日渐消瘦的心事，是举箸前莫名的伤悲，是甘愿被召唤被主宰的等待，是记忆里一场不散的筵席，是不能饮、不可饮也要拼却的一醉。我是什么?！

好在麦星是单身，又替赴美的人看房子，我去找她搭铺，实在要散一散心。

她替我开门，见我灰暗的脸，便什么也不问。我说车晓铜来了一堆过去部队的战友，畅谈革命友谊，我根本没法休息……她说在路上编这么久都没编圆？我直觉你是为冯剪剪的事跟他算账。

我没办法，说："屋里有人吗？有我就告辞了。"

她说："谁，甘生？他早就被'朱丽纹'管废了，不是有贼心没贼胆，而是连贼心都没有了。"她惋惜地摊手耸了耸肩，再懊丧都被她逗笑。

我说："路易不来陪你？"

"他？这么晚来，试婚呀？"

"麦星啊麦星，没有你不敢说的，老实告诉我，跟男人接过吻没有？"

"没有一个男人亲过我！"

我倒在沙发上笑，她翻主人的威士忌与我对饮。

谈及男女之情，麦星很失落，"路易不是不好，可是下决心嫁给他就是觉得不甘心，是不是太过平凡？！喝汤的声音咕咚咕咚的那么响，头发总是竖起来遭谭小姐的骂，周身没有一个女孩儿跟我竞争，只有一个若空！"

"你整天惦记着生生死死，除了马龙·白兰度向你求婚，你会觉得哪个男人不平凡？！"

"等到最后一刻吧，如果还是没有人跟路易决斗争我，我只好嫁他。"

"你好笑，现在能等个一冬两夏的人都是精神病患者，等三年以上的属于天方夜谭，人家跟阿恰早已经紧锣密鼓了……"

"什么？！"麦星跳起来，大惊失色，"他胆敢放弃我？！"

我哼了一声，"怎么样，有人与你竞争，就知道什么是大苦大难……"

"车晓铜爱上别人了？"麦星小心翼翼地问。她一贯聪明。

"谁？冯剪剪？！"麦星叹息，"那是一个魔女，我不知道世界上有没有不爱她的男人……"

"所以我第一次为这种事恐慌……"我低下头去。

我听见麦星同情地说："我知道你很爱他……"

"爱是一回事，缘去缘尽是另一回事。"这时，我的眼泪才汩汩地流出来。

翻相书，今年是我的凶年，霉运一来山都挡不住。

直到外商发来询盘，谭小姐才发现我跟人家签的合同少写一个零，她气得手点着我却说不出话来，当即被医学院的妇科专家搀进玻璃门里。

是香烟广告，并配有一项大型的"有奖问答"游戏，公开抽奖，获奖者就设一千六百名，奖品精美。烟草公司有的是钱，广告费用一掷千金。

我昏昏沉沉铸此大错，幸亏老客户发来询盘，否则公司损失重大，我得卖人体器官才谈得上偿还。一身大汗，我身上像水洗过一样，手又凉，瑟瑟直抖，拿笔都拿不住。

从来没试过失眠，这回味道尝尽。一到晚上神志清醒得像电脑，全部的图像都是车晓铜，千般万般的好，没有一丁点的不是，挖着想也想不出他坏在哪里。而且一点也不恨他。

白天上班则头大如鼓。

谭小姐炒我鱿鱼。

我都没想到自己会平静地走回与麦星同住的寓所，沿途买一大堆报纸，躺在沙发上看广告分类。

可能我这个人一直不顺的缘故，每回中彩一般地碰上好事，总是窃喜而不敢踏踏实实地高兴，又似乎感到不知什么厄运已悄悄地紧逼我；一旦倒了大霉，心里反而定下来，事情坏到了不能再坏的地步，只会向好的方面转化。

原谅我这么想，要不我就只有去做三毛。

晚上插花学习班有课，还是决定去。一方面钱都交了，不学白不学；另一方面说不定我以后要以开花店为生，插花艺术就不是爱好而是饭碗了。

早早地在街上闲逛，吃各种各样的小吃，第一次有空细细地品尝它们，深感味道好极了！然后买一个冰淇淋蛋筒一边舔一边抬头观望我极少注意的一座比一座新、一座比一座高的大楼，有宝蓝色的，也有巧克力色的，还有的是清一色的玻璃镜，光洁度极好，显得豪华。置身于水泥森林之中，才渐渐恢复了空落感。

眼前的车水马龙、繁杂热闹跟我毫无关系。

过几日我在哪里出粮？

晚上，丽倩花艺中心的花艺师吴女士讲日本插花的象征意义和流派。象征意义方面主要是阴阳哲学在插花中的表现，落实到叶子，主脉的右边和左边分别象征阴和阳，以示主宰宇宙的两大力量的象征意味。

现在什么没有哲学？头发留长或剪短或许，咖啡加糖或加奶或许，其他事均有哲学，却没有人告诉我失业的哲学是什么。

吴女士说，日本大小插花流派逾千，人们熟悉的是"草月流""池坊流""古流""龙生派""一叶式"等，目前国内最流行的是日式插花"草月流"。

我需要"面包流"。

原以为自己是超然洒脱之人，现在显出本质仍然是脆弱。有饭吃，插花就是插花，是艺术，没饭吃，插花是狗屁，是吃饱饭的人撑的。

现场表演的插花艺术是"一枝独秀"，吴女士在一样一样地讲所需花材：大红色夏威夷红掌五枝，白色兰花十枝，黄小菊六枝，花泥三分之一块。橙色球形瓶一个，米色圆形织垫一个。

所有的兰花呈放射形插好，中间短旁边长；小菊剪短插在兰间；四块红掌插低位，一块插高位。

我真傻，一直以为自己是高位红掌无疑，自然高处不胜寒，现在来体会花泥滋味，顿生惆怅。

还是没等到下课就离开了教室。

默默地走了很久，抬起头时才发现不知不觉回到家来了，这种时刻，非常需要车晓铜在身边。可是家里没亮灯，漆黑一片，想到自己这番处境而他可能在跟剪剪浪漫情怀，大热的天，竟双手抱起肩来。我猛地转身离开这里，心中百般的惊悸：几时我自己开始怜悯自己了？！

我明白我闷得几乎窒息是由于无处倾诉，签合同出差错我无话可说，任骂任罚，可是我为金桥勤奋工作也是事实，国营单位的重在一贯表现在这里简直一文不值，干得好，那是应该的，不是已经月月出粮了吗？干得不好，就请走开。

最不能接受的是，自己的存在与努力，以及一切辛劳，竟连让谭小姐稍加考虑的价值也没有。

不知怎的，总想起从洁白淳厚的蚕茧中奋飞出来的苍老而无用的盲蛾。

路过红宝石电影院，我跑进去看《滚滚红尘》。总不见得又早早地坐到麦星对面去，冲她哇哇地吐苦水，那她真可以同情和可怜我了。

散场的时候，我突然看见从包厢里往外走的傅逸泉和若空。以往，他们俩从未在一个场景下出现，现在走在一起，我才发现他们俩长得很像，我被自己的这一想法震撼了，立在那儿，任人流慢慢地涌过我。

傅老板几时来的呢？除了这样的夜场电影他们还会去哪儿呢？若空揽住傅老板的腰，有说有笑的，傅老板不说话，只是不时慈祥地望他一眼。

这就是男人吧，娇妻美眷固然是他的命脉，子嗣后裔的问题也是必不能忽视的。我只叹谭小姐，从不露任何短处和弱点的她，那美丽的事业躯壳所笼罩着的，是不是也是一颗因扭曲而变形的心?!

整整一晚上的煎熬、思索与感叹，抵得过我半部人生。人有时的成长与成熟，仅在瞬间，仅在区区一件事上。

回到麦星的寓所，她已经趴在沙发上睡着了，听到动静睁开眼睛，嘟嘟囔囔地说："你怎么才回来？阿恰和路易在这里等你一晚上……刚走没一会儿……"

见到车晓铜，看出来他生生死死了一回：深陷下去的眼窝，无精打采的样子，人没有了神，走神。

他不说话，脸上有些许歉疚。麦星在一旁解释，说他找去公司，才知道我的情况，命麦星带他来找我。

我什么也没说，默默地收拾东西跟他打道回府。

一路上，很觉得自己不争气，为什么不端一端架子呢？他为伊消得人憔悴，我应该痛恨他才对。然而感情这东西，或许有高下，却没有什么对错。我所能做到的，就是绝不纠缠他，我从不相信爱情是靠纠缠得来。

推开家门，一股亲切感扑面而来。进屋的一刹那，我愣住了，呆立观望了许久。

家里依旧是那么凌乱，但是沙发腿儿修好了，还没刷漆，露着白生生的木碴儿；所有的电扇都集中在厅里，开着，风叶疾转，并且大幅度地摆着头；墙上，是一张放大的旧照片，我们在海边，脑门相抵着，手提着塑料鞋。

我相信厕所的水管一定不再漏水了。

眼睛很潮。

这时车晓铜才靠近我，一只手搭在我的肩上。

我说："……那她怎么办？"

"不是我放弃她，是她放弃我，她喜欢你。"

"你可以不放弃。"

"我必须放弃。因为我的确爱上她，我不希望她慢慢发现我的弱点，我希望在她心目中永远美好。"

"你第一次承认自己还有弱点。"

"不承认又怎么样呢？知道我弱点的当然不止你一人，但是只有你一个人肯容忍我。"

"什么时候叫剪剪到家里来吃顿饭吧。"

"不可能，她已经决定肄业离开这座城市。"

有这么严重吗？剪剪，你应该重学业、重前途，而不应该那么任性。你还年轻，还不懂得任何美好的东西都会有瑕疵，有缺憾，车晓铜也不例外，是你把他理想化了。

我望着车晓铜的眼睛说，"她为你这样做，不值。"

他点头，"我也觉得对不起她……"

"你们男人做事要有良心，要考虑得全面一些，因为，你们的举动，有时会改变女孩子一生。"我淡淡地说，然后去一一关上电风扇。

暂时找不到理想的营生，就在家做全职家庭妇女，清早带着弹簧秤去买菜，跟菜农、肉农讨价还价，回来后，洗衣服、拖地、浇花，然后给丈夫煲汤水，晚上车晓铜困得东倒西歪，我坐在沙发上看粤语影片杀时间。

不几天就烦，这回的表现不是吵吵闹闹而是一言不发，一脸的痴呆表情。

每回看着两菜一汤，车晓铜就颇不安，连声说："简单一点，简单一点，下面条什么的就行了，别累着你……"

我分明都快闲出病来，这话是真诚的反讽，一听，连仅存的一点食欲都没了。放下筷子坐到一边去，他又说："何丽英，我糠能吃菜能吃，你这个脸子我实在看不了。"

我扭身，面壁。

一天，我从菜市场提着冬瓜、排骨回来，边走边掏钥匙，楼梯一拐弯，见有人站在我们家门口，定睛辨认，原来是甘锦良。

他也正转过身来看我，从他的表情里，我知道自己有多狼狈。

他不说话，接过我手上的菜等我开门。

坐下来，递给我一封信，谭小姐写的，请我回去上班，下面签着"谭雪航"三个字，流利、华美。

太意外了，胸口怦怦怦地直跳。生活中有许多难点，不是靠意气就可以解决的，说得好听点是能屈能伸，难听点，你总得自己给自己开饭。

在我们这座城市，不见得没有人愿意像陶渊明那样崇尚自然，归园田居，可是现在农工商搞得纷纷扬扬，农民的地都分不过来，哪还有闲田叫你"采菊东篱下，悠然见南山"呢？老老实实地捧牢一个饭碗是真。

甘锦良说，剪剪肄业离校前去向他告别，他才知道了事情的原委，知道他误会我了。

他说："我一直喜欢你，是那种纯粹的喜欢，我不希望你是那种工于心计的人，所以激你，想让你令我信服……"

你喜欢我就应该伤我，这又是男人的哲学，好没道理。人心是不可以伤的，伤了再叫人忘记绝无可能。

对车晓铜如此，对甘锦良更是如此。我可以不说，不埋怨，不申辩，却不等于我心里没有。

上班两个月后，麦星才告诉我，我走后，是甘锦良拼命到谭小姐那里去争回我的金桥籍，不惜以他辞职相要挟，谭小姐没有办法，只好请回我。

我激动万分，下班时等到最后一刻，所有的人都走光了，我才叫住甘锦良感谢他。

他有气无力地说："你错了，丽英，我也以为自己是一个很重的砝码，结果谭小姐的表情告诉我金桥失去我并不见得有多大损失，我没帮上你，竟多出一份兔死狐悲的感觉。我不是完人，如果我出错，一样发岌可危……"

我奇怪，"她总不会平白无故地请回我。"

他说："路易找了若空，不知他怎么跟若空说的，反正最后令谭小姐改变主意。"

我无比苍凉，我的生杀大权不过在一个孩子手里，而他完全是凭对唐老鸭的兴趣来取舍我。

我冷静地向路易证实这件事。

路易说："讲笑哇你，谭小姐还没糊涂到这个地步，听信孩子的话，何况她孩子又不是神童，走马灯似的换家庭教师，不是照样好几个不及格……"

我打断他的话，"那到底是怎么回事?!"

他说："麦星的设计最近突然走红，她的不羁和无规可循无意间迎合某种潮流，许多客商点名要她的设计风格，还有其他公司出高薪、出职称和房子来挖她……是她去谭小姐那里说情。"

麦星在我眼里，还只是个未成熟女性，但是幸运之星关照她，让她走红，使她的话举足轻重。

路易说："不要再询问这件事，换上我们，你也是要拔刀相助的，大家难兄难弟一场。这样的公司，我们不可能有参与意识和主人公精神，就只剩下友爱了。"

他说这些话的时候很有兄长气，如果年轻几岁，我或许会爱慕他。可是后来我发现麦星对他若即若离，麦星发达，大概庆幸自己没有稀里糊涂地落在一个不起眼的角色身边。

是祸是福呢? 人没有未卜先知的本能，对于每一个可能的获益，都包含着一个可能的损失。

对于麦星的轰轰烈烈，最不忿的是车晓铜，那个疯丫头怎么会成功?! 没有一点道理嘛，没有一点逻辑嘛!

我说："你既有道理，又很有逻辑，但是你不会成功。"

"为什么?"

"你什么都不想舍弃，你会像她那样砸掉舒适的铁饭碗吗? 会在没有人欣赏她的新潮、大胆的设计时仍旧我行我素吗? 会公开地承认喜欢男明星，也看武侠书吗? 而且你不止一次从事业开始，以爱情告终，基本上是名利财色样样不能丢，你成功了，那还有谁会不成功呢？"我是用开玩笑的口气说的，但是车晓铜仍旧气得腮帮子直抖。

他颇能与环境调适，所以就难以成功。麦星要是他，绝不会向旷工和差旅费低头，更不会牺牲爱人的利益和在情人面前失言。

金桥成立七周年纪念日，傅老板在中国大酒店四季厅大宴宾客。金桥的职员可以带家属，我问车晓铜，他不去，并且嗤之以鼻。"朱丽纹"去了，脸板得像个女纳粹，吓得阿恰和麦星做端庄淑女状，看都不敢多看甘生一眼，甘锦良一身金达西装，真正的欧陆气派。

实在没有敌情可查，"朱丽纹"才吃饱喝足后离去，招呼都不跟大伙打，派头比傅太还大。

阿恰软在椅子上说："总算透出一口气来。"

麦星质问甘锦良："谁叫你带她来？！"

路易说："麦星，到底你是'朱丽纹'，还是'朱丽纹'是'朱丽纹'？！"

甘锦良说："我没办法，她看到请柬，上面写着带家属，她要把老爹老妈都带上，我坚决抵制才罢休。"

麦星不以为然，"干脆这一桌包给你家得了！"

"她也不是没有优点，"甘锦良慢慢地说，我们洗耳恭听，"前几天，她居然在街上给我买回一本目前很难买到的康德的《纯粹理性批判》，我问她怎么知道我一直想买这本书，她说看见你托人就托了两次。你看她多有心，这就是爱情。"大伙哄的一声，表示康德跟爱情搭不上，我却顿时悟到了甘锦良为什么能容忍这段不尽如人意的情分。

至少"朱丽纹"在这一点上摸到了他心中的沟沟坎坎，她知道甘锦良的转行是迫不得已，她就绝不在这一点上刺激他而给他无限的抚慰。朴素的感情最能够维持婚姻。

人各有图，在自己看来万万不能忍下的情形有人能忍，必定有他的理由。

大伙又海阔天空地闲聊，像无数个过去和以前那样。路易突然问大家，"你们说到底是国营单位好还是私营单位好？"大伙便开始认真地分析、评判，从各个不同的角度来加以论述，连甘锦良都参加了讨论，以哲学的名义。

只有我但笑不语，一口一口地品着醇香的干白。

好一会儿，阿恰说："丽英姐有什么高见呢？"

我轻轻地说："好愚蠢的问题，无论在哪儿，只要是有真诚、有情感的地方就好……"

他们还是听见了，满桌子的人都静下来。

雅痞先辈说："我一向看重地位、利益、名望，可是一旦觉得烦恼、空虚、没有意思时，这一切并不能宽慰我，我才知道我需要的，不过是那么一点点……"

麦星说："路易，丽英姐说得没错，你愚蠢。"

"可是我的愚蠢使他们变得深沉。"路易快活地说。

阿恰平静地说："路易，我喜欢你。"

"那阿东怎么办？"路易说。

"没关系，你把白手套扔给他就是了！"阿恰的话说得飘飘的。

麦星说："那他们只会为傅太打起来。"

我们笑，看见阿东在隔壁桌上一丝不苟地伺候傅太，阿恰、麦星、路易他们冲他做鬼脸，两个大拇指顶在太阳穴扇"猪耳朵"，他根本不笑，理也不理我们。

阿东完了，他神圣的表情如视图腾。

我动容。

再也没有见过冯剪剪。只是每年的圣诞节，都会收到一张她寄来的精美的圣诞卡。

下面只一行字：主，与你同在。

没有询问，没有寒暄，没有她的行程和归期，甚至从未留下过地址。

一个蒙蒙的雨夜，我独自一人在灯下尽心尽意地插了一盆"一枝独秀"。那一株劲挺的夏威夷红掌在晚风中轻轻摇曳。想到剪剪，她如今流浪或歇息在哪里呢？

剪剪，我家新安了程控电话，号码是954714，我希望听到你的声音；剪剪，我家的地址是：北名路54号院12栋楼10号房，我期待着你黄昏造访。珍重。

朗霞的西街

蒋韵

一、"活泼地"

西街是朗霞的家。她家住在西街一个叫"北砖道巷"的小巷子里。从那条小巷子里出来，一抬头，就看到了巍巍的鼓楼——那是这个小城里最醒目也是最壮阔的地标。

鼓楼建于何年何月，朗霞不知道，也从来没想过这一类的问题。在朗霞的眼里，它好像一个自然的、地老天荒永恒的存在，就像城外的田野、远山和那条叫作乌马河的河流。东、西、南、北四条街道，从它巍峨的身下，向四方伸展开来，组成了这小城毫不复杂的端正格局：就是一个初来乍到的陌生人，也很少在这端正清白的小城中迷路。

西街是一条长街，石板路两旁，都是灰砖灰瓦高大的老建筑，长长的出檐，露明柱，坚固的石础。楼上的房屋缩身回去数尺，再宏大的楼宇，看上去也有了一种谨慎而谦恭的姿态，不炫耀，不声张。出檐下，家家挑着两只走马灯，夜晚，走马灯亮起来，无论寒暑冬夏，一团团昏黄的光晕，为夜行人照路。在没有路灯的年代，那是西街的仁慈，也是西街的一点奢侈。

自古以来，这小城，就是东街穷，西街富。

西街上，曾云集了各种商号——这个隆、那个昌，或是什么裕什么泰的。这些商号，都是大买卖，分号设在全省，甚至全国各地，而西街，则是它们的大本营。所以，西街上的商号，从不在这条街上设门面。迎来送往的，都是大客商。也正是因为这个缘故，平日里，这条街，比起店铺商铺鳞次栉比的南街来，反而要幽静，清冷，就像一条不动声色的幽深的大河。

当然，这是在有朗霞之前。从朗霞记事之后，那些个商号，这个隆那个昌的，就都慢慢消失了。有的公私合营，有的干脆没了下落。旧时王谢堂前燕，飞入寻常百姓家，所以，朗霞的西街，已是兴衰史落幕之后的那种家常和平淡。尽管如此，走在西街上，那深宅大院、那在一个孩子眼中分外宏大的楼宇，仍旧有一种掩盖不住的神秘，又神秘又衰败。

朗霞的家，北砖道巷，是西街中腰的一条小横巷，窄窄的、长长的，她家在巷底，独门独院，院门坐西朝东。小小一座四合院，进门就是照壁，拐进去，院子齐齐整整，青砖墁地，北屋前，一左一右，种了一棵石榴一棵丁香。春天，丁香开白花，夏天，石榴开红花，也许是因为这两棵树的缘故，通往后院的月洞门上，一里一外，各凿了两个字，一边是"如云"，一边是"似锦"。这树、这字，从朗霞家买下这宅子时，就穿壁引光在了那里。没人知道，它们已经存在了多少年，也没人知道，种这树凿这字的人，如今又在哪里。

拐进月洞门，就是后院。后院里，有一棵老榆树，有茅厕，还有一个地窖：那是为储存冬菜用的。这黄土地上的小城，几乎家家都有这样一个储存冬菜的地窖，平地里深深地挖下去，再将一侧朝里掏空，如同战时的防空洞。只不过，有的人家讲究一些，用砖将洞碹起来，就像碹窑洞，而大多人家，则是一孔裸窖。那地窖里，冬暖夏凉，盖子一盖，是天然的储藏室。

家家后院，差不多都是这样的格局。

朗霞家有一点不同的地方，说来有趣，那就是，她家的茅厕上方，门楣的条石上，竟也凿了几个字，那几个字是"活泼地"。

幼小时，朗霞不知道那几个字是什么字。后来上了学，念了书，慢慢大起来，每次如厕，进门时一抬头，常常会心地一笑。朗霞想，从前，住在这院子里的人，盖这院子的人，一定是个十分有趣的人。

朗霞自己，则是一个心思细腻的孩子。

这孩子，在西街的这个家里，一直住了十年。本来，她以为自己至少要到十八岁，也就是高中毕业才会离开西街，离开这个叫作"谷城"的小城，却不知道，自己竟会是以那样一种惨烈的方式，和它告别。

马兰花嫁给陈宝印那年，陈宝印还是国军的一个连长。用她娘的话说，人长得还算"排场"，只是，比马兰花大了整整十岁。马兰花刚满十八，而陈宝印则是二十八。马兰花的爹妈，在百里外的小镇，开着一片小小的杂货铺，当年，陈宝印的部队，就在那里驻防，常常到马家那个杂货铺去买香烟。那个杂货铺，芜杂、阴暗，气味浑浊，却有一朵鲜花又幽静又张扬地生长着。陈宝印托人去马家说媒，马家甚至没有问，陈宝印在自己的家乡有没有结发原配，就一口答应了这门亲事。

穷家小户的闺女，不在乎名分。

陈宝印在家乡，读过几年私塾，通文墨，虽是行伍之人，却也解几分风情。新婚第二天，清早，他学"张敞画眉"，给他的小新娘梳头，他笨手笨脚，捏着桃木梳，生怕扯疼了她。她仍旧有些羞涩，垂着眼皮，不好意思去看镜中的那个男人。他则是费了九牛二虎的气力，也绾不好那个发纂儿。终于，他放弃了，说：

"这家伙，比打场仗还吃力！"

她笑了。

他看着镜中那张笑脸，觉得自己的心化成了一汪春水。许久，他对镜中那个甜美的女人说：

"兰花，这一辈子，我要让你不管什么时候想起来，都不后悔嫁给了我……"

就是这句话，这一句新婚燕尔的诺言，让马兰花，心甘情愿为这个男人，去赴汤蹈火。

起初，他们小夫妻住在租来的房子里。他总是换防，他们的家，也就总是搬来搬去。他们俩，就像一对不断迁徙的鸟，东飞西飞。几年下来，她总是坐不住胎，最可惜的一次，一个六个月大的男婴，竟然流产。她非常伤心，他却沉得住气，说：

"我们命里无儿，何必强求子？"

她生气了，问他说："我们缺了什么德？会命里无儿？"

他长叹一声，说道："兰花，这兵荒马乱的乱世，我一个扛枪打仗的，朝不保夕，你又何必要一个拖累？"

兰花伸手捂住了他的嘴，一边"呸呸呸"朝地上吐了几口：

"陈宝印，你想得倒美！你要敢让枪子打死你，我追到阎王殿也要把你揪回来！哼，当我不知道？你是怕你地底下结发的黄脸婆一个人恓惶，想去和她做伴了，对吧？"

陈宝印笑了，一把把马兰花搂在怀里，说："有你这不讲理的小妖精，我哪儿敢？"

当马兰花再一次有喜的时候，陈宝印终于为妻子买下了谷城的这一处宅院。那时，他晋升成了营长，恰逢房主急于将这宅子脱手，再加上一个得力的中人，陈宝印几乎就像白捡的似的拥有了这小院。正是初夏的季节，小院里，那棵石榴树满树的繁花，云蒸霞蔚，他们俩站在树下，陈宝印说：

"要是生个女儿，就起名叫个'霞'。"

"要是儿子呢？"马兰花问。

他抬头看了看月洞门，看见了那砖雕上的字，"要是儿子，就叫个'云'。"他回答。

"怎么听上去也是女里女气的？"马兰花有些不解。

他没有回答。他心里想，"霞"和"云"，都是易逝和易散的东西啊，人的命，又何尝不是？

陈宝印没有来得及看见出生的小女儿，就随同部队匆匆开拔离开了谷城，开赴前线。这一走，就再也没有回来。马兰花知道，只有两种可能，要么是自己的男人战死在了枪林弹雨里，要么，就是随溃兵一起，去了远天远地的台湾。

不管哪一种，都是生死两隔。

朗霞没有见过父亲。但是她并不十分觉得，有个爸爸是件多要紧的事。

不懂事的时候，很小很小的时候，她曾好奇地盘问过母亲，她说："人家家里都有爸爸，我爸爸呢？"

母亲淡漠地回答："死了。"

母亲又说："有爸爸有什么好？你看引娣，她爸爸喝醉了酒，总是打她。"

"哦——"朗霞恍然大悟，点点头。

确实，朗霞没觉得自己的家有什么不好。这个家，除了她和母亲、奶奶之外，再没有别人。奶奶也并不是朗霞的亲奶奶，原是从前家里的老女佣，孔婶，多年来一直跟随着母亲，无儿无女，早已把这个家当成了自己的归宿。母亲在百货公司的门市部站栏柜卖布，薪水不多，但在谷城这样的小城，养活一个三口之家若精打细算还算勉强。再加上，奶奶在家里，除了做饭理家，还会帮人缝缝补补做衣服之类，给家里赚一些零用，也给朗霞，赚来那些吃酸枣面、柿饼、黑枣，以及喝丸子汤的零嘴钱。

何况，她们到底还有一些家底。

奶奶和马兰花，都是那种心灵手巧的女人，也都爱干净。她们的家，永远窗明几净。炕上的油布，纤尘不染，灶台锅盖，让奶奶用一块猪皮，擦拭得如同镜面一样明光明亮。向阳的窗台上，常常有养在清水里静静开花的白菜心或是绿绿的蒜苗，使这捉襟见肘的日子有了一点从容而坦然的底色。院子里，奶奶种了十样锦、喇叭花、萱草和凤仙花。凤仙开花的时节，奶奶会让小小的朗霞坐在小板凳上，用石臼将明矾和凤仙花瓣捣碎，裹在朗霞的十个小手指上，给她染红指甲。

晚风吹过，一朵石榴花落下来，又一朵。青砖的地上，静静地，躺着花朵的尸骸。

起初，有人想来租住她们的东西厢房，说这样也能补贴一些家用，但是马兰花没有答应。马兰花说，再等等吧。

来人说："兰花呀，你还等什么？莫非等你那死鬼男人还阳？"

马兰花回答，"哎，我实在是舍不得这院子。"

没人知道马兰花等什么。

夏去冬来，又是一年过去了。来年春天，丁香开花时，她做出了一个决定，把半个院子、连同东西厢房一并捐给了公家。只是，她提了个要求，让公家紧沿月洞门边给她砌了一堵墙，又在旁边围墙上，开了一个小小的院门。这样，她们的院子，仍旧算是独门独院，却没有了规整的格局，自然也没有了照壁。狭长、局促的一条，离北房的出檐不足三米，一抬头，就是高墙，碰得眼睛生疼。最可惜的是那两棵树，石榴和丁香，也被阻隔在了高墙之外。奶奶说：

"兰花呀，看看这碰头墙，咱这就像是坐监一样了。"

马兰花说："横竖是个保不住，婶子，咱得知足。"

奶奶不再吭声。她知道马兰花是对的。

自然，说什么话的人都有。有人说她是假积极，也有人说，寡妇门前是非多，她这样壮士断腕般决绝，是为了堵众人的嘴。当然，更多的人说，她是识时务：一个死了的反动军官的房产，迟早免不了充公的命运，总比等着公家来没收强。

这样的变故，对于幼小的朗霞，几乎是没什么影响的：狭长的小院，也足够她一个人跑跑跳跳。长大的她，其实记不得旧宅院的面貌了。只不过，偶尔，她会做这样一个梦，梦中，她坐在屋檐下小板凳上，裹着十个小手指，看着石榴花，一朵、一朵，静静地，慢慢地，灵魂一般无声飘落，如同命运的寓言。醒来，她会摸到自己脸颊上温暖的泪水。

新开的院门，仍旧朝东，小小的，只有一扇，漆成黑色，和西边的月洞门，打个对脸。

月洞门通往后院，平日，除了如厕，朗霞很少到后院去。

后院有一种荒凉的气息。

总是有杂草，拔也拔不净，年年拔，年年长。当奶奶发牢骚念叨的时候，朗霞就说："野火烧不尽，春风吹又生嘛！"

奶奶笑了，说："看这学问大的！"

马兰花说："这妮子灵秀。"

榆树长在后院，取"有余"的吉意。可是朗霞觉得榆树长得很慢，似乎，它永远都是那样一个瘦硬的样子。只有当它结榆钱的时候，朗霞才对它有几分兴趣，奶奶会捋下榆钱给她们蒸"布烂子"吃。榆钱做的"布烂子"，是朗霞最爱吃的一种面食，比槐花的"布烂子"要好吃很多，槐花太香了，香得鲁莽，而榆钱，则有一种绵长的清香。

榆钱吃过，朗霞就不再理睬榆树了。

榆树下，是她们家的地窖。据说，这地窖挖得还算讲究，当初买这宅院时，就带了这样一个地窖。只不过，朗霞从来也没有下去过，奶奶、妈妈，谁也不准朗霞到地窖里去，奶奶说，那里阴气重，小女孩子进去，会坐病。

秋天，整个谷城都弥漫着大白菜和芥菜的气味。大白菜要下到窖里存储起来，准备一家人吃一个冬季；而芥菜，则是要切碎了浸到缸里腌制酸菜，那是谷城人一天三顿离不了的主菜。朗霞家也不例外，浸酸菜时，妈妈或许会让朗霞插手，帮忙刷刷芥菜头什么的，下窖存冬菜，则完全是奶奶妈妈两个人的事。两个人，妈妈在窖里，奶奶在地面，用一只绑了麻绳的箩筐，将那些白菜们，一棵棵地，输送下去。而朗霞，则远远站着，生怕那不见天日的阴气，或者，不干净的东西，扑着了她。

人人都说，朗霞养得很娇。

想来也是，寡母抚孤，而这"孤"，又是个小妮子，自然是要比别的孩子，娇惯一些。

后来，在朗霞的梦中，后院，那块"活泼地"，常常无声地浮现出来，就像一只阴冷而诡异的眼睛，永远不肯仁慈地闭上。

二、湖 洼

朗霞的学校，叫"二完小"。就是"第二完全小学"的意思，也就是说，不仅有初小，还有高小。

"二完小"在小城的东街，是从前城隍庙的旧址。庙里的泥胎神像没有了，而墙壁上却还留有一些残缺不全的壁画。尽管年深日久，这些残画却依然有着鲜明而艳丽的颜色，画着一些仿若戏台上的人物。

每天清早，朗霞和她的同学引娣结伴去学校。引娣家也住在北砖道巷，和朗霞家打对门。引娣姓吴，他们家，大大小小，五个妮子，引娣是老四。不用说，是盼着这个妮子给引来个弟弟。可是，引娣引来的还是个妹妹。一口气五个女儿，让引娣的爸爸老吴，很是沮丧。

老吴从前在南街上开饭馆，临解放前，破产了。如今，他在一家公家单位的食堂里当厨师。他有一手好厨艺，却没有施展的地方：一个公家食堂，做来做去还不就是那几样大锅菜？老吴不顺心，常常借酒浇愁。喝醉了，抬眼一看，一地的丫头片子，更是堵心，觉得自己愧对祖宗，不仅败了家，还绝了后！连个继承香火的人也没了。于是，借酒撒疯，骂老婆，打孩子，砸锅摔碗，弄得女儿们，谁也不愿意在那个家里待着。

于是，水到渠成的，引娣把对门朗霞的家，当作了自己的家。

引娣比朗霞大一岁，却和朗霞同一年上学，两人做了同窗。上学之前，引娣从早到晚，总是腻在朗霞家里，就像一棵移栽过来的植物。常常，到吃饭时，引娣也不愿回家，马兰花就留她吃饭。奶奶虽说也心疼这孩子，可也心疼自家的粮食，有时，忍不住会对引娣半真半假地说：

"引娣，下个月我可要去你家要粮票了。"

听到这话，马兰花就对引娣说："奶奶是说笑话呢。"背过身，对奶奶说道："婶子，咱不缺孩子这一口吃的，怪可怜。"

奶奶不知为何，叹口气，不再说话了。

有一天，引娣的大姐吴锦梅敲开了朗霞家的小门，她手里，托着一只粗碗，里面是堆尖的、鲜灵灵的一碗麦黄杏。她对马兰花说：

"婶子，我们学校去农场劳动，这是从树上现摘下来的，给朗霞吃个鲜。"

马兰花忙接过来，一边道谢，只听吴锦梅又说：

"我家引娣，给你们添麻烦了。真是不好意思……"

这话刚一出口，她就红了脸。那难以言喻的少女的羞愧，让马兰花一阵心疼。她忙拉住了吴锦梅的手，说道：

"快别这么说！我家朗霞，就缺个姊妹呢——她俩，就像一对姐妹，我高兴还来不及呢！"

那是黄昏时分，西天上，有淡淡的晚霞，巷子里很静，西街也很静。有种朦胧的光，笼罩着这个清丽的小少女，使她看上去又美又柔弱。马兰花愣了一下，不禁暗想，这样一朵脆弱的花，怎么禁得起吴家那种浑浊日子的揉搓？

就在朗霞和引娣上小学那年，吴锦梅也考取了谷城中学的高中。谷城中学是一所重点中学，不要说在谷城，就连在省城，也是有名的。这件事，在吴家，自然是件值得庆贺的大事，老吴一高兴，吩咐引娣她妈，说："去，割两斤肉，我今天给咱妮子露一手！"又说："从前，谁不知道咱'留芳斋'的酱梅肉，在谷城，那可是在论的：'至诚号的饼，留芳斋的肉'，说的就是咱的酱梅肉——"可是那天，老吴没等他的酱梅肉蒸好就喝高了，开始激愤地卷人，结果那个庆贺的夜晚，又是以老吴的发疯和引娣们的哭叫而结束。

隔了一条窄巷，这山摇地动的响动，一巷的人，都听见了，更不用说，街门对街门的马家。

暑假将尽的一天，马兰花在巷子里拦住了吴锦梅，把她拉进了自家院门。

"娣儿给你个东西。"马兰花说。

是一件细洋布衬衫，天蓝的底色，上面撒满白色的小花，丁香一般，碎碎的，抖开来，仿佛，一地的清香，缠缠绵绵，丝丝缕缕，扑面而来。马兰花说：

"这是用我的一件旧大褂改的。娣儿不拿你当外人，才敢改给你穿，算是娣儿的一份心……你要是嫌弃，多心，就算你没看见它！"

吴锦梅望着那衬衫，许久，不说话。终于，她无言地脱下了自己的衣裳，把那件天蓝色的新衣，穿上了身。真合身啊。已经发育了的少女的身子，迷人而清香的身子，和这件衣裳，是那么的合适，就像一对知己，惺惺相惜。马兰花点着头笑了：

"我这双眼睛，就是尺子。"

吴锦梅眼睛一热，说：

"娣儿，朗霞真有福气，能做你的女儿……"她说不下去了。

马兰花不知为何也有点鼻酸，她忙岔开了话头，对朗霞说道：

"朗霞呀，你要跟姐姐学，将来，也考上谷城中学才好！"

谷城中学在小南街上。小南街，是切开南街的一条长横街。东边，有这城中最古老的寺庙无边寺；西边，从前的旧文庙，现在则做了谷城中学的校址。

谷城中学，是这城中的风水宝地。

谷城中学的对面，便是从前的旧城墙。城墙残破不全，到处是豁口。南城门也在那里，却早已名存实亡。城墙外，是一片深深的大洼地，谷城人把这里叫作"湖洼"。想来，它从前应该是有水的，或许是池塘，或许是护城河。但现在，这里荒草丛生，成了枪毙人的法场。

枪毙人的时候，谷城的大人小孩儿，熟门熟路地，早早来到湖洼边，抢占一个有利地形，居高临下地，等着看那些五花大绑身插亡命牌的死囚，怎样被子弹将脑壳掀掉。

但平日里，这一片湖洼，则是寂寞荒凉的，鲜有人迹。孩子们不来这里玩耍，羊不来这里吃草。于是，这人血滋养的湖洼，就成了野草的天堂。那些野艾蒿、白莲蒿、蒲公英之类，长疯了似的，在夕阳残照中，看上去又阴郁又欢畅。

这样的地方，总是生长秘密的。

周香涛是谷城中学的美术教师，他是一个外乡人，从南方一座著名的城市调到了这个小地方，或者，用另一种说法，是"发配"到了这里。这个尚还年轻的艺术家，他和这小城，在精神上，格格不入。这小小的中学，小小的城池，让他感到了人生的局促。他常常在清晨或黄昏，一个人，攀爬到残破的旧城墙上，眺望远方，让没有阻隔的自由的天空，抚慰他被小城的平庸生活所囚禁的眼睛。他喜欢在这无人的城墙之上，写生，画那些流云、飞鸟、田野、在四季中变幻的树木和庄稼，以及远处安静的、蜿蜒的北方河流。

他就这样看到了湖洼边总是穿天蓝色衣衫的那个姑娘。

在晴好的日子里，黄昏，他常常看到她，一个人，坐在湖洼边看书。两条长辫子，垂在她柔软的天蓝色的腰际。不知从哪一天起，他开始在速写簿上画她，一张又一张，画她的背影、侧影，画她脚下的野草，画她和湖洼中盛开的蒲公英，画晚霞中她那一份悠远的宁静……渐渐地，他觉得自己的心，也变得安静下来。

终于，有一天，他也去湖洼边写生了。

偌大的、寂寂无人的湖洼，起了一点微妙的、暧昧的颤动。起初，他们俩，保持着一个安全的距离，互不相扰。后来，有一天，她很自然地来到了他的身后，看到了画面上的那个姑娘，那个陌生的自己。她压抑着心跳，问：

"这张画有名字吗？"

"有，"他回答，"刑场边的花朵。"

他回过头，望着面前这个眼睛漆黑的女孩儿，说，"吴锦梅，我想把它画成一幅油画。"

原来，他早已打听出了她的名字，那当然不是什么困难的事。吴锦梅没有惊讶，也没有故作惊讶，她只是安静地笑了，"还从来没有人画过我呢。我也从来不认识画家。"

事情就这样开始了，一个孤独失意的艺术家，一个"结着丁香般愁怨"的女孩儿，相遇了，注定是要发生点什么。

后来，周香涛问吴锦梅说："吴锦梅，你为什么要到湖洼去？那里是刑场，你不害怕吗？"

吴锦梅回答道："我不到湖洼，怎么会遇到你？我是为了诱惑你呀！"

那当然不是真话。

其实，她只是想找一个安静没人的地方，这个孩子，她是被无休无止的吵闹声欺凌怕了，伤害怕了，只要能让她躲开人声和吵闹，到地狱里她也不怕。

这一年，朗霞读二年级了。有一天，马兰花在单位突然肚子疼，同事们把她送进了县医院，诊断是急性阑尾炎，立刻开刀，动了手术。

县医院前身，是教会医院，给她开刀的大夫，姓赵，也是从前医院里的旧人，叫个赵彼得，是这小城的第一把刀。手术做得十分完美，刀口缝合得特别细致。马兰花自然十分感激，出院后，和同事们一商量，给医院送去了一面锦旗。

锦旗送出后，这一天，中午，她正在上班，只见赵大夫走进了门市部，逆着光，这个儒雅的男人身上有一种萧瑟的气息。她忙打招呼，说："来扯布啊赵大夫？"赵大夫回答说："啊不，我从这里路过，顺便进来看看，你恢复得怎么样？"

马兰花微微一怔，忙回答，"看让你惦记，好了好了！全好了！你看我这不都上班了？"

"那就好，不过还不能太大意。"赵大夫说。

从此，这个赵大夫，就总是从这门市部前面"路过"，路过了，自然要进来打声招呼，说句话。这个清秀内向的男人，话不多，看上去落落寡合。那个门市部，上上下下，七八号人，谁也不是傻子，人人心里，明镜高悬。和她相好的姐妹私下就劝马兰花，说：

"兰花呀，这么多年了，不容易，你就朝前走一步吧！赵大夫这样的男人，打着灯笼也不好找啊！"

原来，人人也都知道，这儒雅的赵大夫，五年前死了老婆，一儿一女，儿子在谷城中学读初中，女儿在省城念高中，这些年，多少人给他介绍对象，他都不见，说是还忘不了旧人。

"兰花呀，你也三十大几了，过了这村可没这店了！"

马兰花不吭声。

这天，马兰花下了班，一出门，就看见赵大夫站在街边，显然是在等她。果然，赵大夫看见她就迎了上来，手里攥着两张票。

"一个病人送了我两张电影票，是个新电影，星期六晚上的，不知道你有没有空？"赵大夫这样说。

马兰花想了想，"赵大夫，电影我就不看了，这样吧，礼拜天，你到我家来，我想请你吃个便饭。"

到了这一天，马兰花精心备下了一桌酒馔，她使出了浑身的解数，把家里一个月的肉票、油票，都花光了，还到附近的村里，偷偷买了一只鸡和新鲜的鸡蛋。她包了韭菜猪肉鸡蛋的饺子，炖了鸡，烧了肉，炒了几个小炒，有冷有热，有荤有素，摆下了一桌。中午，赵大夫来了，手里拎了一匣点心，一看，就知道不是本地的点心，是省城老字号"老香村"的南点心。马兰花把赵大夫请上桌，解下围裙，打开了一瓶"竹叶青"，将两只酒盅斟上，立时，"竹叶青"那股凛冽的清香，扑面而来，几乎熏出人的眼泪。

马兰花双手端起了酒盅，"赵大夫，我先敬你一盅——"她说，"自从我男人死后，这么些年，我还从来没有喝过一口酒。今天，我敬你！赵大夫，赵大哥，你对我的这份心，这份恩义，我马兰花心领了！我不是那种不识好歹的女人，我也知道，今生，怕是再也不能够碰到这样的情分！可是，如今虽说是新社会，可我马兰花是个旧人，当年，我对我的死鬼男人发过誓，生同床，死同穴……虽说他死得不光彩，可谁叫我十八岁就碰上了他？谁叫我在旧社会碰上了他？我认命！"她一仰脖，饮干了杯中的酒，烈酒呛了她，她一阵咳嗽，咳出了眼泪：

"这番话，不合时宜，是落后话，我知道，让人听见了不得了！这么些年我没有和人说过这些过心的话，今天，我和你说了，是因为，我得对得起你这份真心！大哥，莫怪我不识抬举……"她不说了，眼泪滚滚而出。

"当——"一声，条案上的老座钟，响了一声，长长的余音，在阳光照不进来的堂屋里，震颤着。正午的好阳光，被灰砖的高墙，挡住了。这屋里，一切都是旧的，又旧又暗淡。旧的八仙桌、旧的条案、旧的缺了口的粉彩胆瓶，还有，旧的人。赵大夫默默地站起来，端起酒盅，一饮而尽。他是没有酒量的，一杯"竹叶青"下去，眼睛变得潮湿。

"这杯酒，我喝了。以后，遇到难处、难事，尽管来找我！"说完，他起身而去。

走出她家院门，走进阳光明亮的巷子里，这个儒雅的男人心里慢慢浮起两个字：葬花。是，这是一朵被埋葬的花朵。

他一阵心痛。

朗霞三年级了。三年级的朗霞，蹿了个，细胳膊长腿，细细的小辫儿，正是一个女孩儿将要变成少女的微妙的年龄，也是一个找别扭的年龄。

因为，朗霞不快乐。她不快乐的原因是，她还没有加入少先队。

人家没让她入队的原因是因为她娇气。和同学们比起来，无论穿戴打扮，还是一日三餐，独生女的朗霞，自然显出了优越。何况，她又十分胆小，一只毛毛虫、一只"吊死鬼"就能吓得她尖声惊叫。她瘦弱，没有力气，班级里无论任何劳动她都是落后的。再加上，她的出身，于是，老师觉得她应该经受更多的考验。

最让她难过的是，引娣在她之前戴上了红领巾。两个小伙伴走在一起，引娣胸前那鲜艳的、飘扬的红色，让朗霞觉得无地自容。

她开始折磨自己，也折磨奶奶和妈妈。

奶奶做好了饭，白面和细玉米面二面擦尖，西红柿调和，爆炒土豆丝，可是朗霞，却偏要吃咬不动的红面钢丝面。奶奶蒸好了嵌着红枣的玉米面发糕，可是这个小祖宗，偏要吃掺着麸子和糠皮的窝窝头。奶奶气得骂她，说："这世上，还有找罪受的人？你就作吧！"马兰花说："婶子，你就给她蒸掺糠的窝窝，让她吃三天！"

她真吃了三天，糠皮划着她的喉咙，难以下咽。她一声不吭，到最后，一边咽，眼泪一边无声地流。

从前，天一擦黑，妈就不让她再到后院里去了，说小孩子眼睛干净，怕看见不干净的东西。解手，就解在尿盔里。谷城人家，家家都备着这样起夜用的尿盔。但是现在，朗霞临睡前，坚持要一个人去茅厕，奶奶要提着马灯陪伴她，她不让，说："都是你们，扯我的后腿！"马兰花就说："婶子，咱不扯她。"于是，她一个人提着马灯穿过月洞门走向黑黢黢的"活泼地"，把灯挂在门上。风吹来，灯一阵摇晃，厕所里，似乎鬼影幢幢。她头皮发麻，想尖叫。但她忍住了。她想，我要勇敢。

终于，她苍白着脸，从那个可疑的世界大汗淋漓走回家，骄傲地对她的亲人宣布，"这世界上，根本就没有鬼！"

她没有看出她们眼中深藏着的忧虑。

这一年，谷城发生了一件事，一个年轻女人伙同她的情夫杀死了自己的丈夫。案情并不复杂，杀人犯很快落网。判决下来了，两个人均被判处死刑。

枪毙他们那天，谷城很轰动。很多人早早地来到了湖洼旁，将那里围了个水泄不通。那天是个星期天，孩子们不上学，大人不上班，人流从北街、西街、东街，如同三条溪流，汩汩地，汇聚到鼓楼之下，再涌到长长的南街上，从那里涌出城。已是深秋的季节，野草衰黄了，远处的庄稼，那些玉米、高粱，那些棉花、甜菜，都已经收割一空。空旷下来的大地，有一种坦荡而辽阔的凄清，还有一种绝情，似乎，再也不想掩藏那些属于人的秘密。

清澈的秋阳下，乌马河明亮地无声流淌，流向汾河。

那是朗霞第一次看杀人，也是第一次来到这湖洼。从前，马兰花不让朗霞到这种凶险的地方，但这一次，为了证明自己的勇敢，朗霞坚决地和引娣，还有几个同学一起出了家门。她们选了一块干净向阳的地方，等啊等，站累了，就坐下来，几个人，嘻嘻哈哈地，在地上玩起了抓羊拐。那羊拐是引娣带来的，小巧、温润，有一面被染成了红色，血的颜色。她们玩得很忘情，有一阵，几乎忘了自己是来干什么。她们背后，是残缺不全的老城墙，不知已是几百岁还是上千岁的年纪，头上，是北方最美好最清澈的秋天的晴空。几个小姑娘，她们玩啊玩，突然间，起了骚动，她们听到了人声，人们喊，来了来了！

刑车来了。

人们等着看的，其实，是那个女人。心狠手辣谋杀亲夫的女人，若是在古代，是要骑木驴的。大街小巷里的人们，几天来兴致勃勃地议论。但是，从刑车上推下来的这个五花大绑的女人，很瘦小，很柔弱，一点也不凶悍，远远的，也看不出她长什么样子。但是，她不害怕，她从囚车上下来，稳稳地，站在地上，甚至还仰起脸，望了一下天空，最后的天空。然后，她顺从地走到了行刑的地方，跪下来，转过脸，去看和她一起上路的情人。可是那个情人，早已瘫成了一团，是被人架着拖到那里去的。他最后的一段路，已经不会自己走。她好像对他说了一句什么，可谁也不知道那是一句什么话，就连行刑的人，似乎，也没有人听清。然后，枪响了。

砰砰，两声。

接下来，是巨大的寂静。

朗霞觉得自己闻到了鲜血的气味，热的血，很腥。其实，她是不会闻到的，她们离那里那么远。但是，朗霞觉得自己闻到了。

她觉得想呕吐。

这天晚上，她发烧了。马兰花知道她是受了惊吓，她和奶奶商量着要去湖洼给她叫魂。她拿着朗霞的褂子下了炕，朗霞一把拽住了她的胳膊。

"妈，你别去，"朗霞望着她，眼里慢慢涌出泪水，"我求你了——"

她从没有对妈说过这个"求"字。

"同学会笑我……"

她的脸，烧得飞红，嘴唇也是鲜红的，这倒比她平时看上去要鲜艳许多，有种惊悚和让人心疼的艳丽。她眼睛里的神情，又忧伤又软弱，不再是一个孩子任性撒娇的眼睛。马兰花一阵心软，她撂下了那件衣衫，说，"宝，妈不去，妈听你的……"

那一夜，她盘腿坐在炕上，守着这受惊的孩子，给她刮痧，给她冷敷，给她喂水喂药。到后半夜，她的烧终于退了，她就在她身边躺下，像小时候一样，把这孩子紧紧搂在了怀里。黎明时分，她睁开了眼，突然看到，女儿的一双眼睛，睁得大大的，正安静地望着她，是那么黑暗幽深的眼睛。母女俩就那么静静地望着，女儿的鼻息，像小羽毛一样，也是静静的，抚着她的脸。许久，女儿小声地说道：

"妈，你那会儿要是和赵大叔结婚，该多好啊，我就有个不是反动军官的爸爸了……"

"轰"一声，马兰花觉得身体里有什么东西，在崩溃。

三、惊天动地

这个冬天，似乎分外寒冷。雪一场接一场，谷城大街小巷的屋檐上，都挂上了长长的冰凌，在晴朗的日子里，阳光照射着那些冰凌柱，谷城竟然是璀璨的。璀璨而清冽，有一种迷人的气息。

严寒阻隔了一对秘密的情人，他们找不到可以遮蔽他们激情的地方，湖洼被白雪覆盖了，一览无余，广袤的青纱帐倒了，播种了冬小麦的田野，也是一览无余。那隐秘的激情，在空旷的冬天简直无处藏身。虽然，周香涛在学校里有自己的宿舍，那宿舍是温暖的，生着红红的炉火，可他们都知道那很危险。

于是，他们只能在梦中约会。

梦中，他们缠绕在一起，他说，"我的鲜花啊！"她回答，"是你的，就把她带回家——"可是在梦中，她总是听不到他的回答，她看到他的嘴在动，在说话，却永远听不见他说什么。然后，她就醒了。

总是这样的梦境，热烈，缠绵，无望，漆黑。

她忍受不了这样的折磨，就给他写信，她写道，"想你，想你，想你……"无数个"想你"，然后，偷偷地，把它塞进他宿舍的门缝。但他不能冒这样的险，他只能用眼睛，告诉她他的想念。偶尔，会有那样一个机会，一个借口，她能到他的房间里来，他把她抱在怀里，又珍惜又恐惧。他知道，这柔软而炽烈的、无限美好的身体，其实，是他的罪孽和深渊。

寒假到了，他回了南方。在那个美丽的城市，他的妻子，在等他回去过年。

她知道这一切。

正因为知道，所以，绝望。

她没有勇气一个人去挨过看不到他的那些漫长的黑夜，那个寒假，晚饭后，她变得很喜欢去朗霞家串门。她自己的家，这种时候，常常是孩子哭大人叫，使她忍不住也想发疯。她真想逃啊！可她又能逃到哪里？好在，还有个马兰花，她庆幸还有个马兰花，水一样温存的女人，心有灵犀，却从不多嘴多舌打听别人的闲事或是秘密。冬天的漫漫长夜，在这样的女人身边，盘腿坐在火炕上，让她觉得一直在咬紧牙关、和蚀骨的思念搏杀的自己，变得非常软弱。

昏黄的灯光，照着那些旧家具，幽幽的，有一种老时光的沉静。火炕烧得很旺，一壶水，坐在灶火上，等它慢慢烧开。炉膛里，常常，埋着红薯或是山药蛋，在她们的闲话中，渐渐地，冒出温暖的香气。奶奶用火钳，将吱吱叫着、淌着糖浆的红薯或是皮开肉绽又面又沙的山药蛋夹出来，分给朗霞和引娣，也分给大人们。马兰花盘腿坐在炕上，做针线，补衣服，或者，用劳保发的白线手套，给朗霞织线衣——这样的冬夜，寂寞的冬夜，她就这么安静地过了十几年！吴锦梅望着她，突然有一种说不出的悲悯。

"婶儿。"她轻轻叫了一声，马兰花抬起眼睛，笑着看她，那一双美丽的清水眼，仔细看，眼角边，已经有了细细的鱼尾纹。"问你一句话，你别见怪。"吴锦梅说。

"你问。"马兰花说。

"你甘心吗?"吴锦梅脱口说。

马兰花细细地看看吴锦梅，笑了。那笑，云淡风轻，却又似乎有一些诡异。

"那是婶儿的命。"马兰花回答。

这天，吴锦梅和引娣一起，晚饭后又来到了朗霞家。吴锦梅手里托着一只碗，进门就说：

"婶儿，亲戚从村里来，捎来点儿酒枣，是自己醉的，新鲜。我妈让给朗霞送来一碗。"

"哎呀，你家那么多弟妹，还想着她!"奶奶嘴里客气着。

马兰花则伸手从碗里拈起一颗枣来，丢进了嘴里，说，"嗯，真香，味道很正。"

酒枣摆到了炕桌上，那是一张红漆小炕桌，马兰花用一只平时舍不得用的白色的细瓷碗盛酒枣，顿时，黯然的屋子里亮堂了起来，有了一点鲜艳的生趣。吴锦梅不禁点点头，说：

"要是能画下来，就是一张静物。"

话一出口，她觉得心一痛。

马兰花深深地看了她一眼。

"锦梅，婶儿是个过来人，就劝你一句话：多疼的刀口，结了疤，慢慢也就不疼了……"

吴锦梅险些掉泪。这个马兰花，她心如明镜啊，知道这个少女，这个小城姑娘，正在经受着最疼痛的煎熬。

但那是不能出口的秘密。马兰花知道，所以，她不问。

然后，她们几个人，就围着一张炕桌，吃酒枣。

这是无数个冬夜中最平常的一个夜晚，晴朗、寒冷，没有呼啸的大风，没有落雪。热炕烧得很温暖，灶台上，依旧有一壶咯嗒咯嗒滚着的开水，冒出一缕缕白汽，像从壶嘴里钻出的精灵。它原本没有任何与众不同的地方，没有值得记忆的征兆，但是，吴锦梅却永远、永远地，记住了它。

朗霞和引娣，吃完枣，就在热炕上抓羊拐，还是那副小巧温润的骨头，有一面，染了红颜色。两人玩着玩着，下了地，在堂屋里，叽叽咕咕说笑，不知说些什么。后来大人们都没有太留意，她们俩，提着马灯出了房门。听见门响，奶奶说："这么冷，这么黑，就在家里解吧，看冻掉耳朵——"

朗霞在外面笑着回了一声，"就不！"

就要过年了，马兰花手里，是朗霞的一件新衣服。中式罩衫，罩棉袄的，蓝底、红色的小碎花。本来平淡无奇的样式，她却别出心裁，用布，压了一道红色的绦子，锁住了四边。顿时，烘云托月，这衣服，绽放了似的，变得新颖，细致。

"婶儿，你手真巧。"吴锦梅这几晚，亲眼看着一块普普通通的花布，一件普普通通的罩衫，突然之间，化腐朽为神奇，她觉得这女人就如同一个谜。

"一年到头，统共这点布票，扯了新布，不花点心思，对不住这布呀。"马兰花笑着回答。

就在这时，一阵急促忙乱的脚步，噔噔噔地，从后院，跑过来。门"砰"一声被撞开了，朗霞和引娣，两个人，惊恐地、连滚带爬似的闯进门，踉踉跄跄挤进东屋，脸色惨白，一进门，引娣就喊：

"鬼！鬼！有鬼——"

说完，"哇——"一声哭了：

"白毛鬼，就在后院，我、我看见了！"她结结巴巴地、抽泣着说。

朗霞不说话。她在发抖，她的牙齿，嘚嘚地敲出那种凛冽而寒冷的声音。她的眼神，直直地，盯着妈妈，却又像是穿过了她望向一个不知道的地方。一种异样的沉寂，一种漫无边际的黑，一种大恐惧，在这屋子里，如同水一样，漫上来，漫上来，淹没了她们的脚、她们的腿、她们的身体。只有引娣的哭声，像没有沉没的桅杆一样，孤独地，露在水面上。

最先开口说话的，是马兰花。马兰花的声音，听上去，有一种虚弱的镇静。马兰花说：

"朗霞，你不是总说，这世界上，没有鬼吗？一定是你们看错了。"

"没错！"说话的还是引娣，她抽泣着，平静了一些，"我看得真真的，就是个鬼，一身白，没有脸，不是，是脸上没有鼻子眼睛……"

"那也不能说明，那就是个鬼。"说话的，是吴锦梅。她沉稳地、安静地望着妹妹，"朗霞说得对，这世界上，根本就没有鬼！"

马兰花看了她一眼，说，"我去看看！"

她穿鞋下炕，吴锦梅也下了炕，说，"我也去。"

"你？"马兰花迟疑一下，"你个姑娘家，不好，你还是在这儿跟引娣做伴儿吧。"

"婶儿，"吴锦梅安静地、意味深长地说，"我根本不信鬼神之说，我陪你去！"

她凛然像一个英雄。那是不能阻挡的。

"行，来吧。"马兰花深深地点点头。

她们去了。从月洞门，从"如云""似锦"的砖雕下，进了后院，自然，后院里，空空荡荡，一无所有，空旷、干净。只有老榆树，光明磊落地站在那里，还有，被那两个孩子惊恐中扔掉的马灯，躺在厕所旁边的地上，一团心知肚明的光晕，在偶尔吹过的风中，晃动着。"喵——"一声，黑暗中，一只猫嗖地蹿上了墙头，她们看到了一团白影，从墙头上，跑了。

马兰花长舒一口气，说，"原来是只猫啊！"

吴锦梅沉思地望着一览无余的后院，回答说，"也许吧。"

后来，引娣在描述这件事时，信誓旦旦地说，那个鬼，只有一张白脸，却没有五官。

吴锦梅说道："引娣，你给我说说，你到底看见了什么？是怎么看见的？"

引娣说："就那么看见了，我们一进后院，他就在后院里站着呢！一身白，闪闪发光，头发那么长，乱飘——"

"没有看错？是不是幻觉？"吴锦梅说。

引娣不知道什么叫幻觉。她叫起来，"你才幻觉呢！我明明看得真真的，朗霞提着马灯，一下子就照见他了：他闪闪发光，想不看见都不行！一张大白脸，脸上没有鼻子眼睛！大姐，你说，那是个什么鬼？"

"引娣，这世界上，根本就没有鬼。"吴锦梅这样对她说。

"那、那他是个什么？"引娣不解地问。

"猫。"吴锦梅回答，"大白猫。"

"瞎说！"引娣叫起来，"哪有那么大的猫？除非它是猫变的鬼！"

"引娣，"吴锦梅脸色变得十分严肃，"那就是个猫！还有，这件事，你出去，千万不要跟人讲，听见没有？"

"为啥？"引娣问。她被姐姐的严肃震慑住了。

"你想啊，你是个少先队员，跟人家说这些见鬼见神的话，人家会说你没有觉悟。"吴锦梅这样回答。

引娣想想，然后，点点头。

这一晚，马兰花却什么也没有问朗霞，但注定，这不再会是一个宁静的平常的夜。朗霞沉默地躺在炕上，大睁着眼睛，怔怔地，望着屋顶。这沉默让马兰花担忧，也让她害怕。不知过了多久，马兰花终于小心翼翼地，开了口：

"宝——"

"嗯？"

"宝，那是猫。"

朗霞不回答。

"我看见了，锦梅也看见了，是只大白猫。"马兰花小心地重复着。

朗霞不说话。可是，她知道，不是猫。她在心里说了，不是猫。世界上，没有那样的猫。她的马灯，清晰地，照出了他雪白的身影，那么高大、真实、惊愕……对，他是那样真实而惊愕地望着突然出现的她们，那一刹那，她觉得全身的血，都从她的脚底流走了。可同时，又有一种奇异的感觉，她不明白的东西，让她的心，狂跳不已……

不是猫，她想，不是。

突然袭来的恐惧让她全身冰冷。

"妈，"她轻轻说话了，"你，有没有什么事情，在瞒着我呀?"

"你瞎想什么? 我有什么事情，要瞒着你?"马兰花这样回答。

"真的?"

"假的!"马兰花笑了，紧紧搂住了她，"宝，别瞎想了，睡吧。平安无事……"

她终于在母亲温暖而安全的怀抱里闭上了眼睛。黑暗中，她没有看见，马兰花眼睛里的泪水。

立春不久，开学了。谷城中学校团总支书记在这个新学期伊始接到了一封来信。写信人没有署名，内容是揭发该校某个女学生的，说这个学生受资产阶级影响，思想道德败坏，生活作风下流，勾引有妇之夫，破坏别人家庭，等等。建议开除这个女学生的团籍。

信是从邮局寄来的，邮戳很模糊，仔细辨认，却怎么也辨认不出它来自什么地方。

可是，也不能放任不管啊! 于是，团总支书记找来了这个女学生，对她说:

"吴锦梅，你有没有什么事情，需要对团组织讲清楚的?"

"是什么事情啊?"吴锦梅一脸清纯无辜地问。

其实，她已经知道了事情的来龙去脉。信，是周香涛的老婆写的。此番他回家，不知怎么，让他老婆发现了他生活中这个秘密的女人。他老婆对他说，"我要摧毁她。"

他哀求，甚至下跪，向他老婆保证一定和她断绝关系……然而，她还是寄了一封匿名信来。他老婆说，我已经手下留情了，没有牵扯出你，而且，寄信的地址，也让我做了手脚。

团总支书记说:"吴锦梅，若要人不知，除非己莫为。你今天先回去，好好想想，写一份思想认识。明天，我们再继续谈。你是愿意和我一个人谈呢，还是想在团组织的生活会上，公开谈呢?"

那天晚上，晚自习过后，吴锦梅在破城门洞下，悄悄地，想等来那个闯祸的男人，但是，他没来。

她知道，这种时候，他来，是冒险，他来，真的有可能毁掉他们俩。可是，她还是傻气地，在这个尚还寒冷的初春，茫然无助地等着一个救赎。

她自然没有写那份思想认识。她想，怎么过这一关呢？这是她人生的第一个大难关啊！她苦苦地、苦苦地想了一夜，想，怎样可以让他们两人，从悬崖边脱身，从深渊边脱身？她想啊想，两只大眼睛，瞪着糊了粉莲纸的窗户，还没有发芽的枯树，剪影一般，把它瘦硬的枝条，映在了窗上，那黑黑的影子，慢慢地，变浅，变淡……天就要亮了。在微明的天光中，她一夜未合的眼睛，血红血红，就像，落在陷阱中兽的眼睛。

当书记再次和她谈话的时候，看见她那双眼睛，心里似乎有了一些底。书记说：

"吴锦梅，你还是没有什么事情，要和组织讲清楚的吗？"

她低下了头，许久，眼泪一滴一滴地，滴下来，那是一些特别沉重的泪水。她慢慢抬起头，透过蒙眬的泪眼，望着书记，说道：

"有事情……我隐瞒了一件事，我、我很痛苦……"

这件事，一出口，惊天动地。

人，是在半月后的一个深夜，落网的。公安人员包围了北砖道巷，冲进后院，在地窖里，抓获了那个鬼。无数只雪亮的手电筒，那种特制的聚光手电筒，像光的天罗地网，让那个鬼，无处遁形。

白发、白须，似乎，连浓浓的眉毛都是白的，身上，磷光闪闪，强光让他睁不开眼睛……

同时被捕的，还有他的妻子，马兰花。

小小的谷城，如同一只钟，"嗡——"的一声，震动了，震惊了。天哪，谁能想到，就在他们的眼皮子底下，隐藏了这样一个天大的秘密，天大的罪行！镇反的时候，枪毙了那么多反革命、特务，抓了那么多反革命，居然，还是有漏网之鱼！

这个女人，这个马兰花，真厉害呀！平日里，出来进去，看上去那么绵善，那么清秀，弱不禁风，却谁知，心里藏了这么大的事，一藏，藏了这么些年！她竟然藏着这样的秘密，和整个时代，也和整个谷城，挑衅。

怪不得她不改嫁，怪不得她宁愿捐房也不让院子里住进来租户，真相大白之后，人人都成了事后诸葛亮。一点一滴地，想起她往日许多可疑之处。比如，从不爱串门，不爱和人闲话，不爱聊东家长西家短，还以为她真是谨守妇道呢，原来，是怕祸从口出。

据说，从那个他藏身的地窖里，没有搜出炸药或是电台之类，也没有密码本什么的。他不是个特务，他只是个军人。

没有什么能够证明他身份的东西，只有一张传单，黄色的纸张，很久远的纸张，又皱又破旧，上面有陈年的血迹，压在他的枕头下面，上面这样写着：

"国军的弟兄们：放下武器，回家团圆！"

还有一小瓶毒药。

四、守墓人

那天深夜，当陈宝印敲开谷城西街的家门时，马兰花简直不敢相信自己的眼睛。眼前这个像是从天上掉下来的男人，又黑又瘦，一身便装，背个褡裢，像个走街串巷的小生意人。"天爷呀！"她惊叫一声，他忙用自己的身体堵住了她的惊叫。

那一夜，不满两岁的朗霞，熟睡着，孔婶把她抱到了自己的房里。这一对劫后余生的夫妻，在黑暗中，心惊肉跳地缠绵。马兰花一次又一次地问道：

"是你吗？宝印？真是你？"

陈宝印回答说，"是我，兰花，是我。"

"不是你的魂？"

"不是，不是，有你，我不敢死。"

马兰花哭了，"我以为你让打死了，要不就是撤到台湾了，我以为，再也见不到你了！"

眼泪，像滚烫的蜡油一样，滴在他的胸口。他们在自家的炕上，紧紧紧紧依偎在一起。他告诉她他的经历，城破时，他没有被俘，也没有像有些弟兄们那样，自尽，原本，上面是发给了他们这些守城的官兵毒药的，一人一个小玻璃瓶，里面是剧毒，意思是，要让他们和那城共存亡。他原本也没想过要偷生，他毕竟是个军人，可是，在最后的时刻，鬼使神差，一份传单，被风吹到了他脚下。这样的传单，本来，在阵地上，有很多，是解放军的攻心战术。他捡了起来，上面，有新鲜的血迹，不知是哪个弟兄的血，只见那上面写着那句话：

"国军的弟兄们：放下武器，回家团圆！"

刹那间，他崩溃了，想起了西街，想起了马兰花，和他还没有见过的小女儿，一阵心痛。他把那张纸，揣进了衣兜，把毒药瓶，也揣进了衣兜。他想，就是死，也得让我再看一眼她们，再死。

城破时，他躲进了城中一个相识的朋友家中，换了一身便装，几天后，趁乱，出了城。他不敢贸然回已经解放的谷城去，一路向南奔逃。乘车、乘船、徒步，惊险重重，总算，来到了一个可以让他远走高飞的地方。那时他身上还藏了几条"黄鱼"，他用"黄鱼"换来了一张去台湾的船票。当他把那张珍贵的船票拿在手中，他犹豫了。他想，就这样只身离开，什么时候，才能再见到亲人呢？而他，留下这条命，原本，是为了再和她们相见啊。

于是，他做出了一个让多少等船票的人瞠目结舌的举动，他让出了自己的船票，毅然北返。

多少人劝他，说，"留得青山在，不怕没柴烧。只要你人活着，还怕没见面的那一天吗？"他想，是，不错，可是，那一天是哪一天呢？谁知道它有多遥远？

他一路向北，回谷城。他这样想，回去把妻子和女儿接出来，再想办法南逃，去台湾或者香港。他不知道自己这想法有多么天真！北归的路，一次次地，被阻隔，是那样艰辛和漫长，在已经解放的土地上，一个身份可疑的人，简直寸步难行。他乔装成跑单帮的，去北方，收购羊毛，旱路、水路、汽车、火车、牛车、毛驴、过长江、过淮河、过黄河，不知走了多长时间。一路，有许多次，他都以为自己被识破了，却终于又化险为夷。等他在一个黄昏，终于远远的，看见了矗立在河谷平原上安静的鼓楼，魂牵梦绕的谷城的标记，他落泪了。他想，谷城啊，我回来了！这样想的时候，他满心的悲凉，此刻，他已经清楚地知道，入了这城中，凶多吉少。

他在城外的青纱帐里，一直躲到了夜深人静，怕的是白天进城被人认出。谷城太小了，是个没有秘密的地方。那已经是秋天，高粱红了，玉茭子黄了，谷子也黄了。夜风吹来，拂面的都是庄稼的清香。他掰下一穗玉茭，扯去皮衣，一口咬下，那清甜的粮食、清甜的汁水，霎时，溢满口腔，也逼出了他的泪水……四周，一片虫鸣，他抬头看着天空，真干净，满天的星星，亮得像是要滴落一般，真美！他一个行伍之人，枪林弹雨中厮杀的人，从来，也不知道，头上的天空，原来，可以让人这样心软、心疼。他想，行，死在这样的天空下面，也不枉这一场跋涉。

马兰花哭了。她把脸，深深埋进他的胸膛，她说，"你呀，你呀，你可真傻！你为啥不走？你为啥要回来啊！"

他回答，"我放不下你。"

"可是，你这一回来，天罗地网的，就走不成了呀！"马兰花说。

"听天由命吧，"他回答，"本来，城破的时候，我就该死。现在，见着了你，死，我也能闭眼了——"

"不！"马兰花激烈地用巴掌捂住了他的嘴，"别说这样的话，别说死、死的！你本来能活，你本来都逃出去了呀，你要是这样丢了命，我可怎么活？你说你身上有毒药，在哪儿？你把它给我。"

马兰花从他贴身的衣服里，摸到了那只小瓶。她把那小瓶紧紧握在了手心，她的手，一直颤抖，她说：

"这药，让我保管。真到了不得已的时候，哥，咱们俩，一人一半。"

他没有再多说什么，他只是更紧、更心疼地，搂住了他的女人。

天就要亮了，他们俩，茫然地望着渐渐发白的窗外，望着那个就要醒来的谷城，他们知道，此刻，他已是一只困兽。

起初，马兰花和孔婶，将他藏在了西厢房的一间小屋里，那房间，外面挂了铜锁，朗霞推不开。可终究是不安全的，院子里，总是会有人进来，有街坊，也有公家的人，来说一些公家的事。有一天，通知说要挨家挨户检查卫生，马兰花知道，那西厢房，是藏不住了。

这天，夜深人静，朗霞睡熟了，马兰花和他，提着马灯，静悄悄下了后院的地窖。他们真庆幸，从前的房主，将这地窖，挖得不仅宽敞，还碹了砖，看上去就像一间密室。白天，马兰花和孔婶，已经将它收拾整理了出来：她们卸下了一扇窄门板，放在地上，做了床铺。为防潮，给他在厚厚的棉褥子上，还铺了一块狗皮褥。搬来了一张小炕桌，支在床褥旁，上面放了吃饭的碗筷和一盏麻油灯。她心酸地打量着这不见天日的地方，说：

"委屈你了。"

他笑了，说，"这比战壕里强一百倍呢。"

她知道他是在宽慰她，"就先这样，"她说，"天无绝人之路，总会有办法的。"

隐隐地，她确实觉得有个"办法"，不清晰，或者，她还下不了决心，那就是，劝他……自首。

这个解放了的社会，平心而论，马兰花觉得，还真不错。干净、温暖，没有人欺负人。

可是，很快地，镇反运动就来了。

谷城也开始枪毙人，南城外湖洼做了刑场。人们用军用卡车，把那些人，拉到了湖洼里。马兰花也去看过一回行刑，十几人，并排跪在雪地里，枪响的时候，她别过脸，闭上了眼睛。等她再睁眼，她看见了雪地上的血，那么猩红，刺目，疼。她从不知道，血，也能把人的眼睛刺伤……

她看了布告，看见死了的人，有国军的连长，比陈宝印的官职，还要小。她吓坏了。当晚，她发起了高烧。

孔婶守在她身边，守了一夜。给她刮痧、放血……清早，她的烧退了，她望着孔婶，说：

"婶儿，我求你一件事。"

"孩子，你说。"孔婶回答。

她从被窝里，伸出了两只手，把孔婶的手，紧紧握住了，她原本鲜艳的嘴唇，被一夜的高烧，烧得爆出了白花花一层皮。她望着孔婶，说道：

"婶儿，你要答应我，将来，不管啥时候，万一，万一出了事，你一定要一口咬定，你什么也不知道！"

孔婶愣了一下，然后，她慢慢地点头，"我懂。"她说。

"你答应我！"

"我应下了。"

"姊儿，真到那时候，你要替我，替我们养大朗霞，我无人可托，我父母都不在了，只能拜托你了！"

"孩子，闺女，咱不说丧气话。可真要有个啥，你放心，朗霞，她就是我的亲孙女！"孔姊安静地含着眼泪这样回答。

马兰花就这样开始，守住了那个黑暗的大秘密，被它折磨、伤害。也许，她曾经有机会救赎自己，也救赎丈夫，可她错过了，她没有登上救赎的那列车，看着它，风驰电掣驶过了自己的站台。那是时代的列车，而她，做了一个旧时代的守墓人。

引娣后来一遍又一遍地追问吴锦梅，她说：

"你告诉我，不让我和别人说白毛鬼的事，是不是你那时候就知道，那是朗霞的爸爸？"

吴锦梅回答，"不知道。"

"你不让我说，可你自己为什么要说？"引娣直直地望着姐姐的眼睛。

"你不懂。"吴锦梅回答。

"对，"引娣说道，"我就是不懂。"

"我是共青团员，我不能包庇反革命。我不让你对别人说，是我一时糊涂，丧失了觉悟，行了吧？"吴锦梅望着妹妹的脸，叹口气，"我知道，朗霞是你最好的朋友——"

"别跟我提朗霞！"引娣冲着吴锦梅大叫一声，打断了她的话，她愤愤地瞪了姐姐一眼，跑走了。

跑出了家门，引娣才知道，现在，没有什么地方，是她可去的了。

这么多年，引娣习惯了，一出家门，就往朗霞家钻。算来，她长了十一岁，在朗霞家在马兰花婶婶家的时间，甚至，比在自己家还要长，还要久。那简直就是她的另一个家……可是现在，那个家，她再也不能去了。

对面，黑色的街门，关闭着，里面无声无息，如同坟墓。好多天了，她没有看见过朗霞，朗霞不出门，也没有见她再去上学。她好像，从谷城消失了一样。她呆呆地望着那寂静无声的街门，突然一阵委屈和愤怒：原来，那个反革命，天天和她们在一起啊！可是自己一点都不知道，还当他是个鬼……

她冲过去，抬起脚，噔噔噔，踢那个街门，一边踢一边喊，"反革命！反革命！反革命！反革命！"吴锦梅从她家院里跑出来，抱住了她，吴锦梅说：

"引娣，你别发疯！"

引娣不踢了，她住了脚，抬起脸，吴锦梅惊愕地看见，她的妹妹，泪流满面。妹妹泪流满面地看着她，说道：

"这下，你高兴了吧？"

五、小燕子，穿花衣

其实，那天，引娣和朗霞在后院撞上陈宝印之后，马兰花就知道，事情，就快走到头了。

第二天，半夜，她悄悄下到了地窖。看到他，她什么也没有说，只是默默搂住了他。这些年，随着朗霞的长大，再加上时局和必需的警觉，他们俩见面的时间，越来越少。她只是在每天的晚上，用一只拴了绳子的竹筐，把他的茶饭，送下地窖。再用一只水桶，将他的便盆，提上来，倒掉，刷洗干净，再放下去。他们在黑暗中，沉默无声地完成着一套生活的程序，无比默契。

他们依偎着坐在他的"床铺"上，一盏煤油灯，幽幽地，将他俩的身影，放大了，投在墙上，有一种惊心动魄的变形和黑。身下，那床狗皮褥子，如今，早已磨掉了毛，磨薄了，有了破洞。马兰花用手轻轻地抚摸那褥子，说道：

"宝印，八年了吧？"

陈宝印回答，"是，两千九百二十多天了。"

一句话，使马兰花几乎垂泪。她抬眼望着他，那个从前英气勃勃的男人，她含着眼泪对他笑笑，说：

"我带了剪子来，我给你铰铰头发。"

他说："好。"

她用手巾，围住了他的脖领，她开始给他剪头发。咔嚓、咔嚓、咔嚓，一缕一缕长长的白发，落下来，落在地上，渐渐地，地上，就积起了一层霜雪。那层霜雪，让马兰花心如刀割。她剪不下去了，从身后，抱住了他，把他白发苍苍的头，搂在了自己的胸前，像搂一个孩子。

"你真傻啊，你当初，为什么要回来呀！"她哭了。

陈宝印闭上了眼睛，感受着那团热烘烘馨香的血肉，亲人的血肉，这是那个世界的味道，那个有天空、有大地、有日月星辰、有白昼、有光明的世界。许久，他轻轻说道：

"别这么说，兰花，能在你身边，多活这么多日子，值了！"

"这不见天日的日子，不值啊！"

陈宝印微笑了，"你没听人说过那句话吗？牡丹花下死，做鬼也风流啊！"

他玩笑地，说出了那个"死"字。那个字，让马兰花心里一哆嗦。

"还有，不管怎么说，我也算是'看'着我的孩子长大了……"他又笑笑，"昨天，我看见她了，那个个子高些、提灯的闺女，我一听声音就知道是她……她，吓坏了吧？"他的声音，突然哽住了。

从下到这地窖那一天，八年来，这是他第一次看见朗霞。可是，她的声音，他是烂熟于心的。从奶声奶气的小闺女的牙牙学语，说，"榆钱儿，七（吃）榆钱儿——"到后来日益的流利、清脆、明亮，那声音，就像照在他身上的阳光，就像鸟语花香，就像流云和溪水。那是命运对这个不见天日的男人最大的恩赐，那是——神光。

他记得，第一次，在窖里，突然听见了她的声音，她说的就是那句，"奶奶，榆钱儿，七（吃）榆钱儿——"他像被炸药炸中一样，有一种四散纷飞的感觉。他甚至感到了鼓膜的剧痛，他的耳朵，一下子，承受不了这样的幸福……等那声音终于、终于消失之后，他有生以来第一次，号啕大哭。

从此，在那些个难挨的白昼，他等待着奇迹，等待着，偶尔的，那个声音的降临，等待着阳光照进没有光明的深深的地窖。显然，她是不常深入地走进这个后院的，所以，每一次，才都更像是一个节日。他记得，那差不多是一年多之前，他甚至听到了她唱歌，她一个人，不知因为什么，来到了后院，一遍一遍地，反反复复地，唱着这么几句：

小燕子，穿花衣，

年年春天来这里。

我问燕子你为啥来？

燕子说，这里的春天最美丽……

这是一支他从没听过的歌，也是他这一辈子听过的最好听的歌。她细细的清亮的童声，就像又清又温暖的溪水一样，没住了他的脚、他的腿、他的身子，小鱼在他的腿间，游来游去，身旁，是红花绿草的河岸……他想，天堂，大概就是这个样子吧？

其实，他知道，陈宝印知道，马兰花说的，是对的。当初，他要是不回谷城，要是乘上了那只渡海的航船，他也就不会这样拖累他的亲人们。可是，晚了，回不去了，他永远登不上那条船了。

这一夜，马兰花为他剪了头发，剪了胡须，没有剃刀，所以，她尽量修剪出形状。他看上去，清爽了许多，精神了许多。马兰花盯着他看、看，看了许久，说道：

"还是个好看的男人。"

泪水夺眶而出。

那一夜，她留下来了。他们挤在那张地铺上，紧紧相拥。她如同波涛一样吞噬着他，激荡着他……他热泪横流地说，"值了！"他又说，"牡丹花下死，做鬼也风流啊！"

他知道，他和她都知道，那是最后的、最后的生死缠绕。

天亮前，兰花走了，临走，留下了一样东西，她说：

"哥，我完璧归赵。"

是那只小药瓶。里面，装的是——毒药。

她背对着他，说，"宝印，这辈子欠你的，下辈子补报吧！"

她走了。天要亮了。油灯的光焰，一闪一闪，在这个地心里，是永远没有白天的。他沉思地，久久地，望着那个小瓶，心里一片雪地般的宁静。解脱，现在，变得是这么容易的事，可是，后面的事，怎么办呢？马兰花一个女人，将如何隐藏他的尸首？家里藏着一具尸体，一旦败露，那会有怎样的后果？

陈宝印，你别无选择。他想。

当地窖门被公安人员打开的时候，那些手电筒雪亮的光柱，天罗地网一样罩住他的时候，陈宝印想，现在，我可以死在阳光下了。

六、赵彼得

枪毙陈宝印那天，谷城自然是倾城出动。那已经是夏天的时候，城外的田野，小麦已经开始秀穗。到处矗立起了那种炼铁炼钢的土高炉，冒着浓郁的黑烟。先是开了公审大会，然后，游街示众，最后，自然是拉到了城外湖洼。

而马兰花，则因为包庇、窝藏反革命，被判处五年徒刑。

那一天，西街北砖道巷，朗霞家的门，关得紧紧的，就像一座坟墓。

那天，破天荒地，最喜欢看各种热闹的引娣，没有跟她的同学们一起，去湖洼看行刑。她一个人，在自己家小院的石桌上，玩抓羊拐。一个人不停地抓，不停地抓。

吴锦梅也没有出门。她坐在炕上，透过玻璃窗，看着院子里那个沉默的妹妹。她想起了那个冬夜，酒枣的红、瓷盘的白，如同静物一般的画面，那么鲜明，没有丝毫污浊。还有那些朴素却悠长的食物香气，让人踏实和温暖。回不去了，她想。这样温暖而单纯的冬夜，永远回不去了。

炕上，一只箱子里，最底层，压着那件天蓝色开白丁香的衣衫。一切，都是从它开始的。一切。

不久，奶奶带着朗霞，回奶奶的老家去了。

奶奶的老家，在这个省份的北部，那里是山区，寒冷、干旱，出产莜麦和山药蛋。出门，一抬头，可以看见残破的烽火台，还有，古长城的残迹。

出事后，朗霞大病一场。病后，她对奶奶说，"奶奶，你带我走吧。"

奶奶说，"宝，咱走。"

奶奶又说，"城外，那条大河，朝北，走到头，就是奶奶的老家。"

朗霞说，"好。咱们走到头。"

奶奶用最快的时间，处理了善后的事宜。房子，已经是公家的了，家具，带不走，卖了。这一天，一大早，祖孙俩，奶奶挎着大包袱，朗霞挎着小包袱，出了家门，去长途汽车站。这是出事后，朗霞第一次走出那个院子。奶奶回身习惯地掩紧了院门，上了锁。听到"咔嗒"一声响，朗霞在心里淡漠地说了一声，永别了。

出了小巷，来到西街上，一别脸，就看见了鼓楼，那么巍峨、高大，那么冷漠、无情。朗霞不动声色看了它一眼，扭过了头——她庆幸离开的时候可以不必穿过它的身下。现在，鼓楼在她的身后了，一步比一步远了。就在这时，她听到了一阵脚步声，嗒嗒嗒地，从背后追上来，一只手，拉了一下她的胳膊。

她回头，看见了引娣。

引娣望着她，眼睛红红的，什么也没有说，只是沉默地拉过她一只手，把自己手里的东西，放到了朗霞的手上。

是那几只羊拐。

洁白、温润如玉，有一面，涂染成了红色，血的颜色。那是引娣不离身的唯一的宝贝。

然后，就跑走了。

朗霞握着那几只羊拐，朝前走，一下也不回头。她不敢回头，她怕鼓楼看见她突然涌上来的满眼泪水，她怕西街看见她的泪水。

有一个意想不到的人，在长途汽车站，等着她们。

是赵大夫。

赵大夫说，"大婶儿，你给我留个地址，我也好和你们联系。"

奶奶说，"不必了，赵大夫，不给你添麻烦了。"

赵大夫说，"大婶儿，这都是为了孩子。"

他拿着笔和纸，固执地要求着。奶奶哭了。她抹了一把眼泪，说出了那地名、村名。奶奶说：

"有你这句话，我代兰花谢谢你。"

朗霞默默地站在一边，就好像没看见发生的这一切。

赵大夫拿过了奶奶手里的大包袱，又去拿朗霞的小包袱，朗霞躲开了。奶奶对赵大夫轻轻摇摇头。出事以后，朗霞就是这样，对一切人，关上了她的心。她什么都不问，什么都不说，不哭，不闹。就连生病，也生得那么安静。她安静得让人害怕，仿佛，那安静，是另一个世界的安静，是极地的雪原，凛冽、寒冷、死寂。

这个萍水相逢的男人，把这一老一小，送上了北行的长途汽车。他给了奶奶一包吃的东西，他说：

"大婶儿，保重——"

他向她们招手，车开了很远之后，他仍然那样站着。只是，朗霞根本就没有回头。

后来，车行到半路上，到打尖的时候，奶奶给朗霞找东西吃，打开了他送的那包吃食，"啊"地叫了一声，原来，里面还塞了五十元钱。对她们而言，那无疑是一笔雪中送炭的巨款。奶奶落泪了。

朗霞对奶奶说，"奶奶，别哭，不值得。"

她这么说着，一边打开车窗，把她一直握在手里的羊拐，温润如玉的、朋友的宝贝，从车窗里，一把扔了出去，扔在了身后。

"我恨谷城，"她说，"我恨——我妈！"

那时，她不知道，她的妈妈，马兰花，已经生病了。她没能熬过五年的刑期，在饥荒的六十年代初，病死在了狱中。

尾声　满树榆钱

新世纪，谷城外，开辟出了一片公墓。和所有新式的墓园一样，这依山坡而建叫作"永安"的墓园里，乍一看，就像是密密的一片碑林。这一天，墓园里来了两个外乡人，两个女人，母女俩，母亲六十开外，女儿，则看不出年龄，很时尚且貌美如花。

她们来祭奠一个亡者。

那亡者姓赵，墓碑上刻着他的名字：赵彼得。

她们带来了鲜花、水果、酒以及纸钱。母亲亲自奠酒，她将斟满的酒杯举起来，说道：

"赵叔叔，给您敬酒了！"

然后，恭恭敬敬地，将那杯酒，洒在了墓碑前。

"赵叔叔，您不认识我了吧？我是——朗霞，您看，时间过得多快，一眨眼，我也是六十岁的人了！您活着的时候，我没有跟您说过一个'谢'字，没有亲笔给您写过一封信——您寄来钱，回信，都是奶奶求人代写！……这世上，恐怕，再找不出比我更无情更绝情的人了吧？可是，我这么无情，您一点也不计较，还是照样年年寄钱来！叔叔，我嘴里不说，其实，我心里一直在问，这世上，怎么还会有您这样的人？这个让我害怕、让我恨的人世，怎么还会有您这样的人？您和我们，非亲非故啊！叔叔，不瞒您说，要不是您，我不知道今天的朗霞会是什么样。每次，在我最痛苦、在我熬不下去的时候，在我想做坏事想做恶事想做狠毒的事想堕落的时候，我就想，给我一个理由，让我不作恶！叔叔，您，就是那个理由，我总是不由自主想起您，我想，这个世界，不是还有一个赵叔叔吗？一个有赵叔叔的世界，就没有坏到底……"

她眼睛里，闪烁出了泪光，可是她的声音，仍旧安静、沉静，她沉静地说出了这一番话，显然，是她身边的亲人，她的女儿，从没有听到过的。女儿惊讶地望望她，又望望墓碑。只见她从手袋里，掏出一样东西，是一个小小的、破旧的小本子，几十年前，孩子们常用的那种笔记本：

"奶奶活着的时候，您寄来的每一笔钱，她都要清清楚楚记在这个小本子上，她老人家临终前，把它交到了我手里，对我说，'孩子，这是一个账本，这账本上，记的不是钱，是咱娘儿俩，欠人家的恩义！将来，有一天，你要替奶奶，去当面谢谢人家的这份恩德！'……可这么多年了，我一直没有来，因为，当着您的面，我说不出那个'谢'字，那个字，太轻，太轻，太轻了！……但现在，我的女儿，就要远嫁到法国去了，她临行前，我想，我得带她来，向您辞个行，把这个账本，交到她手里，告诉她这个账本的故事，告诉她，她的妈妈，这一生，欠您的恩义……"她说不下去了，慢慢地，跪下，抱住了墓碑。

铭恩，戴铭恩，她的女儿，在突然之间，明白了自己名字的来历。明白了自己的——前史。

太阳真好，是北方难得的晴朗的春日，风和日丽。墓园很宁静，四周一片鸟鸣。远远望去，这里那里，一树一树的桃花，一树一树的泡桐花，一树一树的丁香，还有，不知名字的那些山野的花朵，绽放着，北方春天的艳情，似乎，总是这样的嘹亮和直抒胸臆。也因此，它的秘密，才可能埋藏得更深、更隐秘。

比起相邻的那座举世闻名的古城，谷城显然要沉寂许多，大概也是这个缘故，它才有可能，保留下来一些从前真实生活的痕迹。

比如，西街。比如，鼓楼。

西街上，旧式的楼檐下，没有像那些旅游景点一样，悬挂起一盏盏大红灯笼，弄成电视剧布景的模样。仔细看，楼檐下，这一家或是那一家，还有一两盏从前的走马灯，挂在那里，破得不像样，可是，有沧桑的好看。

还比如，旧宅。

朗霞惊讶地发现，尽管，那座小院，破旧得不成样子，简直如同废墟，尽管，它看上去变得十分狭小、拥挤，尽管，厕所的后墙早已坍塌了一堵，可是，可是，迎面那门框的条石上，那三个凿刻的字，那三个屡屡闯入她梦中的字，经过了五十年的风吹雨打，竟然还在，她一看到那三个字，眼睛就潮湿了。

"活泼地"啊。

"是朗霞吧？"突然，身后传来了这样一个声音。

她扭过头，看见了一个老女人，高高的，瘦瘦的，小脸盘，皱纹很深，烫着碎碎的一头小卷儿，正眯着眼打量她。

朗霞脱口叫出了那个名字，她说，"引娣。"

"啊呀！"引娣叫起来，"真是你呀，朗霞，我从鼓楼那里，就跟上你啦！我心想，会是朗霞吗？可别叫错人呀——"

她们俩，昔日的小伙伴，五十年前的小伙伴，站在那里，你看我，我看你，笑着，时光的大河，在她们身边，汩汩地流，她们都听到了那惊心的声响。

"你过得好吗？朗霞。"引娣含着眼泪问。

"很好，"朗霞回答，"你呢？引娣，你过得好吗？"

引娣笑了，她没有回答朗霞的问话，却说：

"朗霞，我就知道你一定会回来的，我就知道。"

"你怎么知道？"朗霞也笑了，"连我自己也不知道啊。"

"你这不是回来了吗？"引娣说，"前几天，我看见婶儿啦，婶儿回来了，就站在那儿，站在那棵榆树下，说，'你看，结榆钱了，满树都是榆钱儿，朗霞最喜欢吃榆钱蒸的"布烂子"了！'我一看，真是！那棵树，死了好多年了，可今年，呀，又活了！你看，这满树的榆钱儿，结得多好！今晚上，我给你做榆钱儿'布烂子'吃。"

"你说谁?"朗霞问，"谁回来了?"

"婶儿啊，"引娣回答，"马兰花大婶儿啊！她有时候会回来看看。"

正午的大太阳，朗照着，唰的一下，朗霞感到全身如同有一股电流通过。那棵老榆树，她的故交，原来，是它在召唤着她，它用满树繁密的榆钱儿、用它死而复生的深情厚谊，召唤着她。也许，不是它，是——母亲。她看见树下的母亲了，站在那里，年轻，美丽，像榆钱儿般清香，望着她，忧伤地微笑。

她拉过了身后的女儿，说道，"妈妈，这是您外孙女。"

然后，她哭了。

白草地

盛可以

一

　　二月的早晨，发生了一件蹊跷事，我的眼睛突然变得白多黑少，并且显露凶光，打个比方，当你与一条狗狭路相逢，狗便是拿这样的眼神瞄你。我盯着镜子看了片刻，只见两粒小黑豆泡在辽阔混浊布满血丝的眼白中，毫无神采。我抿紧嘴，垂了头想着，什么缘由突然变成这副被逼急咬人的样子。我脾性虽暴但善于克制和忍耐，平时没有积怨，也没有抑郁症，我活了三十年，算不得坎坷，父母离婚时我还小，他们搞出一些乱七八糟的事情，也不至于影响我的成长。我承认我缺少天资，有各种显而易见的怪癖，但还是考上了大学，马马虎虎地念完，到异乡找到了自由，在工作与失业交替的瞬间，与一个不咸不淡的女人结了婚，她就是我的老婆蓝图。我当然知道她也曾甜酸苦辣有滋有味的，只不过到我这儿便进了不咸不淡的境界。这又何妨呢，说实话，甜腻辛辣我也受不了。她有一副难得的安静脾气，我甚至不能分辨她的满足与未满足，她总是微笑着擦拭身体，套上睡衣，呼吸平稳地进入梦乡，不忘与我手指相扣。从结婚那天起，我就感到已经与她生活了一百年。对于我这样的男人来说，她是无可挑剔的，容貌、素养，操持家务有条不紊，对我的照顾不可谓不周全。

说到她，我总是忍不住要详细些，她是丰满的，脸庞圆润，是人们说的那种旺夫相，她睡前吃苹果，早起喝盐水，午间小睡，生活十分规律。她学的信息管理，在机关混着。前不久《南方城市报》上有则意味深长的小新闻，某某局的厕所下水道堵塞，维修人员费了九牛二虎之力，通出一大堆安全套，可见机关清闲也不好过，大家都需要找点乐子。蓝图的乐子是经营淘宝网上的服装店铺，她很快赢得了五钻级别的好声誉。当然，生活中她也是个有信誉的女人，比如，遵守我的规定，不再与从前的男友联络，不和男人单独吃饭喝咖啡，等等。

至于我，在外企做了三年的 sales，每天要打七八个小时的电话，憋尿，忍渴，寻寻觅觅，为得到一张订单磨破嘴皮，有时两只耳朵都被话筒堵住，下了班脑海里苍蝇嗡嗡乱飞。不过我真是生不逢时，房价一路飙升，每平方米二万五，首期要三成，少说也得三四十万，每月还贷加本金要付七八千，入不敷出。当房奴无望，沦为租客，还欠着蓝图的婚戒和婚纱。黄金白银买得起，但蓝图要钻戒，多少克拉不计较，非要有一粒夜里都闪光的石子儿，如果我不想让她等，就得拿把玩具枪去抢银行。我没有时间拍婚纱照，片刻都没有，我出门时蓝图没醒来，回来时她又睡着了，基本上忘了夫妻间的那点事儿。资本家不管你的死活，更不管你的性生活，新婚没假，奔丧不批，你只是他们的牲口，他们的狗，你得每天转动，每天守着电话，不管是逼良为娼，还是明争暗抢，弄到订单赚到美金你就是骨干你就是人才，你被提拔了，公司会表现仁慈的一面，请你携家眷去国外度假。我也梦想带蓝图去欧洲去美国，盼了几年，老夫老妻了，大门没出，远门没涉，婚纱戒指蓝图也没再提过，我想是无所谓了吧。

望着占了半壁墙面的镜子，饶是我从容镇定，仍有一种从未体验过的绝望扑过来，那是怎样恐怖的眼神啊，随时要癫狂发作的样子。我慢慢想起昨晚的事，我请福斯公司的采购——我们通常说 buyer——多丽吃饭，她的英文名是 Donna，在这里我想叫她多丽。多丽带了自己珍藏的茅台，酒过三巡，她甩出一句埋藏心底的话，说我的眼睛令人柔肠寸断。她的意思我早就明白，只是佯装不知，这类暧昧的暗示我遭遇不少，尤其是四十岁上下的女人。我知道多丽还是一位诗人，在福斯公司的内部刊物上歌颂过祖国，也为爱情伤感，她对我胸口发热母性大发，是一件平常不过的事情。不过时至今日，我与她之间的交情，已经不需她母性荡漾了。在我一次喝得胃出血、一次酒精中毒两次住院之后，我们建立了牢稳的伙伴关系，算得上哥们儿。别那么不屑地看我，我也憎恶酗酒的德行，发誓戒了这祸水，但干了 sales 这行，也算半个公关，不沾酒色，难道学魏晋文人雅士扪虱清谈？甭说我狗嘴吐不出象牙了，就福斯公司的小姐先生，明摆着也是酒肉之徒，全是现实主义流派，八九不离礼品红包回扣的主题，连这点都看不明白，就别谈什么销售艺术了。并且还要豁出一条贱命，死乞白赖、嘴上抹蜜、当乌龟扮王八将对方衬托得尊贵体面，尽管得到的只是福斯公司从牙缝里挤出来的小订单，那真的就像是一个性感美女只是远远地向你抛了一个媚眼，对于饥饿的胃部或者真诚的性欲来说都是无济于事，可仍是够人上下激荡一阵子的。尤其是面对全球金融危机、经济大衰退的 2008 年，倒闭、裁员、治安混乱、人心惶惶的现状，当你一天看了十八个小时的电脑，寻料、跟单、回邮件、写申请、填表格，满脑子数据型号，白忙一天累得像条死狗，猛然获得一个美女的媚眼——纵然她在千里之外，你就没法不感谢一条牙缝了，它代表着无穷的希望。

　　平时我酒性上来就想听玛雅的声音，玛雅是个五官精致的小脸娘儿们，带点重庆的香辣味，说来话长，迟些再表。眼下我必得先仔细梳理昨夜的事情。唔，茅台酒，多丽带来的，味道实在特别，虽一闻便知酒假，不过入口不错，余味香醇，显而易见，作假的人下了诚实的功夫。多丽殷勤劝酒，双目有神，我说的就是她的牙缝，我直觉她是吊着我的，她在一张一百 K 的大单后面放了一根长线。女人的矜持，有时是装×，有时是千真万确，但具体到多丽，就有点含混不清了。这晚我同样不拂她的意思，反正喝高了就是废人，浑身软塌。不过我醉得蹊跷，没有经过熟悉的步骤变化，我没给玛雅打电话，径直就倒了。睁眼时，人在酒店客房里，多丽抓着我半解的皮带，裸着平坦的胸脯，疤痕闪亮，你可以将之看作一张闪亮的百 K 订货单，只消伸手深情地抚摩，手指头便能感觉到美钞上面本杰明·富兰克林凸起的五官。不幸，我被那比镁光灯还耀眼的伤疤刺痛了眼睛，脑海里一团糨糊，我流着带有谴责意味的冷汗，失魂落魄地逃了。兴许是手脚并用，半截皮带拖在地上，皮带扣与水泥地面擦出刺耳的声音。多丽某次慨叹人生时曾有所暗示，我从未意识到她丢了乳房，天啊，我与她那双宝贝素未谋面，也免不了很有人情味地替某几位与之有瓜葛的男人惋惜，想到生活索要你的青春，也要你的乳房，到最后都是连人带毛打包塞进火葬场里烧窑，真是沮丧。

一半为多丽，一半为美金，我的心软得一塌糊涂，受伤的眼睛一直淌泪，半路上踅回去时，多丽已经走了，该死的，她一定伤心坏了，不，我比她更伤心，从乔治·华盛顿到本杰明·富兰克林，所有在美元上露脸的都该为我哀哭，月底在望，我的业绩线还是一条被打晕的水蛇。我现在手中空空如也，啊多丽，无论如何，我真该在你订单般平整的胸前逗留片刻，即便是为了感谢你牙缝里源源不断的食物。我无比愧疚在路边的烧烤摊上灌起了啤酒，赎罪似的往胃里塞了一通乱七八糟的东西，脚下竹扦一堆，时间是凌晨一点多。风凉飕飕的，马路上一点都不清静，出门过夜生活的，过完夜生活回去的，走路的，开车的，打的士的，路灯睡眼惺忪，飞虫在周围飞着取暖。

嘿，可怜的小虫儿，情愿为了那一点微光与温暖累死，我回家躺下了还想着它们的伟大。后来胃里火辣辣的，拉稀九次，直拉得东方发白，两腿发虚，躺下两分钟闹铃响了，我起床洗脸刷牙刮胡子坐公交转地铁要准点到达公司，今早亚太地区的总裁从新加坡过来检查工作，还要裁减人员，压缩开支，我们的西装不管料子是毛呢的还是尼龙的，衬衣是黑是白，底裤有没有破洞，全部要西装革履业界精英的样子迎接总裁。

我满嘴牙膏泡沫，通货膨胀，就业超强寒流涌现，要是被裁掉，蓝图又把我蹬了，丧家犬的滋味可不怎么样。我把毛巾在脸上扫来扫去，吐出舌头往鼻子上方舔，你也看到了，我的动作怪异，像狗，我有点怕自己了。我哆嗦了，手指僵硬，打开电动剃须刀，一阵割草机的声音，胡子三天没推，平时乱草蓬勃的，现在满下颌全是细软的绒毛，这又是什么道理？我惊诧地瞪着自己，两眼低级动物的冷光，恐惧变成愤怒，镜子里的怪物突然向我张臂扑咬过来，我撞到冰冷的镜子跳后一步，将电动剃须刀使劲砸过去，镜子"咣当"垮得干干净净，一只幼小的蟑螂张皇失措。

我的老婆蓝图轻手轻脚地过来了，片刻间将镜片清理干净，轻声轻语地说改天去宜家买个带木框的，便继续煮早餐去了。咳，她也不问我为什么发脾气砸镜子，我真想叫她看看，我是否像条狗，但她没什么好奇心，这很伤脑筋。

二

打开衣柜，樟脑丸子呛得我直打喷嚏，好一阵才找到玛雅送我的红色 Louis Vuitton 领带。喝粥时我问蓝图，你把领带洗坏了吧？蓝图说，我没洗过。我说，怎么又旧又暗，好像掉色了？蓝图说没有，它跟你从商店买回来时一样新，这种 A 货高仿品，质量也不差。我低头瞅了领带一眼，体内有玛雅作怪，不好多说，便夸蓝图身上的白毛衣很衬皮肤。蓝图说她穿的是绿的。我笑着抹干净嘴巴。我们之间的对话原本都是心不在焉，受蓝图的影响，我也不太寻根问底，我换上 Pakerson 皮鞋，玛雅说这是意大利托斯卡纳区的贵族们的至爱，她用无比的热情打扮我，我只得绞尽脑汁向蓝图解释每一件物品的来源，幸好蓝图不是那种猜忌的小女人。不出意外的话，今天午间要和玛雅会面纠缠一阵。我打开大门心头荡漾，蓝图叫住我，递上一杯盐水，说你忘了喝了。我在门槛外头喝完它，一时间羞愧交加，但是没多久，玛雅便冲淡了这些。

很奇怪，地铁上的广告都使用了怀旧色彩，男男女女的衣着非黑即白，以前那种花花绿绿的景象不见了，这个世界似乎在进行一种集体悼念。我嗅着香皂、皮革、小笼包、体味以及狐臭混合的味道，突然间觉得视线像广角镜头一样辽阔。我悬在拉环上，把裁员的担忧撇开，忍不住要说说我的玛雅了。算起来这还是多丽的功劳，本来像我这行业的人，认识文化圈美女的概率实在太低，也是巧合，有回我请多丽 K 歌，她带来一个低胸细腰、屁股被牛仔裤裹得浑圆玲珑的小脸美女，抽烟喝酒语出惊人，我头一回知道世界上除了两腿紧夹的小家碧玉，还有这样的坦荡直白欲望张扬的姑娘存在，她坐下来望我一眼，就说我昧着良心长了一双水灵柔软的黑眼睛，其实一肚子坏水。起先我犹如被打了一闷棍，但很快就适应并喜欢上这个叫作玛雅的伶俐姑娘。她是一本女权味道很重的刊物主编，可惜我没空翻杂志，有时候想想，居然有时间把蓝图骗到手都会感到惊讶。

玛雅和适量的酒一样令人神志清醒，心情愉快。我压根儿没想过玛雅会对我有意思，后来她把多丽撇下，约我到了0755酒吧，而我对蓝图谎称应酬客户，与玛雅对吹完一打德国黑啤，去了玛雅的佳兆公寓，有一瞬间我觉得自己像只免费的鸭子，但在和玛雅的互动中感受到平等与销魂。玛雅说，她也是因为我的眼睛，对我产生了强烈的哺乳冲动，疼上了我。她很诧异，在一个物欲横流的城市里，还会有这么纯净清澈柔和的眼睛，而且漆黑明亮。玛雅的几句话把我夸得心花怒放。可后来她又拍拍我的背说，我看上你，纯粹因为你是圈外人，我厌倦圈子里的乌烟瘴气。我明白玛雅的虚实，聪明的猫总是排泄完毕就用沙子掩盖秽物，这种习惯并非出于自尊，我想一定是受过同类严重的伤害。

我无法说清楚我和玛雅的关系，有一段时间，玛雅为了我打算做个两腿紧夹的小家碧玉，她说这是男人想当好男人时顶喜欢的类型，不风骚，举手投足良性十足，没脾气，性子比高贵动物的皮毛顺，比千年的水藻柔，比墙砖上的绿毛软。于是她先正视听，不看露体的电影，不听淫靡的声音，《红楼梦》只读删节版，朝《金瓶梅》唾口水，骂《肉蒲团》是垃圾，坚决不承认这些放荡的文本算得上艺术。她说服饰，谈娱乐，聊失去童贞之前的生活，但就是不谈性，更不提一夜几次，敏感地带，房中术的学问与扯淡……玛雅要做矜持、内秀、明眸皓齿的良家女，口谈正言，身行正事，也就装了那么几回就累垮了，她无法将自己劈成两半。坦白说，我喜欢真实的玛雅，没心没肺地抽烟，三杯酒下肚脸起红晕，嚷着要唱歌，"忘掉那痛苦忘掉那地方，我们一起启程去流浪"，将《张三的歌》唱成了天真童谣。我喜欢的玛雅淫而不荡，天真而不幼稚，表面柔弱，骨子里强硬，开得起玩笑，拉下脸来绝对无情无义。

玛雅是最真实的，她的生活里没有为订单装腔作势的时候。其实玛雅最大的特点在于不俗，她不会闹着你给她名分，她甚至害怕你缠上她。倒是我偶尔觉得离不开她，或许我真的是一肚子坏水，根本不是蓝图塑造出来的好男人。有一次和玛雅事毕，体内气氛有点伤感，我几乎是带着怨恨和玛雅聊到蓝图和她的淘宝店，对蓝图那种不咸不淡的作风深感不满，事后想来，我的表现就像没有吃到糖果的孩子，于是屡次遭到玛雅的嘲笑。

我提前十分钟踏进公司，男同事们和我一样个个人模狗样，其中有个sales全身里外都是Burberry，这个酷爱A货的人渣名叫Alex。顺便提一下，我们这种外资公司统一使用英文名，"武仲冬"一进公司就消失了，我成了同行业无数个Jason当中的一个，偶尔恍惚觉得自己是个可爱的金发小伙。我也不知道Alex的中文名，这个来自北京的小个儿自称吐血买了正牌，十分骄傲地迎接各种检测的摸捏。我们这拨摸惯了电子产品的手，对服装很不敏感，摸来摸去兴味索然。在弄出究竟之前，我们选择了放弃，裁员的事很快压了上来，我们提前五分钟拥进会议室，但见亚太区总裁早已恭候，白衬衫银灰领带深蓝西服，表情颇具威慑力，一望即知不同凡响。我左侧的Alex不太自信了，很不规矩地把脚从皮鞋里解放出来，异臭冲散了他身上的香水味。我踢了他一脚，低声说，那条欢迎总裁的横幅应该用红底白字，来点中国式的喜庆。

他瞪着我说，你色盲了？找抽吧？

Alex的话我并不在意，我说这有点像开追悼会，瞧小妞们，大老板一来，个个小家碧玉两腿紧夹。

Alex骂我南京瘪三。我说去你的。我和Alex的交情就是建立于互相辱骂的基础上，平时对客户低声下气的实在压抑，这种放肆与粗痞的行为使我们的精神得到极大的放松与满足，有时在餐馆吃饭我们故意刁难服务员，抓住他们怕被投诉的心理，把他们弄得跑上跑下，面红耳赤。

Alex和我越骂越难听，稀奇古怪不堪入耳，这里就不再记录，因为会议正式开始了。

分公司经理伪海龟Eric主持会议，我们对总裁的到来热烈鼓掌。会议五分钟后便进入主题，关于人事变动的通知，原部门经理将调往上海，新经理将于包括我在内的二十五位职员中诞生，近几年的综合表现与业绩是重要参考指标，会场气氛一片肃穆，我嗅到一种隐秘的亢奋，知道每个人都在心里打算盘，我这个月的业绩还差一截，不被裁员就是喜讯，于是想了想谁有被提拔的可能。

紧接着，意想不到的事情发生了，在我旁边一直大腿抽筋一样抖动的Alex，突然被点名宣布开除。原来这个聪明的杂种竟然在澳大利亚合伙注册了电子公司，狂炒私单手脚严密，后来听说他东窗事发只因前女友的举报。Alex被勒令当即收拾东西走人。炒私单是所有sales的梦想，我相信那一刻他是我们全体sales的偶像，并且大家深信他身上的Burberry绝对正牌，尽管他不久将会因泄露商业机密成为公司的被告。谁也没听肤白发黑的女秘书宣读的业绩排行榜，总裁来之前我们已经有所了解，每个人都有自知之明，是福不是祸，是祸躲不过，这个行业就是这样，突然被炒，突然离职，铁打的公司，流水的员工，只盼着刀子利索一点，裁谁不裁谁快点水落石出。

那么，关于Jason——伪海龟Eric牙口齐整地说，我的心弹了一下，他并没有直接宣布什么，而是概述我进公司三年以来的情况，仿佛诵读什么吊唁的千古奇文。我不耐烦了，天啊，像个啰唆的娘儿们，伪海龟到底要说什么，要杀要剐直截了当吧，我满面谦卑，嗓子里却发出呜呜的声音。

三

通常，在玛雅肉红色纱质窗帘的性感氛围中，我的性趣很浓。玛雅的酒柜里不缺好酒，二十年前的茅台，三十年前的五粮液，还有活灵魂的正牌红酒，嗅一下便产生爱情的幻觉，几杯进肚，体内五湖四海，爱情泛滥，想着怎么和玛雅天长地久。我是个浑蛋。玛雅把1988年的柏马仕倒进玻璃容器，说这种酒要醒一个小时。她看得出我心花怒放，并断定不是因为她。不过她仍是高兴地骂我是职业病，活着的唯一乐趣就是接订单，心里只有美金。我把玛雅抱起来，红酒的香味很迷人，我隐瞒了自己差点被裁员的真实情况，表现出很受上头赏识的样子，在女人面前，这点面子是要争的。我向玛雅描述了上午那个惊心动魄的会议，事实是，伪海龟Eric正要宣布裁我时，多丽的电话打到公司，一笔六十K的订单挽救了我，亚太区总裁和伪海龟Eric低头咬了几句耳朵，一切峰回路转，我当即被安排全面接手福斯公司这个拥有十万员工的大客户。业内称福斯公司为财神，多丽只是其中一个部门的主管，头一回遇到天上掉馅饼的事，除了高兴得屁滚尿流迎难而上之外，我实在无话可说。如果我告诉你接手福斯公司的难度与麻烦，你同样会情愿和那些小客户做生意，这实际是公司踢你出局的一种手段，做得好，皆大欢喜，做不成，那几个裁了的哥们儿就是前车之鉴。

我说，玛雅，我必须请多丽去钱柜寻欢，那里的少爷年轻英俊强壮温柔，很会侍候人，多丽实该享受这样的犒劳。玛雅笑道，依我对多丽的了解，她会选有老婆管着的，圈养的干净，用得放心。玛雅喜欢拿话刺人，我对她总有理亏心虚感，尽管她是自由的，我毕竟占用她待字闺中的美好青春，又没有金钱作弥补，倒是玛雅隔三岔五要给我买这买那，她对我产生的哺乳冲动会延续多久呢？

我把玛雅抱到沙发上，转身上洗手间，对着镜子照了照，眼睛仍是白多黑少地透着凶光。我感到胸口疼。我怀着难以言说的痛苦回到玛雅身边，玛雅那合身段的白色睡衣有点缥缈。我重新抱住她。我说玛雅你是天使，这儿是天堂。我淫笑着摸了玛雅两圈，上下嗅她，脸抵着她雪白的脖颈，使劲蹭她，伸出滑腻的舌头舔来舔去。玛雅哼哼唧唧。我大为惊讶的是，我所做的仅止于此，我体内只有可耻的安宁祥和，从前那股热烈的激情已转化为对玛雅相依为命的亲切与信赖，我想我是不是废了。

玛雅说，你最近不发情，是有原因的，没关系，也不是非做不可——真爱等于爱情减性，哈，这是谁说的，太扯淡了。但不久我发现玛雅的眼里闪着泪花，眼泪光顾玛雅的生活，这可是件新鲜事，我吓了一跳，饶是我对付女人训练有素，这会儿也是束手无策，因为玛雅和别的女人完全不同。是的，最近几回我都不能进入玛雅，这对玛雅或所有漂亮女人而言都是一种耻辱，我渴望见玛雅，却没有宽衣解带的欲望，只是嗅她，蹭她，为她削水果煮咖啡，天知道我怎么了。

我怀着内疚屈膝蹲着，双掌前撑身体前倾，静静地看着玛雅，等着她哭出来或者向我倾诉她内心无尽的孤独。谁说不是，即便是伪海龟Eric，有一回在公司中秋联欢晚宴上也克制不住与妻子两地分居的孤独，这个爱耸肩的伪海龟勾着我的肩膀喊苦叫累。平均一个月回一趟成都，那种小别胜新婚的舒坦更是把剩余的大把寂寞光阴衬得不像是人过的，所以伪海龟偶尔也会在娱乐场所失身，次日怀着无比的罪恶感给老婆寄去名牌手袋或者内衣。他老婆喜欢成都的安逸，死活不愿随 Eric 到这个城市里来，在我看来他们的情况已经岌岌可危。当然，伪海龟的生活不关我事，想到他有些不近人情的做法，我还咬牙切齿地恨不得把他的老婆搞上床。我在乎的是玛雅，如果我有点责任心的话，真该好好替她想想。玛雅的父亲死后母亲嫁了人，生了一个男孩，他们能记起她的时间少之又少，我这个浑蛋，只是和她睡来睡去，仿佛爱着她，什么也给不了她，什么也拿不出来。玛雅有十分的条件傍个款爷，但仅仅因为我昧着良心长着一双婴儿般的黑眼睛，她就跟了我，真是个古怪娘儿们。我多希望自己一肚子坏水，上床下床见面分手行云流水无牵无碍的，也能一口吞下多丽那条残缺的肥鱼。

"啊，玛雅，"这时候我的心软得扎人，"你说话吧，我什么都答应你，玛雅。"

一定是我的样子太过滑稽，玛雅望着我突然笑起来，说道："武仲冬，你这姿势，像麦克斯，知道我说什么吧，《南极大冒险》里头调皮使坏的雪橇狗麦克斯，顶让人心疼的，咳，来尝尝好酒。"她很讲究地倒了两杯，晃着杯里的红酒，接着说道，"武仲冬，你要是对我没兴趣了，直说，不必勉强，我十分理解，本来嘛，人之常情，大家都有机会再碰到合意的。"玛雅在特高兴或特严肃两种状态下会连名带姓地喊我，显然此时属于后种情况，我得全力以赴。

红酒像墨水，头一次觉得难喝，我一口灌了进去。

我说："玛雅，我爱你。"

"红酒要慢慢品，酒里含有维他命……"

"玛雅，给我提要求，为什么不提呢，你提吧，你想我离婚吗？"

"……葡萄糖和蛋白质，《本草纲目》里说它暖肾养颜——你说什么，武仲冬，离婚？嗤，你可别吓我。"

"那么你，玛雅，你从来没想过要嫁给我？你总是这么不在乎吗？"

"武仲冬，Jason，别忘了你是已婚男人。"

玛雅的话把我堵得喉咙发胀，我多么希望玛雅要死要活地要和我结婚，眼泪哗哗地淌，施展一身的千娇百媚把我这个已婚男人拉下马来，让我确信她爱我，我在她心目中有不容置疑的分量。是的，玛雅提醒了我，我是个已婚男人，正因为如此，来吧玛雅，像个普通女人那样撒娇耍赖任性地索取你该得到的东西吧，即便武仲冬从来没有鱼死网破的勇气，也没有鱼死网破的爱情，生活就是一潭死水，你行的，玛雅，你能掀起惊涛骇浪的，来吧，逼迫我，用你的乳沟要挟我，用你的细腰恐吓我……玛雅，你知不知道，你这种无所谓的表现和蓝图的不咸不淡毫无区别。我不得不承认，你看透了我，我的确胆小怕事怕折腾，为一点偷鸡摸狗的事差点崩溃。

我一句话也说不出来，喉咙里呜呜的，像要吠出声来。酒一杯杯兴味索然地喝下去，从酒味里捕捉玛雅的气息暗地里嗅着，熟悉的迷人的一辈子难以忘记的气味，啊玛雅，让我们结束吧，让我离开你，让我结束我对你无耻的占有。

我默默地望着玛雅，是的，就像麦克斯望着直升机飞离地面消失在雪雾之中，我是一条被扔在南极的狗。

我趴在沙发上，额头抵着玛雅的大腿，相当伤感。

玛雅开始没心没肺地抽烟，精致的小脸于烟雾中忽隐忽现，"咳，好了，武仲冬，这类无聊的话以后别再说了，你那种只为财死见钱眼开的劲头，应该更彻底一点，比如对待多丽这类母财神，一旦母财神动了芳心，你一定要不怕亵渎胆大包天地把她弄成凡间女人，她会像七仙女帮董永不惜一切。哈，我了解多丽，不小心就在一棵树上吊个半死，三十六七岁了，爱情观还是处女。"玛雅没心没肺地说着，伸出胳膊与我比了比，"你瘦了，胳膊像女人的一样。呀，胡子又细又软，喉结都平了，你不会变成女人吧？……武仲冬，睡着了吗，哎，该回公司了。"

在这种情境下打盹很不应该，但连续的工作与应酬，夜里头又睡得浅，我实在太困了，尤其是当玛雅长篇大论的时候，我感到一切都在往下沉坠，我梦见领了薪水和提成，给蓝图买了一只巨大的钻戒，那钻戒闪闪发光，而玛雅光着双脚望着我，眼里头的泪花闪着钻戒的光芒。后来，我总是想送玛雅一双里面铺着羊绒的皮靴，我时常在餐馆附近的商场溜达，寻思着找机会带玛雅逛街试鞋——说来你不信，我压根儿没这胆量，但我从这种行为中获得慰藉，对玛雅的歉疚慢慢地淡了下来。

四

我回公司时，玛雅把一盒Dior内裤塞给我，她说穿平角裤有益于精子活跃，她未免也太操心了。我把内裤放在公司抽屉里藏了一个星期，在一个合适的时机带回了家。其实，这种事情已经不是问题，我只是为了保险起见，你知道我是个谨慎的人。我原想直接将内裤塞进衣柜，但为了显得坦荡，便厚起脸皮向蓝图炫耀，一是眼光，二是捡了便宜货。蓝图的态度不咸不淡，她认为这是不错的A货，不过颜色艳了一点，这些货她的淘宝店里也有，有时间叫我和她一起上网挑挑。蓝图最后一句是征求意见的语气，我在她背后点头，蓝图那种毫无争议的信任，使我的心里升起一股不祥。

婚前蓝图是个小气鬼，爱盘根问底，路上的美女多看一眼，她对我又拧又掐嘴里还恶狠狠地警告。才几年光景，她就丧失了一切好奇心，更没有翻背包、查短信的恶习。虽说两个人相濡以沫，口角抵牾日渐稀少，天下太平了，我有时倒是盼着和她吵吵，我希望她追究这盒短裤的来历，像一个怕失去老公的女人那样把事情查得一清二楚。细想起来，对蓝图我曾是很动心的。最近的夜里我总是醒着，看着黑暗中的蓝图，她有点老了，脖子上一圈一圈十分明显，她也不在意，一个不怕老的女人，心态平静得可怕。大约从我与玛雅处上以后，我和蓝图不怎么过夫妻生活，我的晨勃也消失了，后来连与玛雅在一起也无能为力。蓝图也不是欲望强盛的女人，晚上偶尔嗅她、蹭她两下，她只是安静地配合，从没有其他要求。以前我们为这个吵过，蓝图很看重的，她把性列为婚姻的标杆。不过，很多事突然就这样了的，你找不到那个明确的拐点。无论晚间是否快活，早晨的蓝图总是很好心情地给我一杯盐水，而她做的早餐，无论丰俭，都合乎我的口味。我时而觉得这种生活很难到头，时而劝自己生活就是这样。即便是和玛雅过上了，也不会精彩到哪里去，兴许更糟。玛雅在家务方面是个弱智，清洁卫生包给钟点工，吃饭有馆子，出有车，食有鱼，狐朋狗友一大堆，那不是过日子的。当然，我知道玛雅不会和我过，我随口说说，请别笑我自取其辱。我已经没什么胃口了，只迷恋带肉的骨头，在嘴里嚼来咬去，发出嘎嘣嘎嘣的声响，因为怕别人听见，我总是坐在角落的位子，头顶上的电视机是嘈杂的，那是很好的掩护。在家里我把骨头藏好，夜里爬起来，偷偷啃上一阵，有时忘记洗手，蓝图闻到异味也只是嘟囔两声，我说过她没什么好奇心，她只是翻个身以便睡得更好。我的身体的确瘦下来，像玛雅说的那样，骨骼似乎也缩小了，这个我倒是不在乎，大块头大胃口是一种累赘，瘦下来我感到很舒服。

我想不出是什么原因使我控制不住自己像狗那样行动。以前也喝过假酒，除了次日头痛头晕之外，并没有异常的表现，现在连小区里一向友善的狗也对我狂吠不止，完全是见到同类所表现的亢奋或者挑衅，它们企图挣断绳子扑向我，在主人温柔的呵斥下讪讪地停下，三步一回头，目光凶恶。有条来历不明的黑狗每天一路嗅着跟随我上班下班，有一次我停下来瞪着它，它不躲闪，竟然笑着摆起了尾巴，嘴角的垂涎一直拖到地上。

我抬起一条腿对着树干撒尿，一定是肾虚得厉害，不足五百米的距离一路尿了八次。话又说回来，做sales没有肾不虚的，热的冻的肥的瘦的白酒洋酒红酒啤酒只盯着订单谁也顾不上肾了，为了生存我们必得牺牲某类器官，吸烟牺牲肺，喝酒牺牲心，妓女牺牲生殖器，患乳腺癌的多丽为了活命不得不切除乳房。啊，尊敬的多丽，你没有乳房，这丝毫不影响你胸怀宽广的光辉形象，如果不是你，这会儿我一定正疯狂地给51job求职投简历，把自己镀一身金光，在就业寒流的大好形势下，骗取面试的良机。别不信我说我是海龟地道的美式英语几乎无人识破，啊，多丽，失业不可怕，但被炒太不光彩，我爱这行业，如果我仍当sales在圈内混，这样的历史污点实在是令形象大打折扣。

今晚，我要把对多丽的感激付诸行动，我打算订下钱柜的大包间，约多丽叫上她所有的狐朋狗友来疯狂，不醉不归。我到免税商场给她挑了一条价值不菲的水晶珠链，到Cocopark打了一个漂亮的包装。手脚麻利的服务小姐夸我出手大方，买这么贵重的礼物定是送给最爱的女朋友。我含糊地笑笑，走到街上，心情出奇地好起来，我想，如果多丽有需要，我适当地献出一点温情也未尝不可，她其实挺年轻的，皮肤好，有弹性，两腿很直，五官也不错，有点媚，就是性子粗，心思不够细腻，不过这也不算缺点。我尽量将多丽想成一个迷人的娘儿们，无论如何，我绝对不会像上次那样很不人道地抛下她，不管多丽计不计较，我都做好了被她蹂躏的准备。

我比约定的时间早到二十分钟，吩咐服务生把洋酒调好，加了冰块，我事先和钱柜经理打过招呼自己要带一瓶洋酒，酒是玛雅赞助的，她很有兴趣看我和多丽的发展进度，不介意推波助澜。

水果盘先上了，樱桃、西瓜、小西红柿全是暗黑的，我不再感到吃惊，我在灰暗的色彩里心绪平和。包间很大，我孤零零地占着一小块地方等待多丽和她疯狂的女友们，不躁动不矛盾不犹豫不彷徨，放下玛雅，便不再是陷了蹄子的驴。我平静得像个白痴，软在豪华的包间沙发里，大屏幕无声的画面与歌曲一首接一首，服务生进来又退出，不知多少首曲子之后，多丽来了，身后并无人大呼小叫，她像片树叶飘进来，落在我旁边，一身很重的药水味。我什么也没问，她什么也没说，只把服务员请出去，先干了三杯。我点了她喜欢唱的歌，把音量调大，她抓起麦克风，吼了一曲《青藏高原》。多丽平时唱这歌十分拿手，这次却有几回破嗓音，最后一句干脆唱跑了。

时间和酒一起慢慢地下去了，多丽的脸红得发光。关于我献水晶珠链以及替多丽戴上脖子的情节就此省略，那里头有虚伪的温情，包括多丽的高兴，也是装的。无论如何，我和她之间都是一种交易。但后来的情况不同，因为多丽态度诚恳地谈起了玛雅，并叫我对玛雅保持警惕，"她很有问题。"

我以为这属于女人之间的忌妒与争风，不往心里去，更何况我打算离开玛雅。

多丽说："Jason，你可能不太了解玛雅，当年她的丈夫另有女人，闹得厉害，不久那个女人很蹊跷地死了，玛雅在精神病院住了大半年。其实，她并不是什么主编，她不喜欢工作，前夫给她的钱花不完。据我所知，玛雅恨男人，她的女权就是这么来的。她只想搞破坏，不想得到任何东西，我知道她让几个已婚男人吃尽了苦头，她有很多名字，青萝、冰倩、美心，呵，到你这儿就成了玛雅，你明白我的意思吧？沾上她的男人没有不遍体鳞伤的，呵，你怎么样？"

我张开嘴，舌头伸出来长得吓人，连忙缩了回去，说道："她没对我怎么样。"多丽说玛雅做事情很有技巧，这时候想退出恐怕迟了。我感到包间里光线阴森，脊背上起了一股寒意，闷头喝了几杯，想象不出玛雅的坏。但我相信多丽，我欠她的，并非一条水晶珠链可以偿还，我真诚地希望能弥补上回的缺口，不过很遗憾多丽没有和我睡觉的意思，她比老修女还正经，我不得不替蓝图感到安慰，内心对多丽无比崇敬，她是个高尚的女人。但转瞬多丽的高尚便一钱不值，她告诉我她已经从福斯公司离职，我的魂都被惊跑了，眼前一片漆黑。啊，多丽，你高不高尚无关紧要，假如你留在福斯公司，哪怕你是条卑鄙淫贱的母狗，我也能和你保持融洽的友谊。我心里想着多丽拥有的资源，对她离职的事惋惜伤感，简直是痛心疾首。我很违心地说无论如何咱们都是好朋友，一定保持联络，有空就约吃饭唱歌。

多丽模糊地笑了笑，意味深长地说："你虽然做了 sales，但仍是个好人。"

最后，多丽争先埋了单，这又加重了我心里头的负罪感。我本想送多丽一程，但她有自己的迷你 Cooper。看着多丽在黑夜里消失得一干二净，我没想这竟是一次死别。不久后，多丽死于癌症扩散，我才知道她离职的原因，听说是她自己放弃治疗，迫不及待到阴间与她的双乳团聚去了。不知怎么，我总觉得多丽的死与自己有关，具体点说，与我那一次弃她而去有直接的联系。

<h1 style="text-align:center">五</h1>

我倒了大霉，接手福斯公司这个客户后，业绩始终为零，连请吃饭都约不到 buyer，这些小娘儿们接二连三地休假，小伙子也矜持得无懈可击，好不容易约到两个又临阵变卦，弄得人焦头烂额。我像个小黑球在占地千亩的福斯公司滚来滚去，名片发出一摞又一摞，才略微和两个小部门的小 buyer 扯上几句笑谈。你一定会同情我，我只不过是每天和他们扯淡的无数 sales 当中的一个，过两天再给他们电话，他们便问你是哪一个 Jason，我只得向他们描述我高个白净斯文的样貌特征，同时

悲哀地发现，我那种令人过目不忘的时代过去了，多丽的死带给我前所未有的损失。

公司里有些幸灾乐祸的杂种偷着乐，尤其是细嫩的小娘儿们，我这三十出头的已婚男人在她们眼里完全是个作废的老家伙，我不得不承认这是她们的天下，这种现货买卖的确只适合小年轻打拼，我越来越跟不上它的节奏了，我身体的变化加速，背也弓了，十个手指头悬空时也像打键盘那样抽筋，虽然脑海里储存了上千种电子产品的型号与价格，但也于事无补。我做好知难而退的准备，打算主动向伪海龟Eric提出辞职，保全脸面，所以当伪海龟把我叫到办公室时，我先下手为强，立即递交了辞呈。

伪海龟吃惊地看着我，我很镇定地微笑，表示这是深思熟虑的行为。但伪海龟也让我大吃了一惊，他说公司本来在商量你的发展问题，下半年将在长沙设立分公司，考虑到你经验丰富，原本打算任命你为分公司经理，全面负责长沙的工作。不等我说话，伪海龟深表遗憾地摊开双手耸耸肩，这是他的经典表情，他还很负责任地嘴角下扯配合耸肩动作，这一切完成之后，他大方地给我斟了一杯昂贵的铁观音茶。

我突然一腔怒火，心里骂娘，公司真有这样的安排，为什么不早和我通气？我双手撑在伪海龟的办公桌上，身体前倾，嗓子里呜呜地响，我感到被捉弄了。

伪海龟接着很富人情味地说："唉，像你这样的人才走了，是公司的损失，晚上一起吃饭，同事一场，全公司的sales和buyer一起欢送你。"

我听着，忽然流下了眼泪。

伪海龟说你不用激动，这也是公司的规定，每个对公司做出了贡献的员工离职，公司都要欢送，公司以人为本嘛。我讪讪地挤出几句感谢的话，只听见自己声音尖细，端茶杯的手翘起了兰花指，惊得不小心洒了伪海龟一身茶水。他居然很绅士地摆摆手，说没关系。

我回到自己的办公桌前，待要拷贝一些资料，电脑已经被密码锁住了，我所有的客户资料也被没收，按规矩我三年内不得去同行业的公司。公司的动作这么干脆利索，不像对待一个即将被重用的人，我不得不怀疑伪海龟言语的真实。最后，我请求打开电脑取点个人重要资料，伪海龟经过慎重考虑同意了，在电脑人员的监视下，我心情复杂地拷走了几张无谓的照片。

于是，我前所未有地拥有整个上午的空闲，当然还有下午、明天、后天、大后天。我手里拎着电脑包漫无目的地走在大街上，世界没有色彩，只有暗以及更暗，灰以及更灰，一块小木板上写着"青青绿草，脚下留情"，但草地是白色的，一片白色的草地，几只宠物狗在那儿撒欢。

不知道是疲乏还是松弛，我感到整个人轻了起来，似乎正袅袅腾空，像一粒尘土那样飞向宇宙。后来，我在路边的长椅上像个娘儿们似的埋头哭了一阵。发现自己到了玛雅的住处，我按了很久的门铃，但玛雅不应答，我知道她在家里。

我的胸口又疼起来，我摸到了肿块，想到报纸上说男人也要警惕乳腺癌，便两腿生风赶往人民医院。医生查不出原因，竟荒唐透顶地说我的乳房好像正在发育，真是庸医当道。我索性做了全身大检查，内科外科眼科大小三阳全面体检完毕已是下午三点，检查结果需等三天。

这期间，我十分怀念多丽。

从医院出来，离欢送晚宴还早，我从没有过这么奢侈的空闲，经过电子投篮机，我掏光了身上的硬币累得大汗淋漓，然后进游乐场坐了很久的碰碰车，人们撞击我，发出嘭嘭的巨响，开心得哈哈大笑。后来我在场外看他们碰撞了一阵，想到世界上每天都有这样的闲人和各种行乐的方式，觉得十分荒谬。

我丝毫没想下一步怎么走，被公司规定必须二十四小时开机的手机可以关了，订单不用跟了，客户的欠款不用催了，真真假假的酒不用喝了……我只想关门闭户大睡几天。有一瞬间，我想推掉公司的晚宴邀请，出于职业的忍耐惯性，我还是准时到场。那种场面没什么可描写的，一些言不由衷的话和富丽堂皇的虚假情感在激活灵魂的酒后总是泛滥成灾。在这种因我的失业成就的狂欢聚会上，我表现得十分节制，最终很体面地告别了活蹦乱跳的公司同仁，回到家里不过八点半钟。

我这种早归实属罕见，蓝图的惊讶可想而知。其实这只是我的想法，蓝图并没有表现出特别的惊喜，她似乎把我当时间了，但我分明看到她瞥了一眼墙上的钟。她到电脑前继续忙，她说有些买家的咨询需要回复，还有收发货需要确认，还要给买家评分，个别买家喜欢刁难人，闹出一些损她信誉的小纠纷，要请淘宝店小二出面调解。不过，一向不咸不淡的她有点喜庆的样子，她和我聊了起来，她店里的销售业绩增加了不少，她考虑辞去公职，专门经营网上的店铺。我本能地说恐怕不行，机关工资虽然不高，好歹是个饭碗，女人要图个稳定。蓝图露出罕有的笑容说道："你太保守，等我把生意做大了，说不定可以养着你。"我说我是男人，不是宠物狗。蓝图朝我挥挥手，说："你过来看看我的交易记录，看我每笔赚多少，你就不会反对了。"

我兴味索然地凑过去。蓝图点开了历史成交页面，鼠标有选择性地停留，并字正腔圆地念道："Louis Vuitton 领带，红色，一口价三百八十元；Pakerson 男式皮鞋，四十二码，一口价四百六十元；Dior 男式平角内裤，XL 码，一口价一百六十五元……"

我屏住呼吸，身上冷得出奇。

"仲冬，这个玛雅是我碰到的最好的买家。你看她住佳兆公寓，多好的地段呀，去年开盘均价两万三，就是大剧院那儿，离你公司不到两百米吧？你看，她对男装的品牌挺有研究的，出手也很大方……"

……

我身体僵直，装出厌烦这种婆妈事情的样子逃开了。别问我后来怎么了，我不会和你一样很愚蠢地猜测蓝图到底知不知道我和玛雅的奸情，你应该立刻明白，心狠手辣的玛雅，她并不是忠诚的阿拉斯加雪橇狗，她是一头仇恨的母狼，多丽说"沾上她的男人没有不遍体鳞伤的"，只是我现在才看见我表面完好、内里五劳七伤的生活，多么愚蠢的掩耳盗铃啊！

六

三天后，我在街上游荡，人民医院给我电话，要我去取检测报告，我当时已经忘了这回事，我甚至毫不关心体检结果，死活由天。我到了医院，立即被神秘地转到了大学附属医院的某个房间，几个表情严峻的实习生模样的年轻人站在那儿，见我进来，眼光闪现出如获至宝的贪婪。其中一个很客气地将软椅子搬给我，请我坐下，说主任马上就到，他好像十分珍惜与我的近距离接触，那眼光几乎要将我的肉体切开。

这时，我有点恐慌了。

似乎是防止我逃跑，有两位主动守在门口，这时的煎熬不逊于蓝图对我谈论玛雅时的程度。

戴大框眼镜的主任来了，手里捏着我的体检表，示意我坐到他办公桌对面。实习生模样的年轻人在主任左右站得笔直。

主任翻开病历，问道：

"叫什么名字？"

"武仲冬。"

"年龄？"

"三十一。"

"婚姻状况？"

"已婚。"

"什么职业？"

"外企 sales。"

"有什么嗜好？"

"谈不上嗜好，工作需要喝些酒而已。"

"平时可有服用什么药物？"

"没有。"

"坦白对健康有好处。"

"每天喝一杯盐水。"

"夫妻关系如何？有没有第三者？"

"你问得离谱了。"

"那就实话告诉你，你长期在服用雌性激素。"

"雌性激素？"我大喊一声，腾地站起来，脑袋里嗡嗡直响。

"是这样，长期服用雌性激素，会变得女性化，丧失男性功能。最近几个月，你有没有感觉到身体状况的变化？"

"啊，不，不可能！"

"武仲冬，今天我们请你来，希望你能配合我们的研究生对你的身体变化做分析和研究，我们会付你酬劳。"

"庸医，神经病！"我忍无可忍，龇牙咧嘴地扑向戴大框眼镜的主任，但被年轻的实习生轻易地反剪了双手，我的胳膊发出咔嚓的响声，手好像被手铐死死地铐住了。实习生面色冷漠地围住我，我才发现身体成了空架子无力反抗，我吃了一点苦头，感觉自己落在一群面目狰狞的刽子手中，他们正打算将我开膛剖肚。我说不清自己是怎么走出那间办公室的，街上的嘈杂扑头盖脸，我慢慢加快脚步，速度越来越快，我把手机扔进下水道，穿过一片白草地时，几只互相追逐的宠物狗也跟着我疯狂地奔跑起来。

与往事干杯

陈染

第一章　序

　　回忆起过去的往事有些心酸，过去经历过的点点滴滴、酸甜苦辣历历在目，其中有遗憾、有伤痛，也有绝望，但唯一值得欣慰的是，往事也让我了解到人世间的是是非非、了解了现实中的虚伪和让人心痛的一面，明白了很多事理，这让我看开了人生，懂得了应该怎样去做人，如何去珍惜现在的生活。

　　这也是我到目前为止除事业上小有所成外，心灵上唯一得到的满足和欣慰。

　　应该说我是幸运的，我现在拥有一个幸福美满的家庭，我爱我的家庭。更重要的是我还有一颗充满热情的事业心，抱着这颗心我会尽最大的努力把现在生意做大、做好。我对将来的前景也充满了希望。正所谓看破红尘、热爱红尘。回忆是痛苦的，回忆更是幸福……

第二章　家　境

我出生在一个贫穷的山区，父母是地地道道的靠天吃饭的农民。善良，朴素，勤劳的父母是那么想用自己的辛劳改善这个仅有不到十亩地的家，可家里还是很穷很穷……

穷——从我记事开始经常回忆起的，也是最难忘的。一年很难吃上几顿白米饭，那时一天能吃上一顿大米饭对我来说简直是遥不可及的梦想，只有过年过节的时候才能一饱嘴福。吃得是那么的香甜，那么回味无穷。

可能是受父母和家庭的影响，从小我就是一个很听话、很懂事的孩子，一直到现在也从没有让父母操过心。

由于家里的地很少，父亲不得不出去打工赚钱，家里的重任全部落在了母亲一人身上，母亲除了忙完自家的地外，还要出去卖工，看到母亲这么辛苦，十二岁的我暗下决心，要帮着母亲分担一些家务。

那时候，每天放学回到家里，放下书包就拿着锄头到地里干活，母亲担心怕我被累坏，早早就把我赶回家。

后来除了铲地外，我还挑起做家务重任。现在想起当年做家务的情景还记忆犹新，打扫卫生、烧火做饭（那时做饭太简单了，就是烧锅开水，之后烫玉米糙子水饭，也没什么菜，顶多打两个鸡蛋酱，呵呵！现在想起来真的很有意思）、喂鸡鸭、喂猪等。对，还有一件事印象最深，那就是每天必做的打酱缸（就是用酱橱子倒出一些发酵的物质。在农村，大酱对每家来说都很重要）。

现在想想当时做活也有丢三落四和不让人很满意的地方，但母亲每次回来总是面带微笑地表扬我，看到母亲的笑容我的心里边总是美滋滋的。

那时候屯里就有很多人在背后夸奖我，就是现在我一回老家的时候，很多人还和我提起当年那些事呢。

第三章　母　泪

在我的记忆里母亲为我哭过两次，也是我长这么大父母仅仅打过我的两次，打完后的母亲哭得特别伤心，母亲的泪一直深深地流在我的心里。

我十二岁的时候，很喜欢和比我大很多的孩子在一起玩儿一些扑克和麻将之类的东西，开始是不赌的，后来就赌一些食杂店里卖的方便面等，输了没有钱还给人家，就和他们去偷离我们家不远铁匠炉里的铁。母亲知道后，狠狠地打了我，事后看见母亲哭了，哭得那么的伤心，我知道我错了，我叫母亲失望了，我后悔极了……母亲失望的泪一直流到我的心里，一直深深影响着我，鞭策着我。

最后那次是因为我想放弃学业离家出走到城里打工，那是在我念初中一年级的时候，一直学习成绩不错的我也不知道中了什么邪，就是念不下去了，可能是和大孩子在一起的原因吧，总听他们说外面的花花世界是多么美好（现在想起来都后悔莫及啊），所以念书不如去外面闯荡江湖，到时候也回来风光一下。

我心里也知道和母亲说了也不可能通过的，就干脆逃吧。

和屯里的一个人商量以后，早上天刚放亮就出发了，走了大约十多公里路才碰上了车，到了县城（十五岁的我那时候才第一次进宾县县城）也很幸运摸到了开往哈市的车上，当我到哈市市区初次见到眼前的这座大城市时，那可真看得我眼花缭乱了，天真、幼稚的我心里想着，一定要在外面干出一番事业再回去。

可不知道我俩谁走漏了风声，在我们刚到哈市平房区时，家里就来人把我抓了回去。

母亲开始耐心地劝我，要我继续上学，我坚决反对，气得母亲又狠狠地打了我，可母亲又怕我离家出走，只好无奈的答应叫我辍学。那一夜母亲又哭了，哭得更加的伤心。这一次，我在母亲眼中看到的是她绝望的泪。

为了不再让母亲伤心，我也打消了离家出走的念头。给村上出工挣钱，我记得很清楚，那时候，凡是家里面有劳动力（虽然现在看来我那时还不是完全的劳动力）的都很想在村上挣点任务功，到村委会提留，从春天到秋季我给家挣了一千多块钱。

第四章　打　工

刚开始不念书的那一段时间里，真的很痛苦，做梦都后悔当时做出的选择，毕竟从小上大学是我的梦想，可现在梦想完全破灭，留下的只是悔恨，这也是我一生之中最大的遗憾吧。

做出了这样的选择也让我付出了惨重的代价。

十五岁应该是人生青春美好的时期，应该过着无忧无虑，校园式浪漫的生活，然而我却提早进入到了社会，开始在工地上过着看人脸色、受苦受累、受人侮辱、歧视的日子，那段难熬的日子我至今无法忘怀。

那是在当年秋收以后，一个对于我来说，是一个很偶然，很难得的机会，邻居家的一直在市里工地里干木匠活的姨夫回来了，在一次闲聊时他说，由于现在是抢工期，工地里急需人手，我知道后欣喜若狂，这可是我出去闯荡的大好机会。

我把想出去干活的想法和母亲说了，母亲坚决反对我，说我太小，怕我受苦，受委屈，会想家的。

没办法我就找姨父过来帮忙，姨夫被我想出去打工的决心打动了（记得当时急得我都要哭了出来），好心的姨夫过来做母亲的工作，说孩子既然那么想出去就不要阻止了，正好到冬季也没什么事做了，你就放心吧，我会照顾好他的。

母亲听到这些虽然还是担心但还是答应了叫我出去打工。

就这样我就踏上了人生中艰难的打工的岁月。

记得出发的那天，天气很冷。母亲一边帮我收拾行李一边嘱咐我说："要照顾好自己，别生病，天凉了多穿些衣服，如果想家了或活太累了就回来吧，家里再困难也不缺你那点钱。"看见母亲那湿润的眼睛，心里了解当时母亲的心情，是放心不下我，毕竟我当时太小了，才十五岁而已，还初次离开父母，离开这个家。

母亲一直送到我上车，在车开前的时候母亲还哭着拜托姨父说："孩子太小，我把他托付给您了，帮我好好照顾。"当时我在车上看着母亲的泪水，心里体会到母亲当时的无奈与担心。

带着对大城市的向往我来到了这里。

刚进市区里，看见高楼大厦，豪华的轿车，这一切繁荣的景象，使我对将来的前景和将要过的日子又憧憬了一番。

可是到了工地心里一下子凉了半截，记得最深的是看见工人一个个穿着破烂的衣服，黑黑的脸，很脏的手在拿着馒头，喝着菜汤吃东西，还有个像工头的，嘴里骂骂咧咧在教训工人，心里头真不知道是什么滋味。

进到宿舍又被眼前的一切惊呆了，有十多个陌生面孔、二十多双疑惑的眼睛盯着我，心里有些害怕。

宿舍的条件现在真的不知道用哪个词能形容，一个二十几平方米的屋子，具体说是一个四周用板和砖搭起的墙，棚是用塑料布扣上的，一进去给人是黑黑的、乱乱的、脏脏的、凉飕飕的感觉。

工头看见我们来了，接过了行李，给我安排了睡觉的地方—— 一个上下搭起来的板铺，每人大约一个身位的地方。

看见眼前的情景，心情是压抑的，很失落，做梦也没想到我憧憬的大城市怎么会是这个样子呢！

当时年少的我也没有想太多，也不敢想太多。只知道再困难也不能放弃能在外面生活的机会，只要能在外面生活下去，再苦也要坚持。说实在的，真不想继续过着父母那种面朝黄土背朝天的日子。一想起将来会在那个破屯子生活一辈子，我就会觉得害怕。那里已经让我穷怕了。

第五章　委　屈

就这样一个充满孩子气的面孔时时在工地的每个角落出现，刚开始不是很忙，也不那么累，还得到一起干活的长辈们的同情和关照，白天还都能过得去，可每当下班回来总是想家，想妈妈。

时常对着天上的星星发泄地大喊：妈妈！我想你啊！你还好吗？我想回家。

在那个时候，我的眼睛总是湿润的。

那时候没有电话，只能和妈妈以书信方式联系，来减轻对妈妈的思念之苦。

应该说第一次在外打工的感受是最深的，最难忘的。工程的进度紧张，并没有减轻我思家的痛苦。

想家的念头越来越强烈。记得那时候是一个毛头小子的我，干起活来总顾前不顾后，毛毛愣愣、傻乎乎的，经常脚底挨钉子扎（在工地做木匠活），最严重的连续三天被扎，扎在脚里，疼在心里，眼泪噼里啪啦地往下流，那滋味至今无法忘怀。

扎过以后，第二天还要一瘸一拐地继续干活，真是苦不堪言，泪水也只能往肚子里咽。有一回，扎得最严重的一次，走路实在费劲，很疼很疼，真的无法正常工作，就向工头请了一天假，可工头的儿子却指着我的头说："你这点伤算什么啊！我扎过比你的还严重，还不是照样干活，熊蛋样！"

可能是由于抢工期吧，大家都很着急完成工程，说话的语气很难听，当时也不知道怎么了，眼泪没控制住，一下子流了出来。

幼小的心灵从来没有受过这样的委屈，心里面特别特别的难受，在那时才感觉到在外面是那么的难，是那么的不容易，那时是那么的想回家。

思家的情绪没有减轻，又发生了一件我自己都没想到的事。

由于我们每次工作回来，都会剩一些钢钉在兜里面，我就把剩下的放在我的行李包里，想回家带回去。

因为从我记事起，爸爸总是为了修补一些的东西翻墙倒柜地找钉子，找出来的也都是一些生锈的、弯弯曲曲的钉子，有时候找了好半天也找不到一根，所以我决定把这些剩下的钉子带回家。

可意想不到的是我们一起干活的一个同事把我告发了。那天早上我刚吃完饭，在板铺上正准备去上班，就看见保管员气冲冲向我走过来，当时我也不知道会发生什么事，他抓起行李包往地上一倒，大约一斤左右的钢钉被倒了出来，他指着我的鼻子狠狠地质问我，为什么偷东西。

当时我怕极了，一句话也说不出来，保管员揪着我的脖领子到了办公室，当时的心吓的都要跳出来了。

他一再问我是怎么回事，我低着头吓得不敢说话，保管员的大巴掌狠狠地向我的脸上打过来，一下把我打倒在地，当时我就感觉脸上火辣辣的疼，眼冒金星，好像要昏了过去似的，嘴丫的血也流了出来，我又疼又怕哭出了声。

可他还不善罢甘休，又用脚向我踢来，这时另一个年龄大一点的保管员把我抱住，可能看我太可怜了吧说：

"算了吧，他还是个孩子啊！"保管员狠狠地在我屁股上踢了一脚，严厉地对我说："下次再让我发现，我整死你。"我这才算是逃此一劫。

事后我哭得很伤心，觉得特别的委屈，只不过拿了点钉子，可我并没有存心去偷啊！只是想拿给爸爸……就遭人毒打，那时的我真的是好想家，好想妈妈。

现在想这些事来，心里还是说不出的难受。

冬天到了，天气特别的冷，脚冻坏了，手生冻疮了。

一到晚上冻坏的手和脚揪心的痒，真是无法用语言表达当时的痛苦。

在寒冷的天气里干活，手冻得不听使唤，钉钉子的时候一不注意就会凿在握钉子的左手上，疼得我无法忍受，有时疼得会坐在地哇哇大哭。

那时候真的是太不容易了。

但心里也有高兴的事，因为还有十几天就要过年了，可以回家了，除去自己平时的花销，一共挣了九百多（我的工资是每天十五块钱，管吃住）。

回家的头天晚上是我最难熬的一晚，兴奋的我怎么也睡不着觉，眼睛整整瞪了一个晚上的灯。

第六章　回　家

在我回到家看见母亲的时候，本来想把在外面的委屈都说出来，可是由于太兴奋，太高兴了，一下子全都忘了，这可能也是孩子气的性格依然存在吧！

母亲说我瘦了、黑了，可看得出母亲是很高兴的，她不时问我：

"是不是很累啊？受了不少的苦吧？想家、想妈妈了是不是？"

我当时眼泪唰地就下来了，我赶紧擦了一下眼泪对母亲说：

"不累，挺好的，是有点想家，还想妈妈。"

说完强挤出了点笑容，母亲也不自然地笑了。

回来以后，我的食欲大增，吃什么都香，就连平时最讨厌的咸菜吃得也是那么香。

当我问父亲怎么还没回来呢？母亲沉默了。后来母亲对我说：

"也不知道什么原因，一起去干活的屯里人都回来了，就你父亲和你姨父跑单帮。"

看得出母亲的担心和忧虑。

因为父亲是在黑河煤矿干活的，危险性很大。可我们能做的除了担心外，只能盼望他早点平安回来。

父亲是在过年的前两天回来的，原因是干完活老板没有给钱，所以只能在那里等。

可来到年了，怕家里人惦记，没等到钱也只好空手而归了。

在父亲没回来之前，我和母亲的心情没有一天是平静的，特别是母亲连觉都睡不踏实。

父亲回来知道我的事情后，也没说什么，除了觉得我不念书有些可惜外，也没有太多的责备，他大概是觉得孩子长大了，也该有自己的主见了吧！

那年过年虽然没有太多好吃的菜肴，但是我觉得很幸福。

打工的辛酸使我觉得一家人能平安、开心地在一起是最好不过的了。

应该说我在工地整整漂泊了两年，十七岁那年的七月，是我人生的转折点吧，我终于结束了在最令人讨厌的工地这个鬼地方生活。

第七章　感　受

这两年里受过很多苦、很多累，受过委屈、歧视，甚至还遭人毒打。

工地上的所有活我基本上做遍了，开始是木匠活，之后做钢筋工、力工、油工、瓦工，可想而知当时我的无奈。

因为由不得你去想做什么，唯一能做的只能在工地里干活等待机会。

那时候我时时刻刻都在想，什么时候能有出头之日呢？什么时候能学点手艺呢？

说实在的那一段时间真的很寂寞、无聊，心里面总是有压力，很喜欢在没有人的地方幻想，也许是当时的心灵上的失落和空虚吧，直到现在都落下了爱思考问题，心不在焉的毛病，很容易让人误解我有什么心事。

不管怎么说，那个艰苦的岁月磨炼了我的意志，教会了我很多东西，我明白了很多事理，这可能是那时给我最大的收获吧！

记得是我十六岁那年的春天，我深深地感到社会的残忍和无情。

在那时候，像我们在外打工的人，根本是不被当人看的，我在哈市香坊区干钢筋工的时候。

有一次，工地急需固筋，需要马上抻钢筋（就是盘一起的细钢筋，一头绑在树上，另一头用大汽车加大油门使劲抻直），老板亲自指挥，边骂边嚷，要求快点，我们分两伙，一伙在往车尾绑，我这伙往树上绑。

在汽车抻钢筋的时候，老板指着我大喊，有钢筋缠在一起了，快点把它拨开，当时我没有意识到危险性，也不敢违抗老板的命令，等我到跟前要用手碰钢筋时，只看见那些弯弯的钢筋被汽车猛力的一拉，一下子全部向我射来，我飞出了很远，重重地摔在地上，感觉呼吸困难，手脚不听使唤，有点迷迷糊糊，心想这下完了，是不是要死了。

这时好心的同事过来扶我，我试了一下，想站起来，可能是当时岔气了吧，怎么也起不来。这时候那个狠心的老板过来，向我屁股狠狠地踢了一脚，骂道：

"装死，起来。"那时候我才感觉到，那些黑心的老板简直不把我们当人看，不管我们的死活。

事后经过检查，最幸运的是后背没有搁住石头类一些硬东西，要是那样的话，后果不堪设想，幸好都是外伤，这点伤我真的不在乎，让我心痛的是，在这个社会，像我们这样的工人是没有人瞧得起的。

心灵上的创伤让我明白，要是将来有一点能力的话，决不会在这个狗屁地方生存。

我临时在极乐寺里备了几天的料，有闲余时间我都会去看看各式各样的佛和寺院的建筑物。应该说在极乐寺的几天里，心里对佛产生了很大的兴趣，我现在信佛，是那时候在极乐寺的几天里受的影响吧。有一次，趁一起干活的同事不在身边，我就偷偷地学着别人跪在佛前，当时害怕被别人看见嘲笑我。

我当时跪了很久，虔诚地祈祷佛祖保佑我，保佑我将来能有自己的一番事业，保佑我能实现自己的当时看来不是很现实的目标。

在那个时候我在佛前祈祷的，也算是我自己的奋斗目标吧，平时是不敢去想的，也只能在佛前祈祷吧，觉得好像不太现实，离我太遥远了。

还很清楚地记得我在太平区干力工生病的情景，由于住在水泥地面冰凉的板铺上，加上屋里潮气大，吃的东西不卫生，体力活还重，不久我感冒了，还得了痔疮，那时候我浑身难受，跑肚拉稀，加上痔疮疼痛难忍，坐立不安，在那个时候还不懂得照顾自己的我，特别特别地想家。

在外面得不到一点关爱的我，想到了在家里时母亲的疼爱，在外面凄凉和无助的我，想到了在家里的温馨和随意。

这也让我深深地体会到，要想在外面立足，就要适应这个环境，在外面不同于在家，首先要学会照顾自己，要锻炼自己的毅力和品质，要学会处理复杂的人际关系。

这两年的建筑生涯，让我学到很多东西。

也让我留下了很多值得回忆的事情，有伤心的，有美好的，也有很多永远无法忘记的。

第八章　学　徒

应该说我能有今天的成就和事业，是和姨妈家哥哥的帮助分不开的。

是他给了我一个学厨师的机会，在哥哥的一步步的帮助和扶持下，我才能走到今天。

后来我才知道，他听说我在方正县时很苦、很可怜，就托了很多的人给我找了个师傅，让我走上了厨师这个行业。

在方正的时候的确很苦，那时我才十七岁，整晚打混凝土，工期紧的时候一连两宿都不得休息，由于活太累，我实在受不了了就回家。

在我学徒的过程中，总觉得自己很笨拙、很无知，也经常受师傅的责骂和别人的耻笑，有心灰意冷想放弃的时候，可还是咬咬牙挺过来了，虽然条件是比以前在工地的时候好多了，但巨大的心理压力有时候压得你喘不过气来，毕竟我是一个从农村出来的毛头小子，没有人把你放在眼里呢，还经常被人讽刺和嘲笑。

那时候的日子说实在的也不比以前的好过多少。

最让人闹心的就是切菜经常切到手，手坏了还得坚持切菜，磨得伤口揪心地疼，每次总是快要好了的时候，又把伤口切了。

我记得那个时候，总是暗暗地告诉自己：不管再遇到什么样的困难，再苦、再累，上刀山，下火海，我也要挺住，这个机会太难得了，这也是我唯一的出路，所以我一定不能放弃。

第九章　出　丑

一晃在二龙山的酒店学厨师已经两个月了，请假回家看望一下，自以为学了点东西，殊不知，一无所获。

还闹出了很多笑话，现在同学见面都拿那时候的事取笑我。

那次回家巧得很，正赶上我们小学同学聚会，说实在的，那天聚会真的特别开心，可能是我一直到现在太缺少青少年时期那些值得回忆的校园浪漫的往事吧，至今那次聚会我都无法忘怀，一整天都在笑，都在闹，真的，那天太美好了，觉得很幸福、很难得。

然而，也是我出丑很没面子的一天，可能是虚荣心在作祟吧，自以为学了厨师，就应该在同学面前露一手，特别是在女同学面前，其实根本显不着我的，有好几个女同学都会炒菜的，而且手艺也不错。这屋里屋外把我忙的，到最后做的是一塌糊涂。

开始准备时还是有条不紊的，一切都在控制范围内，可到炒菜时，一下子蒙了。我做的是最后一道菜——地三鲜。葱姜蒜和辣椒切好了，像师傅教我的浇汁也准备好了，土豆也炸好了，我边炸茄子，还边和女同学吹我的手艺如何如何，由于油温过高，眨眼工夫茄子就变黑了。我手忙脚乱地把茄子捞了出来，其他女同学也来帮忙，可是已经晚了，只看茄子黑的，大勺也冒烟了，心想这下完了，丢丑了。

可也不能半途而废呀，菜还得继续的做。慌忙的把茄子和土豆放进大勺里，倒入兑好的汁，还得意地翻了两下，装进盘子里时，感觉就是黑，勾芡也大，黏糊糊的。用餐时，感觉特没面子，有女同学对我说："这菜好像缺什么东西？切好的葱姜蒜放了吗？"我说："忘了。"她说"那辣椒呢？"我说："忘了。"她说："那你这是什么地三鲜啊，明明就是地两鲜啊！"当时把其他同学笑得差点没喷出来。当时我满脸通红，也在那傻笑。

这次聚会还有一个难得的是，我和我的姐姐说了很多话，进一步加深了我们姐弟之间的感情。姐姐是我同班同学的表姐，在小学一起生活了六年，可是我却没有在六年当中叫过她一声姐姐，那时的我就是认为叫不出口，觉得会被嘲笑的。

姐姐是我们班的班长，也是我们学校的佼佼者，每次重大考试都是全乡第一。那次聚会我得知姐姐考上了哈市的一所重点大学，我为她高兴。

现在她也结婚了，而且听说被一家广告公司重用，生活得很幸福，现在我非常想念她。

在这里也祝福姐姐开心、快乐、幸福。

第十章　回　忆

我们在欢声笑语中结束了一顿难忘的午饭。

有人提议去母校看看，这个提议真的很好，我确实想看看这个曾经生活六年的学校变成了什么样子了。

我们沿着大道来到了学校，真的变了很多，变得比我们那时候条件好多了。

原先的那个熟悉的大钟不见了，换成了电铃；连上学时印象最深的房顶上的破瓦也换成了铁皮，墙上也刷了有颜色的好看的涂料；班级各个门前又多了非常漂亮的花池；教室里以前的土地面变成了水泥地了；那些破破烂烂的桌椅也换成新的了；窗户、黑板也全部换成新的了。

真的羡慕现在的学生们。看到这些不禁想起我们那时候条件是何等恶劣。

尤其是到冬天的时候，教室里特别的冷，小手冻得有好几处伤口、胖乎乎的，每天放学回到家里，母亲就用温暖粗糙的大手给我揉，此情此景依然在脑海中浮现。

要是说起上学时有意思的事，真的有很多值得回忆。

贪玩，学习不是很用功的我，成绩却一直名列前茅，现在总结起来，只能说那时的我很聪明。

在班级里我是好学生，不惹事、不骂人，也从不打架，学习也很优秀。

有一次，我们班级要分甲、乙、丙三个不等的小组，是想把学习好与学习坏的学生分开，在一场残酷的考试后，我以优异的成绩被分到甲组，而且这一组就我一个男生，说实在的，当时我内心真的感到很骄傲，特别的开心。

那时我就一直梦想自己有一天能考上大学，遗憾的是没能实现，在此也表示很心痛。

那时候母亲总是让我穿着鲜红色的上衣，开始我倒没觉得什么，由于很多同学嘲笑我，我决定不再穿了，还因为这个和母亲吵了一架。

后来母亲耐心地给我解释说，现在咱家还没有钱给你买新衣服，这衣服是你姨妈家姐姐剩下的，你现在只能穿这些，但妈妈答应一定会给你买的。

那时候家里确实很穷，种的是村上分的不到十亩的地，要是遇上涨大水的年头，还会颗粒无收。

性格老实不爱说话的父亲，在外一年打工的工钱，要是遇上黑心的工头，还会空手而归，在这种情况下，还要供我和弟弟念书，可想而知，家里的处境了。

那年母亲实现自己的诺言，给我和弟弟都做了一套新衣服。

那一年是母亲最痛苦的一年。母亲生病了，而且病得很严重，去了很多地方医治，钱也花了很多，也借了很多外债。

快要过年了，母亲和父亲商量说："因为我有这场病，也借了很多外债，孩子也因为我受了很多罪，来到年了，即使我们大人不吃不喝，也要给两个孩子做套新衣服。"父亲同意了。

就这样，我和弟弟过年穿上了新衣服。母亲说我穿上新衣服特别精神，我开心地笑了，母亲也笑了。

现在二十六岁做生意的我，应该说选择的几项生意是很正确的。夜总会、废品收购站、商店都在正常营业中，效益也很可观。

其实我那个时候就做过一次小买卖，现在想起来觉得好笑，真的好笑。当时看了一个《篱笆·女人和狗》的电视剧，剧中有一个叫铜锁的，他不务正业，做了一个买卖，就是像转盘样的东西，有一个用手一拨就转的针，规定多少钱一下，指到什么东西就给什么。

那时候，我也很想做这个买卖，后来就做一个同样的转盘，做法很简单，就是用冬天玩的爬犁，大约是四十公分左右大小的面，在中间镶上一个立柱，立柱上放上用刀削好中间带眼的木针，用手一拨，转得也很均匀。

因为没钱，就和邻居家的大胖子说了这件事，胖子也同意和我合伙做这个买卖，他出钱买了一些泡泡糖、人头像、胶皮筋、橡皮、铅笔、糖之类的东西，最贵的是两毛钱的，剩下的都是几分钱的，好像一共花了两块多。

一切都准备好了之后，找了我们班平时零花钱多的几个同学到我家里，规则是一毛钱一下，即使什么也没指到，也会给一个人头像作为补偿。

大家对这个都很感兴趣，争先恐后地抢着拨，不一会儿本钱就回来了，到最后赚了两块多，还剩了好几样东西。

但生意总共就做了两回，因为第二次大家都没有钱了，都开始欠了，到现在还欠着了呢，对了，等下次看见我同学的时候我得和他们说说这事，欠我钱也该还了吧，都几年了，还得加点利息，哈哈！说点大话吧，可能小时候我就很有做生意的天赋吧，这件事到现在都很值得我骄傲。

第十一章　受　辱

在二龙山酒店的那段日子，除了在工作中师傅的责骂和老板娘恶意侮辱外，应该说日子过得还算平静。毕竟是一家正规的酒店，每个环节都安排了人手，包括凉热墩的、面案的、烧火的、打杂的、保管员。

我除了给师傅打下手外，也没什么可做的。所以，老板娘认为我是吃闲饭的，时不时就找我毛病，为难我。

师傅的责骂，是希望我能有个记性，所以我还是很感激他的。

老板是一个小气、刻薄员工的人，时常刁难员工，其中也包括我。除了师傅外（因为在他们眼中师傅是得罪不起的），老板整天对员工们大喊大叫，我和其他员工都非常的讨厌他。

有一次午饭口的时候，客人特别多，所以菜上得很慢，可老板不敢和师傅说，就和我大喊大叫，我那时正在炖鱼，本来就有点晕头转向的，他在身边一搅和，我更蒙了。

当时厨房也的确很乱，平时一次不出手的老板也奇怪地伸手帮忙了，问我放在灶台上的盆里装的是什么东西，由于烟气很浓，我也没看清楚是什么，只看是一盆脏乎乎的水，便没好气地说：你就看吧，要是没用，你就倒了吧。说完我就忙别的去了。

忙了好一阵，算是喘了一口气，最后就是剩下狗肉汤炖白菜了，可是怎么也找不着狗肉汤，大伙和老板一起找，师傅这时候也大发脾气。

忽然，就听老板说："我的妈呀！是不是刚才我把狗肉汤给扔了。"

我一听想起来了，到外面一看，果然是倒了，就听老板和师傅解释说："这可怎么办啊？师傅，你看我也不是有意的，换菜还来得及吗？"

我看他那又着急又无奈的表情，心里乐开了花的，开心死了，整整乐了一个下午。

由于师傅要跳槽，很突然地决定要离开这个地方，我知道后心里特别难受，脑袋里一片空白，不知道自己该怎么办？是不是很快就会被撵回家？最后老板和师傅商量后，决定把我留下几天帮忙，让我帮新来的师傅熟悉一下环境。

师傅临走时和我说："你过几天就来我那吧，我还带着你。"我点头答应了，心里也特别感激他。

做梦都没想到的是，在我离开的那天，老板娘把一个大屎盆子扣在我头上，至今都让我感觉社会的无情狡诈和没人情味。

我们的寝室除了四张床外，还有一个麻将桌。

我把头天晚上收拾好的行李兜放在床上，在和寝室里的室友和老板娘一一告别后正准备要走。

这时候老板娘边拽别人打麻将边说："小张啊！没事过来玩啊！"我说，"好的。"等我刚要拿包要走时，老板娘说：怎么麻将少了三个呢，大伙帮找找。

我一看，麻将桌上的确少了三个麻将，我也帮忙找了起来，床底下、被褥底下都找遍了，就是没有。

这时老板娘指着一个服务员说："看看小张的包里有没有。"我一听，当时觉得很奇怪，我包里怎么会有麻将呢，我亲自收拾的自己的包啊！再一个我拿你几个麻将做什么啊！只看见那服务员把我叠好的衣服一件一件扔在床上，把两个包翻个底朝上，最后我看见服务员居然在我兜底拿出了丢的那三个麻将，我的脸唰的一下红了，心里怦怦乱跳，我在问我自己，这是怎么回事啊？屋里所有的人都用恶意的目光盯着我，老板娘冲到前、站在门口冲我说："平时看你好好的孩子，怎么还偷东西呢。"我一听，眼泪唰的一下子流了出来，心里头特别特别的难受和委屈，老板娘看见我哭了，脸上也露出很不自然的表情，也没再说什么。我一直在门口站着，低着头，啪啪掉眼泪，也不知道该说什么，也没必要说什么，只是心里有一种说不出来的滋味。

要是现在的话，敢这样冤枉我，他姥姥的上去非给她一个眼炮。

过了好一会儿，我才意识到该走了，我走到床前收拾衣服时，也哭出声来。可能老板娘也意识到自己太过分了吧，又和我说："别往心里去，我也没说什么啊。"我是哭着走出那屋的，当时恨不得能一下子飞出那个令我讨厌的地方。

在我刚要走出二龙山门口时，只听见有人喊我，回头一看，是烧火的老大爷，他是听说这事跑着过来的，他对我说："孩子！别往心里去，那是老犊子（老板娘）故意放进你包里的，只不过是想看看你包里有没有什么东西，之前也有一个学徒被她冤枉过，你是好孩子，别太难过了，别往心里去！"

说完，抚摸了一下我的头。

我说：

"谢谢大爷，您多保重。"

大爷的话叫我感觉很温暖。

现在我也很感激这个老大爷，感谢他安慰我，告诉我事情的真相。

老大爷！不知道您还在吗？过得好吗？挺想念您的，在这里祝您健康长寿。

第十二章　缘　分

就这样我回城里又和师傅在一起了，这家饭店不是很大，是新开业的，也不知道为什么没有牌子，后来知道这家饭店是养小姐的。

由于开始不是很忙，那里的老板对我还好，倒也很自在。

其实厨房就我和师傅两个人，师傅除了炒菜什么也不管了，我除了不刷碗外厨房里的所有活都做。

后来我真的感觉一天很累。

很早很早就起来，引灶子、打扫卫生、做早上的伙食饭、收拾老板买回的各种菜、把中午的料提前一样一样地备好，忙完了，也就到中午饭口了，又是一阵神忙，到最后累得喘气都觉得费劲。

其实累点我倒是不在乎，只要能学到手艺就好。

可我总觉得自己特别特别的笨，总认为自己天生就不是做厨师的料，对自己完全失去信心。

即使师傅天天骂我，我也不在意，叫我在意的是我渐渐地感觉自己已经没有信心坚持下去了。

学会这样忘掉那样，师傅告诉一遍还记不住，做什么事总毛毛愣愣，丢三落四的，一忙起来还老切手，菜一上不去还遭师傅的痛骂，我知道师傅是恨铁不成钢，我从来没有责怪过他。

那时候我特别的难，很多时候自己都泄气了，工作也不那么积极了，事情做得越来越糟，师傅看我一天心不在焉、魂不守舍的样子，也有些对我失望，我能感觉得到。

后来，哥哥知道后，一有时间就过来安慰我，说他那时候也是这样的，慢慢就好了，继续努力，不能泄气啊（那时候哥哥已经是切墩的了，开始挣钱了）。

老板娘也经常鼓励我说："没事的小张，即使做得不对，什么东西弄坏了，我们也不会怪你的。"在他们的鼓励下，我又重新找回了信心，慢慢我做得比以前好了。

在我最困难的时候，真的非常感谢他们，如果没有他们的鼓励，很难说我会变成什么样子。

一天，师傅让我去一家叫作夜总会的酒店帮忙，那家酒店的主灶是我师傅的一个朋友，因为包席忙不过来，所以叫我过去帮忙。

到了那里找到那个师傅后，便加入到了战斗中。

我是第一次看见包席菜的做法的，除了见识很多东西外，给我印象最深的是那个师傅，秃秃的头顶，一张和善的面孔，在我们忙得不可开交的时候，他还不时地和我们开着玩笑调节气氛。

我很认真地完成了那位师傅吩咐我的每一项任务，师傅很满意，忙完那个师傅很有诚意地留我吃饭，但我还是觉得应该及早回去，他一直送我出门口。

可能是缘分吧，谁也不会想到，后来他成了我第二个师傅，而且还建立了很深的感情。

最重要的是他对我的影响很大，特别是做人原则和为人处世。

因为师傅的各种原因，被炒鱿鱼了，我也算失业了吧，没办法就回家了。

在家待了十多天吧，后来实在没心情在家里再住下去了，总这样也不是办法啊！需要自己找出路！总不能这样半途而废。

我找到了哥哥，他说也没办法。

在我无助的时候，哥哥给我出了个主意，对我说："你不是认识夜总会的徐师傅吗，你去找他试试吧，或许能收留你呢？"

这也是没办法的办法，怀着试试看的态度找到了徐师傅，那时候嘴特别的笨，总觉得不好意思说出口，也没直接说明来意，就问我师傅在不在他那？他说：好久没看见他了，一直也没有联系。

后来我也一直吞吞吐吐的，他好像听明白我的来意，犹豫了好半天（当时犹豫是因为收留我，怕我师傅对他有看法吧，这是我后来知道的）最后还是答应了。

一是同情我，还有一个原因就是我上次来的时候给他留下了很好的印象！就这样我拜了这个人品好、心地善良的师傅，不仅学会了手艺，还学了很多做人的道理。

第十三章　安　身

应该说在这家酒店我才第一次感觉到在外面也会有温暖，感受到了大家庭那种温馨。

师傅对我特别的照顾，他性格特别温和，总是耐心的，甚至亲自做示范告诉我。

切墩的也姓张，家是三宝的，性格也很好，和他很处得来，他对我也是格外的照顾。

面案的是一位老大姐，也姓张，都管她叫张姐，对我也不错，再加上师傅又很幽默，时常就逗我们开心，大家相处得一直很融洽。

真的特别喜欢这种气氛，也觉得自己很幸运，能在这样环境下度过最后的学徒生涯。

让我头疼的就是晚上下班的时候，因为这个饭店是解决不了住宿的。

刚开始是住在一个亲戚家，可能是由于我对什么事都特别的敏感，也不忍心因为我一人去打搅人家正常生活规律。

我又天天起早贪黑，又没有固定回家的时间，有时洗洗涮涮，真的很麻烦。

下班后，满身疲劳的我，很喜欢走在宽敞的大街上。

因为那时候我的心情是压抑的，但外边景象可以缓解我的心理压力。

我喜欢看天空上的星星，看那些来来往往、稀稀拉拉的车辆，回忆一天学到的菜肴的操作方法，想起过去的点点滴滴，幻想美好的未来。

那时候的心情是复杂的，忧郁中有伤感。

有时候我就望着天空说：苍天啊！为什么农村出来的孩子怎么就这么难呢。

走累了，录像厅就是我的临时住所，一天疲惫的我，开始是很难适应这个场所的，夜深了困得我实在受不了的时候，就趴在凳子上睡着了。

记得的是秋季，早晚温差大，每次醒来都是冻醒的。

第二天也总是红着眼睛、迈着沉重的脚步、睡不醒的样子去上班。

后来，母亲知道了我的情况，哭着找到了我的大姨，好心的大姨找了单位的领导，细说了一个农村孩子在外面学手艺的难处。

单位的领导和同事也非常同情我的处境，允许我在有线电视台的锅炉房放一个临时的床，还临时给我找了个床。

记得清楚的是床架是角铁的，床面是铁丝网编制的，躺上去床面就塌了下去，每天早上起来腰又酸又疼。

锅炉房不到十平方米的地方，去掉锅炉和床也就没什么多余的地方了。尽管这样我也打心里高兴，毕竟有属于自己的住所了。

第十四章　耍　弄

夜总会是一家餐饮、娱乐、住宿的大型娱乐酒店，一共三层。

一楼是厨房和大厅，大厅主要是工作人员吃饭的地方，二楼是客人就餐和娱乐的，三楼是客房。

不喜欢说话、老实内向的我，开始到那里的时候，经常被人欺负和耍弄。

有几个当地的服务生，每次下楼看见我都用愤怒的目光瞪着我，时常还冷言相击，我对他们有些胆怯。

记得有一回，在吃伙食饭的时候，我在夹菜过程中，碰巧有个服务生也夹菜，筷子碰到了一起，他眼睛狠狠地向我一瞪，吓得我低下头吃饭不敢再夹菜了。

这被师傅看到了，一向性格温和的师傅发了火，指着服务生一顿臭骂，把那个服务生吓得连忙向我道歉，并表示再也不敢了。

师傅是一向对我都这么好的。

一和女孩子说话就脸红的我，也总被那里的漂亮女服务员们取笑。

刚来的几天，即使是没什么事情做，我也喜欢在厨房里坐着，害怕也不喜欢见到陌生人。

可每次女服务员下楼灌水时，都好像故意和我找话说，时不时还用水汪汪的大眼睛盯着我，看得我脸又红又害怕，支支吾吾说不明白，她们却嘻嘻哈哈笑个不停，可能是她们觉得我好玩，一说话脸就红，挺有意思的吧，故意耍弄我开心的。

吃伙食饭时，她们还经常用直勾勾的眼神看着我，看得我心里直发毛，那些女孩子还用语言挑逗我，就是听起来满身起鸡皮疙瘩的那种口气。很温柔地说道："小三啊！（因为我在厨房里排号老三）你怎么不夹菜呢？你看你这两天瘦的，我都心疼了，来我帮你夹菜。"边夹菜边往我座位挪凳子。

另一个女生这时也会再加上几句说道："干什么呢！干什么呢你？怎么不来个先来后到呢？"然后眨了眨眼睛冲着我说："来三！吃我给你夹的菜，有什么不好意思的啊！吃胖胖的，听话！你看你，脸红了，哈哈哈哈！"其他女生一片大笑，师傅他们也跟着笑了。

当时的我低着头，脸憋得通红，一脸的难为情，最后还是师傅圆了这个场，边笑边和她们说："告诉你们这些臭丫头哦！往后不准拿我徒弟开涮，他脸小，禁不住你们这么折腾。"她们却撒娇跟师傅说："说什么呢？大师傅！我们不过是开玩笑嘛！也是在帮你开导这个徒弟呢，他太缺乏锻炼了，大师傅，你还得谢我们呢！哈哈哈哈！"说完又是一片大笑。

现在想起来我都想笑，那时候的我怎么会是那个样子呢。

也许是太缺乏自信心吧，总觉得农村出来的孩子比城里的孩子矮一头，把自己的位置摆得很低。

但不久这种观点改变了，我不仅在夜总会有一定的地位，而且还在整个厨师界也有一定的影响，至今也仍感觉是一种荣耀。

后来在那里逐渐地适应了环境，说话也有底气了，自信心也加强了，性格也改变了不少，变得比以前活泼开朗了，时常还开两句玩笑。

经验和刀功也有明显地提高，应该说我在全方位地进步，在这里真的感谢师傅对我的教育和培养。

因为师傅经常对我说："做人要首先对得起自己的良心，什么事不要斤斤计较，能过去尽量过去，说话一定要有分寸，一定要勤劳刻苦，多把心思放在做菜上，做什么就要像什么。"师傅的话我一直牢记在心。

第十五章 初 恋

一晃在那里两个月了，师傅允许我回家看看，给了一天的假。

在我早上回来上车的时候，看见一个想见的人。

人常说初恋是美好的，浪漫的。

而我的初恋就像是一张白纸，应该说是单相思，没有太多值得留恋的。

现在想想能留下的只有这么一点对她的记忆，她是我的同学，是一个活泼开朗、长相平平的女孩，平时总喜欢笑，很招人喜爱。

我在去年才对她产生一定的好感，去年我从哈市回家的一天里，她正好在她哥哥家，我们碰到了一起。

还在中学念书的她和我一起谈起了上学时的情景，我们都特别的开心、兴奋。

虽然没有过多的语言，但她的印象深深印在我的脑海里。

那时贫穷、一事无成的我，是无资格向她示意什么的。

后来我听说她很喜欢在平坊街里一个有钱的男孩子。

我也曾经去学校找过她，她和我说："我们是不可能的，希望你找一个比我更好的。"

那时候我的自尊心受了很大的伤害，我一直把她的话当成我前进的动力。

在我上车的一刹那看见了她，当时我的心怦怦直跳。我问她："你过得好吗？"她说："还好。"

她也不时地看我几眼，也示意要和我说什么，但没说出口。

我现在很后悔当时为什么不鼓足勇气和她说：好好学习，多注意自己。

让我内心自责的是她对我这样说了。

她当时还在上学，由于去年没考上理想的学校，又复习了一年。

在平坊街里车站下车的时候，我一直在盯着她，她一直站在车门口没有下，而是最后一个下的车，她下车前回头对我说：好好学厨师，多注意自己。说完对我笑了一下，就下车了。

我一直眼睁睁地看着她的背影，直到她在我的视线里消失。

当时的心情是一种说不出来的痛，无比伤心。

谁也不会想到是我们到现在见的最后一面。

这也是我对她最后的记忆，到现在已经十年了，她的面孔已经模糊了，很多事都已经淡忘了。

可在当时我是的的确确想过她，喜欢过她，要说初恋这就算是我的初恋吧。

后来听说她考上齐齐哈尔的一所学校，现在已经结婚了，而且生活得很幸福。在这里我也衷心祝福她，家庭幸福，生活美满！

第十六章　哥　哥

有一天我刚下班要回家，哥哥就找到我这里，说不在那家酒店干了，又换了一家饭店，也没有地方住，想和我做伴。

我是很愿意的，可就怕你接受不了那个环境，和我一起去看看吧。

其实那张床是单人的，并且很窄，躺下还塌腰（我看这样的床现在想买的话，得上古董店去），两个人住的话，肯定是很别扭的。

其实我打心里希望哥哥能留下来陪我，这样我们不仅可以叙叙旧，我还能在他那里学到很多东西。

其实哥哥和我一样从小也是苦命的孩子，他比我大两岁，是我姨妈家的，我哥俩的感情像亲兄弟一样，是从小一起长大的光腚娃娃，无话不说，无话不谈。

记得小时候，我们在一起上学、玩耍、干活。哥哥对我照顾有加。

那是上中学打篮球的时候，因不小心碰到了别的同学身上，结果争吵起来。没想到的是他在放学的时候，找了好几个人，在离学校不远的地方等着我，看见我二话不说，伸手就打，一拳把我打倒在地，继续用脚向我踢来。

正好哥哥赶上了，为了保护我，抱在我身上，也挨了一顿毒打，哥哥伤得很重，即使这样我还是住进了医院，脸上也受了伤，当时觉得很没面子。

后来的辍学和这件事也有一定的关系吧！

还有一件有意思的事，离我家很近有一个女孩子一直暗恋着哥哥。

那次碰巧我和哥哥要回我家睡觉，碰见她在喂牛。

哥哥有意想和她约会，让我去和她说，我执意不肯，哥哥商量我，说办完给我买冰棍。

我想了半天，才答应他。

我磕磕巴巴地说了半天，才和她说明白，意思是我哥在屯子东头等你，想和你处朋友。

过了一会，我看那个女孩子就去找哥哥了。

我刚要睡着的时候，哥哥回来了。

我在被窝里小声地问："怎么样?"哥哥说："别提了，亲，怎么亲都行，就是不让我那个，后来我一急，想脱她裤子，她哭了，我起来就告诉她，今后别找我哦，什么玩意。"

他一讲完，我俩哈哈大笑，这时把母亲吵醒了，还给我俩一顿臭骂。

后来我俩用被捂住嘴笑。我们俩就是现在一提起来那件事都笑个不停。

我那时候一有时间，就去山里抓松鼠回来卖钱。记得抓了好几天卖了二十元钱，听说哥哥要出去外面打工，我把这个钱给了他说："哥，这钱你留着花，在外面用钱的地方很多。"哥哥说："得！还是你留着吧！这点钱，挣得太辛苦了。"后来，我执意要给他。

哥哥也没说什么接了过来，看他的表情很是感动。

在哥哥打工回来刚到家，就跑到我家找我，手里拿着一条很漂亮的鳄鱼式腰带，送给我。我说："你有吗？"哥哥说："你看在腰上呢。"我这才接了过来。

其实在那个时候，我们那里很时兴这种腰带的，像我们这样的年龄的孩子都有了，所以哥哥才给我买这个的。当时我真的很感动。

第十七章　难　忘

哥哥和我一样，也是有很多的难处和不幸。但有一点是相同的，我俩都能吃苦，因为都是在苦日子里过来的。

就这样我俩住在了一起，每天早上起来，我俩都是腰酸背痛的，到后来也就忘了不知道为什么就不疼了可能是习惯了吧。

我们住在一起的日子，应该说是一生难忘的。就是现在哥哥的很多好朋友，和我在一起谈起过去的时候，他们都主动提起我们在锅炉房的那些事情，就好像比我知道得还多似的。

是哥哥把我们俩在锅炉房难忘的往事说给他的朋友听的。哥哥是珍惜我们在一起的日子，想把我们快乐的事和朋友一起分享。

和哥哥住在一起的日子里，寂寞、孤独已离我而远去，留下的全是欢呼和笑语。

我们俩谁下班早，就先找谁，每天都结伴回来。

我们俩谁在单位有什么不顺心的事，都会得到对方的安慰，每每这时就能体会到亲人的温暖。

互相交流每天学到的东西，时常因意见不统一而争得面红耳赤。

我们还有一个感兴趣的话题，就是服务员，不是对她有意思，就是他对别人有意思。

最有趣的是在一起唠童年往事，有时候真的感觉又回到童年一般。

说来劲了，就买几瓶酒，坐在床上喝了起来，喝来潮了，酒没了，让谁去买酒谁不去，没办法，我哥俩就来一个石头剪子布。

可是每次都是我输，到现在我还生他的气呢。

由于进入冬天了，一天比一天的冷，我们住的单位也开始烧锅炉了。

我问哥哥怎么办啊？这样灰太大，特别是早上锅炉工捅锅炉时，我怕我们住不了啊？哥哥想了很久，说有办法了。

他买来一块塑料布，就这样我们俩睡觉之前，从脚跟底下一直到脖子用塑料布盖得严严实实，烧锅炉工早上来特别早，在捅炉灰之前，好心的锅炉工又把我俩从头一直盖到床头上。

每天早上起来第一件事，就是小心翼翼地把塑料布从头上卷到脚跟底下，然后才能穿上衣服，再拿到外面抖灰尘。

回来看时，塑料布上会有很多的水珠，我知道是我们俩哈气留下的。

尽管这样我俩的脸还是灰突突的，我觉得是睡熟透不过气来的时候，迷迷糊糊把塑料布给掀开了，灰自然也就无情地落在了脸上。

我们俩一直在那里开心快乐地住到过完春节。

后来被领导给封杀了，不让我们在那里住了。

原因是哥哥在一次走的时候，忘拔电褥子了，着火了，幸好锅炉工及时看见，算是没发生什么大事。

所以单位领导说什么也不让我们在那里住了。

我和哥哥再三请求，也没有通过，最后我哥俩结束了在一起住的日子。

他回他那酒店了，我搬到夜总会住去了。

我现在两年没有看见哥哥了，哥哥已经去日本了，而且在那里过得非常的好，我特别想念他。

在这里说一声哥哥：我想你，想我们的过去，愿你能早日回来。祝你在那里健康、平安、发财。

第十八章　成　长

过完春节，由于那里不让住了，只好找到了经理，说明我现在的处境。

来这里半年的我，也不再像刚来时那样傻乎乎、笨笨的了。

由于我为人谦和，再加上勤劳刻苦，一般的活都能拿得起放得下了。

这里的员工对我不仅另眼相看，经理对我也有一定信任和认可。

可能经理认为我在这里住会对他的生意有一定帮助吧，所以经理很快就答应了。

因为有很多住宿和玩累的客人因为我们的下班，都会到外边用餐，经理认为我留在这可以减少餐饮这块的不必要损失。

在师傅下班后，所有来的客人用餐一切由我全权负责，从那以后我的进步非常快，我不仅亲自改刀，还亲自下厨为那些不同档次的客人做不同的菜，有了很多实战经验的我信心大增，我对自己能走出学徒的这一过程内心充满希望。学徒就是学徒的，你学得再好也只是徒工，在当时厨师界里永远是低下的，在各个大厨面前是没有说话的权利和资格的，是直不起腰来的。

所以当时的我，对能走出徒工这步，在内心是充满着渴望和企盼的！

就这样我在这里工作也将近一年了，一直任劳任怨的我变得成熟和稳健了。

应该说我的付出和汗水换来了我的一个最好机遇，也使我迈出了最艰难的一步。

一次偶然的机会，在这里切墩的二师傅要离开，打算出去做自己的事业。就这样，我也顺理成章地从以前的小三一下子变成了二师傅。

我那时候真的感觉自己是世界上最幸福的人了。

为什么这么说呢？因为我可以和别人一样到月底领属于自己的薪水了，以前我总是羡慕地看着别人数着工资，说想买这个，明天买那个。那时就想，我再有多久才能这样呢，我想买的东西太多了，自从学徒以来，一直花着母亲在外面出工辛苦挣来的血汗钱，我的内心真的不忍。

我也可以在任何人面前理直气壮地说，我在夜总会里是二师傅了，我比以前强了。

也可以跟屯里的亲戚朋友自豪说，我不仅挣钱了，我离学成厨师也只有一步之遥了。当然，最主要的是母亲知道后一定是最开心的了，她老一直在盼望我能有学成那一天呢。

为我高兴的还会有一个人，那就是哥哥。哥哥为庆祝我能有所突破，在大街上的车棚里请我吃了一顿烧烤。

其实哥哥当时手艺也是很不错的了，一般的饭店月薪一千往外主灶是没什么问题的。当时他的想法是不想急于求成，一定要有扎实的基础和更丰富的经验，才能有主灶的想法。

就这样他选择了当时城里的一个最大的酒店干凉菜。月薪六百，活还特别的累。

即使这样，他依然在那里坚持了两年。最后证明他的做法是对的，果然在这座城市里成了一位非常有名气的厨师。

第十九章　命　运

由于夜总会房租将近到期，还有效益也一直不好，不久就停业了。

我一时也没什么打算，就回家住了一段时间。

回家不久我就听到一件令哥哥很伤心的事。哥哥的一个从小长大的光腚娃娃在北京洗澡不慎死亡。

在两个月之前他和女朋友还找过哥哥，而且我们几人还在一起大醉一场。

第二天，我和哥哥一直送他俩上车，看见他和哥哥拥抱在一起，那难舍难分的样子，很让人羡慕。

可万万没想到的是，那是他们人生的永久离别。他家是离我和哥哥不远的一个小屯子，他和哥哥从小到现在感情至深，这和他的身世有一定的关系。

他是个从几岁就没有父母的孤儿，是吃百家饭长大的，命苦得实在可怜，哥哥从小就可怜他，一直照顾和帮助他，还经常带他到自己家喂肚子。他们从小性格秉性就很合得来，一直到现在也没有红过脸。

可想而知他们的感情是用心来培养出来的。他在小学四年级的时候就辍学了，尽管学校已免去一切学杂费，但还是感到靠叔叔大爷吃力的扶助不忍心而放弃。

后来,他在一伙雕刻队学徒打工,由于他刻苦耐劳,很快学成了一门好手艺。不仅在那里成了一名很有名气的师傅,工资就两千多。

由于他付出的努力和汗水,换来了有目共睹的成绩,很快在他们屯子有一个女孩子想携手和他走过这一生。

本打算年底回来完婚的,可竟出了这样的意外。

很让人惋惜他的命真的是太苦了,苦日子他已经熬出头了,可是谁会想到是这个样子呢?真不知道哥哥知道以后,会不会能挺得住。

过了两天,他的亲属从北京把他的尸体带回来在我们屯的北山安葬,我和哥哥亲手把他安葬完。当时,哥哥脸色难看,眼睛通红,是哭过的,我很了解哥哥那时的心情。

哥哥跪在坟前,烧了很多的纸,也不说话,也不愿意离开。很多人和我劝哥哥起来,他就不肯,后来,其他人无奈都离开了,就剩我和哥哥了。

过了很久,跪在坟前抽泣的哥哥说话了:"你怎么回事啊你,不是说话了吗?你结婚时我当伴郎吗?你怎么说话不算话啊,你这是什么朋友啊?"哥哥说话声越来越大,情绪越来越激动。我想扶他起来,他不肯,还在那继续说。当时我的眼泪唰地就下来了。

我感觉到哥哥的心在流血。也忘记了我和哥哥是什么时候离开的。

我感叹老天是如此的不公平,也理解了完美和不完美的辩证,那一段时间我一直在想,难道人生下来就是老天爷命中安排的吗?为什么这么不公平呢,明明苦时候都已经熬过去了,到最后还是一场空呢,可见人太脆弱了,命运不是我们说了算,所以我们要尽量地珍惜人世间的真情和真爱。

第二十章　绝　境

人在时气的问题上可能是一种规律,时好时坏。

可能你在一段时间事事都会顺顺心心,也可能在过一段时间后就会别别扭扭。

我好像就是这样的，在夜总会一年来应该说还是比较顺心的。可在之后的一段时间里，让我知道什么叫厄运来临，什么叫人走背字，什么是人在世间最困难时那种求生若渴的滋味。我应该用精神崩溃来形容那时的我，就是现在我都留下了那时候的病根，做梦经常梦见那时逃荒的我，在求生中挣扎，痛苦的表情。

有时候还梦到，在梦中特别害怕的我，又失业了，怎么办啊，又无路可走了。

可想而知，那时我内心的确受了很大的伤害。那个时候在厨师的这个行业是最难做的了，厨师多，学徒的也多，饭店还特别的少，效益还不景气。哪像现在，农村也比较富裕了，年轻人有几个想干这行的了。

不像我们那时候指这行出路呢。所以要是想找个活，难度是很大的。开始是师傅给我介绍的一家招待所，月薪四百，切墩。

可干了两天，老板找我谈话，说是效益不好，暂时不用人。无奈只好找哥哥帮忙，哥哥意思是他已经告诉朋友给找活呢，所以每天必保来我这里两趟，要不没地方找我。

就这样我在城里过着流浪的生活，每天都要去认识的朋友那里，问他们是否有什么进展。

饿了的时候就吃一些能填饱肚子的食物，晚上，录像厅就是我睡觉的地方，因为在那里便宜五块钱一晚。开始还觉得可以的，毕竟在苦时候过来的。

可是随着时间的推移，兜里钱也越来越空，三顿变两顿，两顿并一顿了，最后只能饿肚了。

那时候我总感觉运气不好，每接受一份活，都是干两天最后老板找我谈话，说出各种借口把我辞掉。

我不否认我的手艺有问题，但主要还是认为运气不好，所以我最讨厌老板找我谈话这句话，一听这话我的心都要到嗓子眼里了。

在城里漂泊的那一段时间里，我变得特别憔悴，睡觉睡不好，吃饭没有规律，饿一顿饱一顿，天天在大街上东逛一下，西逛一下，过着心没底的日子，那滋味真的很难受。

天天想，天天盼，何时能找着一个固定工作呢？可是无论如何也走不出这个怪圈。

有一次，哥哥给我介绍一份二龙山的活，我到了那里非常珍惜这个机会，做得特别认真，每个环节做得也很仔细，也特别的卖力，老板也表示很满意。自认为这次是没什么问题了，可是过了几天，当服务员说老板找我谈话时，我的心怦怦跳个不停，心想，又完了。

　　当我上楼没等老板开口说话，我置面子于不顾就乞求说："老板，你看我有什么地方不对的你就直说，别赶我走，我很需要这份工作啊，拜托了！"老板拍了拍我肩膀笑了笑说："小张啊！你在这里干得很好，可是我也没法啊，我已经兑出去了，过两天就来装修房子了。"我一听，心一下凉了半截，对自己说，完了，又要漂泊了。

　　我迈着沉重的脚步带着伤感，离开这个不愿意离开的地方，对眼前日子一片渺茫，心情无比的压抑。

　　又回到了以前讨厌过的那种漂泊不定的生活，就像一个失去方向的苍蝇一样，东撞一下，西撞一下。

　　那时候真的特别的难，还不像以前在工地干活的日子呢，就是再累再辛苦，那也就是到点吃饭，到点干活啊，不至于现在过这种吃了这顿想下顿，过了今天没明天的日子。其实那时真的想回家，可是我知道回家就等于与外界失去联系，更别想找什么活了。

　　那时候的我，过得是那么辛苦，活得是那么的累，人世间好像对我太不公平，太残忍了吧！我一直这么努力，这么的付出，怎么还是没有好的结果呢。

　　那时候那种心里矛盾而复杂，伤心又自卑，总做梦在梦中有落脚的地方，可是一觉醒来，心里特别的失望和伤心。

　　现在想起来那两个月的日子心里面就堵得慌。不管怎么说那时候再难再苦，我还是咬着牙挺过来了。

　　如果当时我放弃的话，也不可能有我现在的成绩，也不可能拥有一段至今难忘的痛苦经历。所以我要拿那时候的苦当作借鉴，来激励我前进的方向。我觉得一个人特别是一个像我这样靠自己出来农村的孩子，在成长的过程中是很需要磨炼的。人只有在最难和最让人感到绝境的时候，才能领悟到在绝境中那种求生若渴想生存的滋味。

第二十一章　初　见

老天爷有时候也是很仁慈的，它也会把一些红运和难得的机遇降临到每个人身上，或许是你的努力和付出感动了它，或许你是幸运的。

我就是其中的一个，说起来，那也是一个偶然的机会在一家酒店切墩，由于我的勤快和手艺的认可，很快得到了经理的赏识和信任。意想不到的是，在那里我不仅在厨师这个行业里又迈上了一个新的台阶，而且又让我经历了人生最快乐最美好的一段回忆——纯真、浪漫让人一生难忘的恋爱往事。

应该说那时一心想把精力放在工作的我，是没有想过太多男女之间的事的，因为我不敢想，也没有资格去想，除了外表算出众外，再没有一点能让我自己满意的地方。

家境贫寒，一事无成的我，也只能羡慕和妒忌看着同龄人一个一个投入在恋爱美好幸福中。

我们从相识，到现在始终过着幸福的生活，应该说，是老天早就安排好的，是命中早就注定的。按她现在的话说："我们能在一起真的是缘分，我当时认准你，这说明我选择是对的，我没有看错人。"

说完她总是露出满意的微笑。当时比我大两岁的她，对我是无微不至的照顾，她那颗真诚执着的心让我感到人世间还存在真爱和温暖。

她和那家酒店有亲属关系，她在那里任职前台经理。记得第一次见面的情景，是她来这里任职的第一天的早上，来得很早。

当我路过吧台去厨房的时候，突然从里面钻出一个梳着毛寸式头型、一身朴素像一个男孩子外形的女孩向我大喊："你找谁？你找谁？"我当时一愣，看见她质疑的眼神盯着我，我没有说话，继续向前走去，她三步并两步上前拽住我的上衣，问我："你到底想干什么？"我当时又好笑又觉得她傻得很让人可怜，我说："我是这里的厨师。"看见她傻乎乎，愣呵呵似笑非笑，手挠着后脑勺站着的样子，觉得是有些可爱。

我们并没有因在一起工作接触而进一步发展，相反她给我留下一个相貌平平、爱出风头、不稳重而人品随意的极坏印象。后来，经过我们一段刻骨铭心相爱的过程中，让我真正了解了她并不是那样的，而是一个很优秀的女孩子。应该说我们从开始的误解到后来的信任，从同事关系到生死与共的恋人中，是有很多曲折和动人的往事，值得回味。

第二十二章　因　穷

具体说我真正开始喜欢她那个时候，也是我在感情上受到了挫折，心灵和自尊心，受到巨大的伤害的时候，是她出自同情心对我的安慰和关心，使我们走到了一起。

那时候由于下班以后无聊得很，就和我们一起工作的张师傅去他那女朋友酒店闲逛。

很快认识了一个很秀气的女孩，可能是出自是同乡，而且是同界的学生，说话也比较随意，不久就成了很要好的朋友。

可能从来没有谈过恋爱的我，很珍惜这个机会，对她也格外的照顾。

每天下班都会到她那里看看，有闲余时间就逛街谈谈各自的心事，谈过去，谈将来。

在谈话的过程中我发现她并不是我向往、理想中女孩，而她希望的是将来富裕，能在大都市里的幸福生活。

而我想找的是感情至深，一个能和我同甘苦、共患难、陪我在风风雨雨中携手走完这一生的理想女孩。

就像我预料到的那样，有一天我要下班的时候，她给我打电话，说要和我一起吃饭，在吃饭的过程中，我发现一向爱说话的她，显得那么无奈和不情愿，后来，我和她说：

"你有什么话就直说吧，都是老同学了，有什么吞吞吐吐的。"

她听我说完，她哭了，哭得很伤心，我也知道，由于我们性格和向往生活方式的差距，分手是早晚的。

在我送到她的寝室门口时，她对我说："你是个好人，是个很难得的，但我向往的是生活在大城市了，不愿意过艰苦的日子，请不要怪我，和你在一起的日子特别开心，你一定会找一个比我好很多的女孩，多保重。"

说完，头也不回跑进了酒店。

这种结果是我早就预料中的事，尽管这样我还是很伤心，很难过。

我难过的不是说单单失去她，而是我觉得是自尊心受了很大的伤害，一直认为孤独寂寞的我，因为有她，再也不会我一个在承受了，可是我想错了。

到最后是因为我穷，而离我远去。

第二十三章　相　处

在那一段时间里可能是感情方面的挫折，心灵上的伤害，心情特别压抑，又不喜欢说话，总喜欢下班后找朋友喝点酒，减轻心理上的忧愁。

记得那时候特别喜欢唱的一首歌叫《让我欢喜让我忧》，一有时间我就想唱，认为歌词写得特别的好：爱到尽头，覆水难收，爱悠悠，恨悠悠，才能想起你的温柔……每当我唱歌时，心情也是说不出来的沉重。

我的事情也很快传到了店里每一个人，出自好心的同事也经常安慰我，当然也少不了她，可能出自她对我的同情心，没事就找我谈话，经常安慰我，有时候还主动和我说起她的一些心事，还对我在生活上有一些的帮助。在那一段时间里，我真的非常感激她，是她在心灵上给我很大的鼓励和信心，因此对她也产生一定的好感。

从那以后也对她另眼相看。洗衣服可能是男人最头疼的事了，由于我们的关系进一步改善，往往都是她主动帮我洗洗涮涮，使我感到身边有一个这样的朋友真是很难得，我在工作中都感觉很轻松、很得意。

我们有闲余时间就会在一起谈开心的话题，谈各自过去的往事，谈家庭状况，谈各自的心事，畅想美好的未来，这使我们进一步了解了彼此。

在那一段时间里让我真正了解到，她不仅是一个外表出众，而且是心地纯美的好姑娘。

尽管我们已经是无话不谈的好朋友，但在感情方面还是特别敏感，我们不会在对方面前示意或表白什么，只会让对方感觉到彼此关爱的存在。

她是一个既细心又会关心人的人，记得那时候由于我体质不好，很容易感冒，时常就有打喷嚏或咳嗽等感冒预兆，她往往就会在第一时间把药和水端在我的眼前，我记得只有母亲才这样关心过我，那时候心里真的感动，觉得很幸福。

有一次，在工作中我太大意了，不慎用刀把自己的手砍伤，由于伤口大，血流不止，她知道后，跑到厨房，给我的伤口进行包扎，看见她既害怕又心疼的样子，我真的感到又得意又开心，毕竟看得出来她心里还是有我的。

第二天，我请假回家养伤，可是离开天天在一起相处的她，到了晚上心里特别想念她，那时候屯子里还没有电话，幸好我朋友有手机，可是怎么也找不到信号，为了能找到信号听见她声音，我爬到了别人家的猪圈顶上，由于猪圈年头久老化，不小心掉进了猪圈里面，还砸到了猪身上，我慌忙地爬了出来，幸好没被人看见，当我想起那狼狈不堪逃跑的样子，真是可笑，到最后电话还没打成。现在看见我手上的伤疤时，就会想起那时候打电话的情景，真的很值得回味。

第二十四章 感　动

我们在表白心思和确定恋爱关系是在一个很让人难忘的夜晚。那时候我是住在一个离酒店很远的一家住所（是一家专门租给学生的房子，由于租金便宜，我就托人找到房东，好言相劝，才允许我加入学生这一行列），当我刚要休息的时候，我发现一个人，是她？怎么会是她呢？她怎么跑到这里呢？后来知道她是一直跟着我来的。

我问她：你怎么会跟着我呢？她说：我想知道你到底住在什么地方。

你怎么和一些学生住在一起呢？我想了想说：嗯！习惯了，我很喜欢这些学生，和他们住在一起感觉很有意思。

她也没说什么，后来我执意想和她吃点烧烤，她也没反对。

我们找到一家不是很大的烧烤店坐了下来，平时总爱说话的她，却是一言不发，我看得出她是有很多心事的。

从来不喝酒的她也端起酒杯，和我一起喝了起来，不胜酒力的她很快就有了些醉意。其实我心里明白得很，即使她不说，我也知道她心里是有我的。

在我送她回家的路上，我和她说："你不了解我的，我只是表面的，我是农村山沟子里出来的，我家特别的穷，我现在连自己挣的钱都不够花啊！我不值得你这样对我的啊！"我没想到的是，我说完她的反应特别强烈。

她眼睁睁盯着我，眼泪唰地就下来了，大声地对我说："我知道，我什么都知道！我比你都知道你，你明白吗？我告诉你，我什么也不在乎，我要的是你这个人，而不是你的家，我这辈子是跟定你了。"说完，哭声更大了。当时，我激动得一下把她搂在怀里，很久很久也没有松开……

第二十五章　幸　运

爱情一帆风顺的我，不仅在感情上和心灵上得到满足，在工作中也有了进一步突破。

由于我在工作上一贯作风就是上进心强，敢于下手，所以进步很明显。应该说在那个酒店里，所有的菜我不仅全部会做，在质量方面也能完全过关。

有一段时间，大厨因家里有事经常请假，所有的重担也就挑到我一个人身上，在那个过程里，才是真真正正把我锻炼出来。

酒店里我的本职工作我能完完全全地拿得起放得下，感觉是最开心不过的了。

由于家庭的变故，大厨只好辞职不干了。经理找我谈话，问我有没有信心，我说：没问题。就这样我实现了一个我学厨师以来最大的梦想，成了一名真正的厨师。我实现了，应该说那时的我是无比的骄傲和自豪。

就连哥哥也伸出大拇指说，你真行。因为在不到二十的我，能在那时候有这样的成绩是不多见的。

在整个厨师界也造成了一定的影响。我的威望也有一定的提高。虽然刚开始的时候，也有一定的不顺心和不如意的地方，但随着信心上的增强和经验上的提高也就很轻松度过去了。

在那一段日子里，我是真的很幸福，不仅在生活上有人关心，心灵上有人鼓励，在事业上如鱼得水，一片大好。我和她也特别地珍惜我们在一起相处的日子。

因为我们心里明白，即将因过年而分离的我们，还不知道何时才能相见。时间一天天流逝，春节也一天天临近，我们知道也要快分离了。

记得我们放假的第二天，也是她要回家的头一天。我们整整度过最令人难忘的一天，是那么开心快乐，是那么美好和留恋。

我们互相给对方买了一些纪念礼物。伤感的她也不时掉几滴眼泪。我知道她是舍不得我，不想和我分开。

我又何尝不是呢，我心里也是很难受的。在我第二天送她回家的车上，看见她伤心难过的表情，湿润红肿的眼睛，心里说不出来的难受滋味。她哭着对我说："我们什么时候还能见面啊？"我告诉她："过完春节上班的时候，到那时候，你呼我吧。"那个时候我已经有一个数字传呼机了。就这样我难舍难分地把她送走了。

要是总结我这一年来的成绩，我只能说，这和我的努力和付出的汗水是分不开的。我也是幸运的，我很满足。

第二十六章　转　折

应该说我在即将跨越新世纪的这一年里，是九九年，也是我人生的重大转折点，从这年起，我舍去了几年来一直努力的厨师行业，开始走向生意场，这一过程一波三折，坎坎坷坷，令我今生难忘。

能在一家酒店里成为一名主灶，是我这几年来梦寐以求的事，我已实现。

如果现在年轻的我，再加一把努力，再进行一次深造，应该是大有前途。

在那个时候，可是并不是那样，比想象中还糟糕，餐饮业和厨师这块的竞争是特别的激烈的，没有一点优势的话，是很难立足的。要想找个理想的差事，其难度可想而知了。

在我身边有好多厨师朋友都是这样的，为了找份养家糊口的工作，四处询问、打听，希望能有自己的一席之地。

可是往往不遂人愿，一年到头也只能维持个生活。当然，不是说他们的厨艺和为人作风有什么问题，而是没有工作的厨师太多了，竞争又是那么的激烈，所以这个行业太难做了。

起初，我是在一家中档饭店主灶，虽然在那里干得算不上出色的我，但也有很多让老板满意的地方。就因为老板对我的信任和认可，使我在这里工作了半年。

在这半年里，由于我为人实在，又喜欢交朋友，认识了厨师界里很多的人。从他们那里得知了很多现在厨师这行存在的隐患，很让人费解。

由于闲的厨师太多，各大饭店老板对工资大幅度降薪。饭店效益不景气，导致停业的越来越多，厨师失业的也越来越多。

可见当时这个行业面临的挑战是何等严峻。

就因为这样，我不得不出去深造，来应对我所面临的危机。

我选择的是哈市的一家三星级酒店，计划要进行三个月的深造，要求达到我的厨艺精益求精。

在我深造的过程中，听这里的厨师也经常提起同样问题。还听他们和我说起，有很多的饭店的老板都不给开工资，甚至还遭人毒打。那时候我就想，要是想从这个行业能有一番作为的话，实在是难上加难。

后来，在我深造回来以后，也干过两家饭店，总体还是不错的，但总感觉心里有压力，也不知道为什么。可能是觉得总这么干下去，没什么意思吧，那时候我的工资是一千元。去掉自己的费用，再一个人情来往，交点朋友吃点喝点，一个月的薪水也所剩无几了。

就是将来工资比现在高很多，有谁能保障一年能干几个月活呢？那时候总觉得给别人干的话，永远是不可能起步的。

也常想如果将来有机遇的话，一定要把握好自己干，只有这样才能有发达的一天。由于我有这个想法，经常在朋友面前探讨将来做生意的打算。

我也和哥哥说起我的想法，哥哥也表示我的想法是好的，但我们的条件差得很多。是的，哥哥想得很周全，凭现在的我：一、没有本钱；二、没有好的地方和项目；三、没有做生意的经验。怎么能说轻而易举地就把生意做起来呢？即使这样我从来没有灰过心，我一直在努力，在寻找机会。

可能是功夫不负有心人吧，终于让我走出了这一步，对我来说这是一个很难得的机会，所以我必须把握住。有个亲属向我推荐一个要转让的小门市房，价格很便宜，地点又不错。随后我重点考察了一下，是一个不到二十平方米的小屋，地点位置应该是理想的，我又细心思考了一番，当时觉得即将到年关，如果卖年用品的话，肯定能赚钱。

有了初步的决定后，我又盘算了一下，交上房租钱，再上货，大约在八千块钱左右就能开业。当时我心里明白，这是个最好的机会，所以我无论如何也不能错过。我决定以后，就开始筹钱，当然我心里清楚，这些钱对于我来说是有一定的难度的。我现在已经是万事俱备，只欠东风了。

哥哥知道后，主动给我拿了一点，母亲也四处筹借，给我凑了一些，可是还是不够。正在火烧眉头，急得我直转圈的关键时候，有一个人向我伸出援助之手，使我一生难忘。应该说，我能有今天的成绩，和他这些年对我无私的资助和帮助是密不可分的，我心里特别地感激他，在这里我想说一句话就是：将来有我的，就有您吃的，请您多保重。

就这样我从一个给别人上灶的厨师一下子变成了卖小杂货的生意人。

我还是说我是幸运的。在今天的角度来看，我当时选择是对的。刚开始的时候，由于我外行，发生了一些不顺心和让我很烦恼的事情。

但很快就适应过来了。尽管在那一年我没有赚到太多钱，但在过程中，让我懂得做生意不仅要付出辛勤和汗水，还要积累做生意的经验、要有果断的思维、要有清醒的头脑、抓住眼前的每次机会。为我在今后做生意上奠定了良好的基础。

第二十七章　成　绩

现在再回顾过去的点点滴滴，我想说的是这么多年来一直在事业上支持我，生活上照顾我、感情上对我专一的妻子，是她一直在风风雨雨中陪我度过艰难的时期，其中有太多的酸甜苦辣、悲欢离合，用语言很难表达我对她的感激之情，我欠她的太多太多了……

记得我们结婚的情景，现在想起来都觉得很对不起她。家里仅仅能拿出的一万两千块钱，就买了一张床和一台二十一寸的彩色电视机，我们那时的婚礼是何等简陋，就是外人看了都觉得心酸。

妻子对我的宽容和理解至今我都无法忘怀。别人结婚都会买各种家用电器、高级日用品和首饰等。而我们却买了很多大大小小的锅碗瓢盆、桌椅板凳。

因为结婚之前，我就早已决定，要开一家小饭店。所以，我和妻子决定，把结婚的钱全部投入饭店上。就这样，在我们结完婚的几天后，饭店就开业了。

结婚后应该是人最开心最快乐的日子，而我们却把所有的精力放在生意上，那时候确实感到很累，心里也有压力。可能是管理不善，或是缺乏经验等原因，一年到头来，赔了很多钱。那时候我还是觉得太年轻，太冒失了。

总结一下就是，投了一些无必要的资金。其中包括我用不上的餐具等，还有就是灶房由于小点，又花高价盖了一个厨房，这样资金就投资过大。刚开始，由于没有知名度和吃饭的回头客，生意冷淡，那时候心里特别着急，总以为饭店的菜肴过于单一，后来也不加考虑，盲目投资上火锅、烧烤等设备，最后还是不见有起色。

就这样到头来，不仅赔了自己的钱，还欠了很多的外债。那时候心里是难受的，想不到一年的辛苦到最后会是这个样子。可能是天无绝人之路或是老天不忍心看着我就这样倒下去吧。

第二年，我又换了一个店，吸取赔钱教训，再加上运气的因素吧，生意非常红火，让我在心灵上和经济上松了一口气。

现在我就想，如果那时候再缓不过来的话，很难想象我的前途和命运会是什么样子。所以说，我还是比较幸运的。就这样我一晃就经营了四年饭店，在这四年里，除了没有什么太多储蓄外，我的变化是很大的。

首先是我的人品和性格变了，变得成熟老到了，做事稳重加以思考了，性格变得善良大方了，就是想踏踏实实做个好人。也有一定的社交关系了，凭我为人豪爽实在，又喜欢交往，各行各界的朋友也多了，路也越走越宽了，对将来的前景也充满希望。

更让我高兴的是我多了一个漂亮又活泼的女儿，又听话又可爱。

饭店效益虽然可观，但由于花销甚大，一年到头也所剩无几了，后来我又在别的地方经营一家海鲜店，又上了出租影碟这个项目，生意又不错，所以就把饭店舍去，把全部精力放在海鲜店那。后来我又经营一家废品收购站，又买了六台电脑放在商店上，效果比想象中还好。转过一年，我又开了一家新明星夜总会。现在生意都在正常营业中，总体来说，我选择的项目，效益还是可以的，但目前来看，前景也并不是太乐观，所以我所面临的挑战是很大的，还需要更多努力和付出。

第二十八章　后　记

这就是我从小时候到今年二十六岁的成长经过，由于这段时间生意不是很忙，特别无聊，心里面无意又多了许多伤感，也不知道为什么，一天总是胡思乱想，考虑了很长时间，才下定决心把它写下来。或许在若干年后，是一个最好留念品吧！

一个念不到中学半年、平时都懒得看书的我，可想而知写这方面的难度了，虽然对我来说，有一定的难度，但我对自己有信心，绝对有信心把它写好的。

在写的过程中，时常回忆过去的伤痛时，心里特别的难受，应该说我是用心在写的，我不仅写出了我的经历往事，写出了当时的心境和感触，也写出了我从一个农村孩子靠自己一步一步走出来的艰难过程，和我对身边是是非非的评价和感想。

我是用大约半个月时间不分昼夜写的，应该用茶思不想、寝食难安来形容我，一天不知道饿，也不知道困，因缺乏休息，还患上了感冒，我就打吊瓶继续写。一直沉醉在回忆当中的我，也看出所付出的心血和我对写书成功的决心。

　　在我写这本书的过程里，我和朋友闲谈时，他们问我你在这段时间忙什么呢？我说生意不忙，一天也没什么事，在写书，回忆过去一步一步走过来的日子。

　　让我惊讶的是，我这帮朋友的反应特别强烈，有的对我说：你呀！呵呵！想吃什么或想喝什么就买点得了！可别让我愁死了，书都看不明白，还写书呢，谁信呢？还有的说：是吗？不错啊！都能写书了！佩服佩服啊！你一定写的是《月子》，明天我也写书，叫《伺候月子》！哈哈哈！

　　我知道他们不是在讽刺我，而是觉得我写书有点不太现实。但我觉得，你要是不去想，不去做，什么也实现不了。不管什么事我要敢去想，而且要用百分之一百的心去做，我相信，一定会有所突破的，之后看其难就不难了。

　　"人的一生要靠奋斗，只有奋斗才能成功。"这是一个名人说的话，我也特别欣赏和认可这句话，说得很有道理。

　　在事业上是需要奋斗和努力的，即使失败又有何怨言呢。只要是努力了，付出了，就无遗憾。

　　在我们身边或周围经常都发生一些不幸的事，对那些不幸遭遇者都会表示一种惊讶、哀悼和同情。

　　就在前两天，我的一个朋友还和我有说有笑地开着玩笑，可是第二天就不幸出了车祸，现在还在医院抢救，到现在还没有脱离危险期，听大夫说就是醒的话，也很有可能是植物人，这个飞来横祸难以令人相信，也很难以让人接受，可是的的确确是发生了，而且就在我身边的事，这不是人的一种悲哀吗？

　　今天我又听到了令人心惊胆寒又觉得很惋惜的事，在昨天晚上，有两个人在我们这里干完活，也挣了很多钱，本打算回家和家人过年，可在开车的时候不幸掉进了江里，当今天把尸体捞上来的时候，所有在场的人都为这两人叹息，表示哀悼和不幸。

这时候我不得不说，人所面临的不幸遭遇谁又能预料得到呢？所以我们要珍惜自己，珍惜身边对自己好的人，更珍惜"情义"这两字。做一些自己本身觉得有意义、有价值的事情，此生此世在内心只要觉得"值得"，也就不愧此生了。

在这里我还想说，我们要生活在情感世界里，用真心换真义，一生足矣。

我现在最大的愿望就是在事业上腾腾日上，更加辉煌。

家庭幸福平安，女儿健康成长。

妹妹学业有成，开心快乐。

在这里我衷心地感谢在过去帮助我的人。

感谢我的父母对我的养育之恩。

感谢我的妻子对我的支持和理解。

感谢哥哥这些年对我的帮助和照顾。

感谢姨父这些年在事业上对我的支持和无私的资金帮助。在这里我想说：谢谢你们了！我只有事业上辉煌才能不辜负你们的一片真心！我一定会努力的！

同心爱者不能分手

林　白

同心爱者不能分手

这是一部苏联电影的片名，一个名叫阿尔费罗娃的女演员主演，我在报上看到了她的照片，这使我马上想到了另一个女人，我不知道为什么一下想到了她，其实她跟阿尔费罗娃毫无共同之处，多年来我已经有把她忘记了，但我还是一下就想起了她。

那时候在沙街暗黄色的木楼和土灰色的砖房前，像开花似的出现的这个女人，她的脸像她身上穿的月白色绸衣一样白，闪亮的黑绸阳伞左一闪右一闪，妖冶而动人，那个月白色绸衣的女人在阳伞下只露出小半的脸，下巴像一瓣丰满的玉兰花。

这个女人后来突然消失了，没有人知道她去了哪里，是否还活着。她在沙街上住过的那幢奇怪的楼也已经荡然无存，似乎是毁于一次大火。那地方后来成了防疫站，常年飘荡着预防流感药水的气味，在有太阳的晴朗日子里，沙街各家的门口晾满了床单，一片淡红粉绿，但是没有了那个穿月白色绸衣的女人在她的黑色阳伞下伸出洁白姣好的下巴，于是满街的淡红粉绿寂寂寞寞，无以衬托。

当时我十三岁。我十九岁以前一直住在沙街，我家跟那个神秘女人的房子隔大半条街，因此我看到她的机会并不多。事实上在她消失之前的两三年她就已经闭门不出，成天龟缩在她那幢半砖半木的小楼里，很少有人看见她。她在阳光下打着阳伞的形象就像一部早已放过的电影，在人们的记忆中变得日益模糊虚幻。

我更多看到的是那条狗。狗是一种无法回避的动物，所以我总要一再地提到它们。这条狗在我记忆中是如此清晰，简直伸手可及，以至于那个女人在我的臆想中因为有了这条真实的狗，她的一切举动也都变得清晰可辨了。

这狗是条非常干净的狗，干净得就像有洁癖的老处女，它在夏天的时候有时一天洗三次澡，并撒上爽身粉。这条干净无比的狗名叫吉。穿月白色绸衣的女人在常年垂着窗帘的幽暗房间里突然喊道：吉。吉就像猫一样前蹄一跃扑到女人的怀里。吉的喘息声一开一合放射出半透明的雾气，在它身后的一面年深月久的落地镜中，女人看到自己抚摸着吉的毛发。吉的每一根毛都经得起严格的挑剔，像经过处理的皮子，甚至闻不到肉体的气味。那时候吉还非常小，还没长出像样的牙，女人常常把它的嘴掰开，仔细看它的口腔，她小心地用手指轻轻按吉的牙床，它确实没长出牙齿，它的口腔像婴儿一样。女人从落地镜的深处再一次凝望，她说：吉。

吉后来长了牙，女人很平静地观察这颗白玉般的牙蕾，它一天天地长出来，在粉红色的牙床上可爱地探头探脑。但是总会有一天，那女人觉得这狗牙够长了，她就让哑巴姑娘上街买来几根冰棍，然后把门关上，她说：吉，你来。她把吉的嘴掰开，冷不防地把冰棍塞进吉的嘴里，她抚摸吉的毛安慰它，但这并不妨碍她用一些锋利的工具将吉的新牙连根拔出来。吉一直吃的是米糊，它没有发现失去了牙齿有什么不便。白绸衣女人连续几年不懈地给吉拔牙，这使吉在很长的一段时间里没有牙齿，它的口腔光滑、柔软、洁净，粉红色的舌头湿漉漉地颤动着，在幽暗的房间里静静地发出微弱的光亮。女人渐渐感觉不到街上走过的板车辘辘的声音，她在镜子里看到自己玉白的脸闪着同样的亮光，她的眼睛柔情四溢。天很快就黑了。

年轻的男教师在星期四的下午家访时第一次来到沙街，他在街口碰到那个哑巴姑娘，当时她正由女主人的派遣准备到沙街与火烧街的连接处买几根冰棍。

他问：沙街是往这走吗？哑女受惊地一抖身子，已经很久没人跟她讲过话了，她抬起眼睛看这个能发出好听声音的年轻男人，觉得他干净得就像吉。男教师看到哑女发愣，就又重复了一遍。哑女像她往常所做的一样，爆发性地发出几声惊天动地的呀咿声，同时把眼白翻了出来，像是要拼命把话讲下去，却因为来不及换气而中断了，她气喘吁吁印堂发亮，男教师吓了一跳。他定了一下神，说：你是一个奇怪的女孩。

那天男教师没有看见那个穿白绸衣的女人。当时他走进沙街尽头一家船民搭的棚屋里，访问了全班最差学生的母亲，这是他早年充满朝气的蓬勃生命中极为平常的一天。而那个女人，正穿着她无数件月白色绸衣中的一件，把刚刚洗过澡的吉裹在干爽的大毛巾里，等着哑姑娘买回冰棍，然后给吉拔去新长出来的一颗牙齿。她抚摸着吉粉红色的牙床，手指在那颗硬邦邦的新牙上来回挫动，她不知道窗外有谁在走过。

也就是说，人已到齐，但故事尚未开始。那个当年十三岁的少女，此刻正坐在一个远方城市的窗前，点燃两根蜡烛，现在已经到了经常停电的年头。

厕所与女孩

后来我认识了一个奇怪的女孩，她只有十九岁，我比她大整整一轮，也就是说，我跟她都属狗而且都属摩羯星座。她发现这一点的时候就决定把她刚用了两次的法国口红送给我，她认为我用这种口红会富于异国情调，像个马来西亚女子。

这女孩有个可爱得让人不敢相信的名字，叫都噜，她说她姓正是那个首都的都，因为老家是山东，所以叫鲁，又因为是女孩，于是就用了都噜，像葡萄长在架上一嘟噜一嘟噜的。她爷爷说，这个姓的祖先是春秋时的美男子，很得宠，后来因为妒火中烧，放暗箭射死了他的对手，后来自己死于精神错乱。

我跟都噜相识在一个公共厕所里，那天我有点衣衫褴褛，我穿着洗得很白因而显得破旧的背带牛仔裙，里面是一件洗得发疲的水洗布衬衣，应该说这身打扮还可以，我自己就认为时髦得可以去见男朋友。衣衫褴褛是都噜的说法，她对人的相貌衣着历来只有两种评价，就是"富"或者"穷"。穷就意味着不好看，廉价，是地摊上的货色，而一个有魅力的女人应该使自己显得高贵。都噜直到现在还不能欣赏那种飘零的美，她缺乏这种视角，每当我刻意把自己打扮成那样的时候，都噜就说：你破破烂烂的真把自己糟蹋了。

我想我不能把"飘零之美"这个词告诉她，就让她永远停留在"贫"与"富"这两个狭窄的概念上，这一来我马上获得某种快感。

还是回到厕所里。厕所在电影院旁边，因为正在上映《摇滚青年》，红男绿女来了不少。厕所也就有点拥挤，每个坑都满了，我进去看了一眼就逃到了门口外面。这时我发现门口边上站了一个女孩，她正对着厕所门口，她看见我出来就赶紧跑进去，结果发现厕所里还是满的，她皱着鼻子重新站在了厕所门口。这个女孩就是都噜。

其实那天我就是去会男朋友的，我想跟他一块去看电影。我不止一次地说过，我生平最大的愿望说是跟一个自己喜欢的男人一块去看电影，我对幸福的理解也仅限于此。我对独自一个人去看电影已经厌倦透了，所以很容易就产生了这一平庸理想，这不怪我，换了别的女人也会如此。还有一个办法，就像治感冒有多种办法一样，这世界总会把另一种办法制造出来，这就是，没有男朋友干脆不去看电影。

不去看电影，独自在幽暗的室内，穿衣镜反射出唯一的亮光。夜色四合，那只名叫吉的狗，正张开光滑的嘴，露出粉红湿润的舌头，这样很快就会变成那个穿月白色绸衣的女人。

下午：屋子里面和外面

吉是一条母狗，除了在发情的时候因骚动不安被女主人关在一间空着的小黑屋的日子以外，其余的时间安静文雅，温柔可爱，一尘不染。

从进入这所寂静黝黑的房子里的第一天起，吉就意识到它的使命绝不是看守门户，因此即使是女主人也从未听过它的吠叫声，她无数遍听过吉的呜咽声和呻吟声，能根据其中长短轻重的不同从准确无误地分辨出这些声音的不同含义。总之吉是一条非常聪明的狗，现在这么聪明的狗已经见不着了。

没有人会想到吉有一天会发疯，后来我想吉发疯的根源在于它太聪明，正如人类中的天才常常容易发疯或被当成发疯一样，吉是狗类中的天才，而天才是可贵的。

穿月白色绸衣的女主人后来常常做同一个可怕的梦，梦见吉柔软粉红的牙床上长出两根鲜红似血的牙齿，牙齿迅速长长像树一样，而嫩滑的牙床爬满了老筋。她在半夜醒来，恐怖地看见床对面的大穿衣镜发出淡蓝色的光，整幢楼因为没有了吉而充满了令人不安的陌生感。这些都是后话。

年轻的男教师再一次去沙街家访的时候在那幢常年关着门的房子前看到了哑姑娘，她正抱着一匹雪白得像天使的狗。男教师呆立在街心，觉得自己看到了一幅外国的风景画，充满了暗黄和土灰的沙街能出现一匹如此干净的狗，这不能说不是一个奇迹。男教师暂时忘了那个伤脑筋的捣蛋学生，他朝这条狗走去。

当然不可能有人告诉他日后这条像天使似的狗将咬断他左手的食指，它为此长出牙来，到死也想着把他的脖子咬断，这是一种缘分，仇恨也是一种缘分，充满了不可理喻的玄机。

吉有点无精打采，它对这个陌生人丝毫不感兴趣，每次女主人让它出来晒太阳它都打不起精神，因此男教师朝它蹲下来的时候它有点心烦，禁不住打了一个大呵欠。男教师很奇怪地发现这只狗没有长牙，一个粉红色的洞正对着他，空荡荡的，颗粒细腻的舌头像女人一样。

吉的牙齿是后来才长出来的，女主人病了两个月没去管它，她在出事以后才发现这一点。吉到底因为疯狂而长牙，还是因为长牙才疯狂，没有谁能说得清楚。

哑姑娘抱着狗，目不转睛地看着男教师的脸，她希望他看她，跟她讲话。但他摸着狗的毛，只是稍稍把脸偏过来问：它有多大了？哑姑娘声音暗哑地在喉咙里咕噜了几声。男教师不在意，又问：这狗是哪里能买的？哑姑娘不作声，仍然看着男教师的脸，男教师终于拿眼睛看着她了，他问：这狗是你的吗？

哑姑娘不知为什么突然激动起来，她拼命翻着眼皮，大声啊啊地叫喊着。男教师同时看到这条美丽的狗开始兴奋起来,它像是闻到了一种它最喜欢的气味,它挣脱哑姑娘,跳到地上走来走去,面朝着那扇暗色的门。

男教师听见门背后有个女人唤道:吉,进来。

门开了,在半明半暗的室内光线下,男教师第一次看见了这位常年穿着月白色绸衣的女人。他吃惊地看着她。

都　噜

都噜一有空就问我:你看咱们中国的女演员谁长得最高贵?我说:谁也不高贵。都噜一听很高兴,说:就是,刘晓庆长得最穷,穷兮兮的。说完她嘴里又嘟囔着张瑜陈冲龚雪岳红巩俐,把能想起来的都认真想了一遍,最后她说:你觉得潘虹怎么样?她像家里很有钱吗?富不富?我说:一般吧。都噜高声喊道:没错!所以中国女演员都不怎么样。

对这样的女孩我能说什么呢?何况她比我小一轮。这并不是说我到了一个非要跟什么人讲讲心里的话的阶段,我向来认为与人倾诉是件愚蠢的事情,不管跟谁。但是都噜有一个时期染上了一个毛病,没完没了地跟我讲她的男朋友。都噜一共有三个男朋友,对这三个人的取舍弄得她心烦意乱,从早到晚犹豫不决。为了不失去他们之中的任何一个,都噜费尽心机玩着高难度的平衡技巧,调虎离山、欲擒故纵、声东击西、瞒天过海,三十六计用了不下十八计。当她确信我对她的三个男朋友从幼儿园起到大学的全部履历以及他们脸上的疙瘩和眉毛的浓淡都清楚以后,就常常满怀希望地望着我,充满了探询和好奇,活像一个求知欲旺盛的中学女生。

当然我不能回应她的提示,我很无辜地望着她,表示我其实并非要知道她的男朋友什么的。都噜立刻就有点失望,眼看着不想说话了,这毕竟是件让人不痛快的事,但只不过是不痛快而已。我想再过十二年,都噜到了我这样的年龄她一定会明白,不痛快是件多么微不足道的事情,不痛快只是一粒沙子,生活就是由许多沙子组成的,生活是一盘散沙。我不跟都噜讲这些,时间会把一切都告诉她,就像一阵风,会把地上的沙子扬到天上，然后降落到每个人身上，就是这样。

都噜说我表情如此沉重一看就是一副失恋的样子，所有的男人都不会喜欢一天到晚挂着副失恋的面孔的女人，男人希望在女人脸上寻找笑容，女人应该美丽而快乐，要不然要女人干什么呢？这是十九岁的女孩都噜在某日下午吃着冰棍对我说的。

这使我想到了我的男朋友。

现在必须给他取一个代号，这很有必要，因为我既然不愿意告诉都噜他的名字，我就决心坚持到底了。要找到一个独特的符号是件很伤脑筋的事情，ABCD、甲乙丙丁、一二三四都太平凡而且很多人用过了，我左思右想终于找到了一个用星座的名称作代号的办法。我男朋友所属的星座是天秤座，因此我决定叫他天秤。

这其实不合适。一个不合适的名字使人感觉虚假，某个人存在而某个人不存在，这常常使人难以判断，你认识他他就是真实的，你不认识他他就是没有的，所以每个人都想出名。这跟爱情不一样，爱情是一件相反的事情，说出来的都像是假的可笑的，不说出来才像真的。

天秤尤其如此。

我想象不出天秤沉浸在爱情会怎么样，这个时代已经没有人能沉浸在爱情中了，天秤当然也不会。更重要的是天秤是个像样的男人，这一切的结果使我无所适从，有一种强烈的挫败感。

吉与女人的神话

沙街上每一颗石子都冒着热气，像正在炒着的黄豆，发着光，饱含石英的沙质，在阳光下眨着锐利的眼。沙街没有声音，最热的时候总是没有声音。没有声音的沙街令人怀疑。

各家的后门都开着，背带河的风弯弯曲曲吹进房间和天井，湿润而凉爽。女人光着脚，坐在一张竹躺椅上，落地穿衣镜擦得很清晰，镜面溅上了几点水的纹点，像暗花一样装饰着镜子的斜角。女人刚刚化了妆，描了眉毛，鲜红的唇膏艳丽的嘴在镜子里很夺目，女人抱着吉。

香皂的气味从吉微湿的毛丛中散发出来。她一只手搂着它，另一只手在吉身上来回抚弄搓揉。这只手像一条深海动物熟练地游动在海草之间，轻重缓急舒张收缩，充满了韵律的美感。

吉偎贴在女主人的胸前，舒服地缩着身子，它不时地在女主人软软的突起的半圆上蹭几下。它听见她说：吉，你看看我。

吉抬起它淡黄色的美丽眼睛看着女主人，它的眼睛水汪汪的像头小鹿。女人看了看镜子，然后用手指轻轻地拨吉的嘴，吉把嘴张开，口腔干净光滑，没有长出新的牙齿。女人说：乖。

她把脸靠到吉的鼻子上，吉不声不响地舔着女主人。它用舌尖一点点碰着，脂粉在吉粉红的舌头上铺成薄薄的一层，像发白的舌苔，吉努力把它们咽下去。女人闭着眼睛，任吉在她的眼皮上耳垂上和紧闭着的嘴唇上一下一下地舔着，她沉浸在一股异香之中。她的手停在吉的身上。

吉觉得女主人冷落了它，它开始呜咽起来，像小孩撒娇。它朝女人的怀里缩了缩，又冲那软软的半圆蹭了蹭，女人把吉的头按在自己的胸前，柔声地说：吉，吉，你怎么啦？

女人和吉隔着薄薄的一层月白色绸衣紧紧贴在一起，她们一同喘气，她的气息从胸腔里出来拂动了吉的颈上的毛。女人感到她的手心开始发热，湿润，湿漉漉。

窗帘低垂。女人解开衣服，她在镜子中看到自己的乳房匀称柔软，小巧可爱。它们像一对受了委屈的苹果，没人理会，孤零零的。女人爱怜地捧着它们，它们没有被吸吮过，没有喂过奶。吉小心地嗅嗅最顶上的那颗微红的头，它受了刺激，激动起来，变得鲜艳、潮湿、发亮，表面的颗粒坚挺鲜明，充满生机。吉感到它一下一下地动荡起来，吉觉得女主人的手正压着它的头，它一下整个地将这柔软的东西含在嘴里了。吉听见女主人无力地呻吟了一声。

自己的羽毛

我爱上天秤很久以后才开始到床上去，这使都噜惊讶无比。都噜说：你太压抑自己了。我觉得问题不在这，关键是即使做爱也无法表明爱情。我知道在一个性泛滥的时代里谈爱情是很虚妄的，但我觉得自己爱天秤爱得要命，我迫不及待地想表明这一点，但又不能跑去跟他说我爱你，这同样是可笑的。

现在已经晚了。

我经常考虑爱情的表达形式这样的问题。做爱本来是爱的最高形式，现在几乎成了最低形式，以此为起点，我跟天秤重新开始互相试探，遮遮掩掩，就像一对心里有意思但尚未挑明的男女。如果我想跟天秤并肩骑一段路的自行车，就得找出合适的理由，比如他要去图书馆借书，我就说我得到社科院去一趟，社科院正好在图书馆的对门。他若来看我，不是说借书就是打听一件不相关的事情，反正总有借口。有一次我去看他，一进门他就问：你干吗来了？我说：没事，来看看你。他脸上马上就有了得意之色，于是我想：我输了一盘。

我不知道该怎样评价我自己，我有时候认为自己是最后的浪漫主义者，爱一个人爱得稀奇古怪。我热切地盼望天秤尽快流落街头身无分文或者银铛入狱一落千丈，以便让我的爱情显示出真正的价值。但是事实上天秤平步青云事业上一发而不可收拾，我断定他总有一天会获得巨大成功，正因为这样，我不能在这里写出他是干什么的，这很容易被人猜中他是谁。

这道理很明白，普天下都是一样，如果男人太出色，受罪的必定是女人。事实上出色的男人非常少，尤其在中国，而年轻漂亮的姑娘满街都是，所以吃尽苦头的男孩就比比皆是。

后来都噜有机会详细地看到了天秤的正面和背影，她很迟疑地问我：你说的就是他吗？我说是他。

关于眼泪

Do you really want to hurt me?Do you really want to make me cry?（你真的想伤害我吗？你真的想让我哭吗？）

一个女人（不是少女），疯狂地爱上了一个男人，结果她发现自己怀孕了，她希望跟这男人结婚，然后把孩子生下来，她对那男人说，她将承担一切责任，她将独自抚养这孩子，一切都不用他管。男人说，他这辈子不打算结婚，更不准备要孩子，他这是真话，一个出色的男人到了三十四岁还不结婚确实是因为他自己不愿意结婚。女人就说，即使不结婚她也要把孩子生下来，她准备承受一切压力，生一个私生子，她说在怀孕的最后几个月她将请一次长假，孩子生下来就交给她母亲，她母亲长期从事妇幼保健工作，一切都没有问题，经济上也不用他负担。女人又说，这是她最后一次机会了，她已经三十岁，而且以前她曾经做过两次人流，以后再不可能有孩子了。

女人以为男人会感激她，会被她的爱情所感动，她希望他抱抱她，摸摸她的头发，然后一切艰难困苦她都可以承受了。她想象着她肚里的孩子一天天长大，长得像她眼前所爱的男人一样。她心里于是充满了一种宁静的柔情。

但是那男人说，如果她一定要把那孩子生下来，那明天就去打结婚报告，然后他将辞职，离开此地，永不回来。女人一听绝望极了，在极度混乱中她唯一关心的就是她还能不能再见到他。她沙哑着喉咙问：你去哪里你告诉我吗？男人说：不告诉。她又问：以后你让孩子看你吗？他说：不让。最后她说：那你留一张照片给我吧。他说：一堆烂肉有什么好看的，你看那个孽种就够了，看我干什么。

女人感到万箭钻心，全身都在疼痛。男人走了以后，她独自一人整整哭了一夜。到天亮的时候她想她宁可失去一切也不能见不到她所爱的人，于是她对前来听她决定的男人说，她这就到医院去，下午就做流产手术，她将不要求结婚，而且在做完手术的十五天她自己照顾自己。

男人如释重负，他问：你需要我做些什么？又说：你现在身体这么差。

这是一个让人难过的故事。这故事发生在一九八八年十二月。女人去做了人工流产之后常常想念那个在她体内活了四十九天的孩子，她知道，她这辈子再也不会有孩子了，她后悔她没有做出相反的决定，爱情是靠不住的，而孩子才永远是自己的。她神情恍惚地对人说：就跟用刀剜她的心一样。

这个做出了重大牺牲的爱情故事还在继续，我不知道以后会怎么样。

但愿会好。

还有，那个女人不是我。

爱比死残酷

忽然想起一部西德电影，片名就叫《爱比死残酷》，导演是法斯宾德。

电影我没看过，只是看到法斯宾德的有关材料，但片名给我留下了极其深刻之处。他认为爱情的最完美结局就是婚礼和葬礼同时举行。这使我觉得这辈子都没希望了。

天秤没有跟我讲过他的爱情故事，有一次他跟我讲了个开头，我却像血晕症患者看见血一样一下不舒服起来，连脸色都变了。天秤赶紧打住，后来就再也没有讲起过他跟别的女人的事情，因此天秤在力所能及的范围内还是很体贴的。

天秤穿着短袖衫的时候裸露的手臂上有一串很醒目的圆形疤痕，这些疤痕很像预防天花种的牛痘，五十年代出生的人每人身上都有若干颗，至少一颗。我的牛痘被我妈很别致地种在腿上，因此我的双臂光滑平整。天秤手臂上的圆形疤痕在前臂上，就是在手掌与肘关节之间，而且一共有四颗之多，这些牛痘的位置和数目都有让人觉得奇怪。

我抚摸着这些古怪的疤痕，心里有一种隐隐的妒忌，胡乱猜想着许多跟他有关的女人。我说：这像是烟头烫的。他说：是。我说：为了什么？为了爱情吗？他又说：是。我说我明白了，一颗疤意味着一个被打掉的孩子。他说这不对。我说难道还有别的解释吗？我说你把烟头烧红一点，准备烫上第五个伤口吧。他说：确实不是为了这个。

一个女孩一定要跟他好，他不打算跟她好，她说他不跟他好她就要去死，他说你说我怎么办？又不能打她，他对她说：我不能为了你放弃我的自由，为了我去死不值得，世上好男人多得很，你一转身就会碰到。女孩说她只爱他一个人，如果他不爱她，她一定要去死。天秤吸着烟，他说我没有别的办法，你看着，我受这点皮肉之苦算不了什么，但这会肿起来，会烂，然后留下一个疤，一辈子都去不掉，我今生今世记住你的情分，这总可以了吧。

女孩大哭一场，绝望而走。

好女孩今又在何方？

我有时会想象天秤死于一场交通事故，这是一个恐怖的带自虐性质的想象，我不知道我为什么要想到他的死，事实上想到他死使我摧肝裂胆悲恸欲绝，我到底是更爱他还是更恨他？我自己也弄不明白，抑或是：爱就是恨。不管是哪一种情况都使我想到他的死。

那次我从医院出来，天秤来看我，他说：我会暴死的，我将不得好死。他大概已经明白他自己是个怎样的人了。

因此那女孩及时离开天秤是对的，而且还明智地没有为他去死，尽管那女孩现在可能因为没有爱情而变老发胖变邋遢。

这样的好女孩非常多，就像坏男人一样多，有多少好女孩就有多少坏男人。坏男人是好女孩纵容出来的。

雨丝般纤细的手

一到下雨我就想起童年。童年像一场透明洁净的雨，落在沙街凹凸不平的地上，形成许多大大小小的窝。站在屋檐下，用手接住瓦漏水，雨水顺着手臂流到胳肢窝，凉凉的湿湿的，禁不住想笑出声来。

下雨除了使我想起沙街的瓦漏水以外，还提醒我关于那个穿月白色绸衣女人的故事。

她在下雨的时候喜欢把窗打开，看雨，那时候她已经认识那位年轻的男教师了。下雨的时候沙街显得平静温柔，轻盈的湿气像指甲花一样徐徐开放，男教师打着一把油纸伞走进沙街，雨点在纸伞上发出"笃笃"的声音，饱满而结实。

男教师把湿淋淋的纸伞放在门口，女人说：吉，你去玩吧。吉狐疑地望望女主人，它走到门口，又溜回来绕着主人的脚边转了一小圈儿，嘴里哼哼着，平时这个时候，该是女主人跟它一块睡午觉了。

女人说：吉，听话。

男教师走进房间里，在雨天室内的昏暗中他头一眼就看到摆在案桌上的两只鲜红如血的高脚玻璃杯，它们闪着隐隐的光。男教师除了在地区师范念过书还从未去过有高脚酒杯出售的地方，因此他觉得自己有点怯怯的。

女人说：你喝点酒吧，度数很低的。

男教师说：不，我还是先喝点茶。有茶吗？

女人仍然站在窗前，她脸朝着雨，说：你今天要教阿兰（哑姑娘）认字吗？她在楼下，楼下也有茶。

男教师说：我过一会儿再来。

女人忽然亮着嗓子喊道：吉——上来！她的声音清亮圆润，有一种华丽之感，男教师不由得想起一张旧唱片。

吉敏捷地跑上楼飞快地进到房间里，它望着女主人，气喘吁吁。女人坐到躺椅上，吉熟练地跳到她怀里，并且用两前爪攀着女人的肩，它白色的绒毛一抖一抖的，女人柔柔地抚着吉，一边说：吉，咱们喝酒。她端起酒杯啜了一口，把酒含在嘴里唔唔了一阵，吉听懂了是在说：吉，把嘴张开，它就把嘴张开，女人嘴里的酒细细地流到吉的口中。

男教师站起来，说：那我走了。

女人说：你顺便把门带上。她听见他的脚步声湿滞滞地消失在楼下，门响了一下。

她双手拿起两只杯子，嘣地对碰了一下，一仰脖子将其中的一杯一饮而尽，另一杯慢慢地倒进了吉的嘴里。她走近镜子，很近地对着镜子看，镜面即刻就蒙上了一层水汽，她用手绢飞快地擦了擦，镜子里女人毫无表情地看着自己，她脸颊上一道细小的刀痕在脂粉下隐隐约约。她拿手使劲搓这疤痕，搓得皮肤发红，就像是刚被抽了狠狠的一鞭子，红得发肿。

女人慢慢回到躺椅上，吉正缩在椅子中间睡得迷迷糊糊，女人把它抱起来，闻到吉身上散发出浓郁的酒香。

男教师后来还是常常在下雨的时候打着纸伞到沙街的这幢砖木小楼来，多年以后，当他在乡村小学的泥砖房里回想起年轻时候在镇上的日子时，已经说不清当时吸引他的到底是女人还是狗，抑或是哑姑娘还是那幢小巧的楼房。总之男教师这这段经历付出了代价——六十年代末下放到本县最边远的山区公社，在那里的小学任教至今，而他当年的师范同窗，纷纷当上了县教育局局长和人大代表，或者调到文化馆，男教师对此艳羡不已，他常在夜深人静老婆孩子睡熟之后，独自一人望着窗外黑乎乎的山，在远远近近的狗吠声中想起吉。他左手的食指残断半截，吉的一身惨白的毛发历历在目。男教师最后得出结论：他从来没有爱过那个女人。

女人那时候已死去多年，当年她在门窗紧闭的房间里窒息而死，失火的时间是在半夜，人们起床去救火的时候一切都已太晚，女人被发现时早成了一截黑乎乎的东西，冒着黄白色的烟。男教师没有看到这一幕，这使他在回想女人的容貌时保持了最初的美好印象。到后来，沙街的女人在他的记忆中已经不是当时的容貌，而是更早以前，那女人年轻的时候带有舞台风姿的那些照片。当时女人不在沙街，男教师只有十二岁，在家乡山区的半日制小学读完了四年级，那是女人在省城剧团里红得发紫的年代。农村的小男孩并不认识她。

起先女人在沙街上隐名埋姓，对她的过去绝口不谈，后来她发现，人们真的把她忘得一干二净了，没有人来找过她，所有的故旧相知结拜姐妹全都不知去向，就像一阵大风，把所有的东西都刮得干干净净，无影无踪，沙街上的人除了把她当成一个有钱的、孤僻的、美丽的女人以外，并没有更多的好奇。

终于有一天，女人把压在皮箱底下的一个紫缎包裹拿了出来，紫色的高贵光泽在洁白的床单上显得突兀悲哀，女人感到一种难以言说的东西渗透了自己，一直渗到心的尽头。她慢慢打开包，里面是早年的报纸剪贴和几本旧相册，那时候她的脸平滑光洁，没有这一道刀疤。这道刀疤是个转折点，就像一条大河，把她的一生隔成了互不相干的两大块。女人在昏暗的房间里独坐良久，台下空无一人，观众已经散尽，午夜的暴雨像掌声一样从天而降，闪电将夜幕奋力一掀，炸雷在屋顶惊天动地。

没有男主角。

红颜色的狗

吉闻到天井里指甲花开放的气味，腥甜腥甜的，在整所房子的每个角落隐隐浮动。吉不安地跑来跑去，屋子里闷闷的，哑姑娘在厨房里边烧水边打瞌睡，她把松枝塞进火里，它们发出嗞嗞的声音，冒着油，混合着松香的气味，黑烟从烟囱缝里挤出来，飘荡在哑姑娘头上，然后消失不见了。

女主人在楼上唱歌。她的声音从紧闭的门窗钻出来，吉闻到女主人的气味就像指甲花开放的气味，吉于是跑到天井，它看到两丛指甲花全都开了，红红的花瓣在吉的头顶晃着，吉同时闻到了雨的气味，它们在空气中像鸟一样飞来飞去，纷乱沉重。女人的歌声有气无力，吉在天井里听见她坐到了躺椅上。

女人喊：吉——

女人把吉抱到膝上，说：吉，你冷不冷，冷不冷。你冷吗？吉在女人的怀里闻到指甲花浓郁的气味，它听见天井里盛开的指甲花发出呜咽的声音，女人把它紧搂在胸前。吉，你怕冷吗？

吉舔舔女人的手背手心和手指，女人慢慢安静下来。她说：吉，我们到厨房去，看水烧好了没有。

然后他们下楼，走过天井。天井里两丛指甲花一丛嫣红一丛粉白异常茂盛。女人惊叫了一声扑过去，她闻到自己身上发出浓郁的指甲花的气味。她看看红的，又看看白的，并且神经质地用手指拨着花瓣，花瓣上的雨水被弹出来，女人的手全是水，指尖上湿漉漉的凉凉的。她甩甩手腕，使劲打了几下那丛红色的指甲花，花瓣纷纷坠落，暗绿色的青苔上红色的花瓣像血一样触目惊心。女人愣了一下，索性摘起花来，她对吉说：吉，我在给你摘花呢，摘花。

腥甜的指甲花的气味越来越浓郁，弥漫到房子的每个角落，久久不散，吉被笼罩在这种奇异的气味中，一直到它死。

女人把青苔地上的花瓣捡起来，放到脸盆里。她像洗手绢一样搓着那些花瓣，殷红的液汁从她的指缝间滴下来。

吉听见厨房里的锅盖噗噗地响，暖暖的蒸汽扑到吉的毛梢上。哑姑娘把木盆放平在地上，将锅里的水哗的一下倒在盆里，吉看见浓白的蒸汽像一朵大花腾的一下升了起来，慢慢散开，哑姑娘又从水缸舀来几勺水冲进去，大的花顷刻淡了，变成一片乱糟糟的雾。

女人说：吉，洗澡。女人把吉放进木盆里，有点手忙脚乱，她急急地洗过吉，把吉往一个空盆里一放，说：乖。然后端起那盆红殷殷的指甲花汁，哗地倒在吉的身上头上，吉感到身上黏糊糊凉冰冰的就像被一块厚厚的湿布连头带脑紧紧裹住，指甲花的气味尖锐地刺进心里刺进脑子里，吉闭着眼睛脑子里一片猩红。女人双手在吉的毛丛里搓着，突然发出哧哧的笑声，她说：吉，你冷吗？你冷吗？她的声音很奇怪，吉觉得就像从天井的指甲花丛里传来的。

吉被女人用浴巾裹着上了楼，它在那扇落地的大长镜子跟前看到自己全身红得像雨后的指甲花，身上一片狼藉，湿毛一绺一绺地粘在一起，它望着这个陌生的自己，冲镜子叫了一声。女人说：吉，你不高兴了？染红了不漂亮吗？多像一朵指甲花。说完又哧哧地笑，吉闻到女人的笑声中有一股指甲花的气味。

雨在屋顶上嘚嘚地响着就下来了。女人又开始唱歌，她的声音混在雨的声音中含糊不清。吉独自下楼，路过天井的时候它看到那丛红色的指甲花光秃秃的像个秃头的年轻女人。雨水把地上剩下的花瓣打烂了，淡红的水渗进青苔里。那丛粉白的指甲花还在开放。

未来的日子

我常常在雨夜里想起这个女人和她的狗是在认识天秤之后，我不知道这两件事之间有什么内在联系。也许我担心很快说会失去天秤从而最终变成那个女人。

天秤将在一次吵架之后一去不复返，然后我拼命找他，但找不到，无论信件还是电话都无法找到他，你搞不清楚他是从什么地方消失的，一下子就没有了他，好像很久就没有了，她从来就没有过他，他只是你幻想中的人物，然后你独自一人躺在冰冷的被子里回想起两个人共有的夜晚，觉得就像是一个虚构的故事，就连人工流产也没留下什么后遗症。一件事情经历过和没经历过到底有什么区别呢？天秤既然没有给我留下他的照片，他的形象自然越来越模糊，以至于有一天都噜问我：你找到天秤了吗？我反而问：天秤？天秤是谁？这就是一切。然后我很快就老了，老得前胸的皮跟后背的皮贴在一起，头发稀疏，我把镜子打碎，洗面奶按摩霜什么的早就不用了。我每天喝完绿豆稀饭就爬到饭桌上，把窗帘拉上，只留一条缝。我从缝里向外窥视，马路上人来人往男女老少，尘埃浮在空气中看得清清楚楚，到夜晚，电线杆下总会有一个年轻人在等他的女友。

有一天来了一个瘦高的陌生人，他敲开我的门，我不认识他，我问你找谁，他说你难道不认得我了吗？你说过你很爱我，没有我你就活不了。我说我爱的不是你。他说是他，他是天秤，这时他专注地望着我，以为我快要反应过来了。但我说：天秤？天秤是谁？这名字倒是有点耳熟。陌生人说：你真的不认识我了吗？我是天秤啊。

我说我在等一个人，我不会错过他，因为我每天都从窗口往外看，他一出现我就会认得，他的身上发出一种很香的气味，比爵士香皂还要香，我每天夜里都在梦中闻到这种香味，它们有一种淡蓝的颜色，在黑暗中也能看清楚。他到来的时候树上的雨滴会叮当叮当地敲响，房屋和街道都会发出那种淡蓝的色彩，我将回到我三十岁的时候，我是在那年认识他的。

陌生人说，我认识你的时候你正好是三十岁，我三十四岁，你除了我没有别的男人，我任何时候去你家都是独自在家。你要等的就是我，我是天秤。

我对那陌生人说：你走吧，我还要看着窗外，我不能错过他。

陌生人说：你不要着急，除了我，不会再有人来了。你让我进去坐一会儿好吗？如果你真的认不出我，我一定走开，以后再也不会来了。他走进我的房间，坐在一张破烂不堪的藤椅上，上面有一个蓝色的靠垫，也已经因为年深日久而磨损了。他说：就是这张藤椅，我每次来都坐这上面，那时候这椅子的背后是书架，对面是一张椭圆形的茶几，我经常在中午一点多去找你，那时候人们都在午睡，没有人看见我。你也在午睡，你披头散发衣衫不整去开门，开了门又躺到床上去，说你刚睡着我就把你敲醒了，我进门就把藤椅移到床边，正对着你，你躺着，我坐着，然后我掏出烟，我那时抽的全是好烟，或者万宝路或者健牌，最差也是希尔顿。你说烟灰缸在椅子脚下，你的烟灰缸是黑底白花，有两道金边，瓷制的，非常别致，现在还在吗？

陌生人一下从我的桌子底下看到了那只烟灰缸，他把它拿在手上，显得有些激动，他说金边已经掉得看不出了，白花还在。他温和地看着我，再一次说：你想起来了吗？我是天秤。

我说：我不知道天秤是谁，我要问都噜，但都噜已经去了美国了，第一年还有联系，后来就没音讯了。你怎么认识我的烟灰缸呢？

他说看来你还是什么也没想起来，你当时经常抽一种叫摩尔的香烟，深咖啡色的，细长薄荷型的，你想起来了吗？他急急忙忙说着，一边用目光在我的书架上寻找，接着他径自将一本绿色封面的书抽了出来，他说：你还记得这本书吗？萨特的《理智之年》，这是我给你买的书，你自己在最后一页上写了字，你当时还在书页里夹了一枝黄菊花。他迅速翻着书，果然在里面发现了一枝干枯的花。这是你当时的女友方耘拿来慰问你的，他说，你告诉过我是她路过花圃时偷的，偷了两枝，你跟我讲话生气撕烂了一枝，剩下这枝就夹在书里了。我说：方耘我当然不会忘，但她后来去了法国，这跟你有什么关系呢？他不回答我，他把书翻到最后一页，说：你还记得你写在最后一页的字吗？你自己看，你当时写的：为了纪念一个相同的事件。如果你连那件事都记不起来，我相信你任何事情都不会想起来了。什么事情？我问。跟《理智之年》里的事情一模一样的那件事，那里面的男人也是三十四岁，也是没有钱，他后来去偷了钱，我没偷，我借了钱，借了两百块，你真的不记得了吗？什么我不记得了？孩子。什么孩子？我们两个人的孩子，那是一九八八年的事情你忘记了？你当时说去打掉它还不如让你去死，你说就像拿刀割你的心一样痛，你说你不管死活一定要把他生下来，说他是天才，你哭一天一夜，天亮的时候头发都白了一遍。我还以为这事真的要了你的命。我没有过孩子，我说。

陌生人走了，把那本绿色封面的书也带走了。他走了很久以后我还在想：天秤到底是谁呢？

以上是将来要发生的事情，在未来的一天一定会发生，我担心它们会发生所以写在这里，这样反而心定了下来，我想最糟的结局无过于此了，一个人只要能把最坏的结局想明白，也就不会老是患得患失了。何况天秤现在还好端端的。一切都是命运。

都　噜

都噜说：既然天秤这么让你痛苦，你干吗不早日一了百了呢？

我说：什么叫一了百了？结婚？都噜笑笑说：结婚干什么用，你们这一代人脑子真不好使。换了我，要么把他杀了，要么把自己杀了，不然先干掉他再干掉自己，反正人固有一死，最后总得来点壮怀激烈，这辈子就算能够交代啦。

我说都噜你们这一代根本就没爱情，只有性，都快变成动物了。

都噜不计较我对她的评价，她热心地帮我筹划，说若是谋杀天秤，最好是制造车祸，不过在闹市不好办，众目睽睽，还有交通警察，难道天秤从来不去郊游吗？我说他从来不去，没办法，都噜说要不就制造溺水事件，哪天三个人一块去水库游泳，要不再加上我的男朋友，一共四个让我的男朋友动手，他愿意为我干一切事，连杀人在内的事，他前天说的，我正要趁机考验考验。放心吧，都噜说，要是真的查出来，咱俩没事。

我说我头晕。

都噜说：看来你不会有什么出息了，连杀人都不敢。我说：你除了在信封里夹寄避孕套之外也玩不出更大的花样了。我是指一个星期前都噜干的一件坏事，那天都噜在楼道里跟男朋友搂着接吻，结果被买菜回来的一个老处女撞见，那老处女三十九岁，住在都噜楼上，她从二十岁起看着都噜一天天长大，觉得都噜十九岁就谈恋爱而且在楼道里当众接吻太不像话，于是老处女很长辈地对都噜说：都噜，你以后一定要注意点，这会影响你的前途，你放心，我不会告诉你爸。

都噜平日就看这老处女不顺眼，这回连理都不理，到了晚上觉得心情烦躁，又想起月经过期几天还没来，心里一时恨恨的，也不知恨谁，想起来要化妆，结果画得两根眉毛一边高一边低，而且眉笔芯也断了。都噜一口气没处出东翻西翻，决定给那一本正经的老处女来点实质性的报复。她拿过笔用左手在信封上歪歪扭扭地写上了老女人的地址，接着往里面塞进一只避孕套，这其实是她家大人用的放在卧室的床头柜里，都噜封好信封，往嘴上抹了口红，她心情舒畅地下了楼，把信扔在门口的邮筒里，然后轻轻松松地上舞厅去了。

都噜说：其实我知道这是件坏事，至少是不够善良，老处女确实是出自好心，而且全社会都应该关心她们，她们比所有的人都可怜。但我觉得干好事总是没趣，有趣的事多半是坏事，人不能老干没趣的事，人要干有趣的事活着才有点意思，不然人活着为什么呢？

我就说都噜你是个坏女孩。

她说是啊我是坏女孩没错，但是坏女孩没什么不好，坏女孩比好女孩有吸引力，好女孩善良天真纯情，寡寡的，没多大意思，吸引不了男人。

我说你生下来就是为了吸引男人吗？

为什么不是呢？都噜说，能吸引最棒的男人的女孩就是最出色的女孩。

谁最棒？

在沙街

男教师一进房间就闻到了一股旧报纸旧书的气味，因为是雨天，这气味浓得有点闷人。女人说给他看点东西，她探身到床上，在枕头边扑腾了几下，拿出一包东西，教师看出那是一些旧杂志旧报纸，还有一个类似相簿的厚本子。

她把相本递给教师，一股潮湿毯子的气味从他的脖子下巴嘴唇鼻子眼睛一直漫上来，一直漫到他的额头头发根，他们听见自己的呼吸忽然变得很轻，像风吹羽毛一样，他想把头伸到这毯子外面，他挺直了身子，女人说：你打开吧。

教师看见一个泛黄斑驳的女人穿着古怪的衣服从相簿的黑色衬底上冲他妩媚地微笑，那女人化了妆，漂亮得很不真实，他不知道这是谁，他不太喜欢她。

她漂亮吗？女人问道，你看得出来那是我吗？那当然不像我，你知道我脸上的刀疤是怎么来的吗？我不会告诉你的，我不能把什么都告诉你。

女人的声音慢慢低了下去，使男教师觉得她越来越远，就像退到一个很黑很远的地方。女人有一阵没有讲话，她的眼睛好像什么也没看见。忽然好像才发现男教师，她厉声问道：你是谁？你干吗来这里？这是我的化妆间，闲人不许进来。不过你来了也好，你手上拿的是什么？你把它放到一边去，看着我，我喜欢有人看我，我需要很多很多双眼睛。女人走到镜子跟前，对着镜子用几乎是耳语的声音说：你爱我吗？

男教师有些不知所措，他说：你问……女人仍然对着镜子轻声说：你爱不爱我？她的声音软得就像花瓣掉落在青苔地上，他看见她甚至微笑了一下。男教师说：可我是观众，他不知道自己为什么会这样说，他有点陷进刚才女人说的化妆间的感觉里了。女人对着镜子不作声，但是她不笑了，男教师忽然觉得不安起来，他喃喃说：我是……女人一转身瞪着他，说：你是，你不是镇上学校的老师吗？你当你是谁，别跟我装糊涂，我心里可是明白，你以为你真是为了扫盲才来教阿兰的，我就没有吸引你的地方吗？男教师低下头说：你很美。女人从镜子跟前回到躺椅上，她说：真的吗？

她安静下来，说：你喝茶吧，不要介意。然后她喊道：吉——

吉满身红扑扑地跑进来，一跳跳到女人的怀里。它闻到女主人身上熟悉的气味，混着指甲花和雨的特有气味，它有些激动，气喘吁吁地舔着女人的脸，一边等着女主人抚摸它。女人说：吉，你还没洗澡呢。女人把它放到地上，她对男教师说你跟我讲讲话吧，没人跟我讲话，我再不讲话就不记得我自己的声音了。我妈怀我的时候每天听画眉唱歌。我家那个城市比省城还好，有直通新加坡香港的飞机，坐船一夜就到广州，我家后面的江，一半水是清的，一半水是浊的，叫鸳鸯江，你听说过吗？女人的声音慢慢低下去，最后她不说话了，远处的一只火鸡嘎嘎地叫着，像瓦片相摩擦的声音一样难听。女人又说：我很可笑对吗，你说是吗？你为什么不说话，你来我这里就是打算干坐着吗？你走开，我再也不要看见你。

男教师不安地站起身来，女人却又说：你坐下。

她说：你坐到我的旁边来，坐过来，陪陪我，她把她的手放在男教师的膝盖上，对他说：来。教师顺从地把她的手贴在自己的两掌之间，女人像孩子一样咯咯地笑了起来。教师感到自己的两个掌心间夹着一个非常柔软的肉嘟嘟的小东西，小鸟似的在他的掌心里一蹦一蹦。他抬起眼睛看着眼前的女人，她正微闭着眼睛，脸部线条在淡薄的室内光线中显得非常柔和温静。他觉得喉咙里热热的。

屋里一片昏暗。穿衣镜在墙角的深处发出淡蓝的微光。

他听见女人哆嗦了一下，她说：我冷。她说：要下雨了，你闻到雨的气味了吗？她把他的手按在自己胸前，她说：我冷。女人的声音从昏暗中浮出来，就像不是从她的嗓子里发出来，而是从房间的某个角落里钻出来的。男教师一动不动，凝神分辨这声音。女人说：我冷。

男教师看见女人的头顶上有几根细细的短发从她浓黑的头发中挣脱出来，孤零零地飘动着。

一个人的战争

一个人的战争意味着一个巴掌自己拍自己，一面墙自己挡住自己，一朵花自己毁灭自己。一个人的战争意味着一个人自己嫁给自己。

这个女人经常把门窗关上，然后站在镜子前，把衣服一件件脱去。她的身体一起一伏，柔软的内衣在椅子上充满动感，就像有看不见的生命藏在其中。她在镜子里看自己，既充满自恋的爱意，又怀有隐隐的自虐之心。任何一个自己嫁给自己的女人都十足地拥有不可调和的两面性，就像一匹双头的怪兽。

她的床单被子像一朵被摘下来随便放置的大百合花，她全身赤裸在被子上随意翻滚，冰凉的绸缎触摸着灼热的皮肤，敏感而深刻，就像一个不可名状的硕大器官在她的全身往返。她觉得自己在水里流动，她的手在波浪形的胴体上起伏，她觉得自己湿漉漉的，体内深处的泉水源源不断地溅流，乳白色的液汁渗透了她自己，她拼命挣扎，嘴唇半开着，发出致命的呻吟声，她的手寻找着，犹豫而固执地推进，终于到那湿漉漉蓬乱的地方，她的中指触着了这杂乱中心的潮湿柔软的进口，她触电般地惊叫了一声，她自己把自己吞没了。她觉得自己变成了水，她的手变成了鱼。

黑　钟

我跟天秤认识没多久他就送给我一只黑色的石英钟，比巴掌略小，正四方形，除了数字和指针是白色，全身皆黑。

现在这只钟就在我的面前，伸手可及。

有一个晚上我忽然发现这钟面放射出彩虹的光芒，彩色的光线照在发亮的桌面上，成为一小片淡淡的彩虹光，这让我吃惊不已。钟面和桌面的彩虹两相映照，构成一个极为奇特的图案。我想起这是我小时候经常梦见的一个情景。小时候做过的所有梦我都忘记了，唯有这个梦还异常清晰，这是我扁桃腺发炎的时候做的梦，梦见七色的彩虹像花瓣一样开放在全黑的背景前，这个梦一次次地出现，我不知道意味着什么。我十岁那年县里来了一支北京医疗队，其中的一个姓黄大夫以割扁桃体闻名，我妈说让黄大夫替我把扁桃体割掉了，从此以后就再也没做过那个熟悉的梦。

现在事情已经过去多年，却出现一个叫作天秤的男人，送给我一个黑色的钟，这钟在夜晚重现我幼年的梦境，这其中肯定有某种神秘的东西。

都　噜

关于都噜我知道再也没有什么好说的了，因为我认识她的时间并不长，前后加起来还不到一年，而现在她已经办了签证飞到美国去了，世界变得越来越不可思议，事情变化的速度使人连眨眼的时间都没有。想当初都噜出国无门，曾经跟我策划过各种恬不知耻的方案，说要打老头老太太的主意，选一个节假日到游览区守株待兔等老外。最好是出现一个走路摇摇晃晃的白发老太太，先由我上去使绊子把老太太绊倒在地，这一绊必须非常讲究，要绊得不早不晚不轻不重恰到好处，而且不能让尤其是不能让那老太太看出来。都噜认为这一重任只有我才能承担，因为我比她稳重。这一稳重的绊子使出之后，就该都噜上场了，都噜天生就是一副善良可爱的小女孩样子，这种外貌上的欺骗性将使她终生受益。她伶俐地奔上去把老太太扶起来，并且用英语问长问短，事实上都噜的英语还到不了问长问短的程度，都噜是个喜欢夸大事实的女孩，这样一个小节问题我们可以原谅。接着那位美国老太太大为感动并且恰好想起自己无儿无女需要人间温暖，于是决定将都噜收为干女儿。这样就一切都解决啦，都噜兴奋得两眼发光两颊潮红，最后还很讲义气地想起来说：我到了美国一定把你办过去。

都噜后来还想过一个先到索马里再去美国的曲线计划，因为本省农学院有一批来学水稻的索马里黑人留学生，都噜曾经跟其中的三位跳过舞，据都噜说，他们对都噜小姐都很感兴趣，如果都噜跟其中任何一位相好，另外两个一定会把这个得意的幸运儿揍扁。我不能一开始就制造涉外流血事件，这样就哪都去不成了，都噜决定收回这一方案。

事情在一天早晨忽然变得非常简单，当时我正在熟睡之中梦见一群黑色的鱼正在红得像铁锈一样的水里笨拙地游泳，疲惫不堪，我觉得我很不耐烦地等待着它们，等它们死去或者跳出这洼乱糟糟的水，这时我听到一阵猛烈的敲门声像无数个开水瓶同时爆炸，都噜在一堆噪音中像朵心花怒放的蘑菇云出现在我的眼前，她大声喊道：我要去美国了！

应该承认，都噜的确是连上帝都喜欢的女孩，就是有一小部分这样的人，你毫无办法。她那天得到消息，她的三个男朋友中的一个奇迹般地考上了在洛杉矶的加利福尼亚大学和宾夕法尼亚州的匹兹堡大学，这位个子矮小举止笨拙的生物系才子以两所大学击败了他的对手赢得了都噜的爱情。

吉和女人

吉躺在天井暗绿色的青苔上，绿色滞重的湿气从地上墙上四面的青苔里喷涌而出，指甲花的叶子黑色发亮，像许多女人的眼睛。吉摊在青苔上，它的脸上是一副吃惊的表情，嘴巴张开着，僵硬不动，眼睛古怪地正对着指甲花，但它什么也看不见了，仅剩的几朵粉白色指甲花已经下垂，没有液汁。吉的毛发上被染过的淡红色已经褪尽。

女人最后站在天井里。黑夜浓重地降落在青苔上，吉雪白的绒毛在暗夜中鲜明地突现出来，闪动着异常的微光，闷热的风无声潜入，白色的毛发隐隐飘动起来。女人突然轻轻叫了起来：吉，吉，你冷吗？她迟疑地走近这堆白色的东西，好像不明白它怎么会在这里，她蹲下来，小心地用手指拨弄吉的绒毛，吉僵硬不动，女人说：吉，吉，你怎么了？你死了吗？你真的死了吗？她像烫手似的把吉翻了个，吉的身躯冷漠地躺在青苔上，它的眼睛若有所思地开着。

女人觉得空气中有许多鬼鬼祟祟的暗笑声，它们像多节的手指从四面的青苔缝里缓缓伸出，绿色修长。她口里喃喃地说着一些自己也听不懂的话。突然她在指甲花丛底下看到一条柔软黑色像蛇一样的东西，在目光下泛出一些丝质的光泽。女人一把把它抓起来，一种熟悉的手感像闪电一样瞬间传遍了她的全身，这是她的缀有金线的黑色真丝围巾，上面沾着一些白色原绒毛，它们零散不堪，像枯萎凋零的白色指甲花瓣。女人一下记起了自己干的事，她猛地抖开这黑丝围巾，围巾中段布满了密密麻麻杂乱无章的皱褶，在月光下隐隐可见，活像一张狰狞的鬼脸。女人隐约听见吉最后的呜咽声，既像撒娇又像哀怨，令人心碎。她把长蛇般的黑丝巾围在吉的脖子上，吉像个安静听话的孩子，它甚至还冲女人晃了晃尾巴，女人对它说：吉，你没有疯，你是好孩子。她抚摸它的头和背，吉再一次伸出舌头舔女人的手背。

女人说：他们会把你打死，打成一团烂泥，你躲在我床上他们也会把你找出来，他们会打你，他们很脏，他们的刀也很脏，棍子也很脏，我不会让他们碰你，他们会用棍子戳你的嘴巴，戳你的耳朵。女人说完就在吉的脖子上打了一个结，她两手揪着黑丝围巾的两头，拼尽全力狠劲一勒，吉发出一阵窒息的闷响，女人又鼓起劲，把吉倒提着挂在天井墙壁上伸出的木钉上。

女人蹲在天井的青苔上，她捧着黑丝围巾拼命闻它的气息，早年那个美丽清纯的年轻女子的气息混合着吉的雪白的绒毛从黑色的深处缓缓升起。指甲花腥甜的气味像四散飘飞的纸线纷纷落到女人的头上，女人困惑不解，她不明白为什么还会有指甲花气味，她茫然地看看四周，月光照在天井上，一层明澈的清光。女人迟疑地站起来，她一眼看到青苔地上她自己瘦长清晰的影子，这影子随着女人神经质的晃动而动作，变形怪诞像一个鬼影。女人惊叫起来：吉，阿兰——

哑姑娘阿兰后来披着一张被单光着脚从燃烧的房子里冲出来，她对问她的人打着手势表示，她什么也没听见，她看见火光像烟花一样冲上来，浓烟灌到楼上从门缝和打开的窗户逸入。哑姑娘跑到大门外还在大声咳嗽。

火焰像洪水的波浪从斜构的屋顶滚下来，顷刻连成一片灭顶的光亮。火焰扭动着身躯疯狂地舞蹈着，在黑夜的背景中像一张狂笑着的人脸，浓黑的烟忽前忽后，如同披头散发的女人，火光中发出沉闷的嘶哑的清脆的爆裂声，听起来就像奇怪的鼓掌声。

多年以后有人说，那天晚上当火光冲出屋顶的时候伴随了一阵异常的女人的歌声，那歌声声嘶力竭，充满激情和生命，就像多年以后在中国大地上广为流传的某些歌曲。但说这话的人当时并不在场，她只不过是得了臆想症，或者像她自己所说的是本世纪最后一位浪漫主义者。

厨房

徐坤

厨房是一个女人的出发点和停泊地。

瓷器在厨房里优雅闪亮，它们以各种弯曲的弧度和洁白的形状，在傍晚的昏暗中闪出细腻的密纹瓷光。墙砖和地板平展无沿，一些美妙的联想映上去之后，顷刻之间又会反射回眸子的幽深之处，湿漉漉的。细长瓶颈的红葡萄酒和黑加仑纯酿，总是不失时机地把人的嘴唇染得通红黢紫，连呼吸也不连贯了。灶上的圆火苗在灯光下扑扑闪闪，透明瓦蓝，炖肉的香气时时扑溢到下面的铁圈上，"刺啦"一声，香气醇厚飘散，升腾出。一屋子的白烟儿。莴笋和水芹菜烹炒过后它们会荡漾出满眼的浅绿，紫米粥和苞谷羹又会时时飘溢出一室的黑紫和金黄……

厨房里色香味俱全的一切，无不在悄声记叙着女人一生的漫长。女人并不知道厨房力何生来就属于阴性。她并没有去想，时候到了，她便像从前她的母亲那样，自然而然走进了厨房里。

这个夏天的傍晚，在一阵骤然而至的雷阵雨的突袭过后，燠热和喧嚣全被随风吸附而走。大地逐渐静止了。城市一枚火红的斜阳正从容地在立交桥上燃烧，一层层散漫的红光怡然飘落而下，照耀着一个在厨房里忙碌的叫作枝子的女人，女人优美的身体的轮廓被夕阳镶上了一层金边，从远处望去，很是有些耀眼。女人利手利脚无比快活地忙碌，还不断在切洗烹炸的间隙，抬头向西窗外暸上一眼。夕阳就仿佛跟她有某种默契，含情脉脉地越过一棵临窗的茂盛玉兰树枝头对她俯首回望。

枝子的目光，也便跟着燃烧在一片红辉之中，润润的，柔柔的。

厨房并不是她自己家里的厨房，而是另一个男人的厨房。女人枝子正处心积虑地，在用她的厨房语言向这个男人表示她的真爱。

一条鳜鱼浑身被横横竖竖切了无数刀后，周身码放了蒜片、葱丝和姜条，然后放进锅屉里热气腾腾地蒸着。卷心菜和河藕也油亮亮地沾着水珠儿洗好，与沙拉酱一起错落有致码放在盘子里边等待搅拌，水汽正顺着不锈钢盖子的缝隙慢慢地一点点往上溢起来。枝子停下手，幽幽地喘了一口气，转头偷眼向客厅里望了一眼。透过宽大明亮的钢化玻璃厨门，她看见男人松泽正懒散地蜷坐在沙发上，一张报纸遮住了大半个脸。男人的身子、手、脚都长长大大的，T恤的短袖裸露出他筋肉结实的小臂，套在牛仔裤里的两条长腿疏懒地横斜，大腿弯的部分绷得很紧，衬出大腿内侧十分饱满，很有力度——枝子的脸突然莫名其妙地红了，浑身迸过一阵难以自抑的幸福。她赶紧收回自己潮润润的目光，慌慌转回身去放眼观望窗外斜阳。

夕阳巨大的圆轮现在只剩下半个，它正在被树梢和钢筋水泥的建筑物奋力衔住，一口一口激情地往下吞吻。枝子的脸庞转瞬间又被烧红，周身辉映起一阵盲目的幸福。

我爱这个男人。我爱。

枝子在心里这样迷乱地对自己说。在这样说着的时候她的心里充满了羞涩。

枝子是被称作"女强人"的那种已然不惑的女人。爱情到了她这个年纪并不容易那么轻易来临。经过了岁月风尘的磨洗，枝子早年的一颗多愁善感的心，早就像茧子那样硬厚，那样对一切漠然、无动于衷了。多少年过去，一番刻苦的拼搏摔打，早年柔弱、驯顺、缺乏主见、动辄就泪水长流的枝子，如今已经百炼成钢，成为商界里远近闻名的一名新秀。她这棵奇葩，将自己的社会身份和地位向上茂盛的苗苗固定之后，却偏偏不愿在那块烂泥塘里长了，一心一意想要躲回温室里，想要回被她当初毅然决然抛弃割舍在身后的家。

不知为什么，就是想回到厨房，回到家。

事业成功后的女人，在一个个孤夜难眠的时刻，真是不由自主地常要想家，怀念那个遥远的家中厨房，厨房里一团橘黄色的温暖灯光。

家中的厨房，绝不会像她如今在外面的酒桌应酬那样累，那样虚伪，那样食不甘味。家里的饭桌上没有算计，没有强颜欢笑，没有尔虞我诈，没有或明或暗、防不掉也躲不开的性骚扰和准性骚扰，更没有讨厌的卡拉OK在耳朵边上聒噪，将人的胃口和视听都野蛮的割据强奸。家里的厨房，宁静而温馨。每到黄昏时分，厨房里就会有很大的不锈钢精锅咕嘟咕嘟冒出热气，然后是贴心贴肉的一家人聚拢在一起埋头大快朵颐。

能够与亲人围坐吃上一口家里的饭，多么的好！那才是彻底的放松和休息，可她年轻气盛的时候哪儿懂这些？离异而走的日子，她却只有一个简单的念头：她受够了！实在是受够了！她受够了简单乏味的婚姻生活。她受够了家里毫无新意的厨房。她受够了厨房里的一切摆设。那些锅碗瓢盆油盐酱醋全都让她咬牙切齿地憎恨。正是厨房里这些日复一日的无聊琐碎磨灭了她的灵性，耗损了她的才情，让她一个名牌大学毕业的女才子身手不得施展，她走。她得走。说什么她也得走。她绝不甘心做一辈子的灶下婢。无论如何她得冲出家门，她得向那冥想当中的新生活奔跑。

果真她义无反顾，抛雏别夫，逃离围城，走了。

现在她却偏偏又回来了。回来得又是这么主动，这样心甘情愿，这样急躁冒进，毫无顾虑，挺身便进了一个男人的厨房里。

真正叫人匪夷所思。

假如不是当初的出走，那么她还会有今天的想要回来吗？

她并没有想。

此时她只是很想回到厨房，回到一个与人共享的厨房。她是曾经有过婚姻生活，曾经爱和被爱过的人，比较明了单身和已婚的截然不同。一个人的家不能算家，一个人的厨房也不能叫作厨房。爱上一个人，组成一个家，共同拥有一个厨房，这就是她目前的心愿。她愿意一天天无数次地悠闲地待在自家的厨房里头，摸摸这，碰碰那，无所事事，随意将厨房里的小摆设碰得叮当乱响，她还愿意将做一顿饭的时间无限地延长，每天要去菜市场挑选最时鲜的蔬菜，回来再将它们的每一片叶子和茎秆儿都认真地洗择。做每一顿饭之前她都要参照书上的说法，不厌其烦地考虑如何将饭菜营养搭配。慢慢料理这些的时候，她的心情定会像水一样沉稳，绝对不会再以为这是在空耗生命和时间。纤纤素手被洗菜水泡得指尖红肿、关节粗大，她也不会再牢骚埋怨。她希望她的心情就那样像水一样，温暾、空泛，温暾、空泛地在厨房里消磨时光，什么外面争斗的事情都不去想。她愿意看见有一两个食客，当然是丈夫和孩子吃着她亲手烧的好菜，连好吃都顾不上说，直顾低头吃得满嘴流油，脑满肠肥。

脑满肠肥？一想到这个词，枝子就不由得偷偷地笑了。

她真的是不想再在外面应酬做事，整天神经绷紧，跟来来往往形形色色的人虚与委蛇。不知为什么，她有些厌倦人。名利场上各色各样的人：卑鄙的、龌龊的、猥琐的、工于心计的、趋利务实的人……看都看得她眼花了。整天的与人打交道也快把她的神经要折磨垮。她想反身逃逸，逃到没有人的地方去，而厨房是避难所。

厨房对她来说从来没像现在这样亲切过。她从来没有像今天这样对厨房充满了深情。

炉上的不锈钢精锅冒出袅袅热气。枝子的想象也随之袅袅，太阳就在她缥缈的想象里一点一点落到树梢下面去，落到她想象的尽头。那个长胳臂长腿的男人松泽看完了报纸，起身伸了一个懒腰，慢慢腾腾挪到厨房里来，再次问枝子需不需要帮什么忙。枝子听到男人满怀关切的问候，赶忙满心欢喜地连连说："不用，不用。"今天是这个男人松泽的生日，她想独立完成整个操作，让他尽情品尝一番她的烹饪手艺。

她为什么要主动向这个男人献艺？献艺完了又将会是什么呢？枝子不愿意想，不情愿这样残酷地拷问自己。她愿意在心里给自己的自尊留有一点余地。该是什么就是什么。枝子在心里说。枝子只希望能是她所想要达到的那个。此时她真是觉着自己对这个男人有些过分俯就，甚至有些低三下四。因为照她素常里的做人态度，以一个商界女星的身份来说，对她前呼后拥献殷勤的男人总是数不胜数。而她的鼻孔总是抬得很高，并且，暗中加着千倍的小心，很怕落入某些勾引利用的圈套。如今却这样巴巴地主动送上门来，可真是有些不好对自己的心解释了呢！

管它呢。随它去吧！反正来也是来了，还费力解释它干什么？

拖着长头发的高个男人松泽扎煞着两只手，在枝子身边围前围后转了两转，明白自己也实在帮不上什么。看来枝子对于今天的下厨是有过精心准备的，知道他这个单身汉的厨房里可能会七七八八的不全，所有的素菜、荤菜备料都由她亲自从外面带来。连烧菜用的油和醋等佐料，也全被她准备到了。甚至枝子还带来了围裙，柔软的白细棉布套头裙，腰间勒一根细带子，自上而下洒下一捧捧勿忘我小碎花。绵软的白裙贴在她身上，正好勾勒出枝子腰条的纤细。枝子的头发本来可以戴上与围裙配套的棉布帽，以免熏进油烟味儿。但她想了想，还是将帽子舍弃，将头发绾了几绾，然后向上用一枚鱼形的发卡松松一别，这样，她乌黑发亮的秀发就尽显在男人松泽的视野。

松泽盯着这个体态窈窕的女人，心里怦怦怦乱动了几动。当然，他是艺术家。艺术家面对美没有不动心的，他和她一直都算得上是很亲密的朋友，亲密的最初原因是枝子出资帮他举办个人画展的成功。从合作的愉快到亲密友好的交往，两人的关系大致上就是走的这样一个过程。但是，再友好，他也不敢说是劳动她的大驾来给自己庆贺什么生日，尤其是没想到她还要亲自下厨。这该是出乎意料且又让他承受不起的情分。

能有一个漂亮女人主动来家里给自己过生日，真是一个求之不得的美事情。男人一方面惴惴，觉得女人枝子给他的面子太大了；一方面又稍嫌累赘，觉得整个夜晚在自己家里吃上一顿饭，太缺乏新意。艺术家，总是爱好推陈出新。就在枝子下厨期间，就有三四个女孩子的电话打来，邀他出去派对。他不得不柔声细语轻声回绝。与待在家里传统的吃生日饭相比，当然卡拉OK包间或派对沙龙里搂搂抱抱的扭捏抚摸更能激发创造力。但若从长远的角度看，比起跟那些小女崇拜者玩玩白相，跟女老板的关系处理好对他将来的用途更大一些。男人在考虑问题时，往往从最实利的目的想。所以他决定还是死心塌地，留在家里与女老板亲近感情。

这样心里边一踏实下来，男人也就专注移情于厨房中的枝子身上，渐渐从忙而不乱的枝子身姿当中体味到另一种情致。枝子的动作，熟练而静美，如一朵栀子花儿开放在氤氲的厨房香气中。植物烹炒的香气中夹杂的成熟女人的体香，熏得男人松泽有些想入非非。在不知道该从哪儿下嘴的情况下，他便懒散地一条腿以另一条腿为重心，倚在厨房门框上，一边静待时机，一边向忙碌的枝子身上乱抛多情的眼神。

枝子意识到了男人的注视，略微有些慌乱，不等春风吹绽，便先兀自欢颜，面若桃花的有些气短。她一面竖起耳根，悉心倾听男人粗长的呼吸，一面竭力命令自己镇定，尽量掩饰住狂乱心跳，将身体动作恢复成正常。她所企望的，不就是这个男人的这样一种目光吗？如今已经等到了，那么她还紧张什么？这么想着，她手里切菜的动作就有了几分表演性质。

厨房不大，容不得两人同时在里面转身，只要一动，就势必会发生身体上某些部位的接触。所以他们就在各自位置站着，口里还要间或说上几句哼哼哈哈应酬话，身体里却不免都暗暗生出几分紧张。主要是男主人还没有拿捏得好女老板的意图。松泽虽说已是风情老手，但在从来都很端庄的枝子面前，毕竟也是不敢造次，不知道她想要他做什么，要他做到什么程度。他时时没有忘记她是投资人。所以他只是听之任之，一边散漫无际地调着情，一边还要暂时做出温文尔雅，这种孤男寡女同一屋独处的情境，终归还是需要有一些半真半假调情意味的。

不然，艺术家就显得太不艺术，太寡淡无味了些。

而女人枝子也还没想好该如何开始。她也很希望能有一些情调，并且，最好由这情调本身给她一个循序渐进、顺理成章、水到渠成的过程。她倒是很希望示爱能由松泽一方主动开始。可一旦他真的主动了，说不定她反而会变得厌恶他，拒斥他。见他站在原地兀自不动，她不禁有些既希望又失望的心理。她看上他，经营他，是看中他的画风里的野气和灵活。后来单相思瞄上他，也是因为在相处过程里发现他已将这野气和灵活全然融合、发挥殆尽，在各种场合都圆熟，灵动，洒脱，很符合她眼里真正艺术家的气质。她以为四周围到处都是被文明过分文明化了的衰人，他的画里未曾泯灭的人类远古的粗犷之气，还有与神明相通的灵性。而这一切，正是她内心所深深需要的。

在女老板的得力赞助经营下，松泽果然就大获成功且声名远扬。而她则以画推人，认为理所当然人如其画，画如其人，她便因此而爱上了自己的经营品。

两个身体持久的紧张让他们都有些承受不住。枝子在男人松泽的目光里已经汗流浃背。假如还没有进一步的动作，却还要这样无谓地僵持下去，枝子的细腰简直就要绷断了。她不停地用眼角余光扫射着身旁男人，脸蛋儿烧得厉害，肢体以一种柔和的弧度微微向他倾斜过去，那种身段中分明表示着一丝丝鼓励、期盼和犹豫不决。男人在承受温软的肉体倾斜过来的弯度同时也同样是犹疑不定、优柔寡断。他的身体不易察觉地晃了两晃，终于什么也没有能够做得出来。

就这样又沉默了一会儿，枝子的手指在水盆里游动时漫不经心地挑起"哗哗"的水声，听起来略微显出了一点烦躁，过分的紧张和犹疑终于把松泽自己调情的兴致破坏了，松泽说了一句："我去布置餐桌。"借机急忙把自己从厨房打发开。

枝子的身体这才有空隙松弛下来。她抬起胳膊时悄悄抹了一把头上的细汗，松泽到厅里丁零当啷地去拿碗筷、摆酒，布置餐桌。餐桌就由一个矮脚茶几临时串演。画家的客厅里一切当然都不正规，几个绣着花儿的软垫子散乱地扔在手工绘绣的波斯地毯上，床铺比正常人的矮去半截，只由一层席梦思垫子铺在地上充当，靠墙的一圈转角水牛皮沙发无比宽大，舒适，倒仿佛画家的一切日常活动都要依靠在沙发里展开似的。

松泽把枝子买来的油蜜蜜的生日蛋糕摆在桌子中央。巧克力奶油在灯下沁出浓浓的甜色，样子极其诱人。松泽盯着蛋糕上的奶油想了几想，终究也没想出个子午卯酉来，到现在为止他的另一股情绪并没有得到完全的调动，行动中仍有一些惯常与枝子交往时候的应酬色彩。"另一股情绪"当然就是他每每见到来为他献身的崇拜艺术的女孩子时的，那种身体内部的骤然启动，那种非要把一个回合进行到底时的狂乱和野性。说来也怪，他这样野气狂生的时候，竟然没有一次是不得逞的。

可现在他的身体里却分明缺乏这种感觉。怎么回事？这究竟是怎么回子事呢？松泽暗暗为自己的身体担忧。他并不明了，一旦有了身份和功利的意念，一切就都不好玩了，连一点点肉体的冲动都不容易发生。松泽坐下来开启酒瓶，同时也散漫地回眼向厨房里打量了一眼。玻璃橱门内的枝子似乎也已料到自己的身影会牵动男人的目光，于是，弯腰投臂的动作都尽力跟他欣赏的趣味相暗合，不慌不忙，舒缓有致。光与影当中枝子的柔媚影像，正跟厨房的轮廓形成一个妥帖的默契。那一道剪影仿佛是在说：我跟这个厨府是多么鱼水交融啊！厨房因了我这样一个女人才变得生动起来啊！

而松泽眼睛里却始终是莫衷一是的虚无。

太阳这时已经完全落下去了。晚霞收起它最后一轮艳丽，渐渐沉没于幽暗之中。夜的幕布开启，一切的人与物转眼之间变得朦胧。灶台上的累累成果现在被移到了餐桌上，香气淋漓，色泽也炫目。紧张和等待了大半晌的松泽这会儿真感到体能被消耗得够呛，确实需要补充营养了，可饥饿之后见到琳琅满目的这么……大桌子，却又有了几分惴惴和惶惶，越发不知嘴从哪里下比较合适。抬眼再望枝子，枝子这会儿已经面目一新地端坐在他对面，脉脉含情地抬头凝望他。忙完了厨房里活计的枝子没忘了到卫生间里隆重地整修了一下自己，她在眼圈周围细心加过了眼影，这样眼中就越发布满深情，唇线也用唇笔淡描素抹而过。腮影要不要打上橘红呢？枝子思忖了一下，最后决定放弃。等到进入接吻的实质性阶段时，满腮满脸的厮磨，粉影多了容易弄成一团花脸。脸部修饰完毕，然后枝子又从手提袋里拿出一套真丝晚装，换下了身上一进门来时穿的果绿色白领丽人套服。套服太呆板，僵硬，笨手笨脚，不大使人容易介入，而丝绸可就相对质感，也简捷轻快得多了。这些都是为今晚的爱情特地准备的。虽然烦琐，但在她满心都是甜蜜憧憬之时，也并不觉得有什么费周折。

再从房里出来时，枝子就已经是黑色真丝长裙飘逸，身体上最值得称赞的部位——修长的脖颈和光洁的臂膊全都从领口和袖口裸露出来，它们在灯下泛起象牙色的皮肤光泽，而没有裸露出来的部位正包裹在真丝绸的内部炫耀着它们的初始神秘，诱惑着艺术家修长的手指去一点一点开启。

松泽再怎么上不来情绪，也还是不免对枝子的这一身装扮眼皮跳了几跳。饱览美景而后再将其饱尝，本来就是他作为画家的特长。这时的松泽他赶忙表示惊艳，表情夸张地一手扶杯，一手将握着倒酒的瓶子停在半空，眼含赞许地盯住枝子，仿佛喃喃自语，他说，"唔，我的上帝！真漂亮，你真漂亮！"

枝子有些激动，又不好意思流露，只很含蓄地说："谢谢。"说完便用眼光四下里斜了一下，思忖着自己该落座哪儿，松泽正很舒服地陷落在沙发里，把住了桌子的一方。枝子此刻也很想陷到沙发里去坐，跟松泽并排紧挨着……那样就比较方便多了，枝子脸一红，暗中瞬时一转念：可那样是不是显得自己过分主动了呢？她又把眼光偷偷瞟向松泽，可恨松泽那家伙此时并不给她一个在身边坐下的台阶，他若是能拍拍身边的席位，再半开玩笑半正经他说上一句，"此处正虚除以待。"那么她也就顺水推舟地坐下来了，可现在他除了假装惊艳，别的一点表示都不呈现，害得她只好溜溜地错过他的身边，绕到对面去，隔着一张桌子，带着好大的失望装出款款落座。毕竟。在一切没正式开始之前，她不愿意将身份失得太轻率。

红葡萄酒在高脚杯子里幽幽的泛情。顶灯、壁灯、落地灯都被男主人一盏一盏地熄掉，只留下烛台上几支红红的蜡烛闪烁着。隐藏进棚顶四角的音箱放送出柔柔的软歌。那是一种从异腔送出来的哼唱，绵绵无骨地含在一管萨克斯里头。枝子姿态软软地给松泽一小块一小块切了生日蛋糕，将带有粉红色玫瑰花的那块儿送进了他的碟子，而自己只留一枚嫩绿色的奶油叶子，祝福的话语一说就落入了俗套，远没有喝酒更能展示出新意，枝子和松泽两人就频频地碰杯，你一杯，我一杯，你再敬我一杯，我再还你一杯。看架势好像都要成心把自己灌醉。

其实枝子才没想把自己灌醉，她只想借酒壮胆，把自己灌出几分将过程进行到底的勇气来。松泽暂时还没有想到那么多，他一边不辜负枝子的手艺，大快朵颐，一边还要腾出嘴，抽空把枝子的手艺表扬，一些称赞的话语落到枝子的耳垂儿上便款款粘住不下，湿乎乎的受用动听。而枝子手中的筷子却难得一动，一来是厨师从来就吃不下经自己手做出的美味佳肴，二来嘛，枝子的心思也完全不在这上头。枝子的眼睛在酒的滋润下，酒汪汪，直勾勾的，几乎是目不转睛地盯着对面的松泽，定定地瞧着他咀嚼时腮帮肌肉的漂亮滚动，看着他对女人说赞美话的时候口吐莲花，满头的艺术家长发一甩一甩的，还有他四十多岁男人刮得铁青的有力的下巴，枝子真是看得又怜又爱，脸蛋儿烧得要起火，连眼珠儿都滋啦滋啦的要冒出火星子来。

这个时候的枝子就有些恨，有些爱，有些无奈，有些牙根儿发痒。她就只好又恨又无奈地猛往自己嗓子眼里灌酒，她不知道松泽对她是怎么感觉的，反正，是直到了这会儿他还没有动作。她想他至少应该是提议跳舞，或者是提议做点别的，发挥出这种场合他惯用的技巧和手段。他还要让我怎么样呢？枝子想。该做的我都做了，我再也越不过我这个年纪的矜持和自尊。她想自己无法保持长久期待状态，得不到满足期待是持续不下去的。

枝子就越发独饮自斟，把自己喝得眼神和身态都酒汪汪的。

松泽没边没沿摇头晃脑夸赞了半天，稍一停顿下来时，才发觉耳朵里却只听见自己的话音，对面枝子连一点回声都没有，他赶忙伸手去给枝子斟酒，借这工夫用心往她脸上觑了一眼。却见枝子那里，正在拼命用她的眼神织网。枝子的眼神都快要不行了，温软黏稠，密密匝匝来来回回缠绕在他身上，直把他锁困在情意里头，只要他一挨上，就休想再挣得脱。松泽的心一软，身体一晃，酒就有点对不准杯子口，"哆"的一下，一大半都洒到了酒杯外头。

枝子端起顺着杯沿儿滴的酒，摇摇晃晃起身，说："来，我们为今夜干杯。"

松泽说："好，为今晚干杯。"

没等松泽的杯子递过去，枝子的杯子却直伸过来，摇摇欲坠地往他的酒杯上碰。但却因为目标不准，杯子直探向他的怀中而来。松泽下意识伸手一搪，"噗"，一杯酒碰洒，全洒在他的T恤和裤子上。

枝子慌忙说声，"对不起，对不起。"松泽说："没关系，没关系。"说完回身要找东西去擦。枝子忙说："我来，我来。"说着就晃晃地伸手把他拦住，又晃晃地起身，慢慢踅到厨房里，找来抹布和纸巾，欲替他擦拭身上的酒滴。她从厨房径直过到他的身旁，倚在沙发上，不等他客气拒绝，曲下身，半蹲半跪倚下去，伸手替他在裤子上擦。他就姿势艰难地曲在沙发上承受着，她现在已经跟他靠得这样近了，她的头发已经刮着了他的下巴，他们的身体也几乎完全要贴上，她已经闻到了他身上的体香和酒香。她这时在半晕半醒的脑子里划过一瞬间的迟疑和恍惚：要不要就势投到他的怀里去？

但是就在她这样稍一迟疑的时候，那个可以自然而然投怀送抱的两秒钟已倏忽而过。过了这个时间差，再想要投入进去就显得生硬，扭曲，动作之间的衔接就不紧密、不准确。

恋爱真是不可以用脑子的，只听凭本能去行动就行了。她想，恋爱的时候脑子真是多余啊。她想。她这样想着的时候心里边说不出有多么的沮丧，沮丧得简直就要流出眼泪来了。

还好，就在这当口，一双热乎乎的大手终于伸了出来，温情地顺势将她揽了过去。再不将她揽过去，可就真有些说不过去了，松泽想。松泽就这样做了一个顺水人情，顺势揽过了枝子的腰，让她靠在他身上。枝子听到了男人有力的心跳。她将头紧紧贴在他前胸上，闭着眼，两行委屈的泪水顺着眼缝悄悄流出了一点，但她没有顾得上去擦。她的身子这会儿全软了，软得一塌糊涂，什么也动不了。直到这会儿她被男人搂进怀里，这才觉得所有的骨头立刻都酥化，所有的矜持的铠甲也都立即崩塌。这会儿她想，她只想，我爱这个男人，我爱。跟我爱的男人在一起，这就行了。行了。

男人搂着一个没有骨头的酥软肉体，自身也不免迅速膨胀，酒和本能混杂在一块儿，热辣辣地开始发酵启动。他用力抬起紧贴在他胸口的脸，急速地将嘴唇凑了上去。她那滑得像缎子一样的皮肤，嘴唇在哪儿也站不住脚。他忽然觉得有点咸，稍稍睁眼，推开了一点一看，女人流泪了，泪水顺着鼻梁两侧往下流。他忽然受了莫名的感动，重新将嘴唇贴上去，从眼睛一点一点地往下滑，先是吃干了她的泪，然后将吻落实到她的嘴唇。开始她还有几分矜持，昏昏之中还知道把嘴唇结成一条线，不给他以进去的机会。男人见状手段更加老到，一边吻着，托在她后背上的手还在不停地抚摸，一直抚到她在他手掌里马上就要瘫成一汪水。男人见火候已到，这才缓缓将她抱到沙发上，伸出满是触角的舌头，用力触探上去。果然，女人一双滚烫的红唇，立刻蚌一样张开，她不假思索，一口贪婪吸住了他的舌头。

男人立刻就被火辣辣地舔了进去，任凭怎样也抽脱不出来。这时他才晓得了她这一吸的厉害，不是温热，不是柔软，而是一股狠劲，一股不要命的劲，真是恨不能把他的整个生命都吸吮下去，恨不能立即吊在他这棵树上摇晃死。男人领受不住，慌忙将身体稍微挪开，用力摇动出舌头，只剩舌尖在她的口里到处触碰，毛茸茸撩拨，却不敢在一处固定，不再敢让她有踏实吸附的感觉。

这样在肉体上用力调度她的同时，男人脑子里还在先惊后怕地想，不得了，真不得了，这个女人，不要命的女人，简直要把我玩死了。松泽他曾跟无数个女人玩过这种把戏，十分知道吻与吻之间的区别，些微的差异都逃不过他舌尖上敏锐的触觉。好玩好散的那些女人真是没有这个样子接吻的。她们吻得非常轻飘，愉悦，吻得蜻蜓点水，心猿意马，风过水面打个唿哨就走了，接吻通常都是向床上靠拢的过门儿小调。她们哪能像现在这个女人一样玩得沉重，死命，执意，奋不顾身，吊在他的舌头上，拼命想把他抓牢贴紧，生怕他跑掉了一般。他忽然间心中一动：莫非她是很认真，真的是跟他动了真情？她今天的表现，好像有点不大对劲啊！她为他所做的一切，她的所有厨房语言，好像都在向他示意：她愿意做他这个厨房的女主人，她是做他这个房间女主人的最好人选……

一意识到这里，男人烧着的身体"忽悠"就打了一个激灵，热度瞬间就冷了下来。原来女人是认真了。这会儿他忽然明白了女人今天不是来玩的，女人今天是来认真的。女人今天来的目的性非常明确。她想要的是结果。她可不光光玩的是情调，而是想要一个实实在在的结果。从她的接吻态势上他已经就品味出来了。她的那些厨房用语的艰苦卓绝，无不在表明一个实实在在真的心迹，直到这会儿他才把她破译开来。

男人突然间感到懊丧。男人的这份懊丧一下子就灌满了他自己的周身，让他刚刚膨胀起来的身体很快就软化了。真不好玩，实在是不好玩。他能领受假意，却要拒绝真情。他不愿意有负担。在这个人人都趋功近利的时代，谁还想着给自己上套，给自己找负担？尤其是对于他一个艺术家来说，更不愿有任何形式的羁绊。家庭责任也好，社会义务也罢，能躲的就躲，能逃的就逃，能推托的就推托。他松泽卖画的税单，都是被逼无奈被税务部门找上门来才交的。他难道还会在他事业最火爆的时候，去选择接受她，会把一个女人当老婆娶到屋子里来养吗？那样的话他的自由和无羁还怎么体现？

谁说女人只是情感动物，比男人缺乏理性呢？女人一旦目的起来，比男人一点也不逊色。关键是她选错了人，挑错了对象。艺术家松泽他一点都不想有什么负担，一点都不想去对别人负责。白玩可以，动真格的却不行。她想依赖上他。可他偏偏不是个愿意被依赖上的人。他不愿意有负担。男人跟女人的想法不一样，从根本上就不一样。若说假意嘛，他可是随便乱施得多了，还挺自在安全挺幸福的；若论真情的话，他画家松泽除了对他自己，对他自己的名和利以外，就再也没对谁真情过。他不怕玩，他就怕认真，以假对假的玩，玩得心情愉快，彼此没有负担，同时毫无顾忌。以真对假的玩，那就没法子玩了。以真对真就更不能玩了。

　　但是他又不能猝然把这一场游戏结束，装作冷冰冰的拒绝。得罪一位对他有用的女出资人，怎么说也划不来。况且他一贯以怜香惜玉著称，在一位风姿绰约的女人面前也不能显得太缺乏风度。再说，跟一个漂亮女人做一场稍微有一点危险的游戏，有什么不好？在悬崖边上玩，才会来得更痛，比平常有刺激。再怎么说，他也不至于被她强奸成婚吧？

　　等到漫长的拥吻过去，女人感到心力衰竭，停止吸吮睁开眼睛时，见男人却口里噙着她的双唇在注视她，两个人的脸离得这样近，以至于一瞬间都在彼此的眼里变形。女人感到不好意思，急急避开他的打量，低下头，将脸埋在他的胸里。男人就像理顺一条小狗一样抚摸揉搓着她的后背和头发。她也就顺势连人带衣服蜷进他的怀里做小狗依人状。她闭上眼睛，默默享受着吻后余晕，觉得这心情总算有了着落，爱情也有了着落。对女人枝子来说，能够进行到这一步是多么的不容易，不容易啊！她却哪里有暇猜想，这样的逢场作戏，男人松泽他究竟经历了多少。作为一个男性艺术家，他跟周围那些崇拜他的女人滥情滥得简直都快要滥不起来了。

　　沉浸在自己一厢情愿爱情中的女人枝子并没心思去猜想这些。沉浸在不惑爱情中的女人可真是了不得。女人热情似火，稍微给她一点暗示就可以扑上来，又啃又咬，真正像只发情的猫。男人沉着应付，以手指的圆熟技巧来对抗她的目的性，饶有兴味地应付着这场追逐。一旦明晓了女人的目的性，男人的身体立即褪了激情，但他的另一份兴致却被点燃起来。现在他虽然置身其中，但却又像抽身其外一样观看着一场情戏的上演，有点像一个把持全局的导演在陪练一个女演员。他已将她的真情当作了好玩的事情。他还很有兴致再看一看，再陪练陪练。他发现自己倒也是很能进入角色嘛！

　　男人松泽暗中就很有些为自己得意。

　　而女人千娇百媚，女人此刻正沦陷在激情里不能自拔。女人的脸蛋已经燃出了大火，非要把他和她自己焚成灰烬不可。女人将红葡萄酒跟他一口一口嘴对着嘴含喝。女人偎在他的怀里，将紫红的蛇果拦腰横切，又在每一半边上都细细刻出锯齿形的牙边，然后两人像小老鼠般将锯齿牙边一点一点地啃啮，咬到最后就是嘴唇跟嘴唇的会合，两片肉体贴在一起狂吻热舔。女人的一切小把戏松泽都来者不拒，含情承受。但是他从不主动往下探索，他的手只是隔着衣服揉捏着她的乳房，然后再摩挲在她的细腰上，尽情挑逗撩拨，接着他就停滞不前，绝不打探她那开衩很高的绸裙里面的内容，就仿佛他是真正的谦谦君子似的。

这样女人就不知是什么意思。她频频地发动却得不到最终结果，女人简直都快要对自己失去最后的信心。难道是自己的魅力不够吗？女人在焦灼之中困乏地想，只要他一暗示，一有要求，她就会给他的，毫无保留地全部给他。她太想对这场爱情有一个切切实实的体认，太想要一个他和她定情的深入纪念，但是男人却偏偏就不予以满足，让她更百倍的煎熬和难受。情急之中她就更主动，更狂烈，更以丝绸的质感攀附缠绕在他身上，让他动作松懈不得。他也就紧紧用嘴唇将她的唇吻胶住，手掌忙不迭地将她身姿把玩戏要，极其愉快地观察着她表情的每一点变化，就像一个衔笛起舞的印度耍蛇者。

这样玩着闹着，几个大起大落下去，不知不觉，夜已经深了，当女人又一次滚倒在他的怀中，沉醉于他中音共鸣区的声情并茂时，却听得他咬着她的耳垂，以一种湿漉漉的舌音在耳边叮咛："宝贝，你看，已经两点钟了。我该送你回去了！"

女人一愣，像没听清似的，手臂从他脖子上掉下来，呆呆地仰起脸来看着他，两只盈满秋水的大眼睛里露出迷茫。回去？什么回去？为什么要回去？他这是什么意思？是在下逐客令吗？

女人的思绪半天没有回过神儿来。她的自尊与自信受了格外的打击。这是怎么回子事？难道这个样子就算完了？他这个态度表明的是什么？

可是她能说不走吗？她能说主动要求留下来过夜吗？那样她成什么了？

男人却根本不顾女人情绪的空顿，不由分说，起身离开她去衣橱里取外衣。男人的这一动作果断，坚决，不容置疑，不容商量，仿佛在用他的形体语言在提示她：他并无意于接纳她。他已经玩够了，不想再继续玩下去。他对她已经够负责的了，耐心陪了她一个晚上，且还让她囵囵的样子，并没有说对她始乱终弃或者多做别的什么。

女人看着眼前的一切，巨大的失落和自尊，让她的胸脯急剧起伏着，面部表情剧烈扭曲，半句话竟也说不出来。但也就是那么简单的一刹那，她就立刻止住痉挛着的眼底肌肉，突然变得满脸盈笑，用手指撩了撩额前的长发，装作满不在乎的样子，极其大度极其平静地说："好吧，我先来帮你收拾一下碗筷！"说话的语调，就仿佛她已是情场老手，对于这样的逢场作戏已经司空见惯，仿佛她真的纯粹是为给他过这个生日，为他做一顿生日晚餐而来，并且她还要做得善始善终。

不等男人阻拦，女人便大幅度地行动起来。她的动作幅度很大，有些不正常的难以自抑的夸张，大声问这个东西该放哪儿，那个碟子该放哪儿。她手脚麻利地将所有的东西都归拢好。然后又进卫生间补了补脸上被接吻弄乱的晚妆。接着她表情平静地出来，顺手拎起厨房地上的垃圾袋，对着厨房门口那个看得有些发怔的男人平静地说，"走吧。"

树叶在夜风中哗哗响着，冷露提醒给人以无法遮掩的幽凉。枝子不由在风里打了一个寒战。男人讨好地上来，又殷勤地搂了搂她的肩膀，枝子不说话，任他殷勤着，浑身木木的，一点感觉都没有。进了车里，男人和她并排坐在后座上，车子一开动，他便无限温存地伸过手，将她搂靠在他的臂膊中。枝子不拒绝，也不回应，仍旧是麻木的，任他这样毫无意义地搂着。此时她才觉得一切都变得毫无意义。

车子悄无声息地在暗夜里滑行，滑得轻飘而又滞重，偶尔能见前面的车尾灯划出几抹窒息人的暗红。夜是干燥的。夜根本就没有潮声。她想。到了小区的楼门口，女人下车，男人也跟下来，假意跟她拥抱握别，握别完了，男人又反身低头钻进出租车，跟着车子往来时的路上走。女人目送着载着他的红色皇冠在夜幕中一点一点远去，毕竟，他还不是个坏人，她这样想，她愿意尽量往好的方面想。毕竟他还是有责任感的。哪怕这责任感只是在他最后护送她回家的这短短的一程。短短一程中的呵护和温暖，也足够她凭吊一生。

夜风猛劲地从楼门口吹了过来。女人的头发又乱了，几丝长发贴到脸上来，遮住了她的双眼。她抬手将发梢掠向脑后，无意间手指触到了脸上潮乎乎的东西。她转回身，扭亮了楼道里的廊灯，准备快速上楼。刚一抬脚，一大包东西碰着了她的腿。她低头一看，原来是厨房里的那一袋垃圾。直到现在她还把它紧紧地提在手里。

眼泪，这时才顺着她的腮帮，无比汹涌地流了下来。

白水青菜

潘向黎

　　他进门的时候，客厅里没有她的身影，她正在厨房里。他闻到了饭香，是好米才有的香味。

　　她是他遇到的最会煮饭的女人。他这样说过，她回答：我尊重米。她又加了一句：不过只尊重好的米。

　　他坐在餐桌边时，两碗饭已经在桌上了。她端上来两个青花小碟，一个碟里是十几粒黄泥螺，一粒粒像半透明的岫玉。一个碟里是香菜心，嫩嫩的酱色，也是半透明。家里的菜一向这么简单，因为他都是在外面吃过了，回来再吃一遍。

　　最后她端来一个小瓦罐，打开盖子看了一眼，里面有绿有白有红，悦目得很。她说："你先喝汤。"自己坐下来，开始吃饭，拨几口饭，就一点菜心。

　　他就自己从瓦罐里舀了小半碗汤。清清的汤色，不见油花，绿的是青菜，白的是豆腐，还有三五粒红的枸杞，除了这些再也不见其他东西。但是味道真好。说素净，又很醇厚；说厚，又完全清淡；说淡，又透着清甜；而且完全没有一点味精、鸡精的修饰，清水芙蓉般的天然。

　　就那么一口，整个胃都舒服了，麻木了一整天的感官复苏了，真是好汤！

　　他一连喝了两碗，然后吃饭，就着黄泥螺和菜心，一个滑，一个脆，不知不觉就把一碗饭都吃完了。他又酽酽地喝了一碗汤，然后对她笑。

她也笑，"好像在外面没饭吃似的。"

"是没饭吃。现在谁吃饭？"

他说的是真话。他的工作宴会应酬多，那种宴会不会有饭。

他们的家是让人羡慕的白金家庭。他先是吃皇粮的机关干部，后来早早下了海，在房地产上发了，然后是网站、贵族学校，他的事业像匹受惊的野马一样势不可当。他成了本市的风云人物，电视台人物访谈的明星。他的风度、谈吐，赢得了瞩目和好评。

他已结婚十七八年了。妻子是他的大学同学。他们现在进了寄宿制双语教育的培鹰学园的儿子学业优异，聪明漂亮。儿子明显集中了他们两人的优点，妻子当年也是学校里的美女，不化妆也青翠嫩叶一样清新可人。因为有这样的妻子，他对女人是不容易惊艳的。

嘟嘟的出现完全是一个意外。起初他觉得这是个稚气未脱的女孩子，像个水晶花瓶。当然心里还是有点高兴的，这可是一个比自己小二十岁的女孩子啊，又漂亮，出身又好，父亲是大律师，母亲是名医。这样的女孩，没有任何为了钱而接近男人的嫌疑。

这么些年，妻子辞掉干得好好的中学教师工作，专心在家相夫教子，他没想过要辜负她。起初他只是考虑怎么让嘟嘟少受一点伤害就退出去。但现在的女孩子真是任性，她们想要什么就敢大喊大叫、要死要活。因为对他无望的爱，嘟嘟这个水晶花瓶就站到了悬崖边上，随时可能掉下来粉身碎骨。最后，他只好伸手把她接住。

他不回家吃晚饭了。后来，他连晚上都不回来了。他说，实在太忙，不赶回来了，想一个人静静。

她沉默，绵长而细密的沉默。最后她说："你要回来吃饭就打电话。"

他马上感到了巨大的轻松。她当然会有看法，也会生气，会伤心，但是以她的性格，不可能会主动挑破、发作出来。这些年来，他一直觉得自己选对了人结婚，现在又一次这样觉得。

他住到嘟嘟那里去了。嘟嘟一个人住着两房一厅，是父母给她买的。

新鲜的爱情，新鲜的疯狂，新鲜的住处，新鲜的气氛。几个月的时间过得像飞一样。

也有问题。是出乎意料的小问题：他们还是会肚子饿。他是半个公众人物，不能到外面吃饭。只好叫外卖，外卖没有汤，他们有时喝罐装的乌龙茶，更多的时候喝可乐。

慢慢地，吃饭成了个苦差事。他思念一碗香香柔柔有弹性的米饭，更思念一碗热热润润让味觉苏醒的汤。但是他不敢说。只要他一流露出不满，嘟嘟就会生气。

嘟嘟喜欢读村上春树。她不但有村上春树的所有作品，而且每种都不止一本，他怀疑只要国内有的版本她都买齐了。

有一天，他一走进门，就看到嘟嘟因为兴奋而泛着粉红的脸。"今天有好东西吃！我给你做！"嘟嘟像一个贤惠的妻子那样进了厨房。

嘟嘟忙完了。他看到了餐桌上的东西。每人一碟三明治，切成小块的，旁边点缀了嫩玉米芯和炸薯条。中间是一大盘红红的、一片混沌的东西，仔细看可以辨认出里面有腊肠一样的东西。嘟嘟兴致勃勃地说："这不是一般的东西，这可是村上春树餐啊。村上春树的小说里写到的美食很多，日本就成立了一个村上春树美食书友会，根据他书里的描写，编了一本村上春树食谱。我今天就是按照这本食谱做的。"

原来是这样。他拿起一摞三明治，"这是什么三明治？"

"黄瓜火腿奶酪三明治。《世界末日与冷酷仙境》里生物学家的孙女做的。这个做起来很麻烦，生菜叶子要用凉水泡，吃起来才脆。面包片上要先涂上厚厚的黄油，不然蔬菜里的水分容易把面包泡软。"

他指着那盘红乎乎的东西说："这是什么？"

"番茄泥炖史特拉斯堡香肠。主料是西红柿丁和维也纳香肠，调料是大蒜、洋葱、胡萝卜、芹菜、橄榄油、月桂油、百里香、花薄荷、罗勒、番茄酱、盐、胡椒、糖，我数过了，一共13种。这也是《世界末日与冷酷仙境》里的。"

嘟嘟把一条香肠切成几段，用叉叉起一段送进嘴里，"哎呀，太棒了！另类！浓烈！丰富！绝对村上春树！"他也做出毫不迟疑的样子吃了起来，居然不是非常难吃。吃完他说："以后不要这么麻烦了。在家里吃越简单越舒服。"

"今天这样不是很舒服吗？"嘟嘟奇怪地问。他说："不是这样的。真的会做的人，就是一碗白水青菜汤，吃起来就够好了。"他看到嘟嘟脸上的月亮被云遮住了，他立即知道自己说了句不该说的话。

她听见门铃响的时候，以为是他回来了。打开门，一个年轻女孩出现在她面前。女孩说："叫我嘟嘟吧，我是你丈夫的朋友。"

她明白了这个女孩是谁。她礼貌地请她进来。嘟嘟说："我今天来，就是想吃你做的饭。我总听他夸你是个高手，最简单的菜都能做得最好吃。"

嘟嘟坐在餐桌边，看着女主人端上来一碗饭，两个小碟，然后是一个瓦罐。女主人给她盛了一碗汤。嘟嘟喝了一口汤，不假思索地"哇"了一声，"这就是白水青菜汤？你能告诉我怎么做的吗？"

女主人说："要准备很多东西。上好的排骨，金华火腿，苏北草鸡，太湖活虾，莫干山的笋，蛤蜊，蘑菇，这些东西统统放进瓦罐，用慢火炖三四个钟头，水一次加足，不要放盐和调料。好了后把那些东西都捞出去。等到要吃了，再把豆腐和青菜放下去。这些东西顺便能把油吸掉。"

嘟嘟倒吸了一口冷气，"你每天都要弄这样一罐汤吗？"

"是啊。早上起来就去买菜，然后上午慢慢准备，下午慢慢炖，反正他总是回来得晚，来得及的。"

"那今天你怎么也准备了呢？他不是……"

"你是说他没有回来吃晚饭吧？是啊，都半年了，不过我还是每天这样准备，说不定哪天他突然回来吃呢？"

嘟嘟突然说："你今天都告诉了我，你不怕我学会了，他永远不回来吗？"

女主人看了嘟嘟一眼："你能这样为他做吗？"

嘟嘟想了想说："我也可以的，但是不必了。"说完，就站起来走了。

一个月后。傍晚，女人照例在厨房里，汤罐在煤气灶上冒着热气。

门铃响。她打开门，发现是他。她愣了一下，一句话脱口而出："怎么？忘了带钥匙？"他回答："是啊。"

他坐在餐桌边时，她端着一个大托盘过来了。托盘放到桌上，里面有两碗饭，两碟菜，一个小瓦罐。他忍不住从瓦罐里舀了小半碗汤。还是有绿有白有红，还是清清的汤色。他喝了一口，脸色就变了。

"这是什么汤？怎么这么难喝？以前的汤不是这样的！"他委屈地抗议。

她尝了一口，说："白水青菜，就是这样的。你要它什么味道？"

她自顾自吃完饭，然后正视着他："我们家以后可能要雇一个钟点工，我找到工作了，到烹饪学校上课。"

他脱口而出："这么大的事，也不跟我商量。你现在怎么这样了？"话一出口，他就后悔不该这样说。理亏的人是他自己，是他对不起她，不管她做什么他都失去了质问的权利。

她没有说什么。她只是看了他一眼。这一眼，让他真正开始感到自己的愚蠢。那目光很清澈，但又幽深迷离，让人感到寒意。